河北大学中国语言文学一学科团队建设项目

追随唐人走天涯

驿路唐诗边域书写研究

吴淑玲——著

中华书局

图书在版编目(CIP)数据

追随唐人走天涯:驿路唐诗边域书写研究/吴淑玲著. —北京:中华书局,2024.10. —ISBN 978-7-101-16689-7

Ⅰ.I207.22

中国国家版本馆 CIP 数据核字第 202449V7T1 号

书　　名	追随唐人走天涯:驿路唐诗边域书写研究
著　　者	吴淑玲
责任编辑	吴爱兰
装帧设计	刘　丽
责任印制	陈丽娜
出版发行	中华书局
	(北京市丰台区太平桥西里38号　100073)
	http://www.zhbc.com.cn
	E-mail:zhbc@zhbc.com.cn
印　　刷	河北新华第一印刷有限责任公司
版　　次	2024 年 10 月第 1 版
	2024 年 10 月第 1 次印刷
规　　格	开本/920×1250 毫米　1/32
	印张 23¼　插页 2　字数 542 千字
印　　数	1-2000 册
国际书号	ISBN 978-7-101-16689-7
定　　价	108.00 元

目　录

序 一

陈尚君

吴淑玲教授嘱我为她的新著作序,恰巧赶上我自己也特别忙的时候。去年十至十一月,出版社将我辑校的《唐五代诗全编》全部校样交我,最初仅希望我对编辑提出的问题作出响应,在发现几条硬伤后,我确定还是有必要与《全唐诗》作一次通校,这样增加了很多工作量。前人说校书如扫落叶,我是有切身体会的。但在学界工作多年,虽然不能保证著作不错,但尽量减少错误,总是学人义不容辞的责任。因为与吴淑玲教授不算很熟,因此不好拒绝她的邀请,更重要的则是她身为女性学者,在河北大学工作多年,在家事、公事的困扰下,始终坚持学术,不能不让我感到钦佩。她的《驿路传诗与唐诗之发展》(中华书局 2023 年 11 月)刚出版,这部《追随唐人走天涯:驿路唐诗边域书写研究》又已定稿出校,这样的工作成就,能不由衷感佩吗?

淑玲教授求学、任教于京畿,我最初知道她的研究与成就,完全因为一个偶然的机缘。2003 年秋,我到日本早稻田大学任交换研究员,接待我的佐藤浩一君当时还是在读博士生,致力专题是清人仇兆鳌的《杜诗详注》。次年,佐藤君来复旦修学,他很用力搜集中国已经出版的和未出版的与仇注有关的论著，比方他为中华书局出版校点本《杜诗详注》事宜，专程到京访问当年负责出版事宜的程毅中先生。他曾问我重庆已故谭芝萍老师遗著《仇注杜诗引文补正》，未公开出版，有无办法求得。我不专治杜甫，对此莫能帮助。过了一段时间，他很兴奋地告诉我，河北大学吴老师有此书，可以录赠副本。佐藤君觉此书流传太少，因此再录一副本给我。这次因淑玲教授让我作序，在百度上查了她的履历，方明白佐藤君所说吴老师就是她。淑玲教授是以仇氏《杜诗详注》研究作为博士论文选题，同时还完成《仇兆鳌年谱点校、注释及整理研究》，二书出版后，淑玲教授也曾赠我。仅从上述小事即可知淑玲教授学术起步阶段对文献搜集之勤勉、问题探讨之深入。

后来因为参与唐代文学学会活动，比较熟悉一些。我看到淑玲教授从博士论文到博士后研究，有跨度很大的改变，即从专书研究改做传播研究，这是很有挑战意义的转变。从吴淑玲教授最近两部著作的前言、后记可知，她的唐诗传播研究肇端于近二十年前，在首都师范大学与合作导师邓小军教授所作博士后出站报告《唐诗的当时传播》，此后以《唐诗传播与唐诗发展之关系》为书名，由中华书局出版。以此为契机，她更以《唐代驿传与唐诗发展之关系》为题，申请国家社科课题，并很快完成。近年唐诗之路研究成为学术热点，且因学术研究与地方文化建设相结合，获得广泛关注。淑玲教授的著作，因此而备受学界关注，是她多年努力的应有收获。

在《驿路传诗与唐诗之发展》初版后记中，淑玲教授讲到与湖南大学李德辉教授课题碰撞的往事，这引起了我对李德辉教授上世纪末从我攻读博士学位时期的回忆。德辉求学道路曲折而艰难,但他的努力与悟性都非常好。我记得与他讨论学术论文选题时,我提供了一些课题,他当即选定《唐代南北交通与文学迁变》,以后提交答辩和出书时改名《唐代交通与文学》。德辉自学出身,确定选题后的论题拓展和文献搜集能力皆堪称杰出。记得过了一两个月,他问我哪里可以找到严耕望先生的《唐代交通图考》,又问唐代僧人的行记有哪些孑存,我知道他已经可以圆满完成论文。我记录他当年完成论文的具体章节是:"水陆交通与文学创作""行旅生活与唐文人心态的变化""唐代交通与文学传播""唐代交通与唐人创作方式的新变""唐代交通与文学母题的拓展""南北交通与唐南方落后地区文学的发展""唐代交通的发展与文学风格的变化""唐代交通与唐人行记"。与淑玲教授的选题有交叉,但致力方向不同,也是显而易见的。德辉此书的增订本也将出版,我还未见,但他后来做过唐代馆驿文献的辑考,也系统校订过唐宋行记,相信会有许多新的面貌。

　　淑玲教授从唐诗传播的立场展开相关的研究,特别重视唐代驿传制度与唐诗流布的关系,与德辉教授的研究有重叠,也有很大不同。"何处是归程? 长亭更短亭。"(李白《菩萨蛮》)这种沿途供行人休息的处所,所谓十里一长亭、五里一短亭,仅是驿路上提供短暂休息的简单设施。而称为驿站者,事实上已经形成了很大的集镇,官私设施都很完善,因此我们可以看到官员争驿而产生的冲突,皇家出行而在沿途的庄严戒备,也可看到裴航在蓝桥见到云英后的一系列举止。当然更重要的是,皇家之政令需通过邮驿以最快的速度传达到全国各地,所谓"赦书一日行万里,罪从大辟皆除死"(韩愈《永贞行》),迅如风火,急便落实。而诗人间的频繁交往,更有赖于有效的邮递体系,获得具体的实行。白居易守杭期间,元稹任浙东观察使在越州,两州相邻,但守土者不能出境,只能靠每日邮筒传诗,保证频繁的感情交流。刘禹锡贬官在朗州、连州近十五年,他对朝廷人事变化得以洞明,且始终与友朋、显官保持联系,也依赖有效的驿路传送。他在《彭阳唱和集后引》中说他与令狐楚于贞元末建立文字联系,整个元和年间各在天一涯,书问诗酬始终不断。又说:“大和五年(831),余领吴郡,公镇太原,常发函寓书,必有章句,络绎于数千里内,无旷旬时。”三四年间,至少有几十次诗书来往,数千里间络绎纷披,其实正是驿路传诗的真实写照。淑玲教授在《驿路传诗与唐诗之发展》一书中,从驿传体系与驿路网络的考察入手,进而探讨驿路诗歌的生发,驿传对异地诗歌交流的功能,驿路传诗的种种表达方式,以及驿路对诗歌团体形成的作用,都有很精彩的论述,给人以耳目一新的感觉。

淑玲教授本书,其实是对驿路传诗研究向有唐四边边裔书写的拓展研究,其间参考了古今有关边疆史、民族史、交通史研究的大量相关论著,又对全部今存唐诗之交涉内容作了充分排比与解读,是这一研究有拓荒意义的力作。我想特别强调的是,今人认为唐王朝文化昌盛,这当然没有问题,但文化昌盛是建立在国力强大的基础上的。新史家不断探讨,唐王朝建立之初是否曾向突厥称臣,唐皇室的民族渊源与生活习俗是否来自北朝胡族,由于史料的缺乏与掩饰,许多问题可能永远也无法有结论。可以肯定的是,李唐皇室出自北魏武川镇,是长期与胡族通婚的尚武家族,在天下失鹿、争夺政权的过程中,肯定有常人难以想象的非常之举。在政权稳定后,尚武的李唐王朝首要任务是国家稳定、四夷臣服。史学界非常关注唐太宗贞观三年(629)被四夷尊为“天可汗”的世界史意义,即李唐王朝有效管理中原王朝的同时,采取羁縻的方式睦好边夷,以接受朝贡的方式与四夷民族政权达成某种程度的妥协与和平。或者说,以李唐王朝为核心的大唐帝国,其涉及地域与文化,遍及中亚以西的广大地域。战争与和平其实贯穿于唐王朝的全部时期。唐王朝稳定而强大,四夷则有所退让,求得相对的和平。而四夷的生存危机与发展需求,一直与唐王朝存在利害冲突。"炎风朔雪天王地,只在忠良翊圣朝。"(杜甫《诸将五首》之四)在我之认识,唐王朝始终保持尚武的精神,即便相对稳定的开元时期,四边战争也没有停歇,绝不是白居易所说的"不赏边功防黩武"(《新丰折臂翁》)。淑玲教授对此一端之认识是准确而清楚的。她在全书第一章,就揭出唐朝的边域管理与驿路建设,对安西、安北、安东、安南四大都护府之建立及其相关沿革变化,特别是驿路建设对于边庭安全的意义,有特别的揭示。进而对四府相关的唐诗书写内容也有全面的记录与描述,特别是其中与和战、功名有关的内容,有更多的关注。特别精彩的是第三章有关"边域书写方式"的分析,其中"写实与想象的同在",揭示诗人游边所作诗歌与依傍古体、想象异域作品的异趣,"历史与现实的交融"则涉及边域书写中怀古咏史类作品的意义,"内地与边域的对比"也是游边文人写到边塞所见时无法逃遁的视域,"对边域风物的陌生化书写",可以说抓到了唐代边塞诗文文学史意义的关键所在。本书关于边域唐诗审美特点的论述,着力甚多,不容易写好,淑玲教授尽了很大的努力,读者可以细心体会。

淑玲教授与唐诗之路研究有关的两种著作,开拓了唐诗之路研究的新视野,也提供了更广阔的场阈,学术意义值得充分肯定。由此我想到,唐代文化,是各民族充分交流融通的结果,唐诗既曾产生于黄河、长江流域,也曾繁荣于岭南、漠北,河西、安东。有人的地方就有道路，人走过的道路都曾写作诗歌，唐诗之路不仅在李唐王朝的行政疆域，也兴盛于边裔四夷。我近年整理唐诗，特别关注于此。比方就唐与吐蕃关系来说，和战各半，但至少有吐蕃使臣名悉猎曾参加景龙年间的宫廷联句，唐末词人鹿虔扆很可能本姓禄，是吐蕃后人，而词人李珣与其妹李舜弦是波斯后裔，亦可为定论。吐蕃占领河西、瓜沙期间，曾对敦煌为中心的河湟之地进行有效管理，敦煌陷蕃期间诗歌存数不少，特别是伯二五五五所存两组无名氏陷蕃诗人的诗作，其中一组五十九首，为从敦煌西行，南下经青海，翻越赤岭到临蕃，另一组十二首则自张掖出发，过淡河，入大斗拔谷，穿行祁连山隘路，到达海北，再沿湟水而下，到达临蕃。这些诗歌是河西唐诗之路的特殊一页，且因作者处于极端艰困之境而发出难得的哀苦之声。此外，唐末江南诗人张球在敦煌度过后半生，他留下的诗歌也达数十首之多。日本存有一组作于镇西府的汉语诗歌，其作者主要是来往中日间的商人与军将，有一位僧人可能是新罗人而担任唐、罗、日之间通译者，诸人作诗的地点应在今九州岛福冈太宰府，由此可证明海上唐诗之路是确实存在的。这部分仅是我凭记忆念及者，有些淑玲教授可能已经引到。唐诗边域书写确实是很有意义的选题。

2019 年，唐诗之路研究会在浙江新昌成立，我当时恰好忝任中国唐代文学学会会长，因此而有一节发言，其中关于加强唐诗之路研究之科学性与学术性的一节，仍乐意抄录如下："我希望唐诗之路研究能够给各地的地方文学与文化研究带来新气象，比方唐诗人占籍与出生研究，可以知道中唐诸名家大多生长江南；比方地方典籍发掘，让我们了解绍兴、吴兴、镇江、宜春的地方唐诗集曾有丰富保存；比方敦煌遗书和长沙窑瓷器题诗，让我们看到民间写作的立体呈现；各地考古所出碑志，不仅提供研究的新材料，也看到上海、南通、厦门这些后起城市的人类早期生活轨迹。地方文献的记载与解读追求有更多收获，当然鉴别辨伪也会是很艰苦的工作，希望看到更多地方学者的成就，也希望不要做古今的生硬比附，不要将学术研究简单定义为为地方增光添彩，更希望各地竭诚合作，互相支持。"

谨此为序，希望淑玲教授有更多的新著问世。

2024 年 2 月 7 日于上海

序 二

詹福瑞

淑玲这个国家社科基金项目,终于在 2022 年的春天结项,并获得了"优秀",真心为她高兴。

2017 年拿到这个项目的时候,淑玲是颇有信心能够在 2020 年完成的,但世事的变化令她猝不及防。2017 年 11 月,她一向健康的父亲突然被查出患了重病,她不得不在教学之余尽力照顾父亲,科研只能暂时放下。2019 年秋冬时节,我回河北大学,她很自责地跟我说:"詹老师,这几年我没怎么搞科研,也没写什么像样的东西,实在不好意思见您,但我实在集中不起精力。"我问她怎么回事,她简单地说了家中情况。我一直认为,家庭、家人是人生中最重要的组成部分,所以叮嘱她:"家人最重要,一定要先照顾好你父亲!"她含着眼泪点头。

听说她是极其孝顺的。父亲喜欢旅游,就尽量带着父亲到远远近近的旅游景点走一走;父亲喜欢美食,她就经常给父亲送去各种各样的美食,还带父亲到保定大大小小的饭馆、酒店享受大厨们的厨艺;父亲住院时,只要不上课,她就会尽可能在医院陪护,直到父亲去世。人生大事,莫过于生死,更何况是父亲。我钦敬淑玲写了一部对亲人临终关怀的大书。父亲去世后,淑玲能很快将精力转移到课题的研究上,能够有这样一个结果,真的是不容易。令我欣慰的是,她并没有因为这几年的家事牵扯影响了科研能力的提升,从这部书稿中可以见出她的踏实和努力,见出她的科研水平又有进步。

首先是这部书稿的选题非常新颖,内容也比较丰富。唐代边塞诗研究的热点多在西北边塞,她却把目光扩大到唐朝边疆的每一个角落,尤其是唐诗书写中走向安西、安北、安东、安南四个方向的诗歌。这几个方向的诗歌,不仅限于与军事紧密相关的内容,还涉及了自然山川、驿路生活、风情见闻、关塞戍守、人员往来等,这就使得她的研究与传统的边塞诗研究有了区别,在研究内容上有了较大的拓展。在她的笔下,四个方向的诗路特征渐渐清晰起来,各有特点。比如对唐诗安南书写的研究,她主要从四个方面展开:一是对安南方向奇异物候和风俗的关注,论述去往安南方向的诗所展现的交通闭塞、环境恶劣、蚊蝇蛇蛊、瘴疠笼盖的"蛮荒"情况;二是考察了安南上层社会在浓厚的"尊汉"意识影响下,当地士人融入唐朝科举考试的情况;三是揭示了去往安南方向的官员任职如同被贬的心理变化;四是研究了贬谪岭南官员的诗作,如宋之问、沈佺期、杜审言、张说、杨炎、李德裕等人的作品,这些作品通过不一样的环境物候书写着贬谪岭南官员的压抑人生。其他三个方向也是通过这样的方法以人和诗歌为中心充分展开,各自的山川地理、驿路生活、文化特征都比较清晰。

其次是这部书稿的文学关注比较突出。现在的古代文学研究主要有四个大的板块:文本细读、文化研究、文献整理、后世接受。其中的文化研究近年来非常热闹,政治、经济、军事、外交、教育、文化(含地域文化、制度文化、家族文化、园林文化、文馆活动、诗歌传播等)与文学的关系,都出了很多成果,令人欣慰。但我也注意到,文化研究也有跑偏的迹象,即,在某些书稿中,文化的内容比重过大,待到谈及文化与文学的关系时,反而没有什么深入的东西,甚至浅尝辄止,这种著作给人的感觉就是莫砺锋先生所质问的:"文学研究的'文学'到底在哪里? 我们是不是太热心为别人打工?"而淑玲的这部书稿,避免了这样的尴尬。这部书稿只在第一章探讨了一些历史的问题,从第二章开始进行唐诗边域书写的内容研究,就把主要精力用在文本分析上,让材料说话,用心去体悟。其中很多诗歌都是"躺"在《全唐诗》中很少被人细致解读的,比如骆宾王的《宿温城望军营》、宋之问的《发藤州》、岑参的《宿铁关西馆》、张均的《流合浦岭外作》、李益的《军次阳城烽舍北流泉》、杨炎的《流崖州至鬼门关作》、王建的《辽东行》等,我们很难在网上获得解读资料,但她都做了细致的解读。文本解读之外,她还关注驿路唐诗边域书写的书写方式、书写风格。第三章探讨这些诗歌的书写方式时,她从写作学视角入手,关注驿路唐诗边域书写的切入角度,指出这些诗作因在场与不在场而分别拥有写实和想象的不同笔触,也因历史因素往往将历史与现实交融于诗中,还会因为边域远离中心而形成内地与边域的对比,在写作心理上形成以中原为中心的观察体验方式。第四章探讨这些诗歌形成的审美特色,从风物描写的磅礴雄浑之美、书剑精神的阳刚劲健之美、生命感受的悲壮苍凉之美、逐臣内心的感伤哀婉之美四个方面进行探讨,则抓住了唐诗边域书写与唐人的精神气质及内心世界的关联。

　　此书中还有一个层面的问题,也应提出供讨论,那就是古代文学研究与地方文化建设的关系问题。淑玲这部书稿涉及的虽然不多,但她已经开始思考这些问题,对相关问题进行了关注,并从"边域书写的文学地理坐标"这一视角探讨了唐诗边域书写的价值,关注了唐诗边域书写对四个方向的文学地理坐标的形成做出的贡献,比如西北山水地理坐标有陇山、祁连山、天山、居延海、瀚海、青海湾、交河等,关隘戍地坐标有阳关、玉门关等,城市地名坐标有凉州、楼兰、轮台(属龟兹)、疏勒等;直北山水地理坐标主要有阴山、燕然山,关隘名称地标主要有雁门关、萧关,城池地名地标主要有朔州、云州、代州、灵州、夏州等,最著名者当属云州(云中)、受降城等;东北山水地理坐标主要有燕山、辽水(含辽水两侧的辽东、辽西)等,关塞地理坐标最著名的就是榆关和卢龙塞,地名坐标主要有幽州、渔阳、蓟北(蓟门)、营州等;岭南山水地理坐标主要有大庾岭、桂岭等,心理感觉地理坐标主要有鬼门关、清远峡、瘴江、日南、铜柱等,城市地名坐标主要有合浦、苍梧、象郡、交趾等。这些文学地理坐标的形成,不仅有其历史价值、文学空间记忆价值,更有经典诗作参与传播的价值。书写这些文学地理坐标的唐诗,不仅提升了地域的知名度,而且也深化了地方文化的历史内涵,提升了一个城市、一个地区的文化品质,对当地的文化建设有非常积极的作用。这是我希望看到的古代文学沉潜式参与当代文化建设的路径之一。

2019 年 11 月,我在"唐诗之路"成立大会上有一个发言,谈到我对唐诗之路的认识,大意是:唐诗之路学理上属文化地理学、唐诗地理学,它具有三个方面的新空间:首先,它是一条唐诗考古之路,能从知识考古学角度还原唐诗的唐代文化生态;其次,它是一条唐诗生成之路,诗人诗作的地理分布有区域性,分布不均衡,呈现出点线结合的形态,特定的山川地理和人文背景能直接影响创作。再次,它是一条唐诗传播之路,也是唐诗经典化的道路。现在看淑玲的书稿,我认为她在后两个层面做得还是不错的。

当然,书稿也存在一些问题,比如在材料使用上存在重复现象,有些段落的文字锤炼得还不够精到,也有一些地方存在材料和观点的衔接不到位的情况。听说她正在努力修正这些问题,希望她的书稿能够更加谨严。是为序。

2023 年 11 月 22 日

绪　论

选择这样一个题目作为研究目标,起因于以往的研究经历。在做2011年国家社科项目"唐代驿传与唐诗发展之关系"时,我发现唐代驿路诗歌中有很多边域书写的内容尚未有人触及或尚缺乏更深入的研究,尤其是驿路诗歌中关于遥边书写的研究还留有很大空间,故而把这一课题作为自己努力的目标。

一、边域·边域书写的概念内涵

任何一个朝代,都有边域问题,都有边域书写,只是,以往我们更多的是关注边塞诗,而没有把"边域"作为一个视角。那么,边域与边塞有何区别? 与边疆又有何区别? 这是本书立论的基点,也是一个为避免误会而必须说明的问题。

边疆、边塞、边域三者所包含的空间范围不同,这是由"边""塞""疆""域"等汉字本初的含义所决定的。许慎《说文解字》释"边":"边,行垂崖也。从辵,臱声。"[①] "边"的本义是指山崖的边缘,后引申为一切物体的边沿部分,具有线性特征。用在国土上,则指称国家最远的管辖范围。目前文献材料里最早在"边疆"这一含义上使用"边"字的是《左传·成公十三年》的"吕相

---

① [汉]许慎撰,[清]段玉裁注:《说文解字注》,上海古籍出版社,1981年,第75页。

绝秦"：

> 康公，我之自出，又欲阙翦我公室，倾覆我社稷，帅我蝥
> 贼，以来荡摇我边疆，我是以有令狐之役。
> 及君之嗣也，我君景公，引领西望曰："庶抚我乎！"君亦
> 不惠称盟，利吾有狄难，入我河县，焚我箕郜，芟夷我农功，虔
> 刘我边陲，我是以有辅氏之聚。①

在这两段文字中，"边疆""边陲"连用。从吕相绝秦所指称的地
点看，都是指自己一方最边远处，是与对方随时可能发生摩擦的地
带。《国语·楚语上》是"边境"连用，出现在记载楚灵王将陈、蔡、
不羹作为自己国家城池时，派仆夫子晳问于范无宇，范无宇的回答
中阐释了"边境"的内涵：

> 子晳问于范无宇，曰："吾不服诸夏而独事晋何也，唯晋
> 近我远也。今吾城三国，赋皆千乘，亦当晋矣。又加之以楚，
> 诸侯其来乎？"［范无宇］对曰："……夫边境者，国之尾也，
> 譬之如牛马，处暑之既至，虻蚋之既多，而不能掉其尾，臣亦惧
> 之。"②

所谓"国之尾"，就是指国家最边缘的地方，就像牛马的尾巴一样，
在身体最不好够到的地方。后来，《礼记》用以国土方面，也是"边

---

① 《春秋三传》卷九，《新刊四书五经》本，中国书店，1994 年，下册第 38 页。
② 《国语》，上海师范大学古籍整理研究所校点本，上海古籍出版社，1998 年，
　第 547—549 页。

境""边邑"连用,如《礼记·月令》:"行冬令,则国多盗贼,边竟
(境)不宁,土地分裂。"①《礼记·玉藻》:"其在边邑,曰'某屏之臣
某'。"注曰:"边邑远,谓之屏者,藩屏之义,所以蔽内而捍外也。"②
可见用于与土地有关的"边",都是指在权力范围的最边远处,与另
一权力范围的交界地带。

　　关于"疆",《说文新附》说"境""疆"互文,故这里只释"疆"
义。许慎《说文解字》释"疆"之本字"畺":"畺,界也。从田,三
其界画也。"③ 其本义指田土间的界限,后引申为国土的边界。《左
传·庄公二十八年》:"曲沃,君之宗也。蒲与二屈,君之疆也。"④
注意:晋国的边疆是"蒲""二屈"等地域,所指空间较为宽阔,它
不是某个点或某条线,而是某片区域。从古人的使用上看,在没有
现代意义的国家之前,边疆泛指不同政权交界地带的领土。如李
世民《赎取陷没蕃内人口诏》中说:"隋末丧乱,边疆多被抄掠。"⑤
也是指己方管理的靠近边界的某些地区。需要确定的是,现代意
义的国家出现以后,边疆是指不同的国家政权在确立了自己的领
土范围后双方约定俗成的、不属于任何一方的权力真空地带,大体
指称国境线附近的区域。

---

① [元]陈澔注:《礼记集说》卷三,《新刊四书五经》本,中国书店,1994年,第
　　149页。
② [元]陈澔注:《礼记集说》卷六,《新刊四书五经》本,中国书店,1994年,第
　　272页。
③ [汉]许慎撰,[清]段玉裁注:《说文解字注》,上海古籍出版社,1981年,第
　　698页。
④ 《春秋三传》卷三,《新刊四书五经》本,中国书店,1994年,第143页。
⑤ [唐]李世民:《赎取陷没蕃内人口诏》,《全唐文》卷八,上海古籍出版社,
　　1981年,第99页。

关于"塞"，许慎《说文解字》："塞，隔也。"[①]"塞"的本义是"隔断"，"边塞"连用，是指边防上用以阻断不同政权或国家随意往来的要塞。《左传·文公十三年》传文："十三年春，晋侯使詹嘉处瑕，以守桃林之塞。"[②]桃林塞，即陕西潼关和黄河相夹的军事要地、关口和防御工事。汉代使用"塞"字，亦是此意，如《史记·秦始皇本纪》："地东至海暨朝鲜，西至临洮、羌中，南至北向户，北据河为塞，并阴山至辽东。"[③]《史记·楚世家第十》："韩已得武遂于秦，以河山为塞。"[④]"四塞之国，被山带渭，东有关河，西有汉中，南有巴蜀，北有代马，此天府也。"[⑤]此三处"塞"，指具有防卫性质的冲要位置。《史记》中还有几处使用"塞"字的，都是用的"阻隔"之意，如"自殽塞及至鬼谷，其地形险易皆明知之"[⑥]，这里的"殽塞"指的是崤山，有函谷关。"据敖仓之粟，塞成皋之险，杜大（太）行之道，距蜚（飞）狐之口，守白马之津，以示诸侯效实形制之势，则天下知所归矣"[⑦]。这里的"塞"就是"阻断""隔断"之意，成皋、白马津、飞狐口，都是历史上著名的要塞。"因河为塞，筑四十四县城临河，徙

---

① ［汉］许慎撰，［清］段玉裁注：《说文解字注》，上海古籍出版社，1981年，第689页。
② 《春秋三传》卷七，《新刊四书五经》本，中国书店，1994年，上册第291页。
③ ［汉］司马迁撰，［南朝宋］裴骃集解，［唐］司马贞索隐，［唐］张守节正义：《史记》卷六《秦始皇本纪》，中华书局，1959年，第239页。
④ ［汉］司马迁撰，［南朝宋］裴骃集解，［唐］司马贞索隐，［唐］张守节正义：《史记》卷四〇《楚世家》，中华书局，1959年，第1726页。
⑤ ［汉］司马迁撰，［南朝宋］裴骃集解，［唐］司马贞索隐，［唐］张守节正义：《史记》卷六九《苏秦列传》，中华书局，1959年，第2242页。
⑥ ［汉］司马迁撰，［南朝宋］裴骃集解，［唐］司马贞索隐，［唐］张守节正义：《史记》卷七一《樗里子甘茂列传》，中华书局，1959年，第2316页。
⑦ ［汉］司马迁撰，［南朝宋］裴骃集解，［唐］司马贞索隐，［唐］张守节正义：《史记》卷九七《郦生陆贾列传》，中华书局，1959年，第2694页。

谪戍以充之"①,即把河流当成阻挡对方的关塞。《汉书》用于边境时意思亦同,如《汉书·昭帝纪》:"以边塞阔远,取天水、陇西、张掖郡各二县置金城郡。"②《汉书·地理志》亦云:"自武威以西……习俗颇殊,地广民稀,水草宜畜牧,故凉州之畜为天下饶。保边塞,二千石治之,咸以兵马为务;酒礼之会,上下通焉。"③ 从以上所用可以看出,"塞"是具体的"点"或"线"。边塞,就是指带有军事防卫性质的险要地带或边邑城塞,所要防御的是另一政治或军事集团对自己一方的袭扰或侵掠。

　　关于"域",《说文解字》:"或,邦也。从口戈,以守其一。一,地也。域,或。或从土。"④ "或"是"域"的古字,同时亦是"国"字的初文,因此,"域""或""国"三字同源同义,均指邦国在一定范围内的疆域领土。《诗经·商颂·玄鸟》:"古帝命武汤,正域彼四方。"朱熹注:"域,封境也。"⑤《史记》中"诸侯各守其封域""诸侯祭其域内名山大川"⑥,都是指一定的地理空间,它没有"塞"的特定的阻隔指向,也不是不同政权的区分线,而是指有一定管控权限

---

① [汉]司马迁撰,[南朝宋]裴骃集解,[唐]司马贞索隐,[唐]张守节正义:《史记》卷一一〇《匈奴列传》,中华书局,1959年,第2886页。

② [汉]班固撰,[唐]颜师古注:《汉书》卷七《昭帝本纪》,中华书局,1962年,第224页。

③ [汉]班固撰,[唐]颜师古注:《汉书》卷二八下《地理志》,中华书局,1962年,第1645页。

④ [汉]许慎撰,[清]段玉裁注:《说文解字注》,上海古籍出版社,1981年,第631页。

⑤ [宋]朱熹注:《诗经集传》卷八,《新刊四书五经》本,中国书店,1994年,第256页。

⑥ [汉]司马迁撰,[南朝宋]裴骃集解,[唐]司马贞索隐,[唐]张守节正义:《史记》卷六《秦始皇本纪》、卷一五《六国年表》,中华书局,1959年,第246、685页。

的空间。在实际使用上，它比"边境""边疆"的涵盖范围更为广阔。《孟子》曰："域民不以封疆之界，固国不以山溪之险，威天下不以兵革之利。得道者多助，失道者寡助。寡助之至，亲戚畔之；多助之至，天下顺之。"① 可见"封疆之界"不是"域民"的边线，"域民"要以"得道者多助，失道者寡助"为标准，可以打破封疆之界。

2010 年，邹吉忠在《中央民族大学学报》上发表了《边疆·边界·边域——关于跨国民族研究的视角问题》一文，对这一问题进行了科学的解说。对于边疆，他谈及现代社会以前世界文化的几大文明体之后说："这几大文明体并非现代意义上的国家，他们之间的交往和联系也不紧密，在这些文明体之间存在荒无人烟、迂远辽阔的过渡地区，这就是文明的边疆。边疆之外的世界是什么样子，对文明中心区而言完全没有多少知识和概念，边疆因而不是链接不同文明体的中介，而是阻断和隔开文明体之间交往与流动的大漠和荒原。"边界则是指近代社会的现代国家体系，"原先广袤无垠的边疆、荒无人烟的边疆，变成了清晰明确、铜墙铁壁式的国界，这既是一条不可逾越的政治、军事分界线，又是一条国土、国民、权力的分割线，将邻居变为邻国，将领土、人民及其经济、政治、社会、文化生活区隔开来"② 。而边域不同，他说："由于地缘、血缘、姻缘等现实原因和历史、文化、宗教等集体记忆的历史原因，一条人为的军事政治分界线，难以将一片土地上的人民及其生活截然分开，特别是在和平发展时期，在国家间军事冲突和政治冲突淡化的情况下，国界不再是国家间军事与政治较量的前沿，国界两边共享资

---

① ［宋］朱熹注：《四书集注·孟子集注》卷四，《新刊四书五经》本，中国书店，1994 年，第 220 页。

② 邹吉忠：《边疆·边界·边域——关于跨国民族研究的视角问题》，《中央民族大学学报》2010 年第 1 期。

源环境和历史记忆的人民,出于共同的或相关的生活特征和文化
共性,需要跨越国界的交往和互动,并逐渐形成了跨越国界的共同
生活地域。在此,国界变成了跨国的边境,即共享自然资源和历史
资源的人们共同或关联性的区域。本文称为'边域',以强调其地
域性与广阔性。"① 这里的边域,明显指比边疆、边界要宽阔得多、
包容性广的区域。而这个"边域"的内涵,才是本书所要使用的
内涵。

　　唐朝是中国历史上版图最大的朝代之一。唐朝的边域究竟怎
样界定,与唐朝边界、边疆的确定有直接关系,这一点,我们需要进
行申说。

　　唐朝的边疆问题,学术界存在着很多歧义。李鸿宾先生关于
政权掌控的国家子民活动范围的观点很有参考价值。李鸿宾先生
没有用"边疆、疆界"的概念,而是使用了"疆域"这一概念,也接近
于笔者所理解的边域。观点比较长,笔者自己阐释也不能超越其
范畴,故将李鸿宾先生对唐朝边疆观的理解引述如下(非原文):

　　第一,唐朝是存在着边疆问题及其相关概念的。它建立在内
地核心区与边缘外围区二元制的基础上。前者因处于农耕地带而
成为王朝建构的基础并趋于稳定,后者则多系游牧或半农半牧状
态处于以耕作为中心的王朝之边缘而存在。唐朝所谓的边疆地
区,通常就是指此而言,其地位和作用显然不能与前者相颉颃。边
缘区的民众是游走于王朝的外围群体,当其归附王朝之时,就成为
王朝管辖的对象;反之,当他们脱离王朝时就转成了王朝攻击的
对象。

---

① 邹吉忠:《边疆·边界·边域——关于跨国民族研究的视角问题》,《中央民
　　族大学学报》2010 年第 1 期。

第二，唐朝的边缘区（主要表现在陆地而非海洋）实际上处在其他政治体边缘区的交叉与重合之处。以北方为例，如同唐朝中心、边缘的二元制构建一样，草原也早就形成了自身的势力范围，与南部农耕地域对峙。长城沿线地区就夹在中原王朝的唐与草原东西突厥、薛延陀、回鹘等帝国势力之间，呈现出来的是一片地区而非畛域分明的疆界线条，或者称为"中间地带"，或者称为"缓冲区"。边疆地区的意涵，对与此有关的王朝而言，就是如何经营和控制这片地区，而经营的本质则是双方或多方在此地区展开的政治、军事、经济乃至文化的交往、对峙、抗衡、冲突和博弈……唐朝北部疆域的观念，是在与草原游牧政治体的纵横捭阖的博弈过程中产生，而在行政建置的设计中实施和兑现的。然而，这种明确的界限常常被双方的博弈所打破。事实上，它并不受构筑界限的对手所认可，一旦新的冲突发生，这种界限就会被突破，新的界限和区隔再次构筑。疆界就在彼此的博弈互动中变来变去，但其走向和划定常由强者所决定。

第三，疆界的划定由行政的划定而产生，行政的划定则出自朝廷对该地区的管控和经营，经管、控制又由朝廷与政治体的交往所决定。这三者之间是因果关系，后者决定前者，而不是相反。这表明，南北的互动是疆界划定的原始之因，但须经过行政治理这个层面，如果没有这个环节，疆界划定也不会必然出现，疆界划定的直接动因乃是行政划定。由于疆界所在的政治体之间的关系摇摆不定，疆域所在的区域因此而变化无常，这就决定了行政划定的反复无常，所以说到底，疆界划定本身也是不固定的、常常变化的。

第四，必须再次说明，由"疆域"引申出来的上述论证，虽然自有一套体系，但这些都是建立在人群的活动与归属的基础之上。易言之，"疆域"之出现既是以人群的活动为前提，也是以人群的活动为归宿。没有人,就没有"疆域"及其观念……本书讨论的唐朝国家追求的目标,与其说是"疆域"本身,不如说是活动其上的人群①。

在李鸿宾先生看来,游走于王朝核心区域外围的边缘区域,与其他政治体交叉重合之地域、疆域,统治政权管辖范围可触及的区域,有统治者治下人群活动的地方,都可以称之为疆域。

笔者所说的边域,基本在李鸿宾先生框定的"疆域"的范围,即指以人群的活动为前提和以人群活动为归宿的区域。在此基础上,笔者还要稍有拓展。笔者更注重文化交流空间、文化覆盖区域。因为疆域的变动虽然在不同时期有不同的变化,甚至变化很大,但文化覆盖区域并没有太大的变化。也就是说,笔者所关注的边域,是比疆域更向外延伸的文化空间,是既在政治视野里有一定的关联性,更在文化上有历史、文化、宗教等集体记忆的区域。

二、唐代驿路诗歌边域书写的地域关注

唐朝的统治范围,在不同时期有不同的变化,统治的方式也不一样。唐朝的疆域最盛时期东至朝鲜,西达中亚咸海,南到越南北部,北至蒙古高原的北部,是在政治统治上有一定的关联性,更在文化上有历史、文化、宗教等集体记忆的区域,而且有相对一致的管理方式。

当时唐王朝周边不同民族颇多,为了对边缘区域实施有效管理,唐朝统治者对边域政治、军事统治主要实施了都护府和羁縻州府制度,其实施时间起于唐太宗贞观十四年(640)侯君集平定高

---

① 参李鸿宾:《唐朝北部疆域的变迁——兼论疆域问题的本质与属性》,《中国边疆史地研究》2014年第2期。

昌,在西州设置安西都护府。贞观二十年(646),唐太宗派兵打败薛延陀,"二十一年,契苾、回纥等十余部落以薛延陀亡散殆尽,乃相继归国"[1],为了更好管理众多归附民族,唐太宗以铁勒、回纥六府七州共十三部内附民族为主建立了瀚海都护府,之后,或升格都督府或新建都护府。计从唐太宗至唐高宗,共建立了安东、东夷、安北、单于、安西、北庭、昆陵、蒙池、安南九个都护府,但到武后执政时期只有安东、安北、单于、安西、北庭、安南六个都护府。羁縻州府不同时期数量不同,到唐玄宗时有近千数。

"都护"一词,"都"为全部,"护"为带兵监护,"都护"也即"总领监护"之意。都护的职责是"抚慰诸藩,辑宁外寇",掌管对周边民族之抚慰、征讨、叙功、罚过事宜,执行唐朝统治者的命令。"羁縻"是一种以夷制夷的统治方法,"羁"是军事和政治控制手段,保证其在行政管理上归属于大唐。"縻"是一种放开灵活的恩慈政策,用给予经济和物质利益的安抚手段,以使其心向大唐。其具体的实施相当于在少数民族地区设立行政特区或称民族特区,给羁縻州府相当的自由,比如保持或基本保持其原有的社会组织形态,承认其酋长、首领在本民族和本地区的政治、宗教地位,任由其实施当地惯常的管理方法等。都护府配合羁縻州,完美实现了唐王朝对边缘地区的管理,使其成为大唐官民理所当然可以自由行走的地区。这些地区,都是唐王朝治下之边域,自然属于本书的研究范围。

但事实上,边域并不仅仅是这些区域。由于这些区域的不稳定性,尤其是唐王朝管理权限的不稳定性,使得边域在唐王朝权限

---

[1]〔后晋〕刘昫等:《旧唐书》卷一九九下《北狄传》,中华书局,1975年,第5348页。

极大时极度向外扩张,在权限变小时又极度内缩。比如安西都护府最早在西州的交河(今新疆吐鲁番),后来管辖范围西扩,迁到龟兹(今新疆库车),后又分出北庭都护府管理天山以北,安西都护府管理天山以南。安西和北庭都属于传统的西域范畴,属于陇右道,而在走向安西都护府(西州)和北庭都护府(庭州)的途程中,边防防御早在凉州一带就已经开始,所以我们不能不关注凉州、甘州、肃州、沙州、瓜州、伊州等具有明显边防作用的区域,尤其是由于民族之间互相争夺、反复迁徙的问题,那里屡屡成为边防的前哨。安北都护府,属关内道,在中受降城,从这里延伸北向大漠的参天可汗道直通大漠南北,属于唐北部边境,但唐人北部防务和边防心理空间是从关内道的泾州(有萧关故城)、灵州(驻有朔方军)、云州(驻有单于大都护府,有东受降城、白登山、单于台)、中受降城(安北都护府开元时期驻地,驻有振武军)、西受降城(旧驻天德军,本安北都护,后在其东北置燕然都护府,后又改瀚海都督府,又改安北都护府)、榆林关(汉云中郡所在地,驻有唐振武军)就开始的,含有以北的无定河、黄河(黄河北岸有拂云堆)、贺兰山,直至移至回纥本部的瀚海都督府(瀚海都护府,后又改安北大都护府)。安东都护府最早设立在朝鲜的平壤一带,后来府治内迁到辽东,又内迁到幽州、平卢,其边防则从幽州直至安东都护府的早期所在地平壤(管辖高句丽、渤海国等)。新罗的疆域虽然在大同江以南,但仍然臣服于大唐,并接受唐代文化、唐代官僚组织体系,甚至派人到唐朝学习、为官,皇族子弟到大唐作质子等。安南都护府属于岭南道,南部的边防没有北部严峻,但文人心理界限的边域在五岭,岭南烟瘴之地是远离中原中心的典型标记。基于这样一种情况,我们把边域书写范围再进行扩大:西北方向,我们关注河西节度使驻地凉州及其以西以北的边域地区;北部,我们关注云州、朔州、夏州及其以北地区；东北部，我们关注幽州尤其是蓟门、榆关及其以东以北直至高句丽、新罗、百济地区；南方，我们关注大庾岭向南向西和西南方向延伸的广大地区，直至交趾及其以南。依据邹吉忠边缘区主要表现在陆地而非海洋的观点，走向安南都护府的边域书写，我们只将岭南西道纳入关注视野。

需要特别说明的是：唐时的新罗，不属于都护府管辖范围，也不是羁縻州府，新罗与靺鞨、渤海、高句丽、百济不太一样，后者属于唐王朝版图域内，新罗则不在版图之内，但新罗附属唐朝，且其文化思想受唐朝影响，文化交流与唐朝过从甚密，不少新罗学子入唐学习，有的甚至在唐为官，几乎就是唐化生活。如诗人崔致远不仅与很多唐人是朋友，还做过淮南节度使高骈的幕府都统巡官，写下了很多严整的符合唐律的格律诗。这种文化的血脉关联直接催生了韩国的汉文学。新罗也与大唐有军事互助（当然也有战争），且在地域上与百济、高句丽扯不断理还乱，属于邹吉忠先生所说的"共享自然资源和历史资源的人们共同或关联性的区域"，依孟子"域民不以封疆之界"之意，也纳入我们所关注的边域书写范围。

三、唐代驿路诗歌边域书写的写作形态

在谈及这一问题时，我们先确定一下参与边域写作的唐代文人群体。

在唐代文人走向边域的队伍中，有一批人是不能忽略的，那就是从军、入幕、出使、边游、被逐的文人，如张说、杜审言、宋之问、沈佺期、骆宾王、陈子昂、王之涣、王昌龄、高适、李白、岑参、李益、张籍、贯休、崔致远等，这些诗人用生花妙笔记录了他们从军、入幕、出使、贬谪、边游中的驿路行程和所见所闻，反映他们人在旅途的生存状态和心理状态，为我们留下了唐人边域交通、生活的真实资

料,也树立了独特的边域书写风格,使唐代诗歌的写作范围大为拓展,风格也多种多样。主要有这样几个群体:

1. 入幕文人。唐制,及第举子是不能立即授与官职的,需要候选三年或更长时间,在候选期间,多数人会进入幕府成为幕僚。这些人构成创作边域诗的庞大群体。此外,对于已经进入仕途的人,入幕也是唐代文人重要的晋升之路,唐代文人在幕府常常得到幕府府主的推荐,晋升极快,《唐语林》记载这种情况是:"游宦之士,至以朝廷为闲地,谓幕府为要津。迁腾倏忽,坐致郎官。"[①] 入幕,当然有边域都护府入幕者,高适、岑参是入边塞幕府的典型代表。

2. 传宣王命、犒赏军功、出使各国的使者。在与周边民族交往或边疆队伍需要劳军的出使队伍中,也有一批文人,比较典型的如张说、王维,他们常被誉为张骞、苏武、班超等。这样的使命,也给了他们机会,他们用诗笔记录驿路生活,表达自己对大唐王朝的情感和自己的人生理想。

3. 边游文人。唐代文人重视事功,将立功边塞放在首位,所谓"宁为百夫长,胜作一书生",故而一些功名不立、仕宦难成的文人常到边域寻求发展的机会,如李白、祖咏、常建、张籍、于濆等。他们通过边游,更深入地了解边地生活,也写作了一些游历边地的作品。

4. 逐臣文人。唐代逐臣群体中有相当一部分是文人,其中有些人被谪往遥边,如杜审言、沈佺期、宋之问、李德裕等,他们在驿路上书写了内心的哀怨、对外界环境的不适、思乡恋家的情感,为扩大唐诗的写作领域做出了贡献。

---

① ［宋］王谠撰,周勋初校证:《唐语林校证》卷八《补遗》,《唐宋史料笔记丛刊》本,中华书局,1987年,第693页。

　　以上诸类人群驿路诗歌的边域书写，与一般驿路诗歌创作形态没有本质性差异，但在内容上有所区别。主要包含几种类型：祖道饯别、馆驿之作、驿路行吟。这几种类型的写作形态不完全一样，我们略作区别。

　　一是祖道饯别。中国古代很重视人的出行，大约是因为条件恶劣、交通不便、生死无常等原因，古人特别重视驿路饯别，唐人亦如是。饯别的地点往往在驿馆、驿亭，称为"祖""道"或"祖饯"或"别"。笔者在《唐代驿传与唐诗发展之关系》中谈及过祖饯的来源和古人的观念：

　　　　祖饯活动的形成，据东汉崔寔记载，与黄帝之子有关。《文选》李善注："崔寔《四民月令》曰：祖，道神也。黄帝之子，好远游，死道路，故祀以为道神，以求道路之福。"所谓"祖"或"道"，是古代人为出行者祭祀路神而进行的祭祀活动。《左传·昭公七年》记载："公将往，梦襄公祖。"注云："祖，祭道神。"疏云："祖是祭道神也……行山曰軷，犯之者封土为山象，以菩刍棘柏为神主，既祭，以车轹之而去，喻无险阻难也。"故此，"祖道"或"祖饯"等字样，是与祭祀相关的，是人们为了祈求出行者的平安，向路神祭祀。

　　　　祭祀路神的仪式是比较复杂的，第一步是"委土为山"，第二步"伏牲其上"，第三步"酒脯祈告"，最后"乘车躐之"。这四步的意思分别是：面对障碍、供奉牲醴、祷告平安、毁掉障碍。祭祀的目的在于对前行路途上的障碍进行清扫，祈求行人的平安。从这个意义上说，古代社会最初的送行侧重于"祖道"，也就是祭祀路神。在这一活动中，供奉牲醴也即"酒脯祈告"是必备的重要形式，"酒脯祈告"活动之后，释酒祭路，饮酒壮行,《聘礼》记云:"出祖释𫐐,祭酒脯,乃饮于其侧。"在这一活动中,出行者成为在祖道活动中的重要角色,而对出行者的关切也就成为祖道活动中的重要内容,由此,引发了祖道活动中的另一功能:饯送。《诗经·大雅·韩弈》:"韩侯出祖,出宿于屠。显父饯之,清酒百壶。"是对"供奉牲醴"活动兼有饯送之意的描述。但《韩弈》的主导内容是记述韩侯的事迹,"显父饯之"只是在记述韩侯事迹的过程中的一件事情,因此,不能称为完整意义上的祖饯诗。《诗经》中具有完整意义上的祖饯诗,应推《邶风》中的《泉水》……元人许谦在《诗集传名物抄》卷二中对《邶风·泉水》进行疏解时解释魏晋之前的人在进行祖道活动时的心态:"𫐐,谓祭道路之神。𫐐,本山行之名。道路有阻险,故封土为山象,伏牲其上。天子用犬,诸侯羊,卿大夫酒脯。既祭,处者于是饯之,饮于其侧,礼毕,乘车轹之而去,喻无险难也。"可见,祖道的意义确实重在"祖"。

虽然重在"祖",但确实也含有浓重的"饯"意。"显父饯之",饯的是韩侯,"处者于是饯之",饯的是行者,都是居家者为出行者的平安进行祈祷。[①]

古代人对出行的重视决定了饯送活动必然很多。魏晋南北朝的送别,一般都是在就近的路边,很少在驿馆或长亭。唐代的驿传体系完整,驿路发达,驿馆具有住宿、餐饮的功能,故而唐人的送别,一般都在驿馆、长亭进行,比如严耕望《唐代交通图考》谈及长安东郊的馆驿送别:

---

① 吴淑玲:《唐代驿传与唐诗发展之关系》,人民出版社,2014年,第89—90页。

　　由长安都亭驿东北行，由京城东面北首第一门，曰通化门，十五里，至长乐驿，圣历元年置，在浐水西岸长乐坡下，为京师东出第一驿，故公私送迎多具筵于此。又东渡浐水十五里至滋水驿，隋开皇十六年置。驿近滋水，一名灞水，有灞桥，所谓灞桥驿者，盖滋水驿之异名。灞桥为东郊名胜，桥红色，以石为柱。出入潼关固必由之，即出入蓝田、武关者与出入同州蒲津关者亦多由此。且灞水入渭处有东渭桥，为南北交通之要，亦为东西租粟转运所聚。故史称灞桥最为交通要衢，长安祖饯亦或远至此桥驿也。①

　　以上的资料大体可以说明，唐人的送别基本发生在驿馆、长亭。一些唐人的诗歌也明确告诉我们，祖饯也即送别，是在馆驿和驿亭，比如王勃《白下驿饯唐少府》诗题及诗中的"下驿穷交日，昌亭旅食年"、《江亭夜月送别二首》的诗题、杨炯《送丰城王少府》中的"离亭隐乔树，沟水浸平沙"、孟浩然《岘山饯房琯、崔宗之》中的"祖道衣冠列，分亭驿骑催"、《送卢少府使入秦》中的"祖筵江上列，离恨别前书"（水驿饯别）、张说《洛桥北亭诏饯诸刺史》的诗题及诗中的"离亭拂御沟，别曲舞船楼"、张九龄《送韦城李少府》中的"送客南昌尉，离亭西候春"、徐知仁《奉和圣制送张说巡边》中的"北阙纡宸藻，南桥列祖筵"、杜甫《奉济驿重送严公四韵》的诗题、《江亭王阆州筵饯萧遂州》的诗题、《江亭送眉州辛别驾升之》的诗题、李端《都亭驿送郭判官之幽州幕府》中的"都亭使者出，杯酒故人违"、李益《洛阳河亭奉酬留守群公追送》的诗题及诗中的"离亭饯落晖，腊酒减春衣"、王建《送人游塞》中的"城下路分处，

① 严耕望：《唐代交通图考》卷一，上海古籍出版社，2007年，第84—85页。

边头人去时"、薛涛《江亭饯别》诗题及诗中的"离亭急管四更后,
不见公车心独愁"、李群玉《广江驿饯筵留别》的诗题、李频《送友
人往太原》中的"离亭聊把酒,此路彻边头"、皎然《雪溪馆送韩明
府章辞满归》的诗题及诗中的"晓月离馆空,秋风故山晚"等等,都
能把我们引向唐人送别的地点——馆驿、驿亭。

送别是伤感的,容易激发离情别绪,故而在唐代这个诗歌的国
度里,产生了大量的驿路送别诗。它的写作一般发生在驿路的起
点(除却回忆性的),有即兴而发的特点,有些诗歌比较粗糙,有些
诗歌有委曲迎合之意。而优秀的诗人与情感深厚的人之间,更容
易产生感人至深、传之永远的文学经典,比如李白的《送友人》《送
别·斗酒渭城边》、杜甫的《奉济驿重送严公四韵》《送路六侍御入
朝》等。对于边域书写而言,送别诗更多是在设想中描写边域风物
和生活,关心和嘱托对方,如王维的《送元二使安西》(《渭城曲》)、
岑参的《白雪歌送武判官归京》《天山雪歌送萧治归京》《火山云
歌送别》、张籍《送蛮客》《送海南客归旧岛》《送新罗使》等。

二是馆驿之作。在驿路行走,必须严格按照唐代行驿的要求。
按照《唐六典》卷三《尚书户部·度支员外郎》条规定的驿传速度:
"凡陆行之程:马日七十里,步及驴五十里,车三十里。水行之程:
舟之重者,溯河日三十里,江四十里,余水四十五里;空舟溯河四十
里,江五十里,余水六十里。沿流之舟则轻重同制,河日一百五十
里,江一百里,余水七十里。"①这些行驿要求,主要是在保证行程的
基础上,给马匹、舟子以充分的休息时间,否则会使马匹损耗、舟子
劳累不堪。笔者在《唐诗传播与唐诗发展之关系》中论述过这一
问题:"唐朝统治者制定了对驿使违程的严厉处罚措施。《唐律疏

---

① [唐]李林甫等撰,陈仲夫点校:《唐六典》卷三,中华书局,1992年,第80页。

议》对驿使有十条规定,包括:驿使稽程、驿使以书寄人、文书应遣驿不遣、驿使不依题署、增乘驿马、乘驿马枉道、乘驿马赍私物、长官及使人有犯、用符节稽留不输、公事应行稽留等十条。其中,驿使稽程、乘驿马枉道、公事应行稽留的军法式处置保证了乘驿人员必须按驿传制度规定的里程和时间行进。"[1] 同时引用了四条资料证明这一观点:

　　【驿使稽程】诸驿使稽程者,一日杖八十,二日加一等,罪止徒二(或作"三")年。若军务要速加三等;有所废阙者,违一日,加役流;以故陷败户口、军人、城戍者,绞。[2]

　　【乘驿马枉道】诸乘驿马辄枉道者,一里杖一百,五里加一等,罪止徒二年。越至他所者,各加一等(谓越过所诣之处)。经驿不换马者,杖八十(无马者,不坐。)。[3]

　　【用符节稽留不输】诸用符节,事讫应输纳而稽留者,一日笞五十,二日加一等,十日徒一年。[4]

　　【唐玄宗开元十五年敕令】两京都亭驿,应出使人三品已上清要官,驿马到日,不得淹留。过时不发,余并令就驿进发,左右巡御使专知访察。[5]

---

[1] 吴淑玲:《唐诗传播与唐诗发展之关系》,中华书局,2013 年,第 48 页。
[2] [唐]长孙无忌著,岳纯之点校:《唐律疏议》卷一三,中华书局,1983 年,第 208 页。
[3] [唐]长孙无忌著,岳纯之点校:《唐律疏议》卷一三,中华书局,1983 年,第 211 页。
[4] [唐]长孙无忌著,岳纯之点校:《唐律疏议》卷一三,中华书局,1983 年,第 213 页。
[5] [宋]王溥:《唐会要》卷六一,上海古籍出版社,1991 年,第 1248 页。

　　由于有严格的管理，有每日行程的规定，乘驿人员也就相应
有了在馆驿生活的时间。而他们的馆驿生活有时是丰富多彩的，
如参加当地的馆驿聚会、饯送活动，与同在馆驿的乘驿人员进行交
流，但有时又是孤独寂寞的，尤其是遥边的馆驿，常常很少见人。
高兴了写诗，寂寞了也写诗，就留下了很多馆驿诗。馆驿诗有时以
题壁形式存在，有时以口号形式出现，有时就书写在文人随身行囊
的卷子里。参加馆驿聚会、饯送活动和以口号形态出现的诗作，
基本都属于即兴式的，而孤独寂寞时所写下的诗歌多是内心深处
颇有感慨且经过一定加工的诗作，如杜甫的《巴西驿亭观江涨，呈
窦使君》、元稹的《题蓝桥驿》、白居易的《蓝桥驿见元九诗》《使东
川·骆口驿二首》、柳宗元的《北还登汉阳北原题临川驿》、温庭筠
《题望苑驿》等。涉及边域书写的诗作如宋之问的《题大庾岭北驿》
《宿黄花馆》、岑参的《银山碛西馆》《宿铁关西馆》《安西馆中思长
安》等。当然，其中不乏很多优秀作品。

　　三是驿路行吟。乘驿人员一旦踏上征程，就意味着开始了离开
亲人、朋友和熟悉的生活环境，就意味辛苦和劳累，孤独寂寞、思
乡恋家都是难免的，而漫长的驿路，除了行走，别的什么也不能做，
反倒给了大脑反复感受各种情怀的机会——路途的秀景异色、往
事的回忆、思家的情怀等，于是有了很多驿路行吟之作。如宋之问
的《度大庾岭》《早发大庾岭》（当为杜审言作，见本书第497—498
页），骆宾王的《渡瓜步江》，王维的《燕支行》《使至塞上》，岑参的
《过酒泉，忆杜陵别业》《早发焉耆怀终南别业》《题苜蓿峰寄家人》
《临洮客舍留别祁四》《初过陇山途中呈宇文判官》《日没贺延碛
作》《过燕支寄杜位》《经火山》《碛中作》，杜甫的《通泉驿南去通
泉县十五里山水作》《发潭州》《舟月对驿近寺》《舟中》，钱起《归
故山路逢邻居隐者》，戴叔伦的《将巡郴永途中作》，杨炎的《流崖州

至鬼门关作》,白居易的《逢张十八员外籍》(去杭州路上),张籍《岭表逢故人》《泾州塞》,韩愈的《左迁至蓝关示侄孙湘》、杜牧的《江上逢友人》《途中作》《南陵道中》《并州道中》《中途寄友人》,李商隐的《桂林路中作》《江上忆严五广休》,韦庄的《途中望雨怀归》《灞陵道中作》《关河道中》《中渡晚眺》《江上逢史馆李学士》,李频的《及第后还家过岘岭》等,其中不少涉及了边域书写。驿路行吟虽然是行吟之作,看似草草,有些确实属于匆忙之作,但因是发自内心的情感,不少作品十分感人,如宋之问的《经梧州》《渡汉江》、张籍的《岭表逢故人》《泾州塞》,也有的则是在心中反复酝酿的情感的迸发,如宋之问的《度大庾岭》《遥同杜员外审言过岭》、王维的《燕支行》《使至塞上》、岑参的《过酒泉,忆杜陵别业》《逢入京使》《赴北庭度陇思家》等,都是值得反复品味的文学经典。

四、唐代驿路诗歌边域书写的研究现状

如果以我们定义的"边疆""边塞""边域"来审视今人对唐诗的研究,无疑,边疆诗研究和边塞诗研究都成果辉煌,而边域诗研究成果较少,属于驿路诗歌边域书写的就更少。所以,检索工作只能扩大范围。比如,以"唐边塞诗"作为模糊检索关键词,就能在中国知网获得94个条目,若再单独检索对某一边塞诗人的研究成果,比如高适获得342个条目(未剔除杂目),岑参获得511个条目(未剔除杂目),王昌龄542个条目(未剔除杂目),李颀106个条目(未剔除杂目)。若以"唐边疆"作为模糊检索,能在中国知网获得29个条目;以"唐疆域"作为模糊检索,可以获得9条有价值材料;以"唐代边疆"作为准确检索词,可以获得40个条目。再把边疆地区的著名山川城市进行检索,则会获得数量可观的成果,比如检索"龟兹"可以获得1052个结果(未剔除杂目),检索"疏勒"可

以获得 1289 个条目(若检索"唐代疏勒"只有 1 条),检索"焉耆"
可获得 1215 个条目(若检索"唐焉耆"或"唐代焉耆"都只获得一
两条资料。剔除杂目,有价值资料只有 5 条),检索"高昌"可以获
得 718 个条目(未剔除杂目),检索"交河"可获得 354 个条目(检
索"唐交河"只有 5 个条目,实际有价值的不超过 10 条),检索"车
师",可以获得约 30 个条目(剔除杂目),检索"北庭"可以获得 191
个条目,检索"安西都护"可以获得 857 个条目(未剔除杂目)。当
然这方面也不均衡,比如检索"安北都护"只有 4 条,"瀚海都护" 1
条,"单于大都护" 3 条,"安东都护" 20 条,"安南都护" 11 条。但
若以"唐边域"作为模糊检索,结果是 0,以"边域"二字进行检索,
剔除杂目后只有笔者《驿路唐诗边域书写中的丝路风情》、邹吉忠
《边疆·边界·边域——关于跨国民族研究的视角问题》两篇可以
与唐代边域研究联系起来,从驿路这一视角关注唐诗边域书写,只
有笔者一篇文章。如果以"唐丝绸之路(丝路)"进行模糊检索,可
以获得 61 条材料,其中有 18 篇文章对笔者有参考价值。以"唐
驿"为检索,可以获得与唐代馆驿研究有关的论文 23 篇,其中对笔
者有参考价值的有鲁人勇《宁夏境内的"丝绸之路"——兼论唐长
安、凉州北道的驿程及走向》(《宁夏社会科学》1983 年第 2 期)。
以"受降城"进行检索,可获得 46 条资料,其中 25 篇有参考价值。
以"参天可汗道"检索,可获得 3 篇文章,均对笔者论题有参考价
值。以"西域"为检索条件,可获得 4214 个条目,以"唐西域"进
行模糊检索,可以获得 182 条材料,其中 21 篇文章对笔者有参考
价值。以"唐代岭南"进行模糊检索,获得材料 82 条,其中 26 篇
文章对笔者有参考价值。以"唐代东北"进行模糊检索,获得材料
17 条,其中 14 篇文章对笔者有参考价值。以"唐辽东"进行检索,
只有 6 篇与唐有关的论文。以"蓟北"检索,只有 1 篇有关高适的

论文。以"蓟门"检索，没有与唐代有关的资料。以"榆关"进行检索，没有与唐代有关的资料。

　　还有一些检索工作，就不再展示。现综合查阅资料总结如下：

　　唐代的边域诗歌研究，主要集中在西域，出现在边塞诗的研究里。但这并非本书"驿路边域诗歌"的内涵。笔者所关注的"驿路边域诗歌"需限定三个条件：1. 馆驿里、驿路上所创作的；2. 反映边疆地理风貌、物候特征、民俗风情的；3. 反映驿路乘驿者生活、心态的。如果把这三个条件考虑进去，获得的材料并不乐观。

　　目前，国家虽然启动了西部社科项目，西部项目中也有很多古代文化研究方面的，但真正涉及本课题所说之"驿路边域诗歌"的，少之又少。与本课题有关的国家社科项目只有《汉唐间丝绸之路历史书写和文学书写文献资料整理》（19ZDA）、《中古丝绸之路西北关津研究》（19XZS）两项，教育部社科项目有《唐代西北疆域的变迁与边塞诗人的地理感知》一项，但硕博论文近些年关注相关问题不少。查阅硕博论文库，遥边都护府及羁縻州制度研究方面论文不少，只是与驿路、边域文学联系起来就很少了，只有史国强《岑参赴安西路途考证》（新疆师范大学 2007 年硕士论文）、刘俊涛《唐代中越诗人往来与文化交流研究》（郑州大学 2010 年硕士论文）、高烈《唐代安南文学研究》（浙江大学 2013 年硕士论文）、王娜《唐代受降城诗研究》（内蒙古师范大学 2015 年硕士论文）、蔡然《唐代阴山诗研究》（内蒙古师范大学 2016 年硕士论文）、张丽《唐代秦陇南道诗歌中的丝路书写》（北京外国语大学 2020 年硕士论文）、吴李诚《唐代岭南流贬官研究》（福建师范大学 2020 年硕士论文）。这些课题和论文，有的侧重文学家的边域行程，有的侧重文学家在边域生活的情况，有的侧重文学家的边域写作情况，都有一定的参考价值。

已经发表的有关唐代驿路边域诗歌的文献也不多,相关的研究论文按安西、安北、安东、安南四个方向简述如下:

1. 安西方向。最早和最著名的著作当属向达《唐代长安与西域文明》,该书讲述了唐王朝武功全盛时期西北游牧民族或被迫归附、或主动请归的情况。该书共 23 篇论文,其中第一部分 4 篇讨论唐代中外文化关系史和国内西南少数民族的历史,第二部分 10 篇讨论敦煌学,对笔者有较大帮助。论文方面,卢晓河、李建荣《丝绸之路与唐边塞诗》(《丝绸之路》2001 年第 1 期),王辉斌《王维的边塞之行及其边塞诗》(《唐代文学研究》第 13 辑,2008 年),荣新江《唐代北庭都护府与丝绸之路》(《文史知识》2010 年第 2 期),王旭送《论唐代西域烽铺屯田》(《石河子大学学报》2011 年第 3 期),荣新江《唐代安西都护府与丝绸之路——以吐鲁番出土文书为中心》(《龟兹学研究》第 5 辑,2012 年),唐帅、魏景波《丝绸之路与唐代边塞诗》(《丝绸之路》2012 年第 20 期),海滨《唐代亲历西域诗人诗歌考述》(《吉昌学院学报》2013 年第 3 期),雷鸣《唐代边塞诗的文学地理学分析》(《语文建设》2014 年第 20 期),田峰《唐代文学中西北边疆的“塞”及其夷夏之辨》(《海南大学学报(人文社会科学版)》2015 年第 1 期),熊建军、李建梅《西域形象的文学表达与建构》(《天府新论》2015 年第 1 期),田峰《唐代西北疆域的变迁与边塞诗人的地理感知》(《学术月刊》2015 年第 2 期),白登山《诗唐·丝路·诗人——岑参的龟兹行旅与丝路创作》(《丝绸之路》2016 年第 7 期),杨许波《唐帝国的丝路想象初探——以唐诗“胡”为个案》(《广西师范大学学报》2017 年第 3 期),徐芳《唐代陇右诗歌中丝路文化的表征》(《西安石油大学学报》2018 年第 1 期),李晓娟《从唐代边塞诗看丝路重镇凉州的人文景观》(《边疆经济与文化》2018 年第 8 期),王伟

《丝路人文遗存与唐代文学的西域书写》(《人民周刊》2019 年第 16 期)，谢岩《唐代丝路诗中边塞的时—空隐喻》(国际会议 2019 5th International Conference on Humanities and Social Science Research〔ICHSSR 2019〕)，王玉平《天宝十三载封常清在交河郡的行程》(《中国地理历史论丛》2021 年第 1 期)，荣新江《唐贞观初年张弼出使西域与丝路交通》(《北京大学学报》2020 年第 1 期)等等，与笔者论题有关。唐人有关西域写作诗歌的研究，有内容方面的、丝路风情的、文学意象、文学景观的，非常丰富多彩，这些研究成果水平亦高，为笔者的写作提供了很多值得借鉴的方向。

2. 安北方向。论文数量颇多且很有价值，如高建新《"胡地"与岑参边塞诗之奇峭美》(《内蒙古大学学报》2009 年第 1 期)，《唐诗中的"金河"》(《内蒙古大学学报》2010 年第 5 期)，石维娜《唐长安通往"三受降城"的驿路及其历史作用》(《华夏文化》2011 年第 4 期)，高建新《李益边塞诗及其对唐代中国北疆的书写》(《中文学术前沿》2015 年第 2 期)，高建新《唐诗中的北方游牧民族乐器——以羯鼓和羌笛为研究对象》(《民族文学研究》2017 年第 2 期)，米彦青《草原丝绸之路上的唐诗写作》(《文学评论》2017 年第 1 期)，张静《唐筑三受降城述略》(《济宁师范学院学报》2019 年第 1 期)，高建新《"唐诗之路"与岑参的西域之行》(《唐都学刊》2020 年第 2 期)，米彦青《北方关镇建置与唐代边塞诗的演进》(《内蒙古大学学报》2021 年第 1 期)，卢晓河、李建荣《丝绸之路与唐边塞诗》(《丝绸之路》2021 年第 1 期)，都对笔者有一定的启示意义，而高建新的研究启发犹多。高建新近些年关注边域书写的风格、意象、写作方式等，非常有参考价值。石维娜《唐长安通往"三受降城"的驿路及其历史作用》不仅关注驿路，而且关注受降城驿路的历史作用，对笔者描述这一段驿路极其有益。硕博论文中刘红伟《盛唐诗歌与西域文化研究》(陕西师范大学 2011 年硕士论文)、赵扬《草原丝路与回纥汗国》(内蒙古师范大学 2019 年硕士论文)、王娜《唐代受降城诗研究》(内蒙古师范大学 2015 年硕士论文)、蔡然《唐代阴山诗研究》(内蒙古师范大学 2016 年硕士论文),在研究的系统性和创新方面有很多新见,其中王娜对受降城诗歌内容、唐人精神气质和艺术风格的挖掘很有启发意义。

　　3. 安东方向。从驿路诗歌的视角审视,这一方向的研究是最薄弱的,但也可以罗列一些文章,如佘正松《单刀入燕赵　栖迟愧宝刀——论高适两次赴蓟北的边塞诗》(《南充师院学报》1982 年第 4 期)、马建斌《唐与高丽之战背景下李世民边塞诗研究》(《快乐阅读》2012 年第 30 期)等,对笔者论题有直接的参考价值。其余则主要是历史文献资料,如张炼《唐与回纥民族关系及唐王朝的民族政策》(《西北民族大学学报》1989 年第 4 期),拜根兴、侯振兵《论唐人对高句丽及高句丽遗民的认识》(《唐史论丛》2011 年会议论文),姜清波《高句丽末代王族在唐汉化过程考述》(《东北史地》2012 年第 6 期),拜根兴《新罗真德王代的对唐外交——以金春秋、金法敏入唐为中心》,刘琴丽《碑志所见唐初士人对唐与高句丽之间战争起因的认识》(《东北史地》2012 年第 2 期),李华清《唐朝与回纥的关系》(《黑龙江史志》2013 年第 15 期),池内宏、冯立君《高句丽灭亡后遗民的叛乱及唐与新罗关系》(《中国边疆民族研究》2016 年第 9 辑),郑永振《最近朝鲜境内的高句丽、渤海遗迹调查发掘成果》(《通化师范学院学报》2017 年第 7 期),郑永振《高句丽的疆域及其变化》(《通化师范学院学报》2017 年第 7 期)等,均从高句丽的历史演变、管辖区域、唐朝与新罗之间的关系等进行研究,可以为笔者提供相关历史资料。硕博论文成果不少,主要有张建《安史之乱前后唐与新罗诗歌交往研究》(内蒙古大学

2010 年硕士论文）、刘海霞《金春秋史事所见唐罗关系考论》（延边
大学 2010 年硕士论文）、关贺《入唐新罗留学生研究》（延边大学
2015 年硕士论文）、周宇浩《新罗入唐质子汉语学习的现代借鉴与
传承》（四川师范大学 2017 年硕士论文）、宋心雨《渤海、新罗与唐
关系比较研究》（吉林大学 2018 年硕士论文），大部分主要从历史
学范畴进行研究，其中佘正松、张建、关贺、周宇浩、杨辰宇的论文
部分涉及笔者所关注的唐代驿路边域诗歌，可以在一定程度上给
笔者以借鉴。

　　4. 安南方向。近些年，学人比较关注唐代岭南方向制度、文
化、文学方面，如方国瑜《唐代前期南宁州都督府与安南都护府的
边界》（《云南社会科学》1982 年第 5 期），张秀民《唐代安南文学
史资料辑佚》（《印支研究》1983 年第 2 期），栗美玲《略论唐代安
南都护府的设置及历史作用》（《广西民族学院学报》1987 年第 4
期），昌庆志《从文学对商业的反映看唐代岭南文化》（《广州大学
学报》2005 年第 5 期），陈国保《安南都护府与唐代边疆防御体系
的构建与影响》（《中国边疆史地研究》2010 年第 3 期），刘丽《唐
宋海南贬谪文人心态之比较》（《北方论丛》，2010 年），刘俊涛《浅
论唐代安南诗人与中原士人的交往》（《东亚纵横》2011 年第 10
期），刘淑萍《唐代流人的岭南诗文考》（《古籍整理学刊》2012 年
第 3 期），刘儒、戴伟华《地域·岭南·唐代诗歌》（《古典文学知
识》2012 年第 2 期），陈国保《安南都护府与唐代南疆羁縻州管理
研究》（《广西师范大学学报》2014 年第 4 期），侯艳《岭南意象视
角下唐宋贬谪诗的归情》（《广西社会科学》2013 年第 5 期），田峰
《唐代诗人对五岭的地理感知与华夷之界》（《海南大学学报（人文
社会科学版）》2013 年第 9 期），傅飞岚、梁斯韵《高骈南征战役及
唐朝安南都护府之终结》（《海洋史研究》2017 年第 1 期），贾君琪

《唐代海上丝绸之路诗歌的内容与情感》(《湖北工业职业技术学院学报》2018 年第 6 期),陈国保《安南都护府与唐代南疆经制州县的国家管控及治理》(《社会科学战线》2021 年第 10 期)。硕博论文如钟良《杜审言、沈佺期和宋之问岭南贬谪诗述论》(华南师范大学 2004 年硕士论文)、李亚琦《贬谪与沈佺期宋之问的诗歌创作》(安徽大学 2007 年硕士论文)、钟乃元《唐宋粤西地域文化与诗歌研究》(广西师范大学 2010 年博士论文)、高烈《唐代安南文学研究》(浙江大学 2013 年硕士论文)、吕媛《唐代赴岭南送别诗研究》(福建师范大学 2016 年硕士论文)、蔡勇《唐代岭南贬谪诗研究》(广西师范大学 2017 年硕士论文)、陈家愉《唐代瘴疠诗研究》(贵州师范大学 2019 年硕士论文)、张小静《盛唐、中唐贬谪诗研究》(延边大学 2019 年硕士论文)、吴李诚《唐代岭南流贬官研究》(福建师范大学 2020 年硕士论文)、丁忱《试论唐朝的安南都护府》(华东师范大学 2020 年硕士论文)、丁忱《试论唐朝的安南都护府》(华东师范大学 2020 年硕士论文)等等。其中张秀民对安南文学史料的搜集,刘淑萍对南流诗人诗歌的搜集,刘丽对南海贬谪文人心态的研究,刘俊涛对安南诗人与中原士人交往的研究,刘儒、戴伟华对岭南诗歌与地域关系的探讨,吕媛对岭南送别诗的关注,蔡勇对岭南贬谪诗的研究,都对笔者梳理岭南流贬诗人的作品、了解他们的相关情况有很大帮助,其他则从制度、地理范围、管辖方式等方面给笔者提供了较为详实也相对系统的文献资料,使笔者在搜集整理材料方面得以省力省时。

　　除以上四个方向的,还有一些总体关注的研究成果,如海滨《唐诗与西域文化》(华东师范大学 2007 年博士论文),王国健、周斌《唐代文人的旅游生活与新自然景观的发现》(《湖南师范大学学报》2013 年第 5 期),吴玉贵《唐代长安与丝绸之路》(《西北大学学报》2015 年第 1 期），吕宗力《大长安：丝绸之路的起点》（《西北大学学报》2015 年第 1 期），高建新《唐诗中的烽火及其文化景观价值》（《内蒙古大学学报》2017 年第 4 期），李浩《唐代长安与丝路文化》（《华夏文化论坛》2018 年第 2 期），杨辰宇《唐代边疆与诗歌》（吉林大学 2019 年博士论文），高建新《"丝绸之路"与唐人的疆域观念及文化胸怀》（《内蒙古大学学报》2021 年第 1 期）等，从丝路文化、驿路建设、文化景观等视角提出了很多有益的思考，有助于笔者开拓探讨空间。

五、本书可能拓展的研究空间

1. 在唐代以前的文学书写世界里，较少关于四方边域地理的文学体验，这一点在唐代获得突破。近年来受文学地理学影响，兴起了地域文学研究的热潮，单纯就某地文学进行研究的著作不少，但整体关注四方边域地理文学的相关研究尚需更大突破，从驿路书写的视角关注四方边域地理文学的相关研究更没有展开，这给笔者留下了较大的写作空间。

2. 唐代驿路诗歌的边域书写虽然也有少数民族或曰本土诗人的写作，但主要还是中原士人的写作，这与本土诗人的观察点很不相同，故本书拟以驿路诗歌为突破点，揭示唐代士人的驿路诗歌在边域书写方面所呈现出来的情况，包括驿路边域书写的内容拓展、情感基调、写作手法、风格特质等。

3. 唐代士人的驿路诗歌边域书写对中国文学有一个巨大的贡献，就是形成了很多边域地理的文化坐标，如凉州、临洮、交河、敦煌、阳关、玉门关、陇山、燕支山、天山；云中、朔州、受降城、拂云堆、单于台、雁门关、萧关、白登山、阴山、燕然山；幽州、渔阳、蓟门、榆关、卢龙塞、辽阳、辽东、辽西、燕山、白狼山；鬼门关、大庾岭、桂岭、涨海、日南、铜柱、苍梧、合浦、交趾等,使得我们只要提及这些地理文化坐标,马上就能想到其大体所在的位置及其所拥有的象征性意义。但这方面的研究还没有充分展开。

4. 文化的发展不是单线的,而是多线的,民族的融合不仅仅是历史的,也是当下的。研究唐代驿路诗歌的边域书写,也能够揭示唐代民族交往和融合的细节内涵,可以成为今天多民族国家在民族融合和发展时的典范性参照。

在学术思想方面的创新:发掘唐代中原士人睁开眼睛看边域的视角,以为古为今用之助力。这是一个崭新的观察唐诗的视角、一个崭新的观察边域文学的视角。既与纯粹的驿路诗歌研究有很大不同,又与边域地区本土诗人的本土书写不同。有三个写作角度是较少有人在著作或专论中谈及的:驿路唐诗的边域书写方式、驿路唐诗的边域书写审美、驿路唐诗的边域书写意义。

在研究方法方面的特色:使用交叉学科方法进行研究,主要是利用历史学、历史地理学、文学地理学、地理风俗学、文学解释学等方法进行交融式研究,以期获得唐代驿路诗歌边域书写的独特内容、写作方式、艺术风貌,既不是单纯为文学而文学,亦不是单纯为思想而思想。

希望本书的探讨能够收获一些有价值的成果,并开拓一些新的研究领域。

第一章　唐朝的边域管理与驿路建设

　　历史上,以中原地区为中心的华夏民族在处理边域问题时,存在过很多问题。先秦时期,内华夏而外夷狄的观念比较普遍。仅从文字而言,"华夏"二字就是自我尊崇的表现,孔颖达在疏解《左传·定公十年》"裔不谋夏,夷不乱华,俘不干盟,兵不逼好"的传文时说:"夏,大也。中国有礼仪之大,故称夏;有服章之美,谓之华。华、夏一也。"①《说文解字注》解释"夷":"南方蛮闽从虫。北方狄从犬。东方貉从豸。西方羌从羊。西南僰人,焦侥从人。盖在坤地,颇有顺理之性。惟东夷从大。大,人也。夷俗仁,仁者寿。有君子不死之国。按:天大,地大,人亦大。大象人形,而夷篆从大,则与夏不殊。夏者,中国之人也。从弓者,肃慎氏贡楛矢石砮之类也。"②解释"北狄":"九夷,八狄,七戎,六蛮,谓之四海。八蛮在南方。六戎在西方。五狄在北方。李巡云:五狄者,一曰月支、二曰秽貊、三曰匈奴、四曰单于、五曰白屋。王制,明堂位皆言东夷、南蛮、西戎、北狄。[许慎]'本犬种'。[段注]此与蛮闽本蛇

---

①[唐]孔颖达正义:《春秋左传正义》卷五六,阮元校刻《十三经注疏》本,中华书局,1980年,第2149页。

②[汉]许慎撰,[清]段玉裁注:《说文解字注》,上海古籍出版社,1981年,第493页(下)。

种,貉本豸种,羌本羊种一例。狄之为言淫辟也。"① 注释和字书的解说,是文化观念的代表,可见在中国古代,四方边远之地是被鄙视的。最具代表性的观念是两位圣人的话,《论语》记载孔子的话:"夷狄之有君,不如诸夏之亡也。"② 孟子在《滕文公上》中说:"吾闻用夏变夷者,未闻变于夷者也。"③ 夷狄之人,有君主在,也不如诸夏没有君主更文明更有秩序,这是孔子的认识,因为在孔子的观念里,穿左衽服装的人不可接受。孟子则认为,用华夏改变诸夷可以理解,但绝不接受被诸夷改变。

但唐朝统治者没有这么严格的华夷之分。作为中国历史上最强大的封建王朝之一,唐王朝多民族国家的稳定和繁荣举世闻名。大唐王朝自建立至灭国(618—907)的289年间,在边疆发生的大大小小的战争不计其数,但无论唐王朝和周边民族地区怎样战争,彼此间都未像宋与辽、宋与金的关系那样紧张,而是大体能够做到和平相处、贸易往来、平等互利、互通有无,民族融合度极高。这与大唐王朝的边域管理政策有很大关系。

大唐王朝的边域管理非常成功,通过都护府在军事、政治上实施唐王朝统一政策,而在都督府、羁縻州里实施高度自治的民族管理模式,使得很多边域民族都愿意归附大唐,大唐几代帝王被尊为"天可汗"就是大唐王朝成功处理边域问题的有力佐证。都护府、都督府和羁縻州管理机制虽不是唐王朝的首创,也不是大唐王朝

---

① 〔汉〕许慎撰,〔清〕段玉裁注:《说文解字注》,上海古籍出版社,1981年,第476页(下)。

② 〔宋〕朱熹注:《四书集注·论语集注·八佾》,《新刊四书五经》本,中国书店,1994年,第56页。

③ 〔宋〕朱熹注:《四书集注·孟子集注·滕文公上》,《新刊四书五经》本,中国书店,1994年,第239页。

最后使用的边域管理机制，但唐朝却是中国历史上使用这种管理机制最好的一个朝代，使得大唐王朝华夏与四夷完美融合，华夏文化影响四夷发展，四夷文化也被华夏很好地吸收。今人郑亮在谈及这种情况时说：

> 唐太宗李世民无比大气地表示："自古皆贵中华，贱夷狄，朕独爱之如一。"代表了当时人勇于打破关于夷夏的界限、在文化上兼收并蓄的博大胸怀。《新唐书·五行志》记载，天宝年间："贵族及士民好为胡服、胡帽，妇人则簪步摇钗，衫袖窄小。"时人称为"时世妆"，元稹的《法曲》咏："胡音胡骑与胡妆，五十年来竞纷泊。"《旧唐书·音乐一》记述："梁、陈旧乐，杂用吴、楚之音；周、齐旧乐，多涉胡戎之伎。于是斟酌南北，考以古音，作为大唐雅乐。"也就是说，此时的西域是具体的西域，想到西域就想到风靡一时的胡乐、胡舞、胡服、胡食等。盛唐时期，西域的乐舞，绘画与造型艺术，饮食服饰，娱乐保健等在唐都城长安随处可见，它使唐人的生活异彩纷呈。①

唐人异彩纷呈的社会生活得自于唐人的高度自信和对外来文化开放包容的心态，得自于大唐社会对外部世界的吸引，更得自于恰切的四夷管理政策。而唐朝治理四夷的主要方法就是都护府统摄羁縻州府。

唐王朝在边域地区设置都护府，始于唐太宗贞观十四年（640）平定高昌之后。纵观有唐一代，共有八个都护府：单于大都

---

① 郑亮：《想象的他者——李白诗中西域意象的文化透析》，《石河子大学学报》2010年第6期。

护府(与安北互变)、安北大都护府(燕然都护府、瀚海都护府)、北庭大都护府(隶安西)、安西大都护府、濛池都护府(隶安西)、毗陵都护府(隶安西)、安东上都护府、安南中都护府。若将隶属关系、名称互换、防护方向考虑进去,实际上就是四个都护府:安西大都护府、安北大都护府、安东上都护府、安南中都护府。这些都护府主要执行军事任务和行政命令。都护府下有为数不少的都督府、羁縻州,如焉耆都督府、龟兹都督府、疏勒都督府、毗沙都督府、渤海都督府、黑水都督府、峰州都督府等。这些都督府和羁縻州在都护府的庇护下实施自治式管理,生活方式不改变,头领或宗教领袖基本不改变,所以,绝大多数羁縻州府都与大唐王朝保持良好的关系。

唐王朝的边域管理大多时候都很符合实际,既能有效实施管理,又能尊重民族实际,还能做到民心安定。一是无论战胜和归附,一律平等相待。二是尽量启用当地民族首领担任唐王朝在当地的代理人,使得民族地区有民族自主的感受。三是实施薄赋敛省力役的治理措施,既不向当地百姓征税,也不向当地百姓强派兵役徭役等,还能使其有被保护、免受欺凌之益处。四是实施贸易往来,丰富当地的物质生活。五是以积极姿态传播华夏文化,使各民族拥有共同的文化认同。

之所以能够达到这样的效果,与唐代的驿路建设有非常重要的关系。驿路,关系着唐代政令的执行,关系着与各地联系的紧密程度,关系着信息互通的便捷或阻断,故而统治者特别重视驿路建设,管理队伍整齐,资源配备充足,馆驿制度完备,馆驿数量众多:"凡三十里一驿,天下凡一千六百三十有九所。(二百六十所水驿,一千二百九十七所陆驿,八十六所水陆相兼。若地势险阻及须依水草,不必三十里。)"① 因此唐代驿路四通八达。严耕望《唐代交通图考》描述这种盛况：

> 大抵唐代交通以长安、洛阳大道为枢轴,汴州(今开封)、岐州(今凤翔)为枢轴两端之延伸点。由此两轴端四都市向四方辐射发展,而以全国诸大都市为区域发展之核心。如东北之太原(今晋源)、幽州(今北平),西北之灵州(今灵武南)、凉州(今武威)与鄯州(今乐都),西南之成都、东南之扬州,直南之荆州(今江陵);而广州、交州(今越南河内)则对外海运之港口也。全国大道西达安西(或至葱岭),东穷辽海,北逾沙碛,南尽海隅,莫不置馆驿,通使命,而国疆之外,凡唐之声威所曾届达处,亦颇有中国馆驿之记录。②

驿路之所通、馆驿之所在,既是大唐王朝声威之所达,更是大唐在当时获得周边民族文化认同的重要助力,而行走在驿路上的文人,让唐代的驿路真正成为了唐诗之路。

大唐王朝的边域管理经验,具有宝贵的借鉴价值。唐代诗人的边域书写,是唐代诗歌中的瑰丽篇章。驿路,则是大唐王朝中心走向边域、边域回归中心的必经网络,承载着驿路上诗人们对边域的认知。唐代的边域范围很广,就管理视域而言,安西、安北、安东、安南四个方向的较大都护府以及相关重要羁縻州以驿路繁忙、过往文人更多为特点,故我们以此四都护府及其相关重要羁縻州为代表,考察唐代的边域管理、驿路建设以及唐代文人与边域联系

---

① [唐]李林甫等撰,陈仲夫点校:《唐六典》卷五,中华书局,1992年,第163页。
② 严耕望:《唐代交通图考》序言,上海古籍出版社,2007年,第3页。

的情况及其创作。

第一节　安西都护府及相关羁縻州府的 管理与驿路建设

唐朝的开国之君是李渊,但李渊的统治不足十年,且这十年都是在尚未完全稳定之时。唐朝的稳定从唐太宗李世民始。李世民虽以征伐名天下,却不是崇尚征伐之人,他在魏征的劝谏下,对四夷采取了笼络政策。贞观初年,岭南诸州报告高州酋帅冯盎、谈殿阻兵反叛,唐太宗曾欲支持发兵征讨,魏征谏曰:

> 中国初定,疮痍未复,岭南瘴疠,山川阻深,兵远难继,疾疫或起,若不如意,悔不可追。且冯盎若反,即须及中国未宁,交结远人,分兵断险,破掠州县:署置官司,何因告来数年,兵不出境? 此则反形未成,无容动众。陛下既未遣使人就彼观察,即来朝谒,恐不见明。今若遣使,分明晓谕,必不劳师旅,自致阙庭。①

如果"不劳师旅"就能够"自致阙庭",为什么不办呢? 唐太宗听从了魏征的劝谏,未曾实施征伐,"岭表悉定"。后来贞观四年(630),林邑等蛮国,不按时表疏汇报,有人要求讨伐,唐太宗也没有讨伐:

> 太宗曰:"兵者,凶器,不得已而用之。故汉光武云:'每一

---

① [唐]吴兢:《贞观政要》卷九《议征伐第三十五》,齐鲁书社,2010年,第278页。

发兵,不觉头须为白。'自古以来穷兵极武,未有不亡者也。符坚自恃兵强,欲必吞晋室,兴兵百万,一举而亡。隋主亦必欲取高丽,频年劳役,人不胜怨,遂死于匹夫之手。至如颉利,往岁数来侵我国家,部落疲于征役,遂至灭亡。朕今见此,岂得辄即发兵?且经历山险,土多瘴疠,若我兵士疾疫,虽克剪此蛮,亦何所补? 言语之间,何足介意!"竟不讨之。①

对于一个以征伐之功当国的君王而言,这些言论实属不易。而唐朝的国家边域管理,正得益于早期当国者的态度和最初的政策。据史料记载,贞观十八年(644),诸侯归化的局面已经形成:

上欲阐扬先帝徽烈,乃令匠人琢石,写诸蕃君长,贞观中擒伏归化者形状,而刻其官名。(突厥颉利可汗、右卫大将军阿史那出苾,突厥颉利可汗、右卫大将军阿史那什钵苾,突厥乙弥泥孰侯利苾可汗、右武卫大将军阿史那李思摩,突厥都布可汗、右卫大将军阿史那社尔,薛延陀真珠毗伽可汗,吐番赞普,新罗乐浪郡王金贞德,吐谷浑河源郡王乌地也拔勒豆可汗,慕容诺曷钵,龟兹王诃黎布失毕,于阗王伏阇信,焉耆王龙突骑支,高昌王、左武卫将军麹智盛,林邑王范头黎,帝那伏帝国王阿罗那顺等十四人,列于陵司马北门内,九嵕山之阴,以旌武功。)②

唐朝的边域经营和管理,从立国之初,即以"远夷率服,亿兆乂

①[唐]吴兢:《贞观政要》卷九《议征伐第三十五》,齐鲁书社,2010年,第279—280页。
②[宋]王溥:《唐会要》卷二〇,中华书局,1955年,第395—396页。

安"为目标。唐太宗的统治观点是："周既克殷,务弘仁义;秦既得志,专行诈力。非但取之有异,抑亦守之不同。祚之修短,意在兹乎!"[①] 唐太宗为大唐王朝确立了"远夷率服,亿兆乂安"的目标,并希望这样的情况保持下去,而不要像秦皇、汉武一样与远夷之地形成太多矛盾,《贞观政要·贡赋》:

> 贞观十二年,疏勒、朱俱波、甘棠遣使贡方物。太宗谓群臣曰:"向使中国不安,日南、西域朝贡使,亦何缘而至? 朕何德以堪之! 睹此翻怀危惧。近代平一天下、拓定边方者,惟秦皇、汉武。始皇暴虐,至子而亡。汉武骄奢,国祚几绝。朕提三尺剑以定四海,远夷率服,亿兆乂安,自谓不减二主也。然二主末途,皆不能自保,由是每自惧危亡,必不敢懈怠。"[②]

由此可见,唐太宗在"远夷率服,亿兆乂安"的统治目标实现后,并未懈怠国政,而是思考长治久安之策,并在现实中逐步探索。贞观四年(630),李靖大败突厥颉利可汗(阿史那阿咄苾)后,大臣们议论安边之策,争议纷纷,唐太宗最终选择了温彦博"全其部落,得为捍蔽,又不离其土俗,因而抚之"[③] 之策,尊重和保留突厥的社会组织和风俗习惯,并以此作为长久的边域治理之策。贞观十八年,唐太宗又说:"夷狄亦人耳,其情与中夏不殊。人主患德泽不加,不必

---

① [唐]吴兢:《贞观政要》卷八《辩兴亡第三十四》,齐鲁书社,2010年,第273页。

② [唐]吴兢:《贞观政要》卷八《辩兴亡第三十四》,齐鲁书社,2010年,第270页。

③ [唐]吴兢:《贞观政要》卷九《议安边》第三十六,齐鲁书社,2010年,第293页。

猜忌异类。盖德泽洽，则四夷可使如一家；猜忌多，则骨肉不免为仇敌。"[①] 贞观二十一年（647）说："自古皆贵中华，贱夷狄，朕独爱之如一，故其种落皆依朕如父母。"[②] 唐太宗的民族融合思想取得了良好的治理效果。据《唐会要·杂录》记载："（贞观）四年三月，诸蕃君长诣阙，请太宗为天可汗，乃下制令后玺书赐西域北荒之君长，皆称'皇帝天可汗'。诸蕃渠帅有死亡者，必下诏册立其后嗣焉。统制四夷，自此始也。"[③] 自此之后，唐王朝形成了少数民族政权首领例由唐廷册封的制度，并与周边少数民族在开明友善的民族政策和制度下友好共存（当然也有斗争，但相对于以往和以后的有些朝代比如宋和西夏、宋和金、元时人分四等之类，要好很多），大大减少了华夏民族和少数民族间的隔阂，为中华民族的融合奠定了良好的基础。

　　由于统治政策的相对完美，唐朝的疆域急速扩张，在极盛时期东起高丽、百济，南抵日南，西达中亚咸海、呼罗珊，北至贝加尔湖及叶尼塞河。境内少数民族众多，有突厥、回鹘、铁勒、室韦、契丹、鞨鞨等，唐朝为对这些少数民族实施有效管理，分别设立了安西、安北、安东、安南、单于、北庭六大都护府，以及大量隶属于六大都护府的都督府和羁縻州。都护府为军事和政治执行机构，都护府下配以都督府和羁縻州的自主治理。各大都护府与唐王朝的联系主要是通过驿路驰驿，比如贞观五年（631），"阿史那阿咄苾败走后，其酋及首领至者，皆拜将军，布列朝廷，五品已上，有百余人，殆与朝士相半。惟拓跋不至，遣使招慰之，使者相望于道"[④] 可见驿

① [宋]司马光编著：《资治通鉴》卷一九七，中华书局，1956年，第6329页。
② [宋]司马光编著：《资治通鉴》卷一九八，中华书局，1956年，第6360页。
③ [宋]王溥：《唐会要》卷一〇〇，中华书局，1955年，第1796页。
④ [宋]王溥：《唐会要》卷七三，中华书局，1955年，第1311页。

路与统治之间的关系。

本书研究唐代边域书写,主要是行走在大唐中心与边域都护府、羁縻州的诗人笔下的边域书写情况,故需对唐朝边域都护府、羁縻州管理及驿路建设进行简单梳理,以便于展开后面的章节。

一、安西都护府的管辖范围及走向安西的驿路

西域,是自汉代以来历代统治者都用心经营的地方,是中原"张国臂掖",以图腾飞之地。用设置都护府的方式管理西域,即自汉代始:"汉武帝开西域,安其种落三十六国,置使者、校尉以领护之。宣帝时,郑吉为西域都护,始立幕府;都护之名,自吉始也。"①自此以后,西域就成为中国人心中的"结"——一个永远牵挂、不能放弃的地方。唐王朝的西域管理是非常有效率的,也是值得借鉴的成功经验。

安西大都护府是唐朝管辖范围最广的都护府,它的管辖范围从初建到后期发生了很大变化。贞观十四年(640)安西都护府治所西州(今新疆吐鲁番东高昌故城),统安西四镇:龟兹(治所在今新疆库车东郊)、疏勒(今新疆喀什)、于阗(治所在今和田约特干遗址)、碎叶(治所在今吉尔吉斯斯坦的托克马克市),辖境相当于今新疆及哈萨克斯坦东部至吉尔吉斯斯坦北部楚河流域。唐高宗显庆年间(656—661)管辖面积逐步增大,唐军平定西突厥后,辖区扩大到阿尔泰山以西直至咸海、葱岭和阿姆河两岸的城邦,包括今吉尔吉斯斯坦的大部分地区。龙朔年间(661—663),唐高宗又派遣吐火罗道置州县使王名巡视葱岭以西,设置十六个都督府,并在

_____

① [唐]李林甫等撰,陈仲夫点校:《唐六典》卷三〇,中华书局,1983年,第754页。

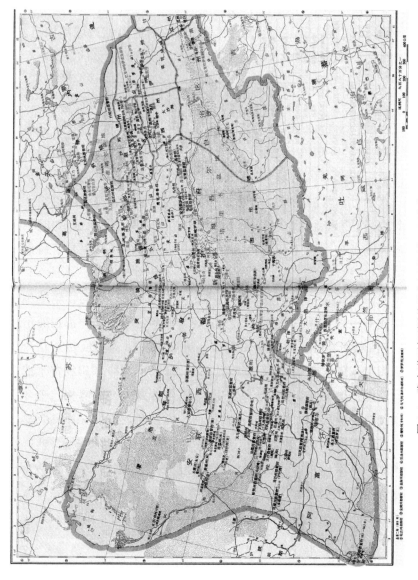

图 1.1　陇右道西部(谭其骧《中国历史地图集》P.63—64)

吐火罗立碑为证。至此，唐王朝统辖西域达到极盛，包括安西四镇、濛池都督府、昆陵都护府、昭武九姓、吐火罗、波斯都督府，其境大体相当于今新疆天山南北与中亚五国和阿富汗、巴基斯坦部分地区的总和。

安西都护府治所在交河时的八到之境："八到：东南至上都五千三十里。东南至东都五千里。东北至伊州七百三十里。西南至焉耆七百二十里。东南至金沙州一千四百里。南至楼兰国一千二百里，并沙碛，难行。北（至）[自] 金婆岭至北庭都护府五百里。"①

垂拱三年（687），安西都护府移府治于碎叶城。碎叶东至庭州二千二百二十里。

武则天长寿元年（692），在龟兹国重设安西都护府，府治从此稳定。

武则天长安二年（702），为更好地实施管理，在安西大都护下分设北庭都护府，治所庭州（今吉木萨尔），负责管理天山以北、热海以西的西突厥故地，仍隶属于安西大都护府。安西都护府则负责管理天山以南、葱岭以东的地域。

北庭都护府庭州的八到之境："八到：东南至上都五千二百七十里。东南至东都六千一百三十里。东南至伊州九百七十里。东至西州五百里。西南至焉耆镇一千一百里。西至碎叶二千二百二十里。北至坚昆衙帐约四千里。东北至回鹘衙帐三千里。"②

唐肃宗上元元年（760），由于唐朝内乱，吐蕃趁机攻陷陇右军

①［唐］李吉甫撰，贺次君点校：《元和郡县图志》卷四〇《陇右道下》，中华书局，1983年，第1031页。

②［唐］李吉甫撰，贺次君点校：《元和郡县图志》卷四〇《陇右道下》，中华书局，1983年，第1033页。

镇，虽有旧将郭昕守护安西都护府、李元忠守护北庭都护府，但由于敦煌陷蕃，道路隔绝，唐人竟不知安西、北庭之存在与否。

安西大都护府在《元和郡县图志》中属于"陇右道下"，涉及凉州、甘州、肃州、沙州、瓜州、伊州、西州、庭州。均属于唐王朝边防的范畴，也是走向安西的路径，根据考察结果，从凉州向西，有三条丝绸之路，也是唐王朝管理西域之路，主要行经地：

1. 南道：武威—张掖—酒泉—敦煌—南山沿波河西行—楼兰—和田—莎车—疏勒—葱岭—大月氏—安息。

2. 中道：武威—张掖—酒泉—敦煌—北山沿波河西行—龟兹/交河故城—姑墨（今阿克苏）—温宿（今乌什）—疏勒—葱岭—大月氏—安息。

3. 北道：武威—张掖—酒泉—敦煌—敦煌西北行—伊吾（哈密）—蒲类海（今巴里坤湖）—北庭都护府（今吉木萨尔）—轮台（唐时龟兹都督府所在地）—毗陵都督府（今伊犁）—碎叶（今吉尔吉斯斯坦托克玛克）—怛罗斯（今哈萨克斯坦南部）。

二、怀柔加以威服的军政管理

公元618年唐王朝建立以后，很快便积极在西域开展活动。贞观十四年（640），唐王朝在西州交河（在今吐鲁番附近西）设置安西都护府管理天山南北，下辖昆陵都护府、濛池都护府以及焉耆、龟兹、于阗、疏勒四个都督府。显庆二年（657），苏定方破贺鲁于金牙山，置濛池、昆陵二都护府。显庆三年（658），安西都护府移于龟兹，安西都护府原在地交河复为西州管理，到660年，唐王朝在西域的统辖范围基本确定。《唐会要》"安西都护府"条描述了这一路线图：

贞观十四年九月二十二日，侯君集平高昌国，于西州置安西都护府，治交河城。

二十二年四月二十五日，突厥泥伏沙钵罗叶护阿史那贺鲁率众内附，置庭州。

二十三年二月十一日，置瑶池都督府，安西都护府以贺鲁为都督。至永徽二年正月二十五日，贺鲁以府叛，自称钵罗可汗，据有西域之地。至四年三月十三日，废瑶池都督府。

显庆二年十一月，伊丽道行军大总管苏定方大破贺鲁于金牙山，尽收其所据之地，西域悉平。定方悉命诸部，归其所居。开通道路，别置馆驿。埋瘗骸骨，所在问疾苦，分其疆界，复其产业。贺鲁所虏掠者，悉检还之，西域诸国，安堵如故，擒贺鲁以归。十一月，分其地，置濛池、昆陵二都护府。以阿史那弥射为昆陵都护，阿史那步真为濛池都护。其月十七日，又分其种落，列置州县。以处木昆部为匐廷都督府，以突骑施索葛莫贺部为嗢鹿都督府，以突骑施阿利施部为絜山都督府，以胡禄屋阙部为盐泊都督府，以摄舍提暾部为双河都督府，以鼠尼施处半部为鹰娑都督府。其所役属诸胡国，皆置州府，西尽于波斯，并隶安西护府。又以贺鲁平，移安西都护府于高昌故地。至三年五月二日，移安西都护府于龟兹国，旧安西复为西州都督，以麹智湛为之，以统高昌故地。

四年正月，西蕃部落所置州府，各给印契，以为征发符信。①

但此时，唐王朝并没有真正认识到开拓西域的重要性。唐王朝真正重视经营西域，其实发端于陈子昂，借力于武则天。陈子昂

---

①［宋］王溥：《唐会要》卷七三，中华书局，1955年，第1322—1325页。

奉旨巡视河西，归来后奏呈《上西蕃边州安危事》，其中详细陈述了河西及其以西地区存在的问题、经营此地的价值、经营的策略等，其中有一段说：

> 臣伏惟吐蕃桀黠之虏，自为边寇，未尝败衄，顷缘其国有乱，君臣不和，又遭天灾，戎马未盛，所以数求和好，寝息边兵。其实本畏国家乘其此弊，故卑辞诈伪，苟免天诛。今又闻其赞普已擅国权，上下和好，兵久不出，其意难量。比者国家所以制其不得东侵，实由甘、凉素有蓄积，士马强盛，以扼其喉，故其力屈，势不能动。今则不然，甘州仓粮，积以万计，兵防镇守，不足威边，若使此虏探知，潜怀逆意，纵兵大入，以寇甘、凉。虽未能劫掠士人，围守城邑，但烧甘州蓄积，蹂践诸屯，臣必知河西诸州，国家难可复守也。此机不可一失。一失之后，虽贤圣之智，亦无奈何。臣愚不习边事，窃谓甘州宜便加兵，内得营农，外得防盗，甘州委积，必当更倍。何以言之？甘州诸屯，皆因水利，浊河灌溉，良沃不待天时。四十余屯，并为奥壤，故每收获，常不减二十万。但以人功不备，犹有荒芜。今若加兵，务穷地利，岁三十万不为难得。国家若以此计为便，遂即行之，臣以河西不出数年之间，百万之兵食无不足而致。仓廪既实，边境又强，则天兵所临，何求不得？管仲云："圣人用无穷之府，积不涸之仓。"事非虚言也。[1]

陈子昂在此段文字之前分析西域形势，认为十姓君长情愿入朝，愿

---

[1]〔唐〕陈子昂：《上西蕃边州安危事》，《全唐文》卷二一一，中华书局，1989年，第242页。

得效忠赤,今者军事已毕,唐王朝就应该敞开胸怀接纳之,以避免戎狄相逼、"河西诸蕃恐非国家所有"的尴尬局面,他认为采用羁縻州的方式进行管理最为得计,而为了让这些内附的羁縻州能够在边远之地安心归顺,就要好好经营这些地方,蓄积、屯垦、兵备等手段,一样不能少。上面所引乃陈子昂《上西蕃边州安危事》的最后一段,再次强调了河西一带"素有蓄积,士马强盛,以扼其喉"对保持内地安宁的意义,他认为应利用河西,帮助河西走出经济困境并使之成为大唐肘腋之地,并提出了长久保有此地的"加兵""营农""防盗""委积"等筹边观念。陈子昂并不主张打仗,但强调防患于未然。这些观念,后来成为唐王朝制定西域策略的重要依据,为唐王朝营造稳定的西域边域提供了理论支撑。

长安二年(702),为了更好地实施管理,又在天山以北的庭州(今新疆吉木萨尔北破城子)设置北庭都护府,管辖天山以北诸部,仍隶属于安西都护府。安西都护府和北庭都护府是唐王朝管理西域的两个最大的军政机构,他们的存在,使得唐王朝有效行使了政治军事权力。

唐太宗时期的怀柔思想,直至晚唐时杜牧的祖父杜佑,仍在《论边将请系党项及吐蕃疏》中坚持着,并将怀柔的思想加以充分发挥:

　　且党项小蕃,杂处中国,本怀我德,当示抚绥。间者边将非廉,亟有侵刻,或利其善马,或取其子女,便赂方物,征发役徒,劳苦既多,叛亡遂起,或与北狄通使,或与西戎寇边。有为使然,固当惩革。《传》曰:"远人不服,则修文德以来之。"《管子》曰:"有国家无使勇猛者为边境。"此诚圣哲识微知著之远略也。今戎丑方强,边备未实,诚宜慎择良将,诚之完葺,使

保诚信,绝其求取,用示怀柔。来则惩御,去则谨备,自然彼怀
(我德),革其奸谋,何必遽图兴师,坐致劳费。

　　陛下上圣君人,覆育群类,动必师古,谋无不臧。伏望坚
保永图,置兵衽席,天下幸甚……①

　　杜佑认为,民族杂处之地,应该以"抚绥"之策处理问题,违反
此原则之边将,当惩罚或革办之。他以《论语》(《传》当是误记)
的经典言辞和《管子》的言论,主张修文德怀柔杂处之民,尽量不
用猛将强行经营边域,但同时强调"来则惩御,去则谨备"的处理
原则。唐王朝经营西域的过程中大体以怀柔为主,虽然也有多次
武力征服。

　　其一,武力征服。唐朝的西部边域功业之一,是武力征服西
域周边邻国,促使西域走向和平。在整个唐代,贞观年间,是唐代
向西域扩张最厉害的时期。唐太宗统治时期,抓住突厥分裂为东
突厥、西突厥的大好机遇,在建立最初的几十年时间里,消灭了东
突厥、西突厥的势力,将高昌、龟兹等国纳入自己的版图。其中最
重要的胜利是贞观四年(630),李靖率军大破突厥,活捉颉利可
汗,此后,西域诸国纷纷来朝,"自是西北诸蕃咸请上尊号为'天可
汗'"②,成就了"天可汗"的伟业。但唐王朝的西部边域并不是永
远的和平宁静,由于后来唐王朝把目光盯在东北边域,西部曾经放
松经营,以致西部的吐蕃一直窥伺安西四镇,唐太宗贞观十三年
(639),因西突厥余部勾结高昌,阻绝唐朝与西域之交通,劫掠来往

---

① [后晋]刘昫等:《旧唐书》卷一四七,中华书局,1975年,第3980—
　　3981页。
② [后晋]刘昫等:《旧唐书》卷三《本纪三》,中华书局,1975年,第39页。

商旅,抢夺人口,焚烧田舍,朝廷派侯君集、薛万均等征讨高昌,高昌王文泰忧惧而死,其子智诚投降。此役后,唐王朝在高昌城(今吐鲁番东南)设置西州,同时在交河城(今吐鲁番西北)设置安西都护府。贞观十八年(644),因焉耆被西突厥大臣屈利啜拉拢,断绝向唐朝贡,唐太宗派郭孝恪以武力消灭焉耆,并于贞观二十二年(648)灭掉龟兹,于阗等国纷来朝贡。所谓"诛灭高昌,威加西域""平颉利于沙塞,灭吐浑于西海"(褚遂良语),皆是武力征服之功。唐高宗咸亨年间(670—674),唐王朝一度失去了对安西四镇的管辖权。仪凤年间(675—679),唐王朝曾派崔知辩出征西域,将多次在青海大败唐军的吐蕃将领打败,收复了安西四镇。但因内部徐敬业反对武则天的战争,唐王朝又主动放弃了安西四镇。武后统治时期,陈子昂的《上西蕃边州安危事》警醒了唐王朝统治者,也再次开启了统治者的野心,武则天在将王朝内部事情处理妥当后,开始下令经营西域边陲。垂拱四年(688),王孝杰受命兵发西域,经过了四年的征战,重新收复安西四镇。为了能够更有效地掌握西域诸国,武后命令在西域驻扎重兵。自此以后,唐王朝紧紧地将四镇握在自己手中,随后的几十年内,吐蕃数次试图进攻西域都以失败告终。唐玄宗统治时期,大将高仙芝在西域边陲屡立战功,扬威西域,唐朝的军事实力在西域达到极盛。"安史之乱",使得唐王朝实力大损,吐蕃又再次乘虚而入,攻陷敦煌等地,致使敦煌陷蕃七十余年,直至张议潮率归义军回归。总体来看,唐朝经营西域,武力起了非常重要的作用。

其二,妥抚来归。大唐王朝打败西突厥后,尤其是颉利可汗被李靖俘虏后,或因对大唐王朝势力的惧怕,或因对大唐王朝实力的向往,西域诸国纷纷来归,如贞观六年(632),铁勒部首领契苾何力率部归唐,被任命为左领军将军;贞观九年(635),突厥处罗可汗之子阿史那社尔率众内属,唐太宗命之为左骑尉大将军,尚衡阳长公主;贞观二十二年(648),郭孝恪击败龟兹以后,于阗等国俱来朝贡。

来归者多受高规格待遇和奖赏,但问题也随之而来。唐太宗年间,由于国家刚刚平定,高规格的接待和奖赏来归者,让唐王朝负担颇重,于是有人提出质疑并提出解决办法:

> 西突厥种落散在伊吾,诏以凉州都督李大亮为西北道安抚大使,于碛口贮粮,来者赈济,使者招慰,相望于道。大亮上言:"欲怀远者必先安近,中国如本根,四夷如枝叶,疲中国以奉四夷,犹拔本根以益枝叶也。臣远考秦、汉,近观隋室,外事戎狄,皆致疲弊。今招致西突厥,但见劳费,未见其益。况河西州县萧条,突厥微弱以来,始得耕获;今又供亿此役,民将不堪,不若且罢招慰为便。伊吾之地,率皆沙碛,其人或自立君长,求称臣内属者,羁縻受之,使居塞外,为中国藩蔽,此乃施虚惠而收实利也。"上从之。①

李大亮为西北道安抚使时,发现了很多问题,主要是远人来归只是表面热闹,并无实际利益,而又靡费太甚,建议实施羁縻管理方式,也就是笼络控制方式,这就是后来唐王朝对来归属国广泛施行的羁縻州制度。唐太宗听从建议,在西域归附地方实施州县制度的同时,在吐谷浑、高昌、焉耆、龟兹等地实施羁縻州的管理方式,具体做法是,任用当地土著首领作为最高行政长官,但要承认是唐王朝国土,向唐王朝纳贡称臣,保障唐王朝军队的供给。这种方式,不仅不需要唐王朝靡费物资,而且保障了军队的供给,同时

---

① [宋]司马光编著:《资治通鉴》卷一九三,中华书局,1956年,第6193页。

也让归附之地获得了军事上的保护,获得了西部边陲的广泛认同。

唐朝对西域的管理总体上还是非常不错的,有些边吏很得人心,如唐太宗时期的谢叔方,《旧唐书》记载:"谢叔方,雍州万年人也。初从巢剌王元吉征讨,数有战功,元吉奏授屈咥直府左军骑……历迁西、伊二州刺史,善绥边镇,胡戎爱而敬之,如事严父。"[①] 可见谢叔方在处理边域事务时的能力。当然也不是都很顺利,中间也出现过一些管理不当处,但大都能及时妥善处理,如在与党项发生问题的时候,统治者及时安抚,《赐党项敕书》曰:"敕:自尔祖归款国家,依附边塞,为我赤子,编于黔黎,牛马蕃孳,种落殷盛,不侵不叛,颇效信诚。比闻边将不守朝章,失于绥辑,因缘征敛,害及无辜。念尔远人,莫知控告,特命朕之爱子,实总元戎,所冀群帅听命而不敢自专,诸部怀冤而有所披诉,奉我宪令,以保和宁。"[②]

由于政策相对得当,唐朝历史上,不仅唐太宗被尊为"天可汗",唐高宗、武则天、唐中宗、唐睿宗、唐玄宗也都曾被尊为"天可汗",这是唐王朝西部边陲管理成功的明证。

其三,边域和亲。为了能够保障边域的和平,唐朝统治者虽以武力征服西域,但不以武力统治之,甚至多次通过远嫁皇室公主与边域和亲,以保证国家和边域的安宁及和平,如贞观九年(635),突厥阿史那社尔率众内属时,唐太宗将衡阳公主下嫁,并封阿史那社尔为左骑尉大将军;贞观三年(629),东突厥被唐军击败,执失思力降唐,被封为左领军将军,屡立战功,后随李靖出征吐谷浑,贞观

---

① [后晋]刘昫等:《旧唐书》卷一八七上,中华书局,1975年,第4873页。
② [唐]李德裕:《赐党项敕书》,《全唐文》卷七〇〇,中华书局,1983年,第7189页。

十年（636）九江公主下嫁；贞观十三年（639），弘化公主（即后来吐谷浑归唐后改封的西平公主）下嫁吐谷浑王诺曷钵；贞观十四年（640），战败的松赞干布与唐朝讲和，并请求和亲，唐太宗遂封宗室女李氏为文成公主，十五年春远嫁吐蕃；永徽三年（652），弘化公主和诺曷钵请求和亲，唐高宗李治封会稽王李道恩第三女李季英为金城县主，下嫁吐谷浑王子苏度抹末；久视元年（700）和长安二年（702），唐朝两次击败吐蕃，到神龙三年（707），吐蕃掌权太后漠碌氏派人进贡，请求和亲，唐中宗将养女李奴奴封为金城公主，远嫁吐蕃赤德祖赞，巩固文成公主的联姻成果；开元五年（717），唐玄宗将契丹人李失活封为都督、松漠郡王、左金吾卫大将军，并将东平王李续之重外孙女杨氏封为永乐公主下嫁，李失活死后，永乐公主又嫁其弟李娑固；开元十年（722），契丹首领李郁于前来长安求亲，唐玄宗将堂姑母所生之表妹慕容氏封为燕郡公主下嫁李郁于，李郁于死后又嫁其弟李吐于；开元十四年（726），唐玄宗立契丹李邵固为广化郡王，将自己外甥女陈氏封为东华公主下嫁；天宝三载（744），唐玄宗外孙女宜芬（芳）公主下嫁奚族首领李延宠；天宝四载（745），大将王忠嗣与突厥在萨河内山大战，败之，随后为笼络突厥，唐玄宗将外孙女独孤氏封为静乐公主，下嫁契丹首领李怀节；乾元元年（758），回纥可汗葛勒遣使求亲，因其助大唐平定"安史之乱"有功，唐肃宗第二女宁国公主远嫁英武威远可汗，宁国公主一生不幸，却深识大义，明知嫁给老可汗不会幸福，但考虑到国家多事，还是勇敢地走向辽远；同一年，唐肃宗侄女小宁国公主嫁英武威远可汗，英武威远可汗死后又嫁英义可汗；贞元四年（788），回纥又一次帮助唐朝平乱，乱平后，回纥武义成功可汗遣使求亲，唐德宗将第八女咸安公主远嫁；长庆元年（821），回纥派使者求亲，唐穆宗将第四妹封为太和公主远嫁回纥崇德可汗。

公主远嫁,大多是在唐王朝赢得战争胜利时为安抚远边而采取的和亲行动。不管公主愿意不愿意,也不管统治者从内心愿意不愿意执行这样的政策,因为涉及和边域民族的关系,就必须讲究信义、坚决执行,故而出现反复时,会有人及时劝止,如《谏与薛延陀绝婚疏》:

> 臣闻信为国本,百姓所归。是以文王许枯骨而不违,仲尼宁去食而存信。延陀曩岁,乃一俟斤耳。值神兵北指,荡平沙塞,狼山瀚海,万里萧条。陛下兵加诸外,而恩起于内,以为余寇奔波,须立酋长,玺书鼓纛,立为可汗。其怀恩光,仰天无极,而余方戎狄,莫不闻知,以共沐和风,同餐恩信。顷者频年遣使,请婚大国,陛下复降鸿私,许其姻媾。于是报吐蕃,告思摩,示中国,五尺童子,人皆知之……今者临事,忽然乖殊,所惜尤少,所失滋多。情既不通,方生嫌隙。一方所以相畏忌,边境不得无风尘,西州朔方,能无劳扰?彼胡以主被欺而心怨,此士以此无信而怀惭,不可以训戎兵,不可以励军事。伏惟陛下以圣德神功,廓清四表。自君临天下,十有七载,以仁恩而结庶类,以信义而抚戎夷,莫不欣然,负之无力,其见在之人,皆思报厚德,其所生允(儿)嗣,亦望报陛下子孙。今者得一公主配之,以成陛下之信,有始有卒,其唯圣人乎! ①

这是贞观十七年(643)褚遂良面对唐太宗时的一则谏书,褚遂良从中华民族讲究信义说起,又讲到唐太宗曾经的许诺,又讲到

---

① [唐]褚遂良:《谏与薛延陀绝婚疏》,《全唐文》卷一四九,中华书局,1983年,第1512页。

唐太宗的统治政策，又讲到和亲所建立的长久的关系，终于让太宗践行了自己的诺言。

这些和亲的公主和县主们，身负大唐王朝的使命远嫁，但她们内心又对大唐王朝无限留恋，如宜芬公主远嫁时于驿路上所写的《虚池驿题屏风》：

> 出嫁辞乡国，由来此别难。
> 圣恩愁远道，行路泣相看。
> 沙塞容颜尽，边隅粉黛残。
> 妾心何所断，他日望长安。①

这首诗写得感情真挚，意绪深长。首联即点出出嫁离开乡国之难，颔联写连圣恩都为宜芬公主路途遥远感到难过，颈联写出嫁主人公路途受风沙摧残容颜受损的形象，最后结于对京都长安的日夜思念中。诗歌抒发了远嫁路途上步步艰难的真切感受，声声如泣，句句伤心，将一位远嫁公主内心深处的满腹无奈和乡国之愁渲染得淋漓尽致。

宜芬公主所写是自己出嫁路途的切身感受，这种远路悠悠、乡愁绵长的人生感受，即使不是出嫁者自身，也能够感同身受。金城公主远嫁吐蕃时，曾经有过一次大规模的送别活动，很多朝臣参与了这次活动，如崔湜、李峤、阎朝隐、李适、刘宪、苏颋、徐彦伯、张说、徐坚、薛稷等，都写下了应制诗。应制诗因是奉命而作，只能想象关河路远、马嘶人悲。如刘宪《奉和送金城公主入西蕃应制》：

---

① ［唐］宜芬公主：《虚池驿题屏风》，《全唐诗》卷七，中华书局，1960 年，第67 页。

外馆逾河右，行营指路岐。

和亲悲远嫁，忍爱泣将离。

旌旆羌风引，轩车汉月随。

那堪马上曲，时向管中吹。①

在这首应制诗中，刘宪想象河右也就是黄河以西的驿馆、歧路以及公主忍痛割爱、远离故乡的伤感，诗中想象羌风（即指强劲之风）吹打下出嫁人风餐露宿的生活，以及他们路途中悠悠的马上曲里传递出的浓郁的思亲念乡之情。

但是，和亲是国家使命，是让边域和宁的一种手段，"汉帝抚戎臣，丝言命锦轮。还将弄机女，远嫁织皮人"（李峤诗）、"主歌悲顾鹤，帝策重安人"（李适诗）、"帝女出天津，和戎转鬻轮"（苏颋诗）、"星汉下天孙，车服降殊蕃"（徐坚诗），天家贵胄之女，虽然娇贵，身体却不属于自己，他们身上肩负着国家的重任，故凡出嫁之公主，都不能因自己不愿远嫁而拒绝远行，明知道"卤簿山河暗，琵琶道路长"（阎朝隐诗）、"关塞移朱帐，风尘暗锦轩"（徐坚诗），也要完成"绛河从远聘，青海赴和亲"（李适诗）、"旋知偃兵革，长是汉家亲"（苏颋诗）的重任。

和亲，究竟是不是一种不错的促进边域安宁的政策，从历史上来看，总体应该给予肯定，但也有不少人提出怀疑，如李山甫《阴地关崇徽公主手迹》：

一拓纤痕更不收，翠微苍藓几经秋。

---

① [唐] 刘宪：《奉和送金城公主入西蕃应制》，《全唐诗》卷七一，中华书局，1960 年，第 780 页。

谁陈帝子和番策，我是男儿为国羞。

寒雨洗来香已尽，澹烟笼着恨长留。

可怜汾水知人意，旁与吞声未忍休。①

李山甫在诗中厉声指斥：不知是什么人向帝王提出了"和亲"这样的主张，他认为这样的政策，是让一介弱女子在异族忍气吞声，他说：我是七尺男子，我为国家这样的政策感到羞耻！虽然李山甫的指斥是对和亲政策的不满，但它证明了和亲在唐王朝的边域政策里是一种常见的存在。

三、丝绸之路上的贸易往来

自汉朝开拓西域之路后，河西走廊及以西，就成为中外贸易的重要通道，历代统治者都重视对这一地区的管理。唐代，当统治政权稍稍稳定之后，唐太宗就为开拓西域诏令讨伐高昌，其中一个重要原因就是商业贸易："又伊吾之右，波斯以东，职贡不绝，商旅相继，琛尽遭其寇攘，道路由其壅塞。"② 可见唐统治者对河西走廊以西贸易的关注。

大唐贞观四年（630），高昌王文泰与唐朝修好，得到高规格接待和优厚馈赠，西域诸国闻讯，纷纷表示友善态度，欲遣使朝贡，一时之间，颇有万国来朝的态势。唐太宗准备接受这些来朝者的请求，但因为遣使入贡往来需费极大，魏征提出了不同意见，并建议改入贡为开商：

---

① ［唐］李山甫：《阴地关崇徽公主手迹》，《全唐诗》卷六四三，中华书局，1960年，第 7368 页。

② ［唐］李世民：《讨高昌诏》，《全唐文》卷六，中华书局，1983 年，第 76 页。

今天下初定,前者文泰之来,[所过]劳费已甚,今借使十国入贡,其徒旅不减千人。边民荒耗,将不胜其弊。若听其商贾往来,与边民交市,则可矣,倘以宾客遇之,非中国之利也。①

魏征的这一建议,既不拒绝愿来朝贡之美意,又避免了接待众多来朝贡者的巨大消耗,变互相靡费为互相获利,为开拓唐王朝与西域的贸易往来、为唐代陆上丝绸之路的繁荣打下了基础。

为把这条贸易之路管理好、利用好,唐代统治者开了很多方便之门,如唐宣宗时期的《收复河湟制》对河西走廊贸易利润的放宽:"秦州至陇州以来道路,要置堡栅,与秦州应接,委李玭与刘皋即便度计闻奏。如商旅往来,兴贩货物,任择利润,一切听从,关镇不得邀诘。"②《平党项德音》:"边上不许以兵器于部落博易,从前累有制敕约勒,非不丁宁。近年因循,却不遵守。自今已后,委所在关津镇铺切加捉搦,不得辄有透漏。其有犯者,推勘得实,所在便处极法。其所经过州县关津镇铺,节级痛加惩责,义无容贷,其间或情涉隐欺,准所犯人处分……通商之法,自古明规,但使处处流行,自然不烦馈运,委边镇宜切招引商旅,尽使如归,除禁断兵器外,任以他物于部落往来博易。"③唐僖宗时期《车驾还京师德音》:"其南山及平夏党项,尽是百姓,须令保安。长吏若能抚绥,蕃人自然宁息,切不得妄有侵扰,致其怨嗟,常须使商旅往来部落,不得阻

---

① [宋]司马光编著:《资治通鉴》卷一九三,中华书局,1956年,第6195页。
② [唐]李忱:《收复河湟制》,《全唐文》卷七九,中华书局,1983年,第827页。
③ [唐]李忱:《平党项德音》,《全唐文》卷八一,中华书局,1983年,第850—851页。

塞。"① 这些政策在西域的实施,对扩大边域贸易、拓展民族交流渠道、形成彼此间良好的互通互利关系,奠定了良好的基础。

丝绸之路,这个德国地理学家费迪南·冯·李希霍芬在1877年出版的《中国——我的旅行成果》中叫起来赫赫有名的贸易之路,在唐朝统治者的经营中,愈加繁盛起来,它是从中国长安出发,经过河西走廊和中国西北部边域,走向欧亚西部的商路。这条商路的出发点都是长安或更东的洛阳,国内有南北中三条道路到达凉州(武威)或张掖,再经过酒泉到达敦煌。这就是著名的河西走廊。所有人都汇聚到这一条道路上,再从敦煌西出阳关、玉门关,分三条道:一条是南道,从鄯善,傍南山北,波河西行,经楼兰、和田、莎车至疏勒(今喀什),南道西逾葱岭到达大月氏、安息。一条是中道(汉代早期通西域之北道),从敦煌出发,沿北山、波河西行,经龟兹或交河故城,姑墨(今阿克苏)、温宿(今乌什)至疏勒(今喀什),再到达更遥远的西域。这条道还有一条岔道,就是从敦煌西南行穿过沙漠,到达南道的和田,汇合南道到疏勒。还有一条更北的道路,即汉代开的新北道,在隋唐时成为通往西域的重要通道,即从敦煌西北行,经伊吾(哈密)、蒲类海(今巴里坤湖)、北庭都护府(今吉木萨尔)、轮台(唐时龟兹都督府所在地)、毗陵都督府(今伊犁)到达碎叶(今吉尔吉斯斯坦托克玛克),再至怛罗斯(今哈萨克斯坦南部)。

这条陆上丝绸之路,是一条贸易之路,也是一条友谊之路,它把中亚、西亚、东欧等地区紧密联系起来,推动了这里的政治、经济、文化飞速发展,为民族的融合建立了广泛的平台。比如丝路上

---

① [唐]李儇:《车驾还京师德音》,《全唐文》卷八九,中华书局,1983年,第925页。

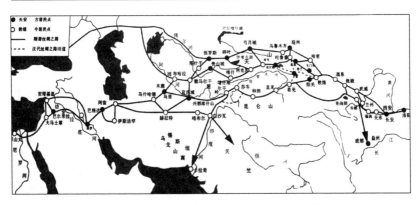

图1.2　丝绸之路简图（2018年7月摄于武威博物馆）

的重要城市西州（今吐鲁番），就是唐代一个重要纺织品集散地，据
孔祥星《唐代"丝绸之路"上的纺织品贸易中心西州——吐鲁番
文书研究》考证，吐鲁番唐墓出土了很多"反映当地物品价格的文
书，其上记载了很多行名、各行物品的种类及价格。文书中有'市
司牒上郡仓曹司'款目，正面和背面骑缝处钤有交河郡都督府之
印，时间属于唐玄宗天宝年间"①。文章中涉及不少从中原运来的物
品的名目、价格等，可见那时中原与西州贸易的频繁，而军政管理
机构是牵涉当地的商业贸易活动的。又比如龟兹，虽然在大唐管
理安西四镇的过程中出现过反复，但总体还是以和平为主。在武
周天授三年（692）将安西四镇重新掌控并将安西都护府移到龟兹
后，它迎来了百十年的繁荣期。在这百十来年，龟兹在安西都护府
的管理下，除实施屯田以外，还有各项有益于龟兹发展的措施，如
在龟兹有专供汉商住宿的住所——行客营，人员来往如今之入住

————————
① 孔祥星：《唐代"丝绸之路"上的纺织品贸易中心西州——吐鲁番文书研究》
1982年第4期。

旅店,个个登记在册,秩序井然,《库车汉文文书》第 D.A.58 号《行客营名籍》和第 D.A.115 号《行客营不到人名籍》① 就反映了这方面的情况。在各种有利政策下,龟兹呈现出一片繁荣的景象,汉商、胡商纷纷迁入,人口急速增长,到天宝年间,龟兹的人口竟然发展到比伊州、西州、庭州三州的总和还多,其繁荣可知。

　　为了维护这条商贸之路的畅通,大唐王朝用尽了各种手段,建都护府、都督府、羁縻州,任命各级官员,派军队驻守,所以,行走在这条驿路兼商路上的绝不仅仅是商人,还有来往官员、各种使节、入幕文人等。这条驿路的热闹,岑参曾在《初过陇山途中呈宇文判官》描写道:"一驿过一驿,驿骑如星流。平明发咸阳,暮及陇山头。""西来谁家子,自道新封侯。前月发安西,路上无停留。都护犹未到,来时在西州。"② 前者写传驿者行进于驿路,后者写被封侯的官员疾驰在去西州(吐鲁番)的路上。岑参的另一首《送李别将摄伊吾令充使赴武威,便寄崔员外》描写道:"词赋满书囊,胡为在战场。行间脱宝剑,邑里挂铜章。马疾飞千里,凫飞向五凉。遥知竹林下,星使对星郎。"③ 这是写一位李姓将军到伊吾州任职,马飞千里,奔向任职之所的情况。陈羽《冬晚送友人使西蕃》:"驿使向天西,巡羌复入氐。玉关晴有雪,砂碛雨无泥。"④ 是写友人乘驿出使的情况。一波又一波的驿路奔驰,匆匆忙忙的沙碛行走,很多都是驿使和官员,

① [法]童丕等:《库车汉文文书》,巴黎法兰西学院汉文研究所,2000年,第74、100页。

② [唐]岑参撰,廖立笺注:《岑嘉州诗笺注》卷一《初过陇山途中呈宇文判官》,中华书局,2004年,第239页。

③ [唐]岑参撰,廖立笺注:《岑嘉州诗笺注》卷三《送李别将摄伊吾令充使赴武威,便寄崔员外》,中华书局,2004年,第638页。

④ [唐]陈羽:《冬晚送友人使西蕃》,《全唐诗》卷三四八,中华书局,1960年,第3890页。

而在这些人员中,有一部分就是我们的诗人,如骆宾王、陈子昂、高适、岑参、张籍等,在他们的笔下,除了星路奔驰、沙碛冒雪的行走情况,还有就是丝路贸易的反映,如张籍《凉州词》三首之一:

> 边城暮雨雁飞低,芦笋初生渐欲齐。
>
> 无数铃声遥过碛,应驮白练到安西。①

在暮雨低飞、芦笋初生的春天,大唐的丝品驼队一队队地走过沙漠,铃声遥响,将文明和富裕的象征,带到遥远的安西。诗中"应驮白练到安西"的情况,是唐代行走西域的诗人们看到的迥异于中原的沙驼商队的情况,类似的景象成为来到西域的诗人们有兴趣反映的景象。

四、文化政策与汉人胡化、胡人汉化

由唐初贞观盛世的开创者李世民所制定的华夷如一的政策引导,唐朝统治者摒弃了以往历史上贵华夏贱夷狄的做法,对各种文化都"爱之如一",容许各种文化自由发生和成长,以致形成了西域多种文化汇聚的特点,使得这一地区既有汉文化的广泛流传,也有各种文化的自由生长,双方互相影响、互相融合,使得汉人胡化与胡人汉化成为一种普遍现象。

关于汉人胡化问题,一是因为唐代最高统治者本身拥有胡人血统,并不排斥胡化;二是唐朝统治者实施了更加开明的统治政策,视华夷如一,以致胡风日长。来至西域之人,生活在当地,自然

----

① [唐]张籍:《凉州词》之一,《全唐诗》卷三八六,中华书局,1960年,第4357页。

受当地风俗影响,有胡化的迹象,即使内地之人,因中原胡人渐多,也出现了胡化倾向,向达说:"此种胡化大率为西域风之好尚,服饰、饮食、宫室、乐舞、绘画,竟事纷泊;其及社会各方面,隐约皆有所化,好之者盖不仅帝王及一二达官贵戚已也。"①

胡人汉化,则是大唐王朝先进的统治方法和文化影响力所致。西域归属大唐管理后,普遍实施了唐朝的州县制度,并以州县为单位,开设学校,选择学生教育之。如属于上郡的西州学生定员60人,属于中郡的庭州学生定员50人,属于下郡的伊州定员40人。其下属各有县学、乡学,人数不能确知。学生的学习内容大多依据唐代的教育要求,以儒学教育、童蒙启蒙为主。儒学教育使用《毛诗》《论语》《孝经》《太公家教》等儒家经典为教材,使汉文化在西域广为接受。除史料记载外,还有很多考古实物证据,如从敦煌遗书中也发现了《论语郑氏注》残卷的存留,吐鲁番交河故城《孝经》残卷的存留,抄写于唐景龙四年(710)的《论语郑氏注》的存留等。从这些资料可以判定,儒家文化确实在西域得到了很好的传播,影响了那里人们的思想和生活。西域深受汉文化影响的更有力的证据是在新疆若羌县唐代民居发现的元和年间的《坎曼尔诗签》:"古来汉人为吾师,为人学字不倦疲。吾祖学字十余载,吾父学字十二载,今吾学之十三载。李杜诗坛吾欣赏,迄今皆通习为之。"落款时间是元和十年(815),可见在元和年间,唐代中原的诗歌也是在西域广泛传播的。《坎曼尔诗签》还透露,西域的很多地方很多人向来重视向中原的学习,很多人都能够十数年坚持不堕,由此可见胡人汉化的积极性、主动性、长期性。在汉文化影响下的西域文化,注入了很多汉文化的因素,胡人汉化也成为一种常态。

---

① 向达:《唐代长安与西域文明》,商务印书馆,2015年,第41页。

在汉人胡化和胡人汉化的过程中,实现了民族的大融合。在唐代的金城(今兰州)以西,各色人等杂相居住,各种文化同时并存,使得这一地区文化丰富多彩,成为诗人笔下奇异的风景。作为唐王朝时期的西部边域,安西都护府的各民族人民和谐相处,形成了多宗教、多语言、艺术样式纷繁灿烂的文明。

综观整个唐王朝对西域的管理,其所涵盖的范围在整个唐朝的变化还是非常大的,唐朝早期,敦煌以西即可称西域。唐太宗置西州(今吐鲁番一带)以后,指西州以西的地方;唐朝设置安西四镇(安西、于阗、焉耆、疏勒),这里便是大唐王朝的领地,而西域则指自此以西的地方。之后,西突厥和东突厥先后占领四镇中的一些地方,致唐王朝被迫放弃安西四镇。直到长寿二年(693)王孝杰收复四镇,安西都护府再移龟兹,西域才又指四镇以西之地。也就是说,唐王朝的西北边域,曾经指敦煌及其以西一带,建立安西都护府以后,唐朝的边域则在安西四镇及其所管辖之地。而大唐王朝的西域边域管理,其实从凉州就已经开始。这里是大唐王朝的领地,是大唐通往西域的门户。我们所要关注的正是驿路诗歌对这些地方的描述。

第二节　安北都护府及相关羁縻州府的管理和驿路建设

在中国古代,北部高原一直是中原王朝的隐患,游牧民族对中原王朝的袭扰令历代统治者头疼。到唐朝,由于突厥的袭扰惹恼了唐太宗,唐王朝开始向北拓边。东突厥灭亡后,薛延陀又趁机而起,屡屡惹怒唐朝,于是,薛延陀又被拿下。贞观二十一年(647),

漠南、漠北,尽归大唐所有。之后设立燕然都护府,这即是安北都护府的前身。唐朝最重要的大都护府有六个,安北都护府为其中之一,是唐王朝管理北方边域事务的军政机构,管辖区域大致包括今蒙古国和俄罗斯靠近蒙古的部分地区。

一、安北都护府的名称变迁、管辖范围及走向安北的驿路

安北都护府在唐朝是一个变动最多的都护府。

贞观四年(630),李靖大败突厥颉利可汗后,在如何处理颉利降部的问题上,朝臣们意见互左,观点冲突,唐太宗最终选择了温彦博"全其部落,得为捍蔽,又不离其土俗,因而抚之"[①]之策,内迁颉利降部至凉州、肃州、甘州等地,尊重和保留突厥的社会组织和风俗习惯,并以此作为长久的边域治理之策。

安北都护府最初并不叫安北都护府,贞观四年(630),唐王朝打败西突厥,"分颉利之地为六州,左置定襄都督,右置云中都督,以统降房"[②]。贞观五年(631),唐太宗派兵打败颉利可汗后,北地民族纷纷内附,以致唐王朝出现了少数民族官员几乎占据朝官一半的现象:"五年,阿史那阿咄苾败走后,其酋及首领至者,皆拜将军,布列朝廷,五品已上,有百余人,殆与朝士相半。惟拓跋不至,遣使招慰之,使者相望于道。"[③]这种情况,引起了朝廷的争议,有两种完全不同的意见,以温彦博为代表的一派主张招抚并迁入内地,"圣人之道,无所不通。古先哲王,有教无类。突厥余丑,以命

---

① [唐]吴兢:《贞观政要》卷九《议安边》第三十六,齐鲁书社,2010 年,第293 页。
② [宋]王溥:《唐会要》卷七三,中华书局,1955 年,第 1311 页。
③ [宋]王溥:《唐会要》卷七三,中华书局,1955 年,第 1311 页。

归我。我爱护之,收居内地,从我指挥,教以礼法"①。以魏征为代表的一派则认为匈奴人面兽心,强必寇盗,弱则卑服,不顾恩义,应"遣还河北,居其故地"②。在激烈的论证中,因为支持魏征的人数较少,唐太宗还是采取了温彦博等人的主张。贞观二十年(646),唐太宗派兵攻破薛延陀,铁勒、回纥等少数民族内附,北部大多少数民族不再采取对抗态度。为实施对这些内附民族的管理,唐朝统治者在北地设置了多个都督府和州,以实施统一管理,并于第二年(647)设置六府:瀚海都督府(回纥部)、燕然都督府(多滥葛部)、金微都督府(仆骨部)、幽陵都督府(拔野古部)、龟林都督府(同罗部)、卢山都督府(思结部)。又设立了七个州:皋兰州(浑部)、高阙州(斛薛部)、鸡鹿州(奚结部)、鸡田州(阿跌部)、榆溪州(契苾部)、蹛林州(思结别部)、寘颜州(白霫部)。随后又设立燕然都护府统辖这些州府,这即是安北都护府的前身,治西受降城(今内蒙古乌拉特中旗西南乌加河北岸东北四十里):

> 二十一年正月九日,以铁勒、回纥等十三部内附,置六都督府(回纥部置瀚海都督府,多滥葛部置燕然都督府,仆骨部置金微都督府,拔野古部置幽陵都督府,同罗部置龟林都督府,思结部置卢山都督府)、七州(浑部置皋兰州,斛薛部置高阙州,奚结部置鸡鹿州,阿跌部置鸡田州,契苾部置榆溪州,思结别部置蹛林州,白霫部置寘颜州),并以各其酋帅为都督、刺史,给元金鱼,黄金为字,以为符信……至四月十日,置燕然都护府,以扬州司马李素立为都护,瀚海等六都督、皋兰等七州,

---

① [宋]王溥:《唐会要》卷七三,中华书局,1955年,第1314页。
② [宋]王溥:《唐会要》卷七三,中华书局,1955年,第1313页。

并隶焉。[①]

　　这就是安北都护府的前身。燕然都护府辖境大致包括今内蒙古乌加河以北的蒙古国全境、俄罗斯额尔齐斯河、叶尼塞河上游及安加拉河、贝加尔湖周围地区。龙朔三年（663），都护府治移至漠北回纥本部（今蒙古国哈尔和林西北），改称瀚海都护府，与云中都护府以碛为界，管理碛北诸羁縻州府。这是安北都护府管理权限最大时期。

　　唐高宗李治后期，武则天把控朝政大权，用各种手段排挤甚至杀害能征惯战的将领，导致边疆管控能力下降。仪凤四年（679），也即调露元年，已经改为单于都护府的北部边域突厥再次叛乱，唐高宗命长史萧嗣业率部讨伐，萧嗣业取得胜利后大意轻敌，又被突厥打败，这给唐王朝的北部边疆管理带来了致命的打击，唐王朝从此丧失了对北部边域的直接管理权，并为此后后突厥汗国的建立埋下了祸根。永淳元年（682）后突厥在漠南起事，建立后突厥汗国。他们很快将漠北据为己有，逼得其他一些部族越过沙碛，内迁甘州、凉州等地。唐王朝失去了对漠北的掌控。

　　武则天统治时期，她把精力用于内部政策的调整以巩固自己的地位，无心外顾，不仅减少府兵，还杀害著名战将，以致安北都护府和安西都护府都处于几近失控的状态，后突厥汗国借机兴起后，到武则天垂拱元年（685），因为管控的失度，不得不将安北都护府侨置于居延海西之同城（今内蒙古额济纳旗东南），不久再内迁于西安城（今甘肃民乐西北），圣历元年（698）再迁云中古城（今内蒙古和林格尔西北土城子）。安北都护府几乎全部失控，后突厥汗国越加猖狂。

---

① ［宋］王溥：《唐会要》卷七三，中华书局，1955 年，第 1314 页。

对于武则天时期的安北防控,陈子昂在《答韩使同在边》诗中写道:

> 汉家失中策,胡马屡南驱。
> 闻诏安边使,曾是故人谟。
> 废书怅怀古,负剑许良图。
> 出关岁方晏,乘障日多虞。
> 虏入白登道,烽交紫塞途。
> 连兵屯北地,清野备东胡。
> 边城方晏闭,斥堠始昭苏。
> 复闻韩长孺,辛苦事匈奴。
> 雨雪颜容改,纵横才位孤。
> 空怀老臣策,未获赵军租。
> 但蒙魏侯重,不受谤书诬。
> 当取金人祭,还歌凯入都。

诗歌揭示政策疏失导致的胡马南下。安边使有备边之策,但因朝廷之故而无法有所作为,只能负手叹息。而在边疆戍守的韩将军,也是满腹才华、备边有策,但却因供应不至而徒唤奈何。更为可怕的是,还要时时担心有人诽谤而致祸灾。这正是武则天时期北部边域防控的现实。

唐中宗李显时期,稍有作为。景龙二年(708),张仁愿被调回朝中,旋即被任命为朔方军大总管,击败东突厥,收回漠南,并在河套北面筑东、中、西三受降城防御突厥,同时将安北都护府治迁至西受降城(今内蒙古乌拉特中后旗西南乌加河北),在一定程度上削弱了后突厥汗国的嚣张气焰,但漠北依然失控。

唐玄宗时期虽称开元盛世,但在安北都护府的管理上并没有突破性进展。当时吐蕃王朝势力已经很大,并与唐朝在西域展开了拉锯战,唐王朝基本将军事力量部署在西域,北部边域除回纥等少数部族继续与大唐保持友好关系,其余则在东突厥扩张之后,渐渐与大唐离心,而归附突厥汗国,突厥汗国则不断扩大势力,并侵扰大唐的北部边域,导致原属于安北都护府的铁勒等北方游牧民族灭亡,唐王朝对安北的管控就非常微弱了。

安史之乱起,唐王朝所有精力都用于平叛,无暇顾及西域,更无暇瞻顾北方边域,何况北部边域至少有回纥等少数部族始终与大唐保持友善。大唐更无心北顾,甚至大唐还不得不借助原属于安北都护府的回纥军帮助平叛,对安北都护府的管理基本也就无心过问也无力过问了。安北都护府在至德二年(757)改名镇北都护府,会昌年间复改为安北都护府,也只是徒有其名罢了。

由于唐王朝内部矛盾纷呈,突厥乘机在漠南兴起,安北都护府先后内撤,先侨置于居延海西之同城(今内蒙古额济纳旗东南),再撤至西安城(今甘肃民乐西北),最后回撤单于都护府旧址云中古城(今内蒙古和林格尔西北土城子),改称云中都护府。麟德元年(664),改云中都护府为单于都护府。总章二年(669),改瀚海都护府称安北都护府。圣历元年(698)改为安北都护府,治所在今内蒙古和林格尔西北土城子。景龙二年(708),张仁愿筑三受降城,又将单于都护府改为安北都护府,迁治所于西受降城(今内蒙古乌拉特中后旗西南乌加河北)。开元八年(720)复为单于都护府,天宝年间曾改称天德军,至德年间又改称镇北都护府,会昌五年(845)再改回安北都护府,可见名称的不稳定性。

走向安北都护府的驿路,最有名的是"参天可汗道",其开置时间在贞观二十一年(647)薛延陀被攻破,铁勒、回纥等少数民族内附时。时以回纥为首的内附民族为实现向大唐朝贡、拜见"天可汗", 请按唐制修建驿路。唐太宗慨然应允, 诏长孙无忌、房玄龄等共同筹划了"参天可汗道"驿路, 逐水草设置驿站六十八所, "各有群马酒肉, 以供过使"①, 开辟了通往回纥牙帐的主驿路, 这条主驿路还同时有很多相关驿路与北方各民族相连。北疆各少数民族, 正是通过这条驿路朝贡当时的天朝上国唐王朝的。这即是著名的"参天可汗道"。

唐朝以前, 大漠南北由于地势相对比较平坦, 交通比较通畅。隋朝从漠南通往漠北即有"黄龙道、卢龙道、幽州道、恒安道、白道、夏州道、灵武道等多条南北通衢"②。唐太宗时期修建的这条"参天可汗道", 由唐关内道北部重镇丰州(今内蒙古五原南)直通回纥牙帐(今蒙古国杭爱山哈拉和林一带)。"参天可汗道"的建立, 使得唐朝直接掌控北部边域达到极盛, "包括东西伯利亚的全部和西西伯利亚的部分地区在内的少数民族属地"③, 又为联通西域铺垫了较好的条件(通往西域的南道、中道断绝时, 可通过此道到达回纥牙帐, 再经伊州、高昌走向西域)。唐代"参天可汗道", 根据学界研究可大体勾勒如下:

> 从长安北通河上三条驿道分达灵(今灵武南)、丰(今狼山、晏江间)、盛(今托克托西黄河南十二连城)三州。丰州驿

---

① [宋]王钦若等编纂, 周勋初等校订:《册府元龟》卷一七〇, 凤凰出版社, 2006年, 第1892页。

② 潘照东、刘俊宝:《草原丝绸之路探析》, "中国历史上的西部开发"国际学术讨论会论文, 2005年。

③ 郑元珑:《隋唐时代黠戛斯部与中原王朝关系初探》,《福建师范大学学报》2004年第7期。

使通传长安不过四日余,亦盖中古驿使快捷之能事。①

　　具体而言,从灵州到长安的道路共有三条:"东南取庆州
(今庆阳)路,经宁州(今宁县)、邠州(今彬县)至长安。此一道
也。南取原州(今固原)路,又东经泾州(今泾川),亦至邠州达
长安。此一道。又由灵州东取盐州(今盐池北)路,折而南至
庆州,经宁邠至长安。此一道也。取庆州路,则由马岭水(今
环江、马莲河)源头之青刚川、沿此河谷而下接泾水河谷。取
原州路,则略循高平川水(今清水河)而上,经萧关至原州,又
循泾水而下至长安。证之唐史,此两道有明证,而邠、宁、庆道
尤为主线;惟盐州路虽可行,然迂远,未见行之者。"从大量史
实看,灵州—盐州—原州—长安一线是"参天可汗道"的主干
道,尤以灵州和原州这两个节点最为关键,它们共同构成了北
上和南下的交通枢纽。[此段中双引号内资料为严耕望《唐代
交通图考》第179—180页。为行文方便,不单独出注。]②

　　从灵州向北行是被称为"草原丝路"的回纥道,"由灵州
北至碛南弥娥川水一千里。殆出贺兰山隘道向北行,亦谓通
塞北诸道孔道也。"回纥道在中受降城一带分为两条直线:"灵
州北达丰州、西受降城、天德军道及西城出高阙至回纥、黠戛
斯道。由灵州向北微东循黄河而下至天德军为一道,取西受
降城路及取丰州皆约一千一百里。""中受降城正北如东八十
里,有呼延谷(今昆都仑河谷)。谷南口有归唐栅,车道也,入
回鹘使所经。又五百里鸊鹈泉,又十里入碛,经麚鹿山、鹿耳

---

① 严耕望:《唐代交通图考》序言《关内道》,上海古籍出版社,2007年,第
3页。
② 保宏彪:《隋唐时期西北民族关系视野下的灵州与参天可汗道》,《西夏研究》
2015年第1期。

山、错甲山、八百里至山燕子井。又西北经密粟山、达旦泊、野马泊、可汗泉、横岭、棉泉、镜泊，七百里至回纥衙帐。""参天可汗道"成为唐海纳百川的象征，发达的交通、繁荣的经济、昌盛的文化使唐代雄风风靡世界，"绝域君长，皆为朝贡，九夷重译，相望于道"。[此段中双引号内资料分别为严耕望《唐代交通图考》第218、209页；欧阳修、宋祁《新唐书》卷四三下《志第三十三·地理七下》第1148页。为行文方便，不单独出注。]①

也就是说，"参天可汗道"有两条主要驿路。结合严耕望考证，可大致描述从长安到回纥牙帐的驿路：

1. 长安—邠州—宁州—庆州—灵州—弥娥川水—贺兰山隘道—西受降城—丰州（燕然都护府）高阙—单于台—狼山—西受降城—天德军道—回纥牙帐—黠戛斯。

2. 长安—邠州—泾州—原州—灵州—沿黄河向北—丰州—鸊鹈泉（碛口）—回纥牙帐—黠戛斯。

3. 长安—邠州—宁州—庆州—盐州—灵州—任选上两条路线之一。

去往安北都护府管辖范围其他地方的驿路，依据严耕望《唐代交通图考》，可以大致勾勒几条路线②：

1. 去往回纥牙帐：长安—金城—凉州—删丹（即山丹，南有西安城，安北都护府后期回撤府治所在地）—张掖—同城（安北都护

---

① 保宏彪：《隋唐时期西北民族关系视野下的灵州与参天可汗道》，《西夏研究》2015年第1期。
② 严耕望：《唐代交通图考》卷一图七、图八，上海古籍出版社，2007年。

府回撤府治所在地）—居延海—花门山塞—回纥牙帐。

2.去往中受降城：长安—泾阳—三原—坊州—鄜州—延州—卢子关—乌延城—夏州（朔方）—贺兰驿—宁远镇（天德军，从贺兰驿往天德军路途中可东转至中受降城）。

3.去往振武军：长安—泾阳—三原—坊州—鄜州—延州—延川县—绥德县—绥州—儒林县—胜州—东受降城—云中故城—金河县〔振武节度、单于都护府（向南有定襄故城）〕—归绥（今呼和浩特）。

4.东西向：金河〔振武节度、单于都护府（向南有定襄故城）〕—东受降城—中受降城—西受降城—高阙—鸊鹈泉（碛口）—回纥牙帐—黠戛斯。

二、安北都护府辖区部族与大唐的战战和和

安北都护府的设立并非唐王朝的刻意经营，而是蒙古高原部族南侵最终导致的结果。李渊统治时的唐王朝，北部是强大的东突厥部落，他们是唐朝北方强大的威胁。唐太宗玄武门之变取得政权后，东突厥的颉利可汗利用唐朝的不稳定，南下牧马，攻打至渭水附近，给唐王朝带来巨大威胁，当时的唐太宗因朝廷局势不稳，忍辱与颉利可汗签下了渭水之盟，赠送了大批财物，才让颉利退兵。唐太宗稳定国内局势之后，立即开始了对东突厥的反击。唐王朝联络了东突厥下属的薛延陀、回纥诸部，鼓励他们独立，之后在合适的时间派大将李靖率军突袭颉利可汗王庭，最后的结果是颉利可汗被擒，东突厥灭亡。李世民将东突厥十万余众迁徙到黄河以南，建立了六个都督府和羁縻州，作为大唐和漠北的缓冲地带，对东突厥实施了有效的行政管理。在此之后的二十年间，薛延陀在东突厥生存的土地上发展壮大，甚至因为唐王朝对东突厥余

部的保护而不满,屡屡南侵,惹怒了唐太宗。贞观二十年(646),唐太宗派大将李勣征讨薛延陀,俘虏其可汗,将漠南漠北悉归唐王朝治下。为了更好地实施管理,唐王朝在这里设立了六府七州,采取了与安西都护府相近的政策,羁縻州府多由原来薛延陀部族的首领任都督或刺史,燕然都护府就是在这样的背景下成立,主要管理这一区域。后来改称安北大都护府。

但是,唐王朝对东突厥及其相关的北部边域的管理远远比不上对安西都护府的管理。当年温彦博和魏征的论战中,温彦博确实获得了众多的支持,但贞观十三年(639)在唐王朝为官的阿史那社尔在长安作乱,让唐太宗很后悔没有听从魏征之言。后来的唐朝北部边域在拉锯战中反反复复。唐高宗后期,东突厥余部死灰复燃,又逐渐强大,建立起后突厥。而唐王朝内部,由于权力之争的变化,尤其是武则天开始干预朝政并建立武周政权,唐王朝(含武周)逐渐失去了对这一区域的控制。安北都护府于武则天垂拱元年(685)内迁同城,引发陈子昂对唐王朝北部边域管理的忧虑,在《上西蕃边州安危事》提出了自己对北部边域管理的见解:

　　　臣伏见今年五月敕,以同城权置安北府。此地逼碛南口,是制匈奴要冲。国家守边,实得上策。臣在府日,窃见碛北归降突厥,已有五千余帐,后之来者,道路相望。又甘州先有降户四千余帐,奉敕亦令同城安置。碛北丧乱,先被饥荒,涂炭之余,无所依仰。国家开安北府,招纳归降,诚是圣恩洪流,覆育戎狄。然臣窃见突厥者,莫非伤残羸饿,并无人色,有羊马者,百无一二。然其所以携幼扶老,远来归降,实将以国家绥怀,必有赈赡,冀望恩覆,获以安存,故其来者,日以益众。然同城先无储蓄,虽有降附,皆未优矜,蕃落嗷嗷,不免饥饿,所以时有劫掠，自相屠戮。君长既不能相制，以此盗亦稍多。甘州顷者抄窃尤甚。今安北府见有官羊及牛六千头口，兵粮粟麦万有余石，安北初置，庶事草创，孤城兵少，未足威怀。国家不赡恤来降之徒，空委此府安抚，臣恐降者日众，盗者日多，戎虏桀黠，必为祸乱。夫人情莫不以求生为急，今不以此粟麦，不以此牛羊，大为其饵，而不救其死，人无生路，安得不为群盗乎？群盗一兴，则安北府城必无全理。府城一坏，则甘、凉已北，恐非国家所有，后为边患，祸未可量。是乃国家故诱其为乱，使其为贼，非谓绥怀经远之长策。且碛北诸蕃，今见大乱，乱而思理，生人大情。国家既开绥抚之恩，广置安北之府，将理其乱者，以慰喻诸蕃，取乱存亡，可谓圣图宏远矣。然时则为得，事则未行，何者？国家来不能怀，去不能制，空竭国用，为患于边，取乱之策，有失于此。况夷狄代有其雄，与中国抗行，自古所病，倘令今有勃起，遂雄于边。招集遗散，收强抚弱，臣恐丧乱之众，必有景从，此亦国家之大机，不可轻而失也。机事不密，则必害成，圣人之至诫。今北蕃未定，降者未安，国家不早为良图，恐坐而生变。乞得面奏，指陈其利害，边境幸甚幸甚。①

　　陈子昂的担忧不幸而言中，大唐王朝的北部边域后来果然问题丛生。先是仪凤四年（679）崛起的后突厥发生叛乱，安西都护府行政长官裴行俭奉命率兵东进平定叛乱（裴行俭此时任安西都护府行政长官，安西、安北这两个区域用兵有些地方交叉重合），永

①［唐］陈子昂著，徐鹏校点：《陈子昂集》卷八，中华书局，1962年，第191—193页。

隆二年（681）后突厥又偷袭陇右掠夺战马，再被裴行俭（此时任定襄道大总管）平定。但这一次，唐高宗改变了过去妥抚降归的政策，大开杀戒，将降归将领阿史那伏念、阿史德温傅等五十四人斩杀于都市，这引发了后突厥的怨愤，又导致后突厥二十四部众的集体反叛。永淳二年（683），薛仁贵出征，再一次平定叛乱。但武则天专政时期，因为朝廷内部斗争激烈，无暇顾及这一区域，导致这一区域失控，虽然安北都护府的牌子还在，但管辖范围大幅缩水，边域迅速收缩。王世丽、王世伟在《突厥的叛乱与安北都护府南迁》中谈及这种情况时说："后东突厥汗国的建立是单于都护府治下突厥分裂势力直接付诸行动的历史产物，与唐王朝的内忧外患和羁縻府州制的局限性有直接的联系。后东突厥汗国对漠北的占领迫使安北都护府南迁同城，改变了唐代北部边疆两大都护府的布局及性质。"[①] 在这种情况下，唐朝对北部边域的控制逐渐被压缩，到天宝八载（749），移府治横塞军（今内蒙古乌拉特中后旗西南阴山南麓），天宝十四载（755），又将府治移于大安军（今内蒙古乌拉特前旗东北乌加河东）。安史之乱打乱了唐王朝的政治秩序，统治者无暇北顾，对北部疆域的管理基本处于任其自由的状态。到至德（757—759）以后，安北都护府甚至回迁过甘州、凉州等地。会昌年间，唐王朝曾试图恢复北部疆域管理，将单于都护府改为安北都护府，但已经基本没有实际管辖权。晚唐五代，因资料所限，不知所终。

　　也就是说，唐王朝对安北都护府的管理，远没有达到对安西都护府的效果。安西都护府的汉化程度很强，而且，即使在敦煌陷蕃

---

① 王世丽、王世伟：《突厥的叛乱与安北都护府南迁》，《中国边疆史地研究》2006 年第 4 期。

的七十年间,敦煌以西也一直有盼望大唐王朝赶走吐蕃,收回管理权的声音。安北则屡有反叛,使得这一地区与唐王朝的关系中,战争成为主要的记忆。

三、回纥:安北都护府中与大唐王朝关系最铁的部族

瀚海都督府所辖的回纥部族,与大唐王朝关系比较紧密。李华清概括唐朝与回纥的关系说:"唐朝与回纥的关系,可以用'冲突'与'和平'两个词来概括。以安史之乱为界,安史之乱之前以和平为主,唐朝主导形势,安史之乱之后,冲突与和平始终共存,唐朝优势减弱。"[①] 这基本概括了唐朝与回纥的关系。我们这里从驿路唐诗的边域书写视角进行研究,谈到回纥的重要性,主要是回纥道的问题。回纥道在唐朝通往西域的路途上原本没有特别重要,但在通往西域的陇右道被掐断的时间里,回纥道就成为大唐王朝与西域连接的唯一通道。《册府元龟》载:"自艰难以后,河陇尽陷吐蕃,若通安西、北庭,须取回鹘路去。"[②] 由此可见回纥道的重要性,这也是唐王朝重视与回纥关系的重要原因。由于回纥道的重要性,唐王朝重视经营这一通道,形成了双方各方面的紧密互动:

其一,和亲拉近双方关系。回纥,原本是匈奴人的后裔,原属于突厥,在唐王朝打败东突厥之后,在唐王朝的支持下发展壮大起来。贞观二十一年(647)唐太宗在漠北推行府州制度,还曾任命回纥首领吐迷度为瀚海都督。安史之乱前,回纥更多是借助唐朝的力量发展壮大自己,唐朝基本上没有与回纥和亲。而安史之乱后,唐王朝则是有求助回纥事,不得以以结亲方式修筑友好。第一

---

① 李华清:《唐朝与回纥的关系》,《黑龙江史志》2013 年第 15 期。
② 王钦若等编纂,周勋初等校订:《册府元龟》卷九九四,凤凰出版社,2006 年,第 11508 页。

位出嫁公主即是唐肃宗之幼女宁国公主；第二位是随宁国公主远嫁的小宁国公主荣王李婉之女；第三位是仆固怀恩之女，被唐肃宗收养，为崇徽公主；第四位是咸安公主，唐德宗第八女；第五位太和公主，唐宪宗之女，唐穆宗第十妹。还有两次与回纥的和亲，是仆固怀恩的另两个女儿，但不是以公主身份出嫁。和亲不仅可以拉近双方关系，甚至有时也会改变双方生活习俗，比如大宁国公主嫁给回纥毗伽阙可汗仅八个月后，可汗便一命呜呼，按回纥习俗，要宁国公主殉葬，宁国公主据理力争，最后没有殉葬，只劓面而已，后回归唐朝。这就是对回纥殉葬陋俗的改变。

其二，绢茶马贸易给双方带来便利。回纥人缺少绸绢和茶叶，唐朝人需要马匹充实军力，双方在绢马贸易与驱马市茶两项交易中平等互利，回纥人提升了自己的生活品质，唐朝人增强了自己的军事实力。摩擦虽然存在，但总体还是彼此平等、各有所得的。

其三，唐王朝宗教信仰对回纥的影响。回纥原本信仰萨满教，回纥助唐平定安史之乱后，很多人留住中原，受到中原摩尼教影响，这直接影响了回纥的生活方式和生产方式，"摩尼教提倡信徒素食生活，而回纥人原有的信仰萨满教则以荤食为主。这一饮食习惯的巨大改变，直接影响了回纥的生产方式、生活习俗，不仅对于由原来的游牧经济转变为半农业半游牧经济起促进作用，对其商业的发展也起推动作用"①。

从以上情况可以看出，唐王朝对安北都护府治下的管理比较曲折，且实施有效管理的时间非常有限，其间也有贸易往来，也有一定的文化政策，但相比安西都护府实施唐代的郡县制以及教育制度而言，安北都护府的管理并没有安西都护府那样成功，在很多

① 靳坤：《浅谈唐朝与回纥民族的交往》，《红河学院学报》2016年第3期。

方面都存在问题：1. 在行政管理方面，因为没有很好地贯彻郡县制，而主要是羁縻州方式，使得安北都护府所统辖之地与唐王朝的关系并没有达到像安西都护府那样密切的程度，以致这些地区的民族与唐王朝关系"经常处于变化之中，即虽然受到唐王朝的封赐，但是关系不是十分稳定，双方也有矛盾"[①]。2. 唐朝统治者对该地域的管理，越是距离较近的，管理关系就越紧密，反之则越疏松，但回纥是一个例外，虽然距离较远，但回纥部一直与唐王朝关系紧密。回纥在唐王朝的帮助下打败突厥后建立，唐王朝有难时回纥也派兵相助，双方也有公主和亲的活动，文化交流活动也相对较多。3. 对于安北都护府的大多数地区而言，由于管理的疏松，交往也相对较少，较之于"无数铃声遥过碛"和汉人胡化胡人汉化都很多的安西都护府而言，这里大部分地区与唐王朝的贸易、文化都相对岑寂，目前学界谈及这些情况的也不是很多。而战争、抢掠、反叛、平叛倒成为这里的关键词。

第三节　安东都护府及相关羁縻州府的
管理和驿路建设

　　在唐王朝设立的六个大的都护府中，安东都护府（668—761）是用来管理唐朝东北部边域的最高军政机构，隶属于河北道，其主要用于管辖高句丽、渤海国及都护府下辖的饶乐都督府、松漠都督府、黑水都督府、室韦都督府等边疆羁縻州府等少数民族政权，范围包括辽东半岛全部、吉林东北部、朝鲜半岛北部、朝鲜半岛南部

[①] 王文光、孙雪萍：《唐朝北部边疆安北都护府辖境内外回纥系统民族研究述论》，《中国边疆史地研究》2017 年第 1 期。

的百济故地、黑龙江下游西岸到库页岛,直至今天之日本海。唐时朝鲜半岛南部的新罗不直接隶属于安东都护府,但也臣服唐朝。

　　隶属于河北道的安东都护府,是专门管理唐代东北部少数民族的边疆州府,代表着唐王朝权利管辖的范围。这里生活着高句丽、契丹、靺鞨、室韦、乌洛浑、流鬼、奚、耽罗等少数民族,他们大多数时候认同中原唐王朝,或隶属或附属,友好往来时称臣纳贡、官员互相渗透,争斗时则兵戎相见、尸陈血流。就其性质上看,属于中原唐王朝治下。

一、安东都护府的设立、变化及走向安东的驿路

　　安东都护府的设立与高句丽、新罗之间的战争直接相关。

　　在隋唐时期的中原统治者眼中,朝鲜半岛北部原本是中原王朝的领土。隋朝统治者曾经四次征讨,但没有成功。唐朝建立后,高句丽表示愿意纳贡称臣,而统治者也忙于经营西域和北部边域,无暇顾及,也就接受了高句丽的请求。唐太宗打败颉利可汗后,国力十分强大,高句丽赶紧献上疆域图表示彻底臣服,唐太宗借此机会捣毁了高句丽国内所建的用以炫耀武功的京观,但并未准备动武。贞观十八年(644),在唐太宗还没有想好怎样收复高句丽的时候,高丽联合百济发动了与新罗的战争,占领新罗城池四十余座。新罗派人求救,唐太宗命人出使高句丽,命令其停止战争。但当时的高句丽宰相莫离支泉盖苏文拒绝。这让唐太宗非常恼火,唐太宗认为,辽东(辽河以东到朝鲜半岛北部)本为"旧中国之有",而今"九瀛大定,唯此一隅",它反而不安分了,于是亲征高丽。他派李世勣(避太宗讳,改名李勣,即徐懋功)为辽东道行军大总管,率唐军及突厥归降者六万余众从陆路向高丽进发,又派张亮为平壤道行军大总管,将兵三千,在莱州乘船,从海路向高丽进

兵。唐太宗第一次亲征高句丽,战果辉煌,总计攻克十座城市,斩首四万左右,俘获近八万人,俘获马、牛各五万,铁甲一万,迁徙高丽 7 万余人到中国。随后,贞观二十一年(647)再次出兵,且听从朝议,以袭扰为主,令牛进达和李勣分别从水陆两路对高句丽进行袭扰,经一百多次袭扰,令高句丽王疲惫不堪,终于不得不派其子高任武入唐谢罪。贞观二十二年(648),唐太宗再度派军渡海作战,直到贞观二十三年(649)唐太宗本欲征三十万大军一举攻克高丽,因病逝而终止。但从唐太宗病逝到永徽年间,高丽、百济都曾遣使入朝。

唐高宗永徽六年(655),高句丽又联合百济、靺鞨攻打新罗,新罗王再向唐王朝求救,唐高宗派营州都督程名振和中郎将苏定方出征。从永徽六年(655)到总章元年(668)这一段时间,唐王朝军队与高句丽、百济、靺鞨的联军发生多次军事冲突,唐朝将领苏定方和薛仁贵在与高句丽的战争中屡建奇功。总章元年(668)九月,唐军彻底平定高句丽反叛,据《资治通鉴》载:

> 凡征高句丽,拔玄菟、横山、盖牟、磨米、辽东、白岩、卑沙、麦谷、银山、后黄十城,徙辽、盖、岩三州户口中国者七万人。新城、建安、驻跸三大战,斩首四万余级,战士死者几二千人,战马死者什七八。[1]

灭亡高句丽后,唐王朝为能够真正实现对高句丽的控制和管理,分其境为九都督府四十二州一百县,任命薛仁贵为第一任安东都护府首领,驻军平壤以管辖其地。与此同时,唐朝在百济设立熊

---

[1][宋]司马光编著:《资治通鉴》卷一九八,中华书局,1956 年,第 6230 页。

津都督府,在新罗设立鸡林州都督府,意在对朝鲜半岛实施羁縻州管理体制。关于安东都护府的管辖范围,辛时代在《安东都护府的辖治范围考述》中说:

> 总章元年,唐朝灭高句丽,设置了安东都护府。安东都护府是以高句丽时期的疆域为基本统治区域,其辖治范围:西北接唐朝边陲重镇营州,以衣乌间山与辽水为界;东隔第二流松花江与靺鞨诸部相邻;南抵汉江流域,毗邻朝鲜半岛的新罗政权;北与契丹、室韦部族犬牙交错。[①]

这一描述基本准确,但"毗邻朝鲜半岛的新罗政权"不完全准确。因为新罗设立了鸡林州都督府,亦属安东都护府管辖范围。也就是说,在唐人的世界里,新罗是大唐版图内羁縻州。只不过这时新罗却产生了新的想法,它希望管辖高句丽和百济,达到统一管理朝鲜半岛的目的,从而与唐朝发生争执,并进而发生战争,这就是著名的唐罗战争。

唐罗战争从总章三年(670)开打,唐朝和新罗的同盟关系开始破裂。唐罗战争打了整整七年,新罗感到疲惫不堪,欲同唐朝讲和,而唐王朝的西部边域与吐蕃关系吃紧,唐朝的东征将领要西防吐蕃,也思抽身,唐王朝便认可了新罗的谢罪之请,"新罗乃遣使入贡,且谢罪,上赦之,复新罗王法敏官爵。金仁问中道而还,改封临海郡公"[②]。从此,新罗又重新归为唐朝的藩属国,继续为鸡林州都

---

① 辛时代:《安东都护府的辖治范围考述》,《东北师范大学学报》2013年第1期。
② [宋]司马光编著:《资治通鉴》卷二〇二,中华书局,1956年,第6490页。

督府,接受唐王朝的册封。但双方的争夺并未因此结束,新罗虽重
为藩属国,但并未放弃北扩,故在唐王朝主力撤退后,继续向北延
伸侵扰。由于唐王朝军队主力大部分已经撤退,唐王朝也没有力
量完全阻止新罗的扩张,便也隐忍退让,默许新罗的扩张,并将安
东都护府从平壤搬到辽东故城(今辽阳),只在平壤设置安东都督
府继续实施管理。开元二年(714),安东都护府回撤到平州(河北
卢龙),新罗的势力进一步扩大。天宝年间,唐王朝与渤海国发生
战争,唐王朝征用新罗兵支援,新罗也算积极响应,但因为雪大天
寒,导致新罗兵死伤无数,唐玄宗为给新罗补偿,便将朝鲜半岛大
同江以南的高句丽故地赏赐新罗,新罗又借机夺去了百济故地,成
为朝鲜半岛最强大的政权。但新罗依然是唐王朝册封的藩属国,
双方依然保持睦邻友好关系。杨军《安东都护府别议》概述这一
过程:

> 　　唐灭高句丽后,在今辽宁桓仁、宽甸,凤城一线以南的高
> 句丽故地共设 9 都督府、42 州、100 县,在此以北的辽东地区
> 设辽东州都督府(下辖州县);在百济故地设熊津都督府,在
> 新罗设鸡林州大都督府,皆隶属于安东都护府。但由于高句
> 丽故地的叛乱,此都护领兵镇守下的羁縻都督府州体制未能
> 完全贯彻;叛乱平定后,安东都护府内迁,辖区实与辽东州都
> 督府重合,形成直属城傍羁縻州并监管辽东州都督府的局面。
> 营州之乱后,大祚荣东奔建国,高句丽故都国内城附近地区皆
> 为其控制,唐朝因而裁撤安东都护府和辽东州都督府,另设安
> 东都督府,并以高句丽王室后裔任安东都督转行羁縻都督府
> 体制。此后虽然恢复安东都护府建置,但迁徙至平州、营州境
> 内,已成为领兵押领契丹、奚的机构,性质、职能皆与此前大相

径庭。①

从高句丽、新罗的发展历史简况可以确定,在唐朝统治期间,高句丽问题始终是唐王朝内部的问题,即使双方发生战争,也是平叛与否的问题。新罗则相对宽松,它先是唐王朝治下的鸡林都督府,后是唐王朝在新罗领土上册封的藩属国。新罗接受唐王朝的分封授爵,接受唐王朝的州县制度,甚至新罗王子金仁问留居唐朝,还在唐朝当官(调露元年被封为镇军大将军、行右武威卫大将军)。与高句丽和百济所不同的是,高句丽和百济,都有唐王朝派驻的军队和官员,而新罗土地上没有唐王朝派驻的官员,它的最高行政长官由新罗王担任,在有唐不到三百年间的存续期间,新罗在二百余年间共有十六位新罗王被任命为鸡林都督,可知新罗并不属于完全独立的王国。

唐朝的东北边塞从幽州开始,但再往东北方向,资料较少。或许由于元和年间,唐朝管理东北边域的力量极度缩小,李吉甫《元和郡县图志》河北道四阙,营州以东无考。只能依据《旧唐书》《新唐书》中的材料和严耕望《唐代交通图考》大体推测。《新唐书·地理志》与唐代诗人所写驿路诗歌有关的驿路:

> 营州西北百里曰松陉岭,其西奚,其东契丹。距营州北四百里至湟水。营州东百八十里至燕郡城。又经汝罗守捉,渡辽水至安东都护府五百里。府,故汉襄平城也。东南至平壤城八百里;西南至都里海口六百里;西至建安城三百里,故中郭县也;南至鸭渌江北泊汋城七百里,故安平县也。自都护

---

① 杨军:《安东都护府别议》,《陕西师范大学学报》2020 年第 6 期。

府东北经古盖牟、新城，又经渤海长岭府，千五百里至渤海王城，城临忽汗海，其西南三十里有古肃慎城，其北经德理镇，至南黑水靺鞨千里。

登州东北海行，过大谢岛、龟歆岛、末岛、乌湖岛三百里。北渡乌湖海，至马石山东之都里镇二百里。东傍海壖，过青泥浦、桃花浦、杏花浦、石人汪、橐驼湾、乌骨江八百里。乃南傍海壖，过乌牧岛、贝江口、椒岛，得新罗西北之长口镇。又过秦王石桥、麻田岛、古寺岛、得物岛，千里至鸭渌江唐恩浦口。乃东南陆行，七百里至新罗王城。自鸭渌江口舟行百余里，乃小舫溯流东北三十里至泊汋口，得渤海之境。又溯流五百里，至丸都县城，故高丽王都。①

严耕望《唐代交通图考》分四篇介绍了幽州东北塞诸道，与唐代诗人活动和书写有关的有几条：

幽州东行六十里至潞县。又九十里至三河县，临沟故城也。又八十里至蓟州治所渔阳县，即无终故城也。

由州东南行八十里至玉田县，本玉田驿，万岁通天元年移无终县于此，更名。又一百里至石城县，唐初置临渝县，盖隋临渝宫也，万岁通天二年更名石城。又一八四十里至平州治所卢龙县，有卢龙军。

又东一百八九十里至临渝关，简称渝关，又音近形伪为榆关，史文常与胜州榆关相混淆。

---

① [宋]欧阳修、宋祁：《新唐书》卷四三《地理七下》，中华书局，1975年，第1146—1147页。

关既当长城东端尽处,背山面海,形势险峻,而为平营间交通孔道。中原东北出塞至辽东、渤海、朝鲜,此为主要咽喉。故开元天宝中置渝关守捉,统兵三千人,马一百匹,以镇之。诸蕃互市亦于此进行。

出渝关东北行四百八十里至营州治所柳城县。此为东北出塞之最主要干线。此路虽缘海出关,然其北段必仍循白狼水河谷而下行也。唐置东西狭石、绿畴、米砖、长杨、黄花、紫蒙、白狼等戍以扼契丹与渝关。

营州外通东北诸蕃国大要有三道。其一,东北至契丹牙帐,通东北诸国道。西北逾松径至奚王牙帐通北蕃道。其三,东至辽东城通东方诸国道。[①]

走向安东及其相关地区的驿路,在《元和郡县图志》里"河北道四"是缺失的,应该就是幽州以东以北。由于唐代诗人在此道活动较少,相关驿路边域诗歌数量较少,所以很难详悉。好在严耕望《唐代交通图考》河东河北区在篇四九《幽州东北塞诸道》有考证,大略情况是:

第一条道路:幽州北行至昌平县(今县西),再西北行至居庸关西北行至妫州(怀来),北行至赤城,北行至后来的元上都所在地一带,再东北行至临潢府(也是契丹牙帐所在地之一),再东北行至上京临潢府(契丹牙帐之一)。

第二条道路:幽州稍东北行至檀州出古北口;古北口分两路,一沿长城到松亭关东北行至平泉;一从古北口北行至墨斗军、奚国

① 严耕望:《唐代交通图考》卷五,上海古籍出版社,2007 年,第 1745、1746、1747、1751、1756 页。

（承德一带）东行至平泉。平泉东北行至石岭,至平冈城,至奚国牙帐(后来辽中京所在地),北行至赤峰口,北行至乌丹城,与第一条道路汇合。

　　第三条道路:幽州东行至潞县,至三河县,至蓟州(渔阳),从蓟州分两道,东北方向至盐城,至喜峰口,至青陉(青山口),至白狼(西有白狼山)。

　　第四条道路:在第三条道路至蓟州后,向东南方向至玉田,至石城县,至平州(卢龙军),至临渝关,东北行折转西北行到白狼。两道汇合后东北行至营州(平卢节度使所在地),东行至燕州,东行至阆州,东行至安东都护府,再东南通新罗。

　　第五条道路:在第三条道路的燕州东,向北通阜新,再向北至松漠都督府;阜新东行至玄菟故城。

　　第六条道路:水路。从山东走海路。

二、唐朝对安东都护府及相关羁縻州府的管理与官员往来

　　安东都护府在行政区划上属于河北道,是河北道管辖下的大都护府。安东都护府的设立,主要是唐王朝为实现对高丽故地的管理,同时包括对东北边域其他少数民族的管理。由于涉及地域广阔,边域辽远,唐王朝在这里虽曾使用过郡县制,但主要还是羁縻管理的方式,相关羁縻州府的设立及其主要管辖情况大致如下:松漠都督府,贞观二十二年(648)置,时契丹大贺窟哥率领所属内附,唐太宗设置松漠都督府,管理今赤峰、通辽一带的契丹部族;饶乐都督府,也是贞观二十二年设置,管理今内蒙古老哈河上游到河北省滦河一带的奚族;室韦都督府,开元七年(719)设立,管理今内蒙古呼伦贝尔一带的室韦部族;渤海都督府,开元元年(713)受封,管理唐初就已归附的靺鞨各部族,主要有三个部族:白山靺鞨、粟末靺鞨、

黑水靺鞨。三个部族后来统一于由大祚荣所在的粟末靺鞨建立的渤海国,以吉林为大本营,管理今中国东北大部分和朝鲜北部以及俄罗斯沿日本海的部分。

高句丽灭亡以后设置的安东都护府,主要是军事机构,后来衍生为军政合一的管理机构。第一任都护府最高长官就是著名战将薛仁贵。在都护府的内部,很多都是唐王朝的派员。后来,有官员提出以仁义之道教导、驯化远夷之人,也因为唐王朝在吐蕃袭扰时无暇东顾,便放归很多高丽人,还给予高丽上层人物一些封号或官职,如上柱国、辽东郡王、高句丽王等,用羁縻州府的形式管理高丽故地,但朝廷仍需布置一定职分的官员在这里任职,并且无论高丽故地还是安东都护府的其他羁縻州府,都可以不交赋税,但必须要承认唐朝的统治地位,奉行唐朝统治者的诏令,定期纳贡朝拜。唐王朝则给予羁縻州府内政外交的自由。

安东都护府虽然属于河北道,但它的地位与河北道的幽州、蓟州等地在唐代统治者心目中有很大不同,管理方式也不完全相同。幽州和蓟州,也属于唐王朝的边域地区,承担着对突厥的防务任务,这里距离传统意义的中原很近,而且主要是汉族人生活的区域,故此,唐王朝在管理上将这两个地区紧紧抓在手里。安东都护府则距离大唐王朝的心脏非常遥远,且属于少数民族政权,地瘠民贫,管理有一定难度,用羁縻的方式实施管理,可以省去不少力气,节约大量人力、财力。对于安东都护府辖区少数民族政权的管理问题,唐朝高层统治者有过犹疑,有过争议,比如唐高祖李渊曾经有过可以让高丽"不臣"的想法,但被侍中裴矩、中书侍郎温彦博反驳了:"辽东之地,周为太师(即箕子)之国,汉家玄菟郡耳!魏、晋已前,近在提封之内,不可许以不臣。若以高丽抗礼,四夷必将轻汉。且中国之于夷狄，犹太阳之对列星，理无降尊，俯同藩服。”①唐高祖李渊于是不再坚持己见。唐太宗早年力主高丽乃汉唐故地，而宰相房玄龄则反对征伐高丽：

> 老子曰：“知足不辱，知止不殆。”臣谓陛下威名功德亦可足矣，拓地开疆亦可止矣。彼高丽者，边夷贱类，不足待以仁义，不可责以常礼。古来以鱼鳖畜之，宜从阔略。若必欲绝其种类，深恐兽穷则搏。且陛下每决死囚，必命三覆，进素食，停音乐，盖以人命所重，感动圣慈。况今兵士之徒，无一罪戾，无故驱之于辽城之间，委之于锋刃之下，使肝脑涂地，魂魄无归，令其老父、孤儿、寡妇、慈母，睹轊车而掩泣，抱枯骨而摧心，足以变动阴阳，感伤和气，实天下之冤痛也。伏愿陛下遵皇祖老子止足之诫，以保万代巍巍之名，许高丽自新，罢应募之众，自然华夷庆赖，远肃迩安。②

但唐太宗并没有听从房玄龄的意见，坚持自己的高丽乃汉唐故地之见，坚持派兵渡海作战。只是在所谓的“凯旋”时刻，唐太宗曾后悔东征高丽：

> 史臣曰：北狄密迩中华，侵边盖有之矣；东夷隔碍瀛海，作梗罕常闻之。非惟势使之然，抑亦禀于天性。太平之人仁，空峒之人武，信矣。隋炀帝纵欲无厌，兴兵辽左，急敛暴欲，由是

①［唐］杜佑撰，王文锦等校点：《通典》卷一八六，中华书局，1988年，第5016页。

②［唐］杜佑撰，王文锦等校点：《通典》卷一八六，中华书局，1988年，第5018页。

而起。乱臣贼子,得以为资,不戢自焚,遂亡其国。我太宗文皇帝亲驭戎辂,东征高丽,虽有成功,所损亦甚。及凯还之日,顾谓左右曰:"使朕有魏征在,必无此行矣!"则是悔于出师也可知矣。何者? 夷狄之国,犹石田也,得之无益,失之何伤? 必务求虚名,以劳有用。但当修文德以来之,被声教以服之,择信臣以抚之,谨边备以防之,使重译来庭,航海入贡,兹庶得其道也! ①

但唐太宗后悔的只是用征伐之法攻打高句丽,并不是认为高句丽不该归唐朝管理。直至唐太宗晚年,他还坚持认为,对高丽应该采取"修文德""被声教"的方式,也就是保民而王、战胜于朝廷的收服统治之法。又比如狄仁杰曾经提出过废弃安东都护府的建议:

> 鸾台侍郎狄仁杰上表,请收安东,复其君长,曰:"臣闻先王疆理天下,以为民极,皆是封域之内,树之风声。于是制井田,出兵赋,其逆命者,因而诛焉。罪其君,吊其民,存其社稷,不夺其财,非欲土地之广也,非贪玉帛之货也。至汉孝武皇帝,逞高祖之宿愤,藉四帝之资储,于是定朝鲜,讨西域,平南越,击匈奴。府库皆空,盗贼蜂起,百姓嫁妻卖子,流离于道路者万计。于是榷酤市利,算及舟车,笼天下货财,而财用益屈。末年觉悟,息兵罢役,封丞相为富民侯。然而汉室中衰,衅由此起。不可与覆车同轨,岂不戒哉! 人有四肢者,所以捍头目也;君有四方者,所以卫中国也。然以蝮蛇在手,既以断节全

---

① [后晋]刘昫等:《旧唐书》卷一九九下《北狄传》,中华书局,1975 年,第 5364 页。

身；狼戾一隅，亦且弃之存国。汉元帝罢珠崖之郡，宣帝弃车师之田，非恶多而好省也，知难则止，是为爱人。今海中分为两运，风波飘荡，没溺至多，准兵计粮，犹且不足。中国之与蕃夷，天文自隔。辽东所守，已是石田；鞨鞨遐方，更为鸡肋。弱枝强干，有国通规，今欲肥四夷而瘠中国，恐非通典。且得其地不足以耕织，得其人不足以赋税，此乃前王之所弃。陛下劳师而取之，恐非天意。臣请罢薛仁贵，废安东镇。陛下允臣所请，即天启其谋，非人力也。三韩君长，高氏诚为其主。愿陛下以存亡继绝之义，复其故地，此之美名，高于尧、舜远矣。"①

在狄仁杰看来，安东之地，简直鸡肋，为管理安东发动战争，实在是错误之举。他认为，汉武帝和当朝统治者的政策都是劳师伐远，是自废武功之举，而汉元帝"罢珠崖之郡""弃车师之田"的做法才是真正的爱民举措，因此，他建议后撤安东都护府，恢复高句丽等地的自主管理。

由于有一部分人持有像狄仁杰之类的观点，导致大唐王朝对安东都护府的管理存在诸多漏洞，但安东都护府毕竟曾作为大唐王朝境内地域存在过，故必须属于我们进行唐代边域研究的范围，而不应该因为今天的属性否定曾经的历史存在。

大唐王朝在安东都护府派驻有各级官吏，其中曾任最高行政长官的，主要有薛仁贵、高侃、唐休景、薛纳（薛仁贵之子）、王玄志、薛泰、许钦凑、裴云挂、颍王李磁（注：《唐会要》卷七三说是玄宗第十三子"颍王璬安东都护，平卢节度大使"）等，而安东都护府高层统治者中到唐朝王庭居留（实际即人质）、为官的人数也有不少，如

---

① ［宋］王溥：《唐会要》卷七三，中华书局，1955 年，第 1318—1319 页。

高丽荣留王质子、唐朝名将高仙芝父亲高舍鸡、王思礼父亲王虔威、黑水靺鞨质子门艺。在这样的关系下，唐朝官员任职安东和安东人员入朝汇报、接受封册就成为常态，往来于河北道驿路上的人，虽没有像安西都护府那样热闹，却也别有一番景象。

唐太宗初年，陈大德受唐太宗之命出使高丽，著有《奉使高丽记》。陈大德是在迎接荣留王之子入唐后直接出使高丽的。由于有"觇国虚实"的任务，陈大德以多与布帛为诱饵，广结高丽官员，并以雅好山水为名，遍游高丽的山川盛景，记录了高丽的山山水水。当时高丽的荣留王向陈大德展示了他们的军事实力，列戎武之阵，陈兵甲之装，意在向陈大德和唐王朝示威。而陈大德临危不乱，于不慌不忙之间透露了唐王朝消灭高昌的消息，这令荣留王大惊失色，他不仅不敢怠慢陈大德，而且奉之如上宾，之后与唐王朝关系愈加密切。

开元年间任职安东都护的薛泰曾尽力促进唐朝与东北部少数民族之间的关系，他曾奏准以黑水靺鞨最高首领为都督，统辖靺鞨诸部，而唐王朝派长史进行监控和指导。契丹在《旧唐书》中被列入北狄，但其头领生活地主要在东北部，薛泰也曾在这里竭力促进唐和东北契丹部落的关系，如：

> 开元三年，其首领李失活以默啜政衰，率种落内附。失活，即尽忠之从父弟也。于是复置松漠都督府。封失活为松漠郡王，拜左金吾卫大将军兼松漠都督。其所统八部落，各因旧帅拜为刺史，又以将军薛泰督军以镇抚之。明年，失活入朝，封宗室外甥女杨氏为永乐公主以妻之。[1]

---

[1]［后晋］刘昫等：《旧唐书》卷一九九下《北狄传》，中华书局，1975年，第5351页。

李失活内附,松漠都督府重置,宗室女封为公主外嫁,唐朝和契丹关系有短暂的缓和。三年后李失活去世,李失活从父弟娑固代统其众,唐王朝又遣使册立。娑固大臣可突于与娑固发生矛盾,娑固欲除之,结果反为其害,连累薛泰被拘。后可突于又立娑固从父弟郁于为主,并遣使向唐王朝谢罪,唐王朝因鞭长莫及,便只能顺势立郁于,赦免可突于之罪。

唐王朝与生存于东北部的契丹也可以算是你中有我我中有你,契丹首领孙万荣就曾派"侍子入朝",开元十年(722)郁于请婚得允,而可突于则入朝为官:

> 十年,郁于入朝请婚。上又封从妹夫率更令慕容嘉宾女为燕郡公主以妻之,仍封郁于为松漠郡王,授左金吾卫员外大将军兼静析军经略大使,赐物千段。郁于还蕃,可突于来朝,拜左羽林将军,从幸并州。①

像可突于这种以外族人身份入唐王朝为官的现象在安东都护府的其他管辖区域也属常见,高丽就有很多人在唐朝为官,如唐玄宗时期的著名战将高仙芝之父高舍鸡、王思礼之父王虔威,都是唐灭高丽后迁徙内地的高丽后人,在唐朝发展,以军功至高官。高舍鸡内迁后先在河西军从军,后在西域累功任职至诸卫将军。王虔威内迁后在朔方军任职,因谙熟兵法而任高级将领。

黑水靺鞨的人也有在唐朝为官者。唐王朝在黑水靺鞨设置黑水州,置长史,亦是羁縻州管理方式。黑水靺鞨的门艺曾以质子身

①[后晋]刘昫等:《旧唐书》卷一九九下《北狄传》,中华书局,1975年,第5352页。

份到京师长安,对唐朝经济文化军事等各方面非常了解,而且他真心臣服。他开元初还归后,黑水靺鞨有人想反叛唐王朝,门艺基于自己对唐王朝的了解,便以高丽强大尚被灭国劝说武艺不要与唐朝为敌,劝说不成,他自己便"间道来奔,诏授左骁卫将军"。

唐王朝虽然没有在新罗驻军,但新罗当时也基本上臣服于唐王朝,接受唐王朝的羁縻州管理方式,新罗王曾被任命为鸡林州都督府都督,除唐罗战争的一段时间,基本保持与唐王朝的臣服关系。他们不仅派遣大量的使者往来于两国之间,而且,有不少新罗人在大唐王朝学习、生活、为官,如被称为"东国儒宗""东国文学之祖"的新罗诗人崔致远,少年时入唐学习,在唐朝参加进士考试,曾任溧水县尉,在淮南节度使高骈幕府为从事,二十八岁时回新罗任职,在唐朝和新罗的交流史上留下了浓墨重彩的一笔。

三、唐王朝在安东及其相关羁縻州府的文化政策

高丽、百济、新罗在唐朝时并不发达,他们对唐王朝的文化十分向往,"日慕华风"(《敕新罗王金重熙书》),愿意吸收中华文化。而唐王朝统治者对此认识清晰,也很注重利用东夷的这些特点。如唐武德年间,高句丽"遣使请道教,诏沈叔安将天尊像并道士至其国,讲五千文,开释玄宗,自是始崇重之,化行于国,有逾释典"[1]。唐高祖李渊利用高丽人对中华道教的信仰,派文化使者沈叔安入高丽传教,为其国人讲《老子》,促进道教文化在高句丽的传播。又如唐太宗,"海夷颇重学问"是唐太宗对东夷诸附属国的文化认知,也是这些地方对唐文化的接受态度,唐太宗就利用这一点,向东夷

---

[1] [唐]杜佑撰,王文锦等校点:《通典》卷一八六《边防二·高句丽》,中华书局,1988年,第5015—5016页。

传播唐文化。贞观初年，唐太宗派朱子奢出使高丽，就是利用朱子奢具有的儒家文化能力，使其以文化的魅力感染半岛三国。而朱子奢的出使，也确实通过自己的外交能力和文化底蕴感化了对方，收到了笼络三国的目的："朱子奢，苏州吴人也。少从乡人顾彪习《春秋左氏传》，后博观子史，善属文。隋大业中，直秘书学士。及天下大乱，辞职归乡里，寻附于杜伏威。武德四年，随伏威入朝，授国子助教。贞观初，高丽、百济同伐新罗，连兵数年不解，新罗遣使告急。乃假子奢员外散骑侍郎充使，喻可以释三国之憾，雅有仪观，东夷大钦敬之，三国王皆上表谢罪，赐遗甚厚。"①唐玄宗也很明晰这一点，如开元二十五年（737）唐玄宗谕旨出使新罗者："新罗号为君子之国，颇知书记，有类中华。以卿学术，善与讲论，故选使充此。到彼宜阐扬经典，使知大国儒教之盛。"②所派使者也是带有宣传中华文化、弘扬儒家礼教的目的。唐王朝统治者在派遣东夷使者时，往往多方衡量，而以渊博学问、文雅气质为上选。而东夷对唐文化的向往和认同以及唐王朝开放的文化态度，让双方在文化交流方面非常顺畅。

　　东夷诸羁縻州对唐王朝文化的吸收也非常充分。据《旧唐书》记载，高丽"俗爱书籍，至于衡门厮养之家，各于街衢造大屋，谓之扃堂，子弟未婚之前，昼夜于此读书习射。其书有五经及《史记》《汉书》、范晔《后汉书》、（陈寿）《三国志》、孙盛《晋春秋》《玉篇》

<hr>

① ［后晋］刘昫等：《旧唐书》卷一八九上《儒学传上》，中华书局，1975年，第4984页。
② ［后晋］刘昫等：《旧唐书》卷一九九上《东夷传》，中华书局，1975年，第5337页。

《字统》《字林》；又有《文选》，尤爱重之"①。百济的风俗习惯与文化都从汉文化来："岁时伏腊，同于中国。其书籍有五经、子、史，又表疏并依中华之法。"② 新罗在"大唐贞观二十二年，其王金春秋来朝，拜为特进，请改章服以从华制"③，"开元十六年，遣使来献方物，又上表请令人就中国学问经教，上许之"④。

渤海国在唐朝虽然也属于少数民族政权，且在相当长的一段时间与倭国十分友好，但在文化上基本属于中华文化圈。渤海国的典章制度仿效的是唐朝的三省六部制度，在行政管理上推行唐王朝的京、府、州、县分级管理体制，军事上效仿唐朝的十六卫制度，文化上积极接受汉文化，使用汉字，推广中原儒学，派遣诸生到京都太学"习识古今制度"⑤，还有一些人在唐朝参加进士考试或在中原为官，或回渤海任职，在儒学、宗教、文学、音乐、歌舞、绘画、雕塑等很多方面与中原文化融为一体。渤海国新出土的贞惠公主墓和贞孝公主墓可以证明中原文化在这里的融入程度。比如两位公主的墓志都是用骈体文写成，这正是唐代墓志文章的标准样式。贞惠公主墓志残缺很多，很难说明问题，但贞孝公主墓志相对完整，可以让我们清晰感受到渤海国对中原文化的接受：

---

① ［后晋］刘昫等：《旧唐书》卷一九九上《东夷传》，中华书局，1975 年，第5320 页。
② ［后晋］刘昫等：《旧唐书》卷一九九上《东夷传》，中华书局，1975 年，第5329 页。
③ ［唐］杜佑撰，王文锦等校点：《通典》卷一八五《边防一》，中华书局，1988年，第 4993 页。
④ ［后晋］刘昫等：《旧唐书》卷一九九上《东夷传》，中华书局，1975 年，第5337 页。
⑤ ［宋］欧阳修、宋祁：《新唐书》卷二一九《北狄传》，中华书局，1975 年，第6182 页。

　　夫缅览唐书，汭汭降帝女之滨；博详丘传，鲁馆开王姬之筵。岂非妇德昭昭，誉名期于有后；母仪穆穆，余庆集于无疆。袭祉之称，其斯之谓也。

　　公主者，我大兴宝历孝感金轮法王之第四女也。惟祖惟父，王化所兴，盛烈戎功，可得而论焉。若乃乘时御辨，明齐日月之照临；立极握机，仁均乾坤之覆载。配重华而旁夏禹，陶殷汤而韬周文。自天佑之，威如之吉。

　　公主秉灵气于巫岳，感神仙于洛川。生于深宫，幼闻婉娩。琅姿稀遇，晔以琼树之丛花；瑞质绝伦，温如昆峰之片玉。早受女师之教，克比思齐；每慕曹家，敦诗悦礼。辨慧独步，雅性自然。①

　　这是贞孝公主墓墓志序文的一部分。这通墓志出土于 1980 年的龙县龙头山，反映了一千一百年前渤海国文化中浓郁的中华文化内涵。首先，墓志是用唐代墓志通用的骈体文形式，前序后铭；其次，墓志中所用典故皆中华文化的熟典，涉及尧舜禹的传说和经、史、子书如《易经》《诗经》《尚书》《礼记》《春秋》《左传》《论语》《史记》《汉书》《庄子》等，对妇女的评价也是以儒家思想为主，可见唐代的中原文化已经深入到渤海文化的每一个细节。

　　从史书的记载来看，隶属安东都护府的半岛三国，对汉文化的吸收非常充分，所谓"大抵东夷书文并同华夏"也，历史、经学、语言文字都有吸收，甚至连唐朝的考试制度也吸收。除在自己国内接受和弘扬汉唐文化，他们还派人到唐朝实地接受唐文化的滋养和熏陶，全面接受唐文化，如刘眘虚《海上诗送薛文学归海东》中

①　楚福印：《唐渤海国贞孝公主墓志赏析》，《赤子》2013 年第 7 期。

的薛文学、许浑《送友人罢举归东海》中的友人、张乔《送人及第归海东》中的及第者,就都是来大唐参加科举考试的。来唐参加科举考试,是从文化制度和文化归属的层面对大唐的认同,这种对唐文化的向往和认同可以通过新罗诗人崔致远父亲的话看出一二。崔致远十二岁时,其父派他只身入唐求学,临行时殷殷嘱咐儿子要在大唐好好学习,争取进士及第:"十年不第进士,则勿谓吾儿,吾不谓有儿,往矣勤哉,无惰乃力!"① 正是在父亲的鞭策下,崔致远幼年来唐,潜心学习,于经史子集各有精进,尤其在诗赋方面用力颇多,并在唐朝以试诗赋为主的进士科考试及第,后得官,写作了很多符合唐朝格律的诗作,将唐文化的精髓潜移默化为自己的文化细胞,成为新罗历史上第一个大量写作汉诗的人。崔致远二十八岁返国,为弘扬唐文化贡献了自己的力量。

　　渤海国的归属对于今天的人们而言没有分歧和争议,都认同其在唐朝属于唐王朝疆域之内。而半岛三国则有争议。但笔者认为,由于半岛的新罗与高句丽、百济都曾经属于唐朝安东都护府的管辖区域,我们不能视而不见,仅从文化属性而言,"渤海、新罗在唐的关系在质子、使者以及入唐学生情况这三个方面上虽然在细节上有些许不同,但总体上并无较大差别,渤海与新罗他们都是唐朝的羁縻州,在唐朝的管辖之下。渤海、新罗都臣服于唐,接受唐的册封、派遣质子宿卫,并通过人员的往来加强了与唐之间的交流与联系,向唐朝学习政治、经济制度和先进的文化,使自身得到了长足的发展"② 。来往于这里的人们也在来来往往的驿路上写下了

---

① [唐]崔致远著,党银平校注:《桂苑笔耕集校注》序,中华书局,2007年,第13页。

② 宋心雨:《渤海、新罗与唐关系比较研究》,吉林大学2018年硕士学位论文,第65页。

关于安东的历史记忆,这些记忆与大唐边域管理密切相关,三国诗人的一些汉诗写作亦在驿路边域诗歌的研讨范围,故我们不回避历史的曾经存在,不忌讳现在的朝鲜和韩国的想法,而在尊重历史的基础上将这些地域放在我们的边域诗歌一起研究。又因为文献的问题,新罗是一个相对重要的关注点。

第四节　安南都护府及相关羁縻州府的管理和驿路建设

唐朝的岭南尚属蛮荒之地,唐朝的官员贬谪,往往流向岭南。隶属于岭南道的安南都护府的管辖区域,往往是受极重处罚的贬谪之地。一些身为文人的官员被贬谪岭南,尤其被贬安南,如宋之问、杜审言等,他们对所到蛮荒之地的不适和恐惧以及驿路上借景生情的人生感伤成为重要的书写诱因。

一、安南都护府的管辖范围及走向安南的驿路

安南都护府,是唐朝管理南部边疆的主要军政机构,隶属于岭南道,治所在宋平(今河内),管辖范围南到越南河静、广平省界,北到今云南南盘江,东到广西那坡、龙州、宁明、防城、东兴等地,西到越南的红河黑水之间。

唐代安南都护府的设置,承袭隋代的疆域,最初为隋朝的交趾郡,唐武德五年(622)改为交州总管府,调露元年(679)改为安南都护府,至德二年(757)改为镇南都护府,永泰二年(766)又改回安南都护府。安南都护府为唐代在南部边界行使行政管理权的主要行政机构和军事机构。关于设置安南都护府的情况,《旧唐

书·地理志》记载：

> 安南都督府：隋交趾郡。武德五年，改为交州总管府，管
> 交、峰、爱、仙、鸢、宋、慈、险、道、龙十州。其交州领交趾、怀
> 德、南定、宋平四县。六年，澄、慈、道、宋并加"南"字。七年，
> 又置玉州，隶交府。贞观元年，省南宋州以宋平县，省隆州以
> 陆平县，省鸢州以朱鸢县，省龙州以龙编县，并隶交府。仍省
> 怀德县及南慈州。二年，废玉州入钦州。六年，改南道州为
> 仙州。十一年，废仙州，以平道县来属。今督交、峰、爱、驩四
> 州。调露元年八月，改交州都督府为安南都护府。大足元年
> 四月，置武安州、南登州，并隶安南府。至德二年九月，改为
> 镇南都护府，后为安南府。刺史充都护，管兵四千二百。旧领
> 县八，户一万七千五百二十三，口八万八千七百八十八。天宝
> 领县七，户二万四千二百三十，口九万九千六百五十二。至京
> 师七千二百五十三里，至东都七千二百二十五里。西至爱州
> 界小黄江口，水路四百一十六里，西南至长州界文阳县靖江镇
> 一百五十里，西北至峰州嘉宁县论江口水路一百五十里，东
> 至朱鸢县界小黄江口水路五百里，北至朱鸢州阿劳江口水路
> 五百四十九里，北至武平县界武定江二百五十二里，东北至交
> 趾县界福生去十里也。①
>
> 西赵蛮，在东谢之南，其界东至夷子，西至昆明，南至西洱
> 河。山洞阻深，莫知道里。南北十八日行，东西二十三日行。
> 其风俗物产与东谢同。首领赵氏，世为酋长。有户万余。贞

---

① ［后晋］刘昫等：《旧唐书》卷四一《地理四》，中华书局，1975 年，第 1749—
　1750 页。

观三年,遣使入朝。二十一年,以其地置明州,以首领赵磨为
刺史。①

（牂牁蛮）武德三年,遣使朝贡,授龙羽牂州刺史,封夜郎
郡公。贞观四年十二月,遣使朝贡。开元十年闰五月,大酋长
谢元齐死,诏立其嫡孙嘉艺袭其官封。二十五年,大酋长赵君
道来朝,且献方物。大历中、贞元初,数遣使朝贡。七年二月,
授其酋长赵主俗官,以其岁初朝贡不绝,褒之也。自七年至
十八年,凡五遣使来。②

　　《旧唐书》的这些材料,对安南都护府的来历、在唐朝的演变、
管辖范围、地域涵盖,都交代得很清楚。《新唐书》的交代则更为
简略："安南,中都护府,本交趾郡,武德五年曰交州,治交趾（今河
内）。调露元年曰安南都护府,至德二载曰镇南都护府,大历三年
复为安南。宝历元年徙治宋平（今河内）。"③
　　唐王朝管理安南地区,是安南诚心归附的结果。唐朝建立后,
没有一味实施攻伐,李靖率军抵达岭南后,并没有以进攻为主,而
是遣使招抚诸州,岭南各地也没有一味抵抗,而是诚心归附,交、广
诸州相率顺命。在遇到可能发生征伐战争时,大部分能够化解,如
《贞观政要》载"岭南诸州奏言高州酋帅冯盎、谈殿,阻兵反叛",唐
太宗准备发兵平叛,但魏征认为冯盎反迹不明,应用招抚之策,太

①［后晋］刘昫等:《旧唐书》卷一九七《南蛮传》,中华书局,1975年,第
　5275页。
②［后晋］刘昫等:《旧唐书》卷一九七《南蛮传》,中华书局,1975年,第
　5277页。
③［宋］欧阳修、宋祁:《新唐书》卷四三《地理七上》,中华书局,1975年,第
　1111—1112页。

宗从之,结果是"遂得岭表无事,不劳而定":

> 太宗从之,岭表悉定。侍臣奏言:"冯盎、谈殿,往年恒相征伐。陛下发一单使,岭外帖然。"太宗曰:"初,岭南诸州盛言盎反,朕必欲讨之,魏征频谏,以为但怀之以德,必不讨自来。既从其计,遂得岭表无事,不劳而定,胜于十万之师。"乃赐征绢五百匹。[①]

唐王朝接管诸州之后,先是设立了交州总管府,到高宗调露元年(679)改为安南都护府,这即是我们所关注的唐朝的安南都护府。其疆域所到,在唐代各个时期变化较大,大体上相当于今天越南的北部和中部,包含今广西的一部分。《新唐书》记载安南中都护府管县有八:宋平、南定、太平、交趾、朱鸢、龙编、平道、武平。

尽管秦汉以来,今之越南北部一直是中原人心目中的域内领土,但五岭依然是中原民族心中的遥边界限,是唐代南部边防的重要分界线,在此以南,属于人们心中的边域。走向安南的边域书写,当从五岭算起。前文我们已经说过,唐人边防重视陆路而轻视海洋,再加上唐人在岭南防务上分岭南东道和岭南西道:"宜分岭南为东、西道节度观察处置等使,以广州为岭南东道,邕州为岭南西道,别择良吏,付以节旄。其所管八州,俗无耕桑,地极边远,近罹盗扰,尤甚凋残。将盛藩垣,宜添州县。宜割桂州管内龚州、象州,容州管内藤州、岩州,并隶岭南西道收管。"[②]而岭南西道及以西

---

① [唐]吴兢:《贞观政要》卷九《辩征伐第三十五》,齐鲁书社,2010年,第278页。

② [后晋]刘昫等:《旧唐书》卷一九上《懿宗传》,中华书局,1975年,第652页。

是走向安南的重要通道,所以,我们走向安南的驿路唐诗书写关注岭南西道及以西以南的驿路。又据《元和郡县图志》:

> 大庾岭,一名东峤山,即汉塞上也,在县东北一百七十二里。从此至水道所极,越之北疆也。越相吕嘉破汉将军韩千秋于石门,封送汉节,置于塞上,即此岭。本名塞上,汉伐南越,有监军姓庾城于此地,众军皆受庾节度,故名大庾。五岭之戍中,此最在东,故曰东峤。高一百三十丈。秦南有五岭之戍,谓大庾、始安、临贺、桂阳、揭阳县也。①

也就是说,在汉人的心目中,五岭可以视为越之北疆,也即从北向南越过五岭,才是真正走到遥边。五岭以南,邕州以西,云南以东,是走向安南的驿路上诗人活动较多的地方,他们称这里为"岭表""岭外",由此走向安南,大致有以下路径:

> 桂州的八到之境:八到:北至上都三千七百五里。北至东都三千四百五十五里。东南至昭州二百三十五里。西南至象州五百二十里。东北至道州四百八十里。西至柳州五百四十里。南至蒙州三百五十里。西北至融州四百九十里。东南水路至梧州六百三十里。②
> 梧州的八到之境:西北至上都取桂州路四千三百三十五里。西北至东都四千一百五里。东南沿流至封州五十里。西

① [唐]李吉甫撰,贺次君点校:《元和郡县图志》卷三四《岭南道一》,中华书局,1983年,第902页。
② [唐]李吉甫撰,贺次君点校:《元和郡县图志》卷三七《岭南道四》,中华书局,1983年,第917页。

北溯流至富州三百二十里。正南微西至义州三百里。西南沿流至藤州一百里。西北至桂州六百三十里。①

象州的八到之境：北至上都四千二百二十五里。东北至东都三千九百六十五里。西南至严州二百八十里。东至康州陆路一百九十里。东南至浔州二百一十里。西至柳州一百六十里。②

邕州（管州八：邕州，贵州，宾州，澄州，横州，钦州，浔州，峦州）的八到之境：北至上都取象州路四千七百七十五里，取藤州路五千四十五里。北至东都四千五百八十五里。东至钦州三百三十里，西南至瀼州二百八十里。西南至安南一千里。东北至澄州二百四十里。③

廉州有合浦县，县有瘴江：瘴江，州界有瘴名，为合浦江，纪胜廉州。自瘴江至此，瘴疠尤甚，中之者多死，举体如墨。春秋两时弥盛，春谓青草瘴，秋谓黄茅瘴。马援所谓"仰视乌莺，跕堕水中"，即此也，土人谙则不为病。④

根据以上资料，唐代诗人在走向安南的驿路上活动较多的路线简括如下：

1.［从长沙—衡阳向南］永州—桂州—柳州—象州（今来

① ［唐］李吉甫撰，贺次君点校：《元和郡县图志》卷三七《岭南道四》，中华书局，1983 年，第 920 页。
② ［唐］李吉甫撰，贺次君点校：《元和郡县图志》卷三七《岭南道四》，中华书局，1983 年，第 925 页。
③ ［唐］李吉甫撰，贺次君点校：《元和郡县图志》卷三七《岭南道四》，中华书局，1983 年，第 946 页。
④ ［唐］李吉甫撰，贺次君点校：《元和郡县图志》逸文卷三《岭南道》，中华书局，1983 年，第 925 页。

宾）—邕州（今南宁）—安南。

2. ［从长沙—衡阳向南］郴州—韶州（大庾岭所在）—梧州—藤州—钦州（可海路或沿海岸至安南）。

在岭南驿路的建设上，张九龄、高骈等都做出了重要贡献，比如高骈任安南节度使时，为方便安南到广州经商和供给岁响，做了很多工作：

> 俄而骈拔安南，斩蛮帅段酋迁，降附诸洞二万计。晏权方挟维周发海门，檄骈北归。而骈遣王惠赞传酋迁首京师，见艟舻甚盛，乃晏权等，惠赞惧夺其书，匿岛中，间关至京师。天子览书，御宣政殿，群臣皆贺，大赦天下。进骈检校刑部尚书，仍镇安南，以都护府为静海军，授骈节度，兼诸道行营招讨使。始筑安南城。由安南至广州，江潬梗险，多巨石，骈募工劖治，由是舟济安行，储饷毕给。又使者岁至，乃凿道五所，置兵护送。其径青石者，或传马援所不能治。既攻之，有震碎其石，乃得通，因名道曰“天威”云。加检校尚书右仆射。①

高骈后来反叛唐朝，成为直接导致唐朝灭亡的罪人，这与我们课题无干，我们不去考虑。但高骈在安南任节度使期间确实做出了重要贡献，安南人甚至将他视为安王崇拜，主要是他既没有使用粗暴的征伐手段，也没有横征暴敛，而且还修陆路驿路、水路驿路，确实有助于安南后来的发展，史书评价：“由是舟楫无滞，安南储备不

---

① ［宋］欧阳修、宋祁：《新唐书》卷二二四《叛臣传下》，中华书局，1975 年，第6392 页。

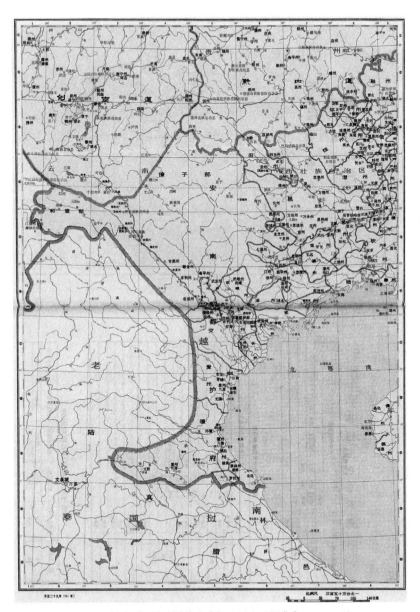

图 1.3　岭南道西部（谭其骧《中国历史地图集》P.72—73）

乏,至今赖之。"①可见高骈所修驿路的重要作用。

二、唐在安南灵活多样的官员任命方式

安南都护府是唐王朝直属的地方行政机构,隶属于唐王朝行政区划的岭南道,它与唐王朝中央政权之间的关系是中央和地方、统领和被统领的关系,其行政区的设置和废除、行政级别的升降、刺史以上的官员任免等,都由唐王朝中央机关直接发布命令。一些职位稍低的官员,可由安南地方政权任命,但必须向唐王朝中央机关报备。这说明,安南都护府在唐朝不是域外地理,而是域内地理。这也是我们进行边域文学研究而将安南都护府纳入的重要理由。

唐朝对安南都护府的管理方式灵活多样,符合便于管理的特点。唐王朝统治者治理安南都护府的方法:一些处于中心的、位置重要的正州及属县,由中央政权直接任命官员和实施管理;而一些比较偏远的少数民族地区则设置羁縻州,多以当地少数民族首领充任羁縻州首领。

安南所处当时唐王朝的最南端,很多地方都是少数民族地区,如果完全放任民族地区自治,容易造成中央政权管理的疏失,也容易形成唐王朝中央政府和边域地区关系的两张皮,而最终造成边域地区的地区中心主义盛行。但若管得太死,又容易造成边域少数民族地区的强烈反弹,以致出现反抗现象,安南地区的几次战争,几乎都是边域都护统领没有完全按照唐王朝的统治政策实施管理,如贪赃枉法的李琢逼得安南地区人民起而反抗:

①［后晋］刘昫等:《旧唐书》卷一八二《高骈传》,中华书局,1975年,第4703页。

大中时,李琢为安南经略使,苛墨自私,以斗盐易一牛。夷人不堪,结南诏将段酋迁陷安南都护府,号"白衣没命军"。南诏发朱弩佉苴三千助守。然朝贡犹岁至,从者多。①

李琢的苛刻和贪婪几乎到了无以复加的地步,竟然以一斗盐交换一头牛,这就是用强买强卖的方式掠夺民财,而且还是掠夺生产工具,故而引起民愤。但这只是极少时段的少数现象,而且,安南人民反抗的只是经略使李琢,并不反唐,其朝贡并未断绝。大多时候,安南都护府的管理还是井然有序的,有些安南都护长官在安南名声甚好,如王式:"安南都护王式,虽儒家子,在安南威服华夷,名闻远近。"② 还有著名诗人李商隐的岳父王茂元:"茂元,幼有勇略,从父征伐知名。元和中,为右神策将军。太和中,检校工部尚书、广州刺史、岭南节度使。在安南招怀蛮落,颇立政能。"③

安南都护府首领及其属下正州、县官员,许多由朝廷任命,《史书》中一些任命信息、诏令中一些信息、诗文中一些送人赴安南上任的送别诗,都可证朝廷对安南都护府官员任免的权力以及朝廷派员治理安南的事实。而安南地区边远偏僻的羁縻州的官员,多由当地人充任,这样,民族地区基本实现了类似今天的民族自治管理。如马植任安南都护府期间,很好地处理了少数民族的管理问题:

精吏事,以文雅绚饰其政,清净不烦,洞夷便安。羁縻诸

---

① [宋]欧阳修、宋祁:《新唐书》卷二二二《南蛮传中》,中华书局,1975年,第6282页。

② [宋]司马光编著:《资治通鉴》卷二五〇,中华书局,1956年,第8204页。

③ [后晋]刘昫等:《旧唐书》卷一五二《王茂元传》,中华书局,1975年,第4070页。

首领皆来纳款，遣子弟诣府，请赋租约束。植奏以武陆县为陆州，即秉首领为刺史。①

　　植文雅之余，长于吏术。三年，奏：“当管羁縻州首领，或居巢穴自固，或为南蛮所诱，不可招谕，事有可虞。臣自到镇，约之以信诚，晓之以逆顺。今诸首领，总发忠言，愿纳赋税。其武陆县请升为州，以首领为刺史。”从之。又奏陆州界废珠池复生珠。以能政，就加检校左散骑常侍，加中散大夫，转黔中观察使。会昌中，入为大理卿。②

　　民族地区的管理，需要顾及民族地区人民的感受。马植采取仁义文雅的非暴力方式，使得当地人没有不舒服的感觉，赢得了“洞夷便安”的效果。他还深谙统御之术，熟悉民族关系，使用当地人管理当地人。而民族首领一般威信较高，容易获得边域少数民族的信服，更便于治理，这是唐王朝边域管理中处理少数民族问题的成功经验。

　　三、唐朝在安南实施薄赋敛省力役的宽仁政策

　　唐朝统治者设立安南都护府之后，实施了一系列对南方边域有利的统治，如俚户输半课（也就是只交一半的税赋）、边费（防守边疆所需费用）大多由内地供给等。《旧唐书·文苑传》：“岭南俚

① ［宋］欧阳修、宋祁：《新唐书》卷一八四《马植传》，中华书局，1975年，第5391页。
② ［后晋］刘昫等：《旧唐书》卷一七六《马植传》，中华书局，1975年，第4565页。

户,旧输半课。"①一个"旧"字,透露了唐王朝在刘延佑叛乱之前的统治政策,而"输半课"则尽现宽仁。尽管在某些时段有个别都护首领因贪婪而强征赋税,但总体上看,唐王朝对安南是以宽仁为主的。如唐文宗时颁布《放免安南秋税诏》:

> 远人征赋,每岁征输,言念辛苦,暂为蠲免。其安南今年秋税,悉宜放免,委都护田早集百姓晓示。恐军用阙绝,宜赐钱二万贯,以岭南观察使合送两税供钱充。②

考虑到安南地处遥远,赋税征输辛苦,唐文宗连"输半课"的旧规矩都不再要求执行了,而是全数"放免",其宽仁程度可知。对可能出现的军需匮乏问题,唐王朝以赐钱的形式充代,而且,这些钱也不用来回运送,直接将岭南观察使应该上缴的"两税"替代,因此省了大量的人力物力。又如唐宣宗时《遣宋涯宣慰安南邕管敕》:

> 安南邕管,皆吾藩方,虽远朝廷,咸遵法理。尔其将我悯怜之意,深访疾苦之源,贫者抚之,富者利之,老者安之,少者怀之。尽尔公廉,究兹利病,因宜制变,临事合权,能安远方,克致宁谧。岂无崇秩,以奖勤劳,俾增石室之荣,以盛轺车之贵,无惮退役,伫立厥功。可守本官兼御史中丞充安南邕管等

---

① [后晋]刘昫等:《旧唐书》卷一九〇上《文苑传上》,中华书局,1975年,第4995页。
② [唐]李昂:《放免安南秋税诏》,《全唐文》卷七二,中华书局,1983年,第763页。

道宣慰使。①

所谓"皆吾藩方"，即管辖所属。这则材料，是帝王通过派遣宣慰使的方式，对那里的老少疾贫都能关注到，充分表达了对安南边远之地的宽仁之心。再如《授安友权安南节度使制》：

> 朕以伯侯之崇，列于藩翰。旌钺之寄，属在忠劳。况其俾奉诏条，伫乃声效。宜洽念功之典，用资抚俗之才。具官安友权，学奥六韬，术探三志。得子玉理兵之要，有少卿养士之心。自属艰难，勉励诚节。侍卫之劳既著，星霜之志靡渝。载陟周行，益恭环列。校其勋绩，宜举宠灵。乃眷海隅，地联越俗。每思封部，尤在抚安。往分瑞节之荣，更益公台之重。尔当奉兹七德，睦彼四邻。夙夜以励武功，周旋以修军政。成于乐土，副我朝恩。勉服训词，钦承厥命。②

这则诏书中，强调任命的官员要"每思封部，尤在抚安"，要求任命的官员要"奉兹七德，睦彼四邻"，使所统治之地成为王化乐土，可见以"仁"治理安南是统治者的目标。

这种宽仁也体现在对安南的商业管理方面。唐朝并不是一个重视商业的朝代，甚至在一定程度上还轻视商业，视之为贱业。但商业确实能给地方带来繁荣，唐代统治者后期对商业管理的放宽政策，也为后来宋代商业的繁荣奠定了一定的基础。唐后期对安

---

① ［唐］李忱：《遣宋涯宣慰安南邕管敕》，《全唐文》卷八一，中华书局，1983年，第848—849页。
② ［唐］郑璘：《授安友权安南节度使制》，《全唐文》卷八二一，中华书局，1983年，第8655—8356页。

南商业管理的宽仁主要体现在恤民通商政策的实施。唐懿宗时期李潍代拟的《恤民通商制》可见出对安南的宽仁：

> 安南寇陷之初，流人多寄溪洞。其安南将吏官健，走至海门者，人数不少，宜令宋式、李良琠察访人数，量事救恤。安南管内被蛮贼驱劫处，本户两税丁钱等量放二年，候收复后，别有指挥。其安南溪洞首领，素推诚节，虽蛮寇窃据城壁，而酋豪各守土疆。如闻溪洞之间，悉藉岭北茶药，宜令诸道一任商人兴贩，不得禁止往来。廉州珠池，与人共利。近闻本道禁断，遂绝通商。宜令本州任百姓采取，不得止约。其徐州银刀官健，其中先有逃窜者，累降敕旨，不令捕逐。其今年四月十八日草贼头首，已抵极法，其余徒党，各自奔逃，所在更勿捕逐。[1]

逃亡者，据情救助；贩茶者，任其往来；珠池之利，任百姓采取。一道敕旨，多方关照，尽显朝廷对安南地区的宽仁之政。再比如，岭南节度经略使曾因安南贸易海舶珍品事项奏闻朝廷，欲收回贸易权力，陆贽却上言反对，认为：

> 远国商贩，惟利是求，缓［绥］之斯来，扰之则去。广州素为众舶所凑，今忽改就安南，若非侵刻过深，则必招携失所，曾不内讼，更荡上心。况岭南、安南，莫非王土，中使、外使，悉是王臣，岂必信岭南而绝安南，重中使以轻外使。所奏望寝不行。[2]

---

① ［唐］李潍：《恤民通商制》，《全唐文》卷八三，中华书局，1983 年，第 871 页。
② ［宋］司马光编著：《资治通鉴》卷二三四，中华书局，1956 年，第 7654—7655 页。

在宰相陆贽看来,商贩选择安南作为贸易场所一定有其合理原因,朝廷不应该因商贩远离广州就罢免安南市场,岭南、安南,莫非王土,不能厚广州而薄安南。这很显然是对安南的宽仁之举。

有些任安南都护的府主,为政也比较宽仁。如安南都护张舟任职时,就是以宽仁知名,柳宗元《为安南杨侍御祭张都护文》记载唐王朝的安南政策和张舟的所作所为:

> 维年月日,故史某职官某,致祭于故都护御史中丞张公之灵。交州之大,南极天际。禹绩无施,秦强莫制。或宾或叛,越自汉世。至唐宣风,初鲜宁岁。稍臣卉服,渐化椎髻。卒为华人,流我恺悌。士燮之理,惟公克继。勤劳远图,敷赞嘉惠。铜柱南表,前功载修。空道北出,式遏蛮瞰。梯航连连,施筛悠悠。辐凑都会,皇威以流。方荷天宠,宜公宜侯。声驰帝乡,魄降炎州。呜呼哀哉!
>
> 公昔试吏,时推清能。公昔乘轺,人知准绳。鳏嫠以安,征赋用登。柱史稍迁,郎曹继升。程功佐理,海裔斯澄。①

上述所举事例,虽然从制诰文这个角度说,都是冠冕堂皇之言辞,但也确实代表着统治者的统治意愿。尽管唐王朝在统治安南过程中宽仁政策的实施并不十分完美,但总体上还是赢得了安南边远百姓之心。

---

① [唐]柳宗元:《为安南杨侍御张都护文》,《柳宗元集》,中华书局,1979年,第1065—1066页。

四、唐在安南的"南选"等文化政策

安南自秦汉以来,即隶属中原王朝,其文化亦是以中原文化为根底。现查阅越南古籍,其所用汉喃文字即是在中国汉字的基础上形成的越南古文字,这是越南接受中原文化的典型印记。

唐朝对安南的文化影响,主要是针对岭南地区文化落后的现实而实施的"南选"政策,约略相当于我们今天的西部文化政策。

南选政策的实施最早在唐高宗上元二年(675),《新唐书·选举制》记载:"高宗上元二年,以岭南五管、黔中都督府得即任土人,而官或非其才,乃遣郎官、御史为选补使,谓之'南选'。"①《文献通考》卷三七《选举考》十同《新唐书》。但《旧唐书》的记载是仪凤元年(676),也即晚一年实施:"壬寅,置南选使,简补广、交、黔等州官吏。"②《资治通鉴》的记载同于《旧唐书》:"壬寅,敕:'桂、广、交、黔等都督府,比来注拟土人,简择未精,自今每四年遣五品已上清正官充使,仍令御史同往注拟。'时人谓之南选。"③《唐会要》记载也在仪凤元年:"上元三年八月七日敕:'桂、广、交、黔等州都督府,比来所奏拟土人首领,任官简择,未甚得所。自今已后,宜准旧制,四年一度,差强明清正五品已上官,充使选补,仍令御史同往注拟。其有应任五品已上官者,委使人共所管督府,相知具条景行艺能,政术堪称所职之状,奏闻。'"④

虽然都是史书记载,但《旧唐书》在安史之乱前的史料占有优

---

① [宋]欧阳修、宋祁:《新唐书》卷四五《选举制》,中华书局,1975年,第1180页。

② [后晋]刘昫等:《旧唐书》卷五《高宗下》,中华书局,1975年,第102页。

③ [宋]司马光编著:《资治通鉴》卷二〇二,中华书局,1956年,第6495页。

④ [宋]王溥:《唐会要》卷七五,中华书局,1955年,第1369页。

势,更加可信,应是《新唐书》有误。这无关紧要,重要的是唐朝在岭南实施了"南选"政策。"南选"政策的实施给岭南带来了巨大变化,这个曾经被视为蛮荒之地的地方,开始为国家输送重量级人才,比如长安二年(702)张九龄及第,就为大唐王朝的开元盛世准备了一位名相。

"南选"从记载看属于"铨选"系列的活动,也就是选官活动,但在岭南地区,应该是兼有科举荐士的任务,唐玄宗天宝十三载(754)七月有一道敕令说:"如闻岭南州县,近来颇习文儒,自今已后,其岭南五府内白身,有词藻可称者,第至选补时,任令应诸色乡贡,仍委选补使准其考试。有堪及第者具状闻奏,如有情愿赴京者亦听。其前资官并常选人等,有词理兼通、才堪理务者,亦任北选授北官。"[①]所谓"词藻可称者"是科举考试的进士科所需人才,所谓"任令应诸色乡贡",也就是允许各级别的推荐,所谓"委选补使准其考试"自然就是参加在岭南地区的科举考试了。

安南何时开始有人参加科考,现存资料很难确定。但科考文化的推广应该与"南选"政策同时或稍后。到中唐时期,安南的科考文化已经达到一定高度,因为据《唐摭言》的资料,此时安南在送选举子的数量上已经开始受到限制:

> 公卿百僚子弟及京畿内士人寄客外州府举士人等修明经、进士业者,并隶名所在监及官学,仍精加考试。所送人数:其国子监明经,旧格每年送三百五十人,今请送三百人;进士,依旧格送三十人……金汝、盐丰、福建、黔府、桂府、岭南、安

---

① [宋]王溥:《唐会要》卷七五《南选》,中华书局,1955年,第1369—1370页。《册府元龟》卷六三、《全唐文》卷三三《谕岭南州县听应诸色乡贡举诏》将"北官""北选"误作"此官""此选",应是"此""北"字形近所致。

南、邕、容等道,所送进士不得过七人,明经不得过十人。[①]

一般而言,落后地区因其落后的原因,送选举子数量会非常少,很难达到统治者期望的送选人数,因而,往往在送选问题上多加优恤,不会限制其数量,而这则资料却明令安南送选进士人数不得超过七人,明经人数不得超过十人,这就说明,这些地方的文化已经获得了较大进步,可以与很多地方分庭抗礼了。

南选政策的实施,对推动南方的文化事业起到了非常重要的作用,尤其对安南这样辽远的地域起到了文化同一的作用。安南在地方上也实施唐朝的教育方式,通过科举培训的方式培养当地人认同和使用中原文化,尽可能实现文化与中原王朝的同步运动。虽然安南人参加科举的时间很难确考,但从现知的一些送别安南人进京参加科举考试的诗歌可以确定,安南在唐代确实融入了中华文化的管理圈,是唐代中华文明的共同拥有者。安南最早考中进士的人是唐代宗大历十四年(779)进士及第的姜公辅,姜公辅的弟弟姜公复则是在唐朝官位最高的安南人士,而进士及第后诗名最高的是交趾人士廖有方。这些知名举子证明唐朝在安南文化政策的成功。

五、唐在安南的边域战争

安南在大唐王朝地处偏远,又是少数民族聚集地区,容易出现问题。加之旁侧南诏未曾真心归附大唐,并借机坐大,成为唐朝边疆大患,因之给安南地区带来不少麻烦。唐朝与安南相关的战争,主要是以下三个方面:

----

① [五代]王定保:《唐摭言》卷一,《唐五代笔记小说大观》,上海古籍出版社,2000年,第1577—1578页。

一是民族地区的管理问题。唐王朝对安南的管理，以宽仁为主，总体比较符合安南民族地区人民的心理，但也有出现问题的时候，主要是个别行政长官的管理方式出现问题，如唐朝边吏治边措施乖违实际、贪婪暴虐等问题，导致民族地区的人民强烈反抗，个别时候甚至形成民变或叛乱，正所谓"官逼民反"。如刘延祐全租收税，导致民怨沸腾：

> 徐敬业败，诏延祐持节到军。时吏议敬业所署五品官殊死，六品流，延祐谓诬胁可察以情，乃论授五品官当流，六品以下除名，全宥甚众。拜箕州刺史，转安南都护。旧俚户岁半租，延祐责全入，众始怨，谋乱。延祐诛其渠李嗣仙，而余党丁建等遂叛，合众围安南府。城中兵少不支，婴垒待援。广州大族冯子猷幸立功，按兵不出，延祐遇害。桂州司马曹玄静进兵讨建，斩之。[1]

唐朝在安南实施的半税优惠政策，刘延祐改为全税缴纳，这激起了安南人集体反抗。但刘延祐不仅不思考执行政策中的问题，反而杀掉安南民族首领李嗣仙，导致其余党叛乱，刘延祐被杀。

李琢虐民也是非常典型的事例。唐大中七年（853）以后，安南都护府李琢贪暴不仁，强买强卖，以少易多，以劣易优，巧取豪夺，导致土著居民反叛。据《旧唐书·高骈传》记载："先是，李琢为安南都护，贪于货贿，虐赋夷獠，人多怨叛，遂结蛮军合势攻安

---

[1]［宋］欧阳修、宋祁：《新唐书》卷二○一《刘延佑传》，中华书局，1975年，第5732—5733页。

南,陷之。自是累年亟命将帅,未能收复。"① 前文已经谈及,李琢竟然令部下用一斗盐交换安南土著一头牛,在唐朝这个牛作为主要耕作劳力的时代,李琢的做法触及了安南人民的底线,引发了大规模反抗。但这只是李琢的个人问题,而不是唐朝政府的政策问题,故而安南人民只反李琢不反大唐,依然承认大唐正朔,向朝廷捐纳税赋,承认是大唐子民。

二是来自南诏的进犯。南诏从版图上并不属于唐王朝,唐王朝统治者也曾试图招归南诏,但并不十分成功,南诏表面归附,实际却颇具异心。天宝四载(745)以后,南诏逐渐侵吞西爨、西川等地,与唐王朝之间发生了多次战争。举其大者:天宝八载(749)交(安南)、容、广三州节度使何履光参加的征讨南诏的战争;天宝十载(751)安南都护府王知进参与的配合鲜于仲通、李晖的征南诏的战争;天宝十一载(752)李宓为统帅的征南诏的战争;天宝十二载(753)何履光率领岭南五府兵将征讨南诏的战争;天宝十三载(754)再以李宓为统帅出兵征南诏的战争。直到贞元十年(794)"苍洱之盟"的定约,唐王朝才又赢得南部边疆的短暂和平,安南通天竺道才又畅达。但到元和十一年(816)南诏又出兵侵扰安南都护府。

三是唐朝内部的动乱给安南带来的困扰。比如,黄巢起义时,就曾占据过安南。据《旧唐书·郑畋传》记载:

五年,黄巢起曹、郓,南犯荆、襄,东渡江、淮,众归百万,所

---

① [后晋]刘昫等:《旧唐书》卷一八二《高骈传》,中华书局,1975年,第4703页。

经屡陷郡邑。六年,陷安南府据之……①

但黄巢军队陷落安南的时间很短。来自安南少数民族的问题也属于内部的动乱,比如贞元年间安南的叛乱:

> 自贞元中,黄洞诸蛮叛,久不平。容、桂二管利虏掠,幸有功,乃请合兵讨之。戣固言不可,帝不听,大发江、湖兵,会二管入讨。士被瘴毒死者不胜计,安南乘之,杀都护李象古,而桂管裴行立、容管阳旻皆无功,忧死;独戣不邀一旦功,交、广晏然大治。②

安南的这次叛乱,唐王朝损失惨重,士卒被瘴气毒死无数,都护李象古被杀,裴行立、阳旻一心掳掠,未能制止叛乱,无功,忧惧而死。当然,这次叛乱并没有掀起大浪,最后还是被孔戣等平定。

尽管安南也出现了一些问题,但总体上是相对安宁的。安南接受唐王朝的统治,享受唐王朝给予的优惠政策,有了很大的发展,尤其在文化方面,很多科考举子进京参加科举考试,有的获得了成功,并与唐朝文人结下了深厚友谊。由入安南为官、征战、安南入京赶考之举子、安南参加铨选之官员的创作,唱响了大唐走向安南的歌曲,开拓出唐诗写作的新世界。

总而言之,唐朝的边域管理的主基调是成功的,万国来朝、八方朝贡、四域献珍、殊方臣服,是唐代边域管理的杰出成果,而在这

---

① [后晋]刘昫等:《旧唐书》卷一七八《郑畋传》,中华书局,1975年,第4633页。

② [宋]欧阳修、宋祁:《新唐书》卷一六三《孔戣传》,中华书局,1975年,第5009—5010页。

一盛世功业中,唐代的驿路建设功不可没,正如《新唐书·地理志》所说:

　　唐兴,初未暇于四夷,自太宗平突厥,西北诸蕃及蛮夷稍稍内属,即其部落列置州县。其大者为都督府,以其首领为都督、刺史,皆得世袭。虽贡赋版籍,多不上户部,然声教所暨,皆边州都督、都护所领,著于令式。今录招降开置之目,以见其盛。其后或臣或叛,经制不一,不能详见。突厥、回纥、党项、吐谷浑隶关内道者,为府二十九,州九十。突厥之别部及奚、契丹、靺鞨、降胡、高丽隶河北者,为府十四,州四十六。突厥、回纥、党项、吐谷浑之别部及龟兹、于阗、焉耆、疏勒、河西内属诸胡、西域十六国隶陇右者,为府五十一,州百九十八。羌、蛮隶剑南者,为州二百六十一。蛮隶江南者,为州五十一,隶岭南者,为州九十二。又有党项州二十四,不知其隶属。大凡府州八百五十六,号为羁縻云。[1]

　　唐置羁縻诸州,皆傍塞外,或寓名于夷落。而四夷之与中国通者甚众,若将臣之所征讨,敕使之所慰赐,宜有以记其所从出。天宝中,玄宗问诸蕃国远近,鸿胪卿王忠嗣以《西域图》对,才十数国。其后贞元宰相贾耽考方域道里之数最详,从边州入四夷,通译于鸿胪者,莫不毕纪。其入四夷之路与关戍走集最要者七:一曰营州入安东道,二曰登州海行入高丽渤海道,三曰夏州塞外通大同云中道,四曰中受降城入回鹘道,五

---

[1] [宋]欧阳修、宋祁:《新唐书》卷四三《地理七下》,中华书局,1975年,第1119—1120页。

日安西入西域道,六曰安南通天竺道,七曰广州通海夷道。其山川聚落,封略远近,皆概举其目。州县有名而前所不录者,或夷狄所自名云。①

　　在唐王朝实施的边域管理和边域战争中,涌现出了很多优秀的管理人才和战将,如高仙芝、封常清、哥舒翰、高骈等。在走向边域的文人中也涌现了很多优秀诗人,如边塞诗人群体中的高适、岑参、李颀、王翰、王维,李白和杜甫虽不以边塞诗著称,但他们也都写有涉及边域的诗歌,李白还有蓟州边游。初唐逐臣群体虽然成就达不到一流、二流,但他们以逐臣身份写作的边域诗在拓展唐诗题材和风格方面也都很有价值,值得我们关注。尤其是优秀诗人的优秀作品,很多成为驿路诗歌的经典之作,如宋之问的《度大庾岭》、王维的《送元二使安西》、岑参的《逢入京使》《白雪歌送武判官归京》《宿铁关西馆》、李益的《夜上受降城闻笛》《赴渭北宿石泉驿南望黄堆烽》等,更值得研究。

---

① [宋]欧阳修、宋祁:《新唐书》卷四三《地理七下》,中华书局,1975 年,第1146 页。

第二章 驿路唐诗的边域书写内容

在唐代诗人走向边域、送别边域行人等的活动中,诗人们用自己的诗笔书写着自己对边域世界的认知。由于中国地域宽广,边域所在的四方八野地理环境不同、风物不同、生活习性不同,驿路唐诗的边域书写内容,也在不同的方向呈现出不同的内涵。

第一节 驿路唐诗的安西书写

西域,一个神秘的带有异域风情的地方。这里,是唐代军人建功立业的地方;这里,是诗人追求封侯理想的地方;这里,是大唐王朝向中亚、西亚、欧洲拓展贸易的地方;这里,是各民族杂居并和谐生活的地方。在这片辽阔广袤的土地上,唐人咚咚的马蹄声踏遍了这里的土地山川,悠悠的驼铃传遍了这里的沙海河流。来到这里或未曾到过这里的诗人们,用他们的生花妙笔,描述着真实的或想象中的西域生活,与驿路相关的唐诗写作,在这方面表现尤为突出。

一、驿路唐诗中的安西地理与自然

唐朝的西北边塞,比汉代还要广阔。汉朝的西北边塞,基本就是唐朝安西都护府所管辖之地,那里"沙漠北塞,绝无水泉;君子征凶,役夫力殚"①。任职、从军或出使安西的士人,行走在去往安西驿路上的诗人,从小桥流水的江南或风清月朗的中原走向天高地迥、大漠风沙的绝域,所见所感的地域风光与以往惯常生活的环境迥然不同。迥异的生存环境,使他们在感受到了生活不同的同时,也产生了书写这些地理风光的强烈愿望,安西地理因之成为他们书写的重要内容,如"沙碛""阴风""白雪""瀚海""悬冰"等。

　　骆宾王是唐代诗人中最早走向西域的诗人,他的《夕次蒲类津》(一作《晚泊蒲类》)写到了对安西都护府和北庭都护府的印象:

> 二庭归望断,万里客心愁。
> 山路犹南属,河源自北流。
> 晚风连朔气,新月照边秋。
> 灶火通军壁,烽烟上戍楼。
> 龙庭但苦战,燕颔会封侯。
> 莫作兰山下,空令汉国羞。②

首先是遥远,令归心都不敢多有,只有万里的客愁,河流不东,朔气逼人,所有的人烟就是"灶火通军壁,烽烟上戍楼",人在这里感受不到热闹的市场和家居的温暖,感受到的只有苦战,于是觅封侯就成为边塞生活中最重要的东西。

　　唐朝的第一位武状元员半千也留下了西域自然地理的诗作,他的《陇头水》题下注"陇右途中所写",可知是一首地地道道的驿

---

① [汉]焦延寿著,尚秉和注:《焦氏易林注》,中央编译出版社,2012年,第645页。

② [唐]骆宾王著,陈熙晋笺注:《骆临海集笺注》卷四《夕次蒲类津》,上海古籍出版社,1985年,第117—119页。

路途程诗。诗云：

> 路出金河道，山连玉塞门。
>
> 旌旗云里度，杨柳曲中喧。
>
> 喋血多壮胆，裹革无怯魂。
>
> 严霜敛曙色，大明辞朝暾。
>
> 尘销营卒垒，沙静都尉垣。
>
> 雾卷白山出，风吹黄叶翻。
>
> 将军献凯入，万里绝河源。①

员半千的名字，据说来自他的老师王义方，老师认为他是五百年一出的奇才，因而改名"半千"。他后来果然武举出色。垂拱年间，补左卫胄曹参军，被派往吐蕃充宣慰使，但据资料，此次未曾成行，被武则天留了下来。这首诗，应该是作于另有西行经历的路途之上。诗题小注的"陇右"已经告诉我们诗人所在的位置，开首又列举了即将的行程：经金河道，至玉门关。之后的笔墨便落在对所经路途的军武、营垒、霜雾、风沙的描写，描写中，处处带有武将的豪气和勇敢，并对"将军献凯入"充满信心，颇有气度。

王维并没有到过安西，只做过河西节度判官，但他的驿路送别诗《送刘司直赴安西》也想象出刘司直一路赴边的场景：

> 绝域阳关道，胡沙与塞尘。
>
> 三春时有雁，万里少行人。
>
> 苜蓿随天马，蒲桃逐汉臣。

---

① ［唐］员半千：《陇头水》，《全唐诗》卷九四，中华书局，1960 年，第 1014 页。

当令外国惧，不敢觅和亲。①

在王维的想象世界里，阳关这样的地方，只有胡沙和塞尘，春天见不到飞燕，万里驿路遇不上行人，跟随马迹的是养马的苜蓿，能够看到的是汉人也即唐人征服的能够获得珍稀美食葡萄的地方。所描写的，都是王维根据自己对西域的传说所能想象得到的景象，描写中似乎也不带有什么感情色彩，但在苜蓿的走向里、对葡萄的追随中，可以见出唐人征战的脚步和收服的地方。前面六句只是纯粹的边塞景色描写。最后两句写对刘司直的期望，希望他能够有让外国对大唐臣服的本领，让他们不敢有和亲的想法，以此鼓励刘司直在边塞要有所作为。

岑参是唐代诗人中写西北边塞地理和自然风光最多的诗人。岑参是相门之后，祖上曾连续三代有人担任相职，父亲也曾两任州刺史。但因伯父受谋逆罪牵连遭诛，亲族散尽，家道中落。岑参因此感受到政治的残酷。他也对边塞生活非常了解，但因为家庭遭际的原因，他不愿意触及边塞生活最实际的内容，而把关注放在了边塞的奇山异水上，他的边塞诗名作都是描绘边塞风光之作，如《白雪歌送武判官归京》《走马川行奉送出师西征》《热海行送崔侍御还京》《轮台歌奉送封大夫出师西征》等，皆以描写边塞奇异景色著称。

岑参的边塞地理和自然山水描写可以分为两类。一类是图经式展现途程，将"今且还龟兹，臂上悬角弓。平沙向旅馆，匹马随

①［唐］王维撰，陈铁民校注：《王维集校注》卷四《送刘司直赴安西》，中华书局，1997年，第405—406页。

飞鸿。孤城倚大碛,海气迎边空"①的途程及途程中的山水展现出来,如《初过陇山途中呈宇文判官》《发临洮将赴北庭留别》《武威送刘判官赴碛西行军》《发临洮将赴北庭留别》《题金城临河驿楼》《度碛》等;一类是抓住极富特色的景物单独描写,如《经火山》《火山云歌送别》《热海行送崔侍御还京》《白雪歌送武判官归京》《天山雪歌送萧治归京》等。

《初过陇山途中呈宇文判官》属于第一类作品,是一首典型的驿路途程诗,诗云:

> 一驿过一驿,驿骑如星流。
> 平明发咸阳,暮及陇山头。
> 陇水不可听,呜咽令人愁。
> 沙尘扑马汗,雾露凝貂裘。
> 西来谁家子,自道新封侯。
> 前月发安西,路上无停留。
> 都护犹未到,来时在西州。
> 十日过沙碛,终朝风不休。
> 马走碎石中,四蹄皆血流。
> 万里奉王事,一身无所求。
> 也知塞垣苦,岂为妻子谋?
> 山口月欲出,光照关城楼。
> 溪流与松风,静夜相飕飗。
> 别家赖归梦,山塞多离忧。

---

① [唐]岑参撰,廖立笺注:《岑嘉州诗笺注》卷一《北庭贻宗学士道别》,中华书局,1997年,第39页。

与子且携手,不愁前路修。①

全诗写初过陇山途中情景和一路上所经历的西域景物。诗中西来
的这一位行者,是新近获得封侯之赏的行人,他早晨从咸阳出发,
晚上就来到了陇山头,一路上乘驿骑行,"一驿过一驿",急急忙忙
赶向远方。行人所到之处,与陇水相伴,与沙尘为伍,经过西州、沙
碛,忍受着强风吹打、马蹄血流、寒夜煎熬的种种辛苦,只是为"万
里奉王事"。在这首诗中,读者能够感受到的除了时而急促的行进
和偶尔流露的乡思,更多的便是西行路上的千辛万苦,所有的景物
描写都是围绕"也知塞垣苦"来写,边塞的碎石、沙尘、雾露、沙碛、
溪流、松风等,构成了西行世界的特色,为渲染主人公"万里奉王
事,一身无所求。也知塞垣苦,岂为妻子谋"的精神世界奠定了基
础。《发临洮将赴北庭留别》属同类作品:

闻说轮台路,连年见雪飞。
春风曾不到,汉使亦应稀。
白草通疏勒,青山过武威。
勤王敢道远,私向梦中归。②

此诗写于天宝十三年(754),作者赴北庭途经临洮时。临洮(今甘
肃省定西市)北接金城(今兰州市)。从诗歌的写法来看,诗人非常
注重写景,用的是前六后二章法,前六句写景,从"闻说"入手,可

① [唐]岑参撰,廖立笺注:《岑嘉州诗笺注》卷一《初过陇山途中呈宇文判
　官》,中华书局,2004年,第239页。
② [唐]岑参撰,廖立笺注:《岑嘉州诗笺注》卷三《发临洮将赴北庭留别》,中
　华书局,2004年,第484页。

见诗人是初次赴北庭,对于那里的印象,都留在"闻说"里,并非亲见。而"闻说"中的景物,就是连年的白雪,难以见到春光明媚,只有茫茫白草通向更加遥远的疏勒(今喀什)。最后两句写为了"勤王",不怕路途遥远,虽然也很想念家乡,也只留在梦中。全诗尽管结于诗人不辞路途遥远、尽力国事的高昂情思,但字里行间似乎流露出远去天边的惆怅。明末清初的黄生在《唐诗矩》中指出此诗写法:"七、八分明写北庭之远,一时不能遽归。"[1] 清代诗人冒春荣《葚原诗说》也说:"诗肠之曲,如……岑参'勤王敢道远,私向梦中归',本怨赴边庭,归期难必,却反言不敢道远,梦中可归。"[2] 冒春荣是诗人解诗,确能道出诗人曲肠,并不仅仅盯着"勤王"二字。

　　岑参的《题金城临河驿楼》也是这一类作品,写从金城黄河岸边驿楼远眺的情况:

> 古戍依重险,高楼见五凉。
> 山根盘驿道,河水浸城墙。
> 庭树巢鹦鹉,园花隐麝香。
> 忽如江浦上,忆作捕鱼郎。[3]

古戍,即河边驿楼。站在驿楼上,能够远见五凉之地。五凉,历史上指晋和南朝刘宋时期五胡十六国中的前凉、后凉、西凉、北凉、南凉,这些政权均存在于甘肃境内,故以五凉借指甘肃一带。甘肃古

---

① 陈伯海主编:《唐诗汇评》,上海古籍出版社,2015 年,第 2 册第 1237 页。

② [清]冒春荣:《葚原诗说》,郭绍虞《清诗话续编》,上海古籍出版社,2016 年,第 1500 页。

③ [唐]岑参撰,廖立笺注:《岑嘉州诗笺注》卷三《题金城临河驿楼》,中华书局,2004 年,第 475 页。

代是丝绸之路的咽喉之地，地形狭长，金城是必经之路。这里，山峦重叠，黄河缠绕，固若金汤，故而被称为"金城"。诗歌首联点题，颔联即写其艰险，颈联宕开一笔，转写金城鸟语花香的魅力，目的在为尾联抒情进行铺垫。结尾因颈联的美景而生出思乡之情，写出了驿路之上的诗人内心深处幽约的情感。总体来看，此诗前三联均是写金城所见之实景。

《度碛》也属于第一类作品，诗歌以绝句的形式，描写了在沙碛中行走之人四望迷茫的感觉，那种因视觉之差只见四望天边低垂、地尽头也是天尽头的感觉已经足以令人心胆俱畏了。可谁知到了这样的地方，行人的行程并没有结束，还要指向更加遥远的地方：

　　　　黄沙碛里客行迷，四望云天直下低。
　　　　为言地尽天还尽，行到安西更向西。①

这既是安西留给行旅之人的感受，也是安西地理流沙莽莽、云天无际、长路迢迢的自然特点。

岑参驿路诗歌的第二类写景作品是抓住某一极富特征的景物，大书特书，极尽渲染之能事，汇集各种语言，发挥自身想象，以突出景物本身的特征。如《经火山》：

　　　　火山今始见，突兀蒲昌东。
　　　　赤焰烧虏云，炎氛蒸塞空。
　　　　不知阴阳炭，何独燃此中。

---

① ［唐］岑参撰，廖立笺注：《岑嘉州诗笺注》卷七《度碛》，中华书局，2004 年，第 791 页。

> 我来严冬时,山下多炎风。
> 人马尽汗流,孰知造化功。①

诗歌所写之火山,在"蒲昌"也即今鄯善一带。全诗通过写火山上的赤焰蒸腾、炎氛蒸空,渲染火山的火势凶猛,以"阴阳炭"比喻它的独特和威力,又以严冬感受到的炎热衬托火山的大火,最后写人马在严冬里汗流浃背,从而感慨造化之功不同寻常。除感慨造化之功厉害,所有语言均无更多感情色彩。其《火山云歌送别》基本也是如此:

> 火山突兀赤亭口,火山五月火云厚。
> 火云满山凝未开,飞鸟千里不敢来。
> 平明乍逐胡风断,薄暮浑随塞雨回。
> 缭绕斜吞铁关树,氛氲半掩交河戍。
> 迢迢征路火山东,山上孤云随马去。②

与上一首诗写作时间不同的是,此诗写于五月份,但在北方的新疆大部分地方,还是寒水刺骨的节令,这里却因为火山和火山云的存在,热气蒸腾,飞鸟不敢到。诗歌描写火山云层之厚、火山云聚积不散,火山云偶尔因胡风而断,但随即又迅速聚积,让铁关和交河都被笼罩在火山云的巨大压迫下。在这样的环境中,诗人送别自己的朋友,为朋友独自行走在迢迢征路而担心。这首诗,"火山云"

---

① [唐]岑参撰,廖立笺注:《岑嘉州诗笺注》卷一《经火山》,中华书局,2004年,第261页。

② [唐]岑参撰,廖立笺注:《岑嘉州诗笺注》卷二《火山云歌送别》,中华书局,2004年,第343页。

是诗人吟咏的对象,也是全诗的线索,除此无他。

　　岑参还写热海的热。热海,即今之伊塞克湖,又名大清池、咸海,今属吉尔吉斯斯坦,唐时属安西都护府管辖。据说,这里奇热无比。岑参并没有到过热海,但根据传闻也把热海的热写得令人见其文字即觉气喘汗流。其《热海行送崔侍御还京》诗云:

> 侧闻阴山胡儿语,西头热海水如煮。
> 海上众鸟不敢飞,中有鲤鱼长且肥。
> 岸傍青草常不歇,空中白雪遥旋灭。
> 蒸沙烁石燃虏云,沸浪炎波煎汉月。
> 阴火潜烧天地炉,何事偏烘西一隅。
> 势吞月窟侵太白,气连赤坂通单于。
> 送君一醉天山郭,正见夕阳海边落。
> 柏台霜威寒逼人,热海炎气为之薄。①

热海,是崔侍御将行之所,岑参并没有亲历,但有传闻,有自己长期在荒远之地的体验,便把它写得有声有色、神奇无比。水煮,是身在内地之人所能感受到的最高的温度,岑参通过"听闻""水如煮"点出了热海的恐怖,接着又写众鸟不敢飞越,而又偏偏在这样的热海中,竟然生长着"长且肥"的鲤鱼,这确实令人感到无比惊奇。接着,诗人连续用八句诗、通过不同的事物描写热海的热:青草不歇、白雪旋灭、蒸砂砾石、空云似燃、沸浪炎波、阴火潜烧、势吞月窟、热侵太白、气连赤坂,可见热海之热,无处不在,无孔不到。这

---

① [唐]岑参撰,廖立笺注:《岑嘉州诗笺注》卷二《热还行送崔侍御还京》,中华书局,2004年,第321页。

确实把炎热渲染得淋漓尽致,令人闻而生畏了。岑参还在《使交河郡》中写交河郡的苦热:

> 奉使按胡俗,平明发轮台。
> 暮投交河城,火山赤崔巍。
> 九月尚流汗,炎风吹沙埃。
> 何事阴阳工,不遣雨雪来。
> 吾君方忧边,分阃资大才。
> 昨者新破胡,安西兵马回。
> 铁关控天涯,万里何辽哉。
> 烟尘不敢飞,白草空皑皑。
> 军中日无事,醉舞倾金罍。
> 汉代李将军,微功合可哈。①

诗歌题下注"郡在火山脚,其地苦热无雨雪,献封大夫",已经明确告诉我们,这是诗人出使交河时的途程诗。诗歌交代了自己从轮台到交河,然后描写交河郡因有火山,以至于有"九月尚流汗"的苦热。但将士们在这样的环境里取得了破灭胡兵的胜利。虽然苦热难当,却因为封常清有"汉之飞将军"李广式的业绩,能够使边防安宁,军中士卒无事便"醉舞倾金罍",哪怕只有些许功劳,将军也会拊掌欢笑。

　　岑参写雪举世闻名。岑参笔下西北边塞的雪,既热闹,又美丽,既寒冷,又奇绝,其中最杰出的代表作品就是《白雪歌送武判官

---

① [唐]岑参撰,廖立笺注:《岑嘉州诗笺注》卷一《使交河郡》,中华书局,2004年,第142页。

归京》，此首诗，是边域送别诗的经典之作，很多人研究、鉴赏、评价
之，故不多述。我们看几首岑参写风雪的其他诗作，如《天山雪歌
送萧治归京》：

> 天山雪云常不开，千峰万岭雪崔嵬。
> 北风夜卷赤亭口，一夜天山雪更厚。
> 能兼汉月照银山，复逐胡风过铁关。
> 交河城边鸟飞绝，轮台路上马蹄滑。
> 晻霭寒氛万里凝，阑干阴崖千丈冰。
> 将军狐裘卧不暖，都护宝刀冻欲断。
> 正是天山雪下时，送君走马归京师。
> 雪中何以赠君别，惟有青青松树枝。①

这虽是一首送别诗，却以赞美天山大雪为主。诗歌分为三个部分，
前两部分前两句和中十句，写天山之雪，最后四句为送别。前两
句，概括写天山雪景之壮观，天山常年积雪不化、千峰万岭不见石
头，只见"雪崔嵬"，是对天山白雪覆盖的整体印象。中十句，写此
次送别的自然环境，"北风夜卷赤亭口，一夜天山雪更厚"，天山的
雪山已经高耸崔嵬，非常难行，却又赶上风卷赤亭，雪山加厚，这就
更增加了行人的难度。接着诗人就把这一次夜雪带来的困难进行
渲染，动用了八句诗歌，从雪光带来的严寒、严寒的面积之大、飞
鸟畏寒绝迹、马蹄打滑难行、空中云霭凝寒、栏杆山崖结冰、狐裘
不觉温暖、宝刀似冻欲断等角度，极尽夸张地写这一夜风雪带来的

_____

① ［唐］岑参撰，廖立笺注：《岑嘉州诗笺注》卷二，中华书局，2004 年，第
　338—339 页。

更加严寒的感觉。这种对天山一带大自然状况的夸张式描写,使人如临其境、如见其形。正是在这样风雪弥漫的大雪天里,诗人送友人归返京师,其目的是突出路途的艰难,传达对友人行程艰难的担忧。

中唐诗人张籍没有到过西域,但其《横吹曲辞·关山月》,是一首驿路边塞诗,将安西驿路行进和自然描写结合到一起:

> 秋月朗朗关山上,山中行人马蹄响。
> 关山秋来雨雪多,行人见月唱边歌。
> 海边茫茫天气白,胡儿夜度黄龙碛。
> 军中探骑暮出城,伏兵暗处低旌载。
> 溪水连天霜草平,野驼寻水碛中鸣。
> 陇头风急雁不下,沙场苦战多流星。
> 可怜万国关山道,年年战骨多秋草。①

关山行人感受着边塞秋天的雨雪天气,也体验着边塞唱边歌的独特氛围,感受着这里海边茫茫的气候和胡儿度碛、军探出城的不同寻常的边塞状况,这些边塞中应有的人物,和连天霜草、野驼鸣叫、疾风少鸟等景象,构成属于大漠边塞的独特画面。

晚唐诗人翁绶,我们对其生卒年和在世时的生活状况都很难说清楚,他在《全唐诗》中存诗不多,只有八首,却有五首与唐王朝西北边塞有关,其中《横吹曲辞·关山月》写道:

---

① [唐]张籍:《横吹曲辞·关山月》,《全唐诗》卷一八,中华书局,1960年,第194页。

裴回汉月满边州，照尽天涯到陇头。

影转银河寰海静，光分玉塞古今愁。

笳吹远戍孤烽灭，雁下平沙万里秋。

况是故园摇落夜，那堪少妇独登楼。①

诗人的笔触跟随着月亮，走在西北边塞的驿路上，将汉月（代表中原）、陇头、玉塞、孤烽、沙碛联系到一起，并勾出了闺中女子对远戍者的无限哀愁。诗歌只是描写了远戍边塞的军卒一路上观察到的缺少人烟、没有生机的景象，以引发闺中女子对远戍者的牵挂和担忧，这几乎是翁绶几首边塞诗歌的共有基调，故而辛文房评翁绶曰："工诗，多近体，变古乐府，音韵虽响，风骨憔悴，真晚唐之移习也。"②

二、驿路唐诗中的安西边塞功业

在唐代的安西书写诗歌中，边塞诗无疑是非常重要的内容。唐代的文人并没有摆脱中国古代文人三不朽的思想，对"立德""立功""立言"尤为看重，当"立德"不能成为现实时，"立功"则是他们相对于"立言"而言更为重要的人生理想，而唐代的安西边塞生活给文人们提供了书写这一理想的场域。

比较而言，安南、安东等方向的边塞征战，似乎唐人征服的意愿并没有那么强烈，或者说那些方向的征战没有收获像安西、安北的"天可汗"称号，所以缺少边塞功业的描写，而安西给予唐朝人太

---

① ［唐］翁绶：《横吹曲辞·关山月》，《全唐诗》卷一八，中华书局，1960年，第194页。

② ［元］辛文房撰，傅璇琮主编：《唐才子传校笺》卷三，中华书局，1987年，第464页。

多的开疆拓土的视野和功业无边的感受。而唐朝的边塞诗歌也基本上是对西北边塞的描写，诗歌中的主要内容也是唐诗人通过征讨少数民族政权的成功来实现其建立边功的功业理想，其中很多诗歌也是驿路唐诗书写的重要内容。唐代的驿路边塞诗歌中有很多有关西域的地名，如武威、临洮、陇头、沙碛、天山、焉耆、玉关、于阗、疏勒、葱河、月支、楼兰、金微等，这些词汇的出现，未必都是实指，但它们共同成为唐人立功边塞的象征性物象，用来抒发被派往边域的战将或跟随战将出征的文士、出使的文士们边关报国的重要主题，抒写他们虽关山阻隔、困难重重，却有勒名记功、马革裹尸的情怀，给驿路唐诗增添了几分雄壮和慷慨。如初唐诗人郭元振有一首《塞上》诗，诗云：

> 塞外虏尘飞，频年出武威。
> 死生随玉剑，辛苦向金微。
> 久戍人将老，长征马不肥。
> 仍闻酒泉郡，已合数重围。①

郭元振虽然不拘小节，瑕疵多有，但同时是一位颇具胆气的英雄，他的《宝剑篇》中"虽则沉埋无所用，犹能夜夜气冲天"的诗句打动了武则天，武则天给了他重用。他的西域生活是在武则天执政晚期，他担任凉州都督，为加强边防、拓展西域做出了重要贡献。郭元振的边防政策是稳扎稳打，占领一地，消化一地，巩固一地，使突厥和吐蕃断绝了侵犯的念想。郭元振的守边政策是实行屯田制，主要是大面积开垦无主荒地，以获得军队所需军粮，积攒的军粮甚

---

① ［唐］郭元振：《塞上》，《全唐诗》卷六六，中华书局，1960 年，第 756—757 页。

至可供军队数十年之用,完全不需朝廷靡费劳力,转输粮草,由此凉州以西粮价猛跌,老百姓过上了太平和乐的好日子。这一首诗,就是郭元振出征路上壮怀激烈的作品。诗歌写自己连年的武威征战,把死生交给了剑端,不惧千辛万苦,向金微(阿尔泰山)勇敢前进,尽管常年征战、人老马瘦,但获胜的消息仍不断传来。诗歌抒发了不惧艰难、勇夺胜利的豪情。

　　骆宾王是初唐文人中较早来至西域的,而且走得很远,据说他到过李白出生地的碎叶(今吉尔吉斯斯坦共和国托克马克市)。关于骆宾王从军西域之事,唐人郗云卿《骆宾王文集序》及《新唐书》《旧唐书》本传均未提及,但骆宾王诗歌《宿温城望军营》《在军中赠先还知己》《杂曲歌辞·从军中行路难二首》《久戍边城有怀京邑》《晚度天山有怀京邑》等,确证骆宾王曾经从军。郭平梁、王增斌、杜晓勤等人的考证文章也可证骆宾王曾从军西域(虽然几人所考骆宾王从军时的将领、地点有别)[1]。骆宾王到西域的次数和原因也还都有争议,不过这与我们的议题没有关系,姑且不论。我们就是探讨骆宾王诗歌中的边塞功业问题。其《宿温城望军营》就是一首有关边塞功业的诗歌,诗云:

> 虏地寒胶折,边城夜柝闻。
> 兵符关帝阙,天策动将军。

---

① 参见郭平梁:《骆宾王西域之行与阿斯塔那64TAM35:19(a)号文书》,《西北民族研究》1989年第1期;王增斌:《骆宾王从军西域时间考——兼探骆宾王生平》,《山西大学学报》1989年第2期;王增斌:《再论骆宾王从军西域的时间问题——兼谈尊重历史文献的客观真实性》,《江苏大学学报》2015年第4期;杜晓勤:《骆宾王从军西域考辨》,《唐代文学研究》第13辑,2008年。

塞静胡笳彻，沙明楚练分。

风旗翻翼影，霜剑转龙文。

白羽摇如月，青山乱若云。

烟疏疑卷褵，尘灭似销氛。

投笔怀班业，临戎想霍勋。

还应雪汉耻，持此报明君。①

这首诗所写的温城，是骆宾王北越天山过蒲类津到庭州的路线，是诗人转回天山南麓西进时经过的温宿城，其地理位置大约在今新疆的阿克苏稍北。面对"虏地寒胶折，边城夜柝闻"的边地讯息，诗人也曾有过"二庭归望断，万里客心愁"（《夕次蒲类津》）、"魂迷金阙路，望断玉门关""风尘催白首，岁月损红颜"（《在军中赠先还知己》）的感慨，但这首诗接下来的内容却没有远戍的苦恼和久戍的边愁，而是均与功业有关的词句，诗人连用十句诗歌，想望边塞生活。"帝阙""天策"，可见是负有王命的，"塞静胡笳彻，沙明楚练分。风旗翻翼影，霜剑转龙文。白羽摇如月，青山断若云。烟疏疑卷褵，尘灭似销氛"描写战争过后的宁静和边塞的美丽，这是战争胜利的标识，故而接下来两句"投笔怀班业，临戎想霍勋"总括对边塞功业的向往。"班业"，即班超的事业。班超为东汉时期著名的军事家、外交家，他不甘于做"雕虫篆刻"的文书官吏，投笔从戎，跟随大将军窦固北击匈奴，又奉命出使西域。班超出使西域三十一年，收复了西域五十多个国家，为西域的回归做出了巨大贡献，归来后被封为"定远侯"。此时骆宾王也是投笔从戎，也在

---

① ［唐］骆宾王著，［清］陈熙晋笺注：《骆临海集笺注》卷五《宿温城望军营》，上海古籍出版社，1985年，第176页。

西域,故而用班超的事迹勉励自己,希望自己也有班超那样的伟业。"霍勋",又作"顾勋""召勋"。"顾勋",有人认为指西晋末年大臣、名士顾荣,此人也是一名文士,当年仕于吴,吴国灭亡后,与陆机、陆云一同入洛阳,号称"洛阳三俊"。他在司马囧专权时就看到了问题而离开司马囧,后又在剿灭司马囧亲信的活动中立有大功,被封为骠骑将军长史。永嘉六年(312)卒于任上,赠侍中骠骑将军开府仪同三司。这也是文人在国家事业中的功勋,用来指骆宾王所期望的功业,也不是不可以,但顾荣事迹毕竟跟开疆拓土无关。又有人说,"霍"是"召"的误写,指召公辅佐周武王灭商,又辅佐周成王治国,事业之大堪可用比,但似乎与文士从戎又有差别。"霍勋",则指霍去病的丰功伟绩。霍去病虽然不是文士,但在维护汉家事业、打击匈奴方面的功业是历代文人所认可的,而骆宾王所至之地即在西域,令人不能不想到霍去病。姑从"霍"说。也就是说,"投笔怀班业,临戎想霍勋"抒写的是诗人投笔从戎后,便希望干一番事业,建立像班超、霍去病那样的伟业,名垂青史。最后两句"还应雪汉耻,持此报明君"正是对前两句的注脚和抒情的提升,也就是诗人要为国家的"雪耻"事业建立功勋,以此报效国家、报效君王。

唐诗改革的重要人物陈子昂也曾远赴西域,而且是唐王朝最早提倡开拓西域的文人(见第一章)。唐睿宗垂拱二年(686),陈子昂26岁,随左补阙乔知之的军队初次到达边塞,行迹至于居延海、张掖河一带。他看到了西域对国家的重要作用,对武威、张掖、酒泉、敦煌的战略价值认识清醒。陈子昂有一首《和陆明府赠将军重出塞》,诗题虽然没有送别,其实仍是一首驿路送别诗,诗中昂扬的是驰骋沙场、跃马横枪、指挥天地、开疆拓土的昂扬向上的精神,诗中的"宁知班定远,犹是一书生",说友人简直就是班超再世,也一

定能收获班超那样的业绩。他的另一首西域边塞途程诗《还至张
掖古城,闻东军告捷,赠韦五虚己》也涉及边塞功业:

> 孟秋首归路,仲月旅边亭。
> 闻道兰山战,相邀在井陉。
> 屡斗关月满,三捷房云平。
> 汉军追北地,胡骑走南庭。
> 君为幕中士,畴昔好言兵。
> 白虎锋应出,青龙阵几成。
> 披图见丞相,按节入咸京。
> 宁知玉门道,翻作陇西行。
> 北海朱旄落,东归白露生。
> 纵横未得意,寂寞寡相迎。
> 负剑空叹息,苍茫登古城。①

诗歌前六句,盛赞兰山之战的功业,捷报频传,胡骑逃跑,战果辉
煌。可惜这些功业与韦虚己没有了关系。在诗人看来,韦虚己"君
为幕中士,畴昔好言兵",应该参与其中,可惜韦虚己本来要开往玉
门关方向,参与这场战争,结果又被派作他用,故而"纵横未得意"。
在诗人想象韦虚己"负剑空叹息,苍茫登古城"的形象中,我们感
受到韦虚己对边塞功业的无限向往。

　　盛唐边塞诗人的代表人物高适,对边塞功业的向往更是时刻
挂在嘴边,他不仅自己希望"万里不惜死,一朝得成功。画图麒麟

---

① [唐]陈子昂著,徐鹏校点:《陈子昂集》卷一《还至张掖古城,闻东军告捷,
　赠韦五虚己》,中华书局,1962年,第20—21页。

阁，入朝明光宫"(《塞下曲》)、"常怀感激心，愿效纵横谟"(《塞上》)，就是在送别他人奔赴边塞的诗歌中也不忘嘱咐人家时刻将边塞功业记在心中，如他的《送蹇秀才赴临洮》：

> 怅望日千里，如何今二毛。
> 犹思阳谷去，莫厌陇山高。
> 倚马见雄笔，随身唯宝刀。
> 料君终自致，勋业在临洮。①

此首，刘开扬系于天宝十一载（752），认为可看出高适"已有立功西垂之念"②。蹇秀才，杜甫在《陪李北海宴历下亭》诗中有一小注："时邑人蹇处士辈在座。"刘开扬认为可能高适所送之人即此人。诗歌只在首联点出怅别之意，接着颔联即鼓励蹇秀才只要想着去往阳谷的功业，不要在乎像陇山高险的困难；颈联以袁虎随军北征、马上草书露布的辉煌业绩鼓励蹇秀才，尾联结于对蹇秀才一定能够在临洮等西域之地建树无边功业的期望。他的《送白少府送兵之陇右》也是这一类作品：

> 践更登陇首，远别指临洮。
> 为问关山事，何如州县劳。
> 军容随赤羽，树色引青袍。
> 谁断单于臂，今年太白高。③

---

① 刘开扬：《高适诗集编年笺注》，中华书局，1981年，第246页。
② 刘开扬：《高适诗集编年笺注》，中华书局，1981年，第246页。
③ 刘开扬：《高适诗集编年笺注》，中华书局，1981年，第247页。

诗歌以白少府的驿路行程开首,并以关山事业要比州县劳作更容易立功劝慰对方,最后以"谁断单于臂,今年太白高"鼓励对方在边塞建树功业。在这里,诗人巧妙地将"白少府"的"白"与"太白山"的"白"结合在一起,比喻对方将要建树像太白山一样高耸巍然、令人敬畏的功业。这一类诗写得最为人称道的是《送李侍御赴安西》:

> 行子对飞蓬,金鞭指铁骢。
> 功名万里外,心事一杯中。
> 虏障燕支北,秦城太白东。
> 离魂莫惆怅,看取宝刀雄。①

"行子对飞蓬",将李侍御比作飞蓬,有飞蓬无根本的飘泊之意,似露同情,但这飘泊不是杜甫式的飘泊,而是"金鞭指铁骢",是配备了精良的武器和得力的战马,要到万里之外求取功名的。故李侍御远行之地虽在燕支山以北,我送别之地虽在长安附近,但一想到万里之外的功名,你便无需惆怅了。这是以男儿功业激励对方在未来大有作为。唐汝询《唐诗解》对此诗的解读,正是抓住了作者对李侍御边塞功业的期待,不妨引于此:"此以立功期待侍御也。君既为行子矣,所对者飞蓬,所恃者鞍马,万里之志形于一杯,虏障秦城,特咫尺耳,岂以离别为恨哉?请视宝刀以壮行色。"②

　　李白来自西域,但长大后没有西域经历,他的西域世界只存在在精神世界,他的《送白利从金吾董将军西征》即是这样一篇作品:

---

① 刘开扬:《高适诗集编年笺注》,中华书局,1981年,第341页。
② 刘开扬:《高适诗集编年笺注》,中华书局,1981年,第341页。

西羌延国讨,白起佐军威。

剑决浮云气,弓弯明月辉。

马行边草绿,旌卷曙霜飞。

抗手凛相顾,寒风生铁衣。①

诗中所描写的西羌,在河湟之地,是通西域之要塞。这里水草丰美,灌木密集,当时有"天下称富庶者无如陇右"之称,是可以屯军的地方。延,是"请"的意思,在这里,是"招引""招致"之意,可见是这里发生了西羌叛唐之事。董将军,征讨西羌的最高首领。在李白笔下,白利就是当年的白起,佐助董将军边塞征战,他们的武器都能浮生云气和月光,散发出英气勃发的精神。而马匹行走的地方,边草随之而生(实际是马逐水草而行),旌旗飞卷之处,冷霜为之凝结(实际是写边域极寒)。但诗中的主人公却意气风发、大气凛然、铁衣生风、毫不畏惧。诗歌借助想象的笔墨,描绘了一幅白利沙场征战的剪影,以此鼓励远行人勇敢前行、为国家征战。这是在描写边塞风物中塑造盛唐人的精神风采。他的《送族弟绾从军安西》也是一首鼓励族弟边塞建功的送别诗歌:

汉家兵马乘北风,鼓行而西破犬戎。

尔随汉将出门去,剪虏若草收奇功。

君王按剑望边色,旌头已落胡天空。

匈奴系颈数应尽,明年应入蒲桃宫。②

---

① [唐]李白著,王琦注:《李太白全集》卷一七《送白利从金吾董将军西征》,中华书局,2011年,第698页。

② [唐]李白著,王琦注:《李太白全集》卷一七《送族弟绾从军安西》,中华书局,2011年,第697页。

"绾"，一作"琯"。在李白看来，他的这个族弟非常了得，只要他
到安西边塞，一定能像割草一样歼灭敌人，"剪虏若草收奇功"，而
匈奴也应很快被剪除殆尽，乖乖地被捆绑入朝。"明年应入蒲萄
宫"中的"蒲萄宫"，原是汉朝皇帝在京师安排给匈奴入朝者的地
方，后来用以借指胡人在京师的住处，这里应该指李绾等取胜后向
天子献捷。在这首诗里，李白期望族弟在安西军营中为国家建立
奇功。

　　岑参也是一位对边塞建功有强烈热望的诗人，他的很多边塞
诗都有报效国家、建功立业的强烈愿望，而这样的边塞诗，有些就
写在诗人的驿路行程中或驿路送别时。如《武威送刘单判官赴安
西行营便呈高开府》：

> 热海亘铁门，火山赫金方。
> 白草磨天涯，湖沙莽茫茫。
> 夫子佐戎幕，其锋利如霜。
> 中岁学兵符，不能守文章。
> 功业须及时，立身有行藏。
> 男儿感忠义，万里忘越乡。
> 孟夏边候迟，胡国草木长。
> 马疾过飞鸟，天穷超夕阳。
> 都护新出师，五月发军装。
> 甲兵二百万，错落黄金光。
> 扬旗拂昆仑，伐鼓震蒲昌。
> 太白引官军，天威临大荒。
> 西望云似蛇，戎夷知丧亡。
> 浑驱大宛马，系取楼兰王。

…………①

此诗开头四句写从武威驿路送别刘单判官,在我们所引文字之后紧接着一句是"塞驿远如点,边烽互相望"可确证是驿路送别。刘单,据《旧唐书》《新唐书》相关记载,他是天宝初进士,入高仙芝幕府为节度使判官。高开府,即高仙芝,安西节度使,开府仪同三司。五至十二句,赞美刘单以文人身份辅佐元戎出征,鼓励他早建功业,为国忘家。之后写到"呈高开府"的内容,其中"西望云似蛇,戎夷知丧亡。浑驱大宛马,系取楼兰王",赞美的是高仙芝在西域的功业,与杜甫记述的"掳其名王归,系颈授辕门"可互为表里,也就是高仙芝俘虏小勃律王的战役。这是对高仙芝西域功业的赞美,也可看出岑参对边塞功业的看重。

　　但岑参看重边塞功业,与高适不同。高适是期望有朝一日"画图麒麟阁,入朝明光宫",岑参期望对方"功名只向马上取,真是英雄一丈夫"(《送李副使赴碛西官军》),却只重视忠义为国,并不热衷打仗,也不为打仗而打仗,不为功名而打仗,他在《送人赴安西》中说:

> 上马带胡钩,翩翩度陇头。
> 小来思报国,不是爱封侯。
> 万里乡为梦,三边月作愁。
> 早须清黠虏,无事莫经秋。②

① [唐]岑参撰,廖立笺注:《岑嘉州诗笺注》卷一《武威送刘单判官赴安西行营便呈高开府》,中华书局,2004年,第23页。
② [唐]岑参撰,廖立笺注:《岑嘉州诗笺注》卷三《送人赴安西》,中华书局,2004年,第666页。

对于岑参而言,上马带刀、万里度陇、乡心乡梦是难免的,所以他设想友人也可能有这样的情怀,但在这首诗里,思乡只是功业和崇高思想境界的衬托。友人戎装出征,英姿勃发,最看重的是"小来思报国,不是爱封侯",在这样的境界里,乡心乡愁也就成为了一种为国忘家的衬托,而"早须清黠虏,无事莫经秋"既表达了希望友人早日结束战争的良好愿望,又表达了对友人战罢早归的殷切期望。全诗既充满了爱国主义的激情,又让人感到浓浓的惜别之意。

中唐诗人张籍,虽然是纯粹的文人,但对征西将领也有功业的热望,他在《送防秋将》写道:

> 白首征西将,犹能射戟支。
> 元戎选部曲,军吏换旌旗。
> 逐虏招降远,开边旧垒移。
> 重收陇外地,应似汉家时。①

"防秋"就是防备秋日成果被外敌掠夺。从"重收陇外地"一句可以判定,这首诗应该写于吐蕃占领敦煌后。这首诗歌中的防秋将领已经白发满头,但却不许怀疑其"廉颇老矣,尚能饭否",他依然能够横戟征杀,能够为国家招降远虏,能够为国开边,让大唐王朝收复陇外失地,恢复汉唐旧业。他的另一首《征西将》应该写于同时,应该就是对所送之防秋将功业的想象:

> 黄沙北风起,半夜又翻营。
> 战马雪中宿,探人冰上行。

---

① [唐]张籍:《送防秋将》,《全唐诗》卷三八四,中华书局,1960年,第4308页。

> 深山旗未展，阴碛鼓无声。
> 几道征西将，同收碎叶城。①

诗中的征西将在西行路上，爬冰卧雪，夜半行军，旌旗不展，号鼓无声，很显然是悄然行军，偷袭敌营，最后的结果一定是"同收碎叶城"的光辉业绩。

被张为在《诗人主客图》中称为"博解宏拔主"的中唐诗人鲍溶，写有一首《寄李都护》，在送别中表达了对边关烽火散去的满足：

> 去年河上送行人，万里弓旌一武臣。
> 闻道玉关烽火灭，犬戎知有外家亲。②

诗歌写去年在河上送别的李都护，赞美他是"万里弓旌一武臣"，但今年自己听到了玉门关战争烽火散去的消息，从内心深处为李都护的功业感到高兴。诗歌的最后一句，显然是说战争过后，"犬戎"们再次回归了认同和亲的和平生活，他们这时候想起了他们的外公外婆还是大唐王朝的人，而这，正是战争功业的结果。

唐懿宗时期的李昌符有一首《送人游边》，明显是写于张议潮带领归义军驱逐吐蕃、回归大唐之后：

> 愁指萧关外，风沙入远程。

---

① ［唐］张籍：《征西将》，《全唐诗》卷三八四，中华书局，1960 年，第 4308 页。
② ［唐］张为：《寄立都护》，《全唐诗》卷四八七，中华书局，1960 年，第 5539 页。

马行初有迹，雨落竟无声。

地理全归汉，天威不在兵。

西京逢故老，暗喜复时平。①

萧关，前文已经提及，是丝绸之路上需要经过的一个关口，在宁夏，向西即陇右，向北则通向北部边域。诗人显然写的是陇右方向，"地理全归汉，天威不在兵"，正是敦煌四郡回归唐王朝的典型写照，因为归义军回归，是对唐王朝的忠心，是对大唐文化的留恋，是对吐蕃的反抗。而这种回归，大唐王朝没有动用兵卒。这首诗虽然有愁，但愁只是愁友人路途遥远，而从颈联和尾联看，则是对萧关以外诸多地方都归属于唐王朝的自豪。所谓"暗喜复时平"，正是对曾经失去而又重新收复的高兴。晚唐时期的张乔有《再书边事》，应该与《送人游边》书写的是同样的内容：

万里沙西寇已平，犬羊群外筑空城。

分营夜火烧云远，校猎秋雕掠草轻。

秦将力随胡马竭，蕃河流入汉家清。

羌戎不识干戈老，须贺当时圣主明。②

张乔也是唐懿宗时期人，咸通（860—874）七或八年进士，安徽池州人，与许棠、郑谷、张宾等东南才子并有"咸通十哲"之称，当时名气不小。他所生活的时间正好也是敦煌归义军回归大唐之后，

---

① ［唐］李昌符：《送人边游》，《全唐诗》卷六〇一，中华书局，1960 年，第6951 页。

② ［唐］张乔：《再书边事》，《全唐诗》卷六三九，中华书局，1960 年，第7325 页。

在"万里沙西寇已平"的环境中,感受"蕃河流入汉家清"的喜悦。和平了,不需要打仗了,百姓们不识干戈,对于王朝统治者来说,这就是业绩,所以诗人颇有点歌功颂德的意思,结尾来一句"须贺当时圣主明"。

晚唐诗人、诗论家皎然,写有《塞下曲二首》,前一首写驿路上送别的痛苦,后一首则写万里征战的功业：

> 寒塞无因见落梅,胡人吹入笛声来。
> 劳劳亭上春应度,夜夜城南战未回。
>
> 都护今年破武威,胡沙万里鸟空飞。
> 旌竿瀚海扫云出,毡骑天山踏雪归。[①]

前一首的"劳劳亭",即是李白《劳劳亭》所写的在南京附近驿路上的送别之所。李白诗歌虽然只有四句,却直戳天下送别人的伤心之处,将送别渲染得离泪横飞。由于诗歌的感染力太强,以致后人以"劳劳亭"代指离别之所,此诗即是。这一首,以送别之所的春天应该总有过去的时候,以比离别应有限度,但被送别之人却是"夜夜城南战未回"。此一首写伤心,为衬托下一首。下一首写都护的征战生涯,越过武威,横扫瀚海,马踏天山,可谓横行万里无阻隔,似乎让我们看到了一位"长驱蹈匈奴,左顾陵鲜卑"(曹植诗)的英雄。

西域虽是建功立业之所,却也不是处处凯歌、时时胜利,也有

---

① [唐]皎然:《塞下曲二首》,《全唐诗》卷八二〇,中华书局,1960年,第9241页。

失利时,也有惨痛处,如大历诗人耿沣的《陇西行》:

> 雪下阳关路,人稀陇戍头。
> 封狐犹未剪,边将岂无羞?
> 白草三冬色,黄云万里愁。
> 因思李都尉,毕竟不封侯。①

这一首"陇西行"中的"行",不是歌行体诗的"行",而是真正的陇西行。阳关、玉关,都在陇山的西部。征战者就奔波在阳关路上,在很难看见人烟的陇山烽堆间行走。但他们却没有什么战绩,"封狐犹未剪"中的"封狐"为用典,用《楚辞》"封狐千里些"以指边患。封狐未剪,可见没有收获,故责问"边将岂无羞"。"三冬",可见征战时间之长。"李都尉",又是用典,指李广。李广不封侯,原因很多,比如今天有人认为李广之所以未得封侯之赏,主要是他打仗不讲章法,虽然部下愿意为他卖命,但打仗往往损失也多。再有就是李广常常为卫青、霍去病作战时的侧翼、助攻,未得卫青、霍去病那样的战绩。而汉朝统治者的封侯标准却是"中首虏率",李广往往满足不了这一标准。根据这首诗中的情况,是"封狐未剪",功业不建,自然也就不能封侯。又如张籍的《陇头行》,题目虽然是乐府歌辞,但却是通过驿路行人反映战争的失利:

> 陇头路断人不行,胡骑夜入凉州城。
> 汉兵处处格斗死,一朝尽没陇西地。
> 驱我边人胡中去,散放牛羊食禾黍。

---

① [唐]耿沣:《陇西行》,《全唐诗》卷二六八,中华书局,1960年,第2981页。

去年中国养子孙，今着毡裘学胡语。

谁能更使李轻车，收取凉州入汉家。①

诗歌首句便写到陇西路断的情况，驿路阻断，行旅不通，凉州也即武威都被胡人占领，汉兵尽战死，陇西地多失。而在凉州这曾经的中国之地，竟然由着胡人子孙繁衍，由着胡人在这里毡包纵横，由着胡人子孙在这里学习胡语。所以诗人盼望着，天子能够派来像李蔡（李广从弟，被封为轻车将军）那样能征惯战的将军，收复凉州回归大唐。这是唐人的"父老年年等驾回""常南望，翠葆霓旌"，让我们看到了唐朝边域的缩小。再如无名氏《胡笳曲》：

月明星稀霜满野，毡车夜宿阴山下。

汉家自失李将军，单于公然来牧马。②

阴山，是汉人引以为骄傲的地方，因为这里是卫青、霍去病等人赶走匈奴的地方，同时也是匈奴人见之伤心的地方，但现在却是毡车夜宿，敌人连基本的防卫都不需要，因为这里已经不属于唐王朝的管辖，这里已经是"单于公然来牧马"了。而之所以造成这种情况，正是因为统治者不善用将、令"汉家自失李将军"的恶果。李将军，即李广，被匈奴人称为"汉之飞将军"，李广作边郡太守时，匈奴人数岁不敢犯境。这是边郡人民通过对李将军的怀念、通过敌方驿路毡车随意行的情况写唐朝边防的失败。

---

① ［唐］张籍：《陇头行》，《全唐诗》卷三八二，中华书局，1960年，第4284页。

② ［唐］无名氏：《胡笳曲》，《全唐诗》卷七八六，中华书局，1960年，第8865页。

三、驿路唐诗中的安西边思

对于唐人而言,安西是大唐王朝的国土,需要守卫边疆,需要政令执行,需要信息畅通,士卒、官员、使者,都需要走向这里,去完成各项国家使命。但安西毕竟是唐人心目中遥远的难以企及的存在,在走向安西的路途上,有人多年不归,有人此去无归,每当踏上这条征程,往往会在心中升起各种各样的悲壮情怀,也由此产生了无数驿路边域诗思的优秀之作,其中有不少成为文学史上的传世名篇。

(一)思乡情怀

笔者在拙作《唐代驿传与唐诗发展之关系》中,谈及了人在旅途的种种感受,其中就涉及了驿路乡思的内容,其中有一段分析我们民族对于"旅"和"居"的态度:

> 中国自远古之时就形成了安土重迁的文化心理,故而很注重"居",因为"居"是安稳的象征。《易经》:"上古穴居而野处,后世圣人易之以宫室,上栋下宇,以待风雨,盖取诸《大壮》。"盘庚牵殷,百姓怨怼,"民不适有居",些许的变动都可能带来民怨沸腾、物议扰扰。盘庚训导百姓,并最终迁居,"奠厥攸居",让老百姓都有了安稳的住所,还在努力于消弭人们心中的疑虑:
>
> > 今我民用荡析离居,罔有定极,尔谓朕曷震动万民以迁？肆上帝将复我高祖之德,乱越我家。朕及笃敬,恭承民命,用永地于新邑。
>
> 意即:现在我们的百姓动荡离散,没有安定的止息之所。你们要问我为什么要惊动数万百姓迁都？是因为上天要颠覆

我们老祖宗带给我们的恩惠，让我们国家动荡，我是非常笃厚诚敬的，要带大家找到一个可以永远安宁的新地方。盘庚向人们解释，"迁"的目的仍然是"居"，是为了更好的"定"。

而"旅"则是不得安居的象征，《易经》里有"旅"卦，象辞："旅于处，未得位也。得其资斧，心未快也。"意即，相对于居处而言，"旅"的状态是"未得位"，所谓"穷大者必失其居，故受之以《旅》。"朱熹对"旅"的解释："旅，羁旅也。山止于下，火炎于上，为去其所而不处之象，故为旅。"

由上而知，我们的民族是不愿处于"旅"的状态的。①

在汉民族文化心理中，中国人重稳定，重故土，重亲族，重乡谊，越是远离乡土，越觉乡情珍贵，越是在远离乡土的地方，越是会有"月是故乡明""举头望明月，低头思故乡""老乡见老乡，两眼泪汪汪"的刻骨铭心的感受，思念故乡，成为出门在外的人的精神慰藉。安西既然是这样遥远的存在，去往安西的驿路上就会有那些越走越远离故土的人，就会有越来越多的思乡情怀。

岑参是盛唐走向边域的最著名的诗人之一，虽然他拥有"男儿感忠义，万里忘越乡"的理性，虽然他有"功名只向马上取，真是英雄一丈夫"的豪情，但他同时也是一个对家庭、对妻子有着深沉眷恋的有情有义的人，他在奔向安西的路途上有一首著名的驿路诗歌《逢入京使》，就是思念亲人的杰作：

故园东望路漫漫，双袖龙钟泪不干。

---

① 吴淑玲：《唐代驿传与唐诗发展之关系》，人民出版社，2015年，第122—123页。

马上相逢无纸笔,凭君传语报平安。①

这是诗人度陇后遇到入京使者时写的一首思乡诗。一个向西行走的人,却一步一回头,对故园依依难舍,他对家乡的牵挂在时时东望的"双袖龙钟"的泪水中尽现。诗人在长途跋涉中,与对面走来的要回长安的人相逢,人家是要与亲人团聚,而自己却是远离亲人,在对比中就更加思念自己的亲人。在他的思想里,亲人也一定在思念他,牵挂他的征程,牵挂他的安危,故此,即使马上相逢,没有笔墨,也要请对方传上一句平安告诉家人,这就是亲人间的彼此慰藉。诗中东望故园的形象、双袖拭泪的形象和急切传语的心态,都无比真切地传达了岑参的思乡之情。这一类作品,岑参留下了好几首,又如《碛中作》:

走马西来欲到天,辞家见月两回圆。
今夜不知何处宿,平沙万里绝人烟。②

在诗人看来,自己此去的行程,遥远如在天边,行程之长,已是两见月圆,但距离自己的目的地仍然不知还有多远,旅途中不仅仅是孤单和寂寞,甚至连何处可以住宿安歇都不知道。这种飘泊无依、居无定所的日子,在沙碛里的体验更加深切,所以用"平沙万里绝人烟"定位边域的辽远和空阔,定位自己的孤独和寂寞。他还有一首《赴北庭度陇思家》,诗云:

---

① [唐]岑参撰,廖立笺注:《岑嘉州诗笺注》卷七《逢入京使》,中华书局,2004年,第764页。
② [唐]岑参撰,廖立笺注:《岑嘉州诗笺注》卷七《碛中作》,中华书局,2004年,第782页。

　　西向轮台万里余,也知乡信日应疏。

　　陇山鹦鹉能言语,为报家人数寄书。①

此诗以轮台定位自己西去的位置。诗人心里很清楚,在这样遥远的地方,要想得到家乡的信息恐怕是非常不容易的,正如杜甫所说"家书抵万金"。诗人无法与家乡互通音信,竟然想象凭借陇山的鹦鹉传递信息——既传递自己的信息,也让家人多给自己几封书信。全诗语言浅显易懂,想象生动传神,曲折真切地传达了诗人的思乡之苦。他还有一首《夜过盘豆隔河望永乐寄闺中效齐梁体》：

　　盈盈一水隔,寂寂二更初。

　　波上思罗袜,鱼边忆素书。

　　月如眉已画,云似鬓新梳。

　　春物知人意,桃花笑索居。②

　　"齐梁体"是南朝齐、梁年间出现的一种诗风,诗歌追求音律,讲究辞藻和对偶,内容主要描写"月露之形""风云之状",内容单调而乏味,没有什么实际意义,但对律诗的形成有重要作用。这首诗仿效"齐梁体",就是要讲究声律,现在看来,其实就是一首合律的五言律诗,这不是我们要探讨的内容,不再深究。从内容看,他是用每联皆对的形式和《古诗十九首》式的清丽辞藻、"盈盈一水间"的语典、罗袜生尘和鱼传尺素的事典,传达了对妻子的深情忆

① ［唐］岑参撰,廖立笺注：《岑嘉州诗笺注》卷七《赴北庭度陇思家》,中华书局,2004 年,第 763 页。

② ［唐］岑参撰,廖立笺注：《岑嘉州诗笺注》卷三《夜过盘豆隔河望永乐寄闺中效齐梁体》,中华书局,2004 年,第 498 页。

念,其中"月如眉已画,云似鬓新梳"从行文而言是写"月""云"等风物,符合"齐梁体"的特点,但实际上却是想念着妻子的音容笑貌,可谓传神。

岑参思乡的作品,在其边域旅程诗中随处可见,如《早发焉耆怀终南别业》《过酒泉忆杜陵别业》《宿铁关西馆》:

> 晓笛别乡泪,秋冰鸣马蹄。
> 一身虏云外,万里胡天西。
> 终日见征战,连年闻鼓鼙。
> 故山在何处,昨日梦清溪。①

> 昨夜宿祁连,今朝过酒泉。
> 黄沙西际海,白草北连天。
> 愁里难消日,归期尚隔年。
> 阳关万里梦,知处杜陵田。②

> 马污踏成泥,朝驰几万蹄。
> 雪中行地角,火处宿天倪。
> 塞迥心常怯,乡遥梦亦迷。
> 那知故园月,也到铁关西。③

---

① [唐]岑参撰,廖立笺注:《岑嘉州诗笺注》卷三《早发焉耆怀终南别业》,中华书局,2004年,第627页。

② [唐]岑参撰,廖立笺注:《岑嘉州诗笺注》卷三《过酒泉忆杜陵别业》,中华书局,2004年,第482页。

③ [唐]岑参撰,廖立笺注:《岑嘉州诗笺注》卷三《宿铁关西馆》,中华书局,2004年,第483页。

　　这三首诗,只从诗题就可以看出都是写在驿路或驿馆,虽然诗人追求的是"功名万里外",但无论是征战的闲暇,还是行走在路途上,抑或是在驿馆中,"故山""杜陵田""故园月",都会以各种各样的方式出现在诗人思乡的梦中,而梦由心生,梦是灵魂深处的现实。这些诗歌通过梦境传达了岑参虽身在边域,也始终保持着对家乡的心心牵念的情怀。他的《碛西头送李判官入京》,虽是送别诗,实则抒写的是浓郁的思亲情怀:

> 一身从远使,万里向安西。
> 汉月垂乡泪,胡沙费马蹄。
> 寻河愁地尽,过碛觉天低。
> 送子军中饮,家书醉里题。[①]

诗中只有一句"送子军中饮",说明此诗写在送别的宴会上。全诗没有任何对对方的留恋或嘱托,只是尽情向对方倾诉自己远来沙碛的不易,写自己身在万里的安西,却是看着这和家乡共有的明月,不由得满腹辛酸,这个时候,整个世界都被乡心搅动了:寻河,河在地尽头,看天,天在天尽头,都是远离家乡的感觉。送别朋友,被乡心搅动,也想借酒浇愁,但因对家乡的思念刻骨铭心,即使醉了,也不忘托朋友带去互通消息的书信。这就是高适在《别李浦之京》所写的"故园今在灞陵西,江畔逢君醉不迷。小弟邻庄尚渔猎,一封书寄数行啼"的意思了。

　　晚唐边塞诗人项斯,有出塞经历,游历中的边塞诗写得很好,

---

① [唐]岑参撰,廖立笺注:《岑嘉州诗笺注》卷三《碛西头送李判官入京》,中华书局,2004年,第435页。

如《边州客舍》：

> 开门不成出，麦色遍前坡。
> 自小诗名在，如今白发多。
> 经年无越信，终日厌蕃歌。
> 近寺居僧少，春来亦懒过。①

这是在西北边塞客馆中写的诗歌。扬州大学李传慰 2010 年的硕士论文《唐代诗人项斯研究》定此诗为广西边州所写，笔者不甚认同。因为诗中的"麦色遍前坡""近寺居僧少"所涉及的物产和文化底色以及《全唐诗》排序隔开一首即是下面所引《边游》，而《边游》中有"长安路在东"，说明此时诗人的活动在西北边州。项斯是浙江台州人，曾在西北边州滞留若干年，对故乡的思念时时折磨他的心灵，所谓"经年无越信"，可见与家人有太久的音信阻隔，导致他对故乡的无限思念；而"终日厌蕃歌"，就在对比中传达了他身在不同的语言环境中所产生的对异乡的隔膜和厌倦。诗中还说，"自小诗名在，如今白发多"，可见是在年老之时滞留蕃乡，而在我们中国，最注重人老还乡，叶落归根，项斯在"白发多"时思念故乡也是情意殷殷，其情可悯。其《边游》诗云：

> 古镇门前去，长安路在东。
> 天寒明堠火，日晚裂旗风。
> 塞馆皆无事，儒装亦有弓。

---

① ［唐］项斯：《边州客舍》，《全唐诗》卷五五四，中华书局，1960 年，第 6411 页。

防秋故乡卒，暂喜语音同。①

这里的"古镇"，可以任指凉州（武威）、张掖、敦煌等，均在长安之西。"天寒"也是北方感受，"裂旗风"，相当于岑参的"风掣红旗冻不翻"。"塞馆"已经点明诗歌写在边塞驿馆，"防秋"则告诉我们边塞的任务，这正是西北边塞每到秋天收获季节的重要边防任务。诗人感受着西北边塞秋天的生活，听到军队"防秋"士卒中有台州的乡音，诗人的内心稍获安慰：故乡不能回，听一听乡音，也算是在边州见到亲人一般。这也是思乡者的一种境界吧。

　　晚唐五代时期的诗僧齐己，有一首《送人游塞》，为游边塞的友人设想其思乡的情怀，诗云：

槐柳野桥边，行尘暗马前。
秋风来汉地，客路入胡天。
雁聚河流浊，羊群碛草膻。
那堪陇头宿，乡梦逐潺湲。②

诗歌首联写送别之地的景色，地点是友人驿路起点的"野桥边"，这里，虽是槐、柳茂盛（唐代驿路边多种槐、柳），但友人的马前征尘已起。接下来诗人想象在秋日里友人客路所到的胡天汉地，感受到这里雁群聚集准备南飞，羊群聚集膻腥入鼻。在这样的氛围里，友人会感受到异域他乡的客路生活，故而一定会乡心浓郁，陇头夜宿，一定会在梦中重现故乡的山山水水，而故乡的山水是与胡天汉

① ［唐］项斯：《边游》，《全唐诗》卷五五四，中华书局，1960年，第6411页。
② ［唐］齐己：《送人游塞》，《全唐诗》卷八三八，中华书局，1960年，第9443页。

地截然不同的景象。诗人在没有描写出来的对比中,让友人对故乡的想念之情溢于文字。

(二)京邑情结

京邑,即京城,王朝的政治、经济、军事、文化中心,最高统治者的生活所在地。在古代家天下的社会里,"君国一体",君权至高无上,中国文人实现"治国平天下"的最理想的地方就是京都。中国古代的文人,都把在京都做事作为自己的骄傲,京都,既是一种地理学的概念,是国家中心的象征,同时,也是一种文化符号,是文人实现理想的精神归所。能够生活在京都,距离天子较近,就是他们接近人生理想的象征,而离开京都,就不仅仅是离开地理位置的王朝京都,离开最高统治者的生活之地,更意味着离开理想之所,意味着与人生理想和志向的渐行渐远,所谓"无复归云凭短翰,望日想长安"[1]"喜得近京城,官卑意亦荣"[2]"生作长安草,胜为边地花"[3],所谓"总为浮云能蔽日,长安不见使人愁"[4]"浓艳初开小药栏,人人惆怅出长安"[5]等,都是喜留长安,而不愿离开长安。这或许就是杜甫不愿意担任河西(据说在广西)县尉的重要原因,也是杜甫接受右卫率府兵曹参军(太子府,在京城)的原因。也正是这

①［唐］骆宾王著,［清］陈熙晋笺注:《骆临海集笺注》卷四《从军中行路难》,上海古籍出版社,1985年,第140页。

②［唐］王建:《归昭应留别城中》,《全唐诗》卷二九九,中华书局,1960年,第3393页。

③［唐］卿云:《长安言怀寄沈彬侍郎》,《全唐诗》卷八二五,中华书局,1960年,第9295页。

④［唐］李白著,［清］王琦注:《李太白全集》卷二一,《登金陵凤凰台》,中华书局,2011年,第840页。

⑤［唐］王建:《杭州开元寺牡丹》,《全唐诗》卷五一一,中华书局,1960年,第5839页。

样的原因,离开京都的文人常常把思念京都作为自己的精神慰藉。

　　初唐诗人中,在安西方向走得最远的当属骆宾王,他写有一首《晚度天山有怀京邑》,诗云:

> 忽上天山路,依然想物华。
>
> 云疑上苑叶,雪似御沟花。
>
> 行叹戎麾远,坐怜衣带赊。
>
> 交河浮绝塞,弱水浸流沙。
>
> 旅思徒漂梗,归期未及瓜。
>
> 宁知心断绝,夜夜泣胡笳。①

　　诗歌的题目已经明确是在安西驿路上怀想京都,开首两句也点明了这一主题。京邑,并不是骆宾王的故乡,骆宾王是婺州义乌(今浙江义乌)人,但“位卑而才高,官小而名大”的他,理想是在京都有所作为。离开京都,便意味着离理想渐行渐远,更何况还要来到这遥不可及的绝域边塞! 正因为如此,他的“有怀京邑”才更加突出了人生的失落。中间描写对远行路上的景物感受,最后四句写自己在行旅中的归思。“及瓜”二字用典,春秋时期,齐襄公派连称、管至父去戍守葵丘,出发之时在食瓜季节,并允诺来年食瓜季节派人替换他们,也就是说,让戍守者看到返回的希望而不拒绝远行。但骆宾王这一次远行,却是“归期未及瓜”,也就是说,没有人允诺他来年回归,这就是路途遥遥、归期无望了,故而诗人在最后两句抒发了一种近乎绝望的情感:“宁知心断绝,夜夜泣胡笳。”

---

① [唐]骆宾王著,[清]陈熙晋笺注:《骆临海集笺注》卷四《晚度天山有怀京邑》,上海古籍出版社,1985年,第120—121页。

《骆临海集笺注》注及这两句诗时引用了《李陵答苏武书》中的这几句话："凉秋九月，塞外草衰，夜不能寐，侧耳远听，胡笳互动，牧马悲鸣，吟啸成群，边声四起。晨坐听之，不觉泪下。"骆宾王因为归期难定，又远处塞外，边塞胡笳的异域感受非常强烈，因而，思念京都的情怀更加深沉，产生了与李陵异代同悲的伤感。

岑参有一首《安西馆中思长安》，也是充溢着浓郁的京邑情结：

家在日出处，朝来起东风。
风从帝乡来，不与家信通。
绝域地欲尽，孤城天遂穷。
弥年但走马，终日随飘蓬。
寂寞不得意，辛勤方在公。
胡尘净古塞，兵气屯边空。
乡路眇天外，归期如梦中。
遥凭长房术，为缩天山东。[①]

"日出处"，一语双关，一指从安西的视角所感受的日出方向，一指帝王所在的地方。在这首诗中，诗人将常见的东风，当成了来自帝乡的信使，认为是东风把帝乡的温暖和情义带到了辽远的绝域，而一想到与帝乡的天遥地远，诗人立刻想到了人生的寂寞、孤独和失意。最后两句"遥凭长房术，为缩天山东"，用典，"长房术"指费长房缩地之术。这两句，通过想象能用费长房缩地之法，能将天山之路缩短，以拉近自己与家乡的距离，可见思乡情深。他还有《临洮

①［唐］岑参撰，廖立笺注：《岑嘉州诗笺注》卷一《安西馆中思长安》，中华书局，2004年，第252—253页。

泛舟赵仙舟自北庭罢使还京》，诗云：

> 白发轮台使，边功竟不成。
> 云沙万里地，孤负一书生。
> 池上风回舫，桥西雨过城。
> 醉眠乡梦罢，东望羡归程。①

《客舍悲秋有怀两省旧游呈幕中诸公》，诗云：

> 三度为郎便白头，一从出守五经秋。
> 莫言圣主长不用，其那苍生应未休。
> 人间岁月如流水，客舍秋风今又起。
> 不知心事向谁论，江上蝉鸣空满耳。②

　　离开京都，远赴万里，本是要建树功名，但边功无望，辜负书生投笔从戎的愿望，赵仙舟并不光彩。可虽是罢官，毕竟是回归熟悉的环境，回归帝乡，所以岑参在送别赵仙舟时，不仅没有为对方的失意边塞而进行安慰，反而因为对方所走的路途是归京之程而羡慕不已，毕竟赵仙舟回归的是文人们梦寐以求的地方，是拥有太多关系和机会的地方。岑参这一类的诗歌还有《碛西头送李判官入京》《送崔子还京》《玉关寄长安李主簿》《河西春暮忆秦中》《过酒泉忆杜陵别业》等，都是既有对京邑的怀想，也有对乡情和亲情

---

① ［唐］岑参撰，廖立笺注：《岑嘉州诗笺注》卷三《临洮泛舟赵仙舟自北庭罢使还京》，中华书局，2004 年，第 559 页。
② ［唐］岑参撰，廖立笺注：《岑嘉州诗笺注》卷二《客舍悲秋有怀两省旧游呈幕中诸公》，中华书局，2004 年，第 393 页。

的眷恋,其他部分亦用到这些诗歌,此不多言。

来到安西的人,与一些远贬南荒的人心态完全不同,他们大都是抱着建功立业的理想,内心深处所想的是"功名不早著,竹帛将何宣"(李白),而竹帛宣功名的目的则是中国传统思维里的光宗耀祖、荣华及身,即使不祈求荣华及身,也希望功成身退。这都是非常理想的结果,也就是达到建功立业的目的后,则希望回归长安,回归熟悉的文人圈子,彰显自己的价值。这其实是安西驿路诗歌中京邑情结的重要内涵。关于这一点,可以用王存弟《论唐宋文人的"长安情结"》中的一段话解释:

> 在古代文人的政治地缘意识里,与长安对应的是非长安,即中心与边缘、主流与非主流的概念。对诗人而言,离开长安是一种被迫的疏离,是对主流文化认可的生活方式的一种放弃,甚至是个体生存危机的显现,他们不会轻易放弃与长安的联系。①

这其实是一种集体无意识的集中反映,是走向边域的诗人们隐藏在内心深处的心理愿望。既然不是放弃,也不肯放弃,当然就会时时想起,永不忘记。这是安西驿路诗歌中京邑情结浓郁的重要因素。

(三)念友情愫

我们每个人在浩渺的人海间行走,唱的都不是独角戏,都涉及各种社会关系,主要是人和人的关系,朋友则是各种关系中特别值得珍视的、最能体现个人价值社会认同的层面。每一个人生活在

---

① 王存弟:《论唐宋文人的"长安情结"》,《名作欣赏》2015 年第 7 期。

社会中,就像走在山阴路上,一路都可收集和欣赏各种美景,令人生有无数值得品咂和回味的东西,这就是人生的风景。罗曼·罗兰说,生命不是一个可以孤立成长的个体;它一面成长,一面收集沿途的繁花茂叶。这道风景,如幻似梦,伴随着我们生而有乐趣,生而不寂寞,生而有回味,生而有风采。安西驿路,长路漫漫,孤独难免,每每念及朋友,就会有"海内存知己,天涯若比邻"的亲切感、神圣感,故而,行走在安西驿路上的诗人们留下了不少念友诗,如岑参的《临河客舍呈狄明府兄留题县南楼》:

> 凤阳城南雪正飞,黎阳渡头人未归。
> 河边酒家堪寄宿,主人小女能缝衣。
> 故人高卧黎阳县,一别三年不相见。
> 邑中雨雪偏著时,隔河东郡人遥羡。
> 邺都唯见古时丘,漳水还如旧日流。
> 城上望乡应不见,朝来好是懒登楼。①

临河,即现在内蒙古巴彦淖尔市的临河区,这里在唐朝隶属关内道的九原郡,张仁愿筑三受降城时,属于西受降城,是岑参出塞的必经之地。"客舍"自然是在驿路上。这首诗留题于临河客舍的南楼上,并抄呈给河南黎阳任职的狄明府,回忆的是黎阳的生活场景和住在那里时的情景,对狄明府在那里的生活非常羡慕。由此可以推测,岑参之所以走向边塞,似乎也有不得已的原因,比如升职比较慢,迫使岑参愿意到军队幕府任职,因为在军队幕府任职是唐朝

① [唐]岑参撰,廖立笺注:《岑嘉州诗笺注》卷二《临河客舍呈狄明府兄留题县南楼》,中华书局,2004年,第374页。

升职的重要捷径，即所谓"游宦之士，至以朝廷为闲地，谓幕府为要津。迁腾倏忽，坐致郎官"①。当然这只是猜测而已。在客舍中，岑参忆念起一别三年的黎阳县令，记忆中那里的雨雪、丘山、河流，都清晰在目，但远在临河客舍的岑参，由于感受到黎阳的遥不可及、望而难见而情意疏懒，可见他在客舍的孤寂和无聊。

　　念友情愫与京邑情结有非常紧密的联系，被派往安西并能够写出诸多诗歌的人，都是经朝廷派遣走向西部辽远之地的，他们中的绝大部分人都是从京城出发的，在京都都有自己曾经的朋友圈，很多念友诗歌，其实也容纳着深沉的京邑情结，如岑参的《过燕支寄杜位》：

> 燕支山西酒泉道，北风吹沙卷白草。
> 长安遥在日光边，忆君不见令人老。②

燕支山，即焉支山，《史记》记载，这里曾经是匈奴人生活的地方，在汉武帝时期被打击而撤离此地，所以，燕支山代表着遥远。比燕支山还要向西的酒泉，自然离长安越来越远，所以在诗人的笔下，长安成为遥不可及的地方，是够得着"日光"的地方，那里有好朋友杜位。杜位，即杜甫《杜位宅守岁》中的杜位，李林甫的女婿，时在京都。想念杜位什么，诗人没有说，但杜位既然是日光边的人，那一定是羡慕杜位能够得到天子的阳光雨露。从诗中流露的情绪，我们能够感受到岑参不在长安的落寞。他的《玉关寄长安李主簿》

----

① ［宋］王谠撰，周勋初校证：《唐语林校证》卷八，《唐宋史料笔记丛刊》本，中华书局，1987年，第693页。
② ［唐］岑参撰，廖立笺注：《岑嘉州诗笺注》卷七《过燕支寄杜位》，中华书局，2004年，第788页。

也属此类：

> 东去长安万里余，故人何惜一行书。
> 玉关西望堪肠断，况复明朝是岁除。[1]

这首诗也是感慨长安的遥远，因为写在岁末年初，应该会更加想念京城的各种庆祝活动，比如朋友聚会餐饮、互相祝福、跑马打球、听歌赏舞、比拼诗艺等，热闹而温馨，但自己却身在万里之外，巴望着京城的一点点信息，而故人大约被长安的热闹吸引着，没有想起岑参这位远在天涯的朋友，以致远在玉关的岑参颇感失落，他甚至有一点点责怪朋友：怎么连封书信都没有？诗题是"玉关寄长安李主簿"，可见有对李主簿的思念，但也同样牵挂长安，不然为何要单单提"长安"二字？且首句直接点明"东去长安万里余"，可见对于岑参而言，京城是多么遥远！除夕之夜，正是中原百姓举家团圆的日子，自己却"独在异乡为异客"，其孤独之情可以想见。

　　在西域而有念友情愫，一定是身在西域之人才能切身感受并抒发。唐朝到西域的诗人，大体有来济、郭元振、骆宾王、卢照邻、张宣明、高适、岑参、陈陶、颜真卿、萧诏、张渭、殷济、武涉、项斯等，但很多人的诗歌都在时间的流逝中淹没了，这部分诗就显得更加珍贵。

　　（四）战争反思
　　唐代安西书写中的战争诗，基本都属于唐代边塞诗研究所关注的范围，但当前对唐代边塞诗的讨论有很多不同意见，尤其是对

---

[1] ［唐］岑参撰，廖立笺注：《岑嘉州诗笺注》卷七《玉关寄长安李主簿》，中华书局，2004 年，第 758 页。

唐代边塞诗中的爱国主义主题和爱国主义精神的讨论,争议主要在关于唐代的边塞战争是否属于正义战争,最有代表性的论文是吴学桓、王绥青的《边塞诗派评论质疑》。但我们从边域书写这一视角入手,不讨论战争正义与否,不讨论爱国不爱国的问题,我们只从文人心态的视角,检视安西驿路诗歌中对边域战争的反思。

关于在安西要不要通过战争方式扩大版图,唐王朝内部的争议还是比较大的,有不少人认为还是应该通过羁縻的方式实现管理,如李大亮认为,"疲中国以奉四夷"的方式不好,"外事戎狄"[1]的方式也即战争的方式也不值得提倡,比较理想的是用羁縻的方式进行管理。至于唐人对边塞战争的态度,刘洁在《从唐代边塞诗看唐代诗人的战争反思》一文中说得比较客观:"面对使民族结怨、国家受损、人民受难的边塞战争,唐代诗人对战争的理性思考达到了前所未有的高度。诗人们冷静思考战争的价值和意义,探讨战争所带来的深重灾难和负面影响,引导人们更清醒地认识战争的实质,进而谴责批判穷兵黩武的战争,从中反映出唐代诗人成熟而理智的战争态度。"[2]这是基于对边塞诗的整体认知给出的评价,其中"清醒地认识战争的实质""反映出唐代诗人成熟而理智的战争态度"也可以用来概括驿路诗歌的特点。

早期唐代诗人因为对开拓西域之路的价值更感兴趣,积极态度比较多,但作品中并不是没有低沉和伤感,也不是只有建功立业的激情,如骆宾王《军中行路难同辛常伯作》:

---

[1]［宋］司马光编著:《资治通鉴》卷一九三《唐纪》,中华书局,1956年,第6193页。

[2]刘洁:《从唐代边塞诗看唐代诗人的战争反思——唐代边塞诗研究系列之五》,《甘肃广播电视大学学报》2006年第2期。

君不见玉关尘色暗边庭,铜鞮杂虏寇长城。

天子按剑征余勇,将军受脤事横行。

七德龙韬开玉帐,千重龟垒动金钲。

阴山苦雾埋高垒,交河孤月照连营。

连营去去无穷极,拥旆遥遥过绝国。

阵云朝结晦天山,寒沙夕涨迷疏勒。

龙鳞水上开鱼贯,马首山前振雕翼。

长驱万里詟祁连,分麾三令武功宣。

百发乌号遥碎柳,七尺龙文迥照莲。

春来秋去移灰琯,兰闺柳市芳尘断。

雁门迢递尺书稀,鸳被相思双带缓。

行路难,行路难。誓令氛祲静皋兰。

但使封侯龙额贵,讵随中妇凤楼寒。①

此诗,陈熙晋认为写于薛仁贵征西、诗人跟随阿史那道真从军西域时。玉关、阴山、交河、天山、疏勒、祁连等西域地名连续出现,既写从军转战之艰难,又表达了对边塞功业的渴望和决心:"誓令氛祲静皋兰。"但春去秋来的转战令兰闺梦断,衣带渐宽。诗人当然没有否定也不后悔从军追逐封侯之梦,但诗中的种种低沉情绪,令读者感受到争战不休对和平生活的影响。

即使是盛唐,人们对战争的态度也不是因为是开疆拓土而一味支持,李白《赠别从甥高五》中的"闻君陇西行,使我惊心魂"、《关山月》中的"由来征战地、不见有人还"、杜甫《前出塞》中参战

---

① [唐]骆宾王著,[清]陈熙晋笺注:《骆临海集笺注》卷四《军中行路难同辛常伯作》,上海古籍出版社,1985 年,第 121—125 页。

士卒在奔赴安西路途上的"君已富土境,开边一何多""苟能制侵陵,岂在多杀伤"等,均是对战争本质的质疑。

中唐诗人张籍,资料里不见其到过西域的记载,但他的《关山月》却写出了驿路上因为连年征战而留下的累累白骨,使人们思索战争的价值:

> 秋月朗朗关山上,山中行人马蹄响。
> 关山秋来雨雪多,行人见月唱边歌。
> 海边茫茫天气白,胡儿夜度黄龙碛。
> 军中探骑暮出城,伏兵暗处低旌戟。
> 溪水连天霜草平,野驼寻水碛中鸣。
> 陇头风急雁不下,沙场苦战多流星。
> 可怜万国关山道,年年战骨多秋草。①

诗人写到边关驿路想象中所见之景象,包括天气的恶劣、探骑伏兵的晃动等,最后四句写到沙场的苦战以及万国关山道路上比秋草还多的白骨。"可怜"一词,更是诗人对这些征战的质疑:苦战让这么多鲜活的生命变成路边白骨,其价值究竟何在?

中唐江西诗人陈陶(死于李贺之后),生卒年和事迹均已湮没,但他科考不第,云游四方,应该到过西域。他的《游子吟》中有"关河三尺雪,何处是天山"的询问,他的《陇西行四首》第三首"陇戍三看塞草青,楼烦新替护羌兵"等诗句,透露出他应该到过西北边塞寻找机遇,但他一生走过全国各地,都没有寻到机会,最后以"处士"的身份困穷而死。他的《陇西行四首》第二首中有著名的"可

---

① [唐]张籍:《关山月》,《全唐诗》卷三八二,中华书局,1960年,第4284页。

怜无定河边骨,犹是春闺梦里人",第三首有"同来死者伤离别,一夜孤魂哭旧营"的诗句,都表达了对边塞征战价值的怀疑。他的边塞诗《胡无人行》对征战发出了自己的怀疑:

> 十万羽林儿,临洮破郅支。
> 杀添胡地骨,降足汉营旗。
> 塞阔牛羊散,兵休帐幕移。
> 空流陇头水,呜咽向人悲。①

在诗人看来,唐朝派大军征剿郅支单于,在临洮取得重大胜利,但到处白骨累累,似乎边塞也宽阔了——这是对无人的一种写法,边塞倒是拓展了,但留下来的只有陇水空流、哭声阵阵,那拓展的价值又何在呢?

顾况之子顾非熊的《出塞即事二首》之二写到唐王朝西部边域的缩小:

> 贺兰山便是戎疆,此去萧关路几荒。
> 无限城池非汉界,几多人物在胡乡。
> 诸侯持节望吾土,男子生身负我唐。
> 回望风光成异域,谁能献计复河湟。②

这显然是敦煌陷蕃时期的作品,是对边域收缩的质疑。原本可以

---

① [唐]陈陶:《胡无人行》,《全唐诗》卷七四五,中华书局,1960年,第8465页。
② [唐]顾非熊:《出塞即事二首》之二,《全唐诗》卷五〇九,中华书局,1960年,第5790页。

西去遥远的安西,现在到贺兰山便不能前行,原有的驿路都已荒废,原本的城池也不在管辖区域,更有被滞留被阻隔的"诸侯持节望吾土",有国不能朝,这让诗人倍感栖遑,在内心期盼着有人能站出来,献良策收复河湟地区。诗歌中体现了萧关路阻的无奈和伤感。

晚唐诗人吴商浩,浙江宁波人,生平事迹不详,从《全唐诗》仅存的9首作品看,一定是一位到过西域边塞的诗人,他的《宿山驿》明显是一首馆驿诗歌,诗中有"文战何堪功未图,又驱羸马指天衢""岐路辛勤终日有,乡关音信隔年无"[1]等句,可以看到诗人是去往遥远之地,与家乡"隔年"不通音信。他还有一首《塞上即事》,诗中提到玉门关,写到了士卒在西域的伤亡:

> 身似星流迹似蓬,玉关孤望杳溟濛。
> 寒沙万里平铺月,晓角一声高卷风。
> 战士殁边魂尚哭,单于猎处火犹红。
> 分明更想残宵梦,故国依然在甬东。[2]

"战士殁边",无论是因为气候恶劣、旅途劳顿还是边塞苦战,都是为了国家,如果这牺牲能够有所收获,那也死得其所,死亦含笑,但"战士殁边"却没有能够赶走敌人,敌人那边还是"单于猎处火犹红"。面对这样没有价值的牺牲,诗人越发想念故乡甬东(宁波),对能否生还甬东产生了怀疑。

---

① [唐]吴商浩:《宿山驿》,《全唐诗》卷七七四,中华书局,1960年,第8772页。
② [唐]吴商浩:《塞上即事》,《全唐诗》卷七七四,中华书局,1960年,第8772页。

（五）和亲思考

在中原和少数民族的关系中,和睦相处是非常理想的状态,诗人的理想也是没有战争、不战而屈人之兵。唐朝诗人的诗歌里,可以看到这种理想的存在,如储光羲的《送人随大夫和蕃》：

> 西方有六国,国国愿来宾。
> 圣主今无外,怀柔遣使臣。
> 大夫开幕府,才子作行人。
> 解剑聊相送,边城二月春。①

诗中描述的西方六国,均愿与中原交往,故而圣主使用怀柔政策,派遣使臣出使,由此在西域出现了"大夫开幕府,才子作行人"的盛况,这是国家强盛、民族和谐的盛世象征。再如李嘉祐的《送崔夷甫员外和蕃》：

> 君过湟中去,寻源未是赊。
> 经春逢白草,尽日度黄沙。
> 双节行为伴,孤烽到似家。
> 和戎非用武,不学李轻车。②

诗中所写,在崔夷甫和蕃的路径中,"和戎非用武,不学李轻车",更是直接点出了不使用武力的骄傲和自豪。李轻车,即汉之飞将军

---

① ［唐］储光羲：《送人随大夫和蕃》,《全唐诗》卷一三九,中华书局,1960 年,第 1414 页。
② ［唐］李嘉祐：《送崔夷甫员外和蕃》,《全唐诗》卷二〇六,中华书局,1960年,第 2154 页。

李广的弟弟李蔡。此诗写崔夷甫和蕃不用学李蔡那样在战场上东征西杀，而是用和合之道，在赞美声中见出崔夷甫的外交才能和唐王朝的外交成就。

在诸种与边域民族和谐相处的方式中，有和亲一策。这是一种亲近异族、消弥战争的措施，也是暂时稳定边域的一种策略。从汉高祖建立汉朝政权后为国家休养生息而采取与匈奴和亲的政策以来，中原王朝就有不少"皇帝女儿"到习俗迥异的不同民族担负和亲重任，用柔弱的双肩承担起国家的边域安全和外交使命，于是也就有不少公主和蕃的故事。公主和蕃大多是在国家力量不足时，盛世之时虽然也有，但相对较少。由于中原民族重乡土乡情的观念，使得中原民族的任何人都不愿远离故土、老死他乡，故而一般情况下，如果不是不得已，"皇帝女儿"是不愿远嫁异域的，唐朝也一样。

唐朝公主和亲有很多次，这对于唐王朝和睦外族、拉近邻邦关系确实很有帮助，有的甚至对助力大唐安定起过重要作用，如唐肃宗以回纥帮助平定安史之乱故，将次女宁国公主嫁给回纥英武威远可汗。但并不是所有的和亲都有很好的效果，也不是所有的和亲公主都愿意牺牲亲情和乡情甘心远嫁。对于这些和亲外交，唐朝的诗人们做出了自己的思考，在一些驿路诗歌中有相关内容的作品，如王之涣《凉州词二首》之二说：

> 单于北望拂云堆，杀马登坛祭几回。
> 汉家天子今神武，不肯和亲归去来。①

---

① [唐]王之涣：《凉州词二首》之二，《全唐诗》卷二五三，中华书局，1960年，第2850页。

这其实反映的就是军事力量强大以后的态度，也就是当军事力量达到一定程度的时候，唐朝皇帝便不愿意用"和亲"换取和平了。戎昱有一首《咏史》（一作《和蕃》）诗，非常典型地代表了汉人对和亲之策的不满：

> 汉家青史上，计拙是和亲。
> 社稷依明主，安危托妇人。
> 岂能将玉貌，便拟静胡尘。
> 地下千年骨，谁为辅佐臣？①

这是借咏史否定唐朝某些皇帝的和亲之策。"汉家"，即指唐家，这是唐诗中以汉代唐的写法。在戎昱看来，最糟糕的策略便是和亲。他说"社稷依明主，安危托妇人"，是指唐代社会的治理而言，戎昱认为治理成果还可以，但把国家的边域安危寄托在出嫁的公主身上，实在令人遗憾，所以他颇有遗憾地责问："地下千年骨，谁为辅佐臣？"他认为辅佐皇上治理国家的大臣，不仅仅是要把民生经济搞好，也应该把治理边域作为自己的责任，不要把国家的安全重任放置到女性柔弱的肩膀上。

金城公主（698—739）是继文成公主远嫁吐蕃之后的又一位和蕃公主，金城公主本名李奴奴，是唐中宗李显的养女，其亲生父亲是宗室亲王邠王李守礼。金城公主是在唐军大败吐蕃的背景下，于景龙四年（710）下嫁吐蕃赞普赤德祖赞的。金城公主虽不是真正的皇帝女儿，却从小被唐中宗收养，与诸公主一起长在宫

---

① ［唐］戎昱：《咏史·和蕃》，《全唐诗》卷二七〇，中华书局，1960年，第3011页。

中,故其出嫁时,唐中宗亲自送到渭河始平县(今陕西兴平),并命随从大臣赋诗为公主践行,因而留下数首驿路应制奉和诗,崔日用、崔湜、李峤、韦元旦、阎朝隐、李适、刘宪、苏颋、徐彦伯、张说、薛稷、沈佺期、武平一、郑愔、徐坚等,均参加了这一次驿路应制奉和诗的创作。其中大部分作品肯定金城公主的远嫁是"柔远安夷俗"(韦元旦诗)、"庙策重和亲"(徐彦伯),也有人认为是唐朝皇帝为了国家的平安而舍亲远嫁,如刘宪"和亲悲远嫁,忍爱泣将离"、郑愔"皇情眷亿兆,割念俯怀柔",但也有一些诗人对公主不愿远嫁带来的伤情进行了抒写,如崔湜、李峤、韦元旦三首《奉和送金城公主适西蕃应制》同题诗:

崔湜:

> 怀戎前策备,降女旧因修。
> 箫鼓辞家怨,旌旃出塞愁。
> 尚孩中念切,方远御慈留。
> 顾乏谋臣用,仍劳圣主忧。①

李峤:

> 汉帝抚戎臣,丝言命锦轮。
> 还将弄机女,远嫁织皮人。
> 曲怨关山月,妆消道路尘。

---

① [唐]崔湜:《奉和送金城公主适西蕃应制》,《全唐诗》卷五四,中华书局,1960年,第662页。

　　　　　　　　所嗟秾李树,空对小榆春。①

　　韦元旦：

　　　　　　　　柔远安夷俗,和亲重汉年。
　　　　　　　　军容旌节送,国命锦车传。
　　　　　　　　琴曲悲千里,箫声恋九天。
　　　　　　　　唯应西海月,来就掌珠圆。②

　　崔湜诗歌中,对辞家远嫁的公主非常同情,用"箫鼓""旌旆"代指公主,说她"箫鼓辞家怨,旌旆出塞愁",而造成这种结果的,是"顾乏谋臣用",是大臣没有更好的外交方案,才让皇帝不得不劳心烦忧,将公主远嫁。李峤的诗中"还将弄机女,远嫁织皮人",沉痛地写出了远嫁公主的悲惨命运,"织皮人"虽是对吐蕃的蔑视,但却传达了公主远嫁非人的悲剧命运。韦元旦诗中,则用"琴曲悲千里,箫声恋九天"写金城公主一路悲歌远向、恋恋不舍汉庭的情形。在这些诗句的背后,我们读出了诗人对公主远嫁的悲剧命运的同情。

　　张籍的《送和蕃公主》也对公主和亲表示了同情：

　　　　　　　　塞上如今无战尘,汉家公主出和亲。
　　　　　　　　邑司犹属宗卿寺,册号还同虏帐人。
　　　　　　　　九姓旗幡先引路,一生衣服尽随身。

---

① [唐]李峤：《奉和送金城公主适西蕃应制》,《全唐诗》卷五八,中华书局,1960年,第691页。
② [唐]韦元旦：《奉和送金城公主适西蕃应制》,《全唐诗》卷六九,中华书局,1960年,第772页。

毡城南望无回日,空见沙蓬水柳春。①

诗中的和蕃公主应该是太和公主。从诗中描写的"册号还同虏帐人""九姓旗幡先引路"等情况看,是一位正牌公主出嫁的阵势。唐朝正牌公主远嫁的只有三位,宁国公主、咸安公主和太和公主,宁国公主远嫁是在乾元元年(758),那时张籍还没有出生。咸安公主远嫁是在贞元四年(788),那时张籍只有22岁,而张籍是贞元十五年(799)才考中进士,贞元四年的张籍还没有资格送别公主。太和公主则是唐王朝最后一位远嫁的正牌公主,远嫁时间在长庆元年(821),张籍已有资格送别远嫁公主。

诗歌首联"塞上如今无战尘,汉家公主出和亲",点明和亲不是因为战争;颔联"邑司犹属宗卿寺,册号还同虏帐人"记录了公主受册封的情况;颈联出句"九姓旗幡先引路"展现的是回纥迎亲的盛大场面,这于史有据。据《旧唐书》记载,太和公主出嫁时情况:"虏先设大舆曲扆,前设小座,相者引公主升舆,回纥九姓相分负其舆,随日右转于庭者九,公主乃降舆升楼,与可汗俱东向坐。自此臣下朝谒,并拜可敦。"②以上几句,都侧重于和亲的礼仪和外在形式,从颈联的下句,诗人开始设身处地为公主考虑,展现公主的内心世界。"一生衣服尽随身",表面看来是非常奢华非常富有,但就在"尽随身"三字中,已经透露出此生难归的信息,是公主已经从内心深处感受到了回归的绝望,故将一生可能所用都带在身边,可见此行已经抱着此去无归的决绝心态了,并于中见出太和公主对

---

① [唐] 张籍:《送和蕃公主》,《全唐诗》卷三八五,中华书局,1960年,第4337页。

② [后晋] 刘昫等:《旧唐书》卷一四五《列传第一百四十五》,中华书局,1975年,第5213页。

中原服饰文化的留恋。尾联"毡城南望无回日,空见沙蓬水柳春",公主回望故都长安和眼观沙碛景色的形象,写出了为唐王朝和回纥的团结而奉献了自己的亲情和乡情的楚楚可怜的公主形象。在这个形象的塑造中,我们可以看出,张籍对公主出嫁感到了无可奈何,他心痛公主的决绝心态,怜惜公主的思乡真情,从中可以感受到张籍对远嫁公主悲剧命运的深厚同情。

　　同是中唐诗人的王建则明确点出了吟咏太和公主和蕃事,其《太和公主和蕃》充满了对太和公主远嫁的同情:

> 塞黑云黄欲渡河,风沙眯眼雪相和。
> 琵琶泪湿行声小,断得人肠不在多。①

王建比张籍小两岁,出身于寒微之家,穷困潦倒,直到46岁贞元年间才入仕,先后任昭应县丞、太常寺丞等职,应该是其为太常寺丞时参与了送别太和公主和蕃的活动。诗歌写远嫁路途上太和公主的遭际。面对塞黑云黄、风沙雨雪的极端天气,在宫廷中过惯了锦衣玉食生活的太和公主,也得面对一切艰难,但艰难的何止是极端天气,更有离别故土的伤感,琵琶声中伴随的哭声,应该已经压过了行路之声,声声传递着断肠人内心的痛苦。王建以一客观观察者的身份,记录了太和公主和蕃路上痛断肝肠的场面。让一位公主无辜遭受风雨摧残、内心煎熬,内中所蕴含的也是对如此和蕃的质疑。

　　公主远嫁的外交策略,确实在一定程度上密切了汉民族与其

---

① [唐]王建:《太和公主和蕃》,《全唐诗》卷三〇一,中华书局,1960年,第3426页。

他民族的关系,在文化交流方面带来了不少便利,但绝不是一种可以永久维持和平的手段,正像上文戎昱诗中所说:"汉家青史上,计拙是和亲。"治理国家依靠的是明君贤相、良方佳策,怎能"安危托妇人"? 这一点,也有很多唐朝诗人认识得很清楚,如王维在《送刘司直赴安西》中说"苜蓿随天马,葡萄逐汉臣。当令外国惧,不敢觅和亲"①,也就是养马的苜蓿和好吃的葡萄,应是追随唐朝臣子的步履,被踩在脚下。而实现这种理想,靠的是国家的实力,只有国家力量强大到一定程度,才能让外国不敢轻易向我们提出和亲的要求。

孙逖也在《送李补阙摄御史充河西节度判官》诗中认为和亲并非高明的外交举措:

> 昔年叨补衮,边地亦埋轮。
> 官序惭先达,才名畏后人。
> 西戎虽献款,上策耻和亲。
> 早赴前军幕,长清外域尘。②

孙逖在送别李判官时,提及自己也曾经到过边地,在他看来,"西戎虽献款",向我们表示臣服,表示亲近,但外交中"上策耻和亲"。孙逖从来不认为和亲是什么好的外交方案,真正令对方臣服的应该还是军事力量的强大,故而他敦促李判官"早赴前军幕,长清外域尘"。

西域公主和亲,较之其他地方要多,故而相关古迹亦多。清代

---

① [唐]王维撰,陈铁民校注:《王维集校注》卷四《送刘司直赴安西》,中华书局,1997年,第405页。

② [唐]孙逖:《送李补阙摄御史充河西节度判官》,《全唐诗》卷一一八,中华书局,1960年,第1191页。

时就出土了一些唐代考古资料,可能与公主远嫁有关。如清人筑吉昌城时,就发现了唐代北庭都护府旧址出土的汉族妇女穿的绣花鞋、铜镜等物品,尤其是发现的铜镜,恐怕不是一般妇女所能拥有,很可能与和亲公主有关,故纪晓岚还写诗记录此事:"曾逐毡车出玉门,中唐铭字半犹存。几回反复分明看,恐有崇徽旧手痕。""黄鹄无由返故乡,空留鸾镜没沙场。谁知土蚀千年后,又照将军鬓上霜。""暂别仍归旧主人,居然宝剑会延津。何如揩尽珍珠粉,满匣龙吟送紫珍。"① 所谓的"崇徽旧手痕"指的是崇徽公主远嫁时在阴地关一带留下的诗歌手迹,地虽非一地,但诗人可以推想。

这些公主和亲的事迹,将悲壮和伤感留在驿路上,文成公主、金城公主、宁国公主、咸安公主、太和公主、崇徽公主,哪一位公主的身上没有长路漫漫的艰辛?没有思乡恋家的泪水?没有终身难归故国的痛楚?故而引发了后人无数的咏叹,令人扼腕不已。

四、驿路唐诗中的丝路风情

安西驿路,是大唐管理边域的通道,也是从中国走向西域、中亚和欧洲的丝绸之路,这里商队络绎、驿使往来、驿馆聚会的场景,成为丝绸之路上的一道亮丽的风景。前面我们已经谈过,丝绸之路东起长安(今西安),西到地中海沿岸国家,在唐朝,从长安到敦煌,均经过河西走廊,然后分三条道路,南道从敦煌沿昆仑山北麓,经若羌、于阗(今和田)到达莎车,再翻越帕米尔高原西出;中道从敦煌出发,沿天山南路经安西四镇高昌(今吐鲁番)、焉耆(今焉耆回族自治县)、龟兹(今库车)、疏勒(今喀什),再翻越帕米尔高原西出;北

---

① [清]纪昀:《巴里坤古镜》,《阅微草堂笔记·滦阳续录三》,韩希明译注本,中华书局,2014年,第1584页。

道从敦煌北上伊吾(今哈密),经设置在天山北路的北庭都护府(吉木萨尔)、阿力麻里(今伊犁)西出,直抵里海沿岸。以上所提及的这些地方,在大唐境内,是丝绸、茶叶等商品走向中亚和欧洲的通道,是大唐的丝路明珠。在安西的丝路交通要道上,不仅仅是大漠风沙,瀚海阴风,边塞战争,送别伤情,还有驼铃声声,异域风情。

(一)丝路铃声西路传

在唐代,文化政策比较开放,与周边各民族的友好往来进行得相对顺利,文化使者不断出现在驿路上。传经布道者、音乐舞蹈人来来往往,为丰富大唐的文化做出了贡献。但唐代统治者对经商的态度不冷不热,商人并不被人重视,初唐时期魏征就认为,若允许外来商人到大唐进行贸易,肯定对大唐商业有所提升,但若过多允许此种情况发生,则会损害大唐王朝的国家利益。这颇有点今天某些大国的贸易保护主义,一方面,他们需要外来贸易繁荣市场,一方面又不是特别主张大规模进行相关活动。尽管如此,由于西域诸国的要求,唐王朝的对外商贸政策并不封闭,甚至还算是比较开放的,西域驿路两侧的诸多商贸城市如凉州、龟兹、高昌、敦煌等,就是在并不封闭的商贸政策下发展起来的。只是由于唐代对商业的普遍不很重视,故而唐诗中反映商人生活的诗歌相对较少,对商人生活的赞美称赏也极其少见。

唐王朝开通西域之路,其中一个非常重要的目的就是通过丝绸、茶叶等的贸易与西域诸国加强往来,但也并没有高喊类似"开放"的口号。在这样的情况下,西域来大唐经商的人逐渐增多,大唐的商人也到西域活动。而西域由于主要是沙漠地带,茫茫旷漠,需要得力的交通工具,马和骆驼就体现了它们的价值,因此,也就形成了西域丝路上独特的往来景观:平沙匹马、丝路驼铃。在唐代一些诗人的笔下,就出现了将这样的丝路风情记之于诗的作品,引

领我们走向那时的丝路,跟随那时各国使节、传教者、商队的脚步。刘言史的《送婆罗门归本国》:

> 刹利王孙字迦摄,竹锥横写叱萝叶。
> 遥知汉地未有经,手牵白马绕天行。
> 龟兹碛西胡雪黑,大师冻死来不得。
> 地尽年深始到船,海里更行三十国。
> 行多耳断金环落,冉冉悠悠不停脚。
> 马死经留却去时,往来应尽一生期。
> 出漠独行人绝处,碛西天漏雨丝丝。①

这是刘言史送别刹利传经者的诗歌。"迦摄"应为用典,当指迦摄魔腾,汉代来中华翻译《四十二章经》的佛教大师,这里用来指刘言史送别的婆罗门种姓的在唐传经者。西域的这条驿路,也是文化之路,贝叶佛经在传经大师们经历了穿山度陇、冰天雪地的千辛万苦,用尽九死一生的努力才可能获得一些成果。诗中所写传经者的艰难,尤其是"更行三十国""往来一生期"的经历,道尽了这些文化使者为文明的相互融合付出的代价,似乎玄奘西游求经的情景又呈现在我们面前。

唐代西域的贸易热闹纷繁,除了到西域经商的中原人,更有大批到中原经商的异域商人。从所知资料看,唐时的西域人特别喜欢与中原人进行贸易,也愿意到中夏进行贸易,而唐王朝也支持这些活动。《旧唐书·突厥传》记载,杜暹为安西都护时,突骑施首领

---

① [唐]刘言史:《送婆罗门归本国》,《全唐诗》卷四八六,中华书局,1960年,第5322页。

苏禄妻金河公主"遣牙官赍马千匹诣安西互市",由于进行物资交易不断增多,安西、西州、北庭等地都设有专门的"牙官",也即今天我们所说的中介,可见贸易活动的丰富和频繁。考古资料可证西域商人到唐朝经商。从阿斯塔那 29 号墓所出《唐垂拱元年（685）康义罗施等请过所案卷》的记载,我们可以清楚地知道一支粟特胡人商队自西域前往长安贸易、在古丝道上从事长途贩运的情景。西州的高昌那时也是一个商品集散地,殷晴描述这一时期高昌城的情况:"唐代西州府治的高昌城,从今建筑遗址可见,其布局规模明显地反映了工商业发达的特点,城南分布有密集的居民住宅、手工业作坊和商业市场。在固定的商业区内,不仅有摊贩进行交易的场所,亦有鳞次栉比的店铺,陈列着各种货物,显示生意兴隆的繁盛景象。值得注意的是,当时在西州市场上已有按商品种类分行业经营的店铺,如谷麦行、米面行、果子行、帛练行、彩帛行、铛釜行、菜籽行等,据估算,这样的'行'计有四十多个。随着中原大城市在 6 世纪后的隋唐时期有'行'的出现,交河郡按行业营销可能开始有行会组织的雏形,这标志着市场经济的发展已有相当高的水平,以致像肥料、种子、饲料等农业生产物资,都可以从市场购买。"[1] 西州的情况,可以作为敦煌、喀什等地情况的写照。在这些贸易活动里,贸易物品有不少是来自中原的物产,比如帛、练、彩、铛、釜等。对于商业贸易的情况,唐代诗人也有关注,如张籍的《杂曲歌辞·凉州词》反映了商队在驿路行进的情况:

边城暮雨雁飞低,芦笋初生渐欲齐。

---

[1] 殷晴:《唐代西域的丝路贸易与西州商品经济的繁盛》,《新疆社会科学》2007 年第 3 期。

无数铃声遥过碛,应驮白练到安西。①

这一首《凉州词》,描写的是去往安西驿路上的商队情景。凉州,即今武威,在乌鞘岭下,是丝绸之路的必经之地,据《大慈恩寺三藏法师传》记载:"凉州为河西都会,襟带西蕃、葱右诸国,商旅往来,无有停绝。"② 这里为"通一线于广漠,控五郡之咽喉"的战略要地,也是唐代东来西往的重要枢纽。此诗所描写的正是凉州贸易繁荣的场面:边城凉州的初春暮雨萧萧,芦笋初生,一切都呈现出生机勃勃的景象,经商的人们就在这美好的景色中出发了。他们的驼队向着比沙碛更远的地方行走着,一队又一队,一拨又一拨,让无数的驼铃声响彻在通往安西的驿路上,将大唐的纺织文明带往遥远的地方。在这首诗里,我们似乎看到了商路通畅、丝路畅达的景况,也似乎看到了大唐商业的繁荣。

这种情况,我们可以对比一首敦煌的作品,应该是比较理想的证据。《敦煌廿咏·渥洼池天马咏》说:

渥洼为小海,伊昔献龙媒。
花里牵丝去,云间曳练来。
胜骧走天阙,灭没下章台。
一入重泉底,千金市不回。③

诗歌不是写贸易的,但却反映了贸易生活的一个侧面,所谓"花里

---

① [唐]张籍:《杂曲歌辞·凉州词》,《全唐诗》卷三八六,中华书局,1960 年,第 4357 页。
② [唐]慧立本、彦悰:《大慈恩寺三藏法师传》,中华书局,1983 年,第 11 页。
③ 徐俊纂辑:《敦煌诗集残卷辑考》,中华书局,2000 年,第 162 页。

牵丝去,云间曳练来",似乎反映的是马在丝绸之路上的重要作用,它就像一个媒介,把东、西的白丝、彩练驮来带去,将宫廷和民间连接起来。诗中用了一个"市"字,可见那个时候敦煌一带对于市买市卖的价值的认识。

需要指出的是,唐代驿路诗歌中有关丝路商旅景观的诗作实在太少。据唐时的文章,西域丝路还是非常热闹的,因为统治者虽不大力提倡,但也给予了西域丝路很多优惠政策,如:"秦州至陇州以来道路,要置堡栅,与秦州应接,委李玭与刘皋即便度计闻奏。如商旅往来,兴贩货物,任择利润,一切听从,关镇不得邀诘。"① 在这样的政策下,西域丝路常见的景观是"伊吾之右,波斯以东,职贡不绝,商旅相继"② 之类,但唐代文人总体对商人抱有轻视的态度,认为"市人矜巧智,于道若童蒙。倾夺相夸侈,不知身所终""市井不容义,义归山谷中",故而诗作中出现商人,都是"悔作商人妇""那作商人妇""莫作商人去""莫作商人妇"之类,故而,西域丝路少见相关作品也是可以理解的。尽管如此,几首诗作也可以让我们领略丝路驼铃的魅力。

(二)匹马星使对星郎

安西是唐王朝的边域重地,但距离大唐王朝的中心长安天遥地远,大唐统治者对这里的掌控,全凭驿路的信息传递,因此,唐朝在各个方向的驿路建设都非常及时,而驿使在驿路的奔驰也就是常见的景象了。对于安西驿路而言,由于地旷人稀、天遥地远,很难见到村庄和集镇,有时路上见到行人,也觉得是一种景观,如岑参《送李别将摄伊吾令充使赴武威便寄崔员外》所描写的"星使对

---

① [唐]李忱:《收复河湟制》,《全唐文》卷七九,中华书局,1983年,第827页。
② [唐]李世民:《讨高昌诏》,《全唐文》卷六,中华书局,1983年,第76页。

星郎"的情景：

> 词赋满书囊,胡为在战场。
> 行间脱宝剑,邑里挂铜章。
> 马疾飞千里,凫飞向五凉。
> 遥知竹林下,星使对星郎。①

诗中描写的是安西驿路上文人使者的形象。岑参对事物的观察细致入微,他抓住了文人善于诗赋又身背书囊的形象,写出了那个时代的文人文武双全的特点,这其实也是对当时事功和战功的认同。这位"词赋满书囊"的文人,竟有"马疾飞千里,凫飞向五凉"的骑术,可见本领非同一般。寥寥十字,用大写意的手法,呈现文人充当边域使者的形象,令人望而生敬。而最后的"遥知竹林下,星使对星郎"则写出了在通往安西驿路上的常见情景:在拥有绿荫的地方,常有为国家出使的人们驿路相聚、畅饮畅谈,或者会有无数"他乡遇故知"的感动。

　　匹马独行则是更加常见的景观,如岑参《北庭贻宗学士道别》：

> 今且还龟兹,臂上悬角弓。
> 平沙向旅馆,匹马随飞鸿。
> 孤城倚大碛,海气迎边空。

---

① [唐]岑参撰,廖立笺注:《岑嘉州诗笺注》卷三《送李别将摄伊吾令充使赴武威便寄崔员外》,中华书局,2004 年,第 638 页。

四月犹自寒,天山雪濛濛。①

这是一首典型的驿路诗,所谓"道别"并不是我们今天意义的"道
别",而是指真正的驿路告别:从北庭到龟兹,平沙莽莽,长路漫漫,
宗学士为了抵达目的地,只能从一个驿馆奔向下一个驿馆,陪伴他
的,只有孤人独骑、大漠飞鸿、孤城沙碛、寒山大雪。这就是边塞驿
路的常见情景。诗中并没有对这种景象表达欣赏或厌恶的情感,
只在客观的描写中透露出从北庭到龟兹的途程境况。同样的情
景,岑参在另一首绝句《武威送刘判官赴碛西行军》中也有类似的
描述:

火山五月行人少,看君马去疾如鸟。
都护行营太白西,角声一动胡天晓。②

这一首诗与上一首的不同之处,只是雪山换成了火山,但疾行如鸟
的驿马、遥远的边塞、独行的人,都是一致的。从这两首诗中,我们
能够感受到西部边域令人窒息的孤独和空旷。
　　唐王朝开拓西域,主要体现的是武功。而体现武功的重要表
现是在边域设置幕府和都督府并派文臣武将管辖。文人本是摇笔
杆子的,但到幕府工作,是需要戎装披挂的,于是,安西幕府里就多
了来来往往的文士军人,他们在去往西域的路途上,戎装写诗,也
成为一道特别的风景,骆宾王、陈子昂、高适、岑参等,都曾是这道

①［唐］岑参撰,廖立笺注:《岑嘉州诗笺注》卷一《北庭贻宗学士道别》,中华
　书局,2004年,第40页。
②［唐］岑参撰,廖立笺注:《岑嘉州诗笺注》卷七《武威送刘判官赴碛西行
　军》,中华书局,2004年,第786页。

驿路上的文化使者,这样的情景也在唐诗中有所表现,如储光羲的《送人随大夫和蕃》:

> 西方有六国,国国愿来宾。
> 圣主今无外,怀柔遣使臣。
> 大夫开幕府,才子作行人。
> 解剑聊相送,边城二月春。①

这是一首想象中的丝路风情诗,是储光羲送别随同大使和蕃的朋友。因为大唐国力的原因,西域的一些番邦确实愿意与大唐交往,而大唐王朝的政策也接受这种慕唐好意,采取怀柔政策,西域路上,也就有幕府的建立,有才子作为幕宾的跟随。书剑风尘,边城扬威,写出了大唐开拓西域的功业。再如朱庆余有一首《送李侍御入蕃》诗描写道:

> 远使随双节,新官属外台。
> 戎装非好武,书记本多才。
> 移帐依泉宿,迎人带雪来。
> 心知玉关道,稀见一花开。②

"双节"是使者的典型标记。穿戎装的文职军人,原本是去往幕府的书记官,也就是幕府中的文官,当然不是喜欢沙场征战的武士,

---

① [唐]储光羲:《送人随大夫和蕃》,《全唐诗》卷一三九,中华书局,1960 年,第 1414 页。
② [唐]朱庆余:《送李侍御入蕃》,《全唐诗》卷五一四,中华书局,1960 年,第 5869—5870 页。

但他们却把文采带到西蕃,一路上"移帐依泉宿,迎人带雪来"。朱
庆余赞美了李侍御的才华,并以想象的笔墨,写出了李侍御西行路
上风餐露宿的景况。再如张乔的《送河西从事》:

> 结束佐戎旃,河西住几年。
> 陇头随日去,碛里寄星眠。
> 水近沙连帐,程遥马入天。
> 圣朝思上策,重待奏安边。①

这首诗中送别的是自己的同事,被送别的人已经在河西幕府工作
若干年,就要离开了,前面等待他的是"陇头随日去,碛里寄星眠",
可见又是一位匹马独行者,白天伴太阳行走,晚上对星星而眠,在
水边、在沙碛上安帐独宿,远远看去,骑马行走的"河西从事"渐渐
隐没在天边。

　　张祜的《送走马使》,虽然没有点明是匹马独行,但应该也是同
类情景。这是一首送别军队驿使的诗歌:

> 新样花文配蜀罗,同心双带瘗金蛾。
> 惯将喉舌传军好,马迹铃声遍两河。②

这首送别驿使的诗歌,先写驿使的穿戴,可见其受到朝廷的重视;
再写他把军队的好消息来回传递,尤其强调其传递的好消息,这

---

① [唐]张乔:《送河西从事》,《全唐诗》卷六三九,中华书局,1960年,第
　7326页。
② [唐]张祜:《送走马使》,《全唐诗》卷五一一,中华书局,1960年,第5848页。

是对军队驿使的价值认同；最后结于对这些驿使辛勤工作的描述：
"马迹铃声遍两河。"所谓"马迹"，是指驿使走过的地方，铃声，则
是驿使特殊身份的标记。"两河"在当时应指黄河和疏勒河。"马
迹铃声遍两河"，则是想象着驿使走遍西域的各个地方传递军中信
息，这在西域边域地区是可以想见的独特风情。

　　安西驿路的曾经萧条也在唐人驿路诗中有所反应，如李益的
《统汉峰下》：

> 统汉峰西降户营，黄河战骨拥长城。
> 只今已勒燕然石，北地无人空月明。[①]

此诗又作《过降户至统汉峰》，从诗题就可以断定是一首驿路诗。
李益是大历诗人，他的时代，已然是安史之乱之后，虽然有过所谓
的中兴之势，但其实并未真正实现中兴，"安史之乱"导致的整个社
会的凋敝也在安西驿路上呈现出来：胡汉交战的临界点长城，竟然
由累累白骨堆拥着。即使战争胜利，能够在燕然山勒石记功，"北
地无人"的边域，又价值何在？当然，这白骨累累，并不一定都是
唐朝留下的痕迹，作为边域所在之地，中原民族和域外民族反复争
夺的古战场，由于"由来征战地，不见有人还"的残酷，出现这种境
况，应该可以说是司空见惯的。笔者2018年到西域考察，看到了
一些令人触目惊心的资料，如在距离楼兰古城西175公里小河墓
地的出土资料，虽然时间、地点、内容都不同（小河墓地据说是3800
年前的遗存），但那些密密匝匝、层层叠压的尸骨，不由人不记起
"年年战骨埋荒外"和"黄河战骨拥长城"的诗句。再如储嗣宗的

[①] ［唐］李益：《统汉峰下》，《全唐诗》卷二八三，中华书局，1960年，第3228页。

《随边使过五原》：

> 偶逐星车犯房尘，故乡常恐到无因。
> 五原西去阳关废，日漫平沙不见人。①

储嗣宗是储光羲的曾孙，中唐时人。储嗣宗宣宗大中十三年（859）
登进士第，之后走上仕途，此诗告诉我们，他曾经到过西北边塞。
"星车"即指驿使所用的传车。"五原"，今属内蒙古自治区巴彦淖
尔市。诗人从这里西行，所见竟是阳关废弃、平沙渺渺的景象，与
曾经的阳关绿洲、西路重镇完全不符。这很显然是安史乱后安西
驿路断绝、缺乏管理的真实写照，当然也就相对较难见到"星使对
星郎"的场景了。顺带说一句，"五原"是北去方向，是西域路绝时
绕道北庭的路线。

（三）边域民族杂居景观

中国的西北边域，居住着多个少数民族，这里胡汉杂居，既有
汉人的生活景观，也有胡人的生活景观，多民族杂居的特点非常突
出，这在驿路诗歌中也有反映。对于来自内地的驿路诗人而言，这
种地域人文景观显得奇异而新鲜，如岑参的《凉州馆中与诸判官
夜集》：

> 弯弯月出挂城头，城头月出照凉州。
> 凉州七里十万家，胡人半解弹琵琶。
> 琵琶一曲肠堪断，风萧萧兮夜漫漫。

---

① ［唐］储嗣宗：《随边使过五原》，《全唐诗》卷五九四，中华书局，1960 年，第
6887 页。

河西幕中多故人，故人别来三五春。
花门楼前见秋草，岂能贫贱相看老。
一生大笑能几回，斗酒相逢须醉倒。①

这首诗虽是岑参与同僚宴集的作品，宴集地点却是凉州驿馆，于中透露出丝路风情。该诗首先让我们了解到凉州已经是一座非常繁华的城市，所谓"七里十万家"，在当时是非常大的规模②。其次，诗中的描写还告诉我们凉州居民的情况，这里并不仅仅有像岑参及其故人这样的汉人，还有很多胡人，这些胡人自有胡人的特点，"半解弹琵琶"，也就是一半以上的人都会弹奏琵琶或其他乐器，能歌善舞、知音懂乐是胡人的特点。这就是岑参在凉州感受到的异域风情。再如岑参的《酒泉太守席上醉后作》：

酒泉太守能剑舞，高堂置酒夜击鼓。
胡笳一曲断人肠，座上相看泪如雨。
琵琶长笛曲相和，羌儿胡雏齐唱歌。
浑炙犁牛烹野驼，交河美酒归叵罗。

---

① ［唐］岑参撰，廖立笺注：《岑嘉州诗笺注》卷二《凉州馆中与诸判官夜集》，中华书局，2004 年，第 424 页。
② 注：第三句"七里十万家"原著用"七城十万家"，却又在校勘记中说底本、明抄本都是"里"，虽然作者说是依据《唐百家诗选》改为"城"，但笔者不认同此种改法，原因：宋朝柳永的《望海潮》词"烟柳画桥，风帘翠幕，参差十万人家"，是柳永在夸美宋朝的杭州城，而且，由于杭州的热闹富庶，传说金人完颜亮读此词而有"投鞭之志"，可见，"十万"是一个标志性的数字。凉州竟然能够达到"七里十万家"，可以想象到丝路上的凉州（今武威）该是多么繁华热闹！

三更醉后军中寝,无奈秦山归梦何。①

这首诗,从诗题看,似乎不是一首驿路诗歌,但岑参没有在酒泉任职的经历,故此,可以肯定它是一首驿路途程之作。在这首诗中,酒泉太守招待岑参,让我们看到了后来传入中原的西域乐器胡笳、琵琶和中原也有的乐器长笛,乐舞中有"羌儿胡雏"齐上阵的场面,完全是各民族和谐共乐的热闹场景。烹制骆驼、交河美酒则是安西驿路两侧的土特产。再如李益的《登夏州城观送行人赋得六州胡儿歌》:

> 六州胡儿六蕃语,十岁骑羊逐沙鼠。
> 沙头牧马孤雁飞,汉军游骑貂锦衣。
> 云中征戍三千里,今日征行何岁归。
> 无定河边数株柳,共送行人一杯酒。
> 胡儿起作和蕃歌,齐唱呜呜尽垂手。
> 心知旧国西州远,西向胡天望乡久。
> 回头忽作异方声,一声回尽征人首。
> 蕃音虏曲一难分,似说边情向塞云。
> 故国关山无限路,风沙满眼堪断魂。
> 不见天边青作冢,古来愁杀汉昭君。②

这是一首观看驿路送别的诗歌。诗中的六州,说法不一,杨慎

---

① [唐]岑参撰,廖立笺注:《岑嘉州诗笺注》卷二《酒泉太守席上醉后作》,中华书局,2004年,第427—428页。
② [唐]李益:《登夏州城观送行人赋得六州胡儿歌》,《全唐诗》卷二八二,中华书局,1960年,第3211页。

《词品》认为："六州得名，盖唐人西边之州——伊州、梁（凉）州、甘州、石州、渭州、瓜州也。"① 在《升庵诗话》"岑参簇拍六州歌头"条六州指"伊州、渭州、梁州、氐州、甘州、凉州"②。有人说六州分别指今新疆哈密、甘肃武威、甘肃张掖、山西离石、甘肃平凉、甘肃陇南，又有人说是安置突厥降户的六胡州，吾以为均有不妥。从李益诗中的描写内容看，被送行的人都是要参与征战的，而且这些人把西州作为"旧国"，按常理，此六州当指这些被送行者所来之地，且都在西州边域之地，故不当有山西离石，不当是突厥降户安置地，因为突厥降户的安置有不少近在京畿。这个六州应该在河西走廊及其以西之地，石州或者当指西州，即古高昌所在地，也即吐鲁番。瓜州当是今酒泉瓜州县，这样，才符合诗意中的"心知旧国西州远，西向胡天望乡久"。在这一首诗中，"六州胡儿六蕃语"，再现了种族不同、语言不同的场面，也有"汉军游骑貂锦衣"，典型的各种民族杂居的写照。再如姚合的《送少府田中丞入西蕃》也是写西部边域重镇凉州（今武威）民族杂居的情景：

> 萧关路绝久，石堠亦为尘。
> 护塞空兵帐，和戎在使臣。
> 风沙去国远，雨雪换衣频。
> 若问凉州事，凉州多汉人。③

① ［明］杨慎：《词品》，唐圭璋《词话丛编》本，中华书局，1986 年，第 430 页。

② ［明］杨慎：《升庵诗话》，葛渭君《词话丛编补编》本，中华书局，2013 年，第 333 页。

③ ［唐］姚合：《送少府田中丞入西蕃》，《全唐诗》卷四九六，中华书局，1960 年，第 5623 页。

"西蕃"即指西域。姚合是中唐人，"安史之乱"后西路阻绝，安史乱平后又有恢复，姚合所描写的，正是这样一种带有时代印迹的安西驿路。这里，由于"一朝燕贼乱中国，河湟没尽空遗丘"（白居易语），久疏管理，萧关寂寞，石碛成尘，为能继续保持这里与中原和合相处，使臣的责任自是重大，故此远离故乡，风雨兼程。或者是为了安慰西行路上的田中丞吧，姚合告诉田中丞，凉州虽是胡汉杂居之所，而汉人居多，意即不会有乡关异路、言语疏离的陌生感，这就有点"莫愁前路无知己，天下谁人不识君"的味道了，目的是让对方在远离乡关时获得少许安慰。

（四）少数民族的民俗景观

从武威向西，丝绸之路逐渐走向少数民族越来越多的区域，这里通往西域的南中北三条驿路两旁，生活着粟特、吐火罗、铁勒、突厥等少数民族。这些民族在长期的生活中形成了自己的生活特点，拥有独特的生活方式，形成了独特的民俗，走在安西驿路上的诗人们，有时会观察到两侧各民族的民俗并记录之，如王维《凉州赛神》：

> 凉州城外少行人，百尺峰头望虏尘。
> 健儿击鼓吹羌笛，共赛城东越骑神。①

在能够见到"虏尘"的边域，自然行人稀少，但在城内，已经见惯边尘的人们没有因边尘的存在而惊慌失措、六神无主，他们依然按照自己的生活节奏生活着，吹笛击鼓，热热闹闹地进行赛神活动，从

---

① ［唐］王维撰，陈铁民校注：《王维集校注》卷二《凉州赛神》，中华书局，1997年，第140页。

中可以看出凉州边域人民勇敢沉着、乐观积极的生活态度。

安西驿路两侧生活着的少数民族,很多都属于游牧民族,他们逐水草而居,牛羊、马匹、毡房是他们的标配,广袤少人的区域也让这些民族自然形成了豪放而善于歌唱的特点,呈现出与中原生活不一样的居住环境和生活情调,这些,也出现在驿路诗歌的描写中,如大历诗人耿沣的《杂曲歌辞·凉州词》:

> 国使翩翩随旆旌,陇西岐路足荒城。
> 毡裘牧马胡雏小,日暮蕃歌三两声。①

生活在内地的人,都特别向往千里草原的壮美风光,但受礼教的束缚,很少有人随意放声歌唱,而这些,在千里草原和茫茫沙漠就会成为独到的风景。这首小诗追随国使的脚步走向西域,写到了陇西荒城的境况,写到了驿路两侧的毡包、牧马、胡人小孩,在傍晚的阳光中唱着牧归曲回归,呈现出游牧民族自由自在的生活特点。写到这里,不由想起德德玛唱红的草原歌曲《美丽的草原我的家》所描述的场景:"美丽的草原我的家,风吹绿草遍地花。彩蝶纷飞百鸟儿唱,一弯碧水映晚霞。骏马好似彩云朵,牛羊好似珍珠撒。啊啊哈嗬咿,牧羊姑娘放声唱,愉快的歌声满天涯。"诗中所反映的,是不同于农业文明的另一种美,是德德玛歌曲中呈现的草原风情之美。

描写丝路风情时也有对生活在安西的少数民族面貌、服饰的反映,如李端的《胡腾儿》:

---

① [唐]耿沣:《杂曲歌辞·凉州词》,《全唐诗》卷二七,中华书局,1960年,第381页。

胡腾身是凉州儿，肌肤如玉鼻如锥。

桐布轻衫前后卷，葡萄长带一边垂。

帐前跪作本音语，拾襟搅袖为君舞。

安西旧牧收泪看，洛下词人抄曲与。

扬眉动目踏花毡，红汗交流珠帽偏。

醉却东倾又西倒，双靴柔弱满灯前。

环行急蹴皆应节，反手叉腰如却月。

丝桐忽奏一曲终，呜呜画角城头发。

胡腾儿，胡腾儿，故乡路断知不知。①

这首诗写一位能歌善舞的胡人，他出生在凉州，"肌肤如玉鼻如锥"，属于白种人。所穿衣服也与汉人的宽袍大袖不同，是"前后卷"的，"葡萄长带"也是异域风情，语言也是他们原有的语言，舞蹈也是类似醉舞的样子。

大概是边域地区，这里的人一般能征惯战，潇洒豪放，不拘小节，如岑参的《胡歌》就让我们看到了一位关西老将的风采：

黑姓蕃王貂鼠裘，葡萄宫锦醉缠头。

关西老将能苦战，七十行兵仍未休。②

诗中的关西老将，是身着貂鼠裘的黑姓蕃王，他们平日里宫锦缠头，醉饮葡萄酒，能吃能喝，潇洒不拘，却也能征惯战，肯于吃苦，在

---

① [唐]李端：《胡腾儿》，《全唐诗》卷二八四，中华书局，1960年，第3238页。
② [唐]岑参撰，廖立笺注：《岑嘉州诗笺注》卷七《胡歌》，中华书局，2004年，第784页。

"人生七十古来稀"的年纪，还能跃马横刀、沙场征战、英雄不老，完全不需他人质疑"廉颇老矣，尚能饭否"。岑参的另一首同类作品《赵将军歌》：

> 九月天山风似刀，城南猎马缩寒毛。
> 将军纵博场场胜，赌得单于貂鼠袍。①

这一首《赵将军歌》则展现的是将军纵情豪赌、场场得胜的生活，这或许就是沙场征战者的个性。沙场征战，几人能归？苦寒环境里，得乐一时就乐一时吧！诗歌堪比王翰的"葡萄美酒夜光杯，欲饮琵琶马上催。醉卧沙场君莫笑，古来征战几人回"。在这里，无论战场风有多硬天有多寒，都挡不住他们的尽情豪赌，赌资却不是金银财宝，而是能够抵御风寒的貂鼠袍，这种把生活必需品当赌注的豪情，也只有在这样的地方这样苦寒的环境里才能拥有，确实颇具特色。

边域的平民生活也与内地有别。朱庆余有一首《望萧关》，则把边域百姓生活写得细致入微：

> 渐见风沙暗，萧关欲到时。
> 儿童能探火，妇女解缝旗。
> 川绝衔鱼鹭，林多带箭麋。
> 暂来戎马地，不敢苦吟诗。②

---

① ［唐］岑参撰，廖立笺注：《岑嘉州诗笺注》卷七《赵将军歌》，中华书局，2004年，第774页。
② ［唐］朱庆余：《望萧关》，《全唐诗》卷五一四，中华书局，1960年，第5870页。

与内地完全不同的景象是,在走向萧关的路途上,渐渐地,风沙中就开始暗藏硝烟和战火,而在这里生活的人们,已经见惯烽烟和战火,就连儿童都能够看明白烽火传递的关塞信息,妇女也能够缝制各种类型的军旗,甚至树林里飞跑的麋鹿都令人想象到箭矢的飞来飞去。这种场景,让我们想起了南北朝乐府民歌《李波小妹歌》(又名《广平百姓为李波小妹语》),诗中说:"李波小妹字雍容,褰裙逐马如卷蓬。左射右射必叠双。妇女尚如此,男子那可逢。"[1] 意即从一个妇女身上就可以看到一个民族的战斗力。朱庆余这首《望萧关》,颇有《李波小妹歌》的风范,他对儿童、妇女、麋鹿的描写,细致而真切,把我们带进一个具体而真实的边域场景,读者可以凭借自己的想象,感受到边域的硝烟和战火:这里的每一个生活的细节都与战争相关,每一个人都是保卫边域的参与者。

安西驿路的关塞常见景观则是笛声悠悠,暗传心曲,如高适《和王七玉门关听吹笛》:

> 胡人吹笛戍楼间,楼上萧条海月闲。
> 借问落梅凡几曲,从风一夜满关山。[2]

玉门关是从敦煌通向西域的要道,坐落在茫茫沙漠中,东来西去的商旅、使者,都要在这里过关,但没有行人的时候,则是茫茫沙漠,只有一座关塞、几堆烽燧和缓缓流淌的疏勒河。"落梅"指《梅花落》曲,相传是汉朝从西域传入中原,原曲为《摩诃兜勒》,为横吹

---

[1] 逯钦立辑校:《先秦汉魏晋南北朝诗》北魏诗卷三,中华书局,1983 年,第2235 页。

[2] 刘开扬:《高适诗集编年笺注》,中华书局,1981 年,第 347 页。

乐曲,多以梅花为歌曲内容。戍楼里的寂寞,只能靠吹笛消解,听笛的也不过是关山塞漠,可见关塞戍者之寂寞,但梅花落曲,也含有坚韧不屈之意,凌寒开放的梅花,或者可以作为关塞戍边者的自比,以慰关塞戍者之心。

还有一些带有悲壮因素的风情诗,比如王建有一首《送阿史那将军安西迎旧使灵榇》,写到了西域路上呈现的汉族丧葬习俗:

> 汉家都护边头没,旧将麻衣万里迎。
> 阴地背行山下火,风天错到碛西城。
> 单于送葬还垂泪,部曲招魂亦道名。
> 却入杜陵秋巷里,路人来去读铭旌。[1]

阿史那是突厥人氏,突厥灭亡后投奔唐王朝,因战功卓著,被唐王朝封为将军,这一次,是从京城出发,到安西迎归在那里做都护而死于任上的将领的遗体。将领是汉人,所以诗中想象迎归唐人将领的场面:阿史那作为都护长官的旧将,完全按汉人的风俗习惯,身披白麻衣,以孝子的身份万里风行。可能都护在安西的功业值得肯定,生活在西域的单于也为之送葬,部下更是用汉人的招魂风俗送别自己的将军,而一路上来来往往的人都不知道什么人有这么大的阵仗,都纷纷阅读旌旗上的铭文了解这位边将的功业。很悲壮的场景,一路展现的汉人丧葬习俗,是驿路风俗诗的悲壮风格的写照。

综上,在驿路唐诗的边域书写中,虽然反映安西丝路风情的

---

[1]〔唐〕王建:《送阿史那将军安西迎旧使灵榇》,《全唐诗》卷三○○,中华书局,1960年,第3411页。

作品数量不是很多,但却值得关注。在这些作品中,诗人们关注到了来自异域的文化使者、匹马独行的军队驿使、商旅往来的声声驼铃、民族杂居景观、异域风俗景观,在诗歌中留下了那个时代的丝路印迹,成为我们了解安西边域地区生活的一个视角。

五、驿路唐诗中走向安西的送别

西征是功业之路,也是艰难之路。《贞观政要·安边》:"陛下诛灭高昌,威加西域,收其鲸鲵,以为州县。然则王师初发之岁,河西供役之年,飞刍輓粟,十室九空,数郡萧然,五年不复。陛下每岁遣千余人,而远事屯戍,终年离别,万里思归。去者资装,自须营办,既卖菽粟,倾其机杼。经途死亡,复在方外。兼遣罪人,增其防遏。所遣之内,复有逃亡,官司捕捉,为国生事。高昌途路,沙碛千里,冬风冰冽,夏风如焚,行人遇之多死。"[①] 可见,西征之路艰险难当,故而去往安西极地,一路风沙,生死难料,而中国人又特别重视离别,一旦分别,祖道送行就成为非常重要的仪式性活动,因此,在驿路唐诗的安西书写中,驿路送别是极为重要的内容。送别者为安慰被送行者的心灵,或想象安西绝域风光的奇特,或设想建功立业的情景,或慰藉出行者的心灵,或以张骞、班超等人的历史功业鼓励出行者为国建立奇功,可以说,内容非常丰富。大体可以分为送别中的风物描写、送别中的功业设想、送别中的细心安慰三类。前两类,前文"一、驿路唐诗中的安西地理与自然""二、驿路唐诗中的安西边塞功业"已经涉及很多,故此处不再赘述,此处只谈人们在送别时的殷殷离别情。

---

① [唐]吴兢:《贞观政要》卷九《议安边第三十六》,齐鲁书社,2010年,第298页。

（一）临歧涕泪沾衣巾

从长安到河西走廊再到更遥远的玉门关及其以西的广袤边疆,那一种长路迢迢、风沙漫漫、荒无人烟,是可以想象、难以忍受的,写送别诗的人对这一点都非常清楚,其中有一部分诗歌便以叮嘱平安、同情辛苦、愁其归期为主,格调虽不高昂,但情意殷殷,能够见出触动内心柔软的人间真情。王维的《送元二使安西》是这方面的杰作:

> 渭城朝雨浥轻尘,客舍青青柳色新。
> 劝君更尽一杯酒,西出阳关无故人。①

元二,是诗人王维的好友,唐人在称呼他人时为表示尊重,往往只称其排行或排行连名或排行连官职,如高适《人日寄杜二拾遗》、李白《鲁郡东石门送杜二甫》、白居易《问刘十九》。渭城,渭水北岸的秦代咸阳古城,在今陕西省西安市西北,是诗人送别友人的地方。柳色,驿路两侧的官柳。驿路上种柳树,是唐代驿路的特点,李德辉《唐宋时期馆驿制度及其与文学之关系研究》中谈及驿路种柳情况:"道路两侧种植有适应北方干冷气候、生态环境的槐树、柳树,因为是唐朝官府组织种植的用于遮蔽行人、保护驿路的驿树,唐人遂称'官槐''官柳''官树'。"②"新"点出时令,在早春。前两句,既是交待送别的时间、地点、周边环境,也是暗写离别。柳色新,正可折柳送别。折柳送别是我们国家特有的送别活动。笔者在《诗

---

① [唐]王维撰,陈铁民校注:《王维集校注》卷四《送元二使安西》,中华书局,1997年,第408页。
② 李德辉:《唐宋时期馆驿制度及其与文学之关系研究》,人民文学出版社,2008年,第340页。

与送别》中谈到过折柳送别的活动：

　　　折柳送别是送别诗中的常见意象，那么，为什么分别时要折柳相送呢？

　　　一是柳树随风飘舞，姿态婀娜，其长条悠悠，似对远离之人颇为依恋，不舍其离去……二是柳枝乱拂，借以传达无穷离恨……三是柳树的特性是随地可活，落地生根，不管折枝插于何处，皆可成长……葛洪《抱朴子》："夫木槿杨柳，断植之更生，倒植亦生，横之亦生。"傅玄《柳赋》："虽尽断而逾滋兮，配生于自然。"而远行的人身处异地，人离乡贱，往往生存艰难，折柳送给对方，含有希望远行者如同杨柳，随遇而安，很快融入所去之地的文化氛围中，顺利生存，一如杨柳随处可活。清人褚人获《坚瓠广集》卷四云："送行之人岂无他枝可折？而必于柳者，非谓津亭所便，亦以人之去乡，正如木之离土，望其随处皆安，一如柳之随地可活，为之祝愿耳。"①

青色的客舍与暗淡的心情相融，无边的柳色点出依依惜别的深情，正是因此，诗人想到远行路上的朋友难见故人，故而劝其尽情而饮，因为从此以后，天涯海角，死生难料，"勿言一樽酒，明日难重持。梦中不识路，何以慰相思"（沈约《别范安成》）。全诗不着一个"别"字，但处处不离送别，以洗尽雕饰、明朗自然的语言，抒发了对友人西出阳关的无限牵挂，情景交融，意蕴深永，引人动情，遂成千古送别名曲。清吴瑞荣《唐诗笺要》谓其"不作深语，声情沁

---

① 吴淑玲：《诗与送别》，詹福瑞主编《古代诗歌与文化》，河北大学出版社，2012年，第118—119页。

骨”①。清刘宏煦《唐诗真趣编》谓其“只体贴友心，而伤别之情不言自喻，用笔曲折。刘仲肩曰：是故人亲厚话”②。

岑参是一个豪放的人，也是一个情思细腻的人，他的一些边域送别诗歌写得情意殷殷，如《胡笳歌送颜真卿使赴河陇》：

君不闻胡笳声最悲，紫髯绿眼胡人吹。
吹之一曲犹未了，愁杀楼兰征戍儿。
凉秋八月萧关道，北风吹断天山草。
昆仑山南月欲斜，胡人向月吹胡笳。
胡笳怨兮将送君，秦山遥望陇山云。
边城夜夜多愁梦，向月胡笳谁喜闻。③

诗中的颜真卿即唐代著名书法家颜鲁公真卿，也是一位能征惯战的将军，安史之乱时，曾率义军对抗安史叛军，为平叛做出过巨大贡献。颜真卿出使河陇，岑参真情送别。此诗极力渲染胡笳的哀苦声音，渲染“紫髯绿眼”的异域情调，在胡笳声和边关凄凉、悲壮、陌生的生活氛围中，道出诗人对颜真卿的真情关切与倾情珍重。《唐贤三昧集汇评》中黄培芳评价此诗：“钱萚石所谓一声声唱出来。”同书近藤元粹评价此诗：“悲壮凄绝，以这样诗送人，恐使征人断肠不已也。”④沈德潜《唐诗别裁》说此诗的送别之情是：“只言

① 陈伯海主编：《唐诗汇评》，上海古籍出版社，2015年，第1册第541页。
② 陈伯海主编：《唐诗汇评》，上海古籍出版社，2015年，第1册第542页。
③［唐］岑参撰，廖立笺注：《岑嘉州诗笺注》卷二《胡笳歌送颜真卿使赴河陇》，中华书局，2004年，第341页。
④［明］王士祯辑，周兴陆辑注：《唐贤三昧集》，凤凰出版社，2016年，第324页。

筂声之悲,见河陇之不堪使,而惜别在言外矣。"①岑参的《临洮客舍留别祁四》也写得情意殷殷：

> 无事向边外,至今仍不归。
> 三年绝乡信,六月未春衣。
> 客舍洮水聒,孤城胡雁飞。
> 心知别君后,开口笑应稀。②

这是岑参在临洮客舍与友人离别的诗歌。首联写远赴边塞未得归乡,颔联点出离乡时间之长,目前处境窘况——六月的胡天早已是春暖花开,却没有春衣;颈联写思乡的烦恼,因为心中不宁,连洮河的水也要"聒碎乡心梦不成";尾联结于双方分别后"开口笑应稀",尽显内心的痛苦。

中唐正是敦煌陷蕃时期,只有很少的人在遥远的西域坚守,派往西域的人也很少,也很少有去往安西驿路的送别诗,但张籍的诗歌里保存了一首《送安西将》,情意绵绵：

> 万里海西路,茫茫边草秋。
> 计程沙塞口,望伴驿峰头。
> 雪暗非时宿,沙深独去愁。
> 塞乡人易老,莫住近蕃州。③

---

① [清]沈德潜编：《唐诗别裁》,中华书局,1975年,第76页。
② [唐]岑参撰,廖立笺注：《岑嘉州诗笺注》卷三《临洮客舍留别祁四》,中华书局,2004年,第576页。
③ [唐]张籍：《送安西将》,《全唐诗》卷三八四,中华书局,1961年,第4319页。

诗人在送别去往安西的将领时，竟然"计程沙塞口，望伴驿峰头"，这是按照唐代的驿使行程速度，用心跟随着被送别者的脚步，就如同李白的"我寄愁心与明月，随君直到夜郎西"（《闻王昌龄左迁龙标遥有此寄》）、"看君颍上去，新月到应圆"（《送别》）一般，可见对友人的关切。张籍还担心对方在雪夜里找不到合适的住处，怕他在沙海里孤独，怕他在塞乡的环境里有陌路异乡的伤感，劝他不要在接近蕃人处居住。点点滴滴，都是为友人设想，就像妻子送别丈夫，万事不放心。

（二）临歧不作儿女别

送远离别，伤感愁情是难免的，但唐代很多诗人，尤其是盛唐时期的诗人，他们受胸中理想的激荡，有对大唐王朝的热望，受大唐王朝昂扬的积极精神的影响，也会在离情别绪外荡出豪迈情怀，否定低沉情绪，抒发向上精神，在"丈夫不作儿女别"中展现开阔的心胸。前文谈及的高适《送白少府送兵之陇右》就没有任何伤感情绪，在"践更登陇首，远别指临洮"的远行里，鼓励对方"谁断单于臂，今年太白高"，就是典型的不做儿女别的诗歌，因前文已经谈及，此处略过。再如高适的《河西送李十七》：

> 边城多远别，此去莫徒然。
> 问礼知才子，登科及少年。
> 出门看落日，驱马向秋天。
> 高价人争重，行当早着鞭。①

高适在新旧《唐书》的记载里，是一个性格大咧咧的人，但又很看

---

① ［唐］高适著，刘开扬：《高适诗集编年笺注》，中华书局，1981 年，第 274 页。

重功名。尽管早年落拓,但其诗歌里很少见到伤心欲绝的场面,反倒是常见"莫愁前路无知己,天下谁人不识君"(《别董大二首》)的壮语和"丈夫不作儿女别,临歧涕泪沾衣巾"(《别韦参军》)的壮士之别。此诗写于河西,是诗人在边域幕府时送别友人的作品。诗歌没有一句伤感语言,首联便是"边城多远别,此去莫徒然",让朋友此行不要白白失去机会;颔联即以功名鼓励对方;颈联应是向着收获之地行进之意;尾联"高价人争重"认同对方的社会价值,所以结句鼓励对方"行当早着鞭",让对方赶紧打马扬鞭,及早登上行程。没有一句留恋,没有一点伤感,在鼓励中激起了被送别之人的进取之心。全诗昂扬着忘却儿女情长的旷达和豪放。再看他另一首相类的送别诗《送裴别将之安西》:

> 绝域眇难跻,悠然信马蹄。
> 风尘经跋涉,摇落怨暌携。
> 地出流沙外,天长甲子西。
> 少年无不可,行矣莫凄凄。[1]

这首诗,王达津认为送别的是裴冕,编于开元十二年(724),但刘开扬《高适诗集编年笺注》认为开元十二年裴冕已为哥舒翰幕府行军司马,不当以别将称之,故未作编年。但这些与此节内容无关,我们不做辨别。我们要说的是高适的送别态度。他为裴别将描述了绝域难行的情况,但并不感觉苦难重重,反而说杳渺绝域,可以信马悠然,虽然对分别有些许"怨暌",但裴别将年纪轻轻,未来久远,对这种分别无需太过在意。所谓"行矣莫凄凄",正是"丈夫不作儿

---

[1] [唐]高适著,刘开扬:《高适诗集编年笺注》,中华书局,1981年,第339页。

女别,临歧涕泪沾衣巾"的翻版,劝励"少年"人放弃个人悲愁,放弃儿女情态,放达对待别离,勇往直前。全诗没有哀伤愁怨,流露的是豪旷大气、乐观爽朗的精神。

岑参既是一个多情的人,也是一个爽朗的人。他可以在去往安西的驿路上见到入京使者时涕泪涟涟,写出"故园东望路漫漫,双袖龙钟泪不干"的楚楚思亲形象,也能够做到"也知塞垣苦,宁为妻子谋"(《初过陇山途中呈宇文判官》),所以他的送别诗既有情意殷殷者,也有大气豪迈、慷慨激昂者,如《北庭贻宗学士道别》就不像《临洮客舍留别祁四》那样感伤:

> 万事不可料,叹君在军中。
> 读书破万卷,何事来从戎。
> 曾逐李轻车,西征出太蒙。
> 荷戈月窟外,擐甲昆仑东。
> 两度皆破胡,朝廷轻战功。
> 十年只一命,万里如飘蓬。
> …………
> 平沙向旅馆,匹马随飞鸿。
> 孤城倚大碛,海气迎边空。
> 四月犹自寒,天山雪濛濛。
> 君有贤主将,何谓泣途穷。
> 时来整六翮,一举凌苍穹。①

---

① [唐]岑参撰,廖立笺注:《岑嘉州诗笺注》卷一《北庭贻宗学士道别》,中华书局,2004年,第39—40页。

诗人笔下的宗学士,本是一位"读书破万卷"的学者,却在"万事不可料"的现实中成为军旅中的一员,而且战功赫赫,但朝廷对战功的轻视,让宗学士边疆立功的理想成为泡影,导致他命运悲舛,"万里如飘蓬"。但诗人并没有因此将诗歌入于悲伤,而是大笔描绘平沙辽阔、匹马飞鸿、孤城大碛、海气迷蒙的边塞壮阔景色和宗学士纵横驰骋的形象,鼓励宗学士不要学阮籍途穷而泣,要相信锥能立颖,要等待时机展翅飞翔,"一举凌苍穹"! 在这样的送别诗中,被送别的人不会因为分别就情绪低沉,而一定会精神振奋,意气昂扬! 岑参的《送李副使赴碛西官军》也是这样英姿飒爽:

> 火山六月应更热,赤亭道口行人绝。
> 知君惯度祁连城,岂能愁见轮台月。
> 脱鞍暂入酒家垆,送君万里西击胡。
> 功名只向马上取,真是英雄一丈夫。①

诗歌描写了碛西军营所在地恶劣的自然条件,但却不见一丝愁苦,反是情绪高昂地赞美对方"知君惯度祁连城,岂能愁见轮台月",洒脱送别,并带着欣赏的口气鼓励对方英勇无畏,勇取马上功名。诗歌既不写饯行的歌舞盛宴,也不写分手时的难舍离情,在赞美李副将历练出来的本领和洒脱的个性中,释放出盛唐人奔赴边塞、建功立业的豪情。

　　总体来看,安西绝域,对于唐人而言既是一个遥远的存在,也是一个寄托家国情怀的地方。安西的异域风物风情对唐人有无限

---

① ［唐］岑参撰,廖立笺注:《岑嘉州诗笺注》卷二《送李副使赴碛西官军》,中华书局,2004年,第369页。

的吸引力,唐人的军功梦,唐人的大国梦,都在这里实现。但这里大碛路遥,沙海无边,走向这里的人们多陷困苦,九死一生,故而唐代诗人对这里既充满了好奇,也有着恐惧,还抱着希望,因此在唐诗的边域抒写中,安西书写是最丰富多彩的。

第二节　驿路唐诗的安北书写

安北都护府在唐朝是一个变动最多的都护府,它最初设立的时间是贞观二十一年(647),随后每个时段也都实施着管理,但由于唐王朝对安北都护府的管理存在着太大的纰漏,或者说,安北都护府的许多都督府、羁縻州,事实上并不真正臣属于大唐王朝,他们只是按照唐朝对安北都护府的管理方式,唐王朝在安北都护府也有驻军,有屯田,有弛道,有驿站,有税收,有户籍,有派驻官员,有本土官员任命权,故而是唐王朝理论上的辖地。唐王朝管理北方草原,主要就是通过通往安北的驿路传达政令、转运物资、递转官员、军队,大致路线是从长安到同州(今陕西大荔),再到河中府(山西永济),再到晋州(山西临汾)、代州(山西代县)、朔州(山西朔县),直达安北都护府。在唐代诗人的文字里,我们能够感受到他们对这里的国土感,虽然诗歌相对于安西都护府方向而言少了很多,但也记下了相关各方面的情况,这是本节论述的内容。

需要说明的是,从最初的瀚海都护府到最后的安北都护府,虽然名称屡有变化,但称安北的时候比较多,且安北都护府的名称在六大都护府之中,单于大都护府也在后突厥建立后的698年并入安北都护府,所以本节所涉的内容包含瀚海都护府、单于大都护府和安北都护府所管辖的所有地域。云中都护府是出安北都护府的要道,又曾经和安北都护府有过交集,故论述中也会多有涉及。

一、驿路唐诗中的安北自然与人文

安北都护府大略地理位置在蒙古高原,这里位于亚欧大陆中心,南部在阴山、河套地区一带,北部延伸到西伯利亚一带,自然条件恶劣,阴山以南尚有沃野,阴山以北主要是戈壁和草原,蒙古高原北部虽然河流较多,森林茂密,但常年严寒,冻土广布,人烟稀少。在唐朝以前的边域书写中,极少见到塞外风光,最多止于"北难猃狁,西患昆夷"的概念性交代或"径万里兮度沙漠""长驱蹈匈奴,左顾陵鲜卑"的简单描写,缺少实地感强的地域风物气候的描写,而在驿路唐诗里,却发展成一个重要内容,"白草""黄云""黄雾""北风""胡马""胡帐""荒陇""朔雪"等,都成为驿路唐诗安北书写的重要语汇,成为唐诗描写中新的风物景观。

(一)朔漠极寒与风沙的真切描写

安北都护府所在的地域,纬度很高,且在高原,是典型的大陆性气候,夏短冬长,冬天的寒冷堪称亚洲之最。李华《吊古战场文》描写北方的寒冷:"至若穷阴凝闭,凛冽海隅,积雪没胫,坚冰在须。鸷鸟休巢,征马踟蹰。缯纩无温,堕指裂肤。当此苦寒,天假强胡,凭陵杀气,以相剪屠。"[1]这就是唐人心目中的北方极寒。西伯利亚的寒风带来的苦寒和大漠的风沙,对于长城以内的人而言,都是非常特别的体验,同样给因为赴任、出使、游边、参战等原因走向安北的人,留下了深刻的记忆。如大历诗人李益的《度破讷沙二首》:

眼见风来沙旋移,经年不省草生时。
莫言塞北无春到,总有春来何处知。

---

[1][唐]李华:《吊古战场文》,《全唐文》卷三二一,中华书局,1983年,第3256页。

> 破讷沙头雁正飞，鸊鹈泉上战初归。
> 平明日出东南地，满碛寒光生铁衣。①

这两首诗，又作《塞北行次度破讷沙》，可见是军旅行程的记录。破讷沙，又作"普讷沙"，在今内蒙古杭锦旗西北。《新唐书·地理志》记载："夏州……又经库也干泊、弥鹅泊、榆禄浑泊，百余里至地颓泽。又经步拙泉故城，八十八里渡乌那水，经胡洛盐池、纥伏干泉，四十八里度库结沙，一曰普纳沙，二十八里过横水，五十九里至十贲故城，又十里至宁远镇。"② 也就是说，破讷沙在宁远边城比较近的地方。第一首诗，写破讷沙的风沙和寒冷，却只字不提寒冷。首句写风沙的恐怖，沙子竟然打着旋涡移动，而且经年寸草不生，荒凉至极。这里的春天呢？听说有春天，但不知道春天在哪里。可见这里荒凉到何种程度，寒冷到何种程度。第二首诗写到了破讷沙的鸟，写到了夜战，更写到了天亮时给人的寒冷的感觉：在这难见人烟的地方，只有寒冷的冰霜衬托着铁甲粼粼的寒光。

中唐诗人于鹄，本就是北方人，但北方和北方也不一样，于鹄家乡所在的邢州（河北邢台）比并州（今河北保定西北部、山西太原、大同一带）北部的温度一般要高 10℃ 还多，他当然清楚并州以北的沙碛更加寒冷，他在《送张司直入单于》（一作《送客游边》）中为友人担忧：

> 若过并州北，谁人不忆家。

---

① [唐] 李益：《度破讷沙二首》，《全唐诗》卷二八三，中华书局，1960 年，第3224 页。

② [宋] 欧阳修、宋祁：《新唐书》卷四三《地理七下》，中华书局，1975 年，第1147—1148 页。

寒深无伴侣，路尽有平沙。

碛冷唯逢雁，天春不见花。

莫随征将意，垂老事轻车。①

人到并州北，为何要忆家？因为这里太寒冷了，且旅途无伴，孤孤
单单，只有莽莽平沙和偶尔可见的大雁，明明已经是春天的季节，
却不见春天的踪迹。诗歌通过描写春风"知"不到天涯的外在景
观，反映物候带给行人的身体和心理感觉，表达对友人的同情。

中唐时期韩孟诗派的两位诗人卢仝和刘叉有幸在塞上相遇，
刘叉留有《塞上逢卢仝》，写到了塞北的寒冷：

直到桑干北，逢君夜不眠。

上楼腰脚健，怀土眼睛穿。

斗柄寒垂地，河流冻彻天。

羁魂泣相向，何事有诗篇。②

两位意气相投的人相逢在桑干河以北，这是很难的事情，自然有说
不完的话，而在他们的谈话中就透露了刘叉在塞北的感受：他的身
体还算不错，但对家乡的思念是望眼欲穿。刘叉应该是江苏徐州
人，他有诗句"自问彭城子"，彭城是今徐州，江苏北部，属于南方
人。这样的身份，生活在寒天北地，看到连河流都会"冻彻天"的
景象，可以推知诗人的身体感受。对他而言，在如此寒冷的地方

---

① [唐] 于鹄：《送张司直入单于》，《全唐诗》卷三一○，中华书局，1960 年，第
　 3502 页。

② [唐] 刘叉：《塞上逢卢仝》，《全唐诗》卷三九五，中华书局，1960 年，第
　 4447—4448 页。

羁留,保暖的问题都解决不了,哪里还有心思写什么诗篇啊! 从中可以感受到寒冷对诗人诗思的阻遏,也就说明了寒冷的程度。而寒冷阻遏诗思却又写出了诗,足见老友相逢的欣喜!

晚唐五代诗人谭用之《塞上》诗前八句写贺兰山一带的寒冷:

> 秋风汉北雁飞天,单骑那堪绕贺兰。
> 碛暗更无岩树影,地平时有野烧瘢。
> 貂披寒色和衣冷,剑佩胡霜隔匣寒。
> 早晚横戈似飞尉,拥旄深入异田单。①

诗歌写于塞上行走时感受到的天气的寒冷和旷野的荒凉。"碛暗更无岩树影"可见缺少生机,"地平时有野烧瘢"可见路行者投宿无处,餐风露宿;"貂披寒色和衣冷",貂皮的衣服都不能保暖,人紧紧缩起身体依然感到寒冷难耐;"剑佩胡霜隔匣寒",被严密收藏的佩剑在匣里依然感受到寒冷,这是借物写人,见当时天寒。就是在这样的苦寒里,依然有出征者横戈跃马的矫健身影。

晚唐五代的清河(今河北邢台清河县)诗人张蠙,应该是在年轻时游览过单于台,他的《登单于台》令他一举成名:

> 边兵春尽回,独上单于台。
> 白日地中出,黄河天外来。
> 沙翻痕似浪,风急响疑雷。
> 欲向阴关度,阴关晓不开。②

---

① [唐]谭用之:《塞上》,《全唐诗》卷七六四,中华书局,1960年,第8667页。
② [唐]张蠙:《登单于台》,《全唐诗》卷七〇二,中华书局,1960年,第8068页。

这首诗是张蠙早年的作品,不仅仅是因为这首诗《全唐诗》排在他诗歌的第一首,更因为他后来的经历根本不在北方。诗人年轻时虽不知道大唐王朝管理安北的困窘,诗歌中甚至还流露了些年轻人的朝气,但依然见出时代的悲哀。首联以"春"和"独"总领,写边关事尽兵回,登台览物,但春尽之时日,却了无春色,只有白日、黄河、沙海、疾风,似乎很见气魄,但所衬托的是塞外的荒凉。而尾联写诗人向北眺望阴山,想去那里一览景色时,却见雄关似铁、关塞紧闭、无法通行。要知道,这里曾经是汉代防御匈奴的天然屏障,是大唐王朝管理的安北都护府的近地,而现在,这里竟然都不是唐人想进就进想出就出的地方了。诗歌不能不让人感慨,晚唐时纵使歌咏壮阔雄奇的塞外风物,也会让人沮丧,也难得有盛唐那种气吞山河的气概了。

晚唐诗人雍陶出使北部边域时,写有一首《自蔚州南入真谷有似剑门,因有归思》,反映出唐人眼中北方与南方景物的区别:

> 我家蜀地身离久,忽见胡山似剑门。
> 马上欲垂千里泪,耳边唯欠一声猿。①

雍陶是成都人,故说家在蜀地。蔚州,即今河北省张家口蔚县,经今河北保定涞源县飞狐岭向北就是蔚县。蔚县盛唐时东临易州,南接恒州,西倚云州,北枕妫州,是一处军事要地。"蔚州南入真谷"应该是诗人经飞狐岭进入中原的路径。山路有似剑门,正是今涞源附近飞狐岭一带能够感受到的景致。诗人看到类似剑门一样险峻的山口,思乡之情油然而生,但蜀地的特点是"每至晴初霜旦,

---

① [唐]雍陶:《自蔚州南入真谷有似剑门,因有归思》,《全唐诗》卷五一八,中华书局,1960年,第5927页。

林寒涧肃,常有高猿长啸,属引凄异,空谷传响,哀转久绝"①,这里虽有高山空谷,却没有猿鸣之声,故只能引发思乡之念,不能给诗人归乡之感。

唐末福州诗人周朴,从南方来到北方,感受最深的是北方的风沙、空旷和寒冷,其《塞上曲》云:

> 一阵风来一阵沙,有人行处没人家。
> 黄河九曲冰先合,紫塞三春不见花。②

这是典型的南人眼中的北方风景。对于生在福建的周朴来说,南方的风柔得很,即使是大风,也是纯粹的大风,怎么北方就风和沙一起吹呢?而且,走多远都没有人家,九曲黄河的流水早早就冰封河面,时光到了晚春也不见百花盛开。这是一种完全陌生的异乡感。

施肩吾的《云中道上作》写于驿路行程中,诗人亲自体验了去往安北的路程上的生活,通过自己的诗笔描绘当地的牧民生活和风沙场景:

> 羊马群中觅人道,雁门关外绝人家。
> 昔时闻有云中郡,今日无云空见沙。③

"羊马群中觅人道",这就是塞外游牧人家的生活,逐水草而居,并

---

① [北魏]郦道元注,[清]杨守敬、熊会贞疏,段仲熙点校,陈桥驿复校:《水经注疏》,江苏古籍出版社,1989年,第2834页。
② [唐]周朴:《塞上云》,《全唐诗》卷六七三〇,中华书局,1960年,第7703页。
③ [唐]施肩吾:《云中道上作》,《全唐诗》卷四九四,中华书局,1960年,第5608页。

无固定的路径，即使有，成群的牛羊也会掩蔽细微的路径，只能在羊群、马群的后面找寻人能够经行的道路。雁门关外的游牧生活就是如此。"昔时闻有云中郡"，在诗人看来，"云中"是很令人向往的，应该与"云"联系紧密，应该多见云彩，可这些曾经听闻过的地方，如今看来就是风沙弥漫的所在，与诗人曾经的想象是完全不同的。这就是想象与在场的不同，是实际体验与听闻的区别。

（二）北地人文和风俗

一道长城，把中国北部隔开，而隔开的是两种生活方式。长城以南属于农业文明，而长城以北主要是游牧文明。这在反映安北生活的驿路诗歌中也可以找到很多踪迹。

盛唐时期的韦镒，一生只留下一篇作品，却是一首典型的驿路诗，诗名《经望湖驿》，诗歌描写了安北地区因征战而留下的人文惨景和北地恶俗：

> 大漠无屯云，孤峰出乱柳。
> 前驱白登道，顾失飞狐口。
> 遥忆代王城，俯临恒山后。
> 累累多古墓，寂寞为墟久。
> 岂不固金汤，终闻击铜斗。
> 交欢初仗信，接宴翻贻咎。
> 埋宝贼夫人，磨笄伤彼妇。
> 功成行且薄，义立名不朽。
> 莫慎纤微端，其何社稷守。
> 身殁国遂亡，此立人君丑。①

———————

① ［唐］韦镒：《经望湖驿》，《全唐诗》卷七七二，中华书局，1960年，第8760页。

诗歌前六句连续写这一带的地名,只是交待行踪,为后文铺垫。"累累"两句,描写在这一带见到的人文惨景,到处都是古墓,到处都是废墟,没有一点生机和活力。"岂不固金汤"是说所经过之地难道不是固若金汤的堡垒吗? 含义是肯定的,这里确实有很多固若金汤的堡垒,但却是天天听到"击铜斗"的战伐之音,这就交代了"累累多古墓"的原因,也是对边塞战争的控诉。接下来的四句写胡人的恶俗:初始结交,似乎很是仗义,回过头来就翻云覆雨,甚至带来灾难,杀人越货、伤人妻女。即使有所作为,也是薄行丑类,只不过是江湖中的扬名立万而已。结尾四句,应该是告诫这些人不要不在乎小节,这样的胡行乱来,怎么能守住你们所在的国家,一旦丧生殒命,国家也就不在了,所彰显的只是你们的君长不善于治理的问题罢了。这首诗整体的口气都是对胡地恶俗的鄙薄,可以从中看到盛唐时期人的心态。

　　中唐时期的铁血宰相武元衡,应该是在其任监察御史时有过巡边行为,其《度东径岭》中反映了自己所见到的边陲景象:

> 又过雁门北,不胜南客悲。
> 三边上岩见,双泪望乡垂。
> 暮角云中戍,残阳天际旗。
> 更看飞白羽,胡马在封陲。①

武元衡是河南人,是北方人,但相对于雁门关而言,他就可以自称"南客"了。他过雁门关、度东径岭,感受到了边关的氛围:夜幕里的鼓角声声、残阳下的猎猎军旗,更有胡人骑着马在眼皮子底下游

---

① [唐]武元衡:《度东径岭》,《全唐诗》卷三一六,中华书局,1960 年,第 3556 页。

来荡去,还时不时进行射猎活动,这种随时都可能引发摩擦的环境,令人心生不安,因而有望乡之情也是可以理解的。这是对平安生活的向往。

　　与武元衡同时期的白居易,年轻时写有一首乐府歌辞《阴山道》。从写作地点和诗人经历而言,不是完全意义上的驿路诗歌,但所描写的内容全部是驿路上的情景:

> 阴山道,阴山道,纥逻敦肥水泉好。
> 每至戎人送马时,道旁千里无纤草。
> 草尽泉枯马病羸,飞龙但印骨与皮。
> 五十匹缣易一匹,缣去马来无了日。
> 养无所用去非宜,每岁死伤十六七。
> 缣丝不足女工苦,疏织短截充匹数。
> 藕丝蛛网三丈余,回纥诉称无用处。
> 咸安公主号可敦,远为可汗频奏论。
> 元和二年下新敕,内出金帛酬马直。
> 仍诏江淮马价缣,从此不令疏短织。
> 合罗将军呼万岁,捧授金银与缣彩。
> 谁知黠虏启贪心,明年马多来一倍。
> 缣渐好,马渐多。阴山虏,奈尔何。①

这是反映唐人和北部游牧民族商业交往的情况。游牧民族把他们的马匹送到大唐,大唐用缣等丝织品进行交换。但在这交换过程

---

① [唐] 白居易著,顾学颉校点:《白居易集》卷四《阴山道》,中华书局,1979年,第81页。

中存在很多问题。游牧民族送马时,驿路两旁尽受其累,驿路两旁种植的驿草(供驿马用,一般种植苜蓿)都被啃光了,泉水也被喝干了,马匹也会损伤不少。但换取这些马匹又需要无数女工织缣,但"五十匹缣易一匹",而一针一线的缣很难织成,所以逼得织女们不得不想办法偷工减料,活干得粗疏,还缺尺短寸。供给马匹的人不干了,通过咸安公主向朝廷告状。朝廷没办法,只好"内出金帛酬马直"。但这样,反而更启开了黠虏之贪心,"明年马多来一倍",这就会更加加重织女们的负担。这是阴山道上商业交往的恶性循环。从中可以看出,白居易对于开辟"参天可汗道"及其各支道并不赞同,不认为这会给唐王朝带来什么好处,反而会增添许多负担。

大历诗人李益的从军生活主要在北部边域,其《盐州过胡儿饮马泉》(一作《过五原胡儿饮马泉》)写到了沙漠绿洲的景象:

> 绿杨著水草如烟,旧是胡儿饮马泉。
> 几处吹笳明月夜,何人倚剑白云天。
> 从来冻合关山路,今日分流汉使前。
> 莫遣行人照容鬓,恐惊憔悴入新年。[①]

五原在内蒙古的巴彦淖尔市,是通回纥牙帐的重要通道。饮马泉是一处水草丰美的小小绿洲,曾经是胡人放牧牛马饮水之处,而今,月夜吹笳、倚剑云天的,都已经是汉人(即唐人)了,饮马泉分流之处,都是汉使(唐使)经行之处。可见这里已经完全属于唐人管

---

① [唐]李益:《盐州过胡儿饮马泉》,《全唐诗》卷二八三,中华书局,1960年,第3219页。

辖之所。可在这里生活的汉人,却是愁容满面,似乎害怕新年的到来。诗歌里透露出诗人对长久在外征途漫漫的生活的厌倦。

晚唐著名诗人杜牧应该是在年轻时或作监察御史时到过北部边域,他的《游边》写到了北方的沙、草、射雕人:

> 黄沙连海路无尘,边草长枯不见春。
> 日暮拂云堆下过,马前逢着射雕人。①

从史书中杜牧的传记里,读不到杜牧到安北地区的内容,但这首诗切切实实地写出了诗人曾经到过边塞的经历。题目是《游边》,也许是诗人未入仕时的作品?诗歌写到了北地边塞黄沙像大海一样辽阔,但本应该是春天的时光,这里却丝毫不见春天的踪影。拂云堆,在今内蒙古包头西北方向,唐代中受降城的所在地,是游牧民族生活的区域,故而诗人路遇的都是力大无穷、能征惯战、骑术精良、射技高超的"射雕"者。这正是北方游牧民族的生活场景的还原。有一种说法:"空中飞鸟,唯雕难射。""射雕"是力量的象征,箭术高明的象征,也是能征惯战的象征。这是杜牧眼中的北边景象。

北方游牧民族擅长射雕,故到北方边塞之人写到射雕的就比较多,既是特异的风物风情,也含有对这片土地的人的战斗力的认识。如马戴《射雕骑》:

> 蕃面将军着鼠裘,酣歌冲雪在边州。

---

① [唐]杜牧:《游边》,《全唐诗》卷五二五,中华书局,1960年,第6013页。

猎过黑山犹走马，寒雕射落不回头。①

马戴早年场屋困顿失意，直至武宗会昌四年（844）才与项斯、赵嘏等人同榜登第。失意时曾四处客游寻求机会，游踪所至，北抵幽燕，南极潇湘，西达沂陇。他曾到幽州寻访贾岛（《宿贾岛原居》），到过边疆馆驿（《边馆逢贺秀才》），《射雕骑》中"蕃面"，写射雕骑的长相，"鼠裘"写其着装，突出其与中原人的区别，"酣歌冲雪"见其豪放潇洒，"犹走马"见其健硕不知疲倦，"寒雕射落不回头"写其射箭技术的高超和无比自信的神态。整首诗为匈奴射雕者画像。裴次元的《并州路》属于同类，但加入了厌战情绪：

秋日并州路，黄榆落故关。
孤城吹角罢，数骑射雕还。
帐幕遥临水，牛羊自下山。
征人正垂泪，烽火起云间。②

有射雕者的形象，一般都是长城以北了。裴次元一生只留下四五首诗歌，这一首在《全唐诗》两出，一系杨达名下。我们依首出，系裴次元名下。裴次元祖籍是山西解州，有机会在并州路活动。他诗中所写的并州路，当指长城以北的代州、蔚州、朔州、云州等地。诗中的孤城就是汉人的边城，能够观察到北部"数骑射雕还"的景象，看到他们水边扎帐、牛羊从山上下来归圈的情景。另一种生活就在你眼前晃动，这是非常真切的边域感受，所以诗人由衷地写到

① ［唐］马戴：《射雕骑》，《全唐诗》卷五五六，中华书局，1960年，第6452页。
② ［唐］裴次元：《并州路》，《全唐诗》卷四六六，中华书局，1960年，第5297页。

"征人垂泪",而垂泪的原因是烽火的升起,可见诗人和征人感同身受地对战事的厌倦。

与马戴关系不错的许棠,宣州人,他在马戴佐大同军幕僚时曾北访马戴,到达过五原、雁门关等地,留有有关北部边域的《雁门关野望》和《五原书事》:

> 高关闲独望,望久转愁人。
> 紫塞唯多雪,胡山不尽春。
> 河遥分断野,树乱起飞尘。
> 时见东来骑,心知近别秦。①

> 西出黄云外,东怀白浪遥。
> 星河愁立夜,雷电独行朝。
> 碛迥人防寇,天空雁避雕。
> 如何非战卒,弓剑不离腰。②

第一首的雁门关在代县北,是长城的重要关口。因为是南方人,他感受到了北方多雪、不见春天的自然环境,看到了黄河把大地分成两半的情景,也就想象出远处的黄河把河南广阔的河套平原和河北辽阔的乌拉特草原分出明显的界限。他还写到了驿路上向东迤逦而来的骑马客,猜想那些人都是不久前从京城出来的。第二首的"五原",从雁门关向北,大致在今内蒙古自治区的巴彦淖尔市的河套平原。诗人站在五原的黄河边上,西望黄河来处,东看黄河去

---

① [唐]马戴:《雁门关野望》,《全唐诗》卷六〇三,中华书局,1960年,第6966页。
② [唐]马戴:《五原书事》,《全唐诗》卷六〇三,中华书局,1960年,第6966页。

处,从黄云飞度看向白浪滔天,但感受到的不是自然界的阔大,而是万千愁烦,因为这片土地虽然广袤,但要随时防备敌寇入侵,所以诗人感叹:"如何非战卒,弓剑不离腰。"表达了对边境不宁的不满和对边域百姓生活的担忧。

去往北地边域的驿路上,昭君墓是一个绕不开的话题。昭君出塞的故事,在中国家喻户晓。昭君是深受中国百姓同情、怜惜、爱戴的一位古代女性。昭君墓,即俗称的"青冢",在今内蒙古呼和浩特市南郊九公里大黑河南岸,这里是通往漠北的必经之路,过往旅客往往拜谒之,唐代文人的诗歌也反映了这方面内容。如常建的《昭君墓》:

> 汉宫岂不死,异域伤独没。
> 万里驮黄金,蛾眉为枯骨。
> 回车夜出塞,立马皆不发。
> 共恨丹青人,坟上哭明月。①

这是面对昭君墓反思历史,是一首怀古诗,是对汉朝昭君故事的伤感,但似乎也内涵了自己的身世之感。"共恨丹青人",是对昭君故事中的画工的愤怒,又何尝不是对现实生活中类似于画工毛延寿之类的颠倒黑白、指美为丑行径的控诉!"坟上哭明月",哭的是王昭君,又何尝不是哭诗人自己!

相比于常建的深沉和深刻,蒋吉的《昭君冢》显得相对单纯和肤浅,似乎只停留在对昭君美貌的赞叹和对昭君身死北国的遗憾:

---

① [唐]常建:《昭君墓》,《全唐诗》卷一四四,中华书局,1960年,第1460页。

曾为汉帝眼中人，今作狂胡陌上尘。

身死不知多少载，冢花犹带洛阳春。[①]

诗歌首句并没有遵从王昭君是因为汉元帝以画取人被遗弃在掖庭的传统说法，而是说王昭君是汉元帝非常欣赏的宫妃，其实主要还是诗歌使用的对比手法，即以昭君出塞前的受宠和出塞后死葬黄沙的对比衬托昭君的悲剧，结句说昭君墓的花朵还带着洛阳的春意，其实只是赞美昭君的美貌，并以此衬托昭君死后的悲凉。杨达的《明妃怨》也不深刻，但比蒋吉的《昭君冢》稍有内涵：

汉国明妃去不还，马驼弦管向阴山。

匣中纵有菱花镜，羞对单于照旧颜。[②]

诗歌只是写到明妃此去不还，跟随她出嫁的马队驼队和婚庆的管弦一路向阴山行去，但王昭君却没有什么心情照一照菱花镜欣赏自己的绝世美颜！从“去不还”中，传达了昭君决绝北行的情形，从不照美颜可以透出王昭君心情的灰懒，联想到王昭君此行要嫁的是匈奴的老单于，不难想象，她对此行的失落。

　　相比于以上两首诗，杜牧的《题木兰庙》中涉及王昭君时显得更深刻一些：

弯弓征战作男儿，梦里曾经与画眉。

---

① ［唐］蒋吉：《昭君冢》，《全唐诗》卷七七一，中华书局，1960 年，第 8755 页。
② ［唐］杨达：《明妃怨》，《全唐诗》卷七七六，中华书局，1960 年，第 8788 页。

几度思归还把酒，拂云堆上祝明妃。①

这首诗写木兰从军事，与以往咏木兰的诗作不同之处是，他并没有歌咏木兰的英姿飒爽、骁勇善战。而是第一句写征战，其余三句，均从女儿的心思写开，写木兰梦中画眉，几度思归，向明妃王昭君默念心曲。这里的王昭君，是一位和亲使者的形象，代表着天下人对和平安宁生活的向往。杜牧把木兰当作一个普通的女人来写，揭示了木兰在战争间隙的细微复杂的内心活动，她希望自己不要像明妃那样一去不还，希望明妃能够保佑自己平安。这说明木兰从军，确实不是为功名利禄，这是从另一个角度展现人们对和平的期望和对战争的厌恶。

二、驿路唐诗中的安北征战

在唐朝所指的安北地区，前前后后生活的都是少数民族，他们逐水草而居，游动性很强。每到寒冬，生活物资的匮乏和游牧飘移的特点，就会导致他们南移寻找相对温暖的地方，以获得更多的生活物资。多少年来，这一区域对中原的掠夺和中原的反掠夺，都是很难解决的问题。中原民族力量不足时，往往采取退缩、保守的策略，长城其实就是抵御北方民族掠夺的关口。但中原民族力量强大时，又往往不愿止步于长城，往往战线前伸，唐人所划定的安北区域就往往成为征战的战场。但由于这片土地既不易攻，又难驻守，中原民族的足迹往往到达之后即急速后撤，诸如卫青、霍去病、窦宪等在历史上被大书特书的英雄，也往往是深入腹地大打胜仗，而后凯旋。战而能胜、胜而能退，能够让游牧民族感受到中原民族

---

① ［唐］杜牧：《题木兰庙》，《全唐诗》卷五二三，中华书局，1960年，第5987页。

强大的武力震慑，基本就算达到了战争的目的，但实际上这根本无法彻底消除游牧民族带来的威胁。

　　唐朝的军事实力，就中国历史来说，算是很强大的，但对安北的管理并不尽如人意。在唐朝大败突厥的时段，尚算比较安定，唐王朝"天可汗"的称号也在这里有相当的震慑作用。但当唐朝实力衰退时，这里实际上就脱离了唐王朝的管理。关于对这一区域要不要加强管理甚至是否通过战争的方式实施管理在唐朝始终存在争议。双方发生的征战，无论是从史书记载还是从诗歌描写，都可见出多是苦战，而且，唐人并不一定占有主动地位。

（一）远人来归的喜悦

　　贞观年间，唐朝为清除边患，进行了多次拓边战争，其中包括东突厥、吐蕃、吐谷浑、高昌、焉耆、西突厥、龟兹、薛延陀、高丽等。唐太宗早期，突厥内部发生分化，颉利可汗变更旧俗、加重税收，再加天灾，导致薛延陀、铁勒（敕勒）、拔也古等脱离突厥。贞观三年（629），唐太宗派大将李靖、李勣攻打东突厥，第二年在定襄大败突厥军，后俘虏颉利可汗，颉利可汗在不得已情况下归降唐王朝。但从突厥分离出去的薛延陀又开始威胁唐王朝的安全，甚至派兵攻打唐王朝。贞观十五年（641），唐太宗派李勣、薛万彻率数千唐军大破薛延陀，斩首三千余级，俘虏五万多人，残部逃归漠北后又被冻死十之八九。打败薛延陀，成为唐王朝掌控北部边域的标志，之后回纥等十一个铁勒部落"百余万户"内属。唐太宗时期，是唐王朝管理北部边域最有力的时期。虽然后来管理不力，但唐高宗、唐玄宗、唐肃宗也被称为"天可汗"。

　　由于在某些时段大唐王朝的军事实力特别强大，使得漠南漠北的少数民族有归附的愿望，远人来归、驿路延展、"天可汗道"的打通，使得"单于拜玉玺，天子按雕戈"得以实现，大唐王朝的这一历史功业也成为驿路唐诗津津乐道的重要内容。"天可汗"的称呼，代表着远人来归，而这方面的情况，在安北的驿路唐诗中是有体现的。如李峤《奉使筑朔方六州城率尔而作》：

> 奉诏受边服，总徒筑朔方。
> 驱彼犬羊族，正此戎夏疆。
> 子来多悦豫，王事宁怠遑。
> 三旬无愆期，百雉郁相望。
> 雄视沙漠垂，有截北海阳。
> 二庭已顿颡，五岭尽来王。
> 驱车登崇墉，顾眄凌大荒。
> 千里何萧条，草木自悲凉。
> 凭轼讯古今，慨焉感兴亡。
> 汉障缘河远，秦城入海长。
> 顾无庙堂策，贻此中夏殃。
> 道隐前业衰，运开今化昌。
> 制为百王式，举合千载防。
> 马牛被路隅，锋镝销战场。
> 岂不怀贤劳，所图在永康。
> 王事何为者，称代陈颂章。①

这是一首颂圣诗，但从这首诗中，可以感受到唐人对"雄视沙漠垂，有截北海阳""二庭已顿颡，五岭尽来王"的骄傲和自豪。朔方城，

---

① ［唐］李峤：《奉使筑朔方六州城率尔而作》，《全唐诗》卷五七，中华书局，1960 年，第 687—688 页。

是汉武帝大败匈奴单于后在河套地区修筑的防御工事,在今天的
鄂尔多斯。李峤身历五朝,此诗写于哪朝,没有人说明之。笔者以
为,根据李峤的经历,当写于唐高宗时期,此时他有在右御史台任
职的经历,负有"巡按天下"的责任。诗歌开首明告,自己是受诏
到边关,总领众徒修筑朔方城,目的就是"驱彼犬羊族,正此戎夏
疆",确立唐王朝的边境。对于这件事,诗人非常高兴,为此不敢懈
怠,修筑城池既不敢愆期,又要追求城池高大结实。诗人在朔方感
受到了"二庭已顿颡,五岭尽来王"的唐人气概,当他"驱车登崇
墉"时,自有一种顾眄四方、志气满满之态。诗人在比秦汉更加坚
固的朔方城下,盛赞唐王朝"制为百王式,举合千载防"的丰功伟
业。这是诗人奉命出使朔方、监督筑城、感受到唐王朝强大的边防
力量时有感而发的产物。

　　沈佺期早年生活在"参天可汗道"最盛时期,其《塞北二首》之
二写道:

> 紫塞金河里,葱山铁勒隈。
> 莲花秋剑发,桂叶晓旗开。
> 秘略三军动,妖氛百战摧。
> 何言投笔去,终作勒铭回。[①]

这是《塞北二首》第二首的后半部分,第一首涉及胡人犯边、朝廷
派将,并说军队从飞狐岭(今河北涞源北)出征。这一首就写出征
将士们的驿路行军路线,紫塞即长城,葱山,当指葱山道,大约统领

①［唐］沈佺期:《塞北二首》之二,《全唐诗》卷九七,中华书局,1960年,第
　1048页。

安西、北庭、昆陵、蒙池四都护府。从诗中所写行军路线看，所走是朔州一线。这首诗对本节的主题而言，就在"妖氛百战摧""终作勒铭回"两句。也就是说，在沈佺期看来，大军已经行动，敌人的失败已是必然，勒名而归、纳土入图是必然的结果。这是唐初胜利基础上的自信满满。

宋之问与沈佺期生活的时代大致相同，他的《送朔方何侍郎》同样反映了唐王朝北部边域的功业：

> 闻道云中使，乘骢往复还。
> 河兵守阳月，塞虏失阴山。
> 拜职尝随骠，铭功不让班。
> 旋闻受降日，歌舞入萧关。①

朔方，指朔方郡，在宁夏河套地区。何侍郎去往云中郡，而且是往复奔忙。但何侍郎的奔忙是有价值的，"塞虏失阴山"见出唐人的胜利。"拜职尝随骠"指何侍郎跟随着的是像骠骑大将军霍去病那样的英雄，他自己往复出使的功业也是"铭功不让班"。诗人用班超的业绩类比何侍郎出行的功业。最后写到唐人接受塞虏投降，班师的凯歌声都传到了萧关。这首诗很有气魄，也对唐人北部边域的功业充满骄傲和自豪。

盛唐早期的诗人崔颢，曾游历天下，在北到雁门、云中一带时写下了《雁门胡人歌》：

---

① ［唐］宋之问：《送朔方何侍郎》，《全唐诗》卷五二，中华书局，1960年，第636—637页。

　　　　　高山代郡东接燕,雁门胡人家近边。
　　　　　解放胡鹰逐塞鸟,能将代马猎秋田。
　　　　　山头野火寒多烧,雨里孤峰湿作烟。
　　　　　闻道辽西无斗战,时时醉向酒家眠。①

诗人以游子的身份来到代郡,观览了靠近边塞一带人们的生活。这里的胡人按照自己的生活习俗,放开猎鹰,在边塞捉鸟;骑着代马(很好的马),在田间狩猎。"山头"两句写这里山间野火的景象,野火遇雨便变成一片片湿烟,任其自燃自灭。尾联结于边疆没有烽警,所以诗人的游历很自由,很开心,很任性,想喝了就喝,想睡了就睡。通过对这一带游山观景、自由自在的生活的描述,表达了对边塞平安无事的满足。

　　有"金瓯相"之称的相州临漳(今河北邯郸临漳)人卢从愿,生活在唐朝最好的时代,他和张说同朝称臣,张说奉命巡边时,他写有一首《奉和圣制送张说巡边》,诗云:

　　　　　上将发文昌,中军静朔方。
　　　　　占星引旌节,择日拜坛场。
　　　　　礼乐临轩送,威声出塞扬。
　　　　　安边俟帷幄,制胜在岩廊。
　　　　　作鼓将军气,投醪壮士觞。
　　　　　戒途遵六月,离赠动三光。
　　　　　槐路清梅暑,蘅皋起麦凉。
　　　　　时文仰雄伯,耀武震遐荒。

---

① [唐]崔颢:《雁门胡人歌》,《全唐诗》卷一三〇,中华书局,1960 年,第 1326 页。

祍席知无战,兵戈示不忘。
伫闻歌杕杜,凯入系名王。①

诗歌属于应制诗,从文辞而言并没有特别之处,无非堆垛辞藻,称美颂扬。从边域书写的角度看,有几句值得注意,一是"槐路清梅暑,蘅皋起麦凉"两句,描写了驿路风光。据史料记载,唐人驿路两侧多种槐树,以供乘驿之人乘凉纳暑,驿路的修建也往往沿着水草丰美的地方,以供驿马歇息和饮水食草。一是"伫闻歌杕杜,凯入系名王"两句,前一句借用《诗经·杕杜》之典,说张说妻子在一心一意等他出使归来,第二句用"系名王"典故,盼望张说巡边取得特别好的震撼敌虏的效果。

大历诗人李益的《拂云堆》是从匈奴人对阴山的情感写唐人占有北地的骄傲:

汉将新从虏地来,旌旗半上拂云堆。
单于每近沙场猎,南望阴山哭始回。②

拂云堆,古地名,唐代中受降城的所在地,大致在今内蒙古包头西北方向。唐中宗景龙二年(708),上任一年的朔方节度使张仁愿请求筑受降城,遭到朝中大臣反对,但张仁愿力排众议,坚持己见,唐中宗应允,张仁愿便于黄河北侧筑三受降城,互为犄角,并以此为基础向北推进,置烽火台一千八百所,烽警及时,突厥不敢越过阴

---

① [唐]卢从愿:《奉和圣制送张说巡边》,《全唐诗》卷一一一,中华书局,1960年,第1139页。
② [唐]李益:《拂云堆》,《全唐诗》卷二八三,中华书局,1960年,第3224页。

山放牧,朔方不再受其攻掠,唐王朝也就不必时时派大军征战了。张仁愿定漠北,每年为唐王朝节省军费上亿,裁减镇兵数万人,实是高明之策,故而颇受后人赞赏。李益此诗,即抓住"拂云堆"为点进行描写,首句写"汉将"也即唐将到受降城北侧寻边归来,次句写浩浩荡荡的旗帜飘扬,第三句从游牧民族角度入笔,写他们也到汉将寻边的地方附近去游猎,南望阴山,却惹得自己满腹伤心。最后一句用《史记》典,是说匈奴人过去生活在阴山以南,但现在阴山以北也有很多地方不准他们放牧,他们看到自己的家园却不能回归,特别伤心。李益这是从敌对一方的情感反应写唐人的军功,有一种胜利者的骄傲。这也是文学史称李益这位中唐诗人尚保留部分盛唐余音的原因之一。

　　韩翃与李益是同时期人,天宝十三年(754)进士,大历十才子之一。他生活在开元、天宝年间,身上还有一些侠士的风范,作品中也还留有盛唐的一些痕迹,其《送孙泼赴云中》云:

> 黄骢少年舞双戟,目视旁人皆辟易。
> 百战能夸陇上儿,一身复作云中客。
> 寒风动地气苍茫,横吹先悲出塞长。
> 敲石军中传夜火,斧冰河畔汲朝浆。
> 前锋直指阴山外,虏骑纷纷胆应碎。
> 匈奴破尽人看归,金印酬功如斗大。[①]

这是韩翃赠给孙泼的一首诗,孙泼作为一名将军,受命到云中郡成

①〔唐〕韩翃:《送孙泼赴云中》,《全唐诗》卷二四三,中华书局,1960年,第2729页。

守,韩翃写下这首诗为他送行。前四句主要是夸奖孙泼的英武;中四句主要是写军中的艰苦生活,并以此砥砺孙泼意志坚强;后四句是鼓励孙泼戍守边疆、建功立业。

　　大约是唐王朝曾经的辉煌引发了人们对边塞功业的热望,尽管唐王朝在北部边域的管理上存在着这样或那样的问题,但依然会有诗人表达出对边塞功业的企盼,这里既有初唐、盛唐时期值得骄傲的业绩,也有国运艰难时对曾经的功业的怀想和留恋。

　　(三)战与不战的思索

　　在本节开头,我们略述了安北都护府由于唐朝国力的问题,其管理只在唐太宗、唐高宗时期比较到位,武后时期丢掉了安北绝大部分地区,随着后突厥的日渐扩张,漠南、漠北基本不在唐王朝领地范围。而后突厥的屡屡南侵和后来的西进,更给唐王朝带来巨大的威胁和困扰。唐玄宗时期虽然有时看起来向北有一些动作,但效果并不理想,并未真正拿回统治权,除了还与回纥保持较好关系、处于安北都护府东南方位的单于都护府还能管辖,其他地方基本失控,后来也没有什么变化。这样的情况令唐人很是无奈,故而对这些地方究竟怎样处理彼此关系、战与不战都存在不同意见。即使像陈子昂这样的提出经营西域策略的人,对安北的征战本身也有两种完全不同的观念,一方面,他在《谏雅州讨生羌书》中提及安北,认为安北无战事是好事,"且国家近者废安北,拔单于,弃龟兹,放疏勒,天下翕然,谓之盛德。所以者何?盖以陛下务在仁,不在广;务在养,不在杀。将以此息边鄙,休甲兵,行乎三皇五帝之事者也"[1]。一方面又主张沙场建功,如其《送魏大从军》:

---

[1][唐]陈子昂著,徐鹏校点:《陈子昂集》卷九《谏雅州讨生羌书》,中华书局,1962年,第203页。

匈奴犹未灭，魏绛复从戎。

怅别三河道，言追六郡雄。

雁山横代北，狐塞接云中。

勿使燕然上，惟留汉将功。[①]

此诗充分体现了陈子昂的学问功底和驾驭思想情感的能力，利用典故和地理要素传达了激荡于胸中的功业情怀。首联用汉代骠骑将军霍去病的"匈奴未灭，无以家为也"的典故，言报国雄心。"魏绛复从戎"，用春秋晋国大夫魏绛，借指诗人所送别的魏大。魏绛在晋国统兵带将时，主张与北部少数民族联合，以"和戎有五利"说晋主，后戎狄亲附。现在你们姓魏的人又要从军上沙场了，希望能建立赵充国收复六郡的功业。颈联历数北地边境地名。雁山，在今山西代县北部。狐塞，即河北省涞源县北部的飞狐塞。写北地地理，指向魏大从军处，气势雄壮，正是要为尾联鼓励对方张本。尾联用大将军窦宪在燕然山击败匈奴事，鼓励魏大，希望他也要在这里建立不朽功勋！

唐玄宗开元十一年（723）进士及第的崔颢，写有著名的《黄鹤楼》，《旧唐书·文苑传》把他和王昌龄、高适、孟浩然相提并论。其边塞诗与盛唐边塞诗风相似，如《送单于裴都护赴西河》体现了对突厥的蔑视和对征战必胜的信心：

征马去翩翩，城秋月正圆。

单于莫近塞，都护欲临边。

---

① ［唐］陈子昂著，徐鹏校点：《陈子昂集》卷二《送魏大从军》，中华书局，1962年，第31页。

> 汉驿通烟火，胡沙乏井泉。
> 功成须献捷，未必去经年。①

单于，指单于都护府，唐代六大都护府之一，管辖碛南突厥部落各府州，大致范围相当于今河套以北地区。裴都护，不知指谁，大败东突厥的裴行俭是在永隆年间，且在唐高宗永淳元年（682）就去世了，而目前关于单于都护府历任长官不见裴姓都护，应是史家缺失。这一时期在西域征战的有裴姓将军裴旻，但擅长剑舞的裴旻，史料未曾记载其为都护或副都护之职，故不便乱猜。诗中首联写都护骑马的翩翩风度，可见其春风得意；颔联以近乎命令的口吻告诫突厥诸部，唐朝都护已经上任，不要有侵边犯塞之想；颈联写此去路途之恶劣境况，大漠瀚海，缺乏水源，但汉驿烽火相报，是管辖能够达到此地的象征；尾联结于都护的功业，相信裴都护此去一定能在短时间内奏捷献凯。这是鼓励，也是祝愿，更是信任。可见既不反对都护征战，也对征战必胜充满信心，带有盛唐之音。徐献忠评价崔颢这一类诗歌是："颢诗气格齐俊，声调蒨美，其说塞垣景象，可与明远（鲍照）抗庭。"②

　　大历诗人钱起的《送崔校书从军》留有一些盛唐余音，是肯定参战立功的作品：

> 雁门太守能爱贤，麟阁书生亦投笔。
> 宁唯玉剑报知己，更有龙韬佐师律。

---

① ［唐］崔颢：《送单于裴都护赴西河》，《全唐诗》卷一三〇，中华书局，1960年，第1328—1329页。
② 陈伯海主编：《唐诗汇评》，上海古籍出版社，2015年，第1册第559页。

别马连嘶出御沟,家人几夜望刀头。

燕南春草伤心色,蓟北黄云满眼愁。

闻道轻生能击虏,何嗟少壮不封侯。①

诗歌首先肯定雁门太守的爱贤,之后写麟阁书生为之投笔从军,再写书生剑酬知己、智佐相知。接着想象当崔校书从军出发之时,家人忧心,自己也思乡。这是诗人想出征者之所想,体己查人,知心话语,令人动容。但接下来两句,诗人便用勇敢杀敌、建功立业、博取封侯鼓励崔校书勇敢前行,极其励志。

李益是大历诗人中留有较多盛唐余韵的诗人,他的活动轨迹有河朔、幽州,《旧唐书》:"益不得意,北游河朔,幽州刘济辟为从事,常与济诗而有'不上望京楼'之句。"②李益边域活动主要在北部,他的主战情绪非常高,在其诗歌中有一些作品追求军功而反对息事宁人,如其《塞下曲》之四:

为报如今都护雄,匈奴且莫下云中。

请书塞北阴山石,愿比燕然车骑功。③

这首诗中,诗人警告匈奴人不要到云中来进犯,我们可能打不到燕然山,但在阴山附近是不会让你们撼动的,那里会有堪比窦宪的军功!他的《赴渭北宿石泉驿南望黄堆烽》是同类作品,郁勃之气充溢诗中:

---

① [唐]钱起:《送崔校书从军》,《全唐诗》卷二三六,中华书局,1960年,第2603页。

② [后晋]刘昫等:《旧唐书》卷一三七,中华书局,1975年,第3771页。

③ [唐]李益:《塞下曲》,《全唐诗》卷二八三,中华书局,1960年,第4225页。

　　　　　　边城已在虏城中，烽火南飞入汉宫。
　　　　　　汉庭议事先黄老，麟阁何人定战功。①

　　李益生活的时代，唐朝对北部边域的统治力已经下降很多，这首诗透露的是唐人的边患之忧：边城被敌虏占领，烽火紧急，直达唐王朝宫廷。但令李益愤怒的是，朝廷里的官员们不是先思考破敌之策，而是先想怎样才能比较柔和地平息敌虏的气势，满朝文武，竟然不肯尽快推出一位踊跃上战场并能最后画图麟阁的将军！他的《上黄堆烽》则表达了自己堪比卫、霍的理想，其中的"年发已从书剑老，戎衣更逐霍将军"写到自己年龄渐老，但人老心不老，戎衣在身，就有追逐霍去病功业的理想。从中可以感受到李益也有"匈奴未灭，何以家为"的志向。
　　中唐时期的铁血宰相武元衡并没有到过北部边域，但却一直关注边域战况，他有一首写在驿馆的诗歌《单于罢战却归题善阳馆》：

　　　　　　单于南去善阳关，身逐归云到处闲。
　　　　　　曾是五年莲府客，每闻胡虏哭阴山。②

　　罢战，即不打仗。善阳，即鄯阳，指鄯阳县，属朔州；莲府，指南朝齐王俭的府第。王俭在齐建立的过程中，协助齐太祖萧道成工作，礼仪、诏策、书札等，皆出其手。南齐建立后，以佐命之功封南昌县

①［唐］李益：《赴渭北宿石泉驿南望黄堆烽》，《全唐诗》卷二八三，中华书局，1960年，第3229页。
②［唐］武元衡：《单于罢战却归题善阳馆》，《全唐诗》卷三一七，中华书局，1960年，第3576页。

公,升尚书左仆射,领吏部,兼丹阳尹。齐高帝时拜为卫将军,招募才士为幕僚称"莲府",后世遂以"莲府"为幕府的美称。诗人称自己曾经有五年的时间在朔州幕府做幕僚——《旧唐书》称其"累辟使府"——那自然对朔州使府诸事非常熟悉,周边环境及发生的事情也很熟悉,他在这里听到最多的就是"胡虏哭阴山"。这是用汉朝将匈奴赶走的典故:"边长老言匈奴失阴山之后,过之未尝不哭也。"[1]也就是说,当武元衡看到这种场景的时候,他感受到了唐人消灭突厥后的畅意,他从中体会到了唐王朝的强大,同时也反映了战争带给突厥人的感伤。

中唐诗人张祜的《塞下》(又作朱庆余诗)描绘了所见驿路之上军队连年征战、旅途行进的情况:

> 万里配长征,连年惯野营。
> 入群来拣马,抛伴去擒生。
> 箭插雕翎阔,弓盘鹊角轻。
> 闲看行近远,西去受降城。[2]

诗歌首联交代了士卒万里长征、多年野营的情况,见出征战之苦。颔联写征战中随时需要更换马匹的情况,颈联写参战士卒路上行走时"箭插雕翎""弓盘鹊角"的英姿飒爽的形象,从中可以看到中唐时期稍有复兴的大唐气象。尾联是诗人对驿路的观察,一个"闲"字,可以让读者感受到诗人心中并不急迫的边情,而"行远

---

① [汉]班固撰,[唐]颜师古注:《汉书》卷九四下《匈奴传》,中华书局,1975年,第3803页。
② [唐]张祜:《塞下》,《全唐诗》卷五一〇,中华书局,1960年,第5816页。

近"，能够反映驿路上林林行行不断的行者，所去之地指向"受降城"，其所暗含的胜利之心可以想见。

杜牧不仅是一个诗人、散文家，他还是一个军事家。他主张严厉打击北方少数民族，史书记载，他曾向李德裕进言拿下回鹘：

> 会昌中，黠戛斯破回鹘，回鹘种落溃入漠南，牧说德裕不如遂取之，以为："两汉伐虏，常以秋冬，当匈奴劲弓折胶，重马免乳，与之相校，故败多胜少。今若以仲夏发幽、并突骑及酒泉兵，出其意外，一举无类矣。"德裕善之。①

在杜牧的文集中，有很多军事建言都非常有价值。就像上面所言对回鹘的策略，非常有道理。回鹘作为游牧民族，最擅长的就是秋冬作战，一是秋冬时节，草黄籽多，战马肥壮；二是秋冬之后北方没有劳作且缺少冬季物资，成了他们的抢掠时节。匈奴有准备的时间，加上其彪悍凶猛的特点，所以中原一方"败多胜少"。若突然在仲夏时节发兵攻打匈奴，他们就会措手不及，且仲夏正是牛马产仔的时间，匈奴战斗力不强，再多方调动兵马，应该能够取得胜利。也就是说，杜牧不仅主战，而且有制胜之方，深知"出其不意，攻其不备""以己之长，攻敌之短"的用兵之道。

但唐朝对安北的统治力毕竟很低，故而内部始终有战与和的争议，文人们对此也频频发声。李华《吊古战场文》结合战争的恶果表达了对征战的反对：

---

① [宋]欧阳修、宋祁：《新唐书》卷一六六《杜牧传》，中华书局，1975年，第5097页。

当此苦寒，天假强胡；凭陵杀气，以相剪屠。径截辎重，横攻士卒；都尉新降，将军复没。尸踣巨港之岸，血满长城之窟；无贵无贱，同为枯骨。可胜言哉！鼓衰兮力竭，矢尽兮弦绝；白刃交兮宝刀折，两军蹙兮生死决。降矣哉，终身夷狄；战矣哉，暴骨沙砾。鸟无声兮山寂寂，夜正长兮风淅淅；魂魄结兮天沈沈，鬼神聚兮云幂幂。日光寒兮草短，月色苦兮霜白，伤心惨目，有如是耶？①

在李华看来，苦寒天气，对胡人有利，他们习惯于这样的环境，又是游牧民族，擅长骑术，可以对汉人"径截辎重，横攻士卒"，可能导致汉人"尸踣巨港之岸，血满长城之窟"，战不能胜，则终身为夷敌之奴；硬打，则"暴骨沙砾"，除了死伤人命，没有任何好处。他以汉代击败匈奴事例说明战争功不补过的价值："汉击匈奴，虽得阴山，枕骸遍野，功不补患。"②可见李华对北部边域穷边开战持反对意见，而主张"守在四夷"。毕竟战争的损伤太大，很多人并不主张用兵也是可以理解的。诗歌中这种情绪也比较多，如沈佺期《被试出塞》：

> 十年通大漠，万里出长平。
> 寒日生戈剑，阴云拂旆旌。
> 饥乌啼旧垒，疲马恋空城。
> 辛苦皋兰北，胡霜损汉兵。③

---

① ［唐］李华：《吊古战场文》，《全唐文》卷三二一，中华书局，1983年，第3256页。
② ［唐］李华：《吊古战场文》，《全唐文》卷三二一，中华书局，1983年，第3256页。
③ ［唐］沈佺期：《初试出塞》，《全唐诗》卷九六，中华书局，1960年，第1034页。

在沈佺期看来,多年谋求的疏通大漠的事情没有太多价值,这里"寒日生戈剑,阴云拂旆旌",连鸟都被饥饿笼罩,城池也没有人烟,看不出价值何在,却只有胡塞寒天对大唐军队的损伤。这种情绪应该也是武周时期不注重北部边域的重要因素之一。

有很多诗人不支持打仗,尤其不支持无缘无故的拓边战争。比如杜甫就在《前出塞九首》中说:"君已富土境,开边一何多""苟能制侵陵,岂在多杀伤"。对安北的征战,之所以有人持不同看法,主要是认为那里穷沙万里、人烟稀少、征伐的价值不大。李频参加科举考试,有一首《府试丹浦非乐战》诗:"自古为君道,垂衣致理难。怀仁须去杀,用武即胜残。毒帜诛方及,兵临衅可观。居来彭蠡固,战罢洞庭宽。雪国知天远,霜林是血丹。吾皇则尧典,薄伐至桑干。"[1]谈及为君治国之道,为君王考虑,讲仁义就要少杀伐。且北方征战艰难,牺牲巨大,他还是主张非战,还是希望皇上应该法则尧舜,不施征伐。

李益虽然渴望画图麟阁的战功,但也不是一直鼓动打仗,如他的《五城道中》:

> 金铙随玉节,落日河边路。
> 沙鸣后骑来,雁起前军度。
> 五城鸣斥堠,三秦新召募。
> 天寒白登道,塞浊阴山雾。
> 仍闻旧兵老,尚在乌兰戍。
> 笳箫汉思繁,旌旗边色故。

---

[1]［唐］李频:《府试丹浦非乐战》,《全唐诗》卷二八二,中华书局,1960年,第3210页。

寝兴倦弓甲，勤役伤风露。

来远赏不行，锋交勋乃茂。

未知朔方道，何年罢兵赋。[1]

五城，指丰安、定远、新昌、丰宁、保宁五城。诗歌开首两句便点明自己是出使身份，在黄昏时分行走到河边。诗人接着用四句诗歌交代了这条驿路上行走着前前后后的参战者，可见战争波及人员之多。接着用两句描写征战之地的恶劣环境："天寒白登道，塞浊阴山雾。"就在这阴冷潮湿的地方，尚是"旧兵老"在戍守，当归不归，说明唐王朝的所谓府兵制早已败坏，根本不能兑现三年轮换的承诺。更为可恶的是，不管有多少功劳，"来远赏不行"，没有人真正关心这些戍守者。诗人最后为这些戍卒质疑统治者："未知朔方道，何年罢兵赋。"表达了诗人对长期征战的戍卒们的无限同情。

　　会昌年间中举的诗人丁棱，一生只留下两篇作品，其中一首《塞下曲》即抒发了希望罢兵的愿望：

北风鸣晚角，雨雪塞云低。

烽举战军动，天寒征马嘶。

出营红旆展，过碛暗沙迷。

诸将年皆老，何时罢鼓鼙？[2]

将此诗置于此，难免有人质疑其是否为驿路诗作，是否是安北之地，因此简单解释两句。"塞下"，可以泛指边塞，但其实有所具指。

---

① ［唐］李益：《五城道中》，《全唐诗》卷二八二，中华书局，1960 年，第 3210 页。

② ［唐］丁棱：《塞下曲》，《全唐诗》卷五五二，中华书局，1960 年，第 6388 页。

《史记·高祖本纪》记载汉高祖白登山之战："卢绾与数千骑居塞下候伺,幸上病愈,自入谢。"[①]卢绾当时是燕王。近现代诗人陈去病《出塞望蒙古》诗："兵增不征讨,苦哉塞下民。"从陈诗题目就可以看出,"塞下"所指是唐时安北地区所属范围。丁棱这首《塞下曲》,写到了北方的雨雪、烽火、征战,最后两句"诸将年皆老,何时罢鼓鼙"揭示了诗歌的主题:征战者已经多年塞外生活,他们眼巴巴地追问天子:"何时罢鼓鼙?"从中可以看到征战将士们的厌战情绪。

（四）战争的伤感

前文我们已经说过,唐王朝在安北地区虽然曾经取得过辉煌的胜利,但在整个唐王朝视野下,其安北地区的管理问题很多,主要是统治者的关注力度不够和唐王朝的内乱导致的管理失控。而且,在唐王朝的安北地区征战中,初唐时期的胜利比较鼓舞人心,后来的征战很多都难如人意。将帅的骄纵导致的战争失利和长久的苦战导致的人生困顿会像阴云一样笼罩在人们的心头。

征战中的伤感不仅仅是战争本身带来的生命的失去、疆场的寒苦,更有统治者的无情,盛唐诗人陶翰的《古塞下曲》就是反映这种现象的诗作:

> 进军飞狐北,穷寇势将变。
> 日落沙尘昏,背河更一战。
> 骄马黄金勒,雕弓白羽箭。
> 射杀左贤王,归奏未央殿。

---

①［汉］司马迁撰,［南朝宋］裴骃集解,［唐］司马贞索隐,［唐］张守节正义:
　《史记》卷八《高祖本纪》,中华书局,1959年,第392页。

> 欲言塞下事，天子不召见。
> 东出咸阳门，哀哀泪如霰。①

诗歌写到唐军在飞狐岭以北的一次艰苦征战。这一次征战，主将背水一战，竭尽全力，取得了"射杀左贤王"的胜利，应该是奏凯而归。然而，当他希望"归奏未央殿"向天子报告塞外战事的时候，天子竟然避而不见，以致诗中的战将感到无比失落，一句"哀哀泪如霰"，写出了为国付出得不到承认的悲凉。陶翰是开元十八年（730）擢进士第，虽然卒年不详，也可以肯定是典型的盛唐诗人，但这位盛唐诗人见识了天子对有功将领拒而不见的事情，可见唐玄宗处理边塞事物的轻慢。

　　经历过"安史之乱"后，唐朝的国力直线下降，征战的将士们更是得不到国家允诺的待遇，甚至连家乡的田园荒芜都没有人管。大历诗人李端有一首诗歌《题故将军庄》：

> 曾将数骑过桑干，遥对单于饯马鞍。
> 塞北征儿谙用剑，关西宿将许登坛。
> 田园芜没归耕晚，弓箭开离出猎难。
> 唯有老身如刻画，犹期圣主解衣看。②

诗人所游历之地有一位曾经塞北征战的已故将军，曾经带领军容整齐的军队出征，踏过桑干河。他坚信塞北征儿惯用刀剑，他在出

---

① ［唐］陶翰：《古塞下曲》，《全唐诗》卷一四六，中华书局，1960年，第1473页。
② ［唐］李端：《题故将军庄》，《全唐诗》卷二八六，中华书局，1960年，第3273页。

征时也许下过登坛拜帅的宏愿。但征战归来，家乡却田园荒芜，而他自己也老得连打猎都已经不可能，只剩下浑身如刻画般的累累伤痕，期望有机会得到天子眷顾，可见君恩之薄，可见征戍之悲。

中唐诗人许浑的《塞下》和令狐楚的《塞下曲二首》，写家人与征戍士卒的互相牵挂：

> 夜战桑干北，秦兵半不归。
> 朝来有乡信，犹自寄征衣。①
>
> 雪满衣裳冰满须，晓随飞将伐单于。
> 平生意气今何在，把得家书泪似珠。
>
> 边草萧条塞雁飞，征人南望泪沾衣。
> 黄尘满面长须战，白发生头未得归。②

许浑诗写战争的残酷。唐朝在北部边域的战争多是苦战，伤亡很多，"秦兵半不归"正是苦战的结果。但幸存者仍看到许多死者的家属不知亲人已经战死，还在从远方寄来征衣，这是多么悲凉而又无奈的人间惨剧？而令狐楚的诗歌，则从未归的征戍者对家乡信息的盼望表达他们对征战的怨恨，尤其是最后一句"白发生头未得归"，更是满心的期盼和满腹的幽怨。

中唐诗人赵嘏，年轻时曾经到处游历，或者曾经到过安北之

---

① ［唐］许浑：《塞下》，《全唐诗》卷五三八，中华书局，1960年，第6135页。
② ［唐］令狐楚：《塞下曲二首》，《全唐诗》卷三三四，中华书局，1960年，第3751页。

地,其《昔昔盐二十首·前年过代北》诗,含蓄地写出了对征战的不满:

> 代北几千里,前年又复经。
> 燕山云自合,胡塞草应青。
> 铁马喧鼙鼓,蛾眉怨锦屏。
> 不知羌笛曲,掩泪若为听。①

诗中的主人公在代北之地已经兜兜转转了多年,但在“燕山云自合,胡塞草应青”的环境里,听到的只是战马嘶鸣、鼙鼓喧闹,征战的声音从来就没有停止过。而与征战声音相对应的,却是闺中女子对独守空房的声声怨叹,是关山笛曲中无数征人回望家乡的泪水。

大历诗人李益也体会到战争对人的心灵的伤害,其《暮过回乐烽》写道:

> 烽火高飞百尺台,黄昏遥自碛西来。
> 昔时征战回应乐,今日从军乐未回。②

诗中的回乐烽,在回乐县,唐时属灵州(今宁夏灵武西南),是朔方节度治所所在地。回乐烽有很高的烽火台,可以看得很远,诗人登高望远,似乎看到了从遥远的大漠尽头开始的黄昏景象。接着,诗

---

① [唐]赵嘏:《昔昔盐二十首·前年过代北》,《全唐诗》卷五四九,中华书局,1960年,第6343页。

② [唐]李益:《暮过回乐烽》,《全唐诗》卷二八三,中华书局,1960年,第3226页。

人抓住"回乐烽"的名字做文章。"回乐烽"，顾名思义，应该是打仗归来看到就会高兴的地方，然而，现在从军的将士们看到它，却未感受到"乐"的到来。诗歌通过今昔对比的方法，反映了戍边将士艰难征战、含辛茹苦、内心悲凉的感受。学术界有一种说法，认为"乐未回"是"乐在其中"，我不认同这种说法。一则诗歌使用的是今昔对比的手法，今昔必有不同；二则李益所在的时代，唐王朝对北部边域的管理并不尽如人意；三则李益在回乐烽一带还写有一首《夜上受降城闻笛》，诗中的"回乐烽前沙似雪，受降城外月如霜。不知何处吹芦管，一夜征人尽望乡"，就是从军不能回家之意。同时同地，诗歌的内涵应该一致。他的另一首旅程诗歌《从军夜次六胡北饮马磨剑石为祝殇辞》则对战争中的伤亡情况进行了详尽的描写：

> 我行空碛，见沙之磷磷，
> 与草之羃羃，半没胡儿磨剑石。
> 当时洗剑血成川，至今草与沙皆赤。
> 我因扣石问以言，水流呜咽幽草根：君宁独不怪阴磷？
> 吹火荧荧又为碧，有鸟自称蜀帝魂。
> 南人伐竹湘山下，交根接叶满泪痕。
> 请君先问湘江水，然我此恨乃可论。[1]

诗歌描写诗人行走在空旷无人的沙碛上，见到的是沙石磷磷、野草茂密，野草一半已经没过了胡人磨剑所用之石。诗人据现在的草

---

[1] ［唐］李益：《从军夜次六胡北饮马磨剑石为祝殇辞》，《全唐诗》卷二八二，中华书局，1960年，第3211页。

色和沙石之色判断,当年这里一定曾经血流成河,伤人无数。接
着,诗人以拟人的笔法写自己和石头的对话,问石头是不是自己猜
想的这样,石头用旁边流水的呜咽声代替回答:你为什么不怪那些
磷火? 点点磷火都是碧血丹心,他们的魂魄也在呼唤着"不如归
去"。你不要问我,你看看湘妃竹的叶上泪痕,你再问问湘江水,那
不是湘妃哭舜的泪痕? 这首诗用反问的语气,用荧荧磷火写疆场
上逝去的无数生命,又用二妃啼哭舜帝的典故写家乡妻子的无限
伤心,控诉了战争给前方带来的生命的伤害和给后方带来的心灵
的伤痛。

　　北部边域的苦战在中唐以后的诗人作品中屡见不鲜,如晚唐
诗人曹唐《哭陷边许兵马使》:

> 北风裂地黯边霜,战败桑干日色黄。
> 故国暗回残士卒,新坟空葬旧衣裳。
> 散牵细马嘶青草,任去佳人吊白杨。
> 除却阴符与兵法,更无一(异)物在仪床。①

这是晚唐时期的一次败仗。风很冷,日色黄,在朔州战败的残兵败
将黯然神伤,因为有些士卒连马革裹尸都没有,只能是一个衣冠
冢,这是战败者的悲哀。而这样的结果,留给后方的妻子是更加可
怜的境况,她不可能到达边塞,只能在自己家里的白杨树旁寄托无
限的哀思。当人们检视陷边将领许兵马使的遗物时,发现为国捐
躯的将领的随身物品只有兵符和兵法书籍,可见其尽心尽力。尽

---

① [唐]曹唐:《哭陷边许兵马使》,《全唐诗》卷六四〇,中华书局,1960年,第
　　7343页。

力不一定就能胜利,这有各方面原因,像曹唐所在的时代,更多的是国力衰弱所致,由此可见大唐在北部边域的失控情况。

更为可悲的是,战争究竟怎样,伤亡是否惨重,后方茫然不知,家中人还在不停地缝制征衣送往前方。如《突厥三台》:

> 雁门山上雁初飞,马邑阑中马正肥。
> 日旰山西逢驿使,殷勤南北送征衣。①

此诗《全唐诗》两出,一系盛小丛名下,一系韦应物名下。盛小丛是唐朝大中年间一位颇有才名的妓女,在《教坊记》和唐人的笔记资料中常见其踪迹。据说此诗是在浙江李讷幕府的崔元范要赴朝廷,李讷命在座者赋诗,盛小丛写作此诗。但从此诗内容上看,与送别无关,与崔元范将赴京城为"柏台老吏"无关,而盛小丛在江南生活,若写北部边域情景,恐怕也难。且盛小丛之作,与李讷《命妓盛小丛歌饯崔侍御还阙》、杨知至《和李尚书命妓歌饯崔侍御》、崔元范自作《李尚书命妓歌饯有作奉酬》、卢邺《和李尚书命妓饯崔侍御》、高湘《和李尚书命妓饯崔侍御》等作品风调皆不类,故以系韦应物名下为好,但也没有证据。韦应物为长安人,一生主要官职比部员外郎、滁州刺史、江州刺史、苏州刺史,都在南方,断为韦应物作品的依据也只有两条,一是他的送别诗中写到了北部边域景色;二是他很关心民间疾苦,"身多疾病思田里,邑有流亡愧俸钱"的良心语让他能够想象到战乱环境下北方边域可怜可悲的境况。《突厥三台》一诗很显然是写三台之地的秋天景象,大雁南飞,正是

---

① [唐]韦应物:《突厥三台》,《全唐诗》卷八〇二,中华书局,1960 年,第9032 页。

"匈奴草黄马正肥"的时节,傍晚在山西碰见驿路使者,正在忙忙碌碌的南来北往,为出征的人们送上征衣。在这征衣里面,有战事的频繁,更有家人对征战士卒的牵挂。而在这样的季节,征人现在的情况和未来的命运都是什么,没有人知道。

也有时候会出现一些很令人讨厌的事情,比如出现谎报军情的情况,如薛逢的《狼烟》:

> 三道狼烟过碛来,受降城上探旗开。
> 传声却报边无事,自是官军入抄回。①

身在边关,本来就已经非常紧张,人人、时时都在备战的状态,突然有三道狼烟燃起,按照《唐六典》的记载:"凡烽候所置,大率相去三十里,(若有山冈隔绝,须逐便安置,得相望见,不必要限三十里。)其逼边境者,筑城以置之。每烽置帅一人、副一人。(其放烽有一炬、二炬、三炬、四炬者,随贼多少而为差焉。旧关内、京畿、河东、河北皆置烽。)"②《唐律疏议》记载对违反烽燧制度有严厉的处罚措施:"诸烽候不警,令寇贼犯边;及应举烽燧而不举,应放多烽而放少烽者:各徒三年。""【疏议】曰:'烽候',谓从缘边置烽,连于京邑,烽燧相应,以备非常。放烽多少,具在别式。候望不觉(举),是名'不警',若令蕃寇犯塞,外贼入边,及应举烽燧而不举,应放多烽而放少烽者:各徒三年。""即不应举烽燧而举,若应放少烽而放多烽,及绕烽二里内辄放烟火者,各徒一年。""【疏议】曰:

---

①[唐]薛逢:《狼烟》,《全唐诗》卷五四八,中华书局,1960年,第6334页。
②[唐]李林甫等撰,陈仲夫点校:《唐六典》卷五,中华书局,1992年,第162页。

依式：望见烟尘，即举烽燧。若无事故，是不应举；若应放少烽，而放多烽；及绕烽二里内，皆不得有烟火，谓昼放烟，夜放火者：自'不应举烽燧而举'以下三事，各徒一年。放烽多少，具在式文，其事隐秘，不可具引。如有犯者，临时据式科断。"[①] 可见烽火带来的信息多么重要，惩治的措施亦很严厉，但薛逢所在的时代，这些烽燧制度的执行已经乱至如此，三道狼烟燃起，自是紧急战事，受降城里的屯兵迅疾集结出征，探骑先行，但探骑得来的消息令人气恼，根本没有战事，只不过是自己一方的军队从小路转回而已。无端的瞎紧张半天。这样尴尬的事情估计在边域会发生不少。

　　还有一些是来自游牧民族的感伤。像李益《拂云堆》里的"单于每近沙场猎，南望阴山哭始回"、刘商《观猎三首》之一的"传道单于闻校猎，相期不敢过阴山"、武元衡《单于罢战却归题善阳馆》的"每闻胡虏哭阴山"等，都是诗人笔下匈奴人失去生存地的感伤。这可能就是不同的人从不同的角度对不同的事件的不同看法。中原一方认为游牧民族总是掳掠，所以要惩治游牧民族，把他们赶走以保护自己居民的安宁。而游牧民族对阴山的情感可能有一点"故国情怀"的意思。据说考古发现中的《阙特勤碑》中文和突厥文的意思完全相反，中文为唐玄宗御笔，悼念已故突厥可汗阙特勤，强调的是双方的和平、友好。而侧面和背面的突厥文碑文则是以毗伽可汗的语气写成，满含着对唐朝的怨愤，大意是说：汉人总是甜言蜜语，汉人物品非常精美。汉人用甜言蜜语哄我们与他们交往，答应的事情又总是做不到。汉人不让聪明勇敢的我们获得发展，有了错误也决不赦免，甚至牵连亲族和部落。突厥人就是

①［唐］长孙无忌著，岳纯之点校：《唐律疏议》卷八，上海古籍出版社，2013年，第146—147页。

因为听了那些甜言蜜语信以为真，结果却被大批杀害。但因为唐人诗歌主要是从汉人的视角观察北方战事，所以情感的取向是偏向中原汉民族的。

还有一些驿路边塞诗歌，涉及对征战胜利后的态度，其实也是愿世界安宁、不愿有战争之意，如陈去疾的《送韩将军之雁门》：

> 荒塞峰烟百道驰，雁门风色暗旌旗。
> 破围铁骑长驱疾，饮血将军转战危。
> 画角吹开边月静，缦缨不信虏尘窥。
> 归来长揖功成后，黄石当年故有期。[①]

诗歌写韩将军此去的驿路上，荒塞烽烟旌旗暗卷，道出了中唐以后安北方向管理不善的情况。但在诗人眼里，韩将军是长驱破围的将军，在刀尖上过着饮血的生活，是转败为胜的英雄，只要他一出战，边域的狼烟就可停歇，带着缦缨的敌方首领如不相信，可以通过军队行走的尘土判断一下真假。缦指没有彩色花纹的丝织品，北部少数民族不懂丝绣技术，所以缦带都没有丝绣花纹，内含轻视之意。前六句对韩将军可能的战功充满了信任和期待，并希望韩将军功成之后，践行当年约定的隐居之愿，实现"功成不受赏，长揖归田庐"的愿景。"黄石"，用张良典故。张良年轻时遇见黄石老人，老人三弃履考验张良的忍耐力，张良经受住考验，从老人那里获得了兵书战策，学成后辅佐刘邦帝业。但刘邦称帝后，张良却不肯多受封赏，学辟谷术，晚年更是跟着赤松子云游四海。黄石老人

---

①［唐］陈去疾：《送韩将军之雁门》，《全唐诗》卷四九〇，中华书局，1960年，第5552页。

自秦时即避乱隐居,张良功成后也学师傅隐居。此典以"黄石"用张良事,表达了对韩将军全身而退的期盼。

三、安北驿路诗歌中的行人旅情

唐朝北部边域,起主导作用的主要是东突厥、薛延陀、回纥。

从目前笔者所了解的资料看,唐朝在北部边域,对东突厥,打败以后采取了怀柔政策,其主要首领可以在长安做官,其阴山以北之地还可以由东突厥人自行管理,编户入民,纳土封疆。唐跟薛延陀的关系,开始较好,唐太宗赐尚方宝剑,还拟让新兴公主下嫁薛延陀等,但因为薛延陀的礼节繁琐不肯通融且其渐渐做大后生傲慢之意,唐太宗取消了和亲之法,后来遂发生了唐跟薛延陀的战争。战争以唐王朝的胜利而告终,此后唐与薛延陀时战时和,关系不定。回纥虽然曾经给唐王朝造成过困扰,比如帮助平定安史之乱后不肯返回,比如和吐蕃勾结试图侵略唐朝,但在有唐一代,基本对唐朝还是比较友善的。本节开头交待了唐王朝在北部边域管理不力的情况,其所导致的结果是,唐王朝虽与北部边域游牧民族有不少交往,但规模、官员交流、文人到达情况,都远不及西域,所以留下来的旅途作品也不够丰富,我们用"行人旅情"统而括之,主要涉及三个方面:一是往来使者的使命和途程,二是旅途中的家国情怀,三是旅途的乡土之思。

(一)往来使者的使命和途程

去往安北极地,驿路迢迢,黄沙烈风,行人绝少,强盗出没,是一条充满艰辛的北去之路。行走于这一方向的驿路使者或游边之人,对此感受最深,即使没有来过安北极地的人,也能想象到这一点。卢照邻《和吴侍御被使燕然》:

> 春归龙塞北，骑指雁门垂。
> 胡笳折杨柳，汉使采燕支。
> 戍城聊一望，花雪几参差。
> 关山有新曲，应向笛中吹。[①]

卢照邻生活的时代，漠北还在大唐王朝的控制下，在卢照邻笔下，去往燕然都护府的路上应该有春归卢龙北的风光。可是，连坐骑走向雁门关时都蔫头耷拉脑，不愿远行（李云逸注"垂"通"陲"，亦通，但古诗注释，如不需通假即可解，可不用通假解释），耳畔听到了胡笳折柳送别的曲子，眼睛看到的是汉使采摘燕支草的形象。关于"燕支"，有两说，一说指燕支草，花似蒲公英，能做红色染料。一说指燕支山，因产燕支草而闻名，故称焉支山，也即燕支山。既然是用"采"，故应指燕支草，且"燕支"（草）才和"杨柳"组成工对。诗中用到折柳送别，用到采摘燕支，就有远行之苦，又有汉使使命。颈联的"戍城聊一望，花雪几参差"重在刻画边城风貌、雪花飘舞，但在春天的季节，真的让人难以分清是春花还是雪花。由于"折杨柳"多是言兵事劳苦、伤春惜别之辞，故此诗主题也当是诗人送别吴侍御时安慰对方将有所作为之意，认为吴侍御到了卢龙塞以北难以看到春天景象的地方。尾联结于吴侍御在这关山边塞应该会激荡起胸中的家国情怀，将有诗歌新作产生。

大历诗人李益第一次奔赴朔方郡时，写有一首《将赴朔方早发汉武泉》，他想象到一路上的艰难和可怜：

---

① [唐]卢照邻著，李云逸校注：《卢照邻集校注》卷二《和吴侍御被使燕然》，中华书局，1998年，第116页。

> 弭盖出故关，穷秋首边路。
> 问我此何为，平生重一顾。
> 风吹山下草，系马河边树。
> 奉役良有期，回瞻终未屡。
> 去乡幸未远，戎衣今已故。
> 岂惟幽朔寒，念我机中素。
> 去矣勿复言，所酬知音遇。①

这首诗大约写于贞元十三年（797）诗人任幽州节度使刘济从事时期。汉武泉，在长安城的南边，说明李益是从长安城奔往朔方边关。他说自己感受着"风吹山下草"的环境，在河边树下餐风露宿，但不觉有什么，因为去军旅中有时间的限定，不必"陟彼岵兮，瞻望父兮""陟彼屺兮，瞻望母兮""陟彼冈兮，瞻望兄兮"那样反复回望，尤其从军的地方离自己的家乡凉州并不太远。他也想到了幽州、朔州非常寒冷，但他不怕。他也想到了家中的妻子（素，代指织素之人），但既然从军，就把这一切都抛之脑后。这是拥有盛唐余音的大历诗人李益身上不畏风霜寒冷、一心感恩酬知己精神的体现。

同时期的杨巨源写有一首《送殷员外使北蕃》，主要从嘱咐殷姓使者努力完成国家使命入手，但也写到了使者的驿路行程：

> 二轩将雨露，万里入烟沙。
> 和气生中国，薰风属外家。

---

① ［唐］李益：《将赴朔方早发汉武泉》，《全唐诗》卷二八二，中华书局，1960年，第3209页。

> 塞芦随雁影，关柳拂驼花。
> 努力黄云北，仙曹有雉车。①

"轩"，指的是古代一种有围篷或帷幕的车，出使者乘坐。"二轩"说明殷员外这一次不是"单车欲问边"，而是两位使者携手到万里烟沙的地方。诗歌颔联出句从唐人角度写希望和平，对句用"薰风"为喻说北蕃也有和平诚意。正是双方的美意不让人感到寒冷，所以颈联诗人以欣赏的眼光写北地的风光，"塞芦""雁影""关柳""驼花"四种植物的对举，让北地有了一种温暖的感觉，似乎预示着此次出使不虚此行。故而诗人鼓励殷员外：好好在北地努力，功成之后，朝廷会留有你的一席之地。"仙曹"，表面指仙人的行列，在唐代一般指尚书省属下各部曹，这里泛指朝廷官署。"雉车"，指郎官之车。据说，古代有一位叫萧芝的人被任命为尚书郎，他养有数十只雉鸟，当他去尚书省值班时，这些鸟就送他至歧路，他下班回家，这些雉鸟就在他车旁飞来飞去不停鸣叫，好像欢迎他回家。后来就用"雉车"指郎官之车。诗人用美丽的典故预祝殷员外此次出使成功归来。

同时期稍晚的马戴，写有一首《送和北虏使》，替使者想象了很多困难：

> 路始阴山北，迢迢雨雪天。
> 长城人过少，沙碛马难前。
> 日入流沙际，阴生瀚海边。

---

① ［唐］杨巨源：《送殷员外使北蕃》，《全唐诗》卷三三，中华书局，1960 年，第 3719 页。

> 刀镮向月动,旌纛冒霜悬。
>
> 逐兽孤围合,交兵一箭传。
>
> 穹庐移斥候,烽火绝祁连。
>
> 汉将行持节,胡儿坐控弦。
>
> 明妃的回面,南送使君旋。①

题名"送和北虏使",也就是出使的人负有谈判的使命。诗人设想了使者路途的艰难险阻。在诗人的思维世界里,阴山以北雨雪连天,长城以北人烟稀少,沙碛之地驿马难行,还要风餐露宿,顶霜冒雪,时见野兽。这就是出使路途可能遇见的种种危险和困难。使者身负重任,对方却"胡儿坐控弦",时时准备与我们争斗。诗人希望出使的使者能够在"北虏"之地借助当年"明妃"式人物的力量,获得出使的成功。

唐朝与回纥的关系,一直比较友好,册封受赏、婚丧嫁娶,往来不断,唐诗中亦有反映,如中唐时权德舆的《送张阁老中丞持节册吊回鹘》:

> 旌旆翩翩拥汉官,君行常得远人欢。
>
> 分职南台知礼重,辍书东观见才难。
>
> 金章玉节鸣驺远,白草黄云出塞寒。
>
> 欲散别离唯有醉,暂烦宾从驻征鞍。②

---

① [唐] 马戴:《送和北虏使》,《全唐诗》卷五五六,中华书局,1960 年,第 6449 页。

② [唐] 权德舆:《送张阁老中丞持节册吊回鹘》,《全唐诗》卷三二三,中华书局,1960 年,第 3630 页。

诗中的张阁老担任了到回鹘吊丧的使者,权德舆在送别的诗歌中
设想张阁老的驿路行程中代表着唐王朝的威仪,"旌旆翩翩",众人
簇拥,此行虽是吊丧,回鹘看到阁老亲自出使吊丧,见出重视,应该
能够促进双方交好。但权德舆也设想了张阁老此行路途遥远,白
草黄云,地远天寒,故而以离别宴席上不醉不还来陪伴朋友。此诗
虽然没有写出"劝君更尽一杯酒,西出阳关无故人"的名句,但"暂
烦宾从驻征鞍"内涵的情感也是情深义重的。我们从此山遥水远,
请"宾从"的人们稍安勿躁,允许我们暂时欢醉吧。

　　晚唐时期的雍陶,写有一首《送于中丞使北蕃》,反映了那个
时代唐中央王朝和北部边域民族少有交往的情况,诗中透出许多
惆怅:

> 朔将引双旌,山遥碛雪平。
> 经年通国信,计日得蕃情。
> 野次依泉宿,沙中望火行。
> 远雕秋有力,寒马夜无声。
> 看猎临胡帐,思乡见汉城。
> 来春拥边骑,新草满归程。①

诗中的于中丞出使北蕃,是"经年通国信",见出双方交往的稀疏,
这当然也是管理不善的写照。但对于中原王朝的统治者而言,却
是时时都希望了解和掌握北蕃的情况,可见统治者并不想放弃这
些地方。为了达成这一目标,于中丞风餐露宿,望火而行。到得胡

---

① [唐]雍陶:《送于中丞使北蕃》,《全唐诗》卷五一八,中华书局,1960年,第
　5917—5918页。

帐所在之地,自然离乡更远,思乡之情也就更重,于是诗人为于中丞设想着"来春"的归程春意盎然,以此安慰自己远行的朋友。

　　(二)旅途中的家国之思

　　到北地出使、从军的人,往往身上都背负着家国使命,到北地边游的人,也往往是来北地观察形势、寻找机会,当他们面对唐王朝北地边域的现实时,或感慨国家管理不力,或对游牧民族侵扰感到忧心,或叹息不能为国家效力,使北地边域的驿路诗歌充满家国情怀。

　　中唐诗人窦巩有一首《经窦车骑故城》,是一首驿路诗歌,提及了汉人的边塞功业,是在怀古中流露的家国情怀:

> 荒陂古堞欲千年,名振图书剑在泉。
> 今日诸孙拜坟树,愧无文字续燕然。[①]

窦车骑,指东汉名将窦宪,他曾率领汉朝大军大败北匈奴于稽洛山(今蒙古国额布根山),歼灭匈奴一万三千人,俘虏无数,并在燕然山(今蒙古国杭爱山)上勒石记功,彰显功业。窦巩,据资料,似乎不是窦宪的直系后人,但一笔写不出两个"窦"字,也就可以自称"诸孙"了。窦巩经过汉代大将军窦宪曾经生活过并埋骨的地方,虽然看到这里已经成为"荒陂古堞",但史书中对窦将军的功业从来没有抹杀过,这也是历史的本来面目,所以面对曾经的燕然山勒石功业,窦氏的后辈子孙可以俯首诚心,拜谒先人,但由于后辈子孙再无窦宪般功业,故很难做到无愧于心。从中可以感受到诗人内心

---

① [唐]窦巩:《经窦车骑故城》,《全唐诗》卷二七一,中华书局,1960年,第3051页。

深处激荡着的为国家建功立业的豪情和无所作为的遗憾。

晚唐诗人胡曾,曾经游览燕赵之地的赵武灵王招贤台,写有《黄金台》一诗,为黄金台的荒废感慨万千。诗云:

> 北乘羸马到燕然,此地何人复礼贤。
> 若问昭王无处所,黄金台上草连天。[①]

诗人说,向北乘马要向燕然山的方向去,但这一路上所见所闻,再也没有黄金台上礼贤下士的场景了,当年的燕昭王在现实世界里已经不复出现,所以,代表招贤纳士的黄金台也不再有当年的辉煌和壮丽,只剩下杂草丛生、一望无际了。在这样的场景里,诗人感慨所处的社会缺少像燕昭王这样的英明之主,缺少贤才进阶的路径,叹息时代的衰落。

晚唐诗人李商隐在唐王朝和吐蕃发生战争时写过一首送别参战将领契苾通的诗作,诗题《赠别前蔚州契苾使君》,将自己的家国情怀托付契苾通:

> 何年部落到阴陵,奕世勤王国史称。
> 夜掩牙旗千帐雪,朝飞羽骑一河冰。
> 蕃儿襁负来青冢,狄女壶浆出白登。
> 日晚鸊鹈泉畔猎,路人遥识郅都鹰。[②]

蔚州(今河北省蔚县),在李商隐时代,与恒州、代州、云州同为唐朝

---

①[唐]胡曾:《黄金台》,《全唐诗》卷六四七,中华书局,1960年,第7420页。
②[唐]李商隐著,[清]冯浩笺注:《玉溪生诗集笺注》卷一《赠别前蔚州契苾使君》,上海古籍出版社,1979年,第201页。

北部边域地区。契苾使君，蔚州刺史契苾通。阴陵，指阴山。李商隐这次送别契苾通，是唐王朝招契苾通参与对吐蕃的战争。李商隐在此诗题下自注："使君远祖，国初功臣也。"指的是契苾通远祖契苾何力贞观六年（632）率部归顺唐王朝事，与本诗首联含义密切相关。李商隐在送别契苾通时，以其远祖来归在国史有称，赞美其先人对大唐之贡献鼓励契苾通继续为大唐效力之意。颔联想象契苾通及其部下英勇无畏、趟雪越冰的英雄形象。颈联设想出征的成果：吐蕃的南人背负小孩到昭君曾经生活过的地方来归附，北地的女子捧出美酒到白登城外敬献得胜的英雄。尾联的"郅都鹰"，用汉代郅都的典故，形容契苾通威仪慑人。结尾想象契苾通即使在鸊鹈泉边游猎，路人仅从其威仪就知道这是那个很厉害很能打仗的契苾通。整首诗，将家国重任托付契苾通，以英雄业绩鼓励其为国征战，可谓用心良苦。

生活在唐代末年的张蠙到北部边域时写的《经荒驿》，真实反映了大唐王朝在管理北部边域方面的时代变迁，传达出今不如昔的衰世哀鸣：

> 古驿成幽境，云萝隔四邻。
> 夜灯移宿鸟，秋雨禁行人。
> 废巷荆丛合，荒庭虎迹新。
> 昔年经此地，终日是红尘。[①]

张蠙的这首诗，描写一座废弃的古驿站。前文我们已经交待，由于北地边域管理在很多时候失控，在原本属于大唐王朝安北辖区的

---

① ［唐］张蠙：《经荒驿》，《全唐诗》卷七〇二，中华书局，1960 年，第 8076 页。

地域,那些曾经建成的"参天可汗道"及驿站,有一些便被荒废了。所谓"幽境",即相当于鬼境,"云萝隔四邻"写古驿周边长满杂草、蔓藤,已经无法进入。颔联进一步写古驿的荒凉,里面住满了鸟类,一旦夜间稍有一点人间烟火,就会把它们惊得四散逃离。若赶上秋雨阴凉的天气,这里却因为荒败不堪难以让行人驻足。颈联进一步将这种荒凉深化:小巷因为荆棘丛生已经不见了,荒芜的庭院中有野兽窜来窜去的痕迹。尾联用反衬法,说自己过去曾经到过这里,与现在所见完全不同:那时是红花热闹的凡尘世界,庭院整齐,人来人往,到处都是生机勃勃;而今却是荒庭废巷,死气沉沉。在这样的对比中,传达出诗人对大唐盛世不再的惋惜和伤感。

（三）旅途中的乡土之情

中国人重乡土观念,重家庭团圆,而无论是出使、入幕、游边,都会远离家乡,都会和亲朋分别。故此,走向安北的驿路诗歌里,也有一些反映乡土之情的作品。

高适曾经北上幽、蓟,对北部边域的情况多所了解,尤其是他所在的时代,唐人在北部边域还是吃了不少亏的,他的《燕歌行》作为边塞诗的代表作品,真切反映了边域战况的残酷,故而当他送别自己的朋友时,很是伤感,但并不反对在那里争取有所作为,其《送刘评事充朔方判官,赋得征马嘶》云:

> 征马向边州,萧萧嘶不休。
> 思深应带别,声断为兼秋。
> 歧路风将远,关山月共愁。
> 赠君从此去,何日大刀头。[①]

[①] [唐]高适著,刘开扬:《高适诗集编年笺注》,中华书局,1981年,第336页。

诗歌题名中的"征马嘶"，《宋史·诗乐》说是诗乐题名，刘开扬说是古乐府题名。首联点题去往边州，"萧萧"借用《诗经》"萧萧马鸣"表示离别之悲，即马尚伤感，何况人乎？颔联深化送别意绪，表示在秋天里送别更加令人伤感。颈联想象对方一路风霜，而自己也与对方共此艰难途程。尾联盼归，情意绵绵。"大刀头"，古人佩刀，手握处尾部有环，系樱穗等饰物。环，谐音归还之"还"。诗人与刘判官情意殷殷，盼其早日归还。唐汝询《唐诗解》解释："唐人送别各赋一物以为赠，故以'征马嘶'为题。言马向朔方哀鸣不息，其思幽深，以带'别'为然；声更凄绝，为兼秋而甚。于是涉歧路之风，对关山之月，行渐远而愁日深，从此而去，何日当还也？"[1]还，即是对故乡的依恋。

盛唐晚期的诗人严维写有一首《送房元直赴北京》，替房元直设想其旅途中的思乡之情，并期望在晋祠相聚：

> 犹道楼兰十万师，书生匹马去何之？
> 临歧未断归家目，望月空吟出塞诗。
> 常欲激昂论上策，不应憔悴老明时。
> 遥知到日逢寒食，彩笔长裾会晋祠。[2]

北京，即今天的太原一带，古时属并州之地，接近云州、幽州。这首七言律诗首联以疑问句形式表示对房元直的怀疑：楼兰（代指北部边域的敌军）有十万军队，你一介书生到那里又有何用？颔联家国

---

① ［唐］高适著，刘开扬：《高适诗集编年笺注》，中华书局，1981 年，第 337 页。
② ［唐］严维：《送房元直赴北京》，《全唐诗》卷二六三，中华书局，1960 年，第 2916 页。

两关,写出征之人在歧路告别,难免不舍家乡,但面对明月关山,也有空吟出塞诗的感慨,即"塞上长城空自许"的感慨。颈联写出行人曾经有为国家慷慨陈词出谋献策的智慧,自不应在这样好的时代老死家乡,这就激起了出行人的豪情壮志。尾联写诗人根据驿程判定房元直到达北京时应该在寒食节之时,且一定在那里受到朋友们的欢迎,并在晋祠进行诗词歌赋活动。诗中颇有为国建功应抓住时机之意。

　　李益虽然是大历诗人中少数保留有盛唐余风的人,但同时也是乡情浓郁的诗人,他的军旅之作颇多思乡之情,"不知何处吹芦管,一夜征人尽望乡""碛里征人三十万,一时回向月明看"等,都是著名的思乡名句。他在行军途中,住在阳城烽燧所在地的北流泉边,写下《军次阳城烽舍北流泉》,诗云:

> 何地可潸然,阳城烽树边。
> 今朝望乡客,不饮北流泉。[①]

小诗只有二十个字,却道尽了诗人的思乡之情。首句用提问的方式起笔,问什么地方能够令人潸然泪下。次句以回答的方式点出了军旅住宿的地点。为什么"阳城烽树边"就令人潸然泪下?原来这里的泉水流向北边。接着我们就会又问,为什么北流泉就不饮,就让人伤心?暗里的答案就是,北流的泉水越来越远离家乡,望乡思乡的人们对越来越远离家乡的东西都感到郁闷,因为北流泉不能把我们的思乡情怀带回家乡。小诗步步用问,层层递进,表

---

① [唐]李益:《军次阳城烽舍北流泉》,《全唐诗》卷二八三,中华书局,1960年,第3223页。

达诗人内心深处的百转思乡情，含蓄深沉，令人回味不已。再如他
的《夜上西城听梁州曲二首》：

> 行人夜上西城宿，听唱梁州双管逐。
> 此时秋月满关山，何处关山无此曲。

> 鸿雁新从北地来，闻声一半却飞回。
> 金河戍客肠应断，更在秋风百尺台。①

这两首诗都是因夜上西城听到《梁州曲》而发的感慨。前一首前
两句交待诗人要到西城住宿，听到了那里有乐管伴奏唱《梁州曲》
的声音，引发了诗人无限感慨。《梁州曲》，一般认为即《凉州曲》，
既有沙场征战的慷慨豪放，也有故乡难归的幽怨悲凉。诗人说，这
样的情怀、这样的季节，在秋月满关山的地方，应该是处处都有吧？
这是诗人想征战士卒之所想而发出的不用回答的询问。第二首就
说，秋天是鸿雁南飞的季节，但鸿雁听到了《梁州曲》，都不肯再向
南飞，而是有一半都折回了，这是《梁州曲》的思乡情怀打动了鸿
雁，他们不肯去南方作候鸟了，又折回了自己的栖居地。连鸿雁都
思恋故乡，更何况感情丰富的金城戍客呢！意即：物犹如此，人何
以堪？更何况在看得更高的百尺高台上，那思乡的情怀应该更加
浓郁。

中晚唐时期的刘皂（约唐德宗贞元年间）有《旅次朔方》一诗，
此诗亦系在贾岛名下，题《渡桑干》，诗云：

---

① ［唐］李益：《夜上西城听梁州曲二首》，《全唐诗》卷二八三，中华书局，1960
年，第3225页。

客舍并州数十霜，归心日夜忆咸阳。

无端又渡桑干水，却望并州似故乡。①

此诗《全唐诗》两出，愚见应断为刘皂作品，而肯定不是贾岛的作品。贾岛是涿郡范阳人，如果他在并州，称"旅次朔方"是可以理解的，而称"无端又渡桑干水"就不合适了。贾岛的家乡就在桑干河流域，他渡桑干水，乃是归家之途，何来无端？而刘皂是陕西咸阳人，出生地在关中平原，气候比较温暖，所以他说"客舍并州数十霜，归心日夜忆咸阳"，这完全是他羁旅他乡尤其是羁旅北地的感受，而且"归心"所指正是他的家乡咸阳。渡桑干水，用"无端"二字，可见诗人并不愿意渡桑干水，因为渡过桑干水，就离他的家乡越来越远，这与他的归心是完全背离的。正是因为桑干水离家乡越来越远，故而才觉得并州好像跟自己更亲近，因为那里离自己的家乡更近一些。这就是诗人的诗心，把距离自己家乡更近的地方感觉成自己的故乡。这种感觉不会在贾岛身上存在，渡过桑干水，贾岛就越来越接近自己的家乡，甚至就到了自己的家乡，又怎会把并州当成自己的故乡？

也有一些反映羁旅情怀的作品也值得注意，如薛能的《送李溟出塞》：

边城官尚恶，况乃是羁游。

别路应相忆，离亭更少留。

黄沙人外阔，飞雪马前稠。

甚险穷庐宿，无为过代州。②

---

① ［唐］刘皂：《旅次朔方》，《全唐诗》卷四七二，中华书局，1960 年，第 5359 页。

② ［唐］薛能：《送李溟出塞》，《全唐诗》卷五五八，中华书局，1960 年，第 6470 页。

诗中的李溟并不是去塞外为官，诗人说，出塞为官尚且不喜，更何况是羁旅之游！正因为是羁旅之游，路途孤独，更是思亲念友，更不能在离亭见到分别。边游之地，黄沙漫漫，飞雪飘飘，尤其是在毡包过夜，那一层薄薄的毡墙能阻挡风雪和狼虫虎豹吗？更何况，友人的出塞边游根本就可能是空劳一场。

总体看来，因为安北地域管理在唐王朝存在的诸多问题，导致这一方向的驿路上相对于安西来说，人员流动性稍差，著名诗人和诗作也不多，故而驿路唐诗的安北书写内容没有安西书写的内容丰厚，优秀的作品也没有安西的多。

第三节　驿路唐诗的安东书写

在唐朝东北的广大地区，生活着契丹、室韦、奚、靺鞨、高句丽、乌洛浑、流鬼、耽罗等少数民族，他们在唐初与唐王朝的关系并不密切，甚至有些民族还有心独立，比如高句丽。但高句丽自周王朝时分封箕子到朝鲜半岛，就被视为中华之土，历来统治者都不会放弃，汉朝设置乐浪郡、玄菟郡、真番郡、临屯郡，曹魏时期设立东夷校尉，管理辽东、昌黎、玄菟、乐浪、带方等郡。北魏时期虽然被柔然阻隔，但也一直通过各种管道向中原王朝进贡。隋时的几次征战，也是因为统治者始终认为高句丽属于中土。唐朝时曾有人提出放弃高句丽，但被唐太宗和维护国家一统的人拒绝。唐时建立安东都护府，管理包括辽东半岛、吉林北部、朝鲜半岛、朝鲜半岛西南的百济、乌苏里江以东、黑龙江下游西岸直至库页岛大海。唐王朝主要用羁縻州府的形式实施管理，但因为羁縻形式的管理比较松散，加之高句丽统治者试图自立、高句丽和新罗的战争、新罗的北侵等诸多因素，安东都护府仪凤元年（676）从平壤后撤辽东，管理范围缩小至辽东、渤海国等地。唐肃宗上元二年（761），唐王朝受安史之乱牵扯，无暇顾及安东都护府问题，遂撤销安东都护府，其辖地并入渤海国和卢龙节度使府。但高句丽故地主体部分仍然属于中原王朝。新罗曾被任命为鸡林都督府，虽然事实上是独立王国，但也仍然表示臣服于唐朝，属于附属国。正是在这样的历史背景中，我们将唐人来往于安东都护府的诗作作为唐诗边域书写的一部分。

一、走向安东的官员往来

唐王朝也多次在东北用兵，与靺鞨、高句丽都存在战争，与新罗也发生过争执，故而有一些来往军中的使者。但总体看来，唐王朝和这些地区大体维持在"朝贡""宗藩"的关系上，在驿路唐诗的记忆里，使府往还、封赠册立、贺喜吊丧等活动比较多。密集的使者往来，自然会发生送往迎来之诗作。

（一）来往于军中的使者

在军队中任职的文官、传宣皇命的使者、传递信息的驿使，往来于唐王朝在东北边塞的驻军与京都的驿路上，一些驿路诗歌反映了这一方向军中往来人员的相关信息。

武则天万岁通天元年（696），契丹李尽忠、孙万荣反叛唐朝，攻陷了营州，初唐后期的陈子昂，跟随武则天侄子建安王武攸宜率军征讨，在武攸宜幕府担任随军参谋。在蓟州时，著作郎崔融亦至军中，准备回京，陈子昂送别，写有《登蓟城西北楼送崔著作融入都》：

> 蓟楼望燕国，负剑喜兹登。
> 清规子方奏，单戟我无能。
> 仲冬边风急，云汉复霜棱。

慷慨意何道，西南恨失朋。①

这首诗歌在陈子昂作品中真的算不上好的作品。诗歌首联写自己身处燕国登楼远望的情形；颔联被送行者和送行者双绾，出句言对方宣读国家纪律，对句写自己无法施展才华；颈联转写季节寒冷，云霜覆盖；尾联感慨崔融入都，自己在蓟州就没有了朋友，表达了对崔融的留恋。除些许的惆怅，没有更深刻的情怀。

　　卢龙塞是唐王朝东北部边域的重要屯军之所，也有一些文人或文职官员出入其间。高适早年曾北上蓟门谋求出路，在这里写下了一些与军中来往官员有关的诗作，如《别冯判官》就是送别入幕府的朋友：

> 碣石辽西地，渔阳蓟北天。
> 关山唯一道，雨雪尽三边。
> 才子方为客，将军正渴贤。
> 遥知幕府下，书记日翩翩。②

碣石，今山海关之西有汉武帝、曹操所至之碣石山，唐之平卢今之昌黎亦有碣石山。"辽西"，按《新唐书·地理志》幽州范阳郡幽都县下有双行小字注："隋于营州之境汝罗故城置辽西郡，以处粟末靺鞨降人。武德元年曰燕州，领县三：辽西、泸河、怀远。土贡：豹尾。是年，省泸河。六年自营州迁于幽州城中，以首领世袭刺史。

---

① [唐]陈子昂著，徐鹏校点：《陈子昂集》卷二《登蓟城西北楼送崔著作融入都》，中华书局，1962年，第41页。
② [唐]高适著，刘开扬：《高适诗集编年笺注》，中华书局，1981年，第31页。

贞观元年省怀远。开元二十五年徙治幽州北桃谷山。天宝元年曰
归德郡。"① 刘开扬断此碣石在辽宁朝阳,非是。首联两句,其实有
点合掌,都指一个地方,"蓟北"两字,确定了所指之地当在今河北。
颔联写此去军中只有一条道路,三边雨雪霏霏。颈联赞所送之冯
判官乃才子入幕,正是将军所渴望的。尾联结于对冯判官未来幕
府生活的向往。此时高适风尘未偶,不知出路何在,对冯判官能够
军中入幕非常羡慕,因为唐代入幕是一条为官升迁的捷径。无独
有偶,大历诗人钱起也写有一首《卢龙塞行送韦掌记》,与高适诗非
常相近,诗云:

> 雨雪纷纷黑山外,行人共指卢龙塞。
> 万里飞沙咽鼓鼙,三军杀气凝旌旆。
> 陈琳书记本翩翩,料敌张兵夺酒泉。
> 圣主好文兼好武,封侯莫比汉皇年。②

此诗是诗人送别到卢龙军任掌书记职的韦姓官员。此诗还系名杨
巨源名下,为《卢龙塞行送韦掌记二首》。既然以"行"为名,自是
歌行体诗,那就不必"二首",二首八句分开,就是"绝句二首"了。
唐人的歌行体概念还是非常清晰的,故应归于钱起名下,为四句一
转韵的歌行体诗。上四句仄韵通押,下四句押下平一先韵。前四
句写韦掌记欲行之地不仅地理环境恶劣,且又鼓鼙声声,杀气凝
结,战争氛围浓郁,从出行的角度而言不是好去处。但后四句诗人

① [宋]欧阳修、宋祁:《新唐书》卷三九《地理三》,中华书局,1975年,第
1019—1020页。
② [唐]钱起:《卢龙塞行送韦掌记》,《全唐诗》卷二三六,中华书局,1960年,
第2605页。

翻转了对前四句环境糟糕的意思，认为这正可发挥韦掌记的作用，说他可以像曹魏时的掌书记陈琳那样，为军队出谋划策，取得出人意外的功业。而当今皇上不仅好文，兼而好武，两方面都可为自己赢得名声。也就是说，后四句鼓励韦掌记可在艰难困苦之地为国家建功立业，为自己赢得封侯之赏。钱起还有一首《送上官侍御》，也是送人到平卢入幕的：

> 执简朝方下，乘轺去不赊。
> 感恩轻远道，入幕比还家。
> 碣石春云色，邯郸古树花。
> 飞书报明主，烽火静天涯。①

"执简"即奉使所持之册，"方下"应是"方内"之意。"轺"是使者所乘之车。"赊"指远处。诗歌首联写上官侍御执朝廷之策，去不远之地，其实并不是真的不远，从颔联看，是因为上官侍御对朝廷和国家的态度，他感恩朝廷，所以对远道无所畏惧，他视国家为大家，故入幕好比归家。从这几句诗就可以看出，诗人钱起和所送上官侍御都是将家国重任肩于自身的有识之士、爱国之士。颈联写景，碣石为所去之地，则邯郸当是出发之地。尾联预测上官侍御未来的作为，能够为国尽忠、建功天涯。

与钱起等大致生活在同一时期的窦巩，写有一首《奉使蓟门》，是诗人自己出使到这一带的诗歌：

---

① [唐]钱起：《送上官侍御》，《全唐诗》卷二三七，中华书局，1960年，第2636页。

自从身属富人侯，蝉噪槐花已四秋。

今日一茎新白发，懒骑官马到幽州。①

这首小诗，无论从题目还是从内容上，我们都很难看出窦巩对蓟门的认识，更多的是抒写自己的人生。诗歌大意是说自己自从成为王侯门中之人（当指入朝拜为侍御使时）已经四度春秋，现在已经新添白发，"我都老了，却让我出使到幽州"。言外之意，幽州是朝廷的边陲重镇，到那里是建功立业的理想场所，应该在年轻时跃马疆场有所作为，而今垂垂老矣，已经很难再建功业，故而"懒骑官马到幽州"。据史书记载，窦巩元和二年（807）始举进士，当时大约四十五六岁，先被袁滋辟为滑州幕府从事，后入朝，则奉使蓟门时至少已经五十多岁，到幽州这样多有战阵的地方，确实有点老了。这种心态可以反映出唐人希望在年轻时边塞建功的心愿。

比钱起稍后的诗人于鹄写有一首《送韦判官归蓟门》，反映了诗人心目中的东北边塞的从军生活：

桑干归路远，闻说亦愁人。

有雪常经夏，无花空到春。

下营云外火，收马月中尘。

白首从戎客，青衫未离身。②

在于鹄看来，桑干河已经足够远，远到说起回归都会犯愁。在他的

---

① [唐]窦巩：《奉使蓟门》，《全唐诗》卷二七一，中华书局，1960 年，第 3052 页。

② [唐]于鹄：《送韦判官归蓟门》，《全唐诗》卷三一〇，中华书局，1960 年，第 3501 页。

笔下，这里夏日里也是常见冰雪，春天里却没有花香。在这样的地方作随军判官，"白首"却还是身穿八品判官的黑色服装，也是老大无成、功业未建的典型，可见诗人对韦判官的深切同情。

渤海国是大唐王朝的藩属国，在这里建有大唐王朝的行营，也有来往使者的记录，如韩翃的《送王诞渤海使赴李太守行营》：

> 少年结客散黄金，中岁连兵扫绿林。
> 渤海名王曾折首，汉家诸将尽倾心。
> 行人去指徐州近，饮马回看泗水深。
> 喜见明时钟太尉，功名一似旧淮阴。①

韩翃所在的时代，应该是高崇文任渤海郡王时。高崇文本是幽州人，曾率兵大破吐蕃，被封为渤海郡王。诗歌第二句"中岁连兵扫绿林"当指高崇文大破吐蕃事。颔联赞美渤海王曾经为唐朝立下战功，深受唐朝诸将的欣赏。颈联交待王诞去往渤海的陆上行经和流连情况。尾联称美王诞所要见到的是像钟会那样的名将，将来也一定会像淮阴侯韩信一样青史留名。贯休的《送人之渤海》没有明确说是使者，但从"吴乡子"的身份推测，姑且算作此类。诗云：

> 国之东北角，有国每朝天。
> 海力浸不尽，夷风常宛然。
> 山藏罗刹宅，水杂巨鳌涎。

---

① [唐]韩翃：《送王诞渤海使赴李太守行营》，《全唐诗》卷二四五，中华书局，1960年，第2751页。

好去吴乡子，归来莫隔年。①

贯休说，在大唐的东北方向，有一个国家是朝天的羁縻国，这里距离大海较近，"夷风常宛然"，也就是与华夏风俗迥异，山中有食人肉的恶鬼，水中有吞人命的巨鳌。风俗不同，且又环境险恶，所以嘱咐来自吴侬软语之地的出使者尽早返归——也就是希望他平安之意。

在大唐安东方向来往于军中的使者，原本不少，但相对于西域拥有著名诗人而言，来往于这里的使者文化气息还是相对较少，因而，反映这一方向的军中使者生活的作品也相对较少，这是比较遗憾的事情。

（二）往返高丽、新罗、百济、靺鞨的使者

唐文化在当时影响巨大，唐文化的全面繁荣吸引着世界各国与唐王朝进行多方交往，唐文化的包容气度和博大胸襟，不仅扩张了唐文化的影响力，而且吸引着各种外来文化的目光，促进着中外文化的广泛交流。其中，现在意义上的东亚对唐文化的接受非常充分。就唐代版图而言，主要是当时高丽、新罗、百济、靺鞨等，他们接受唐王朝的册封，向唐王朝进贡，派学生到长安学习，因此唐都长安侨居着大量高丽、新罗、百济、靺鞨等地的使节、学者、僧侣和留学生，海路、陆路也行走着来来往往的使者。在驿路唐诗中有相关情况的反映。其中，与新罗的交往非常密切，相关诗歌比其他地方多。主要是两类：

第一类是送别回归新罗的新罗使者。这一类主要是送别新罗

---

① ［唐］贯休：《送人之渤海》，《全唐诗》卷八三三，中华书局，1960年，第9400页。

来大唐的友人。这些来自新罗的人是唐、罗文化交流的媒介,他们往往来到唐王朝学习唐文化,不仅"学得中华语""汉风深习得",还与唐朝很多人结成朋友,有的甚至在唐朝获得科举及第的荣耀,回归新罗,成为文化传播的使者。如陶翰的《送金卿归新罗》:

> 奉义朝中国,殊恩及远臣。
> 乡心遥渡海,客路再经春。
> 落日谁同望,孤舟独可亲。
> 拂波衔木鸟,偶宿泣珠人。
> 礼乐夷风变,衣冠汉制新。
> 青云已干吕,知汝重来宾。[①]

陶翰开元十八年(730)进士及第,生活在唐朝最好的开元盛世时,那时的中国天下闻名,四方慕义,纷纷来朝,中华文化对四方影响巨大,这首诗就反映了这方面的情况。从陶翰的叙述里,我们可以肯定,来自新罗的金卿,被称为"远臣",虽然有一个"远"字,但也依然是"臣",可见是属于宇内。接着写金卿因为思念自己的故乡新罗,哪怕跨海横渡,哪怕再经春天,也要回乡探望。中间四句写金卿在海路上的孤独和寂寞。九、十两句则写金卿回到新罗会给家乡带来的变化,即用华夏的礼仪文明改变新罗的人文风俗,甚至连衣冠礼节都会如同唐朝一样。从这种描写中,我们看到了唐朝和新罗交流的文化价值,而主要是唐文化影响新罗文化。

随着唐、罗交往的越来越多,唐朝很多文人与入唐的新罗人成

---

① [唐]陶翰:《送金卿归新罗》,《全唐诗》卷一四六,中华书局,1960年,第1477页。

为好友，分别时往往依依不舍，流露出浓郁的"西出阳关无故人"
般的神圣情感。如中唐早期诗人张籍有一首《送新罗使》，见出他
与新罗使的感情很深：

> 万里为朝使，离家今几年。
> 应知旧行路，却上远归船。
> 夜泊避蛟窟，朝炊求岛泉。
> 悠悠到乡国，远望海西天。①

这一位来自新罗的使者，不远万里来到中国，如今经年日久，欲归
岛乡了。据张籍下一句"应知旧行路"看，这位使者来时是从陆路
过来的，但现在要回乡了，却选择了水路。诗人应该是想到了海行
的风险，嘱咐新罗使晚上找什么样的地方停泊，早晨找什么样的地
方用餐，可谓细心周到、体贴入微。结尾还殷殷嘱托对方：到了你
自己的家乡，不要忘记看一看"海西"（指向唐朝大陆方向）的天
空，也即不要忘记唐朝还有自己这样的朋友。

　　这一类在题目中就明确送新罗人回国的作品在唐诗中还有几
十首，如刘眘虚的《海上诗送薛文学归海东》、张籍的《送金少卿副
使归新罗》、马戴的《送朴山人归新罗》、尚颜的《送朴山人归新罗》、
顾非熊的《送朴处士归新罗》、姚鹄的《送僧归新罗》、张乔的《送棋
待诏朴球归新罗》《送朴充侍御归海东》、法照的《送无著禅师归
新罗》、贯休《送人归新罗》等，可见双方往来之频繁。这种情况可
以从韩国的《三国史记》《东纲史目》等书的记载中获得印证。如

---

① ［唐］张籍：《送新罗使》，《全唐诗》卷三八四，中华书局，1960 年，第
　　4312 页。

《东纲史目》卷五记载：

> 新罗自事唐以后，常遣王子宿卫，又遣学生如太学习业……又遣他学生入学者，多至百余人……学生去来者相踵。①

从史料的记载中可知唐、罗交往之频繁。中国的史料记载中虽然不能详知新罗遣唐使的具体数字，但这种交往是从贞观初年就开始的。从《唐会要》记载开成二年（837）新罗留学生216名、开成五年（840）回海东学生和质子106名，可大约了解唐、罗交往的密度。这些遣唐使归国后传播唐文化，让唐文化直接影响了新罗的文化和社会制度的建设。如新罗善德女王时期就积极学习唐朝文化，想借助唐朝较为完备的政治体系和儒家文化体系来建立新罗自己的国家政治、文化内核，以发展新罗，还想借助中土佛教控制新罗的思想意识领域，因而为更好接受大唐儒家和佛教方面的影响，曾派很多贵族子弟入唐学习；真德女王时期则在政治、文化等方面进一步唐朝化，在位八年曾八次派遣唐使，平均每年都有一次，全面接受大唐文化和制度的影响，甚至女王本人也写汉语律诗。新罗派大批遣唐使入唐学习，学成者归国，引发了无数的驿路送别，张乔称之为"自笑中华路，年年送远人"，这是唐、罗文化交往的历史见证。

　　第二类是送别唐人去往新罗的使者。这些去往新罗的使者，身负大唐王朝的使命，或吊死贺新，或传宣王命，或担负结交、安抚等重任。因为大多选择海路前往，风涛浪涌，凶险无边，时间久长

---

① ［韩］《东纲史目》卷五，转引自刘后滨《从宿卫学生到宾贡进士——入唐新罗留学生的习业状况》，《社会科学战线》2013年第1期。

（一般来往都要一两年），送别诗往往以担忧出使者海路艰难、思乡情切为主，表达同情和安慰，并以雨露润东夷为鼓励。如中唐时期李昌符的《送人入新罗使》：

> 鸡林君欲去，立册付星轺。
> 越海程难计，征帆影自飘。
> 望乡当落日，怀阙羡回潮。
> 宿雾蒙青嶂，惊波荡碧霄。
> 春生阳气早，天接祖州遥。
> 愁约三年外，相迎上石桥。[①]

李昌符的这首诗，送别一位出使到新罗的唐朝官员。鸡林，指鸡林州都督府，是唐王朝在新罗领土上设立的由新罗王担任都督的羁縻政权。自公元 663 年起之后的二百余年间，新罗共有 16 位王被任命为鸡林州都督。这种情况，很难做出新罗不属于唐的判断。李昌符所送的赴新罗的使者，也是选择海路。"越海程难计"很符合实际情况。若论海路去新罗，从山东半岛出海，海路要比陆路近不知多少倍，但海洋环流、季风、暗礁等原因，也使海路危险异常。日本的晁衡就是在归国时遇到风浪，飘泊到唐朝的广州等地，后又辗转再回长安。海程难计，是因为有不能估计的风险。而且，海上不比陆路，陆路或可有来来往往的人员相逢相聚，海路就只能是"征帆影自飘"了。接着，李昌符为对方设想了归途中的矛盾复杂的心情：一方面想念家乡时在落日时分望向西方，一方面也因为

---

① ［唐］李昌符：《送人入新罗使》，《全唐诗》卷六〇一，中华书局，1960 年，第6951 页。

"怀阙"也即"恋阙"心态而盼望潮水倒转。最后李昌符表示，希望三年后你出使归来，我再上石桥迎候你，从中表达了对对方平安归来的良好愿望。

大历时期，新罗王金宪英离世，唐王朝于大历三年（768）册封金乾运为新罗王，唐朝派一位归姓使者出使吊祭并册立，李益曾作《送归中丞使新罗册立吊祭》（此诗《全唐诗》两出，李端诗中题名《送归中丞使新罗》）：

> 东望扶桑日，何年是到时。
> 片帆通雨露，积水隔华夷。
> 浩淼风来远，虚明鸟去迟。
> 长波静云月，孤岛宿旌旗。
> 别叶传秋意，回潮动客思。
> 沧溟无旧路，何处问前期。①

诗中的归中丞，任务比较单纯，就是代表唐王朝吊死贺新，我们置于李益名下，是因为李益诗诗题明朗，且吉中孚有同题诗。归中丞也是选择水路，但由于去往新罗时间很长，故而一句"何年是到时"表达了李益对归中丞旅途的担忧。诗中也设想了归中丞此去沧海茫茫、风里雨里，也为归中丞设想了途中看着回潮思念家乡的情景。最后说"沧溟无旧路"，也就是，海路不可能像陆路那样可以循着别人的辙印前进，故有"何处问前期"之忧，而若自己"梦中不识路"（沈约语），想追随对方的脚步，当然不能像李白那样推测对方

---

① ［唐］李益：《送归中丞使新罗册立吊祭》，《全唐诗》卷二八三，中华书局，1960年，第3220页。

的路径和停歇的地点，"看君颍上去，新月到应圆"，或者"随君直到夜郎西"。

吉中孚与李益同题的《送归中丞使新罗册立吊祭》则主要落笔于归中丞出使的光荣使命：

> 官称汉独坐，身是鲁诸生。
> 绝域通王制，穷天向水程。
> 岛中分万象，日处转双旌。
> 气积鱼龙窟，涛翻水浪声。
> 路长经岁去，海尽向山行。
> 复道殊方礼，人瞻汉使荣。①

从吉中孚的交待里，我们知道，归中丞是山东诸生，选择水路出使新罗。诗歌中间几句也是在想象中写归中丞的水路行程情况，但结尾落于"殊方"之人沾溉汉恩雨露，当感万分荣幸。诗中始终流露出一种天朝大国俯视八荒的心态。

耿沣也有一首同题诗《送归中丞使新罗（册立吊祭）》，《全唐诗》本无"册立吊祭"四字，但又说他本有此四字，根据所送同一人，作者均为大历十才子诗人，断为同题诗。诗歌中透露出归中丞此行的任务有化育殊方、传宣王化的目的：

> 远国通王化，儒林得使臣。
> 六君成典册，万里奉丝纶。

---

① ［唐］吉中孚：《送归中丞使新罗册立吊祭》，《全唐诗》卷二九五，中华书局，1960年，第3352页。

　　　　　　　云水连孤棹，恩私在一身。

　　　　　　　悠悠龙节去，渺渺蜃楼新。

　　　　　　　望里行还暮，波中岁又春。

　　　　　　　昏明看日御，灵怪问舟人。

　　　　　　　城邑分华夏，衣裳拟缙绅。

　　　　　　　他时礼命毕，归路勿迷津。①

　　诗歌首句就点明了此次出使的任务"远国通王化"，"远国"即指新罗，"通王化"即向对方传宣大唐文化，使其熟稔唐文化。正是这样的任务，所以才派归中丞这样的儒林中人出使远方。"典册"亦作"典策"，指帝王的策命。"丝纶"指皇帝制诏及三省同奉圣旨所发省札之类的泛称。也就是归中丞身负朝廷重任。中间八句设想归中丞的水路行程，结尾四句落于山河异域，衣裳拟同，内涵以夏变夷之意，并期望归中丞完成任务后顺利返程。

　　这种与新罗来来往往的册封、吊祭，在唐诗中屡见不鲜，中晚唐时期还有很多，如钱起的《送陆班侍御使新罗》、刘禹锡的《送源中丞充新罗册立使》、窦常的《奉送职方崔员外摄中丞新罗册》、马戴的《送册东夷王使》、姚合的《送源中丞使新罗》、曹松的《送胡中丞使日东》，都是这方面的作品，可见唐王朝与新罗关系的密切。

　　值得注意的是，唐人这些与新罗交往的诗歌中的一个倾向，就是华夏正朔的问题。陶翰《送金卿归新罗》中的"奉义朝中国"，吉中孚《送归中丞使新罗册立吊祭》中的"绝域通王制"，耿沣《送归中丞使新罗（册立吊祭）》中的"远国通王化"，窦常《奉送职方崔

────────────

① ［唐］耿沣：《送归中丞使新罗（册立吊祭）》，《全唐诗》卷二六九，中华书局，1960 年，第 2997 页。

员外摄中丞新罗册使》中的"正朔在中华",皇甫曾的"南徼衔恩
去""天遥辞上国"等,让我们可以清晰地感受到,那时的新罗对大
唐王朝的膜拜和唐王朝视远国为王化之内、同一正朔的地方。尽
管今天韩国确实是独立国家,尽管有人回避或否定唐朝对新罗实
施羁縻管理的史实,但就唐诗而言,这些情况是无法回避的。如刘
禹锡的《送源中丞充新罗册立使》:

> 相门才子称华簪,持节东行捧德音。
> 身带霜威辞凤阙,口传天语到鸡林。
> 烟开鳌背千寻碧,日浴鲸波万顷金。
> 想见扶桑受恩处,一时西拜尽倾心。①

诗中称源中丞持节册立新罗王是"德音",称扶桑接受册封为"受
恩",说扶桑接受册封后倾心"西拜",俨然唐朝是天朝上国的意思。
送同一人的另一首《送源中丞使新罗》在《全唐诗》两出,分属殷尧
藩和姚合,诗云:

> 赤墀奉命使殊方,官重霜台紫绶光。
> 玉节在船清海怪,金函开诏抚夷王。
> 云晴渐觉山川异,风便宁知道路长。
> 谁得似君将雨露,海东万里洒扶桑。②

---

① [唐]刘禹锡著,瞿蜕园笺证:《刘禹锡集笺证》卷二八《送源中丞充新罗册
立使》,上海古籍出版社,1989年,第878—879页。
② [唐]殷尧藩:《送源中丞使新罗》,《全唐诗》卷四九二,中华书局,1960年,
第5472—5473页。

诗中用"抚夷王"指称源中丞此次的任务,显然是上对下、君对臣的口气,结尾说源中丞送给东夷的是滋润禾苗的雨露,他的开诏宣读恩命,可以让扶桑到处都能感受到天恩雨露。这完全是居高临下的态度。

新罗使者也写汉诗,但这方面的材料笔者尚未搜集全面,容后补充。

二、安东举子的科考印记

唐朝的科举考试,在唐文化里是影响世界的重要因子,而影响东亚为最,当时在唐王朝舆图之内的渤海、高丽和藩属国新罗与唐朝文化的融合达到了相当高的层面,几乎全盘接受了唐王朝的科举制度。安东都护府存在的时间虽然不是很长,但唐文化的影响却绵远流长。当时,上述地方都派大量学子到唐王朝学习唐文化,包括不隶属安东都护府的新罗,很多文人学子都以学习唐文化为最高文化追求,前文所举的父亲派儿子到唐王朝国都求学的例子和儿子坚决要求到唐王朝求学的例子,都很典型。

唐朝接受外来学子的学习并针对他们参加科考的愿望,开设了科举考试的宾贡科。唐史资料对于宾贡科的开始时间语焉不详,从"诸州宾贡武举人""属太学举贤,宾庭贡士"等唐玄宗制敕留存的信息看,至少在唐玄宗时期已经大规模实行,说明之前也曾经有过。而据韩国保存的《东史纲目》记载,长庆初年的金云卿为新罗第一位及第宾贡科学子,说明新罗人真正实现宾贡科举成功的时间要稍微晚一些。自此之后的百余年时间里,新罗人在唐朝及第者约有 90 余人,至今仍可考其姓名的有 26 位[1],可见新罗人

---

[1] 参见关贺:《入唐新罗留学生研究》,延边大学 2015 年硕士论文,第 10 页。

突破宾贡科考试的门槛后,成功的人越来越多。

这一区域的人使用唐朝语言的水平也很高,汉诗写作随同唐王朝的节奏律动。在这些文化宠儿们往返长安和安东及附近地区的路途上,对大唐文明的向往、自己的乡关记忆、其间与唐人建立的友谊成为这一类诗歌的几个重要层面。

一是科考举子的乡关情怀。东亚文明中,游子思乡是永恒的主题。这些来自海东的士子,乡关万里,动辄经年,想念家乡是非常可以理解的情怀。唐朝文人多能理解这一点,有些诗作替他们写下了乡关之思,如权德舆的《送裴秀才贡举》:

> 儒衣风貌清,去抵汉公卿。
> 宾贡年犹少,篇章艺已成。
> 临流惜暮景,话别起乡情。
> 离酌不辞醉,西江春草生。①

此诗在《全唐诗》两出,另一处署名皇甫曾,只第一句不同,皇甫曾名下的第一句是"儒衣羞此别",为首句不入韵格式,其他则完全相同,但基于皇甫曾为天宝十二年(753)杨儇榜进士的情况,双方都没有"羞"的道理,故采用权德舆本。首联赞美对方风貌和此去风光;颔联称赏对方参加宾贡考试是年少有为、篇章有成;颈联透露裴秀才对故乡的思念之情。据史料记载,唐朝很多新罗人来唐朝后在东部沿海一带生活,有很多"新罗村",而权德舆也曾徙居润州丹徒(今江苏镇江,皇甫曾也是这里人)生活,或者比较了解裴秀才

---

① [唐]权德舆:《送裴秀才贡举》,《全唐诗》卷三二四,中华书局,1960年,第3642页。

的情况。再如晚唐杜荀鹤的《送宾贡登第后归海东》：

> 归捷中华第，登船鬓未丝。
> 直应天上桂，别有海东枝。
> 国界波穷处，乡心日出时。
> 西风送君去，莫虑到家迟。[①]

诗歌题目"归海东"点明了所送之人为新罗人，"宾贡登第"说明所送之人到大唐来学习并参加了唐王朝组织的宾贡科考试，首句"归捷中华第"是所送之人在中华的学习成果。从"登船鬓未丝"看，杜荀鹤所送之人并未经历"五十少进士"的科场蹉跎，而是青壮年科考得志。杜荀鹤诗中所送之人在唐朝的宾贡科考试中喜获捷报，也像唐朝本土士子进士及第后衣锦还乡一样，要回到新罗感受成功的喜悦。杜荀鹤称赞所送之人"直应天上桂"，说他是折桂而返，这样的人对于海东人而言则是特有的人才，所以称之为"别有海东枝"。诗中又细心地为对方设想，当海上没有办法判断何处为唐、罗界限之时，宾贡举人的归心似箭当迎着朝阳而升。尾联诗人劝慰宾贡举人不用担心归家的日期，西风起，自可送君直到海东西，以"西风送君去"祝愿对方一帆风顺。诗中一直追随着登第者的乡心写作，细心体味，情谊真挚。

　　二是见证唐、罗学子的深情厚谊。学子到大唐学习，日久年深，必然生出同学情感，一旦分别，即为远别或生死离别，难免伤感。关心对方归国行程的风涛险恶、旅途艰难，几乎是绝大部分送

---

① ［唐］杜荀鹤：《送宾贡登第后归海东》，《全唐诗》卷六九一，中华书局，1960年，第7933页。

别诗的主题。还有一些则是盼望能够再有机会见面,或盼望还能彼此知道音信,情意殷殷。如贯休《送新罗人及第归》:

> 捧桂香和紫禁烟,远乡程彻巨鳌边。
> 莫言挂席飞连夜,见说无风即数年。
> 衣上日光真是火,岛旁鱼骨大于船。
> 到乡必遇来王使,与作唐书寄一篇。①

诗歌前面部分写送别,被送别的人也是归心似箭,诗人为新罗及第友人担忧,说虽然“挂席飞连夜”,即日夜扬帆远航,但仍觉“无风”还要好几年才能到家,而你归心似箭,路程时间便变慢。这是细心体味朋友归乡心切。最后两句,说朋友到家乡后,一定能遇上到大唐的使者,希望对方利用可能的机会给自己通一通音信,可见非常希望得到对方平安的信息,体现了双方感情的深厚。

三是反映科举带来的文化交流。来大唐学习并参加宾贡科举的人,一般来唐时间较长,对中土文化了解深透,并能熟练使用汉语,甚至汉诗也写得很好,展现出双方文化交流的价值。中唐章孝标的《送金可纪归新罗》颇含唐、罗文化交流的内涵:

> 登唐科第语唐音,望日初生忆故林。
> 鲛室夜眠阴火冷,蜃楼朝泊晓霞深。
> 风高一叶飞鱼背,潮净三山出海心。

---

① [唐]贯休:《送新罗人及第归》,《全唐诗》卷八三六,中华书局,1960 年,第9418 页。

想把文章合夷乐，蟠桃花里醉人参。①

诗中的金可纪到大唐学习，非常成功，不仅中土语言说得呱呱叫，还获得了很多唐人都难以获得的殊荣，科举及第，于是他也如中原人一样要衣锦还乡。章孝标在诗歌颔联和颈联想象了金可纪的一路艰难，尾联点出金可纪回归新罗后可能会把在唐朝学得的文章功夫"合夷乐"，使唐文化与东夷文化融合，达到唐、罗文化交流的目的。再如张乔的《送宾贡金夷吾奉使归本国》：

> 渡海登仙籍，还家备汉仪。
> 孤舟无岸泊，万里有星随。
> 积水浮魂梦，流年半别离。
> 东风未回日，音信杳难期。②

诗题中的金夷吾已经是宾贡科的成功者，他渡海而来，获得了名列仙籍的结果（指登科及第，在唐人眼中，能够登科及第的人都是列入仙籍的人），对唐代的礼仪文化等自然非常熟稔，他奉使归国，自然也就把所学的唐文化备传新罗了。诗歌后六句写金夷吾归国路途的孤单寂寞、半年流离，以及双方难以再通音讯的遗憾，是属于上面"唐、罗两国学子的深情厚谊"的内容，不再分析。再看一首许浑关于围棋交流的诗歌《送友人罢举归东海》：

---

① [唐]章孝标：《送金可纪归新罗》，《全唐诗》卷五〇六，中华书局，1960年，第5752页。
② [唐]张乔：《送宾贡金夷吾奉使归本国》，《全唐诗》卷六三八，中华书局，1960年，第7305页。

> 沧波天堑外，何岛是新罗。
>
> 舶主辞番远，棋僧入汉多。
>
> 海风吹白鹤，沙日晒红螺。
>
> 此去知投笔，须求利剑磨。①

许浑送别的这位参加科举考试的新罗人究竟是哪一种已经很难说了，但从许浑诗中透露的信息看，新罗人来唐交流的不仅仅是科举考试的人，还有"棋僧"，而且是"棋僧入汉多"，由此可知双方棋艺交流非常频繁。而且这些"棋僧"在棋艺上有了进展，竟然放弃了所从事的"笔"也即科举的事业，可见唐朝的棋艺魅力之大、影响之大。这也是唐文化对新罗文化影响的一种。

晚唐徐夤有一首《渤海宾贡高元固先辈闽中相访云本国人写得夤斩蛇剑御沟水人生几何赋家皆以金书列为屏障因而有赠》的诗歌，不属于驿路诗歌，但涉及了渤海宾贡科进士高元固在唐朝的文化活动，姑用于此：

> 折桂何年下月中，闽山来问我雕虫。
>
> 肯销金翠书屏上，谁把芻蕘过日东。
>
> 郑子昔时遭孔圣，蹊余往代讽秦官。
>
> 嗟嗟大国金门士，几个人能振素风。②

---

① ［唐］许浑：《送友人罢举归东海》，《全唐诗》卷五三一，中华书局，1960 年，第 6072 页。

② ［唐］徐夤：《渤海宾贡高元固先辈闽中相访云本国人写得夤斩蛇剑御沟水人生几何赋家皆以金书列为屏障因而有赠》，《全唐诗》卷七〇九，中华书局，1960 年，第 8163 页。

诗中的高元固已经蟾宫折桂，获得了宾贡进士的称号，还要到闽山徐夤这里谈文论字。他说没想到我徐夤的文字竟然在渤海有人书金翠（黄金色字）于屏风，也不知道什么人把我徐夤不成器的见解带到渤海。接着诗人用了两个典故，一个谦虚自比，说高元固来我这里访学，就好比孔子拜访郯子，高抬对方，说高元固就好比当年来秦讽刺秦穆公的西戎使臣繇余，非常高才。最后感慨我们大唐能有几个像高元固这样的人振兴学风。从中可以感受到高元固的文化活动给唐人带来的冲击。

三、唐人诗歌中的安东汉化

安东都护府原本是管理高句丽故地的机构，搬到辽东后管理范围有所变化，负责管理辽东、渤海国的军政事务。安史之乱后撤销，辖地并入渤海国和卢龙节度使。卢龙属于内地，其文化管理一切悉同大唐，高句丽失败后，大部分民众迁徙内地，渤海属于版图内羁縻州府，其入朝学习者虽亦称宾贡科，却是基本接受唐儒家文化影响，是"疆理虽重海，车书本一家"的"海东盛国"。新罗则是非版图内之朝贡国，但因为对大唐先进文化的向往，从贞观年间就开始派遣唐使向大唐取经，后来愈加频繁。从《唐会要》记载开成二年（837）新罗留学生216名、开成五年（840）回海东学生和质子106名，可大约了解唐、罗交往的密度。这些遣唐使归国后传播唐文化，让唐文化直接影响了新罗的文化和社会制度的建设。新罗遣唐使学成者归国，引发了无数的驿路送别，故有张乔"自笑中华路，年年送远人"之说，这是唐、罗文化交往的历史见证。

新罗与大唐的早期交往和汉化情况在诗歌中表现不多，而中晚唐新罗学子对汉文化的接受则是唐、罗文人交往的诗歌中常见的题材，如钱起《送陆珽侍御使新罗》：

衣冠周柱史，才学我乡人。

受命辞云陛，倾城送使臣。

去程沧海月，归思上林春。

始觉儒风远，殊方礼乐新。[1]

"周柱史"，原指老子，老子曾任周之"柱下史"，唐代则代指御史。诗中的陆玭是钱起同乡，令钱起颇为骄傲，故说"才学我乡人"。陆玭以侍御史身份奉命出使新罗，竟然倾城相送，口气虽然夸张，但可见送别场面非常宏大。颈联写路程和归思，尾联照应首联，写陆玭将儒家风范带到新罗，让新罗礼乐发生变化，可见陆玭才学在此次出使中颇有用武之地，也见出钱起所希望的唐文化对新罗的影响力。再如张籍的《赠海东僧》：

别家行万里，自说过扶余。

学得中州语，能为外国书。

与医收海藻，持咒取龙鱼。

更问同来伴，天台几处居。[2]

张籍所接触的这位海东僧，是向中土文化学习的典型范例，他别家万里，掌握多种语言，对医学、道学（持咒）、佛学（天台）都有涉猎，而且与他同来的新罗人有很多，"天台几处居"。诗歌反映了新罗人来中土后在东南沿海一带生活、建新罗村的情况。再如顾况之

---

① [唐] 钱起：《送陆玭侍御使新罗》，《全唐诗》卷二三七，中华书局，1960 年，第 2639 页。

② [唐] 张籍：《赠海东僧》，《全唐诗》卷三八四，中华书局，1960 年，第 4319 页。

子顾非熊的《送朴处士归新罗》：

> 少年离本国，今去已成翁。
> 客梦孤舟里，乡山积水东。
> 鳌沉崩巨岸，龙斗出遥空。
> 学得中华语，将归谁与同。①

顾非熊所送别的这位朴姓处士，很小就离开了家乡，而在年近老时方回新罗，大半生在大唐度过，他在大唐生活时，"学得中华语"，等于已经把汉语当成自己的母语，而回归新罗，就等于又回到了一种陌生的语言环境中，难有同道，所以一定会有"将归谁与同"的孤独和落寞。而这样一种感觉，正是基于朴处士对中华语言和文化的熟稔，那种深入骨髓的文化浸润，已经让这位原本的新罗人还乡似异乡了。反映唐文化对新罗影响的还有刘得仁的《送新罗人归本国》：

> 鸡林隔巨浸，一住一年行。
> 日近国先曙，风吹海不平。
> 眼穿乡井树，头白渺涨程。
> 到彼星霜换，唐家语却生。②

鸡林，是古代对新罗的称呼，与中华隔着大海（"巨浸"），诗歌写新

---

① ［唐］顾非熊：《送朴处士归新罗》，《全唐诗》卷五〇九，中华书局，1960 年，第 5782 页。
② ［唐］刘得仁：《送新罗人归本国》，《全唐诗》卷五四四，中华书局，1960 年，第 6293 页。

罗人到唐朝已经一年,现在要回国了。这个国家在大唐的东方,被
海水包围,他们比大唐人早见日出,也常感受海水激荡汹涌。但那
毕竟是所送之人的家乡,所送之人依然乡心浓郁,对家乡望眼欲
穿,不惧路途遥远。结尾说,经过斗转星移,这个新罗人回到家乡,
曾经在大唐学得的汉语,可能会因为到得家乡较少使用而渐渐生
疏。这是对实情的猜测,从中透露出新罗人来到大唐的目的就是
学习唐文化。还有姚鹄的《送僧归新罗》:

> 淼淼万余里,扁舟发落晖。
> 沧溟何岁别,白首此时归。
> 寒暑途中变,人烟岭外稀。
> 惊天巨鳌斗,蔽日大鹏飞。
> 雪入行砂屦,云生坐石衣。
> 汉风深习得,休恨本心违。①

这首诗写一位新罗僧人不知何年何月就来到了大唐,直到白首之
时才要回归自己的母国。因为在大唐日久年深,他对大唐文化非
常熟悉,达到了"汉风深习得"的层次,曾经的本心是什么,或许来
到大唐,经过多年的学习,已经在学习中放弃了原有的追求,但这
些似乎已经不重要,只要有"汉风深习得"的收获,就是满载而归,
无所遗憾。

　　贯休的一首诗不仅反映了僧人在大唐学习的情况,而且设想
了这些僧人回到新罗后的待遇,让我们看到了大唐文化对新罗的

---

① [唐]姚鹄:《送僧归新罗》,《全唐诗》卷五五三,中华书局,1960 年,第
　6409 页。

影响,其《送新罗僧归本国》曰：

> 忘身求至教,求得却东归。
> 离岸乘空去,终年无所依。
> 月冲阴火出,帆拶大鹏飞。
> 想得还乡后,多应着紫衣。①

贯休诗中的这位僧人,为了能够求得真经,"忘身求至教",舍生忘死,学成之后即求东归,又是历经艰险,诗人想象待他回到新罗,一定会受到新罗王的重视,被敕封着紫色袈裟而风光无限吧。紫衣,佛教法物,这里指紫颜色的袈裟,应是设想新罗王赐给所送之人以示宠贵的意思。从中国佛教史上看,新罗僧人在中国获得紫色袈裟的似乎只有新罗第三太子(684—762),俗姓金,是禅宗五祖弘忍的再传弟子处寂的徒弟,在大唐创立净众宗,在唐、罗佛教文化交流方面做出了积极贡献,但他的时间与贯休不重叠,贯休(832—912)晚很多,其所送当另有其人。贯休设想所送之人归国后受到的待遇也如此隆重,一方面可以充分印证大唐文化在新罗的影响力,新罗接受唐文化消化过的佛教思想的程度也就可想而知了。另一方面,这也是诗人对所送之人在加强唐、罗文化交流上发挥作用的期盼。

　　反映唐王朝与安东区域文化交往的诗有很多,而且能见出文化交流的多样性,除了上面所举的例子涉及儒家思想、史学内容、语言学,更多的是佛教。唐诗中送别新罗僧人的诗更多一些,除上

---

① ［唐］贯休:《送新罗僧归本国》,《全唐诗》卷八三二,中华书局,1960 年,第9385 页。

举姚鹄的《送僧归新罗》,还有法照的《送无著禅师归新罗》、贯休的《送新罗僧归本国》《送新罗衲僧》等,也有反映道教交流的作品,如马戴的《送朴山人归新罗》,还有反应双方围棋交流的作品,如张乔的《送棋待诏朴球归新罗》。各方面文化交流诗歌的留存,可见证大唐对新罗文化的影响,也可证明双方交往的密切。

　　在唐朝被称为"海东盛国"的渤海,与唐文化更加密切。或许是因为更加密切,反映双方文化交流的诗歌反而不多,这也许就是"大音稀声"吧。但只要看一首温庭筠的《送渤海王子归本国》,这种文化关系紧密的情况就不由不信:

> 疆理虽重海,车书本一家。
> 盛勋归旧国,佳句在中华。
> 定界分秋涨,开帆到曙霞。
> 九门风月好,回首是天涯。①

"疆理虽重海",还是指出了山川异域的特点,但"车书本一家"道出了双方文化的本质,"车同轨,书同文",没有区别,完全一体,这就是渤海国与当时唐王朝的关系,故而其渤海国的"国"字,就颇有封国之意了。这位渤海王子应是以质子身份在唐朝国都生活,不仅为他的国家立下了"盛勋",而且在大唐诗书秀句,颇有成就,得人传诵。这就展现了当时质子制度密切唐王朝与羁縻国之间关系的价值。

　　从这些写于驿路和与驿路相关的反映大唐与安东边域的诗歌

---

① [唐]温庭筠:《送渤海王子归本国》,《全唐诗》卷五八三,中华书局,1960年,第6756页。

描写可以看到，边域所在之地，对大唐文化非常认同，并努力接受唐文化的影响，成为深受唐文化影响的地方，这就是文化的空间一体性。

四、唐诗中的安东自然与战争

唐朝管理东北边域，主要是用羁縻手段，对归附唐朝的少数民族政权进行安抚笼络，形成相对宽松的管理机制："唐王朝的边疆封授政策是一项柔性的政治、文化措施，唐高祖通过其施行初步区分了东北边疆地区的藩国和羁縻地方政权。前一层次包括高句丽、新罗与百济三国，后一层次涉及靺鞨、契丹等民族或政权，唐王朝对这两个层次的首领进行了不同性质的封授，虽然封授政策本身尚不完善，但得到了顺利实施，使东北边疆秩序初步建立起来。"① 这里地理偏僻、气候恶劣、物产绝少，因此唐朝统治者并不特别重视，但也有不少战争。唐初与高丽、东突厥、薛延陀的战争，给唐代人民留下了深刻的记忆和沉重的心理创伤，安史之乱不仅在全国更在东北边域产生了极坏的影响。唐诗中含有东北边域战争记忆的诗歌集中在几个有代表性的地点，幽州、蓟门、卢龙、碣石、营州、辽阳、辽西、高丽等，内容上则有记录从军行程、描写边塞苦战、抒发征人思乡等，也有少数几首边塞建功的作品。

（一）反映东北边域的山川地理和风土人情

记录从军行程的诗歌往往能够反映当地的山川地理、风土人情和从军者对从军生活的感受。唐太宗李世民曾经亲征高丽，路途上写下了一些征程诗，如《于北平作》：

---

① 刘海霞：《藩国与羁縻地方政权：唐高祖东北边疆封授政策研究》，《云南民族大学学报》2015 年第 1 期。

翠野驻戎轩，卢龙转征旆。

遥山丽如绮，长流萦似带。

海气百重楼，岩松千丈盖。

兹焉可游赏，何必襄城外。①

诗题中的"北平"在唐朝属于幽州管辖范围，在唐平州北平郡，具体位置大概在今河北秦皇岛市卢龙县一带。幽州是唐朝政治、军事、商业的大都会，卢龙只是卢龙塞，不可能容纳太多人。唐太宗率领大军东征，只能野外住宿，故而首联曰"翠野驻戎轩，卢龙转征旆"，描写燕山南麓山色佳翠，颔联继续写景，写燕山的美丽和青龙河的漂亮。颈联写这里暖温带亚湿润气候的特点，这里离海很近，雾气重重，使得岩松生长得非常茂盛，树冠如盖。尾联表达了对这一带美景的欣赏。"何必襄城外"的"襄"，有人解释为"攘除、抵御"，窃以为不妥，这里应该指地名，因为李世民表达的可在卢龙这一带欣赏风景，不一定跑到"襄城外"那样的地方。联系此次东征的目的地是高丽，这个"襄"字或可理解为"平壤"的"襄"，从中可以感受到，似乎李世民到达卢龙后，对东征高丽有了那么一点点犹疑。其《辽城望月》：

玄兔月初明，澄辉照辽碣。

映云光暂隐，隔树花如缀。

魄满桂枝圆，轮亏镜彩缺。

临城却影散，带晕重围结。

---

① ［唐］李世民：《于北平作》，《全唐诗》卷一，中华书局，1960年，第5页。

　　　　驻跸俯九都，停观妖氛灭。①

这是东征又向东行进了一段。诗歌写在辽城驻跸，登城望月的月
下景色。月光下的辽城清辉澄澈，有时云来遮月，有时月轮圆满，
忽明忽暗、忽闪忽烁的月影，令诗人想象到征战的对象，似乎在观
览中已经看到了征战对象的溃败。这就是英主李世民心中此次出
征要达到的目的。

　　盛唐诗人崔颢曾到辽西，写有一首《辽西作》（又作《关
西行》）：

　　　　燕郊芳岁晚，残雪冻边城。
　　　　四月青草合，辽阳春水生。
　　　　胡人正牧马，汉将日征兵。
　　　　露重宝刀湿，沙虚金鼓鸣。
　　　　寒衣着已尽，春服与谁成。
　　　　寄语洛阳使，为传边塞情。②

"燕郊"，燕都郊野，指今北京东部、河北北部、辽宁西部一带，因公
元前 7 世纪燕国建都蓟（今天津市）而称。这是中国诗歌中首次用
到燕郊。诗歌写到了残雪下的边城依然很冷，人间四月天，青草才
刚刚长起，辽河水才有了春的气息。这是胡人南下牧马时节，汉人
不得不为反击入侵而征战。在这冬春交替的季节，寒衣已经穿完，
可春服又在哪里？边塞从军人生活苦啊！所以崔颢在诗歌的结尾

---

① ［唐］李世民：《辽城望月》，《全唐诗》卷一，中华书局，1960 年，第 5—6 页。
② ［唐］崔颢：《辽西作》，《全唐诗》卷一三〇，中华书局，1960 年，第 1329 页。

请求发往洛阳的回京使者,一定要将边塞戍卒的窘境上达天听,请求皇上关注。

初唐晚时诗人陈子昂曾从军北征,写有一组寄赠卢藏用的诗歌,名为《蓟丘览古赠卢居士藏用七首》。诗歌属于驿路怀古诗,但其诗前小序能够感受到所历之地的风土人情。序云:

> 丁酉岁,吾北征,出自蓟门,历观燕之旧都,其城池霸迹已芜没矣。乃慨然仰叹。忆昔乐生、邹子群贤之游盛矣,因登蓟丘,作七诗以志之。寄终南卢居士,亦有轩辕之遗迹也。[①]

"丁酉岁",即武则天万岁通天二年(697),陈子昂跟随武攸宜出征。序中说,在燕国旧都,燕昭王等人的古迹已经荒芜不见,旧都群贤只能凭想象而已。这是历史遗迹的逝去,也是收揽贤才的燕昭王和群贤毕至的盛景的逝去,故而引发诗人诸多感慨。

李白是盛唐时期的著名诗人,但他一生并不得志,除了长安三年的生活,大部分时间都在游历中,很多诗歌都写在驿路和馆驿。李白到过燕地,来过幽州(今北京),他的一首《幽州胡马客歌》全面反映了幽州及以北地区的人文和风俗:

> 幽州胡马客,绿眼虎皮冠。
> 笑拂两只箭,万人不可干。
> 弯弓若转月,白雁落云端。
> 双双掉鞭行,游猎向楼兰。

[①]［唐］陈子昂著,徐鹏校点:《陈子昂集》卷一《蓟丘览古赠卢居士藏用七首》序,中华书局,1962年,第22页。

　　　　　　出门不顾后，报国死何难。

　　　　　　天骄五单于，狼戾好凶残。

　　　　　　牛马散北海，割鲜若虎餐。

　　　　　　虽居燕支山，不道朔雪寒。

　　　　　　妇女马上笑，颜如赪玉盘。

　　　　　　翻飞射鸟兽，花月醉雕鞍。

　　　　　　旄头四光芒，争战若蜂攒。

　　　　　　白刃洒赤血，流沙为之丹。

　　　　　　名将古谁是，疲兵良可叹。

　　　　　　何时天狼灭，父子得闲安。①

　　这是李白北上幽蓟时写的一首乐府歌辞，因为北上幽蓟的李白既不是官员，也不是访亲，故此诗虽是乐府歌辞，也是写在旅途或驿馆。《幽州胡马客歌》的题名应是对梁鼓角横吹曲《幽州胡马客吟》的套用，因为在唐人概念里，"歌吟"是同意连用词。此诗前十句为第一段，写"幽州胡马客"北方民族的特点。首句点题，次句幽州胡马客的少数民族外貌特征：绿眼睛、虎皮冠。"笑拂"四句写胡马客骁勇善战的本领。"双双"四句，写游猎民族四处游走的生活状态和"出门不顾后"的报国忠心。中间"天骄"十句为第二段，写游牧民族的凶残暴戾。前六句总写游牧民族茹毛饮血、割生啖鲜、抗风抗冻的特点，后四句从游牧民族妇女入手，写妇女善骑马、能射箭，也像男人一样纵酒豪饮，颇有《李波小妹歌》中的"妇女尚如此，男儿安可逢"的勇猛，可见游牧民族的英勇善战。最后十句

---

① ［唐］李白著，王琦注：《李太白全集》卷四《幽州胡马客歌》，中华书局，2011年，第235页。

为一段,是诗人对征战残酷的认知和对良将的盼望,希望名将北向"射天狼",疲兵可以歇,百姓得安闲。诗歌全面描写边地游牧民族的骁勇善战和风俗生活,描写战争的残酷,可见诗人对游牧民族可能发生叛乱的准确预测。他用描写游牧民族生活特点的方式警醒朝廷,北部边域不可放松战争警惕。

　　李益曾经在幽州刘济幕,也曾写有一些与唐代东北边域有关的驿路诗歌,如其《送辽阳使还军》:

> 征人歌且行,北上辽阳城。
> 二月戎马息,悠悠边草生。
> 青山出塞断,代地入云平。
> 昔者匈奴战,多闻杀汉兵。
> 平生报国愤,日夜角弓鸣。
> 勉君万里去,勿使虏尘惊。①

这首诗七、八两句写出了唐王朝在北部边域曾经面临的窘境,北方的苦战损伤了很多唐人士卒,这激起了诗人满腔的报国热情,他说自己的报国之志是"日夜角弓鸣",也就是随时都准备冲锋陷阵,故而辽阳使者要回到军中,李益就用这样的报国理想鼓励他。

　　中唐诗人李涉的《奉使京西》也是一首驿路诗,虽不是写于安东方向,但涉及安东的一些情况:

> 卢龙已复两河平,烽火楼边处处耕。

---

① [唐]李益:《送辽阳使还军》,《全唐诗》卷二八二,中华书局,1960 年,第 3203 页。

何事书生走羸马，原州城下又添兵。①

诗人奉命出使京西，却想到了卢龙一带的情形，他想到在卢龙塞这样的边关之地，已经烽烟消散，烽火台旁边到处可见的是耕田种地的百姓。边塞看起来是平定安宁的，大唐也应该呈现"大漠孤烟直，长河落日圆"的平安景象啊，但第三句笔锋一转，写到了书生骑着羸马奔忙的情景，结尾交代了书生奔忙的原因，原来是京城附近又生战乱。这首诗与张蠙的《蓟北书事》互相印证，可以见出中晚唐时期北部边域的情况：

> 度碛如经海，茫然但见空。
> 戍楼承落日，沙塞碍惊蓬。
> 暑过燕僧出，时平虏客通。
> 逢人皆上将，谁有定边功。②

晚唐张蠙的这首《蓟北书事》，首联、颔联写景，反映了沙海茫茫、戍楼空荡、边塞无人的情景，颈联反映了这一带僧人传道、虏客畅行的情况，用"时平"两字，可见在张蠙的眼中，息战才是边地百姓的福分。尾联当是对边事的追问，意即那么多"上将"，真的都有定边功业吗？问语中暗含着否定的答案。这其实也是晚唐东北边域的实际情况——唐王朝经历安史之乱后，早已无暇顾及东北，安东都护府也已经内迁，只有防守的份了。在这样背景下的边域安宁，其实是透露着诗人内心深处对唐朝边境内移的复杂、悲凉的心态。

---

① [唐]李涉：《奉使京西》，《全唐诗》卷四七七，中华书局，1960年，第5433页。
② [唐]张蠙：《蓟北书事》，《全唐诗》卷七〇二，中华书局，1960年，第8069页。

（二）边塞苦战的惨烈记忆和痛苦感伤

唐王朝建立后,管理东北边域的降将罗艺将主要精力用于帮助唐王朝征讨刘黑闼、高开道等势力,唐王朝无力东顾,甚至契丹还曾攻入平州、幽州等地,北部少数民族有不少与唐朝并不友善,摩擦不断。直到武德七年(624)唐朝统一大局已定,东北边域才开始逐渐被唐朝掌控,"二月,高句丽遣使内附,受正朔,请颁王历"①,唐王朝也册封高丽王高建武为辽东郡王、百济王扶余璋为带方郡王、新罗王金真平为乐浪郡王,但突厥、契丹、薛延陀与唐的关系反反复复,高丽也出现不少问题,故而盛唐早期在东北边域战争不断,"唐室之兵威,至高宗时而极盛,亦至高宗时而就衰"②,也是唐王朝军事实力在东北边域的写照。武则天统治时期,松漠都督府武卫大将军李尽忠借营州守将赵文翙不救饥民事反叛唐朝,杀死赵文翙,据守营州作乱。武则天采取姑息政策,意图以封官熄灭反抗,但靺鞨首领拒不领命。武则天只好派契丹族裔大将军李楷固与粟末靺鞨酋长大祚荣交战,结果武周军队大败。后突厥借机拉拢契丹余部,将势力向卢龙、营州渗透,造成"王师道绝,无以陆路辖辽东"的情况,狄仁杰不得不建议放弃安东,势力回撤,从此唐王朝失去东北边域主动权。唐玄宗时期,由于统治者的好大喜功,四处征伐,导致大批士卒疆场丧命,也包含东北边塞。"我国家开元、天宝之际,宇内谧如,边将邀宠,竞图勋伐,西陲青海之戍,东北天门之师,碛西怛罗之战,云南渡泸之役,没于异域数十万人,向无

---

① ［宋］王钦若等编纂,周勋初校订:《册府元龟》卷九七七,凤凰出版社,2006年,第 11310 页。

② 吕思勉:《隋唐五代史》,上海古籍出版社,2005 年,第 130 页。

幽寇内侮，天下四征未息，离溃之势岂可量邪！"①安史之乱后，唐王朝的军事力量大幅内缩，反而给东北边域带来一定程度的平静，故而唐诗中有关东北边域战争的诗歌主要在初盛唐，中晚唐的诗歌也以回忆早期的艰苦征战为主。

　　在反映唐王朝早期东北苦战生活的作品中，高适的《燕歌行》无疑最具代表性，诗中"山川萧条极边土，胡骑凭陵杂风雨。战士军前半死生，美人帐下犹歌舞。大漠穷秋塞草腓，孤城落日斗兵稀"②描写了环境的极端寒苦、大面积的人员伤亡、战场因伤亡减员而至"斗兵"稀少的境况。张籍的《征妇怨》中也有"九月匈奴杀边将，汉军全没辽水上。万里无人收白骨，家家城下招魂葬。妇人依倚子与夫，同居贫贱心亦舒。夫死战场子在腹，妾身虽存如昼烛"③的白骨丢弃荒野的惨状、家人连亲人尸体都见不到而只能招魂埋葬的悲凉、父亲去世却将遗腹子留在人间的惨剧等，这两首诗都不属于驿路诗，却能代表唐人对东北征战的整体认识，这就是唐朝东北征战的整体记忆。唐代东北驿路诗在战争书写方面基本也是这样的笔调，最有名的诗歌当属高适北游蓟门的作品，如《蓟门五首》：

　　　　　蓟门逢古老，独立思氛氲。
　　　　　一身既零丁，头鬓白纷纷。
　　　　　勋庸今已矣，不识霍将军。

　　　　　汉家能用武，开拓穷异域。

①〔唐〕杜佑撰，王文锦等点校：《通典》卷一八五《边防一》，中华书局，1988年，第4980页。
②〔唐〕高适著，刘开扬：《高适诗集编年笺注》，中华书局，1981年，第97页。
③〔唐〕张籍：《征妇怨》，《全唐诗》卷三八二，中华书局，1960年，第4279页。

戍卒厌糟糠，降胡饱衣食。

开亭试一望，吾欲涕沾臆。

幽州多骑射，结发重横行。

一朝事将军，出入有声名。

纷纷猎秋草，相向角弓鸣。

黯黯长城外，日没更烟尘。

胡骑虽凭陵，汉兵不顾身。

古树满空塞，黄云愁杀人。

边城十一月，雨雪乱霏霏。

元戎号令严，人马亦轻肥。

羌胡无尽日，征战几时归。①

这五首诗，是高适开元十九年（731）北游燕赵时的作品。当时诗人只有二十八岁，壮心磊落，侠骨英风，希望在朔方节度副大使信安王李祎或幽州节度使张守珪幕府有所作为，写有多首驿路诗歌，如《信安王幕府》《蓟门不遇王之涣郭密之因以留别》《真定即事奉赠韦使君二十八韵》《赠别王十七管记》《塞上》《蓟门五首》等，其中《蓟门五首》是这类诗歌的代表作品。这组诗写诗人到边域地区的所见所感，是诗人亲自观察边域生活的收获。五首诗五个观察视角，第一首写一位从征的老卒，征战一生，至今白发飘零，却没有收获任何功名的凄凉人生。他将一生送给了疆场，却没有

---

① ［唐］高适著，刘开扬：《高适诗集编年笺注》，中华书局，1981年，第33—34页。

遇到一位像霍去病那样总打胜仗的将军。这就透露出北部边域总吃败仗或至少打仗占不到便宜的情形。第二首是对战争的抱怨，统治者为开疆拓土而穷兵黩武，造成的结果是自己的军队遭受饥寒交迫的艰难，降卒却享尽好处，高适对这样的战争表达了自己的怀疑，对征战士卒的命运给与了深深的同情。第三首写幽州兵将的勇猛，体现幽并之地多慷慨悲歌的义气之士，他们勇往直前，拼杀有名，一身猎草鸣弓的豪气。第四首写战场上烽烟滚滚、胡骑凭陵、唐兵拼命征杀、烽烟难以消解的困局，这是盛唐时期唐朝统治者面对东北部边塞的突出问题。第五首从总体视角观察边塞防御，寒冬时节，雨雪纷纷，将帅严令，装备整齐，只是"羌胡无尽日"，征战者恐大多都会战死疆场，很少有人能够回归。这是从整体上把握战争带来的灾难。若干年后他在宋中，遇到到北部边域行走之人，跟他聊起了所观察到的情形，与高适此次的感受如出一辙，又引发他对此次边域之行的反思，并写下著名的边塞诗歌《燕歌行》，留下了"战士军前半死生，美人帐下犹歌舞""君不见沙场征战苦，至今犹忆李将军"的著名诗句。对高适东北战争诗歌的认识，《唐诗品》给与了很恰当的评价："常侍朔气纵横，壮心落落，抱瑜握瑾，浮沉闾巷之间，殆侠徒也。故其为诗，直举胸臆，模画景象，气骨琅然，而词锋华润，感赏之情，殆出常表。视诸苏卿之悲愤，陆平原之惆怅，辞节虽离，而音调不促，无以过之矣。夫诗本人情，囿风气，河洛之间，其气浑然远矣，其殆庶乎！"[1]

　　战争给社会带来的巨大破坏力不仅仅是疆场上的生命逝去，还有"纵有健妇把锄犁，禾生陇亩无东西"导致的后方灾难，纵使参战士卒侥幸生还，留给士卒的往往不是归乡的快乐，而是亲人丧

---

[1] 陈伯海主编：《唐诗汇评》，上海古籍出版社，2015年，第2册第1308页。

尽的感伤和凄凉,盛唐时期诗人常建的《客有自燕而归哀其老而赠之》:

> 羸马朝自燕,一身为二连。
> 忆亲拜孤冢,移葬双陵前。
> 幽愿从此毕,剑心因获全。
> 孟冬寒气盛,抚辔告言旋。
> 碣石海北门,余寇惟朝鲜。
> 离离一寒骑,袅袅驰白天。
> 生别皆自取,况为士卒先。
> 寸心渔阳兴,落日旌竿悬。①

这是一首代士卒立言的诗歌。常建是盛唐时期诗人,在他的诗歌里,回归的老兵从燕地返乡,一路凄凉。诗中的戍卒人已老迈,骑着羸马自燕归京,在他的身上,能够见识到京都和边地两处情景:在家乡,他亲人死尽;在边地,他到底实现了任侠之心。他是打完胜仗的回归者,"旋",可以理解成回归,也可以理解成凯旋,从"余寇惟朝鲜"看,可以理解成凯旋。但凯旋又能怎样?从征战之地到"碣石海北门"到渔阳再到京都(双陵),只有"离离一寒骑,袅袅驰白天",没有欢迎,没有同伴,只剩下孤单和寂寥。诗人最后代士卒表示"生别皆自取,况为士卒先"的所谓的旷达,说自己与亲人分别、在战场上冲锋陷阵,都是自找的,这其实颇含抱怨之意。最后两句"寸心渔阳兴,落日旌竿悬",当指自己从军边塞、意在建功立

---

① [唐]常建:《客有自燕而归哀其老而赠之》,《全唐诗》卷一四四,中华书局,1960年,第1458页。

业的雄心,最后就挂在了旌竿之上,也即付诸东流了。可见参战士卒的一生既没有享受到亲人相聚的幸福,也没有收获建功立业的豪迈,字里行间留下的,只有孤独、无奈和凄凉。

唐代东北边域战争的残酷,李益诗中有"昔者匈奴战,多闻杀汉兵"的记载,从唐史资料里了解到,东北边域战争的残酷,有些是因为带兵主帅对战争态度的轻忽和对士卒生活的不顾,从而导致生命的逝去,诗歌也有此类作品,如王建的《辽东行》所写就是战场苦寒环境下无屋无衣的苦境和岁岁年年的征人"将与辽东作丘坂"的悲哀:

> 辽东万里辽水曲,古戍无城复无屋。
> 黄云盖地雪作山,不惜黄金买衣服。
> 战回各自收弓箭,正西回面家乡远。
> 年年郡县送征人,将与辽东作丘坂。
> 宁为草木乡中生,有身不向辽东行。①

这是一首歌行体诗,凡三次转韵,前四句入声韵写辽东征战之艰苦,有戍守之地,却已荒败不堪,甚至连蔽体之屋都没有,天寒大雪,只能不惜一切代价买衣保暖,这还是为大唐效命的军人该有的待遇吗?中四句上声韵,写征战士卒不得回乡,最终的结果只是用自己的身体去肥沃辽东的土地。最后两句换平声韵,抒发参战士卒宁愿在家乡做一棵小草,也不愿到辽东参战的悲怆伤情。

同时期的常建,也非常了解东北边域战争的残酷,他的《吊王将军墓》在思念霍将军的怀古情思里传达出对唐朝东北战争境况

---

① [唐] 王建:《辽东行》,《全唐诗》卷二九八,中华书局,1960 年,第 3376 页。

的失望：

> 嫖姚北伐时，深入强千里。
> 战余落日黄，军败鼓声死。
> 尝闻汉飞将，可夺单于垒。
> 今与山鬼邻，残兵哭辽水。[①]

诗题中的王将军，即唐朝著名将领王孝杰。王孝杰一生，与吐蕃战，与契丹战，功业显著，收复龟兹、焉耆、于阗、疏勒四镇是他名列青史的战功，但在担任清边道行军总管率军征讨契丹时却全军覆没，为国尽忠。当武则天问及失败原因时，张说奏称："孝杰忠勇敢死，乃诚奉国，深入寇境，以少御众，但为后援不至，所以致败。孝杰乃心国家，敢深入，以少当众，虽败，功可录也。"[②] 可见王孝杰之败是援军不至、寡不敌众所致，但失败的惨烈也是史上罕见。常建拜谒王孝杰墓时，联想到与匈奴打仗从未失手的霍去病和被匈奴人尊为"汉之飞将军"的李广，不禁万千感慨。同样是孤军千里，霍去病是声震匈奴王庭，王孝杰却是直战至没有了前进的鼓声，却从未想过"鸣锣收兵"，勇往直前之精神一致，结局却完全不同；同样有李广将军那样的"可夺单于垒"的本领，却因为后军总管苏宏晖的畏怯逃跑导致自己身亡，"残兵"痛哭。在同样本领不同结局的两组对比中，表达了对王孝杰的无限伤悼和万分同情，也借王孝杰的悲剧结局再现出唐朝东北边域征战的艰难。殷璠对此诗评论

---

① [唐] 常建：《吊王将军墓》，《全唐诗》卷一四四，中华书局，1960 年，第1461 页。

② [后晋] 刘昫等：《旧唐书》卷九三《王孝杰传》，中华书局，1975 年，第2977 页。

到：“（常）建诗似初发康庄，却寻野径，百里之外，方归大道。所以其旨远，其兴僻，佳句辄来，唯论意表。然一篇尽善者，'战余落日黄，军败鼓声死''今与山鬼邻，残兵哭辽水'。属思既苦，词亦警绝。潘岳虽云能叙悲怨，未见如此章。”①

　　中唐时期的屈同仙有一首《燕歌行》反映东北自然、风土、人情、征战比较多，因屈同仙生活时代不详，事迹无考，但在《国秀集》有其踪迹，故暂列于此。诗云：

> 君不见渔阳八月塞草腓，征人相对并思归。
> 云和朔气连天黑，蓬杂惊沙散野飞。
> 是时天地阴埃遍，瀚海龙城皆习战。
> 两军鼓角暗相闻，四面旌旗看不见。
> 昭君远嫁已年多，戎狄无厌不复和。
> 汉兵候月秋防塞，胡骑乘冰夜渡河。
> 河塞东西万余里，地与京华不相似。
> 燕支山下少春晖，黄沙碛里无流水。
> 金戈玉剑十年征，红粉青楼多怨情。
> 厌向殊乡久离别，秋来愁听捣衣声。②

“君不见”两句，开首点出此诗主题：征人思归。“云和朔气”六句写恐怖的天气和两军的对垒；“昭君远嫁”以下八句，写“戎狄”的性格、风俗、自然地理特点。昭君远嫁，旨在和亲，但昭君事迹已经

---

① ［唐］殷璠编：《河岳英灵集》，《唐人选唐诗新编》本，中华书局，2014年，第166页。

② ［唐］屈同仙：《燕歌行》，《全唐诗》卷二〇三，中华书局，1960年，第2122—2123页。

是太久太久的事情了,"戎狄"早已经把"和亲"的"和"字忘到九霄云外。反复的侵扰中原,使得汉人不得不有"防秋"的举措,但沙漠万里,"戎狄"骑兵,又怎样防范? 更何况这里难见春天,干旱缺水。最后四句,回归主题,写征战将士十年辛苦,久别亲人,红粉青楼的闺中女子对征战怨声载道,征战将士也是厌倦了征战他乡的生活。

　　无论是拓边还是戍边,都是靠将士尤其是普通戍卒用常年的离乡和生命的代价去实现,它的价值和意义究竟在哪里,是人们常常需要思考的问题,晚唐的于濆曾经到东北地区边游,写下了几首驿路旅程诗歌,其中《长城》就是一首面对历史面对战争的反思:

> 秦皇岂无德,蒙氏非不武。
> 岂将版筑功,万里遮胡虏。
> 团沙世所难,作垒明知苦。
> 死者倍堪伤,僵尸犹抱杵。
> 十年居上郡,四海谁为主。
> 纵使骨为尘,冤名不入土。①

这是于濆边游至长城的作品。在于濆看来,修筑长城是为预防胡虏入侵,这不能不算是为国家着想。蒙恬也不是不能打仗,可为什么一定要修筑这万里长城?"团沙"也即和泥作垒,人人都知道非常艰难,更何况是万里长城! 传言修长城的人死掉的不计其数,尸体在死前的那一刻还在抱杵筑城。多少筑城戍卒常年筑城,身抛荒野,连名字都不知道。他的另一首《边游录戍卒言》则是征人对

———————

① [唐]于濆:《长城》,《全唐诗》卷五九九,中华书局,1960 年,第 6927 页。

现实征战的认识：

> 二十属卢龙，三十防沙漠。
> 平生爱功业，不觉从军恶。
> 今来客鬓改，知学弯弓错。
> 赤肉痛金疮，他人成卫霍。
> 目断望君门，君门苦寥廓。①

于濆边游之时所见之戍卒，年轻时就从军征战，在卢龙、沙碛辗转征杀。他是一个有理想的士兵，因为身怀功业理想，几十年从军，不以为苦，但渐渐年长，容颜变衰，发现自己选择的人生道路并不如意，自己用肉体的痛苦换来的是别人的功业，而自己却"目断望君门，君门苦寥廓"，君恩与自己还是天高地远。这就是戍卒参加战争的宿命，"一将功成万骨枯"，能够在"客鬓改"的时候还有性命在，实在已经是不幸中的万幸了。

东北边塞留给唐人的记忆多是血腥和死亡，司马扎的一首《古边卒思归》虽不属于驿路诗，却可以印证唐人驿路诗对这一带征战的记忆：

> 有田不得耕，身卧辽阳城。
> 梦中稻花香，觉后战血腥。
> 汉武在深殿，唯思廓寰瀛。
> 中原半烽火，比屋皆点行。

---

① ［唐］于濆：《边游录戍卒言》，《全唐诗》卷五九九，中华书局，1960年，第6928页。

边土无膏腴,闲地何必争。

徒令执耒者,刀下死纵横。①

身在辽阳城的戍卒,内心深处是对家乡稻花香的向往,他们有田不得耕,只能在边域感受战争的血腥。他们深深体会到到处烽烟、家家点行给家庭、人生、经济带来的灾难。身在边关,他们也在思索:战争的价值究竟何在? 那些土地,贫瘠如鸡肋,拿过来也是闲置,为什么让我们这些能够在家乡耕种土地的人在这里饮刀嗜血、横尸草野? 为什么让我们失去拥有稻花香的生活? 在这样的反思中,我们可以感受到唐人对无休止的拓边生活的厌倦和怀疑。

（三）描写久在边塞之人与家乡亲人的互相思念和牵挂

唐代中晚期以后,天子好大喜功,屡开边衅,大量征兵,府兵制遭到严重破坏,实施募兵制以后,所召兵士可以不事生产,导致唐朝百姓负担愈重,而戍守时间加长更导致了很多"去年十五北防河,归来头白还戍边"的悲剧。战争带来的灾难,不仅仅是大量参战士卒生命的丧失,也有在战场上久戍不归对亲人的无尽思念和在家乡的亲人对士卒的无限牵挂。唐人驿路诗歌中有不少这样的作品。张籍在蓟北时写的《蓟北旅思》(一作《送远人》)堪称这方面的典范之作:

日日望乡国,空歌白苎词。

长因送人处,忆得别家时。

失意还独语,多愁只自知。

---

① ［唐］司马扎:《古边卒思归》,《全唐诗》卷五九六,中华书局,1960 年,第6900 页。

客亭门外柳，折尽向南枝。①

诗言"失意"，可知这是张籍未官时的作品。诗题"旅思"，写在蓟北，应该是张籍贞元十四年（798）边游时所作。张籍的家乡是和州（今安徽和县），却来到遥远的塞外，尤其是还没有找到自己的人生路径，其失意可知。人在失意时往往更容易思家，张籍亦如此。诗歌首联即以"日日望乡国"直抒胸臆的笔法，渲染出浓郁的思乡之情，以空唱故乡之曲白苎词表达思乡而不得归乡的失落。颔联写送别他人，同时关联到自己，想到家人送别自己远赴塞外的情形，似乎那时亲人的依依不舍犹在眼前，可知思乡之情更浓。颈联点出失意，把在边地旅行的孤独通过"独语""自知"展现出来，"独""自"暗写没有亲人的陪伴，可见对亲人思念不已。尾联结于在客亭门外攀摸南向柳枝的形象，以绘形写境的笔法，抒发出"越鸟巢南枝"的不尽思乡情。他的另一首《蓟北春怀》，则把自己对家乡的思念寄托在驿路使者捎来的征衣上：

渺渺水云外，别来音信稀。
因逢过江使，却寄在家衣。
问路更愁远，逢人空说归。
今朝蓟城北，又见塞鸿飞。②

这应该也是贞元十四年（798）左右张籍边游时的作品。身在蓟

---

① ［唐］张籍：《蓟北旅思》，《全唐诗》卷三八四，中华书局，1960年，第4303页。
② ［唐］张籍：《蓟北春怀》，《全唐诗》卷三八四，中华书局，1960年，第4305页。

北，颇觉自己的家乡在云水之外，这是极言家乡之遥远。也正是因为遥远，所以音信难得。诗人偶然遇到驿路使者，希望使者捎信回家寄来御寒的衣服，但使者一问和州的路径，就觉得无法将信息捎回，而张籍也屡屡把思乡的情怀向驿路使者们一遍遍重复，但也只是重复而已。诗歌结尾结于年年在蓟城看鸿雁南飞，从中可以感受到诗人不能归家的苦恼和对家乡的无尽思念。

与张籍大体同时的郑锡有走向东北的诗作《出塞》，基于对唐东北边塞战争的理解，对出塞的结局并不乐观：

> 关山落叶秋，掩泪望营州。
> 辽海云沙暮，幽燕旌旆愁。
> 战余能送阵，身老未封侯。
> 去国三千里，归心红粉楼。[①]

诗歌首联就以悲凉景物衬托悲凉之情，并点出是因向营州进发引发的伤感；颔联继续写东北边塞的环境和东北士兵的愁烦，"幽燕旌旆愁"以物代人，写军队中弥漫的悲剧氛围。颈联写可能的从征悲剧，尾联结于对故乡的思念。"红粉楼"代表的是故乡闺中人。于溃北地边游时的《旅馆秋思》也是同类作品：

> 旅馆坐孤寂，出门成苦吟。
> 何事觉归晚，黄花秋意深。
> 寒蝶恋衰草，轸我离乡心。

---

① [唐]郑锡:《出塞》,《全唐诗》卷二六二,中华书局,1960 年,第 2911—2912 页。

更见庭前树，南枝巢宿禽。①

诗题点明此诗写于旅馆，写在秋天。诗歌首联写独坐的孤寂，颔联引出对"归晚"的遗憾，颈联用寒蝶对衰草的依恋渲染离乡的痛苦，尾联用禽鸟做巢不离南枝进一步烘托对家乡的思恋。这首诗可以与崔道融《春闺二首》对读：

> 寒食月明雨，落花香满泥。
> 佳人持锦字，无雁寄辽西。
>
> 欲剪宜春字，春寒入剪刀。
> 辽阳在何处，莫望寄征袍。②

崔道融的两首绝句属于闺情诗，是代闺中人立言，但都是把对远方的牵挂放在心间，希望通书信、寄征衣，以表达关切之情，但辽阳路远、辽西难到，很多时候，这些简单的表达思念的书信和征人必备的征衣都难以奢望寄到，可以由此推想辽阳征战之艰苦。于濆还有一首《辽阳行》则以代言体方式，写独守空闺的女子对戍卒的无限思念：

> 辽阳在何处，妾欲随君去。
> 义合齐死生，本不夸机杼。

①［唐］于濆：《旅馆秋思》，《全唐诗》卷五九九，中华书局，1960年，第6927页。
②［唐］崔道融：《春闺二首》，《全唐诗》卷七一四，中华书局，1960年，第8202页。

谁能守空闺,虚问辽阳路。①

辽阳,在唐代就是一个军事地理的符号,是遥远和难以企及的地方,"旅魂声搅乱,无梦到辽阳"(皎然),是个连梦境都难以到达的地方。《辽阳行》中的女主人公深知辽阳的艰险,知道丈夫此去生死难卜,故而表示一定要追随丈夫到辽阳,同生共死,而绝不愿独守空闺,虚问辽阳在何方。可见诗中女子对丈夫的深情,也由此可见战争生生拆散有情人的残酷。

　　"咸通十哲"之一的张乔到边地寻求发展机会时写有《游边感怀二首》,写自己作为贫寒之士边游时命运还不如戍边士卒的悲剧和无尽的思乡之情:

贫游缭绕困边沙,却被辽阳战士嗟。
不是无家归不得,有家归去似无家。

兄弟江南身塞北,雁飞犹自半年余。
夜来因得思乡梦,重读前秋转海书。②

诗中诗人的思乡之情透过梦境和读往日书信传达:第一首写困在沙场的贫寒之士张乔,连辽阳戍卒都看着他可怜,因为边游的张乔虽然家在安徽贵池,但与无家没有什么区别,可见此时的诗人已经非常想家。第二首写他与兄弟的江南塞北之别,这是家里他永远

---

① [唐]于濆:《辽阳行》,《全唐诗》卷五九九,中华书局,1960年,第6927页。
② [唐]张乔:《游边感怀二首》,《全唐诗》卷六三九,中华书局,1960年,第7325页。

牵挂和牵挂他的人。在诗人看来，这种身在两地、连大雁都要飞行半年的分别确实难以再得相见，尽管有无尽相思，也只能是寄托在梦里，也只能是重读前年秋天兄弟的书信以慰思乡之情。

（四）边塞建功的壮志豪情

与西北边域承载大唐文人边塞建功理想不同，东北边域战争更多苦难记忆，但在反映东北边域战争的诗歌中，仍然有不少表达边塞建功的作品。唐代东北边域的战争，只在唐高宗时期比较辉煌，唐太宗李世民时期的征高丽战争只是勉为其难，武则天时期失利连连，干脆不顾，唐玄宗时期虽四处征伐，但东北边域收效不太，以后也很少值得吹嘘的功业。尽管如此，参加这一带边域战争的将士中也不乏心怀理想、渴望功业之人，诗人的作品里也就有一些反映边塞理想和功业的诗作。如陈子昂的《送著作佐郎崔融等从梁王东征》：

> 金天方肃杀，白露始专征。
> 王师非乐战，之子慎佳兵。
> 海气侵南部，边风扫北平。
> 莫卖卢龙塞，归邀麟阁名。①

诗题中的"梁王"即武三思。崔融等跟随武三思出征，陈子昂为之送行。此诗特意提出"王师非乐战"，点出了当时唐王朝的东北策略。当时，武则天当权，一心在内消除异己，无暇东顾，导致东北一些少数民族政权坐大，野心膨胀，屡屡南侵。对于颇有雄心的陈子

---

① ［唐］陈子昂著，徐鹏校点：《陈子昂集》卷一《送著作佐郎崔融等从梁王东征并序》，中华书局，1962 年，第 36 页。

昂而言,他是非常希望出征将士有所作为的,因此在诗歌的结尾,嘱咐崔融等"莫卖卢龙塞",把卢龙塞守住,这就是战功一件,就可以画图麟阁、青史垂名。他还有一首《东征答朝臣相送》,是自己跟随武三思东征时答谢朝臣驿路送别时所写:

> 平生白云意,疲苶愧为雄。
> 君王谬殊宠,旌节此从戎。
> 揽绳当系虏,单马岂邀功。
> 孤剑将何托,长谣塞上风。①

诗歌首联是回应朝臣相送,说自己"疲苶",没有精神,很惭愧列入雄杰之列,这是对朝臣们送别时鼓励、赞美、称扬语言的回应,态度比较谦卑。颔联写君王之目标及自己执行命令。颈联写从戎雄心,要单枪匹马俘虏敌人却不是为邀功请赏。尾联以孤剑自拟,表达托身塞上也即寄命疆场之意,表达了为国征战不惜马革裹尸的豪情。

盛唐诗人高适带着雄图霸略的理想到东北边塞观兵,虽然看到了很多不如意,还是希望有机会"一战擒单于",其《塞上》诗云:

> 东出卢龙塞,浩然客思孤。
> 亭堠列万里,汉兵犹备胡。
> 边尘涨北溟,虏骑正南驱。
> 转斗岂长策,和亲非远图。

---

① [唐]陈子昂著,徐鹏校点:《陈子昂集》卷一《东征答朝臣相送》,中华书局,1962年,第27页。

> 惟昔李将军，按节临此都。
> 总戎扫大漠，一战擒单于。
> 常怀感激心，愿效纵横谟。
> 倚剑欲谁语，关河空郁纡。①

卢龙塞，在今河北迁安县，其地"峻坂萦折"（《水经注》），易守难攻，是东北边防重地。高适东北观兵寻求报国机会，看到唐东北边塞有很多问题，一是东北部边域不宁，"虏骑"屡屡南侵；二是唐王朝的边域政策令人担忧，又没有固定的防守堡垒，加之采取优柔寡断的和亲之策；三是没有李将军那样的将领，带领军队横扫大漠，战胜顽敌。刘开扬分析此诗诗意时说："此诗前后各八句，前言边事可虑，后言当靖边氛，惟以和亲非远图，未当也。"② 意思不差，但用语尚轻。此诗其实反映了唐王朝经营东北边域的重要问题，这些均是东北边域战事陷入苦战的重要因素，能够见出高适对边域问题的真知灼见。诗歌最后四句表达诗人愿为王朝贡献力量的情怀。

盛唐晚期的欧阳詹，写有一首《塞上行》，表达自己从军为国的雄心壮志：

> 闻说胡兵欲利秋，昨来投笔到营州。
> 骁雄已许将军用，边塞无劳天子忧。③

---

① ［唐］高适著，刘开扬：《高适诗集编年笺注》，中华书局，1981年，第29页。
② ［唐］高适著，刘开扬：《高适诗集编年笺注》，中华书局，1981年，第30页。
③ ［唐］欧阳詹：《塞上行》，《全唐诗》卷三四九，中华书局，1960年，第3912页。

游牧民族的特点是逐水草而居，秋天百草衰颓，草籽肥马，而寒冬
将至，游牧民族要借马壮之时筹备越冬物资，边衅即起。闻听消
息，诗人投笔从戎，到营州都督府从军，将自己的一腔豪情交付国
家，希望在边塞努力建功，不让天子在京中为边塞忧心。可见欧阳
詹已经希望把家国重任担在自己肩上。

　　盛唐晚期的李希仲本是赵郡人，他写有《蓟北行二首》，据他在
安史之乱时携家避乱江淮可以判定，这两首诗当写于安史之乱前，
而其风格精神亦符合安史之乱前的特点：

> 旄头有精芒，胡骑猎秋草。
> 羽檄南渡河，边庭用兵早。
> 汉家爱征战，宿将今已老。
> 辛苦羽林儿，从戎榆关道。

> 一身救边速，烽火通蓟门。
> 前军飞鸟断，格斗尘沙昏。
> 寒日鼓声急，单于夜将奔。
> 当须徇忠义，身死报国恩。①

这是两首乐府诗。第一首诗写秋天到来，胡人牧马，羽檄南渡，但
因唐代统治者也喜欢四处征战，以致边关将领虽已年迈仍需带兵，
羽林军的士卒们也不得不辛苦征战，从军榆关。榆关，即山海关，
唐朝东北的军事要塞。第二首诗，写唐人救边，可知确实是被侵

---

① ［唐］李希仲：《蓟北行二首》，《全唐诗》卷一五八，中华书局，1960 年，第
　1616 页。

略,是不得已的被迫反击。诗歌渲染了战场上拼死征杀、鸟不得过的顽强防守和拼死格斗,写出了拼死征战逼迫单于夜遁的结果,从中看到了唐人为保卫边疆付出的艰苦努力。诗歌最后以宣扬忠义节操报效国家作结,是对艰苦征战获胜原因的交待,从中透露出盛唐后期唐人身上依然拥有的积极奋战、为国牺牲的昂扬向上的精神。

总而言之,基于唐代对安东方向经营的曲折以及唐代与高丽、新罗等的特殊关系,加之来到安东方向的诗人远不及去往安西的多且优秀,唐代驿路诗歌的安东书写显然没有安西书写的丰富多彩,诗歌的优秀作品也相对较少,但作为一段历史记忆,这一部分诗歌也是值得我们进行这一番梳理的。

第四节　驿路唐诗的安南书写

在我国西南的广大地区,生活着很多少数民族的部落,他们中的大部分在武德初就开始内附,并在数百年间的大多数时间与唐王朝保持良好的关系,除南诏的几次反复外,在东到广西那坡、靖西和龙州、宁明、防城等地,南抵越南河静、广平省界,西至红河黑水之间,北抵今云南南盘江的广大地区,都接受唐王朝的羁縻管理。安南都护府及其相关边域地区,在唐代诗人笔下有独特的风情。

一、走向安南的奇异物候和风俗

对于以中原为中心的唐人来说,安南是一块神奇的土地,它远离大唐王朝的中心,物候与中原完全不同,风俗更是有很大区别,走向这里的文人,用他们的诗笔记录了这里奇异的物候和不同的风俗,留给我们那个时代岭南到安南的边域生活图景。

（一）岭南四季缺乏变化的物候特点

在唐代的文化氛围里,文化人主要生活在以京都为中心的中原,在他们对生活认同的意识里,中原四季分明的物候是生活的正常节奏。因此,当一些文人来到南方,尤其是来到意识里并不开化的安南,他们会有很多不习惯,甚至连安南没有四季变化的物候特点也成为了他们关注的对象。这种物候特点带来的新奇感、带来的不知春夏秋冬的陌生和恐惧,令他们分外注意其与中原物候不同的特点,尤其是被贬谪者,甚至会把不知春夏秋冬作为时间混乱的写照。宋之问被贬泷州时,对过岭以后的物候极其不适,写有几首相关的诗歌,如《过蛮洞》:

> 越岭千重合,蛮溪十里斜。
> 竹迷樵子径,萍匝钓人家。
> 林暗交枫叶,园香覆橘花。
> 谁怜在荒外,孤赏足云霞。①

在北方人的生活视野里,尤其在京都生活习惯的人,受建筑方正的特点的影响,东西南北分得很清楚,但五岭一带,丘陵重叠,山环水绕,雾瘴重重,难辨东西,那里的人不说东西南北,只说左转右转、上去下来,物候也没有变化,让宋之问坠入迷途;他描写山树重叠、溪洞歪斜、竹乱迷径、萍绕人家,他写这里枫叶浓密让树林变暗、橘花让园林覆香,但却都不是他熟悉的环境。又如《经梧州》:

> 南国无霜霰,连年见物华。

---

① ［唐］宋之问:《过蛮洞》,《全唐诗》卷五二,中华书局,1960 年,第 639 页。

> 青林暗换叶,红蕊续开花。
> 春去闻山鸟,秋来见海槎。
> 流芳虽可悦,会自泣长沙。①

仍然是写见不惯的物候。秋天,居然没有霜霰,常年能见到万物的美丽和光彩,树林换叶悄悄进行,各种鲜艳的花朵不断开放,无论春秋,都是山鸟悦耳、海帆竞渡。景色不可谓不美,但观景之人心情黯然,只能视为不知季节变化的象征,只能感受到像贾谊一样被贬的伤感。杜审言的《旅寓安南》也是同类作品:

> 交趾殊风候,寒迟暖复催。
> 仲冬山果熟,正月野花开。
> 积雨生昏雾,轻霜下震雷。
> 故乡逾万里,客思倍从来。②

这首诗,杜审言完全是以北人心态审视南方物候。诗篇一开始就强调交趾与北方气候的不同,接着便写交趾"寒迟暖复催"的特点,冬天还没到,炎热又要到来。冬天也没有个冬天的样子,日历里的仲冬时节却能收获山果,印象里寒风凛冽的正月却见野花开放,下点雨就雾气昭昭,有霜季还雷声阵阵,与万里之外的故乡完全不同。正是这完全不一样的物候,让诗人更加思念家乡。再如沈佺期的《岭表逢寒食》:

---

① [唐]宋之问:《经梧州》,《全唐诗》卷五二,中华书局,1960年,第639页。
② [唐]杜审言:《旅寓安南》,《全唐诗》卷六二,中华书局,1960年,第734页。

岭外无寒食，春来不见饧。

洛阳新甲子，何日是清明。

花柳争朝发，轩车满路迎。

帝乡遥可念，肠断报亲情。①

寒食节，在中国是一个传统的节日，时间在农历的夏历冬至后105日，清明节前的一二日，节日期间，禁放烟火，只吃冷食，原因是晋国公子重耳流亡时的随从介之推在公子重耳成为晋文公后，"介之推不言禄，禄亦弗及"，介之推因此躲到深山里，重耳欲逼其出山而烧山，致介之推母子因火而亡。晋文公原意是逼出介之推给他好待遇，结果却酿成惨剧，故晋文公很后悔，下令烧山这两日不准用火，故而人们往往提前准备食物，这两日吃冷食，即"寒食节"，此节后来与清明连接，成为祭祀亲人的节日。但是，岭外习俗没有寒食节，也就见不到寒食节特有的食物。故而诗人无端发问，洛阳新甲子，也就是已经过了新一年，何时过清明节呢？诗歌的前四句里，蕴含着对岭外生活习俗极度不适应的别扭，对新朝似乎忘记了他们这些被贬之人也感到失落，故而引发诗人更加浓郁的思乡之情。

大历诗人卢纶写有一首《逢南中使因寄岭外故人》，历数了听闻的岭外与中原不同之处：

见说南来处，苍梧接桂林。

过秋天更暖，边海日长阴。

巴路缘云出，蛮乡入洞深。

---

① ［唐］沈佺期：《岭表逢寒食》，《全唐诗》卷九六，中华书局，1960年，第1038页。

信回人自老,梦到月应沉。①

"见说",即是听闻。苍梧,即今广西壮族自治区梧州市的苍梧县,在中国的古代地理中就代表着极南之地,这里的物候特点是秋后不冷反而暖,海边也因水汽迷茫而常见阴天。云山雾绕,洞中生活。因其遥远和蛮荒,书信来往极其不便,可能收到一封信都不知过了多少岁月,甚至梦中梦见收到书信也可能已经从月出到了月落,而梦原本是倏忽之间,眨眼即到。诗歌从地理位置不同、气候不同、生活方式不同、书信往来不便四个层面书写岭外与中原的隔绝及往来的不便。

李商隐写于大中元年(847)的《桂林路中作》是一首典型的驿路诗,是诗人跟随桂管观察使郑亚赴桂林任职时途中所作。他出生于四季分明的河南,又是在牛党清洗计划中不得已离开京都到岭南,内心深处的外乡感油然而生:

> 地暖无秋色,江晴有暮晖。
> 空余蝉嘒嘒,犹向客依依。
> 村小犬相护,沙平僧独归。
> 欲成西北望,又见鹧鸪飞。②

诗歌首句就没有来由地来一句"地暖无秋色",说这里见不到季节变化的任何征兆。但很显然,诗人并不是想形容这里景色葱茏、生

---

① [唐]卢纶:《逢南中使因寄岭外故人》,《全唐诗》卷二七八,中华书局,1960年,第3155页。

② [唐]李商隐著,[清]冯浩笺注:《玉溪生诗集笺注》卷二《桂林路中作》,上海古籍出版社,1979年,第294页。

机勃勃,因为颔联诗人就转向了对蝉声鸣噪、与行客依依不舍的样子,可见所行之地地旷人稀。颈联也正是顺着这一思路写桂林路途上的小村庄、孤独人。这样的景象,与中原的高村大户、三里五乡的感觉完全不同。这种完全不同的景色令诗人不禁向西北张望,那是对家乡的怀念,而又偏逢"不如归去"的鹧鸪声在耳畔鸣响,令人心碎。

总体看来,对于来自北方的诗客,见惯了四季变化,感受着变化中的新鲜、浓郁、丰满、苍凉,对于缺少变化的南方感到很不适应,在不知岁月变动、不知世界变化中消磨了时光,有一种在不自觉中"信回人自老"的恍如隔世的恐慌。

(二)岭南昏雾瘴疠等令人不适的气候

去往安南的路途,五岭以南,在唐宋时期,尚属于并未完全开化的地区,唐人眼中的这里,交通闭塞,环境恶劣,蚊蝇群舞,虫媒猖獗,湿气重浊,瘴疠丛生,是不适合人居住的地方。因为荒蛮的程度而成为唐朝贬谪官员被发遣的处所。当一位又一位士人因为各种各样的原因被发配岭南贬所之时,他们内心深处都存着被疏离的满腹辛酸,都对这样荒凉的所在心生恐惧和厌恶,故而,当他们蹒跚而来时,为了宣泄心中被贬的痛楚,会有意无意地放大这里的蛮荒,渲染这里环境的恶劣,其中,对昏雾瘴疠的描写,成为重要的发泄口。

昏雾瘴疠的岭南,从历史记载来看,就是中原人心目中的畏途。汉代征服安南的著名战将马援对此深有体悟,《后汉书·马援传》记载,建武十九年(43)正月,马援南击交趾,胜利后被封新息侯,在犒劳三军时,回忆起征战中的情形,对昏雾瘴疠仍心有余悸:"当吾在浪泊、西里间,虏未灭之时,下潦上雾,毒气重蒸,仰视飞鸢跕跕堕水中。"① 毒气弥漫,飞鸟惨死,这是伏波将军马援对岭南非常不好的记忆。这样的记忆也留在唐代被贬岭南的谪人诗中。

　　沈佺期因诣附张易之之流被贬南方时,经过大庾岭,感受到了不同于岭北的气候,写有《遥同杜员外审言过岭》,诗云:

> 天长地阔岭头分,去国离家见白云。
> 洛浦风光何所似,崇山瘴疠不堪闻。
> 南浮涨海人何处,北望衡阳雁几群。
> 两地江山万余里,何时重谒圣明君。②

诗歌写于神龙元年(705),沈佺期和杜审言均因诣附张氏兄弟先后被贬,杜审言先起程去峰州(今越南越池东南),过大庾岭时写有一首过岭诗(诗不存),沈佺期随后也过大庾岭去贬所驩州(今越南义安省荣市),读到杜审言诗,不禁感慨万千,因而写下此诗。诗歌首联点出"过岭","岭"即大庾岭,是中国文化地理中蛮荒和文明的分界线,过了这里,被贬谪的人会产生真正的"去国离家"的感觉,被抛弃、被疏离的感觉。颔联以对比的手法,将"洛浦风光"与"崇山瘴疠"进行对比,一个极美之,一个极贬之,美之者不直言具体何以美,而以"何所似"言其无处不美,贬之者却直言其具体的瘴疠之害令人惊怖。前四句应该是两个人共同的感同身受的痛苦。颈联转写思人,"南浮涨海"指杜审言的行踪,"北望衡阳"是自己和杜审言共同的过岭回望家乡的行为,过岭后人不如雁的感受。尾

---

①〔南朝宋〕范晔撰,〔唐〕李贤等注:《后汉书》卷二四《马援传》,中华书局,1965年,第838页。
②〔唐〕沈佺期:《遥同杜员外审言过岭》,《全唐诗》卷九六,中华书局,1960年,第1043页。

联结于两人同是被贬南海,却仍然天各一方,但渴望回朝的心态应该是完全相同的。诗中描写过大庾岭的最重要的感受就是"崇山瘴疠"的畏途、险途,从中可以映射出唐人对"瘴疠"之途的恐惧。宋之问的《入泷州江》属于因同一事件被贬南方边荒的作品,描写内容也几近相同:

> 孤舟泛盈盈,江流日纵横。
> 夜杂蛟螭寝,晨披瘴疠行。
> 潭蒸水沫起,山热火云生。
> 猿躩时能啸,鸢飞莫敢鸣。
> 海穷南徼尽,乡远北魂惊。
> 泣向文身国,悲看凿齿氓。
> 地偏多育蛊,风恶好相鲸。
> ⋯⋯⋯⋯①

这是宋之问《入泷州江》前十四句,除了前两句交待自己孤舟独行、江流纵横的情景,其余十二句都盯住了边荒的荒凉之境以及驿路行程的恐怖:夜间与蛟螭同寝,早晨冒瘴疠而行,潭水像水锅蒸汽蔚起,山上云彩如火苗蹿腾,猿声凄厉,鸟不敢鸣。这里更有让人看不惯的风俗:文身、凿齿、养蛊。完全不一样风俗习惯的瘴疠之乡,却是宋之问不得不走向的地方,这成为他心中的痛点。因而,他不是以认同的方式承认百蛮异俗,而是用"泣""悲"的心态渲染心中的不适和伤感。

中唐诗人张籍曾经到岭外边游,也与岭表之外的人多有交往,

---

① [唐]宋之问:《入泷州江》,《全唐诗》卷五三,中华书局,1960年,第651页。

诗中有数首涉及安南奇异物候和风俗的驿路送别诗，如《送南迁客》《送蛮客》《送南客》《山中赠日南僧》《岭表逢故人》等，不能说篇篇写到瘴雾，但确实多有涉及。其《送南迁客》诗云：

> 去去远迁客，瘴中衰病身。
> 青山无限路，白首不归人。
> 海国战骑象，蛮州市用银。
> 一家分几处，谁见日南春。①

南迁，是唐代被贬谪之人的"特权"，但迁客的命运往往非常糟糕。此诗中的迁客，年老体衰，还要在瘴疠中行走，漫漫长途，应该就是"白首不归人"了。张籍还想象到迁客在迁居之地看到打仗骑象的奇景，写到海国受中原影响买卖用银子作货币而不用通用铸钱的情况，还写到了这里永远没有春天的气候特点。其《送蛮客》诗云：

> 借问炎州客，天南几日行。
> 江连恶溪路，山绕夜郎城。
> 柳叶瘴云湿，桂丛蛮鸟声。
> 知君却回日，记得海花名。②

诗歌以问语开头，称呼对方"炎州客"，可见平日里与蛮客交往，没少谈论安南气候。诗中描写了去往蛮州的险山恶水、瘴疠蛮鸟，都

---

① ［唐］张籍：《送南迁客》，《全唐诗》卷三八四，中华书局，1960年，第4304页。
② ［唐］张籍：《送蛮客》，《全唐诗》卷三八四，中华书局，1960年，第4307页。

是北方人陌生的事物。诗人也盼望所送之人还有回归之日,希望他把自己更想知道的海浪种种再向自己描述。其《岭表逢故人》诗,描写了岭外的炎热和烟瘴:

> 过岭万余里,旅游经此稀。
> 相逢去家远,共说几时归。
> 海上见花发,瘴中唯鸟飞。
> 炎州望乡伴,自识北人衣。①

岭表,指今广东、广西、海南三省区及越南北部地区。最早使用这一词汇的是《后汉书·南蛮传》:"于是九真、日南、合浦蛮里皆应之,凡略六十五城,自立为王。交趾刺史及诸太守仅得自守。光武乃诏长沙、合浦、交趾具车船,修道桥,通障谿,储粮谷。十八年,遣伏波将军马援、楼船将军段志,发长沙、桂阳、零陵、苍梧兵万余人讨之。明年夏四月,援破交趾,斩征侧、征贰等,余皆降散。进击九真贼都阳等,破降之。徙其渠帅三百余口于零陵。于是岭表悉平。"② 由诗题可知,张籍曾经有过"岭表"之游。诗人过岭旅游,所见人越来越少,离家的感觉则越来越浓。诗中还写到在海上旅行时只有海浪之花,茫茫海雾中只有鸟儿飞过,所写为海行时面对海天茫茫、难觅人影的感受。结尾写到在岭表炎热之地碰到故乡人,只要看看彼此的衣裳,就可以断定来自哪里,又是暗中写出了安南服饰与中原的不同,让读者体味到,乡情不仅仅有乡音,还有乡服,

---

① [唐]张籍:《岭表逢故人》,《全唐诗》卷三八四,中华书局,1960年,第4309页。
② [南朝宋]范晔撰,[唐]李贤等注:《后汉书》卷八六《南蛮传》,中华书局,1965年,第2837—2838页。

传达出浓郁的"老乡见老乡两眼泪汪汪"的浓郁乡情。

只有极少数人写到了南方梅花的美。如《大石岭驿梅花》(己卯十一月十三日),诗曰：

> 仙中姑射接瑶姬,成阵清香拥路岐。
> 半出驿墙谁画得,雪英相倚两三枝。[①]

诗中的梅花美得令人窒息,就像是姑射山中的仙子一尘不染,清香扑鼻,"半出驿墙"的梅花制造了"一枝红杏出墙来"的艺术效果,如同画境一般。但能够在唐代把岭南的感觉写到这种程度的,确实比较少。

(三)岭南奇特的百蛮异俗

广、桂、容、邕、南海、苍梧、郁林、合浦、交趾、九真、日南、儋耳、珠崖等地,生活的民族也多是少数民族,南部边域地区的风俗与北方颇不相同。仅以南平为例。《旧唐书》载：

> 南平獠者,东与智州、南与渝州、西与南州、北与涪州接。部落四千余户。土气多瘴疠,山有毒草及沙虱、蝮蛇。人并楼居,登梯而上。号为"干栏"。男子左衽露发徒跣;妇人横布两幅,穿中而贯其首,名为"通裙"。其人美发,为髻鬟垂于后。以竹筒如笔,长三四寸,斜贯其耳,贵者亦有珠珰。土多女少男,为婚之法,女氏必先货求男族,贫者无以嫁女,多卖与富人为婢。俗皆妇人执役。其王姓朱氏,号为剑荔王,遣使内附,

---

[①]〔唐〕王周：《大石岭驿梅花》,《全唐诗》卷七六五,中华书局,1960年,第8681页。

以其地隶于渝州。①

气候多瘴疠,山川多毒草、沙虱、蝮蛇,这种环境特点,人需要在
二楼的竹楼居住。服装也不一样,男子左衽,女子通裙(类连衣筒
裙)。生活习惯也不同。南平獠有南平獠的习俗,乌蛮有乌蛮的习
俗,可谓花样百出、各有风习。如王建写有《送严大夫赴桂州》属
于此类:

> 岭头分界候,一半属湘潭。
> 水驿门旗出,山恋洞主参。
> 辟邪犀角重,解酒荔枝甘。
> 莫叹京华远,安南更有南。②

诗中的严大夫走过梅岭,在岭南土地上,感受的是水乡泽国的氛
围,一个个水驿挂出了旗幌,居住在山洞的少数民族以洞主的旗号
为令,洞里的装饰是辟邪的犀角,解酒不用草药而用甜美的荔枝。
这是完全不同的生活场景,是令人惊异的蛮俗世界。从这首诗里,
我们可以感受到汉人眼中的奇风异俗。

　　张籍是唐代诗人中写到安南和南部边域比较多的诗人,其中
也有涉及南边习俗的作品,如《送海南客归旧岛》:

> 海上去应远,蛮家云岛孤。

①［后晋］刘昫等:《旧唐书》卷一九七《南蛮传》,中华书局,1975年,第
　5277页。
②［唐］王建:《送严大夫赴桂州》,《全唐诗》卷二九九,中华书局,1960年,第
　3398页。

> 竹船来桂浦，山市卖鱼须。
> 入国自献宝，逢人多赠珠。
> 却归春洞口，斩象祭天吴。①

诗中所写，很显然就是今天的海南，过海、孤岛，卖鱼要用竹船运到桂浦，也即今广西的码头。如果来中原，他们就会带上自己的特产宝物水产珍珠，见人就送。回到他们自己的生活圈子，他们会用象牙等祭奠一种叫"天吴"的神兽。这种生活，在张籍的眼里，就是一种完全异样的生活。与张籍诗相印证的，可以刘禹锡《莫徭歌》为例：

> 莫徭自生长，名字无符籍。
> 市易杂鲛人，婚姻通木客。
> 星居占泉眼，火种开山脊。
> 夜渡千仞溪，含沙不能射。②

莫徭，指南方少数民族，无符籍，是说不用交税，这是唐朝对少数民族的优惠政策。鲛人指海边居住之民，木客指林中居住之人，这两句是说市场上会见到整日在海上生活以捕鱼为生的人，婚姻也常常有与林中居住者通婚的情况。"星居"指居住方式，不是聚群落生活，而是像星星一样东一家西一家根据泉眼位置分散而居，种植方式也是刀耕火种的原始样貌。最后两句意思不太明晰，可能是

---

① ［唐］张籍：《送海南客归旧岛》，《全唐诗》卷三八四，中华书局，1960 年，第4312 页。

② ［唐］刘禹锡著，瞿蜕园笺证：《刘禹锡集笺证》卷二六《莫徭歌》，上海古籍出版社，1989 年，第 812 页。

写莫徭人行动迅疾,连"含沙"这种传说中被叫作"蜮"的怪物都喷射不到他们。瞿蜕园说:"禹锡之诗皆纪实。"信然。虽然此诗不属于驿路诗,但拿来与张籍的诗作印证亦可。

安南的物产也与中原不同,自有其奇妙,如白居易的《红鹦鹉》:

> 安南远进红鹦鹉,色似桃花语似人。
> 文章辩慧皆如此,笼槛何年出得身。①

此诗题下注云"商山路逢",可见是典型的驿路诗,是白居易被贬江州的路途上所写。这只红鹦鹉,是来自安南的奇鸟,颜色艳若桃花,叫声堪比人语,引发了诗人的好奇,故而记录一下。但诗人并没有停留在记录异物上,而是以物比人,"文章辩慧"分明指自己,鹦鹉好看会说,所以被圈进笼子成为宠物不得自由,自己则是因为诗歌揭露现实、言语激进、为武元衡说话,也成为笼中鸟一样的人,被贬谪江州不得自由!

再如李洞的《送云卿上人游安南》(一作《送僧游南海》):

> 春往海南边,秋闻半夜蝉。
> 鲸吞洗钵水,犀触点灯船。
> 岛屿分诸国,星河共一天。
> 长安却回日,松偃旧房前。②

---

① [唐]白居易著,顾学颉点校:《白居易集》卷一五《红鹦鹉》,中华书局,1999年,第313页。
② [唐]李洞:《送云卿上人游安南》,《全唐诗》卷七二一,中华书局,1960年,第8271页。

李洞送别云卿上人到安南游历,想象到安南在海边,天气炎热,秋夜里也能听到蝉的叫声,不像北方,春蝉夏死,夏蝉秋死。在海边洗钵,就可能遇到鲸鱼,泊船的地方就可能有犀象碰触船只。水乡以岛屿各自分开,星河相映令人遐想。但这一切只是想象云卿上人的安南生活,而最终落脚处还是希望对方云游归来,并告诉友人,斜松下的旧房子前,我会等待你。满满的情义蕴含其间。再如晚唐项斯《寄流人》：

> 毒草不曾枯,长添客健无。
> 雾开蛮市合,船散海城孤。
> 象迹频藏齿,龙涎远蔽珠。
> 家人秦地老,泣对日南图。①

毒草不枯,是气候适宜杂草生长之意。这里的集市是在雾散时蛮人自然汇集到一起开始交易的；船只也是雾散后入海而留下只有城池的港湾。大象应该是怕被敲取象牙而将自己藏迹,鱼龙应该是怕被取珠而将自己往水里深藏。颈联这两句写日南之人生活对天气的依赖,也写他们捕鱼取珠、猎象鬻齿的主要生存方式。但这位流人的家人却是秦人,均在秦地生活而不能与流人相见,只能对着日南的方向为流人哭泣。可能是家人担心他长流不归、不能适应日南生活、最终生死难相见吧。

　　二、官吏任职出使的生活反映

　　唐朝的西南边域,与今天我们理解的游览胜地的内涵完全不

---

① [唐]项斯:《寄流人》,《全唐诗》卷五五四,中华书局,1960 年,第 6414 页。

同。在那时,这里是未曾开化的蛮荒之地,虽然归入大唐版图,却是"畏途巉岩不可攀"的所在,很少有人愿意到这里任职。有一则资料可以证明:

> 贞元十九年,韦皋始通西南蛮夷,酋长异牟寻贡琛请使,朝廷方命抚谕,选郎吏可行者,皆以西南遐远惮之。滋独不辞,德宗甚嘉之,以本官兼御史中丞,持节充入南诏使。未行,迁祠部郎中,使如故。来年夏,使还,擢为谏议大夫。俄拜尚书右丞,知吏部选事。[1]

到西南夷宣诏安抚,原本是非常荣宠之事,但在用到出使的使者时,却出了问题,诸多郎吏,竟然多因"遐远"而产生畏惧心理,只有汝南人袁滋不惧辛劳,不怕涉险,勇于前往。这本是朝廷官员分内之事,可是,一位官员若肯出使,竟然能够让皇帝高兴到四迁其职:不推辞出使任命,即以本官兼任御史中丞;还未开始走上出使行程,又迁祠部郎中;出使归来,即提拔为谏议大夫;不久,再提升为尚书右丞,还给了"知吏部选事"也即负责考察提拔官员的重任。由此可见,出使西南边域,在唐人心目中有多艰难,在统治者心目中有多重要。

唐朝设置安南都护府,要实施一系列管理措施,必然要派中土官员文士到安南任职,也一定会有文职官吏有机会出使到安南公干,这些朝廷官员和文士在去往安南的路途上,完成朝廷交给的使命,也在充满对安南的好奇中书写着自己的官场人生。

---

[1] [后晋]刘昫等:《旧唐书》卷一八五下《袁滋传》,中华书局,1975年,第4830—4831页。

（一）反映大唐使者册封、贺吊的活动

册封、贺吊的使者属于纯粹的使者,他们很少在出使地久住,基本上所有的生活都在驿路上,感受的是南方与西北边塞和东北边塞完全不同的驿路生活。这一类诗歌,除了感觉使命光荣、传达天威、路途艰难外,没有更多的内容,只举两首为例。如杨巨源《送许侍御充云南哀册使判官》：

> 万里永昌城,威仪奉圣明。
> 冰心瘴江冷,霜宪漏天晴。
> 荒外开亭候,云南降旆旌。
> 他时功自许,绝域转哀荣。①

诗歌写许侍御出使南方,就是代表朝廷的威仪,南荒之外,唐朝的驿路直接开过去,云南的蛮洞人将降书顺表递上来,这就是哀册使的功劳,让天威到达南荒! 再如权德舆《送袁中丞持节册南诏五韵》（净字）：

> 西南使星去,远彻通朝聘。
> 烟雨麳道深,麾幢汉仪盛。
> 途轻五尺险,水爱双流净。
> 上国洽恩波,外臣遵礼命。
> 离堂驻骆驭,且尽樽中圣。②

---

① ［唐］杨巨源：《送许侍御充云南哀册使判官》,《全唐诗》卷三三三,中华书局,1960 年,第 3719 页。

② ［唐］权德舆：《送袁中丞持节册南诏五韵》,《全唐诗》卷三二三,中华书局,1960 年,第 3630 页。

诗歌为送别袁中丞出使南诏时所作,当时送行的人应该有很多,但现在只能看到权德舆这一首。当时权德舆拈得"净"字为韵。诗歌写袁中丞带着朝廷的使命南行,虽然烟雨茫茫、蛮荒路险,但唐人的威仪依然壮盛。唐朝博大的恩情惠及远方,外臣也遵守汉朝的礼节和命令。离别之时,我们只为你举樽,祝你一切顺利。

这一类作品往往没有太多实际内容,艺术上也不怎么讲究,多流于形式,故不多谈。

（二）反映大唐官员任职地方官吏或巡访地方的活动

去岭南或安南任职,虽是为官,却是苦差,驿路诗歌反映岭南或安南任职,会写到地方遥远、烟瘴重生、行路艰难,也会期望任职能够为主分忧,有所作为,送别诗则以劝慰行者莫叹遥远,不辞辛劳为主。

唐高宗调露元年(679),岭南邕州、岩州一带(今广西境内)的獠族发生叛乱,统治者发兵征讨。初唐著名诗人李峤,时任监察御史,奉命充任监军,随军南征。李峤这一次随军出征功业不小,他亲入獠洞,宣谕朝旨,成功招降叛军,《安辑岭表事平罢归》详细记载了招降事:

> 自我违瀍洛,瞻途屡挥霍。
> 朝朝寒露多,夜夜征衣薄。
> 白简承朝宪,朱方抚夷落。
> 既弘天覆广,且谕皇恩博。
> 皇恩溢外区,憬俗咏来苏。
> 声朔臣天子,坛场拜老夫。
> 绛宫韬将略,黄石寝兵符。
> 返旆收龙虎,空营集鸟乌。

　　日落澄氛霭,凭高视襟带。

…………

　　去舳舣清江,归轩趋紫陌。
　　衣裳会百蛮,琛赆委重关。
　　不学金刀使,空持宝剑还。①

上文是截取此诗的第九句以后的部分。"瀍洛",是瀍水和洛水的合称,代指京师。"自我"四句,写诗人随军出征,路途浪费了太多时间(实际是因为路途遥远,行进困难),受尽了露水侵衣之苦。"白简"四句,说自己带着朝廷的招降文书肩负朝廷使命要宣传大唐天下边域之广、皇恩之浩荡。"皇恩"八句,写诗人在獠洞纵横捭阖,令獠族臣服、遵唐正朔、拜跪李峤。最后四句写自己团结百蛮,百蛮人在自己临行前赠送各类珠宝表示感谢和臣服。最后两句是李峤炫耀自己的功业,说自己不像那些带着宝刀上战场的人,空手而归。意思是文臣取得了超越武将的功业。这是李峤从军生活的一个侧面。

　　但并不是所有人都有像李峤的业绩,还是有人把岭外为官视为畏途,如李白游览江西时写有《江西送友人之罗浮》,诗云:

　　桂水分五岭,衡山朝九疑。
　　乡关渺安西,流浪将何之。
　　素色愁明湖,秋渚晦寒姿。
　　畴昔紫芳意,已过黄发期。
　　君王纵疏散,云壑借巢夷。

①［唐］李峤:《安辑岭表事平罢归》,《全唐诗》卷五七,中华书局,1960 年,第688 页。

> 尔去之罗浮,我还憩峨眉。
>
> 中阔道万里,霞月遥相思。
>
> 如寻楚狂子,琼树有芳枝。[①]

在大诗人李白眼里,越过五岭,乡关之路就比安西还要遥远,就是
流浪的生活,湖水为之愁苦,秋渚感到晦暗,至于自己和朋友,一个
之罗浮,一个憩峨眉,更是山遥地远。诗歌中竟然没有提及友人到
罗浮去做什么,该怎么做,前程是什么,只有愁苦和晦暗,可见在李
白的心目中,罗浮不是什么好去处。相比而言,高适的《送柴司户
充刘卿判官之岭外》则有一些鼓励友人尽力而为的意思:

> 岭外资雄镇,朝端宠节旄。
>
> 月卿临幕府,星使出词曹。
>
> 海对羊城阔,山连象郡高。
>
> 风霜驱瘴疠,忠信涉波涛。
>
> 别恨随流水,交情脱宝刀。
>
> 有才无不适,行矣莫徒劳。[②]

诗歌前四句是对友人的激励,说友人所去之处是"雄镇",友人是带
着朝廷的节旄光荣出使,友人到幕府任职就是月亮和星星下凡到人
间。中间四句写柴司户的驿路行程,越海跨山、驱瘴经霜,虽然艰
难,但柴司户忠信可嘉,不惧艰难。最后四句写歧路送别时宝刀赠

---

① [唐]李白著,[清]王琦注:《李太白全集》卷一八《江西送友人之罗浮》,中
　华书局,2011 年,第 736 页。

② 刘开扬:《高适诗集编年笺注》,中华书局,1981 年,第 345 页。

友的惆怅,并鼓励柴司户,有才的人到哪里都能够有所作为,不要辜负了这光荣的路程。韩愈有《送桂州严大夫同用南字》也是此类:

> 苍苍森八桂,兹地在湘南。
> 江作青罗带,山如碧玉篸。
> 户多输翠羽,家自种黄甘。
> 远胜登仙去,飞鸾不暇骖。①

韩愈诗题下注云"严谟也",可见是严谟任桂管观察使上任前的送别之作。关于严谟任桂管观察使,白居易有《严谟可桂管观察使制》,制敕云:

> 敕:汉置部刺史,掌奉诏条,纠吏理,苾今观察使职耳。桂林,秦郡也,东控海岭,右扼蛮荒,自隋迄今,不改戎府。地远则权重,俗殊则理难,驭而化之,非才不可。朝议大夫、前守秘书监、骁骑尉赐紫金鱼袋严谟,尝守商洛,刺黔、巫,州部县道,谧然安理。是能用宽猛相济之政,抚夷夏杂居之人故也。迹其往效,式是南邦。况尔操行端和,文学精茂,宾寺书府,善于其官。勉副前言,伫申后命。可使持节都督桂林诸军事、守桂林州刺史、兼御史中丞、桂州本管都防御观察处置等使,散官勋如故。②

---

① [唐]韩愈著,钱仲联集释:《韩昌黎诗系年集释》卷一二,上海古籍出版社,1984年,第1242页。
② [唐]白居易著,谢思炜校注:《白居易文集校注》卷一四,中华书局,2011年,第690—691页。

从白居易的制敕中可知，严谟对管理夷夏杂居之地很有经验，故而"迹其往效，式是南邦"。送别规模应该不小，韩愈只是得了"南"字。诗歌首联点出任职之地，颔联写任职之地景色之美，颈联写任职之地特产，尾联说严谟此去胜于登仙，像驾飞鸾一般。这是对严谟任职桂管观察使的美赞，也有希望对方愉快接受任命的意思。晚唐时岭南人陈陶有一首《南海送韦七使君赴象州任》：

> 一鹗韦公子，新恩颁郡符。
> 岛夷通荔浦，龙节过苍梧。
> 地理金城近，天涯玉树孤。
> 圣朝朱绂贵，从此展雄图。①

陈陶本就是岭南人，他送别韦七赴象州（隶属今广西壮族自治区来宾市）任，也称对方去往天涯。诗歌首联将韦七比喻为凶猛的鱼鹰，因为在海边的人看来，鱼鹰是很有能力收获食物的，是厉害的角色，现在就要去象州担任郡守了。颔联写韦七的驿路行程，通过海岛、走过荔浦，让代表天恩的龙节走过遥远的代表南部边域的苍梧。尾联祝福韦七在自己象州刺史任上大展宏图。

巡访地方的诗歌，如张说《夏日奉使南海在道中作》《巡按自漓水南行》之类。其后一首曰：

> 理棹虽云远，饮冰宁有惜。
> 况乃佳山川，怡然傲潭石。

---

① ［唐］陈陶：《南海送韦七使君赴象州任》，《全唐诗》卷七四五，中华书局，1960 年，第 8476 页。

奇峰岌前转，茂树隈中积。

猿鸟声自呼，风泉气相激。

目因诡容逆，心与清晖涤。

纷吾谬执简，行郡将移檄。

即事聊独欢，素怀岂兼适。

悠悠咏靡盬，庶以穷日夕。[1]

以巡按身份到南海、安南一带，跟任职地方的心态完全不同，一则时间短很快回京，二则巡按身份高贵，代天巡行，所到之处俱被追捧，故此张说不再把这里的山水当作险山恶水，而是带着良好的心境欣赏这里的山水风景，于是山是佳山，峰是奇峰，树是茂树，猿鸟声音也动听，风声泉水也宜人，甚至连心情都被洗涤干净，无论作为巡按还是自己享受独饮都很惬意。

这一类诗歌，内容比上一类略丰富，无论是赴任地方还是送别好友还是巡按地方，对任职的期望、对景物的感受、对朋友的关怀，都是发自真心的，尤其是送别诗，更是真心替朋友着想，送别的情谊显得尤为真挚，希望对方有所作为也不是虚言。

（三）反映军旅任职的生活情况

在唐朝南部边域地区的管理中，归化为主，战争较少，除唐王朝与南诏的战争和很少的几次民变（多是因贪官污吏贪剥过甚导致）外，几乎很少战事。安南都护府的长官多是以行政为主兼有军权的官员，如裴都护、高骈。幕府中人，既是军幕生活，也是行政工作。一些诗歌反映了这方面情况，如权德舆的《送安南裴都护》：

---

[1] ［唐］张说：《巡按自漓水南行》，《全唐诗》卷四七，中华书局，1960 年，第575 页。

忽佩交州印,初辞列宿文。

莫言方任远,且贵主忧分。

迥转朱鸢路,连飞翠羽群。

戈船航涨海,旌旆卷炎云。

绝徼褰帷识,名香夹毂焚。

怀来通北户,长养洽南薰。

暂叹同心阻,行看异绩闻。

归时无所欲,薏苡或烦君。①

诗题中的"裴都护"即安南都护府第八任长官裴泰。关于裴泰,史书记载不多,知其唐德宗贞元十八年(802)代前任都护赵昌:"庚辰,以祠部员外郎裴泰为检校兵部郎中,充安南都护、本管经略使。"②但裴泰在任时间甚短,仅八个月:"十九年二月己亥,安南将王季元逐其经略使裴泰,兵马使赵均败之。"③驱逐的原因,史书亦未交待。权德舆的这首送别诗,透露的信息也不多,但从中可知,裴泰是从以文章知名的祠部员外郎转任安南都护的,是文官远任。此时权德舆的诗风还是颇受宫廷诗风的影响,使用一些看似华丽的词句描写裴泰的驿路行程,除"涨海""炎云"涉及南方地理和天气,并无实质性内容。权德舆只是希望裴泰在安南都护任上有所作为,成绩突出,将来荣归,带点"薏苡"就可以了。只可惜,裴泰的安南都护生活以失败而告终。再如韩愈的《送郑尚书赴南海》:

---

① [唐]权德舆:《送安南裴都护》,《全唐诗》卷三二三,中华书局,1960年,第3634页。

② [后晋]刘昫等:《旧唐书》卷一三《德宗下》,中华书局,1975年,第396页。

③ [宋]欧阳修、宋祁:《新唐书》卷七《德宗本纪下》,中华书局,1975年,第204页。

番禺军府盛，欲说暂停杯。

盖海旍幢出，连天观阁开。

衙时龙户集，上日马人来。

风静鵁鶄去，官廉蚌蛤回。

货通师子国，乐奏武王台。

事事皆殊异，无嫌屈大才。①

郑尚书，即郑权，时从工部尚书转刑部尚书兼御史大夫任岭南节度使，公卿大夫纷纷写诗送行，韩愈《送郑尚书序》云："长庆三年四月，以工部尚书郑公为刑部尚书兼御史大夫任，往践其任。将行，公卿大夫士咸相率为诗，韵必以来字者，祝公成政而来归疾也。"②从史书资料来看，郑权在岭南节度使任上颇有贪剥，肆意挥霍，讲究享受，政绩一般。但送行者毕竟是同僚为官者或祈望攀附者，送行诗必以"来"字为韵（即都用"来"字押韵）也是常情，韩愈也不能免俗。诗歌写岭南节度使府军事势力鼎盛，府衙高耸能够远观天海，旗幡招展浩荡而出，衙门集合日有龙户（一种水居居民）汇集（交土特产代税）、上日（农历初一）有马人（一种陆居居民）汇集（交土特产代税），又写到南海物产鵁鶄、蚌蛤以及外贸交易。都是南海特有风物，希望郑权能够掌管好这一切，让武王台奏出和平之乐。但这一切也只是韩愈的美好期望而已，与历史的事实相去较远。

南边军中任职，有少数作品也出现了西北边塞作品大气磅礴

---

① [唐]韩愈著，钱仲联集释：《韩昌黎诗系年集释》卷一一，上海古籍出版社，1984年，第1259页。

② [唐]韩愈著，钱仲联集释：《韩昌黎诗系年集释》卷一一，上海古籍出版社，1984年，第1259页。

的精神境界,如与白居易、元稹、刘禹锡等俱为好友的熊孺登,写有一首《寄安南马中丞》:

> 龙韬能致虎符分,万里霜台压瘴云。
> 蕃客不须愁海路,波神今伏马将军。①

这首需要经过驿路传递的诗尚存盛唐边塞诗余韵,将龙虎气象、万里气魄带入诗中,赞美马中丞带去天家威严,能够将瘴云海路等困难一举克服,夸美当年的马援将军都会拜服在今日的马将军脚下。又如皎然的《奉陪杨使君顼送段校书赴南海幕》:

> 硕贤静广州,信为天下贞。
> 屈兹大将佐,藉彼延阁英。
> 声动柳吴兴,郊饯意不轻。
> 吾知段夫子,高论关苍生。
> 处以德为藩,出则道可行。
> 遥知南楼会,新景当诗情。
> 天高林瘴洗,秋远海色清。
> 时泰罢飞檄,唯应颂公成。②

诗中的段校书在皎然看来是"硕贤",他到南海幕府任职,皎然认为有点屈才。但诗人还是在饯别之所盛赞段校书关心国计民生的盛

---

① [唐]熊孺登:《寄安南马中丞》,《全唐诗》卷四七六,中华书局,1960年,第5421页。
② [唐]皎然:《奉陪杨使君顼送段校书赴南海幕》,《全唐诗》卷八一八,中华书局,1960年,第9213页。

德和将以德治藩的才能，并以"天高林瘴洗，秋远海色清"的美景称美段校书的前程，盼望他不递飞檄，边泰民安。诗歌虽然没有更多深刻的内容，却也将"静广州"这样的边功与"大将佐"联系，并调动了"声动柳吴兴""天高林瘴洗，秋远海色清"这样的词汇构成大气磅礴的诗意，为段校书的南海任职平添了铿锵之气。

反映赴安南军旅生活最多的是晚唐时著名的安南都护高骈。高骈咸通七年（866）任职安南，为静海军节度使。高骈治安南，颇有贡献，驱逐南诏，疏浚漕运，广建城池，使安南都护所在地凸显安宁和繁荣。《资治通鉴》卷二五〇"咸通八年"条记载："自安南至邕、广，海路多潜石覆舟，静海节度使高骈募工凿之，漕运无滞。"[1]安南人对此事比较认同：

> 史臣吴士连曰：高骈凿港之役，何其异耶。盖所（行）合理，故得天之助也。天者理也。地道有险夷，理之常也。人力有济险，亦理之常也。苟险而不能济，天何假于人哉。禹之治水，苟不合乎理，天何由成，地何由平也？其效至于洛龟呈祥，非天之助乎？观骈之言，曰："今凿海派，用济生灵，苟不殉私，何难之有。"诚发于言，言岂不顺乎？孚信所感，通乎金石，况于天乎！天所助者顺也。《易》曰：履信思乎顺，自天祐之，吉无不利。雷震巨石以助之，何足为怪也（标点符号有改动——笔者注）。[2]

---

① [宋]司马光编著：《资治通鉴》卷二五〇，中华书局，1956年，第8240页。
② [日]陈荆和编校：《大越史记全书·外纪》卷五，有限会社兴生社东京都杉并区南荻窪2-23-9，昭和五十九年（1984），第168页。

至于高骈后来的作为和悲剧结局,不属于本书考察之列,故省之。

高骈的安南任职是他生活中浓墨重彩的一笔,是他生活中最为辉煌的顶点。其家族本是武官世家,但他"颇修饰,折节为文学",因此安南生活在他笔下留下很多痕迹。他所写的有关安南的诗歌可以分为三类:

第一类是军旅的途程生活,如《南海神祠》和《海翻》:

> 沧溟八千里,今古畏波涛。
> 此日征南将,安然渡万艘。①

> 几经人事变,又见海涛翻。
> 徒起如山浪,何曾洗至冤。②

前一首写海行之顺,安然渡过万里波涛,似乎有神灵在保佑(高骈迷信神灵鬼怪,晚年尤甚)。后一首写大海翻滚的波澜,借此感慨人生变化莫测,即使如山的海浪也难洗却人生的冤屈。

第二类是安南送别的诗歌,如《赴安南却寄台司》《安南送曹别敕归朝》。这一类诗歌往往借机抒发感慨,如《赴安南却寄台司》:

> 曾驱万马上天山,风去云回顷刻间。
> 今日海门南面事,莫教还似凤林关。③

① [唐]高骈:《南海祠神》,《全唐诗》卷五九八,中华书局,1960年,第6918页。
② [唐]高骈:《海翻》,《全唐诗》卷五九八,中华书局,1960年,第6919页。
③ [唐]高骈:《赴安南却寄台司》,《全唐诗》卷五九八,中华书局,1960年,第6919页。

高骈在任安南都护之前在西北边塞打仗,他在任秦州刺史时统领军队与吐蕃、党项都进行过艰苦卓绝的西北征战,故而担任安南都护,他希望自己带领的军队不要再像风林关时那样艰苦和艰难。他的《安南送曹别敕归朝》则是面对驿路送别的场景抒发期盼归朝的情怀:

> 云水苍茫日欲收,野烟深处鹧鸪愁。
> 知君万里朝天去,为说征南已五秋。①

这是在云水苍茫的背景下送别,野烟深处的鹧鸪声似乎也在传达着诗人内心的忧愁,他在愁什么? 原来是曹别敕归朝,将踏上万里朝天路,而自己还要留在安南生活,故此希望曹别敕回到朝廷,替自己申说一下已经征南五载的情况,也即希望朝廷考虑自己常年征战在外,允许回归朝中。诗中思乡、思君之情溢于言表。

第三类是内心世界的外泄。高骈虽是军人,却能以军人之身吟闺阁之调,披露征南时的柔软内心世界,如《闺怨》:

> 人世悲欢不可知,夫君初破黑山归。
> 如今又献征南策,早晚催缝带号衣。②

诗歌以闺中人的口气,抒发闺中女子与征南人之间的悲欢离合,刚刚在西北打了胜仗的夫君又被调到了征南的战场,又在催着缝制

---

① [唐]高骈:《安南送曹别敕归朝》,《全唐诗》卷五九八,中华书局,1960 年,第 6922 页。
② [唐]高骈:《闺怨》,《全唐诗》卷五九八,中华书局,1960 年,第 6919 页。

带有军队编号的军衣，这将又是一场离别。诗人以男儿身作闺阁语，表面写闺中人对自己的不舍，衬托出自己对闺中人的依恋，可见也是儿女情长。但高骈毕竟是军人，思乡念家时可以呢喃儿女，面对征战时就必须英风豪气，高骈也做到了这一点，如他的《南征叙怀》就是军人强大内心世界的披露：

> 万里驱兵过海门，此生今日报君恩。
> 回期直待烽烟静，不遣征衣有泪痕。①

诗歌以大气磅礴之笔，写万里带兵过海的壮阔画面，表达誓报君恩的豪情，并豪迈地表示：待烽烟熄灭，回归朝廷，绝不会让征衣染上泪痕。这就是笑对人生的态度，坚贞、坚强、坚定，令人振奋。

三、南海贬谪人生的描写

岭南在唐代时候属于尚未开发的蛮荒之地，安南更是遥不可及的蛮荒之地，唐朝的官员被贬谪，岭南、安南是重要场所。贬谪岭南、安南是对官员的极其严厉的处罚，一些犯有重大错误或被认为犯有重大错误的唐朝官员，往往被贬谪到中原人心目中的烟瘴之地，这就意味着他们远离朝政中心，远离家乡和亲人，成为被边缘化的人群，意味着他们政治生命的可能终结，很少有人会重新开启政治人生，因此，贬谪生活就成为他们重要的人生话题，他们会透过不一样的环境物候和对生活的不适应，书写自己压抑的人生。如沈佺期、宋之问、杜审言、张叔卿、韩愈、柳宗元、刘禹锡等人的作品。

---

① ［唐］高骈：《南征叙怀》，《全唐诗》卷五九八，中华书局，1960年，第6923页。

　　一类是因自身有短处或心中有忌讳，只写南荒遥远，死生异路，不论是非。被贬南荒的人，尤其是初唐时期被贬南荒的人，往往是自己犯了错误不可饶恕，像沈佺期、宋之问、杜审言等，都是因为谄事武则天男宠张易之兄弟，令人不齿。他们被贬南荒，没有任何理由像屈原那样自视甚高，也没有理由像贾谊那样感慨世俗社会不容贤臣。他们除了感慨南国离京远、死生不知期，没有理由对这个世界有任何抱怨。先看一首沈佺期《入鬼门关》：

> 昔传瘴江路，今到鬼门关。
> 土地无人老，流移几客还。
> 自从别京洛，颓鬓与衰颜。
> 夕宿含沙里，晨行冈路间。
> 马危千仞谷，舟险万重湾。
> 问我投何地，西南尽百蛮。①

这是沈佺期因交易张易之被贬驩州（治所在今越南安城县）时路途所写。鬼门关即天门关，在今广西壮族自治区玉林市东部与北流县交界的天门山上，《旧唐书·地理志》剑南道的"北流"县条描写这里："北流，州所治。汉合浦县地，隋置北流县。县南三十里，有两石相对，其间阔三十步，俗号鬼门关。汉伏波将军马援讨林邑蛮，路由于此，立碑石龟尚在。昔时趋交趾，皆由此关。其南尤多瘴疠，去者罕得生还，谚曰：'鬼门关，十人九不还。'"②《旧唐书》记

---

① ［唐］沈佺期：《入鬼门关》，《全唐诗》卷九七，中华书局，1960 年，第1050 页。
② ［后晋］刘昫等：《旧唐书》卷四一《地理志四》，中华书局，1975 年，第1743 页。

载的鬼门关,正是沈佺期所经过的这一关口,在现在的天门山与龙
狗岭两座山脉相对耸立的狭小地带,是古今交通要隘,也是沈佺
期被贬驩州的必经之地。此地地势险要,过往之人往往有死里逃
生之叹,行至此地,沈佺期不免感慨万千,他因鬼门关的名称而思
虑人生,似乎自己的生命也到了经历生死的境地。回忆一路上风
餐露宿、披荆斩棘、临危蹈险的经历,想想自己的目的地竟然是被
人视为蛮荒的百蛮之地,其内心的悲凉可以想见。虽然作者没有
透露自己的心情,只是描述了路途所见,但当作者把鬼门关与"颓
鬓""衰颜"联系起来的时候,作者那种走向死路的感受已经呼之
欲出了。宋之问有一首《题大庾岭北驿》,也是因为谄事张易之被
南贬时所作:

> 阳月南飞雁,传闻至此回。
> 我行殊未已,何日复归来。
> 江静潮初落,林昏瘴不开。
> 明朝望乡处,应见陇头梅。[①]

在大庾岭北驿,已经是极南的所在,大雁至此不再南飞,但宋之问
说他的行程却还远未结束,就连回到大庾岭这个地方都不知道何
年何月,在"林昏瘴不开"的烟瘴之地,自己若向家乡回望,是不是
还能够见到大庾岭的梅花呢?那种远离家乡的失落溢于言表。再
如张均的《流合浦岭外作》:

①[唐]沈佺期:《题大庾岭北驿》,《全唐诗》卷五二,中华书局,1960年,第
640页。

> 瘴江西去火为山，炎徼南穷鬼作关。
> 从此更投人境外，生涯应在有无间。①

张均是开元名相张说的长子，"安史之乱"时，他未能逃出长安，接受了安禄山授予的伪官，担任了中书令，按唐朝统治者在长安收复后处置伪官的做法，张均应受大辟之刑，但因为唐肃宗与张说的特殊关系，朝廷给予张均特赦免死、长流合浦的判决。按人臣之理，不能杀身报国而是负国偷生，朝廷又给予了特赦，应该感激涕零，感到羞耻，检讨自己的问题，比如王维就曾在《责躬荐弟表》中沉痛表达自己的后悔，反省自己"没于逆贼，不能杀身，负国偷生"的罪恶。但张均在诗歌里只是写自己此行路途的艰难，感慨自己的人生或许就在这一条被贬谪的路途上耗尽，可见没有任何是非之心。

　　还有一些人，面对被贬，也是不言是非，只有感慨和同情。如中唐时期的耿㧑曾经到过南方，也写过送别友人贬谪岭南的诗歌，其《送友贬岭南》，对友人的贬谪生活充满了同情：

> 暮年从远谪，落日别交亲。
> 湖上北飞雁，天涯南去人。
> 梦成湘浦夜，泪尽桂阳春。
> 岁月茫茫意，何时雨露新。②

耿㧑的朋友暮年被贬，而且是被贬谪到唐人心目中的蛮荒之地岭

---

① ［唐］张均：《流合浦岭外作》，《全唐诗》卷九〇，中华书局，1960年，第985页。

② ［唐］耿㧑：《送友贬岭南》，《全唐诗》卷二六八，中华书局，1960年，第2983页。

南,这一别天涯海角,生死难料,诗人将大雁北飞和谪人南去进行对比,体现了人不如物的伤感。接着又用更加伤感的语言想象友人梦里思归、洒泪南方的痛苦,并替友人祈盼天恩雨露的降临,从中可见唐人对南贬是畏途的认识。

有些南流之人,一去即是死路,客死他乡,尸骨亦不得返乡,只能葬身边域,如项斯的《哭南流人》:

> 遥见南来使,江头哭问君。
>
> 临终时有雪,旅葬处无云。
>
> 官库空收剑,蛮僧共起坟。
>
> 知名人尚少,谁为录遗文。[①]

诗中的这位南流人,应该就是项斯《寄流人》所写的那位。项斯从南来的使者口中获悉南流朋友死亡的音信,哭着追问具体情况,这位朋友死在冬天有雪的地方(应该是南方的云贵高原地区),官方只没收了死者的东西,却没有让死者入土为安,是蛮僧也即朋友南流死所的僧人为其起土为坟,才不至于抛尸荒野。如此结局,还能指望有人为其收录遗文吗? 恐怕友人就此声名、文章都会湮没于世了。

一类认为"信而见疑","忠而被谤",感叹仕路艰难,颇多屈原南贬、贾谊被谪的哀怨和不平。在封建社会里,即使唐代这样开明的社会,"一朝天子一朝臣"也依然是社会的痼疾,一些人成为政治斗争中的牺牲品,被归类为某个受到打击的集团,或成为受到打击的个人,才华不被认可,生命将在被贬的岁月中消耗,唯

---

① [唐]项斯:《哭南流人》,《全唐诗》卷五五四,中华书局,1960年,第6415页。

有盼望哪一天皇上醒悟而已。如大历诗人刘长卿的《送李使君贬连州》：

> 独过长沙去，谁堪此路愁。
> 秋风散千骑，寒雨泊孤舟。
> 贾谊辞明主，萧何识故侯。
> 汉廷当自召，湘水但空流。①

诗歌首句中的长沙，是李使君贬谪连州的必经之路，也是贾谊曾经贬谪之所，代表着无辜、委曲和悲凉，故此第二句用"谁堪此路愁"点明诗歌的主旨。颔联以风物描写展现友人孤舟寒雨的悲惨。颈联以贾谊比喻李使君，以萧何比自己，称李使君是才子被贬，而自己则深知友人的内心，结尾以朝廷召回友人为期盼，以湘水空流表达友人南去的悲哀——湘水是南水北流，与友人被贬所去方向完全相反，是人不如物的悲凉。

　　柳宗元因参与永贞革新，先是被贬永州司马，再被贬柳州，在去往南荒的路途上，写有一首《岭南江行》，诗云：

> 瘴江南去入云烟，望尽黄茅是海边。
> 山腹雨晴添象迹，潭心日暖长蛟涎。
> 射工巧伺游人影，飓母偏惊旅客船。
> 从此忧来非一事，岂容华发待流年。②

---

① ［唐］刘长卿：《送李使君贬连州》，《全唐诗》卷一四七，中华书局，1960 年，第 1485 页。
② ［唐］柳宗元：《岭南江行》，《柳宗元集》，中华书局，1979 年，第 1168 页。

柳宗元是一个一心为国家做事的人,却被一贬再贬,走在瘴江云烟之中,想象黄茆那面即是海角天涯,看到的是大象的足迹,想象到的是长蛟的涎水,还有"射工"(一种毒虫,即"蜮",又名"射影")伺机偷袭游人,飓风掀起惊涛骇浪让旅客受惊。这就是诗人被贬的路途,想想未来的日子就要在这样的贬谪岁月中度过,肯定让华发变衰,不禁悲从中来,幽怨暗生。

晚唐诗歌的终结者杜荀鹤有一首《送人南游》概括性地写出了南游人的处境和心态:

> 凡游南国者,未有不蹉跎。
> 到海路难尽,挂帆人更多。
> 潮沙分象迹,花洞响蛮歌。
> 纵有投文处,于君能几何。[①]

首联"凡游南国者,未有不蹉跎"以高度概括的语言揭示了南方在文人心目中的地位,只要走向南方,就是命运不济,就是蹉跎人生。颔联"到海"一词,在以农耕文明为主的中国,海边即是天尽头,但对于南游的人而言,到海边,依然不算天尽头,还要跨海而渡,用"挂帆人更多",则失意之人数量可见,由此衬托出晚唐社会人才的生存现状。颈联写走在失意路上的南游人感受到的海国异景:到处是海潮留下的沙滩和大象行走的痕迹,到处是花的世界和少数民族的歌声。景象很美,但在诗人的认识里,这是陌路异景,是完全生疏的地方,故有尾联的"纵有投文处,于君能几何",在这遥远

---

①[唐]杜荀鹤:《送人南游》,《全唐诗》卷六九一,中华书局,1960年,第7934页。

的地方，是很难找到知音的。杜荀鹤诗歌所流露的情感，其实就是唐人对南游、南贬的所有认知，是带有共性的认知，是令所有唐人视南游为畏途的原因之所在。

　　一类是踏上贬谪路犹如"生人作死别"，难免产生思亲念友、怀乡恋国的伤感。南贬是唐人心中的痛。因为南贬，可能客死他乡，可能与亲朋故旧生离死别，甚至在路途上见多了生离死别，就特别容易伤感，容易引发思亲念友怀乡的伤情。其中最有名的是宋之问的《度大庾岭》：

> 度岭方辞国，停轺一望家。
> 魂随南翥鸟，泪尽北枝花。
> 山雨初含霁，江云欲变霞。
> 但令归有日，不敢恨长沙。①

宋之问这首诗感情色彩非常强烈。首联一个"方"字，和对句的"望家"联系，把自己度大庾岭时与中原的隔绝感强烈地凸显出来，表达了对中原、对故土、对京城的万般留恋。颔联以一个精美的对句蕴含着深沉的典故，将洒泪北枝、魂向北飞、翘首遥望、珠泪满襟、楚楚可怜的诗人形象刻画出来，引人同情。颈联两句写度岭时的天气，山雨初霁、江云变霞，景色很美，但这种美丽诗人虽看到了，却无心欣赏，或者说美丽的景色更加衬托出他内心的悲凉，是"以乐景衬哀情"的烘托作用。尾联盼望回归，说若有回归日，不敢有像贾谊那样的哀怨之情。《史记·屈原贾生列传》记载，贾谊

---

① [唐]宋之问：《度大庾岭》，《全唐诗》卷五二，中华书局，1960年，第641页。

被贬时"闻长沙卑湿，自以寿不得长，又以谪去，意不自得"①。宋之问借用此典，反义用之，意在表明对朝廷此次贬谪自己并无不满，祈望朝廷理解自己的思乡念家恋国的情怀。再如沈佺期的《初达驩州》：

> 自昔闻铜柱，行来向一年。
> 不知林邑地，犹隔道明天。
> 雨露何时及，京华若个边。
> 思君无限泪，堪作日南泉。②

"铜柱"是中国南部边疆的标志，《东观汉记·马援传》记载："（马）援平交趾……于交趾铸铜马，奏曰：'臣闻行天者莫如龙，行地者莫如马。'"③《后汉书·马援传》在"峤南悉平"句下有李贤注引《广州记》："（马）援到交趾，立铜柱，为汉之极界也。"④可知东汉大将马援征越成功后有立铜柱以示疆界之事。沈佺期作为学博识广之人，自然很清楚马援故事，故说自己"昔闻"，但到亲自行走这一路程，方知其遥远。"一年"在唐人驿路行程概念里可以计算到非常遥远的距离，而林邑还要"犹隔道明天"，真是远而又远了。故诗人颈联感慨皇恩雨露何时能够到达这里，京华又在哪个遥远的地方，

①［汉］司马迁撰，［南朝宋］裴骃集解，［唐］司马贞索隐，［唐］张守节正义：《史记》卷八四《屈原贾生列传》，中华书局，1959年，第2492页。

②［唐］沈佺期：《初达驩州》，《全唐诗》卷九六，中华书局，1960年，第1028页。

③［汉］刘珍等撰，吴树平校注：《东观汉记》卷一二《马援传》，中华书局，2008年，第431页。

④［南朝宋］范晔撰，［唐］李贤等注：《后汉书》卷二四《马援传》，中华书局，1965年，第839—840页。

一种被抛荒置远的感觉油然而生,于是引发了尾联的思君之情,说自己的思君之泪,可以作日南(今越南中部,古林邑国所在地)的泉水了。这是以夸张的笔墨描写自己思君泪水之多,衬托思君之情。

韩愈因谏迎佛骨被贬潮州,经过韶州时写有两首绝句,也属于这一类,诗题《晚次宣溪,辱韶州张端公使君惠书叙别酬以绝句二章》(潮州属于岭南东道,我们前文曾说不以海边为主,但姑用一例,因所经路亦含岭南西道的地方):

> 韶州南去接宣溪,云水苍茫日向西。
> 客泪数行先自落,鹧鸪休傍耳边啼。
>
> 兼金那足比清文,百首相随愧使君。
> 俱是岭南巡管内,莫欺荒僻断知闻。①

韩愈被贬潮州,经过韶州,时韶州刺史张蒙惠书叙别,韩愈出于礼节,回此二首绝句。前一首写韶州地理位置和自己行走的方向,对潮州而言,韶州那是一天天向西远去了,离别朋友也就越来越远了,想象在这遥远的南边,能有几个朋友?却还不得不远去,想想这些,难免伤感,偏偏此时耳畔想起了鹧鸪"不如归去"的叫声,将被贬之人的内心伤痛攫住,这叫被贬之人情何以堪?后一首感谢张蒙刺史送来的诗文,觉得慰藉驿路行人心灵的诗文远比金银珍贵,并由此希望对方不要因为自己远去荒僻的潮州而与自己中断联系。从中可见,被贬潮州的韩愈多么渴望朋友之谊!韩愈这一

---

① [唐]韩愈著,钱仲联集释:《韩昌黎诗系年集释》卷一一,上海古籍出版社,1984年,第1119页。

类诗歌中感慨最深的是《过始兴江口感怀》：

> 忆作儿童随伯氏，南来今只一身存。
> 目前百口还相逐，旧事无人可共论。①

始兴为今广东省韶关的下辖县，韩愈兄长韩会大历十二年（777）
受元载案牵连贬邵州刺史，曾来此地，当时家人很多，嫂子、侄子韩
老成等都还在。到韩愈元和十四年（819）因激烈言辞劝阻皇上迎
佛骨被贬潮州时，已经过去四十余年，兄长、嫂子、侄子韩老成，皆
已离世。再经始兴，物是人非，一种孤独感突然攫住了韩愈的心，
回想当年和现在，虽然同是被贬，但面前完全不同的人，还是让韩
愈感到了莫大的孤寂，于是写下了这首动人的小诗。诗歌首句回
忆少年时跟随兄长被贬的情景，当年应该也是百余口人浩浩荡荡
奔赴韶州经过始兴，如今也是百余口人浩浩荡荡经过始兴，但当年
之人已经无几，故而感觉形单影只，尤其是联想起当年过始兴的情
景，再对比今日过始兴的情景，难免有今昔之叹，但这种叹息只有
自己才能体味。诗歌在"百口"与"一身"的对比衬托下写过往生
活无人共忆，彰显如今内心的感慨和孤独，使沧海桑田、物是人非
之叹越加强烈。洪兴祖《韩子年谱》注曰："初公随兄南迁于韶，兄
卒北归，与百口避地江南。至今三十余年（当为四十余年——笔者
注），往时百口，独公存耳。"② 方世举注曰："百口，甚言其多，大抵
此时家室已追及东行矣。然如郑嫂、十二郎及乳母等，皆已前死，

①　[唐]韩愈著，钱仲联集释：《韩昌黎诗系年集释》卷一一，上海古籍出版社，
　　1984年，第1121页。
②　[唐]韩愈著，钱仲联集释：《韩昌黎诗系年集释》卷一一，上海古籍出版社，
　　1984年，第1122页。

俯仰今昔，四十余年，当时旧人，想无在者，而复以迁谪来经于此，其为感情，何可胜言也？"①

中唐时期的著名宰相李德裕，在唐武宗时期君臣相得，做了很多有益于国家和黎民的功业，如外平回鹘、内定昭义、裁汰冗官等，成为晚唐时期君臣协力的绝唱。唐宣宗即位以后，由于位高权重而被猜忌，五贬为崖州（今属三亚）司户，到达之后写有《登崖州城作》：

> 独上高楼望帝京，鸟飞犹是半年程。
> 青山似欲留人住，百匝千遭绕郡城。②

到达贬所的李德裕，深深感受到崖州的遥远。作为曾经的宰相、掌管国家命脉的重臣，他把自己的才华贡献给了摇摇欲坠的大唐王朝，如今却被贬谪到如此偏远的地方，远离帝京，也就远离了施展才能的机会，对于有志于改变国家的李德裕来说，难免想念帝京，但这里却是"鸟飞犹是半年程"的遥远所在。李德裕说，这里"青山似欲留人住，百匝千遭绕郡城"，写的是山的有情，但其实是一朝天子一朝臣，李德裕的归程难以确定，而衬托的是朝廷的无情。写朝廷的无情，又恰是李德裕对回归帝京的渴望。

一类是面对南贬洒脱上路，在"胡尘不到处，即是小长安"的心理调适中实现自我排遣。凡被贬的人，都会感受到人生坎坷、世事艰难，有的人在哀怨中度过，也有人能够旷达处世，其作品中并

---

① ［唐］韩愈著，钱仲联集释：《韩昌黎诗系年集释》卷一一，上海古籍出版社，1984年，第1122页。
② ［唐］李德裕：《登崖州城作》，《全唐诗》卷四七五，中华书局，1960年，第5398页。

非总是空发哀怨,而是用另一种思维为自己的人生进行排解,在反向思维中获得心灵的慰藉。如张叔卿的《流桂州》:

> 莫问苍梧远,而今世路难。
> 胡尘不到处,即是小长安。①

张叔卿,生平不详,可能即开元廿九年(741)杜甫游齐住宿张氏隐居之所并与之订交的那位,曾任广州通判。此诗的信息透露,他还曾流放桂州(今桂林)。诗中提及的苍梧更是唐人心目中遥远的所在。诗人说,不要说苍梧路远,而今世道艰难,苍梧虽远,却是胡尘难到的地方,可以视之为安全的居所。这种说法,与后来苏轼的"此心安处是吾乡"颇为相似,但又不同。苏轼所言,乃心安,张叔卿所言,却是胡尘不到,可见诗人依然牵挂国事,但世路艰难,被人排挤,只能以"胡尘不到处,即是小长安"安慰自己而已。再如柳宗元的《桂州北望秦驿,手开竹径至钓矶,留待徐容州》:

> 幽径为谁开,美人城北来。
> 王程倘余暇,一上子陵台。②

诗题中的徐容州,为同时稍后被贬的长安令徐俊,被贬为容管经略使,晚于柳宗元从长安出发。"幽径"即诗题中的"竹径",诗题中的"钓矶"是可以垂钓的地方,也是柳宗元心目中绝好的隐居之所。

---

① [唐]张叔卿:《流桂州》,《全唐诗》卷二七二,中华书局,1960年,第3060页。
② [唐]柳宗元:《桂州北望秦驿,手开竹径至钓矶,留待徐容州》,《柳宗元集》,中华书局,1979年,第1164页。

"美人"指徐俊,是诗人对徐俊的美称。按照唐朝驿路行程的规定,乘驿之人不得随意变更乘驿时间,柳宗元告诉徐俊,倘若他被贬的路途上有闲暇时间,可以到自己开拓的这片像严子陵钓鱼台的地方欣赏一下隐逸风光! 不仅自己亲手劈开竹径创建隐逸环境,还邀请别人来欣赏,从中可以看出柳宗元在思考自己的人生,希望以隐逸之心对待南贬的生活,这也是很有哲学意味的人生体验。

刘禹锡同样参与永贞革新,同样两被贬谪,后一次被贬连州刺史,在赴连州路上写有《赴连州途经洛阳,诸公置酒相送,张员外贾以诗见赠,率尔酬之》,诗云：

> 谪在三湘最远州,边鸿不到水南流。
> 如今暂寄樽前笑,明日辞君步步愁。①

在刘禹锡看来,自己被贬谪的地方,是三湘最远之地,是鸿雁都飞不到的边州,是河水都不往京都方向流淌的地方,自己也知道去往边州的路途上步步愁烦,但眼前毕竟不是边州,就暂且以酒慰怀,能笑一时是一时吧。这是一种生活的感悟,你在乎你所遭遇的,它已然这样,你不在乎你所遭遇的,他亦已然这样,刻意地去琢磨来琢磨去,也很难说活得明白,不如简单些,先笑着享受眼前这樽酒,未来烦愁由他,这反而活得明白、活得洒脱。再如韩愈的《将至韶州先寄张端公使君借图经》：

> 曲江山水闻来久,恐不知名访倍难。

---

① [唐] 刘禹锡著,瞿蜕园笺证：《刘禹锡集笺证·外集》卷五《赴连州途经洛阳,诸公置酒相送,张员外贾以诗见赠,率尔酬之》,上海古籍出版社,1989年,第1284页。

愿借图经将入界,每逢佳处便开看。①

这里的曲江是指韶州(今韶关市)的曲江。这里是五岭地区南北经济文化交流的枢纽,也是湘、粤、赣的交通咽喉。韩愈因谏迎佛骨贬谪潮州,驿路经过此地,这已是韩愈第三次经过了,他曾因贞元十九年(803)关中地区大旱为民请命触怒皇帝,被贬为连州阳山县令,对这里的历史沿革、山川地貌、民俗风物等情况,应该已经很熟悉,但他却故意向先来韶州的刺史张某借阅地方志,还笑嘻嘻地说"每逢佳处便开看",也即通过地方志了解哪里好玩我便好好走走这些地方。这其实已经不把贬谪当作贬谪,而是视贬谪为一次游览,完全抛却了落寞心态,颇有苏轼"兹游奇绝冠平生"的味道了。

　　唐朝与宋朝在哲学思想上很大的不同是,宋朝文人更加成熟,已经学会了理性的处世方式,他们将承担社会责任与追求个性自由作为人生的两极,真正从生活态度上做到了"达则兼济天下,穷则独善其身",以欧阳修、王安石和苏轼为代表的文人在处理"穷""达"的问题上几乎成为天下表率。但唐人不完全一样,林庚先生的"少年精神"说是唐代文人的精神气质,他们积极向上,意气风发,凡涉贬谪,均为人生下坡路,心情难好,故而贬谪诗歌多写悲写愁,写思乡思亲念国,只有极少数人略有看开之思。

　　四、士子、僧俗的送往迎来

　　在安南上层社会浓厚的"尊汉"意识影响下,安南士人积极融入唐朝的科举考试。据《唐会要》卷七五《选部下》记载:

----

① [唐]韩愈著,钱仲联集释:《韩昌黎诗系年集释》卷一二,上海古籍出版社,1984年,第1179页。

> 天宝十三载七月敕：如闻岭南州县，近来颇习文儒。自今
> 已后，其岭南五府管内白身，有词藻可称者，每至选补时，任令
> 应诸色乡贡。仍委选补使准其考试，有堪及第者，具状闻奏。
> 如有情愿赴京者，亦听。其前资官并常选人等，有词理兼通，
> 才堪理务者，亦任北选及授北官。[①]

通过这条记载，可知岭南文化受中原文化影响很深，而且虽设有南选制度，但愿意赴京参加科考的，也听其所便，参加北选也即朝廷正常的铨选，也由参加者自己确定。这样一来，就有科考举子和参加铨选人员来往于京都与安南的驿路上，形成了南选之外的另一种岭南科考风景。

安南举子参加科举考试，成功之人寥寥，现所能知者仅姜公辅、姜公复兄弟与交趾诗人廖有方，其中姜公辅最为成功，官至宰辅之位。但这三位成功者都集中在唐德宗、唐宪宗时期，不能反映有唐一代安南士人参加唐朝科举考试的全貌。因为安南从唐朝立国就完全归属于唐朝，就执行唐王朝的一切制度，科举也不例外。

往来于驿路上的安南士人，用汉语书写着他们驿路的艰辛，而他们的中土朋友，也在与他们的送往迎来中写下了一些有关安南的诗篇。安南举子的诗歌，既有对旅途作为的记录，也有对安南故土的思念，其中，中原人与安南举子的诗歌交往，则多安南的地理风物、气候环境的合理想象。

交趾举子廖有方，《全唐诗》仅存其诗一首，是一首典型的驿路诗，内容是他来中原参加科举考试的过程中，安葬一位路途丧命举子的故事。此事对廖有方声望的提升非常重要，成为唐人流传的

---

① ［宋］王溥：《唐会要》卷七五，中华书局，1955 年，第 1369—1370 页。

举子义士的典范,《云溪友议》记载:

> 廖有方校书,元和十年失意后游蜀,至宝鸡西界馆,窆于旅逝之人,天下誉为君子之道也。书板为其记耳:"余元和乙未岁,落第西征,适此公署,闻呻吟之声,潜听而微愍也。乃于暗室之内,见一贫病儿郎,问其疾苦行止,强而对曰:'辛勤数举,未偶知音眄睐。'叩头久而复语:'唯以残骸相托。'余不能言。拟求救疗,是人俄忽而逝。余遂贱鬻所乘鞍马于村豪,备棺瘗之礼,恨不知其姓字。苟为金门同人,临歧凄断。复为铭曰:'嗟君没世委空囊,几度劳心翰墨场。半面为君申一恸,不知何处是家乡!'"①

廖有方参加科举失败,游蜀路途上安葬了一位素不相识落拓而死的书生,并写下了这首颇富同情心的七言绝句。这是这位安南举子对同道中人最具仁心的同情和悲悯。书板和诗极有益于廖有方的传名,被天下人尊为"皇唐义士",再次参加科举考试,李逢吉遂将其录取及第,廖有方为不让人知道自己的事情,及第之后,改名廖云卿度过一生。

中唐诗人杨衡的朋友王秀才到安南,杨衡写有《送王秀才往安南》为王送别:

> 君为蹈海客,客路谁谙悉。
> 鲸度乍疑山,鸡鸣先见日。

---

① [唐]范摅撰,阳羡生校点:《云溪友议》卷下,《唐五代笔记小说大观》,上海古籍出版社,2000年,第1305—1306页。

> 所嗟回棹晚，倍结离情密。
> 无贪合浦珠，念守江陵橘。①

诗中的举子应该是科考不顺，到安南寻求出路。但杨衡没有提及王秀才是否科举不顺，大约是不愿让友人伤心吧。杨衡在首联说，朋友此去就成为"蹈海客"了，所走之路皆是不熟悉的客路，这就表达了对友人此行的担心。颔联写鲸鱼出现怀疑海中有山，凸显鲸鱼之巨；写鸡鸣先见日，见出海路无遮挡的特点。颈联感叹友人可能回归的时间会在很久之后，故而觉得现在特别难舍。尾联嘱咐友人说不要贪恋合浦珠的富贵，还应该守住江陵橘的清高和故乡情。江陵，代指楚国，楚大夫屈原写有《橘颂》，中有"受命不迁""深固难徙"的恋乡诗句。

晚唐诗人贾岛与南边举子多有来往，写有几首相关作品。其《送郑长史之岭南》曰：

> 云林颇重叠，岑渚复幽奇。
> 汨水斜阳岸，骚人正则祠。
> 苍梧多蟋蟀，白露湿江蓠。
> 擢第荣南去，晨昏近九疑。②

《长江集新校》附录年谱将此诗系于开成元年（836），《唐诗纪事》题曰《送郑史之岭南》，所送举子可能名郑史。郑史及第南归，自然

---

① ［唐］杨衡：《送王秀才往安南》，《全唐诗》卷四六五，中华书局，1960 年，第5283 页。
② ［唐］贾岛著，李嘉言新校：《长江集新校》卷五《送郑长史之岭南》，上海古籍出版社，1983 年，第 55 页。

是高兴事,诗人设想郑史一路上所经历的山山水水、名人古迹、风
物环境,均以"幽奇"为"眼",没有不宜、不适,是荣归者畅意心境
的写照。

晚唐著名诗僧贯休写有与岭南有关的诗歌数首,有送别僧人
之作,也有送别举子之作,其《送友人之岭外》云:

> 五岭难为客,君游早晚回。
>
> 一囊秋课苦,万里瘴云开。
>
> 金柱根应动,风雷舶欲来。
>
> 明时好□进,莫滞长卿才。①

从"一囊秋课苦"和结句,可以判定贯休友人的身份当为举子,"秋
课"可以指士人学习举业的课卷,也可以指秋天的赋税,但友人既
然不是去做官,那就只能是一边修习举业,一边寻求某种出路,是
属于举子"游边"。贯休认为,岭外并不那么好待,学业艰苦,空气
有瘴,还有龙卷风之类的天气灾害,还是希望有司马相如之才的友
人早点回归京都以求得进取之路。

杜荀鹤的《赠友人罢举赴交趾辟命》写一位不再参加科举考
试的举子接受安南征召的事:

> 罢却名场拟入秦,南行无罪似流人。
>
> 纵经商岭非驰驿,须过长沙吊逐臣。
>
> 舶载海奴镶碡耳,象驮蛮女彩缠身。

---

① [唐]贯休:《送友人之岭外》,《全唐诗》卷八三一,中华书局,1960 年,第
9375 页。

如何待取丹霄桂，别赴嘉招作上宾。①

诗中的这位举子，决定不再参加科举考试，准备进京谋求其他出路，但因交趾征召，只得南行。前文我们已经说过，岭外在唐人看来是蛮荒之地，故而友人南行虽是征召，在杜荀鹤看来与流放没有本质区别。诗歌颔联还交代友人赴交趾，还不能动用官府的驰驿政策，感觉跟屈原贾谊被放逐没有二致。颈联写过海路，经象国，各种异域风情。但最终还是希望友人有机会丹霄折桂，以另外一种高规格方式生活，内中包含着对友人的同情、理解、劝慰和鼓励。

唐懿宗朝有一位不知名的举子参加科举考试，了解了朝廷的安南政策、任职官员情况，写有一首《刺安南事诗》，对唐王朝当时处理安南的做法表示了质疑：

> 南荒不择吏，致我交趾覆。
> 联绵三四年，致我交趾辱。
> 儒者斗则退，武者兵益黩。
> 军容满天下，战将多金玉。
> 刮得齐民疮，分为猛士禄。
> 雄雄许昌师，忠武冠其族。
> 去为万骑风，住为一川肉。
> 时有残卒回，千门万户哭。
> 哀声动闾里，怨气成山谷。
> 谁能听鼓声，不忍看金镞。

---

① ［唐］杜荀鹤：《赠友人罢举赴交趾辟命》，《全唐诗》卷六九二，中华书局，1960 年，第 7958 页。

念此堪泪流,悠悠颍川绿。①

一是任人不贤的问题。南荒由于择吏不精,导致交趾几致覆灭,其所任官吏,要么懦弱无能,要么好勇斗狠,都不能很好地治理安南。这其实是有唐一朝一直存在的问题,安南希望归化,乐意归化,但任职安南之人很少像高骈那样的有作为之人,而更多贪吏酷吏。二是对百姓的苛剥问题。由于安南太远,军需问题需要军队自行解决,于是多向百姓征税、反复向百姓征税的问题很大。三是战争失利的问题。由于择吏有失,征战多以失利而告终,明明是"去为万骑风"的忠勇之师,由于指挥失当而变成"一川肉",大都丧命疆场,导致"千门万户哭""哀声动闾里"的悲惨结局。这位不知名的懿宗朝举子,为安南征战这样的结局痛苦伤心,表达了对国家边塞事务的关心和对征战士卒的同情。

除以上内容,行至南荒的人也会见到秦汉以来中国开拓南疆的历史遗迹,听到一些有关的人物史实和传说,出现了少量的怀古诗,如陈陶的《南海石门戍怀古》:

汉家征百越,落地丧貔貅。

大野朱旗没,长江赤血流。

鬼神寻覆族,宫庙变荒丘。

唯有朝台月,千年照戍楼。②

---

① [唐]佚名:《刺安南事诗》,《全唐诗》卷七八四,中华书局,1960年,第8849页。

② [唐]陈陶:《南海石门戍怀古》,《全唐诗》卷七四五,中华书局,1960年,第8477页。

这首诗没有具体的事件,只是笼统地谈及汉代征伐百越之事,当然包含汉文帝时陆贾出使南越,以口舌之利说服赵陀去帝号归汉、汉武帝时期终军"愿受长缨,必羁南越王而致之阙下"、马援征服百越等重要历史事件,笼统地说,包容量极大。打仗的能量,是"落地丧貔貅",展现了强大的统治力和战斗力,但结果却是鲜血能染红长江,百越之地连鬼神都是覆族而灭,宫殿庙宇也变为荒丘,只留下"朝台月"千年来映照着孤独的戍楼。这些描写见出战争的破坏力,是陈陶对汉朝征战南越的思考,也是陈陶对自己所在时代的统治者的警示,有不希望武力征服南越之思。

安南僧人到中土求经取法的人不少,中原士人和僧人与安南僧道往来,也出现了一些反映相关生活的作品,如杨巨源《供奉定法师归安南》:

> 故乡南越外,万里白云峰。
> 经论辞天去,香花入海逢。
> 鹭涛清梵彻,蜃阁化城重。
> 心到长安陌,交州后夜钟。①

诗歌首联点出供奉定法师故乡所在,并以"万里白云峰"写对方所在地的遥远和所在地纯洁的化外之境;颔联写对方将要带着满腹的经纶离别中土,伴随着香花到海国去,所去乃神仙之路;颈联写供奉定法师未来的僧家事业,将让南海的波涛都受到梵心洗彻,将让海国的城池受到梵心的净化(蜃,是神话传说的一种形似大牡

---

① [唐]杨巨源:《供奉定法师归安南》,《全唐诗》卷三三三,中华书局,1960年,第3722页。

蛎的海怪，也称水龙。蜃阁，水龙居住的地方，这里代表安南）。尾联是一种句式交错的写法，真正的顺序是"交州后夜钟，心到长安陌"，是说归安南的供奉定法师到交州后，那心思也依然想着长安的街衢，以及供奉定法师虽然人到了安南，心依然留在长安，可见对长安感情之深。再如贾岛《送安南惟鉴法师》：

> 讲经春殿里，花绕御床飞。
> 南海几回渡，旧山临老归。
> 潮摇蛮草落，月湿岛松微。
> 空水既如彼，往来消息稀。[1]

贾岛送别的这位惟鉴法师，应该是道行很高的僧人，曾经在春日花飞时节的宫殿里为皇上讲法，曾经多次往来京都与南海，现在人老了，回归自己的故土，令贾岛倍生伤感，从此以后，海水空流，往来难觅，应该也是生离死别的伤痛。

　　驿路唐诗的安南书写，没有安西书写内容丰富，也没有安西书写充满激情，但作为中国唐代边域书写的一部分，这些内容留下了中原与安南交往的真实轨迹，也告诉我们安南曾属于中国的事实，对我们了解历史、了解中国唐代文化的延展影响，都有重要帮助。

---

① [唐]贾岛著，李嘉言新校：《长江集新校》卷四《送安南惟鉴法师》，上海古籍出版社，1983年，第37页。

第三章　驿路唐诗的边域书写方式

在唐人的世界里,边域既是人生畏途,又是值得向往的所在。那里虽然可能有无数的艰难困苦,有无数的悲欢离合,但也同样有英雄的业绩、人生的追求、生活的未来、家国的担当。"功名只向马上取,真是英雄一丈夫""小来思报国,不是爱封侯""万里奉王事,一身无所求",很多人怀着慷慨情怀抛家舍业,走向万里征程,就为人生有事功。即使没有走向万里之外,在唐代文人的视域里,边域也有着无穷的魅力。在唐代书写边域的诗歌里,其书写方式往往是写实与想象同在,历史与现实交融,内地与边域有异,更有内地人对边域的好奇。唐人用自己的书写方式,记录他们曾经经历的边域生活和基于历史记载及他人描述所理解到的边域生活。

第一节　写实与想象的同在

在中国古代士阶层社会里,走向边域有两种情形:寻求边域功业或被贬谪。走向边域,是一种人生选择,无论是主动选择还是被动选择,都会将人生与边域的一切紧密相连,对于走向边域的诗人或为走向边域的朋友写诗送别的人而言,边域的一切生活自然都会纳入他们的关注视野。但关注的方式完全不同,一种是亲历者的写实,一种是未曾经历者的合理想象,一种是未曾经历者的有意夸张。戴伟华在《从两个传统中确认岑参边塞诗的写实特质》中谈及边塞诗写作的切入视角时说:"从创作情景和创作方法切入,则边塞诗创作大致可分为两种状态:一种是作者在边地,写作的边塞诗是周边环境的反映,可以说是写实的边塞诗;一种是作者不在边地,写作的边塞诗是想象的产物,反映的是想象中的边地生活,可以说是想象中的边塞诗。因此,边塞诗作者由于其生活的情况不同,便分别沿着写实和想象两个方向发展,也就形成了边塞诗写作的两个传统。"① 这与笔者所说的边域书写中"写实与想象的同在"概念完全相合。但在具体的认知里,笔者还有自己的一些独特体会,希望戴先生和同仁指教。

一、亲历边域者的真实描写

《文心雕龙·神思》篇说:"登山则情满于山,观海则意溢于海,我才之多少,将与风云而并驱矣。"② 可见山水所历,对写作的影响很大,风云作色若何,文字则呈若何样貌。对于亲历边域的人们而言,那里的山川草木、天气变化,都是生活本身的真实存在,是他们身所历经、亲自体验,但面对同样的自然环境和人文环境,体验者的身份不同、心境不一,感受到的东西也完全不同。南方的山水不可谓不美,绿树葱茏、四季有花,但在北方人的眼中可能就是四季无变化,在贬谪人的眼中就是蛮荒和烟瘴;西北绝域的大雪纷飞、冰天雪地,在希望建功立业的人的心中是值得战胜的艰难险阻,可以促生万丈豪情,而在不愿参战的人心中则会成为感受艰苦、怨恨

---

① 戴伟华:《从两个传统中确认岑参边塞诗的写实特质》,《西北师范大学学报》2013 年第 2 期。
② [南朝梁]刘勰著,向长清释:《文心雕龙浅释》,吉林人民出版社,1984 年,第 254 页。

征战的由头。刘勰在《文心雕龙·物色》篇说："物色之动,心亦摇焉。""岁有其物,物有其容,情以物迁,辞以情发。""物有恒姿,而思无定检。"[①] 此之谓也。

对于唐代以不同方式历经边域的人而言,边域生活的真实样貌或可相近,但感受会不尽相同,主要从以下几个层面分别之:

其一,基于对边域自然的体验认知。唐代地域面积广大,边域风物与关中内地有明显不同,中国本就是一个"十里不同风,百里不同俗"的国度,从内地走向边域,千里万里,差别之大可以想见。无论是带着新奇的心情,还是带着功业的欲念,或者带着贬谪的压抑,又或者是其他的什么心情,与内地迥异的边域自然,在走向边域的诗人们的笔下,就成为他们体会边域生活的完全不同的外在感官刺激,促生他们对边域自然描写的欲望,从而成为他们真实认知到的边关与内地不同的标识。

西北边域,向来是功业的场域,虽然那里也有苦战,生活也很艰苦,但到达西域的人,大都满怀功业的欲望,那里的风沙、寒冷对他们而言,只不过是一种自然的现象,而西北边域与中原的不同,就成为他们大书特书的对象。如陈子昂赴西域,在一生不多的诗作里,留下了比例不小的边域书写作品,是诗人亲历西域的真实体验,如《度峡口山赠乔补阙知之王二无竞》:

> 峡口大漠南,横绝界中国。
> 丛石何纷纠,小山复耆绝。
> 远望多众容,逼之无异色。

---

① ［南朝梁］刘勰著,向长清释:《文心雕龙浅释》,吉林人民出版社,1984年,第392、392、396页。

崔崒半孤断，逶迤屡回直。
信关胡马冲，亦距汉边塞。
岂依河山险，将顺休明德。
物壮诚有衰，势雄良易极。
逦迤忽而尽，泱漭平不息。
之子黄金躯，如何此荒域。
云台盛多士，待君丹墀侧。①

诗歌所写大漠之南的峡口作为中原和西域的分界线，它的山河地理的特点：山不很大，却乱石丛生，山石翕绝，断崖险峻，山势曲折，远望姿态各异，近观石色尽同，地理位置尤其冲要。诗人如实描写这样的冲要之地，希望虽然有山河之险，还是要以明德处理各种关系，而不希望凭险滋事，导致“泱漭平不息”，也希望像乔知之、王无竞这样的贤才，能够尽快返回“丹墀侧”而远离“此荒域”。

描写西北边域的壮阔与风沙，王维和岑参是典型代表。本书第二章已经有他们大量的诗例，后文亦有举例，这里就不再重复举例，只总结一下他们描写边域的特点。王维和岑参，都是盛唐时期极有理想的诗人，但他们也有共同的弱点，就是面对残酷社会现实时的回避。岑参因伯父受谋逆罪牵连引发的家庭悲剧而不愿触及现实，王维则因个性懦弱不敢正视现实。理想的支撑令他们对边塞功业充满渴望，但他们绝不涉及边塞生活中的尖锐冲突，故而他们的边塞诗将笔墨放在了边域壮阔的背景，注重描写极端的自然环境，如岑参的《白雪歌送武判官归京》《走马川行奉

①［唐］陈子昂著，徐鹏校点：《陈子昂集》卷二《度峡口山赠乔补阙知之王二无竞》，中华书局，1962年，第21页。

送封大夫出师西征》《火山云歌》、王维的《使至塞上》《出塞・居延城外猎天骄》《送刘司直赴安西》《送宇文三赴河西充行军司马》等。

南部边域,则是逐臣分布较广的地域,尤其是岭南,在唐朝2817人次的贬谪里,岭南占574人次①。岭南最大的特点是苦热瘴疠和不分寒暑,给贬谪到这里的人们以生命难以保障的危机感、不知日月变迁的隔膜感和对蛮荒风俗的陌生感。贬谪来此的诗人们由此写下了对南荒完全不一样的感觉,而这种感觉只有踏上这片土地后才能亲身感受到。尚永亮指出:"岭南天气炎热,雨水淫多,四季转变、风俗物产都与诗人们熟悉的中原相去甚远,在贬谪生活中,这些迥异于此前经验的物色既吸引了逐臣的目光,也加深了他们内心的焦虑,并成为其诗歌反复吟咏的对象。"② 如宋之问的《入泷州江》的前半部分。在这首诗里,宋之问完全没有认识到自己人生的问题,对谄事张易之之事不知道反思,还自称"余本岩栖客,悠哉慕玉京。厚恩尝愿答,薄宦不祈成",虽然矫情,但贬谪到南荒,实非其所愿。籍贯在唐汾州隰城(今山西汾阳市)的宋之问,是地地道道的北方人,生活在接近黄土高坡的地方,泛舟江行、蛇虫瘴疠、热气裹挟、猿啼鸢飞、黎氓纹身、养蛊害人,这些北方完全见不到的景象,如今就在身边,一句一种恐怖印迹,是宋之问的亲身体验,也是令读者毛骨悚然的描写。再如张说的《入海二首》其一:

---

① 参见尚永亮:《唐五代逐臣与贬谪文学研究》,武汉大学出版社,2007年,第50页。
② 尚永亮:《唐五代逐臣与贬谪文学研究》,武汉大学出版社,2007年,第142页。

乘桴入南海，海旷不可临。

茫茫失方面，混混如凝阴。

云山相出没，天地互浮沉。

万里无涯际，云何测广深。

潮波自盈缩，安得会虚心。①

张说是范阳方城（今河北省固安县）人，非常典型的内陆人士。因受张宗昌胁迫，指证魏元忠谋反，但面对武则天时又良心发现不肯指证，被武则天视为反复小人，将其流放到岭南钦州（今广西钦州）。张说在被贬路途中经过北海，真实体验了完全没有方向感、被云雾笼罩、不辨天日、随海水起伏、不知何处是岸的迷茫、困扰、惊恐、不安，这是完全没有渡海经验的人的真实感受。

东北边域，是大唐王朝的一个痛点，问题很多，战争也不少，来往人员也多，但留下来的作品远没有西域和南疆多，驿路诗作远不如辽、元、明、清丰富多彩。个中原因，或者与至此地之著名诗人相对较少有关。尽管如此，也留有令人动容的描写。如虞世南的《相和歌辞·从军行二首》其一：

涂山烽候惊，弭节度龙城。

冀马楼兰将，燕犀上谷兵。

剑寒花不落，弓晓月逾明。

凛凛严霜节，冰壮黄河绝。

蔽日卷征蓬，浮天散飞雪。

---

① ［唐］张说：《入海二首》其一，《全唐诗》卷八六，中华书局，1960年，第931页。

全兵值月满，精骑乘胶折。

结发早驱驰，辛苦事旌麾。

马冻重关冷，轮摧九折危。

独有西山将，年年属数奇。[①]

诗中"弭节度龙城"的将领冒着北方的奇寒，在霜花飞雪、狂风寒冰中日日戍卫、乘机出兵，受尽各种寒苦，但却没有受到任何封赏，就像汉代的李广一样"数奇"。这或许是东北边塞常见的情况，难见胜利，功不抵过，"力尽关山未解围"，结果可能是很多将士白白丧失了生命，而活着的也未必获得嘉奖。诗歌的情绪非常低沉。

唐太宗李世民征高丽时的《辽城望月》（原文见本书第295页）则是另一种风貌。此诗是这位君临天下的英主驾临辽水时所作，其时是贞观十九年（645）的夏秋之交，唐太宗御驾亲征，水陆并进，征伐高句丽。李勣率部攻至玄菟故地（今朝鲜半岛咸镜南道）后，唐太宗渡辽。这个时节，当然不可能体会到寒冬时节前方征战士卒在雪与血的交融中征战的艰苦，而夏秋之交的景色则暗合这位君主表达征服天下的决心，故而景色描写中都是辉光澄照、花树掩映、云闪云灭、月亏月圆，在这样的景色里，诗人登上聊城，俯视四野，自有一种俯览天下、"伫观妖氛灭"的必胜信心，自然有一种居高临下、并吞八荒的气势。

其二，基于对边域生活的真实感受。走向边域的诗人，命运完全不同，有的是被贬谪，有的是希望在边域血与火的战场上建功立业，有的是出使，每个人的目的不同，经历不同，境遇不同，对边域

---

① ［唐］虞世南：《相和歌辞·从军行二首》其一，《全唐诗》卷一九，中华书局，1960年，第226页。

生活的体验也往往很不相同,作品大多加入自己的人生体验,不少作品体现出深沉的生命意识,在实实在在的边域生活中,将诗人的生命感悟熔铸其间。

初唐时期的崔融,有从军经历,他曾从梁王东征,在杜审言《送崔融》中有"君王行出将,书记远从征",陈子昂《送著作佐郎崔融等从梁王东征》诗序有"岁七月,军出国门……时北(比)部郎中唐奉一、考功员外郎李迥秀、著作佐郎崔融,并参帷幕之宾,掌书记之任"[1],均可证。崔融的《塞垣行》描写了亲遇沙尘暴的经历,表达了文人从军的理想和理想不能实现的伤感:

> 疾风卷溟海,万里扬砂砾。
> 仰望不见天,昏昏竟朝夕。
> 是时军两进,东拒复西敌。
> 蔽山张旗鼓,间道潜锋镝。
> 精骑突晓围,奇兵袭暗壁。
> 十月边塞寒,四山沍阴积。
> 雨雪雁南飞,风尘景西迫。
> 昔我事讨论,未尝忘经籍。
> 一朝弃笔砚,十年操矛戟。
> 岂要黄河誓,须勒燕然石。
> 可嗟牧羊臣,海外久为客。[2]

---

[1] [唐]陈子昂著,徐鹏校点:《陈子昂集》卷二《送著作左郎崔融等随梁王东征》,中华书局,1960年,第35页。

[2] [唐]崔融:《塞垣行》,《全唐诗》卷六八,中华书局,1960年,第765页。

崔融跟随武三思出征，是防御契丹。此诗应该是描写军行蒙古高原砂砾地遇风的情形。前四句，是沙尘暴席卷而来，不见天日，昼夜不停。接下来"是时军两进"六句，写作为书记官的崔融所观察到的军队打仗的大略。应该是因为没有到战场上直接参加战斗，所写只是战略性移动方面，而没有涉及战场上的冲杀与血战。从"昔我事讨论"到结尾，写文人从军的目的和对苏武命运的感慨。"昔我事讨论，未尝怠经籍"两句，写自己在文章写作方面的努力；"一朝弃笔砚，十年操矛戟"两句记述自己从军生活之久；"岂要黄河誓，须勒燕然石"写自己的人生理想不是封爵传之子孙，而是要建树窦宪一般的功业。黄河誓，来自"河山带砺"典故，指汉代封爵传之子孙之誓，《史记·高祖功臣侯者年表》："封爵之誓曰：'使河如带，泰山若厉，国以永宁，爰及苗裔。'"[1] 诗歌最后两句，在哀叹牧羊臣苏武"海上久为客"的命运中感慨着自己虽十年从军而不能真正有所作为的悲哀。十年从军，对崔融而言，是非常长的一个时期。他从军为掌书记，并无实权，虽想有所作为，但确实很难，故而诗中借苏武被扣留北海的生活表达了自己不能有所作为的失意。再如《西征军行遇风》：

> 北风卷尘沙，左右不相识。
> 飒飒吹万里，昏昏同一色。
> 马烦莫敢进，人急未遑食。
> 草木春更悲，天景昼相匿。
> 夙龄慕忠义，雅尚存孤直。

---

① ［汉］司马迁撰，［南朝宋］裴骃集解，［唐］司马贞索隐，［唐］张守节正义：《史记》卷一八《高祖功臣年表》，中华书局，1959 年，第 877 页。

览史怀浸骄，读诗叹孔棘。

及兹戎旅地，忝从书记职。

兵气腾北荒，军声振西极。

坐觉威灵远，行看氛祲息。

愚臣何以报，倚马申微力。①

崔融在武三思东征军中为掌书记，不必到战场一线，但也要随军行动，因此也亲身感受到塞外的寒冷，并书写作为书记官希望为国家贡献微力的想法。诗歌前八句写景，风沙吹得人灰头土脸难以辨认，吹得天昏地暗，马不敢前进，人不能进食，就连草木也都被风沙掩盖。这是诗人亲身感受到的恶劣环境。但就在这样恶劣的自然环境中，作为一介书生，诗人并没有任何退缩之意，而是一直深藏着忠义、孤直，流览史册，他为国史的辉煌而骄傲，吟咏诗歌，也为"猃狁孔棘"而感慨。因此，自己虽为掌书记，也希望能够看到"氛祲息"的结果，自己愿在其中贡献微力。诗中的自然描写真实生动，非亲历者难以写得如此真切。再如沈佺期的《初达驩州》：

流子一十八，命予偏不偶。

配远天遂穷，到迟日最后。

水行儋耳国，陆行雕题薮。

魂魄游鬼门，骸骨遗鲸口。

夜则忍饥卧，朝则抱病走。

搔首向南荒，拭泪看北斗。

---

① ［唐］崔融：《西征军行遇风》，《全唐诗》卷六八，中华书局，1960 年，第764—765 页。

何年赦书来,重饮洛阳酒。①

驩州,隋开皇十八年(598)置,治九德县(今越南义安省荣市),是沈佺期被贬所经驿路的终点,是沈佺期从未到达过的地方。诗歌首四句记述被流放及到达日期,五至十句写路途所经之地和感受,十一至十四句写思乡恋京之情。其中中六句是对边域生活的真实感受。儋耳,汉置儋耳郡,唐时称儋州,在今海南省儋州市西北。沈佺期此行,是从琼州海峡到儋州,经海南的陆路到达靠近北纬18°的儋州陆地,再经西行水路到达驩州,"水行儋耳国,陆行雕题薮"指的是这一段行程。"雕题",指南越雕额文身的部族。《山海经·海内南经》:"雕题国……在郁水南。"②《礼记·王制》云:"南方曰蛮,雕题、交趾,有不火食者矣。"郑玄注:"雕文,谓刻其肌以丹青涅之。交趾,足相向。"③从诸书所述之史实和至今流传之习俗看,诗中之"雕题"当指海南有文身的少数民族,这正是出生于河南相州的沈佺期这个绝对的中原人所看不习惯的风俗。经历了这些地方,确实会有"魂魄游鬼门,骸骨遗鲸口"的惊心动魄的感觉。"鬼门"既指去往驩州途经的广西北流县西的鬼门关,又指人生的鬼门关。鲸口,比喻渡海时的惊涛骇浪可能让自己丧命大海。这些均是此行路途上的重重危险,忍饥挨饿、抱病而行都是小事。这样的生活,非亲身体验,难以写得如此惊心动魄。故而后四句的写

---

① [唐]沈佺期:《初达驩州》,《全唐诗》卷九五,中华书局,1961年,第1024—1025页。

② [晋]郭璞注:《山海经》卷一〇,《诸子百家丛书》,上海古籍出版社,1989年,第90页。

③ 《礼记·王制第五》,孔颖达《十三经注疏》,中华书局,1983年影印本,第1338页。

景抒情也颇令人动容,"搔首向南荒,拭泪看北斗",人行向南,人心向北,越往南走,离乡越远,"拭泪看北斗"的可怜形象难免引人同情。"何年赦书来,重饮洛阳酒",则是心心念念的期盼,同时也说明沈佺期对此次被贬的未来充满绝望,毕竟谄事张易之兄弟不是什么长脸的事,唐王朝李氏统治者也不会对依附张易之兄弟并进而阿附武则天的人怀有好感。不过,抛开诗歌背景,亲身体验了异域生活的沈佺期,其思乡情怀还是颇令人动容的。

王维到边塞犒军,真实体验了边域生活,观览了边域自然与将士生活,写出了很多来自边域的亲身体验,如《出塞作》诗写道:

> 居延城外猎天骄,白草连天野火烧。
> 暮云空碛时驱马,秋日平原好射雕。
> 护羌校尉朝乘障,破虏将军夜渡辽。
> 玉靶角弓珠勒马,汉家将赐霍嫖姚。①

原题注"时为御史监察塞上作",可知其作时。这首诗虽然没有《使至塞上》那么有名,但精神风貌并不比《使至塞上》差。诗歌首联写地理、写自然,在"猎天骄"中洋溢着一种马踏塞北、无所畏惧的精神气质;颔联写塞外征战士卒的生活,更是在"时驱马""好射雕"中展现出一种纵横驰骋、英勇无比的英雄气概。颈联以无比欣赏的语气写将领的英雄业绩,一个"朝乘障",一个"夜渡辽",将迅疾之势、破竹之力凸显,而"护羌校尉""破虏将军"等汉代官名的使用,张扬了军中将领的任务,展现了唐王朝军队的力量;尾联先用"玉

---

① [唐]王维撰,陈铁民校注:《王维集校注》卷二《出塞作》,上海古籍出版社,1984年,第136页。

靼角弓珠勒马"突出所赐之物的名贵,以说明将军所获功业值得最高统治者给予特殊奖赏,然后接"汉家将赐霍嫖姚",立出一位堪比霍去病的将军形象,令人振奋!诗人写作此诗时,尚未完全看透世事,依然对大唐王朝充满了信心,故而在诗歌中以满腔的热情歌颂唐王朝的守边将领,对边塞功业充满了向往,从中也能看到诗人对盛世王朝发自内心的热爱。王世贞、赵殿成都非常认可此诗,不是没有道理。再如岑参的《初过陇山途中呈宇文判官》的前半部分:

> 一驿过一驿,驿骑如星流。
> 平明发咸阳,暮及陇山头。
> 陇水不可听,呜咽令人愁。
> 沙尘扑马汗,雾露凝貂裘。
> 西来谁家子,自道新封侯。
> 前月发安西,路上无停留。
> 都护犹未到,来时在西州。
> 十日过沙碛,终朝风不休。
> 马走碎石中,四蹄皆血流。①

这是岑参初次奔赴边域经过陇山时所写。陇山,距离唐朝的边塞其实还远,但在唐人的文化心理中已经是边域的代称,而且,这里是通往安西的必经之路,到了这里,诗人就感受到了浓郁的边域气息。遥远的地方,除了驿站还是驿站,因为打仗和与西域联系的原因,驿骑穿梭般行走。这里已有沙尘向走马身上扑来(自然人也

---

① [唐]岑参撰,廖立笺注:《岑嘉州诗笺注》卷一《初过陇山途中呈宇文判官》,中华书局,2004年,第239页。

一样)、露水也开始让貂裘感受到了寒冷的侵袭(借物写人),而沙碛茫茫无边,风沙也吹个不休,马蹄踏在碎石上血流不止。这是亲身经历者的眼睛所观、身体所感,非常真实。再如李益的《从军北征》:

> 天山雪后海风寒,横笛偏吹《行路难》。
> 碛里征人三十万,一时回首月中看。①

从军日久,思乡情浓,本是人之常情,风雪之中,《行路难》声声哀怨,凄美的笛声勾起碛里无数将士的共鸣,他们在共同的"行路难"的人生感慨中,更增添了思乡情切之感。"三十万""一时""看",有些夸张,但在这种夸张中传达了万千征人对战争的厌恶、对和平生活的向往,将普遍的心理通过数字的对比传达出来,更加富有艺术魅力。

再如王建的《辽东行》。唐朝的东北防御与西北防御完全不在一个档次,西北防御,长城、烽燧、城池,在丝路之上星罗棋布,东北经营没有那般完善。武则天时期放弃东北的策略后患无穷,安史之乱后虽然经营东北,但并不如人意,仅烽燧和城池的建设就有很大差距。王建曾入幽州幕,亲历东北边域,所写诗歌真切反映了东北边域的生活,这首《辽东行》既是一首歌行体诗,也是一首真正的"辽东行"。诗歌写到辽水曲所在的地方,非常荒凉,不仅没有城池,连居住的屋子都没有,将士们在天寒地冻的地方无法生存,只能"不惜黄金买衣服",可是在这没有城镇的地方,又到哪里去买衣服? 每年被送来出征辽东的将士,基本上都葬身辽东大地了,所以

---

① [唐]李益:《从军北征》,《全唐诗》卷二八三,中华书局,1960年,第3226页。

王建替参战士卒们发出了"宁为草木乡中生，有身不向辽东行"的痛苦呐喊。其《渡辽水》也是一首亲历者的悲歌：

> 渡辽水，此去咸阳五千里。
> 来时父母知隔生，重着衣裳如送死。
> 亦有白骨归咸阳，营家各与题本乡。
> 身在应无回渡日，驻马相看辽水傍。①

这首诗，在计算驿路行程中感受军士与家乡的天遥地远，体验着来时与父母的生离死别。也有所谓的归乡，不过是一堆白骨而已，只有同营之人才知道死者家住哪里，写上白骨应归的故乡。这种场景，只有身在军营中人才能体验到它的悲凉，因为"侬今葬花人笑痴，他年葬侬知是谁"，故而知道此生回归无望，只有相傍辽水的无限伤感。这种痛苦，是触目惊心的。

其三，基于对复杂社会的深刻理解。边域的社会生活，在人际关系方面有时比内地更复杂。面对复杂多变的边域事务，随机性、应变性更强，边域幕府中人不仅要处理军事事务，更要处理好幕府内的人际关系。一旦出现问题，可能导致幕府将领与幕府僚属的矛盾，直接影响边塞事务的处理。边域事务的处理也与朝廷有直接关系，朝廷的人事任命、边疆政策、战争方略、外交方策，都与边域各项事务性工作直接关联，处理不好，小则摩擦，大则征战。身处边域的文人士子，希望用自己的智慧为国家尽力，但却常常失意，由此对很多社会深层问题给予关注，故而增加了反映边域社会生活的更深广的内容。这是远在内地的人所难以体会到的，是值

---

① [唐]王建：《渡辽水》，《全唐诗》卷二七，中华书局，1960年，第374页。

得深思的社会性问题。

比如陈子昂是身历边域的一位重要诗人,他曾两度随军出征边塞,垂拱二年(686),从左补阙乔知之所在军队北征,历时约半年。万岁通天元年至二年(696—697),从武攸宜东征契丹,历时十个月。从乔知之军队北征,陈子昂与乔知之朋友交契,乔知之信之颇深,让他代草了《论突厥表》《上西蕃边州安危事》,在这些奏章中,陈子昂以军事家的眼光对河西形势进行了深刻的分析,他认为河西之地虽地处边远,且南北分别被吐蕃、突厥夹持,腹背受敌,战事不断,却是不可放弃之地,必须加强防守;而要加强河西防守,就必须加强甘州防守。这为唐朝的西域开发和防守指明了方向。但从武攸宜出征,就远没有那么幸运。虽然《旧唐书》说"武攸宜统军北讨契丹,以子昂为管记,军中文翰皆委之"①,但武攸宜并没有把陈子昂放在眼里,也没有真正给陈子昂施展政治军事方略的机会,使得陈子昂倍感压抑,由此创作了《蓟丘览古赠卢居士藏用七首》和响彻千古的《登幽州台歌》等诗篇。

北登蓟丘望,求古轩辕台。
应龙已不见,牧马空黄埃。
尚想广成子,遗迹白云隈。

南登碣石阪,遥望黄金台。
丘陵尽乔木,昭王安在哉。
霸图怅已矣,驱马复归来。

---

① [后晋]刘昫等:《旧唐书》卷一九〇中《陈子昂传》,中华书局,1975年,第5024页。

王道已沦昧，战国竞贪兵。

乐生何感激，仗义下齐城。

雄图竟中夭，遗叹寄阿衡。

秦王日无道，太子怨亦深。

一闻田光义，匕首赠千金。

其事虽不立，千载为伤心。

自古皆有死，徇义良独稀。

奈何燕太子，尚使田生疑。

伏剑诚已矣，感我涕沾衣。

大运沦三代，天人罕有窥。

邹子何寥廓，漫说九瀛垂。

兴亡已千载，今也则无推。

逢时独为贵，历代非无才。

隗君亦何幸，遂起黄金台。①

　　这是寄给卢藏用的七首诗，是陈子昂随军到达蓟丘后观览历史遗迹所写，是借边域历史传达自己对社会认知的一组诗篇。

　　组诗第一首中，轩辕台是纪念中华始祖轩辕黄帝的地方。黄帝是统一华夏诸部，征服东夷、九黎的中华共主，在位期间，播百谷、

―――――――――――

① [唐]陈子昂著，徐鹏校点：《陈子昂集》卷一《蓟丘览古赠卢居士藏用七首》，中华书局，1962年，第22—23页。

事生产、制衣冠、建舟车、定音律、创医学,为中华民族的发展做出了突出贡献。应龙,又被称为龙中之龙,传说为女性,在涿鹿之战中协助黄帝与蚩尤作战,也曾协助大禹治水。轩辕与应龙,是典型的君臣相得。广成子则是道家人物,是出世的象征。陈子昂以此诗为第一首,奠定了组诗对君臣相得的期盼和失落后的出尘之想。寻求古轩辕台,却不知古轩辕台在何处,是一种迷茫;应龙也不见,空见尘埃弥漫,名臣也遗失在历史的尘埃中,是一种失落。这是对现实中不见轩辕黄帝式帝王的遗憾,是对不能像应龙那样展现才能的遗憾。故而,只能"尚想广成子",能够白云深处,悠游自在。

组诗第二首,诗人"遥望黄金台",却看不到黄金台在何处,只看到"丘陵尽乔木",诗人不禁长叹:当年那个求贤若渴、卑身待才的燕昭王到哪里去了?当年的燕昭王,为强大自己的国家,尊师郭隗,于是"乐毅自魏往,邹衍自齐往,剧辛自赵往,士争凑燕"[1],尤其是乐毅的到来,让燕国创造了连下齐国七十余城的辉煌。而成果的取得,得自于对人才的尊重。但现在的燕昭王又在哪里呢?诗人因寻迹不得而感到万分失落,怅然不已。

组诗第三首对乐毅表达了赞赏之情,对其命运表示了遗憾。乐毅到燕国,协助燕昭王反抗强大的齐国,带有很强的侠义色彩。齐国乱世为王,扩地并国,侵凌燕国,燕国几乎灭国。齐湣王妄自尊大,自立东帝,骄横暴戾,天人共怒。因此有燕昭王为报仇招徕乐毅,助燕灭齐。但这样颇有侠义色彩的乐毅,后来还是遭到了燕昭王的猜忌而不得不投奔赵国,并最终死在赵国。他协助燕昭王成就大业的理想最终落空,只能将一声声遗憾寄给辅佐君王的"阿衡"(即宰相,商朝伊尹曾担任此职)。

---

[1] [汉]刘向整理,何建章注:《战国策注释》,中华书局,1990年,第1111页。

　　组诗第四首第五首,写燕太子丹与田光之间的君臣之义。双方为报秦王之仇,君臣相得,一拍即合,事虽不成,但事迹令人感动。尤其是第五首,谈及田光因燕太子丹怕刺秦王事情泄露,嘱咐田光不要告诉他人,田光为让燕太子丹信任自己而自刎身亡,对君臣间哪怕有丝毫怀疑都会付出生命的代价而感慨不已。

　　组诗第六首中的邹子指邹衍,是五行学说、五德终始说和大九州说的创始人,齐国稷下学宫的著名学者,燕昭王筑黄金台招揽人才,"邹衍闻之,从齐归燕"①。邹衍对燕国的贡献主要是农业生产,据王充《论衡》说:"燕有寒谷,不生五谷,邹衍吹律,寒谷可种。燕人种黍其中。号曰黍谷。"②在陈子昂看来,邹衍是能够看透九州轮回的"天人",是难得的人才,但燕惠王却听信谗言,把邹衍逮捕下狱,上天因邹衍的冤狱而六月降霜。这是君不信臣的悲剧。

　　组诗最后一首,只有四句,依据此诗前六首各六句的格局,此首亦应六句,目前所见版本只有四句,似有残缺。但从内容上看,并不残缺。由前六首的内容看,都是对君臣关系的论述,除了遗憾还是遗憾,故最后一首表达对郭隗的羡慕,其实还是内涵自己的遗憾。"逢时独为贵,历代非无才",哪个时代都有贤才,只有郭隗最为幸运,不仅被燕昭王尊重,而且不曾被疑。其中潜含的意思,很显然自己不是像郭隗那么幸运的人,余下的话不说,耐人寻味。

　　七首诗其实是一体,联合起来表达陈子昂对君臣相得的羡慕,对不被信任的伤感。联系陈子昂跟随武攸宜出征时多次建言不被采纳,陈子昂这一组诗其实是对现实生活的深切感受,传达了他志士不被重用的悲哀,表达了因被猜忌内心所受到的伤害,抨击了打

①[汉]刘向撰,向宗鲁校证:《说苑校证·君道》,中华书局,1987年,第17页。
②[汉]王充撰,黄晖校释:《论衡校释》,中华书局,1990年,第629页。

压贤才者的心胸狭隘、卑鄙无耻。李攀龙、叶羲昂《唐诗训解》理解此诗："此慨世无礼贤之主而怀古人焉。"明代唐汝询《唐诗解》卷一："慨世无礼贤之主而怀古人焉……彼其霸图既泯没,而我特为惆怅走马重游者,岂非深慕其人之丰采耶? 意谓世有燕昭,则吾未必不遇也。"①

　　以上理解和《登幽州台歌》相联系,可证笔者理解不虚。

　　《登幽州台歌》与蓟丘组诗写于同时,内容相类,但其语言节奏和文体特点与蓟丘组诗不合,故不入组诗之中,其实内容完全一致,并更有忧愤交加、慷慨悲歌之情。全诗仅四句,却打动了千百年来志士悲愤不平之心:

> 前不见古人,后不见来者,
> 念天地之悠悠,独怆然而涕下。

此诗写于武则天万岁通天元年(696),是一首吊古伤今的生命悲歌,透过诗歌可以感受到诗人独立苍茫、悲愤抑郁、痛楚落寞的情怀。幽州台,即黄金台,在今河北省定兴县,为燕昭王为招纳天下贤士所建。诗歌前两句纵览古代、放眼未来,说自己对古代的燕昭王招贤纳士只能听闻历史,对未来的"燕昭王"也会因生命的短暂不可能相遇,一种巨大的悲愤和凄怆扑面而来。后两句则在广阔的空间落笔,天地之大,宇宙苍茫,却没有识得陈子昂之人! 一个"独"字,深刻揭示了久被压抑、有才不得展的诗人生命的孤独和凄凉。这是陈子昂用生命体会出来的志士被压抑的痛苦,而发

---

① [明]唐汝询著,王振汉点校:《唐诗解》卷一,河北大学出版社,2001年,第13页。

为痛楚的悲鸣。此前的陈子昂，满腹才学，身怀理想，积极向武则天上书，对武后朝弊政多所建言不被采纳，甚至被所谓的逆党株连下狱；此次随武攸宜出征，又是多次建言不被采纳，而武攸宜最后兵败而归。诗人满腔报国志向、满腹报国才华，都随着时间的流逝付之东流，其压抑可想而知。全诗纵览古今和未来，放眼宇宙和人生，在无限长和无限广的范围内，发出巨兽式的哀鸣，气魄宏大，语言苍劲，感染力强，唱出了封建社会怀才不遇的知识分子遭受压抑的最悲慨之音，并以此使全诗具有了深刻的典型的社会意义，引得历代怀才不遇的知识分子反复吟咏，遂成千古名作。黄周星《唐诗快》说："胸中自有万古，眼底更无一人。古今诗人多矣，从未有道及此者。此二十二字，真可以泣鬼。"①

王昌龄早年曾经漫游西北边塞，到过泾州（今甘肃泾川）、萧关（今甘肃固原东南）、临洮、玉门关一带，足迹甚至很可能远涉葱岭以西的碎叶（在今吉尔吉斯斯坦托克马克市附近）。王昌龄漫游边域，观察全面，理解到位，反映军旅生活非常深刻。如《从军行》中有几首明显写于驿路或反映驿路所见的诗歌：

其三：

关城榆叶早疏黄，日暮云沙古战场。
表请回军掩尘骨，莫教兵士哭龙荒。

其六：

胡瓶落膊紫薄汗，碎叶城西秋月团。
明敕星驰封宝剑，辞君一夜取楼兰。

---

① 彭庆生：《陈子昂集校注》，黄山书社，2015 年，第 272 页。

其七：

> 玉门山嶂几千重，山北山南总是烽。
> 人依远戍须看火，马踏深山不见踪。①

其三是透过观察者写战争的残酷。关城，边防将士驻守的城池。疏黄，展现晚秋初冬的凄凉景象，衬托伤感心态。"表请回军"，是战后上表陈情再回征战之地，但再回的目的不是庆贺胜利，而是掩埋古战场上在沙尘中裸露的尸骨，为的是"莫教兵士哭龙荒"。"龙荒"，龙，指匈奴祭天之地龙城；荒，指距离京城最远的属地。龙荒合用，指远离京城的荒原。最后一句意即不要让征战的将士们看到曝尸荒野的人间惨剧，以给出征将士们些许心里安慰。这是在中国这个重视土葬的国家里对生命的最基本的尊重。透过这首诗，王昌龄窥见了出征将士的内心世界，也写出了战争是杀人机器的事实。而这种"表请回军掩尘骨"的细节描写，非亲历者恐难写出。

其六是诗人在碎叶城西见到的一幕场景的再现。在碎叶城西的如团秋月里，胳膊上绑着胡瓶（储水用具）、胯下骑着紫色汗血宝马的将军英姿飒爽，他是在边关军情紧急的情况下被赐封宝剑，星夜奔驰于驿路，辞别君王，只为能够战场杀敌、攻城拔寨。诗歌在如水秋月的广阔背景下，勾画了一位身着戎装的将军的剪影，反映了大唐国势强盛、军力威风的现实，展现出唐人强烈的自信心和自豪感，也是王昌龄渴望像将军一样建功立业的英雄心理的写照。

其七是诗人远观玉门关情景的再现。首句"玉门山嶂几千重"颇有夸张意味。玉门关附近没有山，是茫茫戈壁，连鸣沙山那样的

---

① [唐]王昌龄：《从军行》，《全唐诗》卷一四三，中华书局，1960年，第1444页。

流沙山峰都没有，"山嶂"当指这里建立的各种城堡、长城、烽燧、障碍等，抑或是诗人误把远处的浓云当成了山峰。第二句写这里烽燧很多，可见边关战事很多，需要诸多烽燧随时报警，一派边域氛围。第三句"人依远戍须看火"，这是亲历边塞之人才能够体验到的情景——根据唐代的烽燧制度，行人可以判断远处有没有发生战事，战事的规模有多大，敢不敢继续前行。最后一句是诗人的想象之词。其实纵使没有山，在人的视野范围里，走到三四里之外也基本难见踪影，更何况有"山嶂"、烽燧、长城等诸多遮蔽物的存在。王昌龄的这些描写，都是基于真实体验的描写，不似未曾经历者，想象之词往往没有切身之感。

　　作为旅边诗人，王昌龄绝不是走马观花，虽然生活在盛世皇唐，虽然有激情澎湃的军功理想，但他并没有被盛世的光环掩蔽自己的眼睛，在出塞入塞的行旅中，他深刻地理解了边塞的残酷。他没有像岑参那样，只停留在边塞风物的描写上，而是将笔触伸向更残酷的现实。如其《塞下曲四首》写道：

蝉鸣空桑林，八月萧关道。
出塞入塞寒，处处黄芦草。
从来幽并客，皆共沙尘老。
莫学游侠儿，矜夸紫骝好。

饮马渡秋水，水寒风似刀。
平沙日未没，黯黯见临洮。
昔日长城战，咸言意气高。
黄尘足今古，白骨乱蓬蒿。

奉诏甘泉宫，总征天下兵。

朝廷备礼出，郡国豫郊迎。

纷纷几万人，去者无全生。

臣愿节宫厩，分以赐边城。

边头何惨惨，已葬霍将军。

部曲皆相吊，燕南代北闻。

功勋多被黜，兵马亦寻分。

更遣黄龙戍，唯当哭塞云。①

　　这四首诗写征战之残酷。第一首为组诗的序曲，对向来备受夸赞的"幽并游侠儿"给予深切的同情和理解。这些人的生命伴随沙尘而生、伴随沙尘而老，体味着出塞入塞的严寒和荒凉。然而人生的意义尽在于此么？一句"莫学游侠儿，矜夸紫骝好"就完全否定了游侠儿式的生活。为什么不能学游侠儿矜夸紫骝马呢？接下来的三首诗展开对这句话的理解：第二首在水寒似刀、沙尘飞扬的环境里，诗人看到的是意气昂扬的长城勇士而今已经"白骨乱蓬蒿"；第三首，写出征的将士有朝廷重视的送行、有郡国的热诚接待，但结果却是"纷纷几万人，去者无全生"，悉数命丧疆场；第四首写出征将军战死后的悲剧结局——虽然有"部曲皆相吊，燕南代北闻"，但拼命征杀的功勋却因为人死而功没，甚至他的兵马也很快被瓜分，部曲也因为主将的逝去而被人随意遣发，又被派往更遥远更艰苦的地方戍守征战，又有谁真的会记住像霍去病一样的将军

①〔唐〕王昌龄：《塞下曲四首》，《全唐诗》卷一四〇，中华书局，1960年，第1420—1421页。

的功业并维护他的下属？人在人情在，人去人情无，世态炎凉往往如斯，真令边塞将士寒心。"羌笛何须怨杨柳，春风不度玉门关！"这是万千征战将士的悲哀。

卢纶也是一位深刻体会过边塞残酷的诗人，其《逢病军人》是在驿路上所见的一参战士卒生病之后的悲惨遭遇：

> 行多有病住无粮，万里还乡未到乡。
> 蓬鬓哀吟长城下，不堪秋气入金疮。①

此诗是卢纶从亲见事件中选取的独特视角，以一位伤病退伍、行进在还乡途中的军人为典型，通过典型刻画、层层渲染的手法描写负伤军人的悲剧，揭露统治者不恤士卒的罪恶。诗歌首句写受伤军卒在还乡路途上的痛苦，从三层落笔：行多，见其路途遥远；有病，见其行走之异常艰难；无粮，见其生活之窘况。第二句，点出其万里还乡仍无法到乡的痛苦，这对于伤病之人是深可悲哀的。第三句以长城为背景，勾画军卒鬓发如蓬、哀吟声声的凄惨情状，形象突出。尾句点出病痛的根由是"金疮"，也即由战争而引发的伤病。将士因征战导致的刀枪剑戟之伤却得不到国家任何抚恤，只能自生自灭，可见统治者对参战士卒的残酷无情。再如其《从军行》诗：

> 二十在边城，军中得勇名。
> 卷旗收败马，占碛拥残兵。
> 覆阵乌鸢起，烧山草木明。

---

① [唐] 卢纶：《逢病军人》，《全唐诗》卷二七七，中华书局，1960 年，第 3147 页。

塞闲思远猎,师老厌分营。

雪岭无人迹,冰河足雁声。

李陵甘此没,惆怅汉公卿。①

诗中所写士卒,二十岁便在疆场效命,且勇敢有名,但自己的军队战败了,只能收拢残兵败马,以沙碛为掩体。而回首失败的战场,乌鸢群起,令人不由不想起汉乐府民歌中所描写的败阵惨状:"战城南,死郭北,野死不葬乌可食。为我谓乌:且为客豪!野死谅不葬,腐肉安能去子逃?"② 原来这乌鸢是奔着战死者的尸身而去,而为了避免战死者葬于乌鸢之口,只有草草火葬之。留下的人很少,且是经历了苦战的士卒,再"分营"戍卫已没有实质意义,干脆就聚集在一起。"雪岭无人迹,冰河足雁声"写败阵之后路途无人的平静,而这种平静是生命逝去的悲哀的写照。最后用李陵典,表达对李陵的理解,其实是对残酷战争导致边将降敌真实原因的同情。唐汝询曰:"唐人赋《从军》,不述思家,必称许国。此独为叛将之辞,语讥藩镇,非泛然作也。"③ 唐汝询读出了卢纶诗的用意,但还只是用含蓄的语言表述,周挺则指出了具体内涵:"德宗之世,内多奸小,边臣解体,藩镇之祸日盛。此篇疑时有覆军之将,收其残兵,啸聚边地,故允言述其意以为词……末以李陵甘没虏廷为况,见在朝公卿忌功,致边有不还之将,深可'惆怅'者也,讥刺之词,甚于

---

① [唐]卢纶:《从军行》,《全唐诗》卷二七八,中华书局,1960年,第3154页。

② 逯钦立辑校:《先秦汉魏晋南北朝诗》汉诗卷四《鼓吹曲词》,中华书局,1983年,第157页。

③ [明]唐汝询著,王振汉点校:《唐诗解》卷一,河北大学出版社,2001年,第13页。

刑讨。"[1] 周珽认为可能是边将"覆军之将,收其残兵,啸聚边地",可备一说。但这样,又与李陵典不符,还是用"降敌"更合适。也就是说,卢纶认为,李陵因为苦战而陷入匈奴,令汉朝公卿感到特别遗憾,但汉朝公卿也应该思索一下个中原因。这是对统治者的提醒,为什么为国苦战的人会站在对立面,那不完全是征战者的问题,可能还有后援无继、战场指挥官之间的矛盾、统治者的刻薄寡恩等各方面因素。

　　大历诗人张籍,是一个非常爱国的诗人。他西行曾经到过泾州(今甘肃省平凉市泾川县城北),这里在张籍所在的时代已经是边防重地,其《泾州塞》中仍不忘大唐的安西:

> 行到泾州塞,唯闻羌戍鼙。
> 道边古双堠,犹记向安西。[2]

泾州在京畿关内道,但这里已经能听见戍鼓声声了,可见边防情况之不容乐观。驿路两侧,诗人能够见到的是"古双堠",是带有历史痕迹的烽火台遗址,他们似乎还记得这里是走向安西的驿路标记。诗人采用拟人化手法,将道旁的"双堠"赋予了浓郁的爱国主义情感,说它们还没有忘记怎样走向安西。这是通过烽堠的情感,传达诗人盛世大唐的记忆,也是通过烽堠传达诗人对烽堠废弃、安西已非往日安西的伤感。

　　晚唐诗人许棠,曾入太原幕,属于到大唐北部边域从军,但其

---

① [明]周珽:《唐诗选脉会通评林》,《四库全书存目丛书补编》第26册,齐鲁书社,1982年,第397页。

② [唐]张籍:《泾州塞》,《全唐诗》卷三八六,中华书局,1960年,第4349页。

实他的脚步走得更远。他有《银州北书事》《夏州道中》等诗,都是典型的驿路诗。其《银州北书事》曰:

> 南辞采石远,北背乞银深。
> 碛路虽多险,江人不废吟。
> 雕依孤堠立,鸥向迥沙沉。
> 因共边人熟,行行起战心。[1]

贞观年间,唐朝关内道有银州,天宝年间改银州为银川郡,属于大唐王朝的北部边防。"采石"即"采石矶",代指许棠出生地安徽。"乞银",指"乞银州",《元和郡县图志》说银州指"银川,下。管县四:儒林、真乡、开光、抚宁",大约指陕西榆林市及米脂、佳县、横山县东部等地。首联写许棠不仅远离家乡,甚至走得比乞银州还要远,以说明自己此次驿路行程有千里万里之遥。颔联写沙碛路虽然艰难,但自己仍不忘写诗。颈联写自己对沙碛景色的观察,说孤立的烽堠上有落雕栖立,沙鸥在沙尘中飞翔。最后写到自己与边人熟稔后,也有了参战的决心。当时边人保家卫国之心激励了诗人,使诗人亦雄心勃勃,这当是有爱国情怀的人们的正常心态。

杜荀鹤游边,与边塞将士多有交谈,深深了解戍边士卒内心深处的想法,写有《塞上伤战士》一诗,诗云:

> 战士说辛勤,书生不忍闻。
> 三边远天子,一命信将军。
> 野火烧人骨,阴风卷阵云。

---

[1] [唐]许棠:《银州北书事》,《全唐诗》卷六〇三,中华书局,1960年,第6969页。

其如禁城里，何以重要勋。①

杜荀鹤以书生的身份游边，他亲耳听到了戍边士卒的诉苦，他站在戍边士卒的立场，替他们发出厌倦战争的悲鸣。所谓"三边远天子"，正是"春风不度玉门关"的另类表述，而"一命信将军"道出了所在军队将领的重要性，字里行间都是对身不由己、命由将军的无奈。"野火烧人骨"则把战争中牺牲者连马革裹尸都难以实现的悲剧呈现出来，让中国这个重视土葬的国家的人们读之心生悲凉，"阴风卷阵云"则用自然中的阴冷之风联想地狱中的"阴风"，写失去生命之多。最后以对"禁城""重要勋"的质疑，替戍边士卒们传达了对战争的强烈不满，认为是统治者重视边功导致了无数生命的死伤。

晚唐诗人黄滔，曾充任威武军节度推官，有过边塞经历。他的《送友人游边》是送别去往蓟门的朋友的，以想象的写实，描写了蓟北的风沙雨雪和边塞的荒凉：

> 虏酒不能浓，纵倾愁亦重。
> 关河初落日，霜雪下穷冬。
> 野烧枯蓬旋，沙风匹马冲。
> 蓟门无易过，千里断人踪。②

武威与蓟门，一个西一个东，远隔千山万水，自然环境千差万别，但

---

① ［唐］杜荀鹤：《塞上伤战士》，《全唐诗》卷六九一，中华书局，1960 年，第7945 页。
② ［唐］黄滔：《送友人游边》，《全唐诗》卷七〇四，中华书局，1960 年，第8101 页。

地理纬度的接近使这两处很多地方也很接近。黄滔以自己充任边关节度推官的经历，联想到友人游边路途的困难：房酒不能喝太浓烈的，影响走路，还会"借酒浇愁愁更愁"。路途上常常会见到关河落日、穷冬大雪、野火烧枯草等景象，但这一切，都是游边友人匹马独行、独自面对。他还告诫友人，到达蓟门不是那么容易的事情，"千里断人踪"，必须要有忍受孤独和寂寞、独自面对一切的勇气。

通过以上诗例我们注意到，边塞从军或游边的诗人，由于有亲身的经历，他们都能深刻理解边塞的艰难和困苦，能够以切实的笔墨传达唐代诗人感受到的边域世界。这些从内地走向边域的著名诗人，因亲历其域，往往通过具体的物象描写展现所历之地的特点，或风沙刺面，或冰雪奇冷，或瘴疠恐怖，或湿热难耐，都令读者感同身受，真切如见。

二、未曾经历者的合理想象

在驿路唐诗的边域书写中，很多诗人是没有到过边域的，如内地送别诗的作者，内地闻听过驿路生活的人。他们没有边域经历，但有时也要反映边域生活，于是就涉及边域描写的想象问题。

一是边域书写有合理想象的基础。历史的记载、历经者的谈论、博物资料的记载、杂记资料的记载、过往的文学描述等，都留下了很多边域风物和生活的印迹，当诗人需要将笔触涉及边域生活时，他们就可以根据广览群书收获的知识储备进行边域描写，故而其描写以想象为主要特征。但因为基于广览群书的收获，故而虽然想象因素多，虚空成分多，但却不是漫无边际的，而是建筑在基本符合事实的基础上。如李峤《饯薛大夫护边》：

荒隅时未通，副相下临戎。

> 授律星芒动，分兵月晕空。
> 犀皮拥青橐，象齿饰雕弓。
> 决胜三河勇，长驱六郡雄。
> 登山窥代北，屈指计辽东。
> 伫见燕然上，抽毫颂武功。①

李峤此诗的写作年代很难断定，不知是写于其出塞前抑或是出塞后，但无论是其出塞前出塞后，诗人的送别都发生在京都，诗人根据自己视域里对边域的理解，描写薛大夫临边的情景。首联点出将领出征，次联写部署军队。在古人看来，将军们都是带着星相的，他们指挥军队行动，似乎天空中星星的光芒和月亮的月晕会随之而动，其实是军队观星相而动的写照。第三联写将军的装束，塑造薛大夫身着犀牛皮的护甲，背着青色的箭袋，拎着用象牙装饰的弓剑，威风凛凛，英姿飒爽。这是形象塑造的写实想象。第四联、第五联，在想象中描写薛大夫在战场上东征西杀、四处建功的情形，所列三河、六郡、代北、辽东等地名，是诗人设想薛大夫征战之所。尾联两句，设想薛大夫能够像大将军窦宪一样燕然勒名，诗笔颂功。这首诗的笔力可以与陈子昂的《送魏大从军》一拼。再如王昌龄的《宿灞上寄侍御玙弟》有这样几句：

> 戎夷非草木，侵逐使狼狈。
> 虽有屠城功，亦有降虏辈。②

---

① ［唐］李峤：《饯薛大夫护边》，《全唐诗》卷六一，中华书局，1960 年，第 726 页。
② ［唐］王昌龄：《宿灞上寄侍御玙弟》，《全唐诗》卷一四〇，中华书局，1960 年，第 1425 页。

王昌龄写作此诗，是在长安城东的灞上，即灞水西岸，也就是今天的白鹿原一带。这一带，是唐朝的都城边缘，自然不是在边域，但其弟王珧却在边域。在诗人看来，戎夷并不是像草木一样容易对付，需要费尽精力驱逐之，使之狼狈不堪。但王昌龄对打击戎夷看得异常清楚，他告诉王珧，即使能收获屠城之功，也要注意己方所出现的投降敌人之人。又如张九龄的《送赵都护赴安西》：

> 将相有更践，简心良独难。
> 远图尝画地，超拜乃登坛。
> 戎即昆山序，车同渤海单。
> 义无中国费，情必远人安。
> 他日文兼武，而今栗且宽。
> 自然来月窟，何用刺楼兰。
> 南至三冬晚，西驰万里寒。
> 封侯自有处，征马去啴啴。①

在前代学者统计的游边或边塞任职的诗人中，张九龄不在其中。但张九龄其实是出生地在边域，他是韶州曲江（今广东韶关）人，是典型的南部边域人。他没有到过西北边域，是西北边域的陌生人。但开元名相张九龄知识和学问都是唐朝超一流的存在，自然了解西域的很多情况，在送别都护赵颐贞的诗歌中，他以自己的认知设想勾勒了赵都护奔赴安西实现都护交接、单车独骑赴任、继续进行安抚远人工作的任务，并希望他宽严兼施、文武都用，招徕远方，赢

---

① ［唐］张九龄：《送赵都护赴安西》，《全唐诗》卷四九，中华书局，1960 年，第600 页。

得封侯之赏。在张九龄的西域描写中，没有具体的风沙感觉，没有实地的雨雪霏霏，只是就赵颐贞就职说事，完全属于熟悉都护工作职任的人对赵颐贞未来工作的合理想象。再如贾岛的《送黄知新归安南》：

> 池亭沉饮遍，非独曲江花。
> 地远路穿海，春归冬到家。
> 火山难下雪，瘴土不生茶。
> 知决移来计，相逢期尚赊。①

贾岛是一个完全没有南游经历的人，但在送别黄知新的诗歌里，所写黄知新回归安南时要经过海路、要经历漫长的从春到冬的时间、要经历炎热的火山、要经历贫瘠的不长茶树的荒地。这些富有南方特点的环境描写，均出自贾岛的想象，应该是多有像黄知新这样的安南人曾经描述之故，它们已经内化为贾岛的地理认知，在送别朋友时自然表述出来。

二是边域书写合理想象的真实性问题。既然属于想象，那就不属于完全的真实，就存在虚构成分，但文学作品本就离不开想象，也即离不开虚构。那么，怎样认识这些虚构的边域写作？是不是这些虚构就不是真实的边域生活？答案是否定的。事实上，写实是真实地描绘事物，把自己的所见所闻所想记录下来；想象虽属于虚构，但虚构写实是另一种意义的表现现实，是对现实的加工提炼和升华，而且，在一定程度上，合理想象也是一种更高层次的真

---

① ［唐］贾岛著，李嘉言新校：《长江集新校》卷五《送黄知新归安南》，上海古籍出版社，1983年，第83页。

实,是一种营造诗意的必要手段。如沈佺期《被试出塞》,诗云:

> 十年通大漠,万里出长平。
> 寒日生戈剑,阴云拂斾旌。
> 饥乌啼旧垒,疲马恋空城。
> 辛苦皋兰北,胡霜损汉兵。①

"被试",自然不是真正出塞,但诗人是按照出塞来写的。也正因为不是真正出塞,故其所写皆为想象——想象出塞走什么路,过什么城,看什么景,过什么样的生活。在沈佺期的笔下,出塞要路经战国秦将白起破赵的长平古城邑,又要经过陇西要冲、丝路重镇皋兰县,这些地方,戈剑斾旌都在寒天阴云里,打过大仗的故城一定是乌啼声声、人已死净,只有马匹在空城里游荡,而士卒在艰苦征战中受尽辛苦,甚至丧失生命。这是诗人在想象中对战争的真切感受——虽然他想象的路径南辕北辙——长平和皋兰是两个方向的著名战场和要塞,但其所写军旅生活,如同亲在边塞。再如戎昱的《泾州观元戎出师》:

> 寒日征西将,萧萧万马丛。
> 吹笳覆楼雪,祝纛满旗风。
> 遮虏黄云断,烧羌白草空。
> 金铙肃天外,玉帐静霜中。
> 朔野长城闭,河源旧路通。
> 卫青师自老,魏绛赏何功。

---

① [唐]沈佺期:《被试出塞》,《全唐诗》卷九六,中华书局,1960年,第1034页。

枪垒依沙迥，辕门压塞雄。

燕然如可勒，万里愿从公。①

这首诗是在泾州(今甘肃泾川)观出征队伍所作。诗歌前四句为写实，后面则全是想象。出师将领的真实风采令诗人想象到"元戎"出征的可能结果：阻断敌肪、烧敌白草、金铙呈威、大帐安稳、长城塞敌、内地路畅，这都是像卫青和魏绛一样的将军的必然战果，是观兵者也就是戎昱能够感受到的可能结果，以致诗人由衷发出"燕然如可勒，万里愿从公"的愿望。又如张籍的《送海南客归旧岛》：

海上去应远，蛮家云岛孤。

竹船来桂浦，山市卖鱼须。

入国自献宝，逢人多赠珠。

却归春洞口，斩象祭天吴。②

张籍送别海南客时，并不在南海，故所写皆为想象之词。他想象海南岛孤悬海中，以竹船与内地交往，在山市贩卖鱼须(鲨鱼须，可制簪、笋)，入中原常将岛上宝物贡献，送人珍珠成为常态，用象牙祭祀上天等，都是基于书本或南海客对海南叙述等所获得的常识，基本符合那一带的实际情况，也属于合理想象。再如李洞的《送云卿上人游安南》(一作《送僧游南海》)：

---

① [唐]戎昱：《泾州观元戎出师》，《全唐诗》卷二七〇，中华书局，1960年，第3010页。

② [唐]张籍：《送海南客归旧岛》，《全唐诗》卷三八四，中华书局，1960年，第4312页。

　　　　春往海南边，秋闻半夜蝉。

　　　　鲸吞洗钵水，犀触点灯船。

　　　　岛屿分诸国，星河共一天。

　　　　长安却回日，松偃旧房前。①

李洞送别云卿上人游安南，想象那里据海而住，鲸鱼会吞饮涮洗钵盂的水（可能因为钵盂里的食物残渣），犀牛也会伸长脖子碰触点灯的船只，这是基于对海水翻浪、犀象纵横的热带沿海地区的理解，毕竟这种事情应是经常发生，但海边人们是会把这些事情处理得好好的，不会在乎，而对南游人而言就是非常恐怖的。"岛屿分诸国，星河共一天"则是根据地理常识对安南周边岛屿众多、海天相映的情境的真实写照。

　　当然，想象未必都是现实中的真实，有些送别诗中的边域描写与现实也有距离。如项斯的《送友人游边》：

　　　　方春到帝京，有恋有愁并。

　　　　万里江海思，半年沙塞程。

　　　　绿阴斜向驿，残照远侵城。

　　　　自可资新课，还期振盛名。②

这首诗歌应该是项斯初到京都时所写的送别友人的诗歌。诗歌首联即点明自己到京都后"有恋有愁并"的情况，而愁应指与友人的

_____

① ［唐］李洞：《送云卿上人游安南》，《全唐诗》卷七二一，中华书局，1960 年，第 8271 页。

② ［唐］项斯：《送友人游边》，《全唐诗》卷五五四，中华书局，1960 年，第 6418 页。

分别。颔联写友人去往的地方，万里之外，半年途程。颈联写友人路途能看到的景色，"绿阴斜向驿"是基于自己驿路行程的感受写下的诗句。唐朝非常重视驿路旁侧绿化，多种槐树和柳树，张说《奉和圣制初入秦川路寒食应制》"昨从分陕山南口，驰道依依渐花柳……渭桥南渡花如扑，麦陇青青断人目。汉家行树直新丰，秦地骊山抱温谷"、卢纶《与从弟瑾同下第后出关言别》其二"杂花飞尽柳阴阴，官路逶迤绿草深"，还有白居易《西还寿安路西歇马》"槐阴歇鞍马，柳絮惹衣巾"、王涤《和三乡诗》"槐陌柳亭何限事，年年回首向春风"，都是唐朝驿路绿化的典型写照。项斯作为从台州出来的第一位走向全国的诗人，在他进京参加科举的路途上，驿路所见，皆是官柳官槐，故而他亦想象边域驿路也应该是"绿阴斜向驿"，这是他基于路途所见而想象，但黄沙漫漫的地方，这种景象是很难见到的。颈联的对句"残照远侵城"还是真实的，这是每一座城池都可以看到的景致，只不过在遥远的边域，地广人稀，应该能够远观此种景象。这当然是项斯心目中的合理想象。

想象的真实是一种认知的真实、感觉的真实、体会的真实，而不是面对的真实，但这种真实并不输于面对的真实。艺术的体验只要达到令读者有身临其境之感即可视为优秀作品，而在唐人的边域送别诗中，经常是砂砾飞扬、大漠风沙、长天雪岭、万里无人、苦雨烟瘴，留下的是唐人记忆中的边域生活镜像，是经过作家认知的咀嚼、情感的浸润、心智的灌注、理想的修饰之后的边域生活。

三是边域书写中合理想象的价值。这一问题主要指向未曾经历者的边域书写。涉及边域的作品，自然不可能完全抛开对边域的描写，未曾经历者也就不可能离开想象，这是写作的需要，就像戴伟华所说："在实际写作中，写实与想象只不过是作者创作时所在空间的区别而导致的，事实上人们在写作中不会觉察到有两个传统在发生作用。因此,写作边塞诗时难免虚实互见、虚实相映,本来是写实的意象,会在想象的边塞诗中运用,而本来是想象的意象,也会在写实的边塞诗中运用。"[1] 而我们想要探讨的是,合理想象在边域书写中的价值之所在。

其一,合理的想象为诗人书写边域提供了可以展开的内容。前文已言,未曾经历者的边域书写一般发生在内地的送别诗中,而且是送别去往边域的人,被送别者的身份大多为使者、边将、从军(入幕)、游边、贬谪,如果给这些人写送别诗,若能想象到边域生活,会使得被送别者感受到送别者对自己最真切的关心,是"看君颍上去,新月到应圆""狂风吹我心,西挂咸阳树"的亲切。从写作的角度而言,落笔于对方所要去往的方向,不拘泥眼前景物,就留下了更多的想象空间,让写作者的下笔有更多可以附丽之处。如李白的《送族弟绾从军安西》(原文见本书 140—141 页)是李白送别族弟李绾时所写。诗中只有"尔随汉将出门去"一句指明是族弟,其余所有,都是疆场事,放在送别任何一个出征将士身上都可以。诗中立马横刀、剪虏若草、匈奴系颈的英雄业绩,是李白对族弟的期望,也是诗人自己无比炽热的爱国情怀的寄托。这不是送别诗,而是立功边塞的宣言。与其说是送别李绾,毋宁说是李白自己舍生报国、杀敌破戎功业理想的描绘。而这样的精神境界,如果不通过想象边塞生活的横刀跃马、驰骋杀伐,恐怕是难以表现出来的。再如杨凝的《送客东归》:

> 君向古营州,边风战地愁。

---

[1] 戴伟华:《从两个传统中确认岑参边塞诗的写实特质》,《西北师大学报》2013 年第 2 期。

> 草青缦别路,柳亚拂孤楼。
>
> 人意伤难醉,莺啼咽不流。
>
> 芳菲只合乐,离思返如秋。①

杨凝这首诗,首句即将读者的视野拉向遥远的营州,而后将笔触落在边地,边地的风、边地的草、边地的将军驻守地,给人以边地辛苦凄凉之感,随后笔锋一转,回到眼前的伤感,边地的景物使得抒发伤感的情绪有了依附,也为眼前的暂享快乐找到了理由。

其二,合理的想象使诗人书写边域时能够产生身临其境之感。未曾到过边地之人,根据自己的知识视野进行合理想象,能够产生让诗人自我神游的效果,让诗人在"寂然凝虑,思接千载""悄焉动容,视通万里"②想象的作用下,按照自己理解的写实环境感受边域世界,霜风雪雨、烟瘴毒雾、旌旗锣鼓、鞍马征杀等,都飘然眼前,留给读者的,也是一种真实。如岑参的《发临洮将赴北庭留别》:

> 闻说轮台路,连年见雪飞。
>
> 春风曾不到,汉使亦应稀。
>
> 白草通疏勒,青山过武威。
>
> 勤王敢道远,私向梦中归。③

---

① [唐]杨凝:《送客东归》,《全唐诗》卷二九〇,中华书局,1960年,第3298页。

② [南朝梁]刘勰著,向长清释:《文心雕龙浅释》,吉林人民出版社,1984年,第252页。

③ [唐]岑参撰,廖立笺注:《岑嘉州诗笺注》卷三《发临洮将赴北庭留别》,中华书局,2004年,第484页。

这是岑参首赴边域,在临洮驿站所写。一句"闻说轮台路"就把读者的目光带向了遥远的轮台(今新疆吉木萨尔北),然后依次从不同层面写闻说的情况,先写雪花连年,见其寒冷;再写路无汉使,见其君恩不到;又写疏勒武威,见其位置重要且遥远。六句,虽没有直接说环境多么寒冷和恶劣,也没有说生活多么艰难困苦、路途多么遥远,但诗人似乎已经感受到了轮台的一切真实景象,也让我们感受到了这一切的真实。这就为下面的"勤王敢道远,私向梦中归"制造了非常令人信服的抒情环境,正是这样的环境、这样的道路和这样的勤王职责,使得诗人思乡的情怀只能通过梦中归乡的曲折方式传达了。清冒春荣说:"诗肠之曲,如岑参'勤王敢道远,私向梦中归',本怨赴边庭,归期难必,却反言不敢道远,梦中可归。"① 也是体察到了岑参的良苦用心。

中唐诗人于鹄的《送韦判官归蓟门》想象的是蓟门的生活:

> 桑干归路远,闻说亦愁人。
> 有雪常经夏,无花空到春。
> 下营云外火,收马月中尘。
> 白首从戎客,青衫未离身。②

诗中所送别的韦判官,是蓟门军中的判官。桑干,指桑干河,从张家口方向流向北京方向,是永定河的上游,这里指大致的方向。"闻说亦愁人",可见于鹄对东北边塞的恐惧。在于鹄的想象世界

① [清]冒春荣:《葚园诗说》卷一,郭绍虞《清诗话续编》,上海古籍出版社,2016年,第1500页。
② [唐]于鹄:《送韦判官归蓟门》,《全唐诗》卷三一〇,中华书局,1960年,第3501页。

里，蓟门夏天都会飘雪，即使有春天的季节，也不见春天的景象。在这一带过军旅生活，只能看到收营时天边的火烧云和月中隐隐约约的尘雾，也即蓟门没有任何可以想见的景色。最后感慨从戎的白首人，只是一身青衫，没有获得什么更高的官职，同情其军旅生涯很是惨淡。但我们都知道，蓟门并不是真的没有春景，也并不是没有夏天。而在于鹄的笔下，似乎只有这样写，才能衬托出常年从军者的人生惨淡，表达对从军者的深切同情。

其三，合理的边域想象能够把抽象的送别情感化为具体的艺术形象展现出来，让诗歌的抒情更有感染力。诗人在写作自己心目中的边域时，越过距离的束缚，让思绪在边域世界里飞翔，就会把并不熟悉的边域世界变成想象里熟悉的世界，自由书写，让形象具体起来、生动起来，并在自己描绘的艺术世界里从眼前的"无"进入到头脑里的"有"，在形而上的世界里感触边域，达到如临其境、如触其物的艺术感受，使抒情更有感染力。如贾岛的《送黄知新归安南》。诗中的"路穿海"形容路途艰辛，"春归冬到家"极言路途之遥，"火山"跟"难下雪"见炎热和季节无变化，"瘴土不生茶"言其所去之地穷荒。所有设想的这些安南边域场景，是事实上的存在，也是贾岛对友人此行的担忧，留给读者地远蛮荒的深刻印象，于抒发对友人的关切之情颇有帮助。也就是说，越是南方的荒蛮穷远，越让诗人更加真切地感受到此次离别的茫然难测，内心与友人的情感就越难舍难分，让"相逢期尚赊"中透露出诀别的味道。再如杜甫的《送人从军》：

> 弱水应无地，阳关已近天。
> 今君渡沙碛，累月断人烟。
> 好武宁论命，封侯不计年。

马寒防失道,雪没锦鞍鞯。①

此诗首联即想象,说弱水之大似乎不能看到土地,阳关好像离天很近,以此说明从军之地在极其遥远的天边。颔联渲染西域的沙碛难行、空旷无人。颈联转入对从军者的嘱咐,希望他参加征战死生不顾、等待封侯迟速勿较。尾联叮嘱从军者要小心谨慎,防天寒、防迷路、防大雪,可见关心备至。此诗写得豪壮,但杜甫似乎已经看到从军者未来的生活图景,诗语中充满关切和同情。黄生曰:"'已近天',言是天边头。'应无地',言是地尽处。一、二极言所历之远,三、四极言所经之惨……五、六则代述其意,七、八又为微词以讽之。总见拼死以博功名之为非计耳……盖此行未必能得志于敌,不但封侯难冀,亦且裹革可虞。然但以马寒、雪盛为词,此诗人立言之旨也。"② 黄生所言,点出杜诗诗旨,既见诗人对征战生活的反感,又见诗人对从军者的关切,确是儒者情怀。而其情怀抒发,建筑于对边塞征战想象的基础上。

三、基于心理需求的想象夸张

有唐一代,虽然完全意义上的浪漫主义诗人并不多,但唐朝诗人的整体精神是浪漫的,他们自由坦荡、自然潇洒、个性张扬、乐观积极,很多人的精神世界里都有一定的浪漫因子,使得唐诗中不乏想象和夸张。对于边域书写而言,未曾经历者的描写有两种情况值得注意:执着于理想和功业的诗人充满了对边域的热望,面对未来信心满满,在他们的夸张描写中,一切困难都会被踩在脚下;关

---

① [唐]杜甫著,[清]仇兆鳌注:《杜诗详注》卷八《送人从军》,中华书局,1979年,第626页。
② [清]黄生撰,徐定祥点校:《杜诗说》卷四,黄山书社,1994年,第135页。

注、同情友人的诗歌也可能夸大困难———则希望友人有充分的心理准备,战胜困难,二则充分传达自己对友人的关切和依依不舍的深情。

一是基于对理想、功业的想象夸张。人生需要理想,理想能够放飞奋斗的翅膀,让生命向更高更远处飞翔。对于唐人而言,虽然中唐和晚唐的诗歌有“气骨顿衰”的说法,但若与宋人相比,唐人身上还是多青年人蓬勃的朝气,理想和未来始终是唐人诗歌的主旋律,涉及边域的诗歌也是如此,纵观有唐一代诗人在理想、功业视域下的驿路边域诗歌,多充满激情的想象和对困难无所畏惧的浪漫,似乎越是艰难困苦越能显现他们乐观浪漫的人生期待,越能见出他们激情昂扬的人生价值。如岑参的《走马川行奉送出师西征》:

> 君不见走马川行雪海边,平沙莽莽黄入天。
> 轮台九月风夜吼,一川碎石大如斗,随风满地石乱走。
> 匈奴草黄马正肥,金山西见烟尘飞,汉家大将西出师。
> 将军金甲夜不脱,半夜军行戈相拨,风头如刀面如割。
> 马毛带雪汗气蒸,五花连钱旋作冰,幕中草檄砚水凝。
> 虏骑闻之应胆慑,料知短兵不敢接,车师西门伫献捷。①

这是一首极富激情的渲染走马川环境恶劣的诗作,诗歌首韵点出走马川的位置在“雪海边”,而且广袤无边,有“平沙莽莽黄入天”之景象。关于走马川的地理位置,争议颇多,廖立赞同孙映逵说,认为是北庭川,论据不足,理据却足,主要是“川”不指河流,而指

---

① [唐]岑参撰,廖立笺注:《岑嘉州诗笺注》卷三《走马川行奉送出师西征》,中华书局,2004年,第323页。

平川,北庭川附近有雪海,近轮台,故采纳之①。诗歌第二韵写轮台
附近风沙遮天蔽日,如斗碎石满地乱滚,与北庭川的鹅卵石随风滚
动颇类,有夸张比喻,有想象描写。第三韵交待匈奴欲借草黄马肥
之机入侵,而封将军准备迎敌。第四韵写边塞奇寒,通过"马毛带
雪"和"汗气蒸"的鲜明对比和"五花连钱旋作冰"的急速冰冻以
及砚水凝冻等诗人难以想象到的结冰现象,凸显寒冷之恐怖,而马
不畏天寒地冻、奋力奔驰且汗水淋漓,则是在强烈的对比反衬中突
出马的无所畏惧、辛劳无比,但这是借马写人,以衬托唐军将士不
畏严寒、迎难而上、英勇向前、毫不退缩,这样的军人精神就是怎么
夸张也不过分。而正是有这种精神,战争的结果也就可以预想了,
所以最后一韵写敌军闻风丧胆,诗人在辕门等待凯旋消息的画面,
突出唐军战之必胜、胜之必速的战斗力。奇景以衬托奇人,奇人以
彰显奇功,完全是蔑视敌军、横扫一切的气势。张文荪《唐贤清雅
集》:"才作起笔,忽然陡插'风吼''石走'三句,最奇。下略平叙
舒其气,复用'马毛带雪'三句,跌荡一番。急以促节收住,微见颂
扬,神完气固。"②方东树《昭昧詹言》曰:"奇才奇气,风发泉涌。"③
此诗基于突出边防将士大无畏精神的心理,用奇寒奇景写出奇气,
能让读者感受到唐军意气风发、斗志昂扬的精神风貌。再如王维
的《送宇文三赴河西充行军司马》:

> 横吹杂繁笳,边风卷塞沙。
> 还闻田司马,更逐李轻车。

① 参见孙映逵:《岑参西征诗本事及有关地名》,《徐州师院学报》1982 年第
　3 期。
② 陈伯海主编:《唐诗汇评》,上海古籍出版社,2015 年,第 2 册第 1216 页。
③ 陈伯海主编:《唐诗汇评》,上海古籍出版社,2015 年,第 2 册第 1216 页。

蒲类成秦地，莎车属汉家。

当令犬戎国，朝聘学昆邪。[①]

此诗颇有大唐气度。诗歌只有首联两句属于想象写实，写出了将军营中各种军乐杂奏的情形和驻地风沙滚滚的情况，接下来的六句都是设想中的边塞功业。田司马，用汉代田广明为天水司马事，比喻被送别之人。李轻车，指汉之飞将军李广的弟弟李蔡。司马迁认为李蔡才能不及李广，但运气比李广好很多，他从大将军卫青击匈奴，有功中首虏率，被封为安乐侯。颔联之意，是希望宇文司马也能跟随李蔡那样的将军，获得中首虏率的功业。颈联的"蒲类"，赵殿成注引《汉书·西域传》认为是蒲类国，治天山西，距离京都长安八千三百六十里。莎车即莎车国，治所莎车（在今新疆维吾尔自治区喀什附近），距离京都长安九千九百五十里。颈联想象宇文司马跟随像李蔡一样的将军冲锋陷阵，为大唐开疆拓土，让蒲类国、莎车国都成为大唐治下的地方。尾联以必然的期望，希望宇文司马的功业能够让所到之地的异域番邦之人都像汉代的昆邪王投降汉朝那样，成为大唐子民。此诗是王维所处大唐王朝开疆拓土之时民族心理的写照，是希望大唐王朝征伐之处所到必胜的信念，故而尽管送别之人只是一行军司马，但也要夸大其功业，以鼓励其为唐王朝疆场征杀的激情。再如李白的《送族弟绾从军安西》，诗人在颔联用了"剪虏若草"的夸张性比喻，希望族弟立下不世奇功。又在颈联用"按剑望边色"接"旄头已落胡天空"，夸张唐军行动迅疾。尾联想象匈奴王被擒后被押解长安。李白是非常

① ［唐］王维撰，陈铁民校注：《王维集校注》卷四《送宇文三赴河西充行军司马》，上海古籍出版社，第 403 页。

有爱国激情的诗人,期望自己和族人都能够为国家建功立业,其大
气磅礴的精神气质使得其送别诗亦有横刀立马、驰骋疆场、迅捷取
胜、气压敌军的豪迈气概,这同样是基于诗人无比炽热的爱国情怀
的需要。又如钱起的《送屈突司马充安西书记》:

> 制胜三军劲,澄清万里余。
> 星飞庞统骥,箭发鲁连书。
> 海月低云旆,江霞入锦车。
> 遥知太阿剑,计日斩鲸鱼。①

钱起虽属大历诗人,但其诗歌中也还有盛唐余音。此诗送别屈突
到安西都护府任行军司马之职。据唐史资料:"行军司马,掌弼戎
政。居则习蒐狩,有役则申战守之法,器械、粮备、军籍、赐予等皆
专焉。"②是参谋一类。钱起希望屈突能有三国时庞统那样驾驭宝
马如同飞星,又能像战国时鲁仲连那样善于通过飞书等手段游说
止战。颈联以想象之笔写屈突在行军路上富有诗意的揽月伴霞的
军旅生活,尾联将屈突比喻成太阿之剑,表示相信他一定会在尽短
的时间内大有斩获。可见这时的诗人还不缺乏必胜的信心,还有
对唐军在边域取胜的无限希望。

这一类诗歌,基于对理想、功业的期盼,往往不涉及困难,或言
必战胜困难,其内心世界里是蔑视困难的,他们将战胜困难作为人
生的骄傲,对功业的夸美尽其想象和夸张,使得诗歌呈现出压倒一

---

① [唐]钱起:《送屈突司马充安西书记》,《全唐诗》卷二三七,中华书局,1960
年,第2634页。
② [宋]欧阳修、宋祁:《新唐书》卷四九下《百官志》,中华书局,1975年,第
1309页。

切的气势。

　　二是基于对艰难困苦的想象夸张。这主要指内地驿路送别奔赴边域之人的诗歌中出现的边域书写。这些在作品中触及边域的诗人,绝大部分足迹未至边域,但也深知边关不是娱乐之所,而是远离繁华的所在,过的是命寄刀刃的生活,就像王维所说,"熟知不向边庭苦"。遥远的地理、长久的旅行、陌生的环境、长期的征战、思乡的痛苦、生命随时可逝等,都是想都不用想的必然面临的艰难。唐人虽不怕困难,但将这些边庭之苦的现实流之笔端也是自然。而为了实现更好的表达效果,很多足迹未至边域的诗人,多能通过想象和夸张把边域之事写得活灵活现,如在眼前,并借以传达对边域生活的深刻理解,传达对送别之人的深厚情感。如大历诗人刘长卿送另一诗人于群赴安西都护府时写下的《赠别于群投笔赴安西》,其中有这样几句:

> 出门寡俦侣,剡乃无僮仆。
> 黠虏时相逢,黄沙暮愁宿。
> 萧条远回首,万里如在目。
> 汉境天西穷,胡山海边绿。
> 想闻羌笛处,泪尽关山曲。
> 地阔鸟飞迟,风寒马毛缩。
> 边愁殊浩荡,离思空断续。
> 塞上归限赊,尊前别期促。
> 知君志不小,一举凌鸿鹄。
> 且愿乐从军,功名在殊俗。①

---

① [唐]刘长卿:《赠别于群投笔赴安西》,《全唐诗》卷一五〇,中华书局,1960年,第1552页。

在刘长卿看来,于群是"风流一才子,经史仍满腹",但却蹭蹬多年,只好投笔从戎为自己寻找另一种机会,尽管唐人有"游宦之士,至以朝廷为闲地,谓幕府为要津。迁腾倏忽,坐致郎官"[①]的普遍认知,但他还是把赴安西都护府可能遇到的重重困难都想到了,比如无伴无仆、随时遇敌、难寻住处、路途遥远、归期难定,等等等等。这些尽可能繁复的对困难的铺排,将赴安西都护府的种种可能都想到了,但不是为了吓到于群,而是字里行间都是对友人此行的担忧,且希望友人要有充分的心理准备。因为了解友人的志向,故尾部以"且愿乐从军,功名在殊俗"表达自己对友人的良好祝愿,希望友人乐意过这样的从军生活,并能有所斩获。又如杨凝的《送人出塞》:

> 北风吹雨雪,举目已凄凄。
> 战鬼秋频哭,征鸿夜不栖。
> 沙平关路直,碛广郡楼低。
> 此去非东鲁,人多事鼓鼙。[②]

首联点出风雪中送行的伤感,颔联即写边域苦况,先说战死鬼魂多得不得了,秋夜里鬼哭阵阵,又说征鸿夜间都不敢栖息,营造恐怖氛围;颈联写平沙莽莽广阔无边,显得郡楼都那么矮小;尾联则告诫友人,所去之地不是"东鲁春风吾与点"的礼仪之乡,而是人人习战斗、个个舞刀枪的好武之地、征战之地。诗歌本意也是为友人

---

① [宋]王谠撰,周勋初校证:《唐语林校证》卷八《补遗》,《唐宋史料笔记丛刊》本,中华书局,1987年,第693页。
② [唐]杨凝:《送人出塞》,《全唐诗》卷二九○,中华书局,1960年,第3302页。

担心，希望友人要有心理准备，但因为颔联的存在，使得这首诗歌有点过于悲戚甚至恐怖，不仅不可能对友人起到鼓励和安慰的作用，甚至有可能令友人因此而怯步。再如张籍的《送南客》也颇令人感伤：

> 行路雨修修，青山尽海头。
> 天涯人去远，岭北水空流。
> 夜市连铜柱，巢居属象州。
> 来时旧相识，谁向日南游。①

张籍送别的客人来自南方，本是回归，不当伤感，但在张籍笔下，那里远在天边，下雨不停，岭南岭北隔断了彼此音讯，夜市直接与铜柱相连（极其遥远）、居住也是象州那样结巢而居（非人类环境）。尾联还告诉对方，你曾经熟悉的这些朋友，没有人到日南（越南中部，属林邑国）去游览，意即你将再也见不到昔日的这些朋友了。张籍这样说客人所要去的地方，并不是要否定对方故里，而是希望通过极力说日南的不好，以增加对方的畏惧和不喜，目的还是要留住朋友，可谓煞费苦心。又如刘眘虚的《海上诗送薛文学归海东》也是把海上的风险进行了想象夸张：

> 何处归且远，送君东悠悠。
> 沧溟千万里，日夜一孤舟。
> 旷望绝国所，微茫天际愁。
> 有时近仙境，不定若梦游。

---

① ［唐］张籍：《送南客》，《全唐诗》卷三八四，中华书局，1960年，第4309页。

　　　　或见青色古,孤山百里秋。

　　　　前心方杳眇,后路劳夷犹。

　　　　离别惜吾道,风波敬皇休。

　　　　春浮花气远,思逐海水流。

　　　　日暮骊歌后,永怀空沧洲。①

此诗前两句点出送别之意,后面即展开对路途风险的描写。三、四句写苍茫大海一叶孤舟的孤单,五、六句写望不见边际的绝望,七、八句写对偶尔的美景也疑心为梦境的极不自信,九、十句写见到荒山,十一、十二句写对前路杳眇还要付出无数辛苦的担忧。这些诗句极力描写浮海回新罗的困难,其实所传达的是刘眘虚对友人此行艰险的担心,表达的是对薛文学依依不舍的深情。

　　这些虚拟困难的诗歌,是未曾去往彼地的诗人根据自己的知识认知所写就,它们有的与现实情境十分相类,有的超越现实生活本身,有的可能因为不熟悉或凭想当然的原因而与现实生活产生偏差,但它们构成了大唐诗人想象世界里的边域自然和生活,是大唐文人为传达理想、功业、情感而生成的并不完全虚幻的边域世界,是出于审美关注的边域世界。因其所用词汇颇有异域色彩、想象夸张程度甚至令人毛骨悚然,因而容易给此类边域诗歌带来战胜困难的勇力或感受悲凉的伤感,使诗歌与大唐风华类作品形成异调。

---

① [唐]刘眘虚:《海上诗送薛文学归海东》,《全唐诗》卷二五六,中华书局,1961年,第2869—2870页。

第二节　历史与现实的交融

凡边域地区，都是曾经烽火之地，留下了不少的断垣危壁、古城烽燧、战场遗迹，也都行走过无数民族融合的历史见证人，那里的一草一木、一丘一陵，都见证了中国历史走向大唐的一切。唐代的诗人们走到这些地方、写到这地方，难免被历史的曾经牵住敏感的神经，也就容易引发对历史的追忆，驿路边塞怀古诗由是而生。在触及感慨的古迹里，不仅仅有唐人对历史的追忆，更有借怀古而思今的慨叹，博望侯张骞、飞将军李广、大将军卫青、冠军侯霍去病、冠军侯窦宪、定远侯班超、伏波将军马援等历史上知名的定远将军或出使名臣苏武、远嫁的王昭君，甚或投降匈奴的李陵，都成为驿路唐诗反复书写的内容，诗人们将历史人物与现实人物比照，或传达对开疆拓土的功业的向往，或传达对世界友好的情怀，或表述对大唐王朝的信心和热爱。唐人心目中的边域历史，不仅仅与曾经的历史紧密相连，更与所生活时代的现实交融在一起。

一、历经边域勾起的历史回忆

中国，是一个历史深厚的国家，也是一个在不断累积的历史中逐渐融合为多民族共居的国家，在这个有着无数历史积淀的多民族国家里，历史成为中华民族的共同记忆，从有文字以来，历史就传承着这个多民族国家的文化传统，成为我们民族几千年连绵不断的血脉。在这几千年的文明历史中，推动中华民族融合、发展、壮大的重要历史事件和历史人物，在中华民族的历史记忆里熠熠生辉，让中华民族的后代子孙代代相传、历久恒新。也正是这样的文化传统，让驿路唐诗的边域书写能够时时勾起历史的回忆，诗人们在历史的咀嚼中感受着我们国家千年不断的血脉。

一是称美历史上的开拓者。我们所说的开拓者，包含开疆拓土者，如卫青、霍去病的打击匈奴，马援的南征交趾等，还包括文化上的开拓者，像张骞出使西域、苏武出使匈奴、班超出使西域等。这些疆土和文化的开拓者，为中华民族的融合和世界影响做出了重要贡献，值得中华民族的后代子孙永远传扬。如高适的《送浑将军出塞》：

> 将军族贵兵且强，汉家已是浑邪王。
> 子孙相承在朝野，至今部曲燕支下。
> 控弦尽用阴山儿，登阵常骑大宛马。
> 银鞍玉勒绣蝥弧，每逐嫖姚破骨都。
> 李广从来先将士，卫青未肯学孙吴。
> 传有沙场千万骑，昨日边庭羽书至。
> 城头画角三四声，匣里宝刀昼夜鸣。
> 意气能甘万里去，辛勤动作一年行。
> 黄云白草无前后，朝建旌旄夕刁斗。
> 塞下应多侠少年，关西不见春杨柳。
> 从军借问所从谁，击剑酣歌当此时。
> 远别无轻绕朝策，平戎早寄仲宣诗。①

这是一首驿路送别诗，刘开扬编在天宝十三年（754）。浑邪王，即《史记》《汉书》中记载的投降汉朝的匈奴浑邪王。浑将军，即浑

---

① [唐]高适：《送浑将军出塞》，刘开扬《高适诗集编年笺注》，中华书局，1981年，第257—258页。

惟明,在哥舒翰幕府屡立战功。诗歌说浑将军的祖先即汉代的浑邪王,是高其家世。浑惟明是高适心目中能征惯战的将军,高适相信浑将军出塞一定会建立奇功,故而设想了很多能征惯战的将军进行比附。嫖姚,即霍去病,与匈奴交战,每战必胜,深得汉武帝喜爱,此处指代哥舒翰。哥舒翰在西域征战中颇多胜利。预言浑惟明将追随哥舒翰建立不世功勋。李广,被匈奴称为"汉之飞将军",带兵的最大特点就是爱护士卒,诗人鼓励浑惟明像李广那样对待士卒。卫青,也是在与匈奴征战中的杰出将领,是在实战中成长起来的将军,而孙膑、吴起都是以军事思想取胜。此诗赞美汉代这几位实战将军的事迹,实是希望浑将军踵武这些将军,为国家大有作为。结尾再用典,"仲宣诗",即王粲所作之《从军诗》。该诗颂扬曹操西征张鲁取得胜利,此处用来比喻报捷之诗,是期望浑惟明胜利之后给自己写诗报喜,让自己也一同享受胜利的喜悦。诗中历史人物曾经的丰功伟业,容易激起在中国文化氛围中的读者联想起很多历史往事,并由此理解高适对浑惟明寄予的厚望。再如李益的《塞下曲》之三:

> 黄河东流流九折,沙场埋恨何时绝。
> 蔡琰没去造胡笳,苏武归来持汉节。①

这是李益从军时面对黄河写下的一首诗,诗歌前两句写到黄河的曲折和边界特性,接着就写到蔡琰没胡和苏武持节两事。蔡琰没胡,引发了诗人对东汉末年战乱生活的追想;苏武持节,则引发了

---

① [唐]李益:《塞下曲》之三,《全唐诗》卷二八三,中华书局,1960年,第3225页。

诗人对苏武在匈奴牧羊十九年而节操不改的赞赏。这里的蔡文姬故事和苏武事迹,不仅有一定的情感色彩,而且在追述苏武和蔡文姬往事的时候表达了对二人不忘汉朝的节操的赞赏,内涵了诗人个人的人生态度以及对大唐王朝的情感。再如武元衡的《酬太常从兄留别》:

> 乡路日兹始,征轩行复留。
> 张骞随汉节,王濬守刀州。
> 泽国烟花度,铜梁雾雨愁。
> 别离无可奈,万恨锦江流。①

这是一首驿路送别诗,又作《送太常十二兄罢册南诏却赴上都》。从"万恨锦江流"一句可知,此诗写于诗人镇蜀之时,其做太常之从兄出使南诏归来路经蜀地与诗人见面,诗人在送别从兄时,从兄有诗留别,武元衡奉和之。诗中的张骞,用来代指出使南诏的从兄,王濬则指自己。刀州,即巴州,代指蜀地。泽国句,按照诗歌的写作套路,对应的应是张骞句,应指从兄此行乃怀乡之路,奔赴京都,应该是"烟花某月上京都"之意;而"铜梁"句,对应王濬句,指诗人在巴州(铜梁在重庆)的雾雨中乡愁重重。这首诗里的张骞、王濬,显然是通过历史典故指代人物,当然也有对从兄册封南诏使命的开拓价值的赞赏和对自己驻守国家重要地区的自我期许。又如温庭筠的《苏武庙》:

---

① [唐]武元衡:《酬太常从兄留别》,《全唐诗》卷三一六,中华书局,1960 年,第 3548 页。

苏武魂销汉使前，古祠高树两茫然。

云边雁断胡天月，陇上羊归塞草烟。

回日楼台非甲帐，去时冠剑是丁年。

茂陵不见封侯印，空向秋波哭逝川。①

笔者所知的苏武庙，有陕西苏武庙、武威市民勤县苏武庙、河北省承德市丰宁满族自治县苏武庙。此诗所写，据"陇上"一词，应为甘肃苏武庙，由此可以判定，温庭筠曾经到过甘肃。但根据目前所知温庭筠行迹，很难判断他到达甘肃一带的时间。武威，是唐代通往西域的重要站点，唐人视域中已是边域之地。诗歌首联分点"苏武"与"庙"，写苏武在匈奴牧羊十九年终得返汉初见汉使时的感慨万千和诗人面对古祠高树感受到年代久远的感慨。颔联概括苏武牧羊的十九年生活，上联写苏武望雁思归而不得，下联写苏武经陇回归，将如烟塞草抛掷身后，前一句写胡地，后一句写汉地。颈联将回来和去时对举，用逆挽手法，先接回归，"非甲帐"，指苏武归来时所面对的情景已经沧海桑田，面目全非了。"甲帐"，代表汉武帝时的一切。据《汉武故事》，汉武帝"扇屏悉以白琉璃作之，光照洞彻，以白珠为帘，玳瑁压之，以象牙为蓆，帷幕垂流苏，以琉璃珠玉、明月夜光，错杂天下珍宝为甲帐，其次为乙帐。甲以居神，乙以自居"②。故"甲帐"代表汉武帝在时的一切。苏武回归汉朝时，汉武帝早已逝去，"甲帐"也不复存在，给苏武一种世事变迁、恍如隔世的感慨，隐含着对武帝的追思。"丁年"，用以对"甲帐"，形成

---

① ［唐］温庭筠：《苏武庙》，《全唐诗》卷五八二，中华书局，1960 年，第 6749 页。

② 佚名撰，王根林校点：《汉武故事》，《汉魏六朝笔记小说大观》，上海古籍出版社，1999 年，第 172 页。

工对,指可以成为壮丁的年龄,即壮年。李陵《答苏武书》有"丁
年奉使,皓首而归"句。苏武出使十九年归来,也已经不复当年。
此联,感慨岁月对人的消磨。尾联写汉武帝虽获知苏武尚在匈奴
守节牧羊却遗憾未能见到苏武归来,没有亲自接见自己的死节忠
臣。"封侯印",指汉宣帝赐苏武爵关内侯、食邑三百户事。而苏武
也没有见到自己忠心守候的汉武大帝,只剩下面对流水哭泣悼念
的伤感。这两句,既写君臣互相的遗憾,也写苏武对汉武帝的忠
心。全诗是对苏武忠心有节的赞美。写这些,可能是晚唐国势衰
颓、民族矛盾尖锐时表彰民族气节、歌颂忠贞不屈、心向故国的时
代需要,也可能是温庭筠希望借此表达对唐王朝的忠心。但全诗
并不谈及诗人自己和所在时代,只是对历史往事的回忆和对史事
的感慨。

　　有些作品,也能勾起历史回忆,但只是涉史,表意并不明晰,或
者作者到底想要表达什么意思比较难解,或者并不需要进行过多
的解释,只要知道作者所涉历史事件就可以了。如张仲素《塞下曲
五首》之五:

> 阴碛茫茫塞草肥,桔槔烽上暮云飞。
> 交河北望天连海,苏武曾将汉节归。①

诗歌前三句都是写驿路上所见的塞外景色,也点出了阴山、桔槔
烽、交河等边域地名,但结句突然一句"苏武曾将汉节归",这是
点明这些地方都是爱国名臣苏武曾经经过的地方吗? 还是张仲

---

① [唐]张仲素:《塞下曲五首》之五,《全唐诗》卷三六七,中华书局,1960 年,
　第 4138 页。

素说自己所走过的这些地方是爱国名臣苏武经历的地方,暗喻自己也是像苏武一样的人物,以借苏武自况? 又如胡曾的《咏史诗·黄河》:

> 博望沉埋不复旋,黄河依旧水茫然。
> 沿流欲共牛郎语,只得灵槎送上天。[1]

胡曾的这一组咏史诗,都是诗人游历的见证,此诗是诗人边游至黄河所写。诗中的“博望”指博望侯张骞。张骞的史事很清晰,《史记》《汉书》都有较为详细的记录。张骞是一位通西域的英雄。胡曾的诗只是引领我们想起了历史上的张骞,感受到了史事一去不复返的伤感,其他似乎就很难解说了。又如唐彦谦的《蒲津河亭》:

> 宿雨清秋霁景澄,广亭高树向晨兴。
> 烟横博望乘槎水,日上文王避雨陵。
> 孤棹夷犹期独往,曲阑愁绝每长凭。
> 思乡怀古多伤别,况此哀吟意不胜。[2]

蒲津,指黄河古渡蒲类津,又称蒲坂津,在今山西永济西蒲州,地处西北、华北、中原交接处的山西省西部,古时是通往北部和东北部边域的要道。诗歌表达思古怀乡之意,颔联为思古,但也只是说黄

---

[1] [唐] 胡曾:《咏史·黄河》,《全唐诗》卷六四七,中华书局,1960 年,第 7425 页。

[2] [唐] 唐彦谦:《蒲津河亭》,《全唐诗》卷六七一,中华书局,1960 年,第 7672 页。

河是博望侯张骞曾经横渡的地方，山陵是周文王曾经避雨之处，除此而外，并无其他意义。类似的作品意义不大，就不多举例了。

　　二是面对失意者的反思或感慨。我们所说的失意者，是指因不得已的原因到达或经过边域、内心忍受着巨大痛苦的人，如王昭君；或是谋事不成的失意者，如燕太子丹、荆轲等；或是因为边战失利、投降敌国等成为人们讽刺的对象，如李广利、李陵之类。这些人经历的痛苦，各有不同，触动的情绪也不尽相同。如胡曾的《咏史诗·易水》触动的是谋事不成的伤感：

　　　　一旦秦皇马角生，燕丹归北送荆卿。
　　　　行人欲识无穷恨，听取东流易水声。①

这是诗人边游经过易水时，面对荆轲和燕太子丹的遗迹而生发的无限同情。在胡曾看来，"乌头白，马生角"原本是秦始皇不准燕太子丹返回燕国的一个假想情景，但燕太子丹竟然逃了出去，所以才有"一旦秦皇马角生"，即不可能实现的事情实现了，燕太子丹终于有了机会"送荆卿"入秦，为自己报仇，这几乎可以说是要实现报仇的目标了。可最终的结果却是荆卿死、丹被杀。这样的悲剧，留下的只能是无穷遗恨，易水声声，似乎都在诉说着千年的遗憾，感受着人生大仇难报的悲凉。他的另一首《咏史诗·李陵台》则表达了对李陵的同情：

　　　　北入单于万里疆，五千兵败滞穷荒。

---

① ［唐］胡曾：《咏史·易水》，《全唐诗》卷六四七，中华书局，1960年，第7421页。

英雄不伏蛮夷死,更筑高台望故乡。①

这首诗牵扯李陵投降的历史事件。根据司马迁的记载,李陵带五千军队深入匈奴腹地,贰师将军李广利援兵不至,导致李陵弹尽粮绝,不得已投降匈奴。按照司马迁的理解,李陵投降,应该不是真心投降,而是"欲得其当而报于汉",即希望有机会反水归汉,为汉朝再立新功。汉武帝对这种说法极端反感,不仅杀死了李陵全家,还让为李陵说话的司马迁受了宫刑。但司马迁对李陵投降的认识其实是得到很多人认可的,甚至完全站在汉统治者立场的《汉书》还记载了李陵最终投降匈奴的理由:"陵虽弩怯,令汉且贳陵罪,全其老母,使得奋大辱之积志,庶几乎曹柯之盟,此陵宿昔之所不忘也。收族陵家,为世大戮,陵尚复何顾乎?"② 李陵作为"汉之飞将军"李广的孙子,内心深处何曾愿意投降,但汉武帝闻听一位李姓将军投降匈奴,就把李陵的家人全部杀光,太过残忍了!汉武帝的刻薄寡恩导致了李陵投降的结果,所以胡曾说"英雄不伏蛮夷死"。"英雄"是对李陵的认同,不把李陵作为屈膝变节的投降者看待,这与传统观点相左;"不伏",是"不甘俯首""不服气"之意,内涵对客死异乡的不认同。这是胡曾替李陵鸣冤,为李陵打抱不平。结句用李陵登高台望故乡的形象表达了李陵对汉朝的心向神往,否决了世人对李陵投降叛国的审判,并对李陵"老母已死,虽欲报恩将安归"的绝望心情表达了深切的同情。

三是单纯的历史印迹描写。有些与历史有关的遗迹,作者只

---

① [唐]胡曾:《咏史·李陵台》,《全唐诗》卷六四七,中华书局,1960年,第7424页。
② [汉]班固撰,[唐]颜师古注:《汉书》卷五四《李广苏建列传》,中华书局,1962年,第2466页。

是提及,并不表达赞美、批评或同情。只是提及而已,是诗人曾经经历的记录,虽然没有太多价值,但也证明当时人们的旅游也是注重拜访名胜古迹的。如薛能的《逢友人边游回》(一作马戴诗):

> 游子新从绝塞回,自言曾上李陵台。
> 尊前语尽北风起,秋色萧条胡雁来。①

这首诗其实写得非常好,在描写北地边塞的环境方面可谓"不着一字,尽得风流"。诗中没有描写北地风光如何,只是写到朋友提及北地情形时引发的效果,就把北地边塞寒冷、萧条的情形写尽,令人闻语色变。其中提到的历史遗迹李陵台,只是作为李陵事迹存在的标志,既没有对李陵万里出入匈奴的才华表示欣赏,也没有对李陵因全家被汉武帝杀害而不得已投降匈奴表示同情或感慨,李陵台的地名,只是对"绝塞"的具体化。如果一定要寻找它的情感色彩,可能就是作者对李陵的悲剧结局感到悲凉,毕竟,李陵不应该是这样的结局。再如李华的《奉使朔方,赠郭都护》:

> 绝塞临光禄,孤营佐贰师。
> 铁衣山月冷,金鼓朔风悲。
> 都护征兵日,将军破虏时。
> 扬鞭玉关道,回首望旌旗。②

---

① [唐]薛能:《逢友人边游回》,《全唐诗》卷五六〇,中华书局,1960年,第6506页。
② [唐]李华:《奉使朔方,赠郭都护》,《全唐诗》卷一五三,中华书局,1960年,第1590页。

这是李华奉命出使朔方时留下的作品。诗歌写到在山月笼罩下铠甲冷气森森,金鼓声中传来朔风呼号的声音,环境的险恶可以想见。这里用到了"贰师",但既不涉及具体地名,也不关涉具体历史事件,只是借贰师将军李广利曾经西征比附都护郭晞(郭子仪之子)西征之事,并让我们记起过去曾经有李广利西征事迹而已——李广利西征,乏善可陈,故"贰师"二字绝不是说郭晞就是贰师将军李广利那样的人。再如胡曾的《交河塞下曲》:

> 交河冰薄日迟迟,汉将思家感别离。
> 塞北草生苏武泣,陇西云起李陵悲。
> 晓侵雉堞乌先觉,春入关山雁独知。
> 何处疲兵心最苦,夕阳楼上笛声时。①

这首诗写于交河(在今新疆吐鲁番)军中,是远在边塞征戍的将领思家情怀的反映。诗歌借苏武在匈奴十九年日日思乡和李陵投降匈奴后感慨在汉之家已无,表达征戍之人对家乡的思念,并不对苏武、李陵事进行政治评判和道德解说,只是因为都在匈奴之地而引发的联想。再如杜荀鹤的《赠友人罢举赴交趾辟命》:

> 罢却名场拟入秦,南行无罪似流人。
> 纵经商岭非驰驿,须过长沙吊逐臣。
> 舶载海奴镮硾耳,象驮蛮女彩缠身。

---

① [唐]胡曾:《交河塞下曲》,《全唐诗》卷六四七,中华书局,1960年,第7418页。

如何待取丹霄桂,别赴嘉招作上宾。①

此诗写友人不再参加科举考试而去交趾应朝廷征召做官。交趾在唐人心目中是极其遥远的存在,即使做官,也有如同贬谪之感,故而杜荀鹤以同情口吻说友人"南行无罪似流人"。由于是去做官,不是被贬,也不是驿卒驰驿,虽有行程限制,但无需快马加鞭,可以在想停留的地方稍作停留。可是,因为是去往岭南,仍有被贬的感觉,所以可以在长沙拜悼贾谊,体味体味逐臣的悲凉心境。这实际是诗人对友人的深切同情,故而在最后,诗人还是希望有朝一日朋友能够丹宵折桂,成为京中被人敬重的人物。诗中的"须过长沙吊逐臣"只是引出历史上贾谊被贬的史事,比附友人到交趾为官之事。

二、历经遗迹触发的人生感喟

历史是由人书写的,所有历史记录的都是人的活动。中国历史历来有以人为中心的写作惯例,司马迁开创的纪传体史学把人的活动提到了前所未有的高度,让历史更加生动和富有人间气息——当然我们并不否定以时间和事件写史的次序性和规整性。由于对人的高度关注,以人为中心的历史学家为我们留下了大量详实、丰厚的历史人物的活动画面,让我们能够还原或大部分还原历史人物的活动轨迹,也就容易引发对历史人物的各种理解。丰富的历史人物总能让后世之人在前人身上找到自己的影子,产生一种历史的重复感,进行自我的甄辨,在现实和历史的沟通中获得对自我生命的认知,这就给人们留下了过往历史对话现实人生的

---

① [唐]杜荀鹤:《赠友人罢举赴交趾辟命》,《全唐诗》卷六九二,中华书局,1960年,第7958页。

阔大空间。

对于边域书写这一视角而言，其所面对的历史遗迹主要有以下几种类型：一是边域功业所在的地理场景及文化遗存，如卫青与匈奴、祁连山和霍去病、李广与龙城、窦宪和燕然山、文翁与西蜀；二是出使者及其所历之地及其相关历史和人物，如匈奴和苏武、西域和班超、南越和终军；三是一些因各种原因导致人生失意的历史遗存，如和亲公主与少数民族、失利将军沦落匈奴等。不同的历史遗存，可能引发不同的人生感喟，比如卫青、霍去病曾经建功立业的地方，应该引发去往边域的人们建功立业的雄心壮志，但也可能引发他们对时不我待、历史机遇不再的万千感慨。也就是说，面对历史遗存的人所生发的感情，一定与诗作者自身的情感趋向发生碰撞并随同历史遗存而生发。

与卫青、霍去病、李广、窦宪、马援、文翁等相类的人物和历史事迹往往激发阔大胸襟、豪迈情怀、功业理想，如陈子昂的《送魏大从军》诗中的魏大，与春秋时的魏绛同姓，故借魏绛代指魏大。魏绛是春秋晋国在处理边疆问题上的有功之臣，用以代指魏大，是希望魏大也能够有魏绛般的作为，能够在边域立功。有意思的是，魏绛当初主张晋国与邻近少数民族联合，有"和戎有五利"之说，其和戎之策令戎狄亲附，魏绛也因而受到表彰。但魏大却不是去"和戎"，而是从军，作者巧妙地将"和戎"更换一字变成"从戎"，点明了魏大与魏绛在边域问题上面临的不同情况，可见边塞已经不是可以"和戎"的情况了。燕然、汉将，指东汉窦宪大破匈奴并在燕然山勒名事，用此典来激励从军的魏大，希望他能够建树像窦宪将军那样的英雄伟业，为国家守边保土。诗人的这种情感，完全因为诗人自己也是一位非常希望有所作为的志士，他所抒发的不仅仅是对友人魏大的鼓励，其中更能够见出诗人自己希望杀敌立功、建万世功业的雄心壮志。再如李益的《塞下曲》之四：

> 为报如今都护雄，匈奴且莫下云中。
> 请书塞北阴山石，愿比燕然车骑功。①

作为一介文人的李益到塞上从军，真正的征战之事恐怕是轮不上他的，他的任务应该是草军书、书战策、作捷报之类，故而他在塞外，以阴山石勒名鼓励自己所辅佐的都护将军，希望他建树窦宪将军燕然山勒石那样的功业。诗歌在呵斥"匈奴且莫下云中"的呼喊声中传达着所辅佐将军的英雄力量，从中也可以感受到李益那种渴望边塞建功的昂扬情怀，而这也正是李益诗中还残留的盛唐精神的所在。

李益的另一首诗《上黄堆烽》把目标瞄准霍去病。李益虽是文人，但颇有将士豪情，此诗所抒发的，即是诗人心中的英雄理想。首句"心期紫阁山中月"写作为文人的李益也希望能够成为文官极品，坐在紫薇阁中发布政令。紫阁，指中书省，唐代曾改中书省为紫微省，中书令为紫微令。中书省是唐代三省六部中最高的中枢政务机构，其主要职责是决策（需门下省审核，尚书省执行），相当于政府的大脑。紫阁也可以指中书行政长官的府第。可见李益对自己的从政目标也有很高的期许。第二句"身过黄堆烽上云"转，写自己未能在期望的路上走，反而到边关加入行伍之中，走到了黄堆烽这样时时可见烽火的地方。第三句"年发已从书剑老"承接上句理想不能实现的不如意，写年发易老，表现出些许落寞情绪。

---

① ［唐］李益：《塞下曲四首》之四，《全唐诗》卷二八三，中华书局，1960年，第4225页。

结句"戎衣更逐霍将军"中的"戎衣"，指军装，代指自己。"逐"，追逐，追随。身穿戎衣的诗人，要追随霍将军的脚步，这就从第三句的落寞情怀中脱开去，昂扬出希望在军中建功立业的冲天豪情！

同时期的诗人耿沣写有《横吹曲辞·出塞》也是追求边塞功业：

> 汉家边事重，窦宪出临戎。
> 绝漠秋山在，阳关旧路通。
> 列营依茂草，吹角向高风。
> 更就燕然石，看铭破虏功。[1]

这首诗以窦宪比喻王将军，涉及的史事是大将军窦宪，指向是唐王朝在"安史之乱"后再次对西域行使管理，是耿沣希望出塞将军能够在像燕然山这样的地方，面对窦宪破虏的铭文时能够激发起建功立业的雄心壮志。窦巩的《经窦车骑故城》表达的也是对边域功业的向往：

> 荒陂古堞欲千年，名振图书剑在泉。
> 今日诸孙拜坟树，愧无文字续燕然。[2]

车骑将军窦宪的"故城"，已经将近千年，城池荒芜，古墙颓破，但窦将军的名声依然响亮。而今经过窦将军故城，身为窦姓后人，不

---

[1] [唐]耿沣:《横吹曲辞·出塞》，《全唐诗》卷一八，中华书局，1960年，第186页。

[2] [唐]窦巩:《经窦车骑故城》，《全唐诗》卷二七一，中华书局，1960年，第3051页。

由觉得脸热耳燥,因为虽然姓窦,却再也没有窦宪将军那样的功业了。"续燕然"即"续功业",诗人为没有文字可以继续书写窦将军那样的伟业而感到愧疚,其中不仅是对窦将军功业的肯定,还有对窦巩这一辈的窦姓人隐含的期望。

与苏武、班超、终军一类人物相关的往往是文人为国建功的理想,有文人不辱使命、战胜于朝廷的理想情怀。如骆宾王的《宿温城望军营》:

> 虏地寒胶折,边城夜柝闻。
> 兵符关帝阙,天策动将军。
> 塞静胡笳彻,沙明楚练分。
> 风旗翻翼影,霜剑转龙文。
> 白羽摇如月,青山断若云。
> 烟疏疑卷幔,尘灭似销氛。
> 投笔怀班业,临戎想顾勋。
> 还应雪汉耻,持此报明君。①

这是一首纪实性质的驿路边域诗歌,"宿温城望军营",可见是尚未到军营。温城的位置,陈熙晋据《晋书·唐彬传》考证,认为可能是唐彬领护乌丸校尉右将军时修复长城塞时所提到的"自温城洎于碣石"的那个"温城",但那个温城,"去碣石裁三千余里。临海西行,自三水五原出塞,似不经此"②。陈熙晋又据骆宾王的《边夜

---

① [唐]骆宾王著,[清]陈熙晋笺注:《骆临海集笺注》卷五《宿温城望军营》,上海古籍出版社,1985年,第175页。
② [唐]骆宾王著,[清]陈熙晋笺注:《骆临海集笺注》卷五《宿温城望军营》,上海古籍出版社,1985年,第175页。

有怀》诗,怀疑骆宾王"后复至北塞"①。这种怀疑应该是成立的。骆宾王著名诗作《于易水送别》(《于易水送人一绝》)证明其确实到过北部边塞。诗歌前十二句都是写实,只有最后四句联系历史,在历史和现实的交融中传达诗人的人生情怀。"班业"指班超曾经建树的丰功伟业。东汉的班超,通西域功业不亚于张骞,他投笔从戎,随大将军窦固反击匈奴,又受命出使西域三十余年,收复五十余个西域小国,为东汉重新确立西域的管理权立下了不朽的功勋。"顾勋"指顾荣的功劳。顾荣由吴入晋后在朝廷任职,做过一些官职,甚至封过嘉兴伯,但见北方将乱,及时隐居,后支持晋元帝司马睿成为东晋开国皇帝,是司马睿每遇大事必请其商量的重要僚佐,去世后获赠侍中、骠骑将军、开府仪同三司。这两人都是为国家做出突出贡献的人物,骆宾王以二人为榜样,用以激励自己,表达自己为国建功立业的雄心壮志。

与和亲公主如刘细君、王昭君,失利将军如李陵,被掳掠远嫁匈奴的蔡文姬等相关的,往往是人生失意的抑郁和不平。这一组历史人物的遭际在中原汉人眼中多是不幸和无辜的,往往能够触发失意者的无限感慨。如陈子昂的《居延海树闻莺同作》诗写在居延海行军途中,表达的是才子沦落的郁郁情怀:

> 边池无芳树,莺声忽听新。
> 间关如有意,愁绝若怀人。
> 明妃失汉宠,蔡女没胡尘。

---

① [唐]骆宾王著,[清]陈熙晋笺注:《骆临海集笺注》卷五《宿温城望军营》,上海古籍出版社,1985年,第176页。

坐闻应落泪，况忆故园春。①

此诗是借史抒怀。在大片沙漠里的居延海听到莺声，本应有新鲜、奇特、有趣等感受，但诗人却感到"愁绝"，并由此引出了汉朝的王昭君和蔡文姬，而这二人都是陷身胡地的悲剧人物，人生失意，思乡情切。诗人由此触发了自己的思乡之情，于是借明妃的入胡不得归和文姬沦落时的思乡情映照自己的心境，表达远离故乡的无限忧愁。

李敬方的《太和公主还宫》借蔡琰和王昭君的悲剧，为太和公主远嫁归来后的物是人非而感慨万千：

> 二纪烟尘外，凄凉转战归。
> 胡笳悲蔡琰，汉使泣明妃。
> 金殿更戎幄，青袪换氎衣。
> 登车随伴仗，谒庙入中闱。
> 汤沐疏封在，关山故梦非。
> 笑看鸿北向，休咏鹊南飞。
> 官髻怜新样，庭柯想旧围。
> 生还侍儿少，熟识内家稀。
> 凤去楼扃夜，鸾孤匣掩辉。
> 应怜禁园柳，相见倍依依。②

---

① ［唐］陈子昂撰，徐鹏校点：《陈子昂集》卷一《居延海树闻莺同作》，中华书局，1962年，第28页。
② ［唐］李敬方：《太和公主还宫》，《全唐诗》卷五〇八，中华书局，1960年，第5776页。

这是一首驿路迎接之作，写现实中的太和公主还宫，虽是喜事，却隐含太和公主无数的人生凄凉。太和公主远嫁回纥，以"烟尘外""凄凉归"概括了她人生的不幸。她的人生，一如蔡琰和王昭君，蔡琰的胡笳曲中传递的是悲伤的情感，王昭君面对汉朝使者落下的是伤心的泪水。虽然他们都是所嫁之地的王妃、阏氏，但远离故土和亲人，独自一人在陌生的环境生活，未必是什么幸事，不然，"悲""泣""伤""哭""泪"这些字眼为何总是与这些远嫁之人相伴？而太和公主虽然返回了唐朝，但一切也已经物是人非，最美好的岁月已经毁于风沙弥漫之所。

　　和亲问题究竟怎样看，历史上评价不一，但汉人普遍的态度是，将国家安危寄托于妇人，实是衰败之象征。司马光也说："盖上世帝王之御夷狄也，服则怀之以德，叛则震之以威，未闻与为婚姻也。"① 也就是说，司马光认为和亲政策绝不是什么好政策。唐人多数也持此观点，高适《出塞》诗中说"转斗岂常策，和亲非远图"，也是此意。唐诗中吟咏到和亲的公主们时，哀叹的声音相对较多，毕竟远嫁是不幸的，故而诗人们总能找到与自己人生有共鸣的地方。

　　借历史遗迹抒发人生感喟最成功的诗人是陈子昂。陈子昂随武攸宜北征，本欲有所作为，但所有建议不被采纳，令陈子昂失望至极。至蓟丘，有诸多古迹，皆与贤主、贤才有关，皆为人生有作为者，令诗人感慨万千，诗人写下了一组怀古诗，以抒发贤主不见、生不逢时的感慨。这一组诗名为《蓟丘览古赠卢居士藏用七首》，诗前小序云："丁酉岁，吾北征。出自蓟门，历观燕之旧都，其城池霸迹已芜没矣。乃慨然仰叹。忆昔乐生、邹子，群贤之游盛矣。因登

───────────────

① ［宋］司马光编著：《资治通鉴》卷一二，中华书局，1955年，第386页。

蓟丘,作七诗以志之。寄终南卢居士。亦有轩辕之遗迹也。"① 其中
《轩辕台》一首,重在轩辕黄帝任用应龙斩杀蚩尤,轩辕黄帝让应龙
的人生能够有所作为;《燕昭王》一首,面对遥望的黄金台古迹,诗
人追问"昭王安在哉?"实在是对自己所在时代缺少像燕昭王这样
虚心待贤的人的遗憾;《乐生》一首,为乐毅终究还是因为被怀疑而
中断了帮助燕昭王图霸的大业而感到遗憾;《燕太子》《田光先生》
两首,为信任与不信任而发牢骚;《邹衍》《郭隗》两首,则是在此两
人尚有作为中暗含着自己生不逢时、壮志未酬的感慨。史事中蕴
含强烈的与个人遭际的对比,内含着对现实的反思和批判,为今不
如古而愤慨。

三、沉潜史事引发的家国反思

知古鉴今,以史资政,是我们国家重视历史的重要原因,唐太
宗说过:"以铜为镜,可以正衣冠;以史为镜,可以知兴替;以人为
镜,可以知得失。"② 在历代统治者都重视历史的国度,历史达到了
被所有人重视的程度,以至唐人薛元超贵为宰相,尚以未曾参加修
撰国史为遗憾之事,这也是唐代文人重视历史和历史遗迹的社会
大环境。历史遗迹作为历史的一部分,往往与国家的发展史密切
相关,历史遗迹作为中国文化的重要组成部分,容易引发历经者在
对往昔历史的审视中思索当今社会的家国问题,在与往昔历史的
对比中获得对今天社会的认知。

一是对往昔历史的重新审视。中华民族的历史,丰富多彩,曲
折复杂,既有胜利的骄傲,也有失败的狼狈,其中相当一部分在边

---

① [唐]陈子昂撰,徐鹏校点:《陈子昂集》卷一《蓟丘览古赠卢居士藏用七
首》,中华书局,1962 年,第 22 页。
② [唐]吴兢:《贞观政要》卷二《任贤第三》,齐鲁书社,2010 年,第 37 页。

域问题上表现充分。面对富赡绚丽的中华边域史，诗人们特别能触及内心深处的感动，有不少人以重新审视的目光打量曾经的边域，对过往历史重新思索，探寻其价值。或者设想它可能的另一种样貌，在重新编织历史中寻找有价值的经验或教训。如高适的《登百丈峰二首》：

> 朝登百丈峰，遥望燕支道。
> 汉垒青冥间，胡天白如扫。
> 忆昔霍将军，连年此征讨。
> 匈奴终不灭，寒山徒草草。
> 唯见鸿雁飞，令人伤怀抱。①

这是一首感慨英雄壮志难酬的诗作。百丈峰，在今甘肃武威。燕支道，是通往边塞之路。这一带无论汉唐，都是人们心目中的边域，是征战将军可以有所作为的地方。当年的霍去病征讨匈奴，一路凯歌，节节获胜，在当时堪称神一样的存在。他17岁时因战功卓著被封为"冠军侯"；19岁时指挥两次河西之战，歼灭和招降匈奴近10万人，直取祁连山，打通河西走廊；21岁与卫青各率5万人参加漠北之战，歼敌7万余人，封狼居胥山，兵锋直抵北海（今贝加尔湖），令"匈奴远遁，而漠南无王庭"。他深得汉武帝之心，甚至获得了与大将军卫青同掌军政大权的地位。这就是"忆昔霍将军，连年此征讨"的丰富内涵。霍去病当年的雄心壮志就是打败匈奴，其豪言壮语即"匈奴未灭，何以家为？"但霍去病未及完成壮业便英年早逝，逝世时年仅24岁，汉武帝也因此停止了对匈奴的征

---

① [唐]高适著，刘开扬：《高适诗集编年笺注》，中华书局，1981年，第250页。

讨。这是"匈奴终不灭"的含义。而高适所在时代,去大汉已近千年,当年霍去病没有完成的壮志依然没有完成,诗人既替霍去病深感遗憾,也为至今国家仍然深陷时时被匈奴骚扰的困境中感到伤痛!又如周存的《西戎献马》,写的全是驿路上所见西戎贡献马匹的情况:

> 天马从东道,皇威被远戎。
> 来参八骏列,不假贰师功。
> 影别流沙路,嘶流上苑风。
> 望云时踯足,向月每争雄。
> 禀异才难状,标奇志岂同。
> 驱驰如见许,千里一朝通。①

诗写西戎献天马,展示的是皇朝的天威。这些来自西域的宝马良驹,似乎也有人的感情,影子与西域告别,嘶鸣却向天朝方向,似乎既有对故乡的留恋,又有对唐朝的向往,其所表达的是人的情怀。而"贰师"两字,却勾起汉朝贰师将军李广利西征只是为了掠夺汗血宝马的史事。前面有"不假"二字,可见唐朝的西戎献马不是来自征伐,而是友好交往,这正是唐朝与汉朝对外方式根本不同的地方,也是唐朝比汉朝高明的地方,由此引发人们对汉朝征伐西域事件的反思。

沈彬的《塞下三首》之三是对汉武帝四处征伐的国策表示质疑:

---

① [唐]周存:《西戎献马》,《全唐诗》卷二八八,中华书局,1960年,第3289页。

月冷榆关过雁行，将军寒笛老思乡。

贰师骨恨千夫壮，李广魂飞一剑长。

戍角就沙催落日，阴云分碛护飞霜。

谁知汉武轻中国，闲夺天山草木荒。①

沈彬在这首诗首联就写到将军思乡，可见对将军常年征战的深切同情；颔联写贰师将军李广利不得回归中原、李广因征战中的矛盾自刎疆场的人生悲剧；颈联渲染边域寂寞荒凉的氛围；尾联则对汉武帝轻视经营中原、将心思用在边域征讨上价值何在表示怀疑？由于汉武帝时期在四方征讨上取得了杰出的成就，使得中国的版图面积得到扩张。在历来史书中对汉武帝的功业持肯定者为多，但沈彬的一句"闲夺天山草木荒"就对汉武帝时期四方征讨的价值给予了全盘否定。"轻中国"是对汉武帝内地政策的否定。"闲"字见出了汉武帝边域政策在军事上无事找事的特点，配合上"草木荒"，就把所有的穷兵黩武的无价值形象地描写出来。联系到《史记》记载的汉武帝后期汉朝国库空虚、城池荒废的情形，沈彬的质疑还是很有道理的。

李益的《赴渭北宿石泉驿南望黄堆烽》则是与《塞下三首》之三的思想完全相反，李益表达的是面对边城烽火应该勇敢出战，而不应该用所谓"无为而治"的黄老思想敷衍苟且，是李益面对所见边庭状况的思索。首句说"边城已在虏城中"，可见形势危急，敌虏已经将边城包围；次句"烽火南飞入汉宫"写烽火传递进京，进一步渲染战况紧急；第三句笔锋一转，说"汉庭议事先黄老"，可见面

---

① ［唐］沈彬：《塞下三首》之三，《全唐诗》卷七四三，中华书局，1960年，第8456页。

对紧急战况,唐王朝统治阶层并没有迅速作出决断,紧急调遣兵力支援边疆,反而像汉朝那样讲"无为而治"的黄老思想;结句"麟阁何人定战功"以责问的方式说明无人定战功,无人激励守护边土的英雄。后两句,明确感受到李益对朝廷决策的极端不满。诗人沉潜史事,但汉朝"先黄老"的史事是因为有汉朝初建国家时百废待兴的烂摊子,需要休养生息,唐朝怎么又回到了那样的面对外患的态度?

二是往昔历史对所在时代的映照价值。这实际涉及咏史诗与现实关系的问题。咏史诗与现实发生沟通,一般有两个层面,借史抒怀和借史思今。对于本部分的主题而言,主要就是借史思今,比如通过咏史怀古之作思考现实社会存在的问题,就会有较强的针对性和现实意义。这种咏史诗在诗人发现社会存在的问题时或王朝遇到困难、呈现衰落状态时出现得比较多。

西北部边域,虽然在某段时间出现问题,边域内迁,辖域大减,比如吐蕃内寇时,但大多时段,唐王朝把控西域的能力比较强,是中国历史上西域管理比较成功的时段。这一点,在唐朝诗人的边域书写中可以得到证实,如王维《使至塞上》中"大漠孤烟直,长河落日圆"的平静和安宁、"萧关逢候骑,都护在燕然"的英雄伟业,都是唐人自信力的写照。诗歌颔联写边塞人文景观和自然景观,以"汉塞""胡天"点示边域所在,一出一入,既是写自然风物,也隐含着诗人的行程和身在边域的风物特点。颈联是一幅画面,是王维画笔写诗的典范,《红楼梦》第四十八回曹雪芹借香菱口评价:"我看他《塞上》一首,那一联云:'大漠孤烟直,长河落日圆。'想来烟如何直? 日自然是圆的:这'直'字似无理,'圆'字似太俗。合上书一想,倒像是见了这景的。若说再找两个字换这两个,竟再找不出两个字来。"①但绝不仅仅如此。"孤烟",古代的烽火,用狼粪燃烧,"烟直而聚,虽风吹之不斜"(《埤雅》)。一柱烟是平安的象征。大漠孤烟,说明唐人的平安早已远至边地,那是大唐军事实力的骄傲,是和平生活的象征。尾联以藏答于问的形式,写唐代北部边域战将的功业。"萧关",故址在今宁夏固原,唐时这里属于边域所在。"候骑",侦察骑兵。"都护",唐朝都护府的长官。"燕然",这显然是借窦宪燕然山勒石之事,对唐人功业进行赞美。诗中以平安的狼烟写边塞将士给国家带来的安宁,而"都护在燕然"既写战争的遥远,又写边将在匈奴腹地为国建立奇功的英雄业绩。辽阔的大漠、无尽的长河、平安的风烟、都护的功业,构成一幅壮阔的英雄功业图,使整首诗充溢着豪迈激昂的气概。

耿沣虽然生活在大历年间,但这时候大唐王朝已经摆脱了"安史之乱"的危机,多少有一些复苏的迹象,从大历诗人如韦应物、李益等的某些诗作中我们还能感受到盛唐余音,耿沣也有类似作品,如《奉送崔侍御和蕃》:

> 万里华戎隔,风沙道路秋。
> 新恩明主启,旧好使臣修。
> 旌节随边草,关山见戍楼。
> 俗殊人左衽,地远水西流。
> 日暮冰先合,春深雪未休。
> 无论善长对,博望自封侯。②

---

① [清]曹雪芹:《红楼梦》第四十八回,人民文学出版社,1982年,第666页。
② [唐]耿沣:《奉送崔侍御和蕃》,《全唐诗》卷二六九,中华书局,1961年,第2994页。

此诗题是"和蕃",出使者崔侍御作为大唐王朝的使臣,到万里之外的西域执行唐王朝的和蕃使命。这里的遥远和边域特点不仅仅有边草、戍楼,还有服装的"左衽",更有与整个中国河水东流的地理特点不一样的"水西流"和"日暮冰先合,春深雪未休"的极端寒冷。但这一切都挡不住崔侍御的脚步。如今的崔侍御,一定会像当年的博望侯张骞,不辱使命,取得外交上的巨大成就。此诗中的博望侯张骞,史事本身的事迹已经不再重要,重要的是带着修"旧好"使命的臣子,"无论善长对",都会有张骞一般的业绩。这就是耿㳶心目中唐王朝在世界中的地位,是唐人自信心的写照。

　　东北部边域,幽州、蓟门、渔阳等地,是陈子昂曾经历览之地,这里,轩辕帝遗迹、燕昭王遗迹,与陈子昂不被重用的情形形成鲜明对比,陈子昂在个人痛苦之余,更是思考国家现实存在的问题,如其寄赠卢藏用《蓟丘览古赠卢居士藏用七首》之一、之二。

　　之一:轩辕台

> 北登蓟丘望,求古轩辕台。
> 应龙已不见,牧马空黄埃。
> 尚想广成子,遗迹白云隈。

　　之二:燕昭王

> 南登碣石馆,遥望黄金台。
> 丘陵尽乔木,昭王安在哉。
> 霸图怅已矣,驱马复归来。[1]

---

[1] [唐]陈子昂撰,徐鹏校点:《陈子昂集》卷一《蓟丘览古赠卢居士藏用七首》之一、之二,中华书局,1962年,第22页。

诗序云"丁酉岁"，即武则天万岁通天二年（697）。此年陈子昂奉命随武攸宜出征。但武攸宜嫉贤妒能，不给陈子昂发挥才能的机会，故而行军到达蓟丘一带，轩辕黄帝和燕昭王的遗迹，令陈子昂感慨万千。陈子昂对他们治理国家的成功业绩羡慕不已，并在这些遗迹里思考着国家的现实情况。第一首咏怀古迹的对象是轩辕黄帝，应龙就是轩辕黄帝时代的人才，广成子也是黄帝时期的人才，传说黄帝曾经向他问道。为了国家，轩辕黄帝礼贤下士、不耻下问，多方招揽人才，才成为中华文明之祖。但现在的国家，"应龙"式的人才没有人看得见，广成子也在白云深处无人问津。第二首燕昭王事迹，并没有叙说燕昭王怎样求贤若渴，怎样筑黄金台拜郭隗，怎样吸引无数贤才，因为这些世人皆知。但望黄金台所见，没有黄金台，只有乔木而已。诗人由燕昭王招贤遗迹的沦落暗示了燕昭王招贤遗风的沦落。诗人为了强化这一点，又用"昭王安在哉"的反问表达强烈的悲怆之情。最后归结于"霸图怅已矣"，见出心中对王朝霸业的失望。两首诗所隐含的意思是：有所成就的英主，都是广招天下贤士、不耻下问，若不能做到这些，又哪来的英雄霸业？而在陈子昂写作这些诗歌的时候，武则天的唐王朝边域管理并不乐观，东北部边域的安东都护府在这一时期几近失控，西北部边域也是困难重重。本书第二章已经涉及，此处不再多言。联系陈子昂《感遇》其三中的"汉甲三十万，曾以事匈奴。但见沙场死，谁怜塞上孤"、《感遇》其三中的"塞垣无名将，亭堠空崔嵬！咄嗟吾何叹？边人涂草菜"等诗句，陈子昂其实更关注国家目前的状况，咏史不是单纯咏史，而是思考国家治理的问题。又如高适的《杂曲歌辞·蓟门行五首》之三：

蓟门逢古老，独立思氛氲。

一身既零丁，头鬓白纷纷。

勋庸今已矣，不识霍将军。①

这首诗是高适北上蓟门时的作品，诗歌首句"蓟门逢古老（一作"故老"）"点明是在路途上访问故老时获知的信息。故老的感慨是自己一身孤苦伶仃、头鬓如雪，可见征战之久。征战久却劳而无功，即"勋庸"，原因何在？思考的结果是在当时的边塞没有像霍去病这样能征惯战、敢打能胜的将军。这正是盛唐中后期边防的问题——府兵制败坏，参战年限无法遵守制度，没有有能力的将领守护边疆，导致唐代边塞问题频出。这与高适《燕歌行》思念李将军的用意如出一辙，都是为国家生存的问题焦虑。再如王昌龄的《塞下曲四首》之四：

边头何惨惨，已葬霍将军。

部曲皆相吊，燕南代北闻。

功勋多被黜，兵马亦寻分。

更遣黄龙戍，唯当哭塞云。②

这是一首写实的作品。诗中的霍将军只是用来代指像霍去病一样能征惯战的将军。霍去病获取并得到了自己应该得到的功勋名声，被汉武帝封为冠军侯，名冠天下，但现实中的征战将军，虽然"燕南代北闻"，也赢得了部下的欣赏，但是，其所获得的待遇却远

---

① ［唐］高适著，刘开扬：《高适诗集编年笺注》，中华书局，1981年，第33页。

② ［唐］王昌龄：《塞下曲四首》其四，《全唐诗》卷一四〇，中华书局，1960年，第1421页。

逊霍将军，其部属功勋虽多却得不到赏赐，军队也很快被分散，甚至部属还被派遣到更艰苦的地方去守边，就像被发配一般。这首诗，透露了唐代统治者对待边防将领存在的问题：由于有功不赏，英雄业绩被埋没，致使参战将士流血又流泪。这种不公平的现象，严重打击了参战将士的积极性，最后会导致他们对朝廷失去信心。这就从一定程度上揭示了唐代统治者和边防将士之间的深刻矛盾，暴露了统治者对有功将士不仅不知优恤、反而有所伤害的恶劣做法，揭示了唐王朝边防的问题。将霍去病的待遇与今天将军的结局进行对比，所思考的是汉武大帝边防强大、唐王朝却问题重重的原因。又如胡曾的《咏史诗·黄金台》：

> 北乘羸马到燕然，此地何人复礼贤。
> 若问昭王无处所，黄金台上草连天。①

边游的诗人乘着"羸马"到燕地了，却再也不见礼贤下士之人。一句"何人复礼贤"的责问，充满了失望，也表达着对现实的否定。"礼贤"两字，引发了读者对历史上燕昭王拜郭隗为相以吸引人才的礼贤往事的回忆，并在诗人的责问中形成今昔之间鲜明的对比。三、四两句，引出史事所关涉的人物和地点，在似有实无的"草连天"中展示着古人被忘记的情状，折射出燕昭王与黄金台故事在唐朝的没落。

　　总而言之，在唐诗的边域书写中，历史事件和历史遗迹触发了驿路诗歌作者们对边域的人物、事件的种种思考，或是对往昔历史

---

① ［唐］胡曾：《咏史·黄金台》，《全唐诗》卷六四七，中华书局，1960 年，第7420 页。

的单纯回溯,或是在这种回溯中对照出个人的人生,或是通过往昔历史关注现实的边域政策。在历史与现实的交融中,书写着边域的古往今来,让诗歌阅读者体味着唐代诗人对边域的理解,并证明着中国与周边边域的关系,这是驿路唐诗勾连史事的重要价值。

第三节　内地与边域的对比

去往边域的诗人,在描写沿途所见所感之时,有时会出现与内地场景的直接对比性描写,但更多时候是在内心深处的对比,也即有时笔下并不出现内地场景,但由于文化心理的影响,这种对比是无时无刻不在的,他们不一定是把不同的事物进行直接的对比,更多的是通过心理暗示实现对比。比如边域本土文人笔下的西域绝无对荒漠沙碛的恐怖性描写,而来至西域的文人笔下的西域则处处风刀霜剑,荒漠凄凉。本节将从环境变化的对比、人际关系的对比、心理落差的对比三个视角展开论述。

一、环境变迁的对比:疏离感

唐人的边域范围,因为时代的不同和边界变化的不同,变化很大。从中原到边域,环境变化的对比尤为强烈。对于西北和北地边塞而言,苦寒、风沙尤为突出,对于南部边域而言,苦热、烟瘴令人胆寒,这在诗人笔下多有描写,有些描写为了凸显边域地理气候的独特性,往往通过与内地对比彰显之。

一是直接的环境对比。诗人往往在直接的完全不同的环境对比中凸显边域环境的恶劣,传达对边域友人或亲人的牵挂。如李峤的《和魏典设扈从东郊忆弟使往安西冬至日恨不得同申拜庆》:

> 玉关方叱驭，桂苑正陪舆。
> 桓岭嗟分翼，姜川限馈鱼。
> 雪花含□晚，云叶带荆舒。
> 重此西流咏，弥伤南至初。①

诗题中的"扈从东郊"点出了此诗的驿路诗歌性质。冬至，是唐朝的一个大节日，所谓冬至大如年，不仅国家有大型祭祀活动，各家各户也都进行各种盛装跪拜活动。典设，是唐代东宫典设局官名。麴典设，名不详。其弟到安西，而他随同太子到东郊过节，故冬至日不得与弟弟共同盛装过冬至节，他因此感到特别遗憾，写有一首思弟诗。李峤作为麴典设的同僚友人，读其诗，感同身受，写此和作。这首诗采用内地与边域对比的写法，每一联都关注麴典设弟弟所在地和麴典设自己，将兄弟二人遥相挂念之意传达得非常到位。首联起句写麴典设弟弟正在玉门关外纵马驰骋，对句写麴典设正在陪太子游览桂苑；颔联起句叹麴典设与弟弟分手，对句惜麴典设被距离限制有鱼也不能与弟弟同享；颈联起句写麴典设弟弟所在之处雪花飞扬，对句说麴典设这里尚有树叶舒张，是两种完全不同的生活环境。结尾表达临流伤感之意，是李峤替麴典设伤感兄弟不团聚。再如崔湜的《边愁》：

> 九月蓬根断，三边草叶腓。
> 风尘马变色，霜雪剑生衣。
> 客思愁阴晚，边书驿骑归。

---

① ［唐］李峤：《和麴典设扈从东郊忆弟使往安西冬至日恨不得同申拜庆》，《全唐诗》卷五八，中华书局，1960年，第698页。

殷勤凤楼上,还袂及春晖。①

此诗所用章法与上一首全然不同,上一首是句句对比,这一首为上六下二式结构,即前六句着眼点均在边域,首联边域草断叶枯的自然景色,颔联边关戍卒器用的变化,颈联边关戍卒等待驿使传书的内心愁苦,至尾联,兜住上六句,写京城内的凤楼之上,陪王伴驾的人们衣袖上都沾着春日的光辉。春晖,比喻天子的恩情。写凤楼上的人能沾及春晖,而边关之人却风雪凄凉,无人问津。在对比中见出统治者对边关关注甚少的情况,透露出出征士卒们人生的悲凉。又如岑参的《轮台即事》:

轮台风物异,地是古单于。
三月无青草,千家尽白榆。
蕃书文字别,胡俗语音殊。
愁见流沙北,天西海一隅。②

岑参出公差到轮台,感受到这里不一样的环境、风俗、语言,诗歌首句即点明"风物异",而这"异"自是与内地的不同。接着便述说这里的"异":三月,该是春暖花开时节,这里连青草都不见;写东西用蕃书,说话是胡语。完全陌生的环境,令诗人深切体味到何谓天涯海角。诗中虽然没有直接描写内地的情况,但其首句已经点明了"异",内地情况也就自在其中了。又如盛唐诗人王翰的《凉州

---

① [唐]崔湜:《边愁》,《全唐诗》卷五四,中华书局,1960 年,第 663 页。
② [唐]岑参撰,廖立笺注:《岑嘉州诗笺注》卷三《轮台即事》,中华书局,2004 年,第 489 页。

词》其二：

> 秦中花鸟已应阑，塞外风沙犹自寒。
> 夜听胡笳折杨柳，教人意气忆长安。①

王翰是到过边塞的诗人，亲身体验了边塞与内地的不同。"秦中花鸟已应阑"，写的是内地春天已尽的景象，而这时塞外的风沙中依然寒气袭人。极寒天气的夜晚，听到"折杨柳"，歌词中有类似萧纲"杨柳乱成丝，攀折上春时。叶密鸟飞碍，风轻花落迟"②的语句，不由得远在边关的人不忆念长安美好的春花秋月。再如戴叔伦的《边城曲》：

> 人生莫作远行客，远行莫戍黄沙碛。
> 黄沙碛下八月时，霜风裂肤百草衰。
> 尘沙晴天迷道路，河水悠悠向东去。
> 胡笳听彻双泪流，羁魂惨惨生边愁。
> 原头猎火夜相向，马蹄蹴蹋层冰上。
> 不似京华侠少年，清歌妙舞落花前。③

这首歌行体诗歌共十二句，前十句都是写边域生活的环境艰苦、生

---

① ［唐］王翰：《凉州词二首》其二，《全唐诗》卷一五六，中华书局，1960 年，第 1605 页。
② 逯钦立辑校：《先秦汉魏晋南北朝诗》梁诗卷二〇，中华书局，1983 年，第 1910 页。
③ ［唐］戴叔伦：《边城曲》，《全唐诗》卷二七三，中华书局，1960 年，第 3070—3071 页。

活艰难,用了很多词语进行铺排,至诗歌最后忽然冒出两句"不似京华侠少年,清歌妙舞落花前",将内地生活和边域生活的完全不同呈现在眼前。同样是舞刀弄棒,但一方受尽苦楚,一方享尽繁华,人生际遇天壤有别,差距实在是太大了。

直接的环境对比,引发人生际遇的对比,可以让读者直接感受到大唐边域生活与内地或京都生活的完全不同,从而加深对边域生活艰难困苦的理解。

二是潜在的环境对比。所谓潜在,就是被对比的环境并不出现在明面,而是诗人时时刻刻将其放在心中作为比照。唐代去往边域的诗人写及边域环境之时,有一些作品只是在写边域环境自身,但潜意识里却时时以京都、故乡的自然环境为比照,将边域与京都或家乡的不同呈现在读者面前。如宋之问《入泷州江》中的几句:

> 海穷南徼尽,乡远北魂惊。
> 泣向文身国,悲看凿齿氓。
> 地偏多育蛊,风恶好相鲸。①

"南徼",即南部边陲,南方边界。前两句说自己走到了南部边界的尽头,因为离故乡太过遥远而让自己思念北方的心魂震惊不已。后面四句即着笔于南方文化风俗的特点,但一"泣"一"悲"见出诗人面对所写景物的伤感。"文身""凿齿""育蛊",都是中原人心目中荒蛮、落后、狠毒、不仁等不符合礼仪教化的文明生活的代名词,而这里却视这些习俗为正常甚或美。宋之问有点看不惯了,他认

---

① [唐]宋之问:《入泷州江》,《全唐诗》卷五三,中华书局,1960 年,第 651 页。

为这些风俗是恶俗，这些习惯是恶习。由此可知，他心中的比照对象其实是中原的礼乐文化。再如杜审言的《旅寓安南》：

> 交趾殊风候，寒迟暖复催。
> 仲冬山果熟，正月野花开。
> 积雨生昏雾，轻霜下震雷。
> 故乡逾万里，客思倍从来。①

杜审言的家乡在河南巩县（今河南巩义）。这首诗写安南气候时，处处以故乡为比照，虽然故乡的风物特点并没有出现，但"殊风候"的"殊"字突出了对比的心态，且所写均是安南与故乡的不同：首联的"寒迟暖复催"，是说安南没有故乡那样春夏秋冬的四季变化，寒冷还没有到来，暖意又已经登场；颔联说仲冬时节，安南竟然有果子还在成熟。正月里，应该是故乡的冰天雪地，安南却遍地野花；颈联写安南下点雨就雾气昭昭，应该有霜的时节却雷声阵阵。故乡是一年里季节变换，这里却常年如一。习惯了四季分明的日子，潜意识里不认同也不适应这样的环境，因此倍加思念故乡河南。又如李益的《度破讷沙》其一：

> 眼见风来沙旋移，经年不省草生时。
> 莫言塞北无春到，总有春来何处知。②

---

① ［唐］杜审言：《旅寓安南》，《全唐诗》卷六二，中华书局，1960年，第734页。
② ［唐］李益：《度破讷沙》，《全唐诗》卷二八三，中华书局，1960年，第3224页。

这首诗又名《塞北行次度破讷沙》,是李益在某一年春天经过鄂尔多斯高原北部的库布齐沙漠(古称"破讷沙""库结沙""普纳沙")遇上了沙尘暴时写下的。此诗写到沙尘暴刮起时沙子大面积移动的情形,写到这里常年寸草不生的情况。由于寸草不生,沙漠的春夏秋冬变化就不大,无非是一望无际的沙海罢了。作者心中也希望沙漠有春日美景,但却没有人见过这座大沙漠何时有春天景色。很显然,诗人是在心中描摹了内地春天的景色,并与这里的春天进行对比,突出了这里荒漠的萧瑟。可惜李益生在一千年前的唐朝,不知道如今横跨内蒙古三旗的库布齐沙漠已经有很多春天可以到来的绿洲,展示着人类改造恶劣生态的突出成果。再如张籍的《泾州塞》:

> 行到泾州塞,唯闻羌戍鼙。
> 道边古双堠,犹记向安西。①

这首短小的五言绝句,描写诗人到边域的所见所感,是实地境况的记录,但一两个字的选用暴露了诗人的内心世界。泾州古城,在今甘肃省平凉市泾川县城北,属于近金城(今甘肃兰州)地界,已经有边塞景象。诗人到这里,只听到羌笛和戍守的鼙鼓,看到的是路边用以报警的烽燧在传递着安西往来的信息。这一切,与中原男耕女织、市买市卖的景象已经完全不同,"唯闻"两字,可见诗人心中想到的绝不只是羌笛和鼙鼓,"犹记"两字,是说从来没有忘记,可见道边"双堠"与边塞牵连紧密。"唯""犹"两个虚字,说明诗人心中在对比着边关与内地的不同。

---

① [唐]张籍:《泾州塞》,《全唐诗》卷三八六,中华书局,1960年,第4349页。

晚唐诗人聂夷中，并未到过北部边塞，但其《闻人说海北事有感》写出海北路途景色如同亲见，字字句句都是在与中原的对比中展开：

> 故乡归路隔高雷，见说年来事可哀。
> 村落日中眠虎豹，田园雨后长蒿莱。
> 海隅久已无春色，地底真成有劫灰。
> 荆棘满山行不得，不知当日是谁栽。①

诗歌前两句交待的是别人在归路中，接下来的六句都是代人立言，写归乡人所见的海北境况：村落里虎豹眠卧，田园里蒿莱荒芜；海北不见春天景色，却到处都有遭受劫掠的痕迹；荆棘满山，遮途挡路，完全没有人迹，可见海北荒芜已久。此诗是唐王朝无心经营海北的真实写照。

潜在的对比，虽然没有将京都或内地的情形书之字面，但字里行间都能够触动读者的想象，丰富作品内容，给读者带来更加丰富的阅读空间。

二、人际关系的对比：孤独感

人在自己熟悉的地方，有朋友，有亲人，有希望结交的对象，有可能提拔自己的上司或达官，一切都充满了和谐、希望，纵使有些许不如意，也可一笑了之。但边域生活完全不同，无依无靠的生存环境和人际关系，辽远之地"西出阳关无故人"的感受，会带来陌

---

① ［唐］聂夷中：《闻人说海北事有感》，《全唐诗》卷六三六，中华书局，1960年，第7301页。

生、寂寞和恐惧,人际关系的变化若向好的方向发展,则生出希望,否则将会是满心失望。

神龙逐臣宋之问写有《至端州驿见杜五审言沈三佺期阎五朝隐王二无竞题壁慨然成咏》:

> 逐臣北地承严谴,谓到南中每相见。
> 岂意南中岐路多,千山万水分乡县。
> 云摇雨散各翻飞,海阔天长音信稀。
> 处处山川同瘴疠,自怜能得几人归。[①]

这首写于端州驿的诗歌信息很多。从诗题就可以看出,杜审言、沈佺期、阎朝隐、王无竞都是此次被严谴南荒之人,可见他们在京都曾经是同僚,有过共同的热闹和繁华,故而宋之问还做着到南方仍能常常相见的梦。中间两联则写他内心的失落,南中多岐路的山山水水,让他与他的"同伙"们云摇雨散,音信难通,从日日吟诗对赋、歌酒流连的"圈子"生活突然变为一个人踽踽独行,只能在驿站墙壁看一看这一群人的驿壁题诗、忍受着随时可至的死亡的威胁。这种巨大的反差确实让人心生怜悯——尽管我们知道他们攀附张氏兄弟时很令人不齿,但诗歌情感本身确实令人感慨。

另一神龙逐臣沈佺期被贬到达驩州(今越南安城县)后,写有《三日独坐驩州思忆旧游》,对自己人际关系的巨大变化体味颇深:

> 两京多节物,三日最遨游。

---

① [唐]宋之问:《至端州驿见杜五审言沈三佺期阎五朝隐王二无竞题壁慨然成咏》,《全唐诗》卷五一,中华书局,1960 年,第 626 页。

丽日风徐卷，香尘雨暂收。

红桃初下地，绿柳半垂沟。

童子成春服，宫人罢射鞲。

裌堂通汉苑，解席绕秦楼。

束皙言谈妙，张华史汉遒。

无亭不驻马，何浦不横舟。

舞篪千门度，帷屏百道流。

金丸向鸟落，芳饵接鱼投。

濯穄怜清浅，迎祥乐献酬。

灵乌陈欲弃，神药曝应休。

谁念招魂节，翻为御魅囚。

朋从天外尽，心赏日南求。

铜柱威丹徼，朱崖镇火陬。

炎蒸连晓夕，瘴疠满冬秋。

西水何时贷，南方讵可留。

无人对炉酒，宁缓去乡忧。①

这首诗虽涉及环境变化，但更重要的是人际关系的变化。当年两京的生活，丽日晴风，红桃绿柳，童仆服侍，同道聊谈（以束皙、张华典指代），热闹繁华，无以复加。从"谁念招魂节，翻为御魅囚"开始写完全不同的生活，朋友再也难以联系上，只剩下炎热和瘴疠相伴，连喝酒也无伴可寻，这种去国离乡的忧愁怎么能消除掉呢？！一句"朋从天外尽"，写出了到达南部边域的人际关系的完全不同，

---

① ［唐］沈佺期：《三日独坐骧州思忆旧游》，《全唐诗》卷九七，中华书局，1960年，第1050页。

可见人在落难时内心的悲哀。最后的"无人对炉酒,宁缓去乡忧"
与"束皙言谈妙,张华史汉通"的对比,写出了诗人今日生活的孤
单寂寞与往日生活的朋侣遨游的完全不同,也就凸显了诗人感受
到的特别的不适意和极度的失落。

　　盛唐边塞诗人岑参的边塞作品虽然激昂、热烈、积极,但面对
完全不同的人际关系,他也颇感不适,其《安西馆中思长安》:

> 家在日出处,朝来起东风。
> 风从帝乡来,不与家信通。
> 绝域地欲尽,孤城天遂穷。
> 弥年但走马,终日随飘蓬。
> 寂寞不得意,辛勤方在公。
> 胡尘净古塞,兵气屯边空。
> 乡路眇天外,归期如梦中。
> 遥凭长房术,为缩天山东。①

这首诗前四句的"风从帝乡来",将思绪拉向长安,而希望与家人通
信却不能,可见对家人的思念,这是诗人与家人难以相见导致的孤
独。接下来"绝域地欲尽"四句写自己终日奔走在不见人烟的绝
域,常年生活在马背上,诗人完全失却了与他人的交往,更别说亲
人的信息了。这种完全不同的人际关系把家乡与边关作为了对立
面,让"寂寞不得意"成为了诗中的突出点,为表达不得不"辛勤方
在公"的并不适意的生活提供了心理基础,也为因孤独而思乡恋家

---

① [唐]岑参撰,廖立笺注:《岑嘉州诗笺注》卷一《安西馆中思长安》,中华书
　局,2004年,第252—253页。

找到了充分的理由。

　　陈子昂在边州驿亭，遇到一位因避仇到边域征杀的人，那人与陈子昂聊起了边域生活的不如意，陈子昂记录了下来，其《感遇诗》之三十四曰：

> 朔风吹海树，萧条边已秋。
> 亭上谁家子，哀哀明月楼。
> 自言幽燕客，结发事远游。
> 赤丸杀公吏，白刃报私仇。
> 避仇至海上，被役此边州。
> 故乡三千里，辽水复悠悠。
> 每愤胡兵入，常为汉国羞。
> 何知七十战，白首未封侯。①

陈子昂在边亭上遇到的应是一位来自幽燕之地的侠客，他曾经"赤丸杀公吏，白刃报私仇"，证明了他的身份。"赤丸"为用典，据《汉书·尹赏传》记载："长安中奸猾浸多，闾里少年群辈杀吏，受赇报仇，相与探丸为弹，得赤丸者斫武吏，得黑丸者斫文吏，白者主治丧。"②"赤丸"，在《汉书》里指奸猾不法之人，其实是平民百姓心中的侠客。能"杀公吏"，可见其本领；对"报私仇"敢公然讲述，可见幽燕客自认为是"公吏"不公，该杀！而一个"被役"边州之人竟有"愤胡兵入""为汉国羞"的慷慨和"何知七十战，白首未封

---

① ［唐］陈子昂著，徐鹏校点：《陈子昂集》卷一《感遇诗》其三十四，中华书局，1962年，第12页。

② ［汉］班固撰，［唐］颜师古注：《汉书》卷九〇《酷吏传》，中华书局，1962年，第3673页。

侯"的感慨,可见其不凡的见识和抱负。陈子昂诗中展示的是一位
有胆识却无人赏识,有本领却不被重用的侠客内心的痛苦和孤独。
结合诗作者的人生遭际,让读者感到陈子昂的诗恐怕不只是为别
人鸣不平,更有自己满身本领而不被重用、只做"被役"人的人生
悲哀。

　　被贬边州的人,其人际关系的变化主要是孤独,自身被抛荒置
远,难以见到故人,能够见到的往往除了动植物别无其他,偶尔见
一人,也是感慨万千,如张说的《石门别杨六钦望》:

> 燕人同窜越,万里自相哀。
> 影响无期会,江山此地来。
> 暮年伤泛梗,累日慰寒灰。
> 潮水东南落,浮云西北回。
> 俱看石门远,倚棹两悲哉。①

这是诗人在一个叫石门的地方与杨钦望相见并相别的伤感。张
说,祖籍范阳,故称"燕人",由此知杨钦望亦是燕人。盖两人均是
被贬,故称"同窜越"。此地分别,张说深知,连影子和声音也再无
可能相会。"泛梗"为用典,据《战国策·齐策三》:"有土偶人与桃
梗相与语。桃梗谓土偶人曰:'子,西岸之土也,挺子以为人,至岁
八月,降雨下,淄水至,则汝残矣。'土偶曰:'不然,吾西岸之土也,
土则复西岸耳。今子,东国之桃梗也,刻削子以为人,降雨下,淄水

---

① [唐]张说:《石门别杨六钦望》,《全唐诗》卷八八,中华书局,1960年,第
972页。

至,流子而去,则子漂漂者将何如耳。'"① 后人因此以"泛梗"比喻
飘泊,可见此时张说对晚年飘泊南方之伤感。"累日慰寒灰"则写
自己安慰自己已死之心。接着写两人的方向,一个东南去,一个西
北行,反正都是渐渐离开石门,只能在船上倚着船桨伤感了。短暂
的相见之后又是长久的分离,与当年京都的生活也形成鲜明对比,
这是写两个人各自面对的孤独。

　　孤独、寂寞、荒凉,总而言之是见不到人,与帝王、朋友、亲人天
遥地远,与同僚朝天的荣宠、呼朋唤友的热闹、亲人陪伴的温馨形
成了鲜明的对比,让这些远至边地的人在内心深处生出对曾经生
活的无限渴望。

三、心理落差的对比:失落感

　　在唐代的驿路诗歌里,有志于疆场建功立业的人,来到与中原
绝不相同的环境里,因为已经有充分的心理准备,不会有特别强烈
的反应,而因为贬谪、流放、边游等原因来到边域的人,却往往因为
理想与现实的差距、内地曾经的辉煌与走向边域的落寞的完全不
同,其心理落差往往会非常大,这样的思想情绪往往通过心理落差
的对比反映出来。

　　初唐时期的沈佺期,坐交张易之,流放驩州(今越南安城县),
在去往安南的路途上,无数的不适,尤其心理落差的巨大,令其难
以接受被贬遥远的命运,他并没有检讨自己人生的问题,而是在曾
经的风光和今日的流落对比中感慨万千,其《遥同杜员外审言过
岭》云:

---

① [汉]刘向编著,何建章注:《战国策注释》,中华书局,1990 年,第 358 页。

天长地阔岭头分，去国离家见白云。

洛浦风光何所似，崇山瘴疠不堪闻。

南浮涨海人何处，北望衡阳雁几群。

两地江山万余里，何时重谒圣明君。[1]

诗题已经告知我们，是"过岭"，"岭"即大庾岭，这是去国离乡的重要分界线，过此岭后，在唐人心目中，回归就是奢望了，所以沈佺期不由不想起洛阳曾经的风光。他本是相州（今河南安阳）人，又在京都（当时是洛阳）仕宦，且在武则天红人张易之兄弟庇护下，生活得意至极，而因受张易之牵连被贬驩州，生活简直就是从天堂跌至地狱，故而他用"洛浦风光"对"崇山瘴疠"，用"何所似"说洛阳生活的极其繁华热闹，用"不堪闻"写途经之地的令人难以忍受。颈联则接着写途经之地引发的内心伤痛，"南浮涨海"让自己找不到自己的位置，"北望衡阳"则羡慕大雁尚能至衡阳而止，而衬托的是自己人不如雁的悲哀。尾联表达对重谒圣明君的渴盼，其实是盼望被赦的内心世界的含蓄表露。

　　同一时期因同样原因被贬的宋之问，在南贬途中写有《途中寒食题黄梅临江驿寄崔融》把被贬前后的心理落差写到了伤断愁肠：

马上逢寒食，愁中属暮春。

可怜江浦望，不见洛阳人。

北极怀明主，南溟作逐臣。

---

① ［唐］沈佺期：《遥同杜员外审言过岭》，《全唐诗》卷九六，中华书局，1960年，第1043页。

故园肠断处,日夜柳条新。①

首句点明路途,次句点出时间。颔联一个"可怜"引发同情,"江浦"写所处南荒,与洛阳、京都两地对比,将记忆中的繁华与现实的荒凉对比,现在自己是匹马独行,当时在京都是人物繁盛,心理落差一下子就凸显出来。颈联的"北极""南滇"对比,"明主""逐臣"对比,一则表明忠心,二则比出今昔变化。尾联点出此时此刻自己内心深处的感伤,用想念家乡暮春时节柳条渐新的情境中衬托自己远离故乡的悲凉。

　　张说因在张宗昌事件中的反复态度遭武则天流放钦州(今广西钦州),内心深处颇为感伤,其《南中别蒋五岑向青州》曰:

老亲依北海,贱子弃南荒。
有泪皆成血,无声不断肠。
此中逢故友,彼地送还乡。
愿作枫林叶,随君度洛阳。②

诗题中的蒋岑,是诗人的友人,事迹不详。老亲,应指诗人年迈的父母。从首句看,张说此次被贬,应该是累及亲人了。他说让年迈的双亲跟着在北海受苦,自己这个"贱子"也被皇上抛弃在"南荒",可见其累及亲人又被帝王抛弃的内心的悲哀。"南荒"两字凸显了极远无人的荒僻,见其远在天涯的伤感,故而颔联就写到了诗人流泪成

---

① [唐]宋之问:《途中寒食题黄梅临江驿寄崔融》,《全唐诗》卷五二,中华书局,1960年,第640页。
② [唐]张说:《南中别蒋五岑向青州》,《全唐诗》卷八七,中华书局,1960年,第951页。

血、哭声断肠的形象,将诗人的悲哀和伤感具象化了。颈联说自己是
客中送友,友人却是要走还乡之路,在自己与友人的对比中突出了自
己远不如友的境况。尾联以"愿作枫林叶"作比,希望跟随对方回归
京都洛阳,可见其对洛阳的向往。其《岭南送使》属同类作品:

> 秋雁逢春返,流人何日归。
> 将余去国泪,洒子入乡衣。
> 饥狄啼相聚,愁猿喘更飞。
> 南中不可问,书此示京畿。①

此诗首联出句以秋雁在春天能返回北方的自然现象反衬人不如物
的悲凉,对句以"流人何日归"的反诘写内心期盼回归与不能回归
的心理落差;颔联甚至要把自己远离京都的伤心的泪水洒在还乡
使者的身上,让对方把自己思乡的泪水带回京都,其思乡的深情、
期盼回京的热望令人动容。而现实却是自己生活在猿狄都吃不饱
的地方,这哪里是人可以生活的地方?所以诗人要将这些写出来,
让京畿的人知道自己如猿狄般的生活境况,凸显自己人生的悲凉,
以博得京都中人的同情和怜悯。

　　无独有偶,张说的长子张均也因为在"安史之乱"中做了安禄
山帐下的伪中书令而被流放合浦(也在北海):"禄山之乱,受伪命
为中书令,掌贼枢衡。李岘、吕諲条流陷贼官,均当大辟。肃宗于说
有旧恩,特免死,长流合浦郡。"②因为唐肃宗与张说的交情他得以

① [唐]张说:《岭南送使》,《全唐诗》卷八七,中华书局,1960年,第952页。
② [后晋]刘昫等:《旧唐书》卷九七《张说传》,中华书局,1975年,第
　3058页。

免死并被流放,虽然很不光彩,但他也有自己被贬的伤感,其《流合浦岭外作》称流放地为"炎徼南穷鬼作关",称自己是"从此更投人境外",对能否好好活着都产生了怀疑,以为此后"生涯应在有无间"。张均被流放,纯粹是自作自受,他自己应该知道自己被流放并不委屈,但他也清楚,此来鬼门关,真的是要到人生的鬼门关走一遭了。在与"人境"的对比中,他深刻地体会到了此时自己的命运已经在"有无间"了,随时丧命是很难避免的了。这种自己命运都无法把握的恐怖生涯,与他在京都为官的风光也有天壤之别。

　　与杜甫同为好友的贾至,在"安史之乱"时扈从唐玄宗幸蜀,被唐玄宗任命为中书舍人、知制诰,正是他替唐玄宗撰写了传位册文。也正是因此,他被视为唐玄宗旧臣、房琯一党,至德年间被贬为岳州(今岳阳)司马。他深刻理解被贬谪者的痛苦,在其《送南给事贬崖州》中表达了自己和被贬崖州的朋友远离京都的心理落差:

> 畴昔丹墀与凤池,即今相见两相悲。
> 朱崖云梦三千里,欲别俱为恸哭时。[1]

首句提"畴昔",提"丹墀与凤池",那是内心深处往日的荣耀,而今相见,两个俱为贬谪之人的伤悲也完全相同,虽然云梦泽和崖州两地相隔遥远,但往昔荣耀辉煌和今日跌至人生谷底的境遇却完全相同。他把朱崖与自己的云梦相提并论,可见自己对被贬岳州的心理感受。

　　唐德宗时期的宰相杨炎原本对唐王朝的中兴起过重要作用,

---

① [唐]贾至:《送南给事贬崖州》,《全唐诗》卷二三五,中华书局,1960年,第2599页。

其"两税法"为改革之前唐朝的税制弊端起到了重要作用,一时被称为"贤相",但晚年因党附元载、以私害公,加之卢杞陷害,被贬为崖州(在今海南三亚)司马。杨炎被贬,心知不还,写有《流崖州至鬼门关作》:

> 一去一万里,千知千不还。
> 崖州何处在,生度鬼门关。①

曾经炙手可热的宰辅权臣,如今流落到边域海岛的最南端,内心深处生出无限绝望,"一去一万里",将京都与贬所拉开了遥远的不可企及的距离,"千知千不还",写出了内心无数次辗转反侧后的绝望。最后以问"崖州在何处",并答以"生度鬼门关",传达自己感受到的人间地狱般的内心煎熬。

被李商隐称为"万古良相"的李德裕,在唐武宗时期入朝为相,执政五年间,攘回纥、平泽潞、裁冗官、驭宦臣,堪称晚唐时期的铁血宰相,却因为陷入牛李党争而屡被排挤。唐宣宗继位后又忌惮其已为五朝老臣,根基太深,将其连续五贬,最后贬为崖州司户,死在崖州。当李德裕到达崖州时,登上崖州城,不由不感慨万千,其《登崖州城作》抒发到:

> 独上高楼望帝京,鸟飞犹是半年程。
> 青山似欲留人住,百匝千遭绕郡城。②

---

① [唐]杨炎:《流崖州至鬼门关作》,《全唐诗》卷一二一,中华书局,1960年,第1213页。
② [唐]李德裕:《登崖州城作》,《全唐诗》卷四七五,中华书局,1960年,第5398页。

杨炎曾经说,崖州距离京都"一去一万里",怎么可能看得到京都呢?但李德裕心系京都,登楼而望,仍然面向的是根本看不到的帝京。他也感慨这里的遥远,感慨这里是连鸟儿也得飞翔半年才可能到达的地方。由此可以想见,人到这万里之遥的地方经历了多少苦难!而更令诗人内心绝望的是,这里的青山似乎不愿意让自己离去,连绵的山峰缠绕在诗人的贬所,让他看不到飞出去的希望。这里写的是青山,实际上写的是自己感受到的此次被贬不可能有机会回归的绝望。在期望和绝望的对比中,形成强烈的反差,写尽心底的失落和悲凉。

　　唐武宗时期的裴夷直,坐与杨嗣复、李珏同党,被贬为驩州司户,而杨嗣复、李珏并非"安王"(安禄山)、"杨妃"党羽,裴夷直也是无辜被牵连。裴夷直无辜遭贬,委屈无处诉说,只好通过《忆家》传达内心的悲凉:

> 天海相连无尽处,梦魂来往尚应难。
> 谁言南海无霜雪,试向愁人两鬓看。[1]

出生在苏州的裴夷直,虽然见惯水乡,但却很少见到从海路到驩州这样的海天茫茫,他虽然没有明说不辨方向,但梦魂都难以来往的感觉已经说明他在南海中的困扰。南海所在本是没有秋冬的地方,他却把内心的冰雪外化为两鬓的白发,抒写自己在人生发生巨变时内心的变化。

　　咸通年间的诗人许棠,有过边塞经历,其《陇上书事》把到达边域之人感受到的与自己想象的完全不同的生活呈现出来,以抒

---

[1]〔唐〕裴夷直:《忆家》,《全唐诗》卷五一三,中华书局,1960年,第5863页。

发内心的失落：

> 城叠连云壑，人家似隐居。
> 树飞鹦鹉众，川下鹡鸰疏。
> 滴梦关山雨，资餐陇水鱼。
> 谁知江徼客，此景倍相于。①

戍边的城池似在云端，看不到人烟，似乎那些百姓都已经隐居一般；树上川下，除了鸟儿还是鸟儿；陪伴在梦中的是雨水连连，能够佐餐的只有陇水之鱼。生活的单调出乎想象，纵使已经有过充分的心理准备，也没有想到会不见一丝人烟。所以诗人结尾写道："谁知江徼客，此景倍相于！""江徼客"即江边客；"相于"，即相亲近。许棠是安徽宣州人，来自人烟辐辏的地方，现在却只能跟这些不见人烟的景物相亲相近，其心里的落差可以想见——孤独、寂寞，渴望有那么一两个哪怕只是可以闲聊的伙伴也很好，可一切都没有。这就是独行驿路的寂寞生活。

晚唐时期的吴融，生当晚唐后期，卒于903年，三年后大唐王朝便成为历史。作为一个关注国家命运的人，他的心理落差并不是边域的岐州便通过字面的"安西门"三字引发了，其《岐州安西门》写道：

> 安西门外彻安西，一百年前断鼓鼙。
> 犬解人歌曾入唱，马称龙子几来嘶。

---

① ［唐］许棠：《陇上书事》，《全唐诗》卷六〇三，中华书局，1960年，第6670页。

自从辽水烟尘起，更到涂山道路迷。

今日登临须下泪，行人无个草萋萋。①

吴融在这首诗歌里，站在岐州的安西门，联想到了这个城门通向遥远西域的安西，也联想到一百年前的大唐盛世时期，这里烟尘不到，烽火不举，来自西域的各种奇珍如波斯犬、汗血马等纷纷来朝，但自从安史之乱后，唐朝不仅放弃了东北边域，甚至连经营得很好的西北部边域也放弃了，大片国土不受唐王朝控制，故而吴融念及此事，情难自禁地感受到唐王朝的今非昔比，登临岐州安西门，不由悲从中来。

当然，心理的变化也有从坏到好的，对于被贬、流放而获得赦归的人而言，由悲而喜的变化也是压抑不住的，如张说《喜度岭》：

东汉兴唐历，南河复禹谋。

宁知瘴疠地，生入帝皇州。

雷雨苏虫蛰，春阳放学鸠。

洄沿炎海畔，登降闽山陬。

岭路分中夏，川源得上流。

见花便独笑，看草即忘忧。

自始居重译，天星已再周。

乡关绝归望，亲戚不相求。

弃杖枯还植，穷鳞涸更浮。

道消黄鹤去，运启白驹留。

---

① ［唐］吴融：《岐州安西门》，《全唐诗》卷六八七，中华书局，1960 年，第
7892 页。

江妾晨炊黍，津童夜棹舟。
盛明良可遇，莫后洛城游。①

这是张说被贬遇赦路途中的作品。南行贬谪路途上的畏途而今变
化了模样，雷雨让蛰虫苏醒了，春阳让学鸠解脱了束缚，花朵让诗
人笑意盈盈，小草让诗人抛却忧愁……这正是心理变化导致的对
所观察的景物的感觉变化。

　　唐人到边域，除贬谪者之外，很多人都有自己的人生期待。游
边也罢，入幕也罢，都是在寻找自己的人生机会；报效国家也罢，为
功名富贵也罢，都要参与守边卫国的事业，但走向边域，也就必须面
对国家的现实、人生的现实，未必完全如己所愿。这一类作品，多出
现在生活巨变之后，很多人接受不了这种天翻地覆的变化，而且，
唐时的诗人们也还不具备宋朝文人那样的"理智、平和、稳健和淡
泊"②的人文品格，还做不到像苏东坡那样把贬谪海南称为"兹游奇
绝冠平生"的浪漫和洒脱，往往不愿意接受现实，情绪低沉，心情抑
郁。他们的诗风哀婉伤感，与高华爽朗的唐诗主基调形成了鲜明的
对比。

第四节　对边域风物的陌生化书写

　　中国的地理地貌，因为地域的辽阔、纬度的变化、高低的差异，
导致了从中原到边域风物风情的诸多不同。对于驿路上行走的诗
人们而言，完全不同的观感，最能触发他们的诗兴。今人王春蕾

————————

① ［唐］张说：《喜度岭》，《全唐诗》卷八八，中华书局，1960 年，第 976 页。
② 袁行霈主编：《中国文学史》卷三，高等教育出版社，1999 年，第 8 页。

说："边塞迥然不同的风光物候，诸如大漠、戈壁、胡风、朔风、胡沙、黄沙、塞云、飞雪、烽火、白草等等，这些异于塞内的物象，不仅象征自然地理的分界，同时也是人文地理的分界，它们的变化常引发诗人的情感变化。对边地景物与物候的描画，悲叹边地荒凉苦寒者有之，盛赞边地奇丽豪壮者有之，描摹征人征戍思乡之苦有之，寄寓建功报国之情怀有之。它们也成为极具特色的一种边疆表达方式。"① 唐代诗人用充满好奇的心态观察边域不同于他们曾经生活的地域的地理风貌、风物风情，把这些陌生的事物写入诗歌中，形成了驿路唐诗的陌生化审美，拓展了唐诗审美的范畴。俄国形式主义学者什克洛夫斯基在论及"奇特化"（另一种译文是"陌生化"）时说："艺术的目的是提供作为视觉而不是作为识别的事物的感觉。艺术的手法就是使事物奇特化的手法，是使形式变得模糊，增加感觉的困难和时间的手法，因为艺术中的感觉行为本身就是目的，应该延长。艺术是一种体验事物的制作的方法，而'制作'成功的东西对艺术来说是无关重要的。"② 也就是说，艺术的技巧就是要想办法让人们感知到事物的存在，因为只有感知到事物的存在，才会有审美的效果。唐代诗人边域书写中使用了很多陌生化手法描写边域事物。他们通过感观审美层次的丰富、强化事物的色彩、放大事物的效果、在尊重词源学规则下创造新词等手法，有意识地增添审美韵味，但又不完全脱离现实，依靠现实生活描画出想表达的生活，让读者有亦真亦幻的阅读体验。

---

① 王春蕾：《论唐代边塞诗中的边疆表达》，《塔里木大学学报》2017年第1期。
② ［苏联］维·什克洛夫斯基：《艺术作为手法》，［法］茨维坦·托多罗夫编选《俄苏形式主义文论选》，中国社会科学出版社，1989年，第65页。

一、铺叙描写扑面而来的陌生化事物

"陌生化"作为文学理论中的重要术语,遵循的是在内容与形式上的与众不同,最常见的做法就是描写人们不常见的物和事,形成认知上和视觉上的新奇感,或是将人们习见的常情、常理、常事以一种违反常规认知的方式反映出来,变习见为新异,化腐朽为神奇,以引发艺术上的超越常境,以造成给人以感官的刺激或情感的震动,达到引发关注的艺术目标。这是艺术手法陌生化的两个向度。比如海明威的《老人与海》就使用了陌生化艺术手法,他是通过对文本内容做出有意的变形和扭曲,使其故事以反常模式呈现在读者面前,让读者感到新奇和怪异。又通过扭曲的、变形的或错位的语言,使读者在阅读时感受到完全不同的阅读效果,也即陌生化,从而实现对其小说的特殊关注,达到作者所需求的写作效果。

驿路唐诗边域书写有很多向度,"陌生化"手法是其重要向度之一。而在陌生化的诸种方法里,驿路唐诗边域书写主要使用视觉的陌生化手法。这种写法主要基于去往边域的人们过去形成的对某种现象或事物的概念,承载了个人内心的情感世界,引发很多不一样的观感反应。而实现陌生化描写的具体处理方式就是:内地眼观边域事。

在大唐辽阔的国土上,南北东西的辽远地域和完全不同的地形,形成了完全不同的自然环境,也形成了各地完全不同的生活习俗。以中华文明的汉文化中心视角去观察大唐王朝各个不同方向的自然地理、人物风貌、生活习俗、文化特征,在走向边域的诗人的视觉世界里,外物的变化就是完全不一样的世界,生活方式和生活习惯也全然不同,而这种不同是新鲜的、奇异的、陌生的,它们自然而然走进诗人的写作世界,成为了唐诗描写审美的新世界。

　　由于唐朝国土管辖范围广,南北东西的边域所在,无论地理环境、人文风俗,都有极大差别,从中原走向边域的诗人们对此感触尤深。当他们面对这一切时,常常会不由自主地将笔触伸向他们眼睛里的陌生世界,将扑面而来的边域世界的奇异记录下来,留给自己永恒的记忆,也让阅读者感受这奇异的世界。什克洛夫斯基在谈及托尔斯泰的陌生化手法时说:"列·托尔斯泰的作品中的奇特化手法,就是他不直呼事物的名称,而是描绘事物,仿佛他第一次见到这种事物一样;他对待每一事件都仿佛是第一次发生的事件,而且,他在描写事物时,不是使用一般用于这一事物各个部分的名称,而是借用描写其它事物相应部分所使用的词。"[1]这就是托尔斯泰陌生化的手法之一,而许多边域书写的唐诗作者,就是真正地第一次见识所描写的事物,也就自然而然地使用了这种方法。

　　走向边域的骆宾王和神龙逐臣群体是最早以丰富的描写展示西部和南方边域世界的一批诗人。文学史上谈及初唐诗人对唐诗描写范围的扩大,往往说初唐四杰扩大了唐诗的写作范围,将诗歌写作从宫廷转向市井,从台阁转向江山塞漠,很少有人提及神龙逐臣对唐诗写作世界的拓展,只有尚永亮先生关注此点,如他在《唐五代逐臣与贬谪文学研究》中说:"初唐四杰将诗歌题材由台阁移至江山塞漠,将自然山水与羁旅宦游情怀结合起来,使山水诗增添了新的情感内涵。神龙逐臣的岭南贬谪经历,更为山水诗创作添加了新的质素。""岭南山水大量进入诗歌领域则自神龙逐臣始。"[2]其实神龙逐臣在初唐诗坛上对唐诗写作世界的拓展是很值

①［苏联］维·什克洛夫斯基:《艺术作为手法》,［法］茨维坦·托多罗夫编选《俄苏形式主义文论选》,中国社会科学出版社,1989年,第66页。
②尚永亮:《唐五代逐臣与贬谪文学研究》,武汉大学出版社,2007年,第141页。

得关注的,尤其是他们使用了陌生化描写的艺术手法。

初唐四杰中真正到过遥边的只有骆宾王。但骆宾王描写遥边不具备陌生化审美的特点,他的《晚度天山有怀京邑》《夕次蒲类津》《在军中赠先还知己》《边夜有怀》等,主要是书写走向边域的诗人自己的内心世界,《边城落日》《宿温城望军营》也只有"紫塞""沙蓬""寒胶""胡笳"等稍有异域气象的事物,所以还属于正常书写。而南贬岭外的神龙逐臣却把岭外风物当成异类,出现了大量直接描写岭外与中原物候的不同、人物的不同、风俗的不同的作品。神龙逐臣多是自认为无罪被贬的中原人,京都是他们展示才华、风光无限的地方,离开京都已经委曲,被贬遥边更是难以接受,而他们表达难以接受的方法之一就是书写对岭外的各种不适应。他们看什么都不是自己想看到的东西,看什么都觉得不对劲,而这些不想看到的不对劲的东西偏偏扑面而来,由此成为唐诗写作世界里令人耳目一新的景物描写。

初唐南贬诗人杜审言在南贬峰州及贬谪赦还的路途上,应该写下了一些驿路山水诗,但今天我们所能见到的已经很少。从宋之问《遥同杜员外审言过岭》的诗题中我们就能知道,杜审言至少在过大庾岭时留有一首感人至深之作。因为,"同",即同其韵,也称同韵、和韵、步韵、依韵,是诗歌写作中的一种和诗方式,要与原诗用同一韵部,但不必用原诗中的韵脚。由此可以判定,杜审言必有过岭诗。《全唐诗》《全唐诗补编》均无此诗,具体内容也无由得知。但从他的《旅寓安南》和从安南遇赦返回经南海时的《南海乱石山作》来看,他写安南的笔触能给人以耳目一新的感觉。我们这里仅以《南海乱石山作》为例:

涨海积稽天,群山高嶪地。

相传称乱石，图典失其事。

悬危悉可惊，大小都不类。

乍将云岛极，还与星河次。

上耸忽如飞，下临仍欲坠。

朝暾艳丹紫，夜魄炯青翠。

穹崇雾雨蓄，幽隐灵仙閟。

万寻挂鹤巢，千丈垂猿臂。

昔去景风涉，今来姑洗至。

观此得咏歌，长时想精异。①

诗题"南海"已经说得很清楚，就是今之南海。杜审言贬谪地峰州在今越南河内西北，诗人赦归路线很可能从越池东来，沿北部湾北上钦州，或是直接选择海路，所以得以观察北部湾南海海域风景。对于杜审言这个地地道道的中原人来说，北部湾海域水天相连，山石耸峙，是传说中乱石横生之地，按图索骥恐会吃亏。因为大大小小的山石突然出现在海面上，高低不一，大小不均，没有规律，没有次第。大大小小的乱石山星罗棋布，山石直上直下矗立在海面上，有的到山顶突然有欲飞之状，有的到山顶突然有倒立欲倾之石，怪态百出。由于地理纬度较低，这里海中的山石植被丰富，有很多藤萝如同猴猿的臂膀垂挂在山石上，是鸟类栖息的理想场所。笔者曾经到过北部湾海域，深感杜审言所描写之景历历在目。这海路景物，在今天已经成为旅游胜景，可在造船业还没有特别发达的唐代，这里是一条危险之路，但乘船还是比车马相对安稳，加之景色

---

① ［唐］杜审言：《南海乱石山作》，《全唐诗》卷六二，中华书局，1960年，第731页。

奇异,故而诗人有感于所见景象之美,不仅歌咏之,而且想象此中多"精异",可见其对这里景色的异域审美之心。

又比如另一位神龙逐臣宋之问,在被贬泷州(今广东罗定)时,写有《早发韶州》:

> 炎徼行应尽,回瞻乡路遥。
> 珠厓天外郡,铜柱海南标。
> 日夜清明少,春冬雾雨饶。
> 身经大火热,颜入瘴江消。
> 触影含沙怒,逢人女草摇。
> 露浓看菌湿,风飓觉船飘。
> 直御魑将魅,宁论鸱与鸮。
> 虞翻思报国,许靖愿归朝。
> 绿树秦京道,青云洛水桥。
> 故园长在目,魂去不须招。①

韶州,今广东韶关。诗歌首句首二字便以"炎徼"二字称呼自己所在的韶州,认为那里是南方炎热的边区。三、四句"珠厓天外郡,铜柱海南标"以"珠厓""铜柱"的极边字眼写自身所处位置。五、六两句"日夜清明少,春冬雾雨饶"从四时日夜的角度写这个地方不见朗朗晴空、整日雾雨连绵的天气。七、八两句"身经大火热,颜入瘴江消"从身体的感受写岭外的炎热和瘴疠。九、十两句"触影含沙怒,逢人女草摇"写一些从未听说和见过的怪物"含沙"(一种传说中被叫作"蜮"、能含沙喷人致死的怪物)和女草(也叫葳蕤草、玉

---

① [唐]宋之问:《早发韶州》,《全唐诗》卷五三,中华书局,1960年,第654页。

竹,竹节有点像虫子,看起来很吓人)。十一、十二两句"露浓看菌湿,风飔觉船飘"一小一大,菌湿,这是北方人难以理解的,风飔船摇,更是中原旱鸭子难以忍受的。十三、十四两句"直御魑将魅,宁论鸥与鹑"从整体上概括对岭外的认知,似乎这里的世界除了魑魅鸥鹑别无他物。全诗二十句,有十四句都是铺排宋之问南贬路上所听所见所感的千般不熟悉、万般不适应。这是宋之问对所历之陌生环境的陌生感觉,这些岭南事物从视觉上冲击着宋之问的心灵,揭开了一个从未有人在诗歌里描写的崭新世界。宋之问的另一首《下桂江县黎壁》则是途程中观察感受到的环境的艰险:

> 放溜亲前溆,连山分上干。
> 江回云壁转,天小雾峰攒。
> 吼沫跳急浪,合流环峻滩。
> 敧离出漈划,缭绕避涡盘。
> 舟子怯桂水,最言斯路难。
> 吾生抱忠信,吟啸自安闲。
> 旦别已千岁,夜愁劳万端。
> 企予见夜月,委曲破林峦。
> 潭旷竹烟尽,洲香橘露团。
> 岂傲夙所好,对之与俱欢。
> 思君罢琴酌,泣此夜漫漫。①

全诗二十二句,前十句和倒数五、六句,都是描写蛮荒之地的景物。

---

① [唐]宋之问:《下桂江县黎壁》,《全唐诗》卷五一,中华书局,1960 年,第624 页。

前十句的描写,将直面而来的异域奇景依次铺开。"放溜"即任船顺流自行;"觇",就是观察。"潀"指水边。诗人不仅要写陌生化的环境,还使用陌生化的字眼。这里的江边水面,在宋之问的如花妙笔下展现了丰富多彩的姿态:又是连山上下,又是江回壁转,又是吼沫跳浪,又是合流绕滩,又是激流斜线,又是漩涡连连。扑面而来的激流险滩及浪涛涡盘,尽显江行之险恶。诗歌以"舟子怯桂水,最言斯路难"收结对江行的描写,起到了惊心动魄的艺术效果。

相比于宋之问全方位的自然风物描写,沈佺期的《度安海入龙编》更侧重于安南的物产:

> 我来交趾郡,南与贯胸连。
> 四气分寒少,三光置日偏。
> 尉佗曾驭国,翁仲久游泉。
> 邑屋遗甿在,鱼盐旧产传。
> 越人遥捧翟,汉将下看鸢。
> 北斗崇山挂,南风涨海牵。
> 别离频破月,容鬓骤催年。
> 昆弟推由命,妻孥割付缘。
> 梦来魂尚扰,愁委疾空缠。
> 虚道崩城泪,明心不应天。①

"贯胸"指神话中的贯胸国。《山海经·海外南经》:"贯胸国在

---

①［唐］沈佺期:《度安海入龙编》,《全唐诗》卷九七,中华书局,1960 年,第1052 页。

其东,其为人匈有窍。"① 交趾与贯胸相连,突出其极南之地。"四气""三光"两句,从诗人对气候和日照的感受写其与北方的不同。接下来"尉佗"六句记述这里的人文历史:尉佗(即赵佗)掌管过的地方,其墓上之石像生永远存留在这里,他掌管的臣民后人尚在,他留下的鱼盐产业依旧传世。这里的越人捧"翟"(一种当地特产的长尾山鸡的尾巴所作的装饰品)敬献大唐王朝,唐王朝也依然以俯视之态管理着这块地方。这里是极边之地,地理的感觉、历史的感觉、物产的感觉都是与纯正的中原不同的,让诗人体味到自己确确实实已经不再在京都,也不再在家乡,故而诗人"梦来魂尚扰""虚道崩城泪",他并没有因为大唐天下之广大而精神振奋、意气昂扬,反而因自己远赴遥边而伤心落泪。其《题椰子树》也是对安南物产感受到的这种扑面而来的陌生美:

> 日南椰子树,香袅出风尘。
> 丛生调木首,圆实槟榔身。
> 玉房九霄露,碧叶四时春。
> 不及涂林果,移根随汉臣。②

"日南",点明这种果子的出产地,接下来五句分别从香气、生长姿态、果实样貌、果实内涵、长青树叶五个方面充分铺写在北方人看来很奇异的椰子树。最后感慨这种异域奇果不能够像涂林果(安石榴)那样,移根中土。有人说这是借椰子树不能移根中土寄托作

① [晋]郭璞注:《山海经》卷六,《诸子百家丛书》,上海古籍出版社,1989年,第80—81页。
② [唐]沈佺期:《题椰子树》,《全唐诗》卷九六,中华书局,1960年,第1039页。

者被流放南方边远之地的感慨，有一定道理，但我觉得更是对椰子树这种带有南方风情的树木只能生长于南方不能移植到中土的遗憾。因为在大唐人的内心世界里，一切新奇的东西都应该汇聚中土。他的《从崇山向越常》更能见出这种探异之心：

> 朝发崇山下，暮坐越常阴。
> 西从杉谷度，北上竹溪深。
> 竹溪道明水，杉谷古崇岑。
> 差池将不合，缭绕复相寻。
> 桂叶藏金屿，藤花闭石林。
> 天窗虚的的，云窦下沉沉。
> 造化功偏厚，真仙迹每临。
> 岂徒探怪异，聊欲缓归心。①

《全唐诗》在此诗诗题下有按语：“九真国。崇山至越常四十里。杉谷起古崇山。竹溪从道明国来，于崇山北二十五里合，水欹缺。藤竹明昧，有三十峰。夹水直上千余仞，诸仙窟宅在焉。”②“缺”，指缝隙、缺口。从诗歌描写可知，诗人贬谪经行之地，皆安南地理与自然，按语也明确指出地在九真国和道明国一带，这里崇山峻岭，竹溪曲折，林树合盖，藤桂缠绕，天深云低，完全是人烟不见的神仙境界。作者很欣赏这里植被繁复的自然环境，称这里“造化功偏厚，真仙迹每临”，可见并没有将这里视为畏途。不唯如此，他甚至带

---

① ［唐］沈佺期：《从崇山向越常》，《全唐诗》卷九七，中华书局，1960年，第1053页。

② ［唐］沈佺期：《从崇山向越常》，《全唐诗》卷九七，中华书局，1960年，第1053页。

有一颗"探怪异"之心,将这里种种中原不见之奇景,当作神仙之游的场所,并因此种心态,而缓解了自己渴望北归之心,可见奇峰异景带来的"兹游奇绝"的审美感觉也很不错。

尚永亮先生在谈及神龙逐臣对诗歌题材拓展的贡献时说:"对山水诗的发展同样是神龙逐臣贬谪诗歌的重要贡献。""岭南山水大量进入诗歌领域则自神龙逐臣始。""岭南天气炎热,雨水淫多,四季转换、风俗物产都与诗人们熟悉的中原相去甚远。在贬谪生活中,这些迥异于此前经验的物色既吸引了逐臣的目光,也加深了他们内心的焦虑,并成为其诗歌中反复吟咏的对象。""把祖国东南隅诸多神秘物象、风土人情展现到世人面前,既使诗歌呈现出奇异色彩,又给后人留下了第一手的历史资料。这无论从文学角度还是从史学角度看,都是很有价值的。"①

据任文京考察,开元诗人陶翰曾边游北出萧关,写有《出萧关怀古》:

> 驱马击长剑,行役至萧关。
> 悠悠五原上,永眺关河前。
> 北虏三十万,此中常控弦。
> 秦城亘宇宙,汉帝理旌旃。
> 刁斗鸣不息,羽书日夜传。
> 五军计莫就,三策议空全。
> 大漠横万里,萧条绝人烟。
> 孤城当瀚海,落日照祁连。

---

① 尚永亮:《唐五代逐臣与贬谪文学研究》,武汉大学出版社,2007年,第141、141、142、142页。

怆矣苦寒奏，怀哉式微篇。
更悲秦楼月，夜夜出胡天。①

生活在长江南岸烟柳繁华地的诗人，最熟悉的环境是四季温润、无霜期长的暖湿气候和满眼的绿野鲜花，来到寒风瑟瑟的边关，扑面而来的就是几十万控弦甲士，耳边听到的是刁斗声声传递的边关信息，报告军情紧急的羽书日夜传递，一派繁忙。除此，还有大漠万里，萧条无人，只有古城独面瀚海，落日映照祁连。这种种景象，扑入诗人眼帘，令诗人目不暇接。诗人面对征战不息而又策略失当的现实，心生悲叹。

　　盛唐诗人中描写异域风光最多的是岑参。岑参两次边塞从军，都在西域，天宝八载到十载（749—751）任安西节度使高仙芝幕府掌书记，天宝十三载到至德二载（754—757）任安西北庭节度使封常清幕府判官。岑参是南方人（湖北荆州），从水天泽国走向绝域大漠，环境的变化反差巨大，而岑参是带着"小来思报国，不是爱封侯"（《送人赴安西》）、"万里奉王事，一身无所求"（《初过陇山途中呈宇文判官》）的心态奔赴西域的，故而，他没有把绝域大漠的寒苦当作人生的苦难，而是带着对大漠风光的奇异审美描写这里的山川草木，成就了岑参边塞诗语奇、意奇、调奇的特点。从陌生化异域审美这一视角审视岑参边塞诗中的驿路诗，这一特点也是非常出彩的。岑参的很多边塞诗名作都写在驿路的起点或驿路上，大多都是描绘边塞风光之作，如《初过陇山途中呈宇文判官》《发临洮将赴北庭留别》《武威送刘单判官赴安西行营便呈高开府》

---

① ［唐］陶翰：《出萧关怀古》，《全唐诗》卷一四六，中华书局，1960 年，第 1475 页。

《白雪歌送武判官归京》《走马川行奉送出师西征》《天山雪歌送
萧治归京》《经火山》《火山云歌送别》等，皆以描写边塞奇异景色
著称。

　　以其最著名的《白雪歌送武判官归京》为例。这首诗是一首
送别诗，诗人送别朋友在"去时雪满天山路"的驿路出发点，甚至
目睹了朋友走后"山回路转不见君，雪上空留马行处"的驿路方向
和驿路痕迹，但就整首诗而言，并没有太多伤别意绪，反而更多的
是对轮台地区的大雪进行了绘声绘色的描写。全诗十八句，除了
"中军置酒饮归客，胡琴琵琶与羌笛""轮台东门送君去，去时雪满
天山路""山回路转不见君，雪上空留马行处"这六句写到了送别，
剩下的全是涉及轮台风雪和异域音乐。这里的风奇，能够卷地而
起、吹断白草，这里的雪奇，八月飞雪、灿若梨花。风雪下的寒冷更
奇：狐裘锦衾为之变薄、角弓为之失控、铠甲为之难穿。寒冷的轮
台景色更奇：雪随化随滴竟然结成若干冰锥，军营的红旗竟然冻成
了冰板。这首送别诗，没有写武判官思乡恋家，也没有写岑参思念
故园，更没有渲染送别时的离情别绪，却用生花妙笔描写北方的奇
寒。全诗十八句，有十二句写景，只有六句涉及送别，却依然以写
景为主基调，似乎岑参和武判官之间完全没有生离死别的悲凉，而
只有对漫天风雪和边塞奇寒的无尽欣赏。《唐宋诗举要》曰："'忽
如'六句，奇才奇气奇情逸发，令人心神一快。"① 正是此意。在很
多诗人笔下的边塞之"苦"，到他这里似乎完全变成了南方人到北
方后的新奇快感。再如他的《火山云歌送别》中扑面而来的火山
景象：

---

① 陈伯海主编：《唐诗汇评》，上海古籍出版社，2015 年，第 2 册第 1212 页。

　　　　火山突兀赤亭口，火山五月火云厚。
　　　　火云满山凝未开，飞鸟千里不敢来。
　　　　平明乍逐胡风断，薄暮浑随塞雨回。
　　　　缭绕斜吞铁关树，氛氲半掩交河戍。
　　　　迢迢征路火山东，山上孤云随马去。①

这是岑参的又一首边塞送别诗。前两句写实，第四句就以"飞鸟千里不敢来"烘托火山云的恐怖，五、六句以"平明""薄暮"相对，比衬出火山云的变化无常，七、八句用一"吞"字一"掩"字，夸张渲染火山云远"侵"近"略"的威力和气势，而诗人送别的朋友，就要在这火山狂云的怪异背景下踏上遥遥征途，孤人独马，寂寞前行。但诗中没有送别的伤感，只有驿路上的奇丽景色，还有一种豪迈和爽朗的气质从中透出，见出诗人在征战生活中磨砺出来的坚强意志。诗歌中，"火山云"是诗人吟咏的对象，也是全诗的线索，而送别的意绪似乎并不浓郁。火山云奇异可惧的景象异常突出，刺激着阅读者的感官，令人叹为观止。

　　岑参有些诗作还专门写中原见也见不到、想也想不出的一些西域物产，比如其《优钵罗花歌》：

　　　　白山南，赤山北。
　　　　其间有花人不识，绿茎碧叶好颜色。
　　　　叶六瓣，花九房。
　　　　夜掩朝开多异香，何不生彼中国兮生西方。

---

① [唐]岑参撰，廖立笺注：《岑嘉州诗笺注》卷二《火山云歌送别》，中华书局，2004年，第343页。

移根在庭，媚我公堂。

耻与众草之为伍，何亭亭而独芳。

何不为人之所赏兮，深山穷谷委严霜。

吾窃悲阳关道路长，曾不得献于君王。①

优钵罗花，即石莲，也叫睡莲，与雪莲同科，只是石莲生长海拔低，雪莲生长海拔高，据说，因此原因，雪莲比石莲营养价值高。此天山特产，一般人见不到。如同"橘生淮南则为橘，生于淮北则为枳"，石莲、雪莲，都只能在天山见到。岑参在此诗序中说："参尝读佛经，闻有优钵罗花，目所未见。天宝景申岁，参忝大理评事，摄监察御史，领伊西北庭度支副使。自公多暇，乃于府庭内栽树种药，为山凿池，婆娑乎其间，足以寄傲。交河小吏有献此花者，云得之于天山之南。其状异于众草，势龙苁如冠弁，巍然上耸，生不傍引，攒花中拆，骈叶外包，异香腾风，秀色媚景。因赏而叹曰：尔不生于中土，偏在遐域，使牡丹价重，芙蓉誉高，惜哉！"②从小序的这些话语里可知，岑参对天山石莲的特异很感兴趣，而其描写它的枝叶特点、花瓣特点、异香不凡等，突出其花色香气的迥然不同，甚至因此花生长习性而赋予其耻与众草为伍，异芳独处深山的特点，并以此比人，希望处穷远之地的人才不要因此地处偏僻而被君王遗漏。

　　岑参笔下的边塞奇景大多能给人非常奇异的感觉，再如《走马川行奉送出师西征》中被寒风刮起的大石头和出奇的冷："轮台九月风夜吼，一川碎石大如斗，随风满地石乱走。""将军金甲夜不脱，

---

① ［唐］岑参撰，廖立笺注：《岑嘉州诗笺注》卷二《优钵罗花歌并序》，中华书局，2004年，第409页。

② ［唐］岑参撰，廖立笺注：《岑嘉州诗笺注》卷二《优钵罗花歌并序》，中华书局，2004年，第409页。

半夜军行戈相拨,风头如刀面如割。马毛带雪汗气蒸,五花连钱旋作冰,幕中草檄砚水凝。"《天山雪歌送萧治归京》中大雪覆盖、寒冷异常的情景:"天山有雪常不开,千峰万岭雪崔嵬。北风夜卷赤亭口,一夜天山雪更厚。能兼汉月照银山,复逐胡风过铁关。交河城边飞鸟绝,轮台路上马蹄滑。晻霭寒氛万里凝,阑干阴崖千丈冰。将军狐裘卧不暖,都护宝刀冻欲断。"看起来都是满眼的奇情异景扑面而来。辛文房曾评价岑参诗好奇的特点:"参累佐戎幕,往来鞍马烽尘间十余载,极征行离别之情,城障塞堡,无不经行。博览史籍,尤工缀文,属词清尚,用心良苦。诗调尤高,唐兴罕见此作。放情山水,故常怀逸念,奇造幽致,所得往往超拔孤秀,度越常情。与高适风骨颇同,读之令人慷慨怀感。每篇绝笔,人辄传咏。"① 马茂元对于岑参诗歌以"奇"写景形成的这种陌生美评议说:"他是一位富有幻想色彩的好奇的诗人,一切新的事物对他来说,有着特殊强烈的吸引力。因而冰天雪地、火山热海的异域风光,白草黄沙、金戈铁马的战地景象,呈现在他的笔底,缤纷绮彩,光怪陆离,变幻无端,惊心动魄。有时他巧妙地运用一种细腻而柔和的南方情调,渗入于豪健朴野的北国歌唱之中,使两者融合无间。"②

　　中唐诗人中有一种描写西域的另类陌生美,主要是"安史之乱"后,唐王朝由于内乱无暇西顾,吐蕃趁机侵占敦煌及其以西大片地区七十余年(786—848),敦煌及其以西地区成为吐蕃横行之所,这里几乎失去中原王朝管理下的社会应有的风味,而代之以吐蕃化的生活。这样一种变化,也反映在西行诗人的笔下,最典型的

① [元]辛文房撰,傅璇琮主编:《唐才子传校笺》卷三,中华书局,1987年,第443页。

② 韩兆琦编:《唐诗选注汇评》,北岳文艺出版社,1998年,第292页。

代表诗人是王建和张籍。如王建的《凉州行》：

> 凉州四边沙皓皓，汉家无人开旧道。
> 边头州县尽胡兵，将军别筑防秋城。
> 万里人家皆已没，年年旌节发西京。
> 多来中国收妇女，一半生男为汉语。
> 蕃人旧日不耕犁，相学如今种禾黍。
> 驱羊亦着锦为衣，为惜毡裘防斗时。
> 养蚕缫茧成匹帛，那堪绕帐作旌旗。
> 城头山鸡鸣角角，洛阳家家学胡乐。①

在王建的笔下，凉州不再是丝路上的明珠，一个原本繁华的丝路重镇竟然处处都是胡兵，曾经的万里人家不知所踪，很多被掳掠的中原妇女在这里与蕃人成家生子说汉话。蕃人占领这些地方，竟然也改变了他们的生活习惯，过去不事耕种，现在也种禾种黍。放牧牛羊，竟然着织锦之衣（不适合放牧穿，容易撕扯坏），甚至也养蚕缫丝织成锦帛用来做旌旗（不适合做旌旗，容易烂，与蕃人旗帜质地不同）。城池样貌面目全非，蕃人改放牧为耕种，干过去不曾干的事情，穿过去不曾穿的衣服，都是另类的陌生。他写出了中原人眼中凉州在蕃占时期翻天覆地的变化，也传达了中原人面对凉州城时的悲哀。张籍的《陇头行》是同类作品：

> 陇头路断人不行，胡骑夜入凉州城。
> 汉兵处处格斗死，一朝尽没陇西地。

---

① [唐]王建:《凉州行》,《全唐诗》卷二九八,中华书局,1960 年,第 3374 页。

驱我边人胡中去，散放牛羊食禾黍。

去年中国养子孙，今着毡裘学胡语。

谁能更使李轻车，收取凉州入汉家。①

张籍的陇头行，迎面所见，完全不是他心目中的陇头和凉州！陇头之路，原是丝绸之路的要道，原本人来人往，热闹非凡，而今却路断人无。凉州城原本物阜人丰、和平安宁，而今却在夜间被胡人惊扰。中原边人被驱赶到胡人那里，边地禾黍竟然成为胡人放牧牛羊的牧场。胡人不仅占我土地养其子孙，还逼我汉人着毡裘学胡语。这哪里还是唐人心目中的凉州古城！这种对凉州古城的陌生感，正是凉州城沦陷的标志。

张籍也曾边游到安南，在其七言绝句《蛮州》中句句都是所见异域景象：

瘴水蛮中入洞流，人家多住竹棚头。

一山海上无城郭，唯见松牌记象州。②

此诗一作杜牧诗，题云《蛮中醉》，但杜牧的行迹似乎未曾到过岭南，而且杜牧诗中难以找到佐证诗歌。张籍却有岭南边游的经历，而且也有不少相关诗作，如《岭表逢故人》，诗题就告诉我们诗人身处何处，且此诗作者从无争议，故《蛮州》应记于张籍名下。瘴水，是岭南地理气候的典型代表，蛮，是诗人心目中的边远荒僻之地。住处，搭竹建棚，与中原的打地基夯土成墙的建房不一样。山中、

---

① ［唐］张籍：《陇头行》，《全唐诗》卷三八二，中华书局，1960年，第4284页。

② ［唐］张籍：《蛮州》，《全唐诗》卷三八六，中华书局，1960年，第4350页。

海上，都没有城池①，地理的分界也不过就是松木牌上告诉行人，这里的地界就属于象州了。一首小诗，字字句句都是眼见异景，可以让诗人清晰地体味到身处蛮荒的感觉。

晚唐国力下降，唐朝内部问题纷起，藩镇割据、宦官专权，无力经营边域，边域问题频仍。这些反映在诗人的笔下，有些作品反映出晚唐边域触目惊心的乱象。如诗人许棠游边，写有《夏州道中》：

> 茫茫沙漠广，渐远赫连城。
> 堡迥烽相见，河移浪旋生。
> 无蝉嘶折柳，有寇似防兵。
> 不耐饥寒迫，终谁至此行。②

夏州，古地名，西夏发源地，在靖边县红墩界镇白城子村，陕西省最北部，已经属于唐人边域的经营范围，是参天可汗道的必经之路。诗歌虽然只有八句，却有六句铺写在夏州路途所见。在这条驿路上行走，看到的是一片荒凉：茫茫沙漠，连接远方城堡，远方城堡只能通过烽烟感觉到，驿路旁没有柳树也就没有鸣蝉嘶叫着折柳送行的别曲（没有人烟），能有的只是流寇而已。连续六句的描写，让温柔富贵乡的诗人感受到了参天可汗道令人恐惧的萧条和冷寂。

---

① 关于岭南很多县城没有城池这一点，当为历史事实。据记载，清朝的岭南还有很多地方仍然如此，比如，曾做过直隶总督、两江总督的于成龙曾任广西罗城县令，但那个所谓的县城内只有六户居民，茅屋数间，所谓的县衙也只有三间破草房。作为县令的于成龙不得不寄居在关帝庙。

② ［唐］许棠：《夏州道中》，《全唐诗》卷六〇三，中华书局，1960 年，第6969 页。

　　晚唐时的南方相对比较安宁,一些诗人避乱或边游岭南,写下了一些异域景象,如项斯写有《蛮家》《寄流人》:

> 领得卖珠钱,还归铜柱边。
> 看儿调小象,打鼓试新船。
> 醉后眠神树,耕时语瘴烟。
> 不逢寒便老,相问莫知年。①
>
> 毒草不曾枯,长添客健无。
> 雾开蛮市合,船散海城孤。
> 象迹频藏齿,龙涎远蔽珠。
> 家人秦地老,泣对日南图。②

　　这两首诗,几乎没有抒情,就是记录岭南与中原完全不同的生活,但只是诗人自己的观察,并没有刻意与中原对比。第一首,"铜柱"指马援征越所立铜柱,铜柱上的铭文有"铜柱折,交趾变"等字,表达汉人对日南郡的占有。卖珠之后,就回到铜柱附近生活,可见卖珠是在铜柱附近生活的日南人生活的重要经济来源。有了钱,便可以悠游自在的生活了,"看儿调小象"是游戏,"打鼓试新船"应该是类似于划龙舟式的活动。因为天暖,醉了可以依树而眠(不怕被冻坏);因为是烟瘴之地,耕地时也在讨论烟瘴。没有季节的变化人就变老(感到奇怪),甚至年节都难以分清楚。第二首,毒草也是在四季不变的环境中,也不会有枯干之时。蛮市自然要等雾散才能开市交易。

---

① [唐]项斯:《蛮家》,《全唐诗》卷五五四,中华书局,1960年,第6408页。
② [唐]项斯:《寄流人》,《全唐诗》卷五五四,中华书局,1960年,第6414页。

这里的城市就是船只聚集而成，船一散，城市也就没有了。象牙、龙涎、龙珠，都是宝物，那些动物时出时没以躲避被逮住的命运。但诗人是独自面对这一切异域景象，故想象着家人向日南而泣，思念自己。诗人通过铺叙扑面而来的种种陌生事物来表现自己难见家乡之情。

驿路唐诗中这种扑面而来的异域奇景，大多采用直接描写、铺叙排比的方式，从多方位多角度尽情展开扑面而来的异域地貌特点、天气征候、风物风情，淋漓尽致地刻画诗人们所看到的与中原世界完全不同的景况。由于不熟悉、不习惯、不常见，就让诗人感到新奇、怪异、陌生，于是就使用很多新鲜的语汇描述之，因而给读者造成了感受的难度和理解的深度，唤醒人们的注意和思考，使其诗作在陌生化视域里产生出一种奇崛的艺术效果。

二、以中原中心视角进行异域书写

中原中心，是先秦儒家经典文本中边域书写所突出的核心精神，是汉代大一统帝国形成后国人共有的人文主义倾向，是魏晋南北朝以来南北之间反复书写和争夺的话语权之一。先唐时期的中原中心主义的典型体现就是华夷之辨，所谓"惟克商，遂通道于九夷八蛮"[1]、"微管仲，吾其被发左衽矣"[2]、"今也南蛮鴃舌之人"[3]是先秦儒家经典中的基本基调。汉代司马迁虽然主张天下一家，但

---

① ［宋］蔡沈注：《书经集传》卷四，《新刊四书五经》本，中国书店，1994年，第121页。

② ［宋］朱熹注：《四书集注·论语集注》卷七，《新刊四书五经》本，中国书店，1994年，第138页。

③ ［宋］朱熹注：《四书集注·孟子集注》卷五，《新刊四书五经》本，中国书店，1994年，第239页。

在南越王尉佗心目中仍是"居蛮夷中久,殊失礼义"①。《汉书》称汉代天下是承平之业,"匈奴称藩,百蛮宾服"②。南北朝时期,南方将中原文化带走,自视为华夏文化的中心,北方因为地理的优势自认为是中原正统的承继。在中原中心的心理驱使下,四夷被视为蛮荒之地,不开化之地,甚至常有以夏化夷的思维。

唐朝的统治者因为身体里流淌着鲜卑族的部分血液,也因为有比较开放的华夷一家的思想,不再追求华夷之辨,但在中国这个儒家思想浓郁的、以农业文明为主的国度,中原、京都,依然是人们心目中的中心,是人们共同趋向的地方,就如同今天的人们趋向北上广。唐代的诗人,大多都有京都生活的经历,京都情结是他们永远的追求。乡土,则是农业文明国度的人们永远值得牵挂和无法忘怀的地方。而从中原走向边域的诗人们,却经历了从中心向遥远、从繁华向偏僻、从安适向动荡的多层转变,这种转变既是地域的、自然的,也是身体的、心理的。当然,对于这种变化,不同的人会有不同的反应,有的人不接受,有的人则欣然领受。不管是哪种情况,都有不少诗人在稍有沉潜后,通过内地与边域的理性考量,呈现出从中原中心所审视的边域生活的异域特质。

在唐人驿路诗歌反映边域生活的作品里,比较典型的从中原视角写边域的,主要集中在初盛唐两个时期。初唐有一些走向西域的诗人,如骆宾王、陈子昂等,但更多的是神龙年间走向南方边域的逐臣,他们因被逐而心有不甘而心念京都和家乡,因而其异域审美中颇多狞厉之美,颇多不适应的感伤情绪。盛唐时期,唐

---

① [汉]司马迁撰,[南朝宋]裴骃集解,司马贞索隐,张守节正义:《史记》卷九七《郦生陆贾列传》,中华书局,1959年,第2698页。

② [汉]班固撰,[唐]颜师古注:《汉书》卷二四《食货志》,中华书局,1962年,第1143页。

人经营西北边域比较成功,盛唐边塞诗人群体也正产生于这一时期。走向西域的人们大多怀有功业理想,其异域审美相对较多的是以积极昂扬的心态面对雨雪风沙火山热海。但他们不是铁甲金戈,他们是人,不可避免地拥有"月是故乡圆"的神圣情感,故而诗歌中也有一些中原视域下的异域审美,有的带着新奇,有的带着对比。中晚唐因为管辖范围的缩小等原因,诗歌里反映西域的作品相对较少,直到张议潮率归义军回归之后才有一些相关作品。这一时期主要是北部和东北部边域,而东北部诗歌缺少异域风情。故而我们主要关注神龙逐臣和盛唐边塞诗人的作品,附带及其他。

最早以中原视域观察边域风物的当属张说。张说参与修订《三教珠英》,因不肯谄事武后宠臣魏元忠被贬钦州。他是较神龙逐臣更早的被贬者,其《岭南送使》在对故乡浓郁的思恋中展示南方的不宜居住:

> 秋雁逢春返,流人何日归。
> 将余去国泪,洒子入乡衣。
> 饥狖啼相聚,愁猿喘更飞。
> 南中不可问,书此示京畿。①

最重要的就是"饥狖啼相聚,愁猿喘更飞"两句,长尾猴饿了,像哭一样啼叫着啸聚,还呼哧呼哧喘着大气飞来窜去。郦道元《水经注》中说:"巴东三峡巫峡长,猿鸣三声泪沾裳。"岭南猿猴啼哭啸聚,还有人的存在空间吗? 所以张说"南中不可问,书此示京畿"也在说:你们看看吧,与中原相比,这里真不是人待的地方。诗歌

---

① [唐]张说:《岭南送使》,《全唐诗》卷八七,中华书局,1960 年,第 952 页。

明确表达了对岭南的不认同,在"示京畿"中暗含着盼人解救和被
赦免的期望。

　　张说之后的神龙逐臣被大批贬到南荒,岭南山水大量进入诗
人视野,而逐臣的内心中,多是将京畿和故乡作为参照物审视自己
的南荒境遇。如杜审言的《早发大庾岭》中表现的是诗人心心念
念牵系京都、故乡,他在心理世界和自然世界里同时感受到了中原
与遥边的不同:

> 晨跻大庾险,驿鞍驰复息。
> 雾露昼未开,浩途不可测。
> 嵘起华夷界,信为造化力。
> 歇鞍问徒旅,乡关在西北。
> 出门怨别家,登岭恨辞国。
> 自惟勖忠孝,斯罪懵所得。
> 皇明颇照洗,廷议日纷惑。
> 兄弟远沦居,妻子成异域。
> 羽翮伤已毁,童幼怜未识。
> 踌蹰恋北顾,亭午晞雾色。
> 春暖阴梅花,瘴回阳鸟翼。
> 含沙缘涧聚,吻草依林植。
> 适蛮悲疾首,怀巩泪沾臆。
> 感谢鹓鹭朝,勤修魑魅职。
> 生还倘非远,誓拟酬恩德。①

---

① [唐] 宋之问:《早发大庾岭》,《全唐诗》卷五一,中华书局,1960 年,第
　623 页。

此诗，《全唐诗》放在宋之问名下，显然有误，当在诗人杜审言名下，理由如下："适蛮悲疾首，怀巩泪沾臆"透露了作者的故乡情结。"巩"是巩县。神龙逐臣中，怀"巩"之人恐怕只有其父在巩为官并"宰邑成名"的杜审言了吧？诗中"晨跻大庾险"，却时时想着"乡关在西北""兄弟远沦居，妻子成异域"。在他的笔下，大庾岭成为他心理的华夷之界，在这一特殊的界限上，他"登岭恨辞国""踌躇恋北顾"，因此，他笔下的梅花也影响了春日的温暖，鸟翼也让瘴疠循环缭绕，"含沙"这种怪物因为有水洞就聚集很多，吻草也像树林一样直立排行。吻草即四吻草，又称黄花稔、蛇总管、脓见消、索血草等，草本亚灌木类植物，直立可高 1—2 米，两广云贵特产。这些当地特有的物产，催化了杜审言的"适蛮"感觉，让他在时时北顾中与中原进行对比，突出了这里的蛮荒感。

　　杜审言的《旅寓安南》则是从中原人对四季的感知中体味到安南的"风候"之"殊"。此诗在上一节已经引用，这里主要是谈一谈杜审言中原中心视角的表达方式。这首诗并没有像有些作者一句中原一句边域进行对比（比如沈佺期《遥同杜员外审言过岭》）。杜审言此诗的笔触主要放在安南风物上，但首句一个"殊"字暴露了杜审言内心深处的对比心理。在杜审言的观察视野里，处处以中原作为对照，比出了一个完全陌生的安南世界。它的陌生在于它没有中原那样春夏秋冬的四季变化，应该寒冷的时候不寒冷，还没到春天的节候，早已经暖如温夏。仲冬时节应该满目潇潇树叶落尽，这里却绿叶繁茂山果始熟。正月里三九天气，本该冻手冻脚，这里却鲜花漫野，胜似春天。这里还雨雾弥漫似永无晴日，该下霜时节竟然有阵阵雷声。一个完全不一样的世界，一个没有春夏秋冬的世界。永远的绿色永远的花朵，难道不好吗？可能在一些人看来并不好。鲁迅先生曾经有一段风趣的话语，他说："我本来不大喜欢下地狱,因为不但是满眼只有刀山剑树,看得太单调,苦痛也怕很难当。现在可又有些怕上天堂了。四时皆春,一年到头请你看桃花,你能够想象多么乏味? 即使那些桃花有车轮般大,也只能在初上去的时候,暂时吃惊,决不会每天做一首'桃之夭夭'的。"①这种心理恐怕是杜审言的中原中心的思想意识在作怪,在他的心目中,中原的四季分明、晴空万里才是最美的,而自己现在身处的岭南,简直就是异域奇葩,莫名其妙。一个疏离了中原中心的世界,一切都不对劲。

　　神龙逐臣宋之问,被贬泷州时要经过大庾岭、桂江等。他的《遥同杜员外审言过岭》把"洛浦风光"作为对照标准,比出了过大庾岭所感受到的不堪忍受的恶劣环境,尤其是大庾岭之外"崇山瘴疠不堪闻"的恐怖环境和"南浮涨海人何处"的迷茫和慌乱。其《经梧州》则从季节变换的角度写岭外的新鲜和陌生:

> 南国无霜霰,连年见物华。
>
> 青林暗换叶,红蕊续开花。
>
> 春去闻山鸟,秋来见海槎。
>
> 流芳虽可悦,会自泣长沙。②

诗题"经梧州"点明了写作地点和写作状态。"霜霰",是北方特产,中原气候;"南国"说明所写是诗人贬谪经行之地;"无",是宋之问在视野上的观感和心理上的比较。这种将南国与中原的比较始终

---

① 鲁迅:《华盖集续编》之《厦门通讯(二)》,《鲁迅全集》,人民文学出版社,1981年,第374页。

② [唐]宋之问:《经梧州》,《全唐诗》卷五二,中华书局,1960年,第639页。

在诗中流淌：南国没有冰霜雪霰，常年花开不断，树木没有落叶萧萧，叶子悄悄变换，春天已经走了，可代表春季的山鸟还在，秋风凉了该结冰了，可这里依然竹筏泛海。一年四季，美景不断，但诗人排比这些完全不属于北方的新鲜景物，只是为了以乐景衬哀景，以抒发"流芳虽可悦，会自泣长沙"的不良心绪，意即流芳虽可悦人，而我心沉重，伤比贾谊，难以被流芳感动。

　　如果说初唐时期描写边域较多的神龙逐臣是以中原为中心审视异域的种种令人不能适应，盛唐时期描写异域较多的边塞诗人群体则把中原作为思家的同心圆，用家乡或帝京的温暖与热闹，比衬出遥边的寒冷和孤独。边塞诗人群体中，以中原视野写边域的驿路诗作仍以岑参为多。如岑参的《宿铁关西馆》：

> 马污踏成泥，朝驰几万蹄。
> 雪中行地角，火处宿天倪。
> 塞迥心常怯，乡遥梦亦迷。
> 那知故园月，也到铁关西。①

诗歌落笔在西域，所写途程景色"马污踏成泥，朝驰几万蹄"展示的是西域长路漫漫、驿路泥泞、大雪铺地、关塞遥远的境况，但其关照点在中原，"地角""天倪（边际）"都是从中原视野的观感出发而认识的西域世界。但此诗不仅从中原看西域，也从西域看中原，中原乡远，梦中都可能迷路，很是伤感。而令诗人心中稍有慰藉的是故园的月色，他像一个懂事的朋友，走了千里万里，来到地角天

---

① ［唐］岑参撰，廖立笺注：《岑嘉州诗笺注》卷三《宿铁关西馆》，中华书局，2004 年，第 483 页。

涯看望诗人,让诗人稍解思乡之情。他的《轮台即事》是到达轮台后第一个秋天所写,之前的《首秋轮台》已明确点出轮台属于"异域",并描写了轮台"异域阴山外""夏尽不鸣蝉"的特点,此诗又全方位描写轮台的异域特质:

> 轮台风物异,地是古单于。
> 三月无青草,千家尽白榆。
> 蕃书文字别,胡俗语音殊。
> 愁见流沙北,天西海一隅。①

"风物异"是这首诗的诗眼,首联下句交代地理位置,"古单于"将视野引向种别域殊的民族。三月,中原风和景丽的季节,这里青草不见。文字是"蕃书",语言、风俗也与中原不同。这些与中原对比中的不同,让岑参真切感受到自己作为中原人的闯入异域,也真切体味了被异域风调包围的滋味。他的《安西馆中思长安》,时时刻刻将帝乡京邑挂在心中:

> 家在日出处,朝来起东风。
> 风从帝乡来,不与家信通。
> 绝域地欲尽,孤城天遂穷。
> 弥年但走马,终日随飘蓬。
> 寂寞不得意,辛勤方在公。
> 胡尘净古塞,兵气屯边空。

---

① [唐]岑参撰,廖立笺注:《岑嘉州诗笺注》卷三《轮台即事》,中华书局,2004年,第489页。

> 乡路眇天外,归期如梦中。
> 遥凭长房术,为缩天山东。①

"家在日出处",一语双关,一指从安西的视角所感受的日出方向,一指帝王所在的地方。诗歌将常见的东风,当成了来自帝乡的信使,认为东风应该将帝乡的温暖和情义带到辽远的绝域,但可惜的却是这里与帝乡音信难通。于是,身在大漠的异乡感涌上心头,地理、景物、生活都不再是"小来思报国,不是爱封侯"时笔下的热闹纷繁激情洋溢了,而是"绝域地欲尽,孤城天遂穷。弥年但走马,终日随飘蓬""胡尘净古塞,兵气屯边空"。这都不是现在诗人想要的生活,他现在最希望的是回到家乡与亲人团聚,所以痛苦地感受到乡路遥远、归期如梦,只好想象使用缩地之术,将家乡拉到天山旁,以解思乡之情。

大历诗人戴叔伦,生卒年不详,史料记载没有从军经历,任文京《唐代边塞诗的文化阐释》所列出塞和游边的诗人中也没有他,但他的《转应词》"边草,边草,边草尽来兵老"以及诗作中的《边城曲》似乎说明他有过游边经历。其《边城曲》曰:

> 人生莫作远行客,远行莫戍黄沙碛。
> 黄沙碛下八月时,霜风裂肤百草衰。
> 尘沙晴天迷道路,河水悠悠向东去。
> 胡笳听彻双泪流,羁魂惨惨生边愁。
> 原头猎火夜相向,马蹄蹴躏层冰上。

---

① [唐]岑参撰,廖立笺注:《岑嘉州诗笺注》卷一《安西馆中思长安》,中华书局,2004年,第252—253页。

不似京华侠少年,清歌妙舞落花前。①

戴叔伦此诗的观察点是京都,边城被称为远行客,是相对于京都而言。八月碛下霜风裂肤、百草衰败,晴天尘沙迷路、河水彻夜东流,胡笳响彻边塞、游魂暗生乡愁;草原猎火映照,马蹄行走于层凌。这也是相对于京都而言,因为京都长安的八月正是暑热未尽、满目苍翠之时。而且,这种爬冰卧雪的生活是相对京都少年郎们赏花观叶、清歌妙舞而言的。

晚唐诗人项斯,江东(今浙江台州)人,是浙江台州第一位进士,也是台州第一位走向全国的诗人。但他仕途不顺,曾经西游边域寻求出路,他的《边州客舍》《边游》都是以中原中心视角展开的异域书写。其《边州客舍》曰:

> 开门不成出,麦色遍前坡。
> 自小诗名在,如今白发多。
> 经年无越信,终日厌蕃歌。
> 近寺居僧少,春来亦懒过。②

其《边游》曰:

> 古镇门前去,长安路在东。
> 天寒明堠火,日晚裂旗风。

①［唐］戴叔伦:《边城曲》,《全唐诗》卷二七三,中华书局,1960 年,第 3070—3071 页。
②［唐］项斯:《边州客舍》,《全唐诗》卷五五四,中华书局,1960 年,第 6411 页。

> 塞馆皆无事，儒装亦有弓。
> 防秋故乡卒，暂喜语音同。①

《边州客舍》中的"经年无越信"是诗人在边州客舍思乡情怀的流露，"终日厌蕃歌"是曾经生活在安宁环境中的诗人对边声的不适应。《边游》则是人在古镇门前，心在长安都城。他心中想着长安的生活，身体却感受着边风凛冽，不得不靠篝火取暖。他生活在塞馆，身穿着儒装，心中是儒士，却不得不身背弓箭，随时防范敌人进犯。在一片边声的氛围里，唯一能够让诗人感到安慰的是，有边防戍卒来自自己的家乡，能与自己用乡音聊天。从这些描写里可以感受到，诗人心中时时刻刻感受着离开京都、离开家乡的痛苦。

晚唐诗人司空图，也不在任文京《唐代边塞诗的文化阐释》第四章所列出塞和边游诗人表格中，但署名司空图的《河湟有感》说明司空图曾经游边。其诗曰：

> 一自萧关起战尘，河湟隔断异乡春。
> 汉儿尽作胡儿语，却向城头骂汉人。②

此诗的写作背景是敦煌陷蕃七十年之后。敦煌的陷落，是中原人心中的痛。从中原人视角看，河湟地区始终是大唐王朝的重要组成部分，而今却被吐蕃隔断。河湟地区经历了七十年的陷蕃生活，连汉人也都被同化，开始使用吐蕃语言，并且站在吐蕃的角度开始

---

① ［唐］项斯：《边游》，《全唐诗》卷五五四，中华书局，1960 年，第 6411 页。
② ［唐］司空图：《河湟有感》，《全唐诗》卷六三三，中华书局，1960 年，第 7261 页。

了与汉人的骂战。龚自珍在《定庵续集·古史钩沉二》中说："灭人之国,必先去其史。隳人之枋,败人之纲纪,必先去其史。绝人之才,湮塞人之教,必先去其史。夷人之祖宗,必先去其史。"[①]民间接着的话是:欲灭其文化,必先灭其语言。陷蕃后的河湟地区,不仅语言改变,甚至观念改变,将自己原本的母国当作仇敌,这是从中原视角观察河湟地区的诗人所不能接受的残酷现实,是中原人民心中共同的痛。

从中原视角进行异域书写,诗人们落笔的关注点主要是四个层面:一是自然地理与中原的不同,二是物产风俗与中原的不同,三是诗人在异域所产生的心理落差,四是诗人们通过对家乡的思念反衬异域的陌生。在这一波书写中,诗人们的落笔不管是否真正写到中原,关照事物的中心点却永远在中原。由于内心深处对中原的认同,这种异域书写不是在文化大同的观念下展开,故而异域他乡的一切都是不完美的,都是有缺陷的。当然,从今天的视角看,任何一个地方都有一个地方的美,任何一个地方都有一个地方存在的理由,任何一个地方生存的人都对养育自己的土地充满深情。但在大唐这个儒家思想影响下的农业文明国度,中原中心的描写是诗人动情的原因,其所体现的是唐代诗人对大唐王朝的深情、对家乡的深情。

三、以同理心为向度进行异域书写

西方心理学领域的同理心(Empathy),也被理解成"设身处地理解""感情移入""神入""共感""共情"等,是指人通过心理换位、将心比心的方式思考问题的心理学方法,它要求思考者设身处

---

① [清]龚自珍:《龚自珍全集》,上海人民出版社,1975年,第22页。

地地对他人的情绪和情感的认知进行觉知、把握与理解，在倾听他人、换位思考、自我控制等方法的影响下解决问题，是高情商的一种表现。在诗歌描写里，我们称其为"共情"。这种方法，在唐代驿路诗歌的边域书写中被屡屡使用。

在唐人所写反映边域自然和生活的驿路诗歌里，很多诗人是没有到过边域的，但地理的常识、口耳间的传说、亲历者的言谈，无不丰富着他们对边域的认知，而社会交往的需要，有时又需要他们在诗作里屡屡涉及边域，尤其是驿路送别诗。

驿路送别诗描写到边域，往往是被送别之人走向遥边。尽管大唐王朝作为中国历史上最强大的王朝之一，总体是和平安宁、青春向上的，但也在一些时段出现过一些问题，民族之间的冲突经常发生，依附、被迫依附、反叛、回归，各种故事在边域不断上演，故而，走向遥边的人们不管是否带着功业理想，是否贬谪发配，都是从中心走向遥远、从繁华走向偏僻、从安适走向动荡，未来的命运都不掌握在自己的手中，悲剧也许会随时发生。为走向遥边的人们送别，是对走向遥边的人的生命的尊重、对友情的留恋，也能够起到安慰和鼓励走向遥边的人们那颗激动不安的心。很多写作送别诗的诗人都有强烈的同情心、同理心，他们往往通过共情的手法实现对所送别之人的安慰和鼓励。而在这样的写作心理下的边域书写中的异域审美，就出现了诗人不在场的边域书写。

一是不在场的好奇心理开拓的异域写作空间。写作，作为一种文学手段，有在场与不在场的分别。和后来的小说创作所不一样的是，小说有"七分真实，三分虚构"说，有"集合种种，合成一个"说，有"此故事纯属虚构"说，作者可以以纯客观的不在场立场进行描写。诗歌不一样，诗歌无论是写作对象涉及人还是物，作者都是抒情主体，他的个人情感都会在诗歌中流淌，只是他所描写的对象有在场与不在场之别。本节第一部分中，都是亲历者感受到的扑面而来的异域风物风情，是在场者对场域的陌生化体验，彰显了直接书写出来的异域审美。但下面所涉及的作品，都是不在场的诗人们所描写的异域世界。他们的描写不属于小说手法中的任何一种。跟驿路有关的这类作品，主要是驿路送别，这些作品大都是作者通过想象描写异域风物风情。比如，杜甫并没有到过西域，他西行最远之地是秦州（今甘肃天水），但他的诗中也写到过安西。其《送人从军》曰：

> 弱水应无地，阳关已近天。
> 今君渡沙碛，累月断人烟。
> 好武宁论命，封侯不计年。
> 马寒防失道，雪没锦鞍鞯。①

弱水，最早见于《尚书·禹贡》，也是《山海经》记载的一条河流。此水起昆仑之北，流经青海海北、甘肃张掖、内蒙古阿拉善等地，《旧唐书·高仙芝传》中记载高仙芝西征小勃律时经过此河："娑夷河，即古之弱水也，不胜草芥毛发。"②传说中弱水水势汪洋浩荡，后来就变成了遥远险恶的代称。弱水是水，自然无陆地。阳关，远在天边。杜甫送人走向安西从军，设想朋友路途艰难、路程遥远，甚至认为渡越沙碛可能"累月断人烟"。但他同时也体味着远征之人的好武求功心态，对于想象的困难似乎根本没有放在眼里。只是

---

① ［唐］杜甫著，［清］仇兆鳌注：《杜诗详注》卷八《送人从军》，中华书局，1979 年，第 626 页。

② ［后晋］刘昫等：《旧唐书》卷一〇四《高仙芝传》，中华书局，1975 年，第 3204 页。

他想到安西可能非常寒冷，嘱咐朋友路滑易摔、雪厚难行，小心迷路。似乎诗人已经跟随朋友到达西域，感受着那里的天寒地冻、大雪迷茫。

岑参向被称为"好奇"，即使在他的同时代，也有人有过此类评价，比如杜甫就说过"岑参兄弟皆好奇"，可见，岑参的好奇心很强、探索欲望旺盛。岑参在西域时，曾经送别同僚崔侍御还京，那时的岑参并未经历过热海（咸海、大清池）之行，但他笔下的热海能将天地间的一切煮熟、热化，其《热海行送崔侍御还京》所写是这个纬度少见的不冻湖，被称为热海。岑参送别崔侍御，尚未亲历热海，但他有经历吐鲁番火焰山的经验，诗人便将热海写成了令人生恐的开水大锅：水似开锅、青草不歇、白雪旋灭、蒸砂砾石、空云似燃、沸浪炎波、阴火潜烧、势吞月窟、热侵太白、气连赤坂，热海之热，无处不在，无孔不到。岑参将炎热渲染得淋漓尽致、令人闻而生畏，其实就是为朋友此行路途的担忧。但这一切都是基于岑参以同理心而生的想象，是"侧闻"的结果，他站在朋友出行的角度思考问题，担心朋友被热海的热气灼伤，担心朋友路途上的种种艰难，似乎在千叮咛万嘱咐，让朋友小心谨慎。这是唐诗世界里第一次出现"热海"这样的异域自然景观，尽管岑参的描写并不完全符合实际。

中唐诗人张籍，不仅有岭表之游，而且有很多岭南朋友，有些诗歌不知其写于岭表之游前或后，但写诗时人一定不在岭南，而且是驿路送别，如《送蛮客》《送海南客归旧岛》，两诗曰：

> 借问炎州客，天南几日行。
> 江连恶谿路，山绕夜郎城。
> 柳叶瘴云湿，桂丛蛮鸟声。

知君却回日，记得海花名。[①]

海上去应远，蛮家云岛孤。

竹船来桂浦，山市卖鱼须。

入国自献宝，逢人多赠珠。

却归春洞口，斩象祭天吴。[②]

《送蛮客》诗以追问起笔，说对方路途遥远，不知需要多久才能到。然后就写"炎州客"路行所见所遇。在诗人眼里，江水溪流都是恶的，山也是盘山绕岭极其难行，柳树树叶因为有瘴雾而湿漉漉的，桂树丛中鸟叫也是蛮声（因不熟悉）。《送海南客归旧岛》设想海南客所在之地当地人的生活，似乎诗人眼见一般，但两诗都是在尾部露出痕迹，前者请远行者万一返回，要记住海花之名向诗人描述，后诗想象所送之人到南蛮后的荒野生活，以竹船往来，向唐室献宝，逢人赠珠，洞口祭祀，要"斩象祭天吴"，说明诗人虽不在场，但心已经跟着远行之人到达岭南更南之地，体味那里的生活。

　　二是关切同情心理下对未知世界的困难的推测。我们中国有句老话教人向善，叫作急他人之所急，想他人之所想，也就是设身处地为对方。在唐代，走向遥边就是走向中国最偏僻最不发达的地方，即使不是亲历，也能想象到那里的艰难困苦，也能体味到那里的种种不适。唐代的诗人很善于设身处地，大量的送别诗都是通过设想路途艰难表达同情和关切，其中有很多诗歌所写的艰难

①［唐］张籍:《送蛮客》,《全唐诗》卷三八四,中华书局,1960年,第4307页。
②［唐］张籍:《送海南客归旧岛》,《全唐诗》卷三八四,中华书局,1960年,第4312页。

困苦完全是异域景象。如盛唐诗人刘眘虚的《海上诗送薛文学归
海东》：

> 何处归且远,送君东悠悠。
> 沧溟千万里,日夜一孤舟。
> 旷望绝国所,微茫天际愁。
> 有时近仙境,不定若梦游。
> 或见青色古,孤山百里秋。
> 前心方杳眇,后路劳夷犹。
> 离别惜吾道,风波敬皇休。
> 春浮花气远,思逐海水流。
> 日暮骊歌后,永怀空沧洲。①

海东,大体指辽东半岛以及古朝鲜,包含现在的朝鲜和韩国,属于
安东都护府监护的区域。薛文学究竟是谁难以考证,但一定是在
唐朝取得了功名的人。汉代有"文学掌故"官职,唐朝时,东宫有
"文学校书"之职,唐高宗龙朔三年(663),置太子文学四员。唐
朝的州府佐吏里也有"文学从事员"。海上诗,说明薛文学归海东
之路选择水路而行。诗歌从第三句开始,就关心薛文学的海上行
程:千里万里之遥,孤舟日行夜止。海天之间,前看不见所归之国,
后见不到所别之地,天海苍茫,有时像仙境,有时又像梦游。往前
行,前路杳渺;往回退,徘徊不定。这是刘眘虚历薛文学之所历,
想薛文学之所想,忧薛文学之所忧,尽情描写了薛文学路途上的危

---

① [唐] 刘眘虚:《海上诗送薛文学归海东》,《全唐诗》卷二五六,中华书局,
　1960 年,第 2869—2870 页。

险和内心的犹疑。它与中原陆地的不同在于,它无论如何也看不
到春天的花朵,有多少思绪只能随水空流,只能寄托在空想中的
"沧洲"。

又如大历时期卢纶的《逢南中使因寄岭外故人》:

> 见说南来处,苍梧接桂林。
> 过秋天更暖,边海日长阴。
> 巴路缘云出,蛮乡入洞深。
> 信回人自老,梦到月应沉。
> 碧水通春色,青山寄远心。
> 炎方难久客,为尔一沾襟。①

卢纶因路遇南中使顺便请他给岭外朋友捎去自己的关心,他通过
自己听闻的知识描述岭南与中原的不同,不仅仅是苍梧、桂林这些
一向被视为遥远的地名,更有奇特的天气:明明秋季已过,天气不仅
不变凉爽反而更暖和,海边的天气整日阴沉,山路因为山高随时有
云彩缠绕,蛮乡人家多居住在很深的山洞里。因为太远,收到一封
书信再回返一封书信,恐怕人都变老了,哪怕梦中信到月亮也已经
沉落(梦中信到应是眨眼即到,可南荒在梦中都是很久)。这也是
诗人凭借丰富的想象,设身处地,为朋友身在遥远、久客难居设想
的困难,并由此为朋友担心。再如钱起的《送张将军征西》:

> 长安少年唯好武,金殿承恩争破虏。

---

① [唐]卢纶:《逢南中使因寄岭外故人》,《全唐诗》卷二七八,中华书局,1960
年,第3155页。

> 沙场烽火隔天山，铁骑征西几岁还。
> 战处黑云霾瀚海，愁中明月度阳关。
> 玉笛声悲离酌晚，金方路极行人远。
> 计日霜戈尽敌归，回首戎城空落晖。
> 始笑子卿心计失，徒看海上节旄稀。①

从诗歌首句看，钱起送别张将军的地点在京城。诗中的张将军，征西时越过了天山和阳关，是到安西从军征战。钱起一生，虽到过陇右，却未曾到过安西，但他却为朋友的征战生活设想了困难："隔天山"，言地之远；"几岁还"，言时之长；"黑云""瀚海"，述环境之恶劣；愁度阳关，写内心之煎熬。好在这首诗虽写困难，但并不悲凉，诗歌尾部盼张将军消灭顽敌、取得令敌军城池空余落辉的英雄业绩。他希望友人别像苏武一样被人软禁十几年，一事无成。

　　张籍有很多边域朋友，岭南最多，新罗也有。有一新罗使者出使大唐回归新罗，他写有《送新罗使》：

> 万里为朝使，离家今几年。
> 应知旧行路，却上远归船。
> 夜泊避蛟窟，朝炊求岛泉。
> 悠悠到乡国，远望海西天。②

张籍并没有出使过新罗，对新罗使者的海路归乡，纯属想象，是诗

---

① ［唐］钱起：《送张将军征西》，《全唐诗》卷二三六，中华书局，1960年，第2603页。
② ［唐］张籍：《送新罗使》，《全唐诗》卷三八四，中华书局，1960年，第4312页。

人基于对海路归国的新罗人的同理心进行的写作。诗人似乎就跟随在归新罗的船上,夜间泊船怎样躲避大海的掀天巨浪,白天吃饭怎样寻觅海岛的淡水。他甚至想到,新罗使虽是回归,但毕竟在大唐生活了若干年,这里已经是他的第二故乡,因此极可能身体行走在返乡路上,心中还想念着曾经生活的大唐。

晚唐的张蠙,并无岭南经历,然其《喜友人日南回》能在很高兴的情况下体味到友人从日南归来的不易,故虽是高兴事,也要抖一抖友人曾经走过的路,以凸显友人历经千难万险回归的不易:

> 南游曾去海南涯,此去游人不易归。
> 白日雾昏张夜烛,穷冬气暖着春衣。
> 溪荒毒鸟随船啅,洞黑冤蛇出树飞。
> 重入帝城何寂寞,共回迁客半轻肥。①

诗歌首联点出友人此次出行的"不易归",接下来连用四句描写友人此次归来路途的艰难险阻和不适应:白天因大雾弥漫需要掌灯,隆冬时节却是天气暖和穿着春衣,溪水荒僻毒鸟随船聒噪,山洞黝黑毒蛇绕树乱飞。冤蛇,指岭南的报冤蛇,据传闻,这种报冤蛇如果人碰触到它,就会随人好几里地,若伤害一条,则会引来百蛇相聚围攻。这四句的描写极为恐怖,令人浑身发冷。诗人虽未到过日南,但却能够想象得到友人驿路行程的艰难,是为友人悲,也是为友人能够躲过灾难而深感幸运。

三是基于人类思亲念友的共情表达。共情,原本是心理学的

---

① [唐]张蠙:《喜友人日南回》,《全唐诗》卷七〇二,中华书局,1960年,第8081页。

概念,是人本主义学者罗杰斯提出的,原有三个方面的含义,我们只取其一,即深入对方内心去体验他人的情感、思维,这是在诗歌写作中常见的手法。这种手法与前两个层面的不同在于,前两者让读者看到了具体的事物,却未必能感动对方,感动读者,而这种方式常常能感动对方,感动读者。驿路送别诗的很多优秀诗作都是使用这种方法而成为经典的。

比如王维的《送元二使安西》:

> 渭城朝雨裛轻尘,客舍青青柳色新。
> 劝君更尽一杯酒,西出阳关无故人。①

此诗一作《渭城曲》,说明送别地点在渭城客舍,而送别之人是出使安西都护府。诗歌写送别的方式是折柳送别,虽然只有四句,也只有一句涉及安西,但这一句却语短情长,内涵丰富。西出阳关,千里万里,因为阳关就是人们心目中遥远的所在。无故人,就是要远离乡国,远离熟悉的生活圈,变成一个无朋无亲、孤独寂寞的人,这对于一个生活在“圈子”里的人而言,实在是残酷。所以劝对方再喝一杯离别酒,这样的机会,此地一别,千难万难,我们要珍惜相聚的这一时这一刻。这是多么动情的惜别之语,这是多么不愿分别的告别! 明代陆时雍《唐诗镜》:“语老情深,遂为千古绝调。”②明代唐汝询《唐诗解》:“唐人饯别之诗以亿计,独《阳关》擅名,非为其真切有情乎? 凿混沌者皆下风也。”③ 清代吴瑞荣《唐诗笺

① [唐]王维撰,陈铁民校注:《王维集校注》卷四《送元二使安西》,中华书局,1997年,第408页。

② 陈伯海主编:《唐诗汇评》,上海古籍出版社,2015年,第1册第541页。

③ 陈伯海主编:《唐诗汇评》,上海古籍出版社,2015年,第1册第541页。

要》:"不作深语,声情沁骨。"① 清代刘宏煦《唐诗真趣编》:"只体贴友心,而伤别之情不言自喻。用笔曲折。刘仲肩曰:是故人亲厚话。"② 这些评论都精辟地点出了此诗因共情而达到的表情深度,也指出了此诗成为经典的重要因素。

再如张籍的《送南客》。此诗在本章第一节已经引用过,但并没有分析本诗的共情能力。从共情的角度看,此诗的"天涯人去远,岭北水空流",是通过对举的方式,传达了诗人对所送之人的依依不舍,颇有"孤帆远影碧空尽,唯见长江天际流"般的艺术效果,"水空流",是拟人化,以水代人,表达朋友走后自己的孤独和失落。接着诗人极力描写日南非人类居住的恶劣环境:夜市直接与铜柱(代表极其遥远)相连、居住也是结巢而居像鸟一样生活(非人类环境)。这是"恐吓"对方,但却传达的是不希望对方远行之意。尾联尤其煽情:你曾经熟悉的这些朋友,没有人到日南(越南中部,属林邑国)去游览。意即你若远行,将再也见不到昔日的这些朋友了。诗人通过这样的语言,希望对方能够产生共情,不再远离。这是张籍非常另类的留住朋友心意的表达,让对方真切地感受到自己对对方无限留恋、不忍分别的情谊。

再看一首贾岛的《送黄知新归安南》:

> 池亭沉饮遍,非独曲江花。
>
> 地远路穿海,春归冬到家。
>
> 火山难下雪,瘴土不生茶。

---

① 陈伯海主编:《唐诗汇评》,上海古籍出版社,2015 年,第 1 册第 541 页。
② 陈伯海主编:《唐诗汇评》,上海古籍出版社,2015 年,第 1 册第 542 页。

知决移来计，相逢期尚赊。①

诗歌首联就具有共情的能力。黄知新在归安南之前，尽享长安生活，所谓"池亭沉饮遍，非独曲江花"，就是说黄知新尽一切能力将长安大大小小可以游赏和沉饮的地方都已玩遍，可见黄知新也知道，回归安南，这里的一切都将不再属于自己，所以也是依依不舍。贾岛深切感受到了黄知新举动中的情意，故此写黄知新回归安南的路途遥远、归期漫长，而所归之地又炎热异常、土地贫瘠，最后说你若走了，回来的日子恐怕非常遥远。这是又反过来用否决对方行为的不可行，尤其是安南的不适宜生存，来调动对方的共情能力，让对方觉得安南还是不去为好，以实现挽留对方的目的。这也是像张籍的《送南客》一样，表达对对方的留恋和不忍分别的情谊。

　　思亲念友，尤其是对于走向异域和面对走向异域的诗人，当他们使用共情手法真切传达这种情怀时，其所抒发的恰是农耕社会的中国人最在乎的浓得放不下的情怀，因而，一旦唱出并发生共情的艺术效力，就最容易产生备受中国人欢迎的艺术经典。

　　综而言之，驿路唐诗边域书写主要使用的这三种手法，"通过描写以往文学书写中很少出现的陌生事物，通过感观审美放大事物效果，在词源学规则下创造新词等手法，有意识地增添陌生化审美的韵味，给读者亦真亦幻的阅读体验"②。其中，用铺叙手法进行排比铺写的方法融入的感情因素最少，但它带给唐诗描写领域一

---

① [唐]贾岛著，李嘉言新校：《长江集新校》卷五《送黄知新归安南》，上海古籍出版社，1983年，第83页。

② 吴淑玲：《驿路唐诗对边域陌生事物的书写》，《河北大学学报（哲学社会科学版）》2023年第6期。

个全新的艺术世界,保留了大量当时边域状况的第一手资料;以中原中心视角进行的异域描写,展示的是唐人内心世界里对异域的情感认知和认同程度,也体现出长期受儒家思想浸润的华夏民族对中原中心的乡国的执着之爱;以同理心为向度的异域书写则深入到人类最敏感、最脆弱、最温情、最伟大的心灵世界,让共情的伟力在唐诗中充分发挥作用,从而产生了无数驿路送别的经典之作,成为唐诗后世传播中值得骄傲的诗歌题材。

第四章　驿路唐诗的边域书写审美

边域生活与内地生活,无论是在自然条件还是在生活条件方面,都完全不同,行走在边地驿路上的诗人们感受到的物候条件、人文环境、人生境界也有很大不同;驿路送别诗的作者们虽然没有在边域的实地,但也会因为已有的地理人文等知识,能够想象到边域生活的境况,因此,凡是涉及边域的驿路诗歌创作,都在不自觉中拥有了与内地诗歌创作不一样的审美风范。比如王维的诗歌,在内地,多写田园山水的清幽宁静,到边域,则写大漠旷野的广袤雄浑,因此,诗歌审美风格完全不同。这也是我们探索"驿路唐诗的边域书写审美"的意义之所在。

第一节　风物描写的磅礴雄浑之美

相对于内地的物阜人稠,边域恰恰是地广人稀,尤其是西北、北部、东北部边域,无尽的路途、广袤的土地、辽远的天空、横扫的长风,都与内地的三里一村、五里一店、时见热闹集市与繁华城池完全不一样,书写到这样的地域,无论是曾经行走过还是想象到过,字里行间往往会不由自主地生出豪放、阔大,而一旦与背负家国希望的人们到这些地方征杀、戍守、出使、游边等联结到一起,诗歌就容易生出苍劲与雄浑之美。

一、语言上的大气磅礴

描写唐朝的边域,必然涉及地域的遥远辽阔、境界的雄浑大气,色彩上的斑斓壮丽。唐朝边域的地理环境和物候条件与内地有很大不同,这些不同引发了唐代边域书写者的广泛关注,开启了唐代诗人诗歌描写的新的自然场景。大漠风沙、茫茫戈壁、辽阔草原、海阔天高等不同于内地的自然景观,给唐代诗人的边域书写注入了雄浑壮阔、大气磅礴之美。主要表现在以下两个方面:

一是选用大气磅礴的语词。由于涉及地域自然条件之因素,尤其是空间因素,唐代诗人在言及边域之时往往采用一些颇能展现力量、颇能涵盖空间的词语,什么能够涵盖宇宙、气贯长虹,什么能够地动山摇、风起云涌,什么能够铺天盖地、翻江倒海,什么能够经天纬地、排山倒海,什么能够气吞山河、囊括四海,就选用什么样的词汇。如王维的《送刘司直赴安西》:

> 绝域阳关道,胡沙与塞尘。
> 三春时有雁,万里少行人。
> 苜蓿随天马,蒲桃逐汉臣。
> 当令外国惧,不敢觅和亲。①

这首诗首联用"绝域"两字直指遥远无人之地,用"胡沙""塞尘"展现天昏地暗;颔联用"万里"写土地辽阔,"少行人"突出绝域不毛之地的荒凉;颈联写唐人的边界是天马所到的苜蓿生长之处,葡萄是汉臣能够到达的地方,似乎唐朝的边界可以无限扩大,没

---

① [唐]王维撰,陈铁民校注:《王维集校注》卷四《送刘司直赴安西》,中华书局,1997年,第405—406页。

有人能够阻挡。尾联鼓励刘司直建树令外国惧怕的功业。全诗绝
不如有些人所评"惨淡"（黄家鼎语），而是颇怀壮心。笔者比较认
同《唐贤三昧集笺注》批语："此是雄浑一派，所谓五言长城也。"而
《唐诗选脉会通评林》引周珽语又是一种说法："唐时吐蕃强盛，每
争安西，中国常与之和亲，以公主嫁吐蕃，大损国威。故此诗结励
刘司直当别建远谟，俾夷人畏服，勿敢希蹈前图，致重国耻。通篇
典雅醇正，音合大调。"① 这则评语后半部分颇合诗意，前半部分言
公主远嫁吐蕃事，显然有些强词夺理，毕竟唐太宗时代的和亲与汉
朝的和亲大不相同。

　　高适《别冯判官》在送别入幕府朋友时勾画了东北边域的茫
茫雪地：

碣石辽西地，渔阳蓟北天。

关山唯一道，雨雪尽三边。

才子方为客，将军正渴贤。

遥知幕府下，书记日翩翩。②

此诗的前四句将蓟北、渔阳、碣石、辽西的大片土地包容进来，以
"关山唯一道"连接，用"雨雪尽三边"涵盖这一切，诗人把这里当
作可以"天高任鸟飞"的广阔天地，以羡慕施展才华的口吻送别冯
判官，自有一种不将困难放在眼中的气魄。其《送裴别将之安西》
则描写安西的地远天长：

---

① 陈伯海主编：《唐诗汇评》，上海古籍出版社，2015 年，第 1 册第 467 页。
② ［唐］高适著，刘开扬：《高适诗集编年笺注》，中华书局，1981 年，第 31 页。

> 绝域眇难跻，悠然信马蹄。
> 风尘经跋涉，摇落怨暌携。
> 地出流沙外，天长甲子西。
> 少年无不可，行矣莫凄凄。①

此诗也写到绝域，但这绝域却完全没有绝望，而是悠然游览的景观，虽风沙跋涉，却把一切离别怨恨都吹落在地，虽然地比流沙远（古人以居延泽为流沙地），天比甲子长（古人以甲子记年，六十年一甲子），但少年对此无所畏惧。这正是走出地远天长的气魄。

　　充满积极浪漫主义的诗人岑参在写到西部边域时，更是常常使用一些带有"极致"特点的词语，如《度碛》：

> 黄沙碛里客行迷，四望云天直下低。
> 为言地尽天还尽，行到安西更向西。②

这首诗里的"黄沙碛"本就是遥远和荒凉的象征，"客行迷"正是黄沙漫漫难辨方向的写照；"四望云天"是阔大、不见村落之意，"直下低"再加上"地尽天还尽"这样极端的语言，就把大漠沙碛广阔无垠、天地相接、云天迷茫的雄浑与苍凉写了出来，呈现出令人叹惋和畏惧的迷茫美。他的另一首《碛中作》也是同样的风格：

> 走马西来欲到天，辞家见月两回圆。

----

① ［唐］高适著，刘开扬：《高适诗集编年笺注》，中华书局，1981 年，第 339 页。
② ［唐］岑参撰，廖立笺注：《岑嘉州诗笺注》卷七《度碛》，中华书局，2004 年，第 791 页。

今夜不知何处宿,平沙万里绝人烟。①

诗中"欲到天"的"天"字写遥远,又写"辞家见月两回圆",行程之长也就代表着路途遥远,最后的"平沙万里"言地之辽阔,"绝人烟"状苍凉。沈德潜《唐诗别裁》说此诗:"投宿无所,则碛中无人可知矣。"②《诗境浅说续编》评此篇:"但言沙碛苍茫,而回首中原,自有孤客投荒之感。"③ 两评均为中的之言,全诗语言遒劲爽利,将远天、遥路、迷茫、荒凉融汇在一起,使得诗境雄浑壮阔、凄美苍凉。

李益写北疆的诗歌同样具有雄浑苍凉之美,如《盐州过胡儿饮马泉》(一作《过五原胡儿饮马泉》):

> 绿杨着水草如烟,旧是胡儿饮马泉。
> 几处吹笳明月夜,何人倚剑白云天。
> 从来冻合关山路,今日分流汉使前。
> 莫遣行人照容鬓,恐惊憔悴入新年。④

盐州是西魏时所置州,治五原(今陕西定边县),五原即龙游原、乞地千原、青领原、可岚贞原、横槽原,这里是唐人心目中北部边域管辖之地。在李益的这首诗里,说定边一带绿杨着水、青草如烟,这原本是胡人饮马放牧之所,如今却是唐人守卫边疆之所。在这

---

① [唐]岑参撰,廖立笺注:《岑嘉州诗笺注》卷七《碛中作》,中华书局,2004年,第782页。
② 陈伯海主编:《唐诗汇评》,上海古籍出版社,2015年,第2册第1267页。
③ 陈伯海主编:《唐诗汇评》,上海古籍出版社,2015年,第2册第1267页。
④ [唐]李益:《盐州过胡儿饮马泉》,《全唐诗》卷二八三,中华书局,1960年,第3219页。

里,所感受到的有守边将士月夜吹笳的伤感,更有剑倚长天的豪气。虽然这里曾经冰雪严寒、关山险阻、道路坎坷,但今日却流归唐人脚下。《唐诗选脉会通评林》评诗歌前六句:"雄才浩气,更笼络千古。"①《山满楼笺注唐诗七言律》评之:"首句七字,先将鹡鸰泉上太平风景一笔描出,想当年饮马之时,安能有此?次句倒落题面,何等自然!于是三、四遂用凭吊法,遐企古人开疆辟土之功,笳吹月中,剑倚天外,写得十分豪迈,千载下犹堪令壮士色飞也。'从来'一纵,'今日'一擒,此二句是咏叹法;而'冻合''分流',觉犹是泉也,南北一判,寒暖顿殊,天时地气,宜非人力所能转移,而转移者已如此,写得何等兴会!"②但此诗结句力量很弱,不能振起全篇,恰是中唐面目。

再举一首描写岭南的例子。岭南在今人的印象里是秀丽明媚、风景如画的地方,但在唐代诗人笔下却是烟瘴丛生、虫豸横行、风大浪高、极不安全的地方,比如柳宗元写有一首《岭南江行》,诗云:

> 瘴江南去入云烟,望尽黄茅是海边。
> 山腹雨晴添象迹,潭心日暖长蛟涎。
> 射工巧伺游人影,飓母偏惊旅客船。
> 从此忧来非一事,岂容华发待流年。③

这首诗写于唐宪宗元和十年(815)柳宗元赴柳州任刺史的旅途

---

① 陈伯海主编:《唐诗汇评》,上海古籍出版社,2015年,第4册第2256页。
② 陈伯海主编:《唐诗汇评》,上海古籍出版社,2015年,第4册第2256—2257页。
③ [唐]柳宗元:《岭南江行》,《柳宗元集》,中华书局,1979年,第1168页。

中。在诗人的笔下，"瘴江"是看不到尽头的，是直入云烟的，边界也是望不尽的荒凉，直到"黄茆"入海，而旅途的惊险也是令人生畏：大象在山间横行、长蛟在水中吐涎、射工喷射毒水于人影、飓风掀起的浪涛惊扰着行进在海中的船只，大气磅礴的荒凉落后和颇类夸张的危险，令人不寒而栗。《唐诗鼓吹注解》评之："此叙岭南风物异于中国，寓迁谪之愁也。言瘴江向南，直抵云烟之际，一望皆是海边矣。雨晴则象出，日暖则蛟游，射工之伺影，飓母之惊人，皆南方风物之异者。是以所愁非一端，而华发不待流年耳。"①《一瓢诗话》说此诗："一首之中，瘴江、黄茅、海边、象迹、蛟涎、射工、飓母，重见叠出，岂复成诗？殊不知第七句云：'从此忧来非一事。'以见谪居之所，如是种种，非复人境，遂不觉其重见叠出，反若必应如此之重见叠出者也。"②确实是把危险写到了极致。

张籍的《送安西将》也是一种雄浑大气的凄凉之美：

> 万里海西路，茫茫边草秋。
> 计程沙塞口，望伴驿峰头。
> 雪暗非时宿，沙深独去愁。
> 塞乡人易老，莫住近蕃州。③

诗歌也是以"万里"描写"海西"的遥远路途，写到这里的边草，则用"茫茫"概括，展现其一望无垠的广阔。这里的路途，也只是沙塞和驿峰，还有大雪和深沙，都在印证着青海、西藏、甘肃、新疆沿

① 陈伯海主编：《唐诗汇评》，上海古籍出版社，2015年，第4册第2693页。
② 陈伯海主编：《唐诗汇评》，上海古籍出版社，2015年，第4册第2694页。
③ ［唐］张籍：《送安西将》，《全唐诗》卷三八四，中华书局，1960年，第4319页。

线地域的广阔和苍茫。

再看一首写南方的。贯休《送友人之岭外》云：

> 五岭难为客，君游早晚回。
> 一囊秋课苦，万里瘴云开。
> 金柱根应动，风雷舶欲来。
> 明时好□进，莫滞长卿才。①

诗人用"五岭"泛指广阔的南部边域。写这里的气候，用"万里"，似乎整个世界都被令北方人恐惧的瘴雾笼罩着，混混茫茫，不见天日。"金柱"指马援征南所立铜柱，在交趾为汉代最南方边界，代表极南，"金柱根应动"是对海洋来风的力量的极度夸张，风雷之声能够裹挟着大船随浪涛而至。这些景色的描写都极具夸张写实之意味，使得大唐王朝的南部边域也拥有了辽阔壮丽之美。

总体看来，诗人们写到大唐王朝的边域习惯于使用面积指向广阔、空间指向遥远的词语。再举几例中晚唐的诗句，杨巨源《送殷员外使北蕃》中的"二轩将雨露，万里入烟沙"、钱起《卢龙塞行送韦掌记》中的"雨雪纷纷黑山外，行人共指卢龙塞。万里飞沙咽鼓鼙，三军杀气凝旌旆"、鲍溶《寄李都护》中的"去年河上送行人，万里弓旌一武臣"、李昌符《送人游边》中的"愁指萧关外，风沙入远程""地理全归汉，天威不在兵"、雍陶《送于中丞使北蕃》中的"朔将引双旌，山遥碛雪平。经年通国信，计日得蕃情"等，举凡山水河流、海洋沙漠、地理行程，都是用大气磅礴的词语展现唐王

---

① [唐]贯休：《送友人之岭外》，《全唐诗》卷八三一，中华书局，1960年，第9375页。

朝诗人眼中的雄浑之美,就像绘画中的大写意,酣畅淋漓的天地一体、笼盖四野的云雾苍茫、辽远壮阔的山水地理,组合成浑厚大气的磅礴之美。

二是状物语汇的极大夸张。关于描写语言的使用及其效果,刘勰在《文心雕龙·夸饰》中说:"神道难摹,精言不能追其极;形器易写,壮辞可得喻其真。才非短长,理自难易耳。故自天地以降,豫入声貌,文辞所被,夸饰恒存。虽《诗》《书》雅言,风格训世,事必宜广,文亦过焉。是以言峻则嵩高极天,论狭则河不容舠,说多则子孙千亿,称少则民靡孑遗,襄陵举滔天之目,倒戈立漂杵之论。辞虽已甚,其义无害也。"①也就是通过极度夸饰(扩大或缩小)能够很好地达到语言虽过分、表达效果却恰到好处的境地。以此,如果笔者上面所说"选用大气磅礴的词汇"只是构成"雄浑壮阔"风格的语汇本身,那么,使用富有夸饰意义的语汇有意制造"雄浑壮阔"风格,则是诗人写作手法的讲究,而在夸饰的"扩大"和"缩小"两个方向,显然在状物语汇上向雄浑壮阔夸饰的"扩大"夸饰语言就是唐人边域书写世界里直接给人磅礴雄浑之美的描写手段,这种描写手段既包括怎样使用夸饰语言描写雄浑壮阔的事物,也包括形成了怎样大气磅礴的阅读感受。进一步而言,广阔的地理、辽远的长空、壮阔的景象、斑斓的世界,必定成为营造唐诗雄浑壮阔境界作品的重要组成部分,而加以夸饰之后,更让唐诗的宏大气象令人神往。如唐太宗李世民的《于北平作》:

> 翠野驻戎轩,卢龙转征旆。

---

① [南朝梁]刘勰著,向长清释:《文心雕龙浅释》,人民出版社,1981年,第322页。

> 遥山丽如绮，长流萦似带。
> 海气百重楼，岩松千丈盖。
> 兹焉可游赏，何必襄城外。①

这是唐太宗东征时路经北平的作品。与唐太宗大部分咏物诗喜好巧丽词句不同，此诗除"遥山丽如绮，长流萦似带"仿谢朓"余霞散成绮，澄江静如练"外，其余则呈关陇诗风。前两句点明帝王征战之车驾、围绕车驾之各式征旗已经驻跸四野青翠的卢龙古塞。模仿谢朓的两句虽然巧丽，但"遥山""长流"已比谢朓诗句气势为大。接下来的两句则大气磅礴，"海气"有笼罩之象，"百重楼"用扩大夸张描写更将海气压倒一切的气象烘托出来，"岩松"用"千丈盖"的夸张描写，突出了岩松老干虬枝、笼罩山岳的气魄。这正是山河地理的魅力之所在，故结句于"兹焉可游赏，何必襄城外"。诗人似乎非常满足于自己统御范围内的大地山河，而对"襄城"即平壤颇为不屑。

又如张说的《入海二首》其一，描写南海"海旷"到了"不可临"的地步，因为南海实在太大了，达到茫茫然不知东西南北，混混然似长空布满阴云，云山高低出没，天地混茫难辨，万里无涯，无边无际，难测深广。所用词语，均为极大、极广、极深的极致语言，描写出南海令人恐惧的广阔无边、海天茫茫，可谓气象宏放、雄阔壮观、元气浑沦。

岑参是盛唐时期颇具浪漫激情的诗人，在唐代边塞诗人中，他的边塞诗数量最多，有很多在语言使用上都颇具夸张意味，如《北庭作》：

---

① [唐]李世民：《于北平作》，《全唐诗》卷一，中华书局，1960年，第5页。

> 雁塞通盐泽，龙堆接醋沟。
> 孤城天北畔，绝域海西头。
> 秋雪春仍下，朝风夜不休。
> 可知年四十，犹自未封侯。①

此诗大约写于天宝十四载（755）秋，岑参出使北庭时。首联以概括之语历数出使路途中所经的重要地理标识，以示行程之艰难。"雁塞"，廖立笺注认为指湖北神农架东段，并引《艺文类聚》证明，因岑参家乡在荆州，以示思乡，未为不可。但也有另一说认为指雁门关，说盐泽在其东北。笔者认同后说。唐人诗中多提及雁塞，如卢纶《送彭开府往云中觐使君兄》诗有"雁塞逢兄弟，云州发管弦"之语，李端《度关山》诗有"雁塞日初晴，狐关雪复平"之语，许浑《送友人北游》有"雁塞虽多雁，云州却少云"之语，徐夤《恨》诗有"乌江项籍忍归去，雁塞李陵长系留"之语，均指雁门关。在这首诗中，"雁塞"指雁门关，符合诗人叙述出使北庭之意。盐泽，即蒲昌海，也即今之罗布泊。"龙堆"，廖立注没有说清楚。龙堆即白龙堆，也在沙漠里，应为罗布泊内烽堆之类，今罗布泊有白龙堆雅丹地貌景区，或是。唐诗人中提及龙堆，多指向沙漠，如常建《塞下曲四首》之二云："北海阴风动地来，明君祠上望龙堆。髑髅皆是长城卒，日暮沙场飞作灰。"温庭筠《塞寒行》有"白龙堆下千蹄马"，岑参《献封大夫破播仙凯歌六首》之四也有"洗兵鱼海云迎阵，秣马龙堆月照营"之语。"醋沟"，廖立注说在河南新郑市郊，并引《水经注》等材料说明，但岑参不是新郑人，无需以新郑之"醋沟"寄托乡

---

① [唐]岑参撰，廖立笺注：《岑嘉州诗笺注》卷三《北庭作》，中华书局，2004年，第487页。

思,不取此说。廖立又引明代周婴《厄林》八的材料说,周婴认为这个"醋沟"应该距离龙堆较近,只是资料里未见此地名。此说或更接近事实。因为此诗颔联不抒发思乡之情,而描写天北海西的绝域孤城,是诗人走向之地。颔联用词,均为实写中的夸张,给人出使之地极其遥远、几不可及之感。颈联仍以夸张之笔写北庭的寒冷和大风,说秋天的雪一直下到第二年春天,大风从早刮到晚呼呼不休。这种描写的笔法,夸张到近乎失实,却真实地将岑参北庭出使的一路风雪、天高地远描写得令人惊叹,营造了一种现实主义和浪漫主义相结合、真实性和虚幻性相结合的边塞氛围,给人以辽远的视觉冲击力。

再如杨巨源的《(送)供奉定法师归安南》:

> 故乡南越外,万里白云峰。
> 经论辞天去,香花入海逢。
> 鹭涛清梵彻,蜃阁化城重。
> 心到长安陌,交州后夜钟。①

这首诗通篇充满想象。在杨巨源的世界里,南越已经远不可及,可供奉定法师的故乡比这还要遥远。用"万里"形容对方家乡的白云,也是极其遥远。颔联用"辞天""入海",极言相差太远。"天"显然可以两指,既是自然之天,也指帝王为天。颈联以"鹭涛""蜃阁"等非人类语言,写其犹如不在方化之内。尾联以心理距离为衡量,言其心中想到长安的心理速度也要后半夜才到(心理速度应该

---

① [唐]杨巨源:《(送)供奉定法师归安南》,《全唐诗》卷三三三,中华书局,1960年,第4319页。

是说曹操曹操到的速度），可见安南之天遥地远。

　　此一类语言极多，哪怕是被贬南荒，也常见夸大之语，如"风烟万里隔，朝夕几行啼"（沈佺期《赦到不得归题江上石》）、"万里投荒裔"（张说《岭南送使二首》其二）、"马危千仞谷，舟险万重湾"（沈佺期《入鬼门关》）、"闻道崖州一千里，今朝须尽数千杯"（贾至《重别南给事》）、"过岭万余里"（张籍《岭表逢故人》）、"一去一万里，千知千不还"（杨炎《流崖州至鬼门关作》）、"独上高楼望帝京，鸟飞犹是半年程"（李德裕《登崖州城作》）、"明日东南路，穷荒雾露天"（张登《送王主簿游南海》）、"楼船旌斾极天涯，一剑从军两鬓华"（《南海府罢归京口经大庾岭赠张明府》）、"沧溟八千里，今古畏波涛"（高骈《南海神祠》）、"万里驱兵过海门，此生今日报君恩"（高骈《南征叙怀》）等。这些诗句，展示了唐人宽广的胸怀、辽阔的视野，气伟而采奇，心奢而辞壮，其效果恰如《文心雕龙·夸饰》所云："至如气貌山海，体势宫殿，嵯峨揭业，熠耀焜煌之状，光采炜炜而欲然，声貌岌岌其将动矣。莫不因夸以成状，沿饰而得奇也。"[1]虽是刘勰对描写语言的普遍赞美，用在唐人描写边域风景时却可完美贴合。《二十四诗品》中的"大用外腓，真体内充。返虚入浑，积健为雄。备具万物，横绝太空。荒荒油云，寥寥长风。超以象外，得其环中。持之非强，来之无穷"[2]，亦可概括唐人此类语言的总体特点。唐人写边域的雄浑磅礴之美令人惊叹，令人称奇，这确实是唐人丘壑、唐人气韵，是盛大唐音的体现。

---

① ［南朝梁］刘勰著，向长清释：《文心雕龙浅释》，吉林人民出版社，1984 年，第 325 页。

② ［唐］司空图：《二十四诗品》，乔力《二十四诗品探微》，齐鲁书社，1983 年，第 1 页。

二、结体上的包揽万象

"结体",借用的是书法术语,原指汉字的间架结构,这里指文章的组织方式、构建模式。

在唐人描写边域的诗歌里,因为面对的是陌生的世界,探索的欲望使得诗人们更愿意在景观描写上下很大功夫,从多侧面、多角度展现边域世界的神奇和多彩,从而使诗歌形成类"辞赋"式结构:罗列必欲其全、包罗必欲其尽。这在唐诗边域书写里的表现主要是未曾经历者想其所能想,身历其中者写其所能写,形成一种兼揽四面八方、容纳众多事物的构局。这种结体的描写方式,拓宽了唐人自然描写的世界,开阔了读者阅读唐人笔下边域世界的眼界。我们按照时代的顺序举例说明相关情况。如唐太宗李世民征高丽时的《辽城望月》:

> 玄菟月初明,澄辉照辽碣。
> 映云光暂隐,隔树花如缀。
> 魄满桂枝圆,轮亏镜彩缺。
> 临城却影散,带晕重围结。
> 驻跸俯九都,伫观妖氛灭。①

这首诗是唐太宗亲征高丽时的途程诗。诗歌题目是《辽城望月》,却只在第一句点出"玄菟"在辽宁东部至朝鲜半岛的地域,第二句点出"辽碣",结尾两句表达心中理想,其余六句全是直接描写"月"的句子,而第一、二句也是在写"月"。也就是说,此诗十句,八句在写"月":第一句写月之初明,第二句写月之澄辉,第三句写月之

---

① [唐]李世民:《辽城望月》,《全唐诗》卷一,中华书局,1960年,第5—6页。

暂隐,第四句写月之照花,第五句写月之魄圆,第六句写月之亏缺,第七句写月之光影,第八句写月之重晕。他从各个不同层面描写辽城上所见之月光,使得世间一切皆在朗照之下,以抒发其仰观宇宙、俯察品类的胸怀和扫荡"妖氛"的气魄。

宋之问虽然是南贬逐臣,但其多首南贬驿路诗都采用了多视角铺排的包揽式结构,如《入泷州江》《桂州黄潭舜祠》《早发始兴江口至虚氏村作》《发藤州》等。我们先看一首《入泷州江》：

> 孤舟泛盈盈,江流日纵横。
> 夜杂蛟螭寝,晨披瘴疠行。
> 潭蒸水沫起,山热火云生。
> 猿躩时能啸,鸢飞莫敢鸣。
> 海穷南徼尽,乡远北魂惊。
> 泣向文身国,悲看凿齿氓。
> 地偏多育蛊,风恶好相鲸。
> …………①

这首诗原有二十六句,所引除一、二句外,十四句都是写进入泷州江后所见各种景物风情。来自于北方的宋之问,何曾整日江上漂浮? 何曾见惯四处横流的江河? 在他笔下的南流生活方方面面不堪入目：夜间与蛟螭相伴而寝,早晨身披瘴疠而行;潭水似蒸腾着泡沫,山云如同烧火般炎热;猿猴时时跳荡啸叫,乌鸢寻找腐肉都不敢发声;这个地方都是纹身之人和"凿齿"之民,还喜欢养蛊害人,风也大得吓人。这种种与北方安宁的自然环境的不同,构成了

---

① ［唐］宋之问：《入泷州江》,《全唐诗》卷五三,中华书局,1960 年,第 651 页。

泷州江附近的风物风情特点,从多方面展现了南方与北方的不同,
可见宋之问对蛮荒之地厌恶至极。再看一首《发藤州》:

> 朝夕苦遄征,孤魂长自惊。
> 泛舟依雁渚,投馆听猿鸣。
> 石发缘溪蔓,林衣扫地轻。
> 云峰刻不似,苔藓画难成。
> 露裹千花气,泉和万籁声。
> 攀幽红处歇,跻险绿中行。
> 恋切芝兰砌,悲缠松柏茔。
> 丹心江北死,白发岭南生。
> 魑魅天边国,穷愁海上城。
> 劳歌意无限,今日为谁明。①

这首诗二十句,严格意义上的写景就有十句,除前两句和后八句写
诗人内心深处对南贬的感受外,其余十句均从不同角度写从藤州
(在今广西藤县东北)出发的路途景色:众多的大雁栖息洲渚、猿鸣
围绕的驿馆、满山遍溪的萝蔓、四处飘散的树叶、并不险峻的山峰、
乱七八糟的苔藓、各种顶着露水的花朵、泉水相伴的自然界各种声
音,行人只能在幽静处的红花红枫处歇脚、在危险的绿色丛林中行
走。宋之问把自己从藤州出发所见的种种景色写入诗中。就连藤
州一带比较不错的景致,宋之问都因为被贬的身份而看山生悲,看
色生苦,以至于发出"丹心江北死,白发岭南生"的哀叹。仅从写
作视角看,包揽结构形成的本诗的格局,将藤州一带景色的方方面

---

① [唐]宋之问:《发藤州》,《全唐诗》卷五三,中华书局,1960年,第652页。

面都呈现在读者面前。

　　陈子昂的《度峡口山赠乔补阙知之王二无竞》也是一首典型的包揽结构的驿路途程诗：

> 峡口大漠南，横绝界中国。
> 丛石何纷纠，小山复翕绝。
> 远望多众容，逼之无异色。
> 崔崒半孤断，逶迤屡回直。
> 信关胡马冲，亦距汉边塞。
> 岂依河山险，将顺休明德。
> 物壮诚有衰，势雄良易极。
> 逦迤忽而尽，决漭平不息。
> 之子黄金躯，如何此荒域。
> 云台盛多士，待君丹墀侧。①

陈子昂的这首诗，写于途经大漠南部的峡口，整首诗二十句，前十句从不同角度描写横绝大漠的峡口的地理位置、山石状况、山石颜色、山形走势、要冲价值，中间夹四句评价，十五、十六两句又写峡口山势连绵、大漠平旷，一直延伸到遥远的地方。可以说，诗人观测峡口的所有角度都写入了诗。在此基础上诗人再对峡口的各种情况进行评价，由此感叹乔知之、王无竞这样的人物如何会到这样的荒原绝域征战，并期望其及早返回朝廷。全诗在写景部分极尽铺叙，使得峡口风光尽揽笔下，境界雄阔。

---

① [唐]陈子昂撰，徐鹏校点：《陈子昂集》卷一《度峡口山赠乔补阙知之王二无竞》，中华书局，1962年，第21页。

张说南贬之时,所写《入海二首》其一,虽然不长,但依然使用包揽式结构组织全篇:

> 乘桴入南海,海旷不可临。
> 茫茫失方面,混混如凝阴。
> 云山相出没,天地互浮沉。
> 万里无涯际,云何测广深。
> 潮波自盈缩,安得会虚心。①

这首诗的诗眼就是第二句的"海旷"二字,主旨就是"海旷不可临"。除却首二句点明自己被南贬和要写的主题,其余八句皆围绕"海旷"展开:大海茫茫不辨方向、混混沌沌总像阴天、云山似乎在大海中出没(写水天相接处)、天地分不清谁在颠倒(船行海中随破浪起伏引发人颠倒一切的感觉)、横无际涯的旷远、浓云密布的天空、波涛起伏的浪潮,最后都归结于空旷到令人恐惧的"心虚"。

这种包揽式结构岑参在很多诗歌中都运用得浑然自如,景物描写也做到了相关情境应有尽有,如《白雪歌送武判官归京》《热海行送崔侍御还京》《天山雪歌送萧治归京》《火山云歌送别》等。先看《白雪歌送武判官归京》:

> 北风卷地白草折,胡天八月即飞雪。
> 忽如一夜春风来,千树万树梨花开。
> 散入珠帘湿罗幕,狐裘不暖锦衾薄。

---

① [唐]张说:《入海二首》其一,《全唐诗》卷八六,中华书局,1960年,第931页。

> 将军角弓不得控，都护铁衣冷难着。
>
> 瀚海阑干百丈冰，愁云黪淡万里凝。
>
> 中军置酒饮归客，胡琴琵琶与羌笛。
>
> 纷纷暮雪下辕门，风掣红旗冻不翻。
>
> 轮台东门送君去，去时雪满天山路。
>
> 山回路转不见君，雪上空留马行处。①

这是一首驿路送行的著名诗作，却极少写到送别本身，只在最后眼望驿路远处，在山回路转的尽头看到了友人走后留下的雪中马蹄的足迹，但也依然是写雪景。也就是说，全诗十八句，除却"中军置酒饮归客，胡琴琵琶与羌笛"与雪无干，余下十六句，都是在写雪：风中飞雪、如花白雪、入户湿雪、致冷寒雪、雪水凝冰、纷纷暮雪、天山路雪、雪上行迹。白雪世界的所有景色均写入诗中。诗歌设色壮丽、想象奇特、情思浪漫、气势磅礴，完全没有儿女送别之态，没有苦寒之中的自哀自怜，而是情思遄飞，在冰雪世界里营造出异景奇情，给冰雪轮台的人生增加了瑰丽壮观的格调。这首诗的景色描写和浪漫精神，前人进行了很多精彩分析，不必多说。需要指出的是，这首诗在写景上的包揽式结构，很少有人提及，而这种方式几乎是岑参边域写景长诗中最常见的章法。再看一首《热海行送崔侍御还京》：

> 侧闻阴山胡儿语，西头热海水如煮。
>
> 海上众鸟不敢飞，中有鲤鱼长且肥。

---

① [唐]岑参撰，廖立笺注：《岑嘉州诗笺注》卷二《白雪歌送武判官归京》，中华书局，2004年，第317页。

岸傍青草常不歇，空中白雪遥旋灭。

蒸沙烁石燃虏云，沸浪炎波煎汉月。

阴火潜烧天地炉，何事偏烘西一隅。

势吞月窟侵太白，气连赤坂通单于。

送君一醉天山郭，正见夕阳海边落。

柏台霜威寒逼人，热海炎气为之薄。①

此诗的包揽结构在于，其前两句用传闻的"西头热海水如煮"开篇，渲染热海的"热"，接着，用四句写景，不着"热"字，尽得"热"意：鸟不敢飞是怕被热气蒸腾，鲤鱼长且肥是因为海水温暖，岸边连年青草是因为空气湿热，空中有雪即被热气蒸化。四种事物均见热海的温度。接着六句直接描写热海的"热"：蒸沙、烁石、燃云（火烧云）、沸浪、炎波、煎月，天地间的一切都被蒸烤着，故用"阴火潜烧天地炉"概括之，并以指责的口吻说"何事偏烘西一隅？""烘"即"烘烤"，"西一隅"即西方，也即热海所在处，"偏烘西一隅"可见西方被烘烤之态。热"烘"到什么程度呢？连月宫和太白山都被这热海的热浪侵吞了，它的热气还直接与以热著称的"赤阪"相连接，甚至直向单于所在之地漂浮。热海的热，在岑参的包揽式结构下穷形尽相，尽显神奇。最后四句才写到送别的酒席和崔侍御的威严。全诗意在以热海之热对比崔侍御之威风凛凛，但在读者的眼中，全诗只有神奇的热海风光和如在眼前的炎热逼人。

岑参的《火山云歌送别》写的是赤亭口（今七克台）送别，也是极尽渲染七克台附近火山的各方面情况，与《天山雪歌送萧治归

---

① ［唐］岑参撰，廖立笺注：《岑嘉州诗笺注》卷二《热海行送崔侍御还京》，中华书局，2004年，第321页。

京》《白雪歌送武判官归京》内容相类，都是驿路送别诗，都是同样的包揽式写法，极尽渲染天山大雪的各个层面，因其绝相类，故不再做分析。

王建的《辽东行》写辽东征战的艰难困苦，也是方方面面：

> 辽东万里辽水曲，古戍无城复无屋。
> 黄云盖地雪作山，不惜黄金买衣服。
> 战回各自收弓箭，正西回面家乡远。
> 年年郡县送征人，将与辽东作丘坂。
> 宁为草木乡中生，有身不向辽东行。①

征战必有死亡，征战往往留给家人无限感伤，陈陶《陇西行四首》其二写到边塞战争的残酷时说："誓扫匈奴不顾身，五千貂锦丧胡尘。可怜无定河边骨，犹是春闺梦里人。"②征战的将士们是很勇猛的，奋不顾身奋勇杀敌，为国捐躯毫不犹豫，可怜的是家乡的思妇，当其丈夫征战丧身埋骨边域之时，她还在痴痴盼望着丈夫的回归。但战争何止毁灭了闺中人美好的梦想，更毁灭了征战者的人生。读一读王建的《辽东行》，就可以从多个层面了解征战戍卒的可悲可叹：辽东，极寒之地，说是戍守，竟然无城无屋，所谓的山是积雪堆积而成，其冷可知，故有黄金都不如有衣服，宁肯不要黄金，也要换取衣服取暖。打完仗，想归乡，但家乡遥不可及，无数的征人到这里征战，结果就是送给辽东的土地"作丘坂"。极寒冷、无居所、

---

① ［唐］王建：《辽东行》，《全唐诗》卷二七，中华书局，1960 年，第 374 页。
② ［唐］陈陶：《陇西行四首》其二，《全唐诗》卷七四六，中华书局，1960 年，第 8492 页。

归乡难、死人多,这就是辽东征战者的生活。故而诗人最后怨极了战争,发出了"宁为草木乡中生,有身不向辽东行"的誓言。

再如戎昱的《泾州观元戎出师》,从不同侧面展现了元戎的风采、能力和可能的功业:

> 寒日征西将,萧萧万马丛。
> 吹筛覆楼雪,祝纛满旗风。
> 遮虏黄云断,烧羌白草空。
> 金铙肃天外,玉帐静霜中。
> 朔野长城闭,河源旧路通。
> 卫青师自老,魏绛赏何功。
> 枪垒依沙迥,辕门压塞雄。
> 燕然如可勒,万里愿从公。①

泾州,在今甘肃泾川北。戎昱所描写的"元戎出师",包括了出师军队的方方面面:出征的时候是寒冷的冬天,元戎威立于万马丛中;军中筛声萦绕着白雪覆盖的戍楼,用以祭祀出征的大旗飘舞在寒风之中;(军队)阻挡敌虏似乎连天上滚滚黄云都能斩断,连地面胡羌的白草都能烧空;自己这一方玉帐安静、驿路畅通、军队老练、功高难赏。总而言之,凡是军队中出征可能涉及的情况,诗人都从积极的角度进行了解读,让读者看到了这位元戎带兵打仗的能力,故而在最后表达了"燕然如可勒,万里愿从公"的愿望,这是对元戎本领的最高认同和赞美。

---

① [唐]戎昱:《泾州观元戎出师》,《全唐诗》卷二七〇,中华书局,1960年,第3010页。

"结体"，借用的是书法术语，在诗歌写作中主要倾向于思维方式和内容组合。这种包揽式结构，言方位则上下左右前后皆尽，罗列事物则能多尽多，语汇丰富，有包罗之势。对于结体的包罗万象与磅礴雄浑之间的关系，笔者认为，当作者用囊括的手法将所思所想尽可能包容进诗歌中，往往就具备了囊括一切、吞天涵海的气魄，《二十四诗品》"雄浑"条也有"具备万物，横绝太空"之语表达雄浑的内涵，可见雄浑有时是需要"具备万物"的包揽气势的。这种结体方式颇类楚辞，言某事必及其方方面面，说细处，必及其丝丝缕缕，有的作品会出现赋作"劝百讽一"式的副作用，但大部分还是具有包揽气势，呈现出宏大气象。

三、风格上的豪迈雄浑

如果从语言收获的阅读感觉来看，风格上的豪迈雄浑其实与语言上的大气磅礴、结体上的包罗万象关系非常紧密，可以说，语言上的大气磅礴、结体上的包罗万象是形成风格上的豪迈雄浑的重要因素。但我们还是要从风格上的豪迈雄浑专门谈一谈唐代驿路诗歌边域书写的问题，因为风格上的豪迈雄浑绝不仅仅是语言与结体上的问题，它更是一种诗歌的气质和品格，是一种精神上的风度、格局。笔者所指驿路唐诗边域书写中风格的"豪迈雄浑"，如果用语言描述，有点类似于《二十四诗品》中的"豪放"："观花匪禁，吞吐大荒。由道返气，处得易狂。天风浪浪，海山苍苍。真力弥满，万象在旁。前招三辰，后引凤凰。晓策六鳌，濯足扶桑。"[1]体现这种豪迈雄浑阅读感觉的作品很多，主要是反映安西和安北生

---

① [唐]司空图:《二十四诗品》，乔力《二十四诗品探微》，齐鲁书社，1983年，
　　第67页。

活的驿路诗歌。

　　陈子昂有一首《和陆明府赠将军重出塞》，诗题虽然没有送别，其实仍是一首驿路送别诗，诗中昂扬的是驰骋沙场、跃马横枪、指挥天地、开疆拓土的昂扬向上的精神：

> 忽闻天上将，关塞重横行。
> 始返楼兰国，还向朔方城。
> 黄金装战马，白羽集神兵。
> 星月开天阵，山川列地营。
> 晚风吹画角，春色耀飞旌。
> 宁知班定远，犹是一书生。①

诗中的这位二次出塞的将军，是诗人心目中的天上将，驰骋横行，意气风发；刚从楼兰返回，又向朔方进发，马不停蹄；战马盔甲鲜明，军队挥羽而至，精神百倍；星月是他摆开的天阵，山川是他铺开的地营，有指挥天地的气魄；晚风吹动的画角和飞旌都像是焕发了春天般的色彩，何等精神！结尾说这位将军竟是像班超一样的书生。书生的意气风发带给人精神上昂扬豪迈的爽朗。

　　再如孙逖的《送赵大夫护边》（一作《送赵都护赴安西》）：

> 外域分都护，中台命职方。
> 欲传清庙略，先取剧曹郎。
> 已佩登坛印，犹怀伏奏香。

---

① ［唐］陈子昂撰，徐鹏校点：《陈子昂集》卷一《和陆明府赠将军重出塞》，中华书局，1962年，第30页。

> 百壶开祖饯，驷牡戒戎装。
> 青海连西掖，黄河带北凉。
> 关山瞻汉月，戈剑宿胡霜。
> 体国才先著，论兵策复长。
> 果持文武术，还继杜当阳。①

诗题中的赵大夫，据另一诗题"赵都护"，知为安西副都护赵颐贞。赵颐贞是开元十四年（726）至安西都护府副大使任的，则此诗写于是年。孙逖时当为起居舍人，在朝中为官，京都驿路送别赵颐贞，诗中"百壶开祖饯，驷牡戒戎装"可证。在诗人笔下，"青海连西掖，黄河带北凉"，祖国山河血脉相连，赵颐贞到了那片广袤的土地，就会过上"关山瞻汉月，戈剑宿胡霜"的军旅生活，他论兵谈策，文武兼能，若当年的西晋名帅当阳侯杜预一般文治武功皆有斩获。诗人笔下的山河气魄雄浑，生活潇洒率性，精神意气豪迈。仅以后八句观，较之于孟浩然《临洞庭湖赠张丞相》和杜甫《登岳阳楼》，不输其雄浑壮健。

　　王维壮年时，曾经写有多首送人到河西、安西的作品，虽有离别之愁，但总体风格也是雄浑豪迈，如《送张判官赴河西》中的"慷慨倚长剑，高歌一送君"，《送宇文三赴河西充行军司马》中的"蒲类成秦地，莎车属汉家。当令犬戎国，朝聘学昆邪"，《送刘司直赴安西》中的"苜蓿随天马，葡萄逐汉臣。当令外国惧，不敢觅和亲"等。这些作品中慷慨悲歌的雄豪之气、开疆拓土的英雄豪情，压倒敌国的豪迈气概，传达出唐人对西域的管辖力度和令方外小国不

---

①［唐］孙逖：《送赵大夫护边》，《全唐诗》卷一一八，中华书局，1961 年，第1196 页。

敢小觑大唐王朝的气魄,故沈德潜称这类诗歌"一气浑沦",黄培芳称属于"雄浑一派"。我们看一首《送平澹然判官》:

> 不识阳关路,新从定远侯。
>
> 黄云断春色,画角起边愁。
>
> 瀚海经年到,交河出塞流。
>
> 须令外国使,知饮月支头。①

诗歌前六句写西域阳关路上的艰难和遥远,尾联以"须令外国使,知饮月支头"表达对平澹然判官的期望。"月支头"为用典,《史记·大宛列传》载:"大月氏在大宛西可二三千里,居妫水北。其南则大夏,西则安息,北则康居。行国也,随畜移徙,与匈奴同俗。控弦者可一二十万。故时强,轻匈奴,及冒顿立,攻破月氏,至匈奴老上单于,杀月氏王,以其头为饮器。始月氏居敦煌、祁连间,及为匈奴所败,乃远去,过宛,西击大夏而臣之,遂都妫水北,为王庭。其余小众不能去者,保南山羌,号小月氏。"②"饮月支头",很显然是恐吓语,是压倒外国使者的气势,也是唐人君临天下的气魄的写照,故《唐贤三昧集笺注》卷上引黄培芳语:"收亦最终,此极神旺。"③

　　高适的《送柴司户充刘卿判官之岭外》,虽是送人去唐人心目中荒凉的岭南,但在志向高远的高适看来,一切困难都可以踩在脚下:

---

① [唐]王维撰,陈铁民校注:《王维集校注》卷四《送平澹然判官》,中华书局,1997年,第407页。

② [汉]司马迁撰,[南朝宋]裴骃集解,[唐]司马贞索隐,[唐]张守节正义:《史记》卷一二三《大宛列传》,中华书局,1959年,第3161—3162页。

③ [唐]王维撰,陈铁民校注:《王维集校注》卷四,中华书局,1997年,第408页。

> 岭外资雄镇，朝端宠节旄。
> 月卿临幕府，星使出词曹。
> 海对羊城阔，山连象郡高。
> 风霜驱瘴疠，忠信涉波涛。
> 别恨随流水，交情脱宝刀。
> 有才无不适，行矣莫徒劳。①

与唐代被贬谪南荒的其他诗人笔下面对岭外的地理、气候、穿着、风俗的诸多不适而产生的低沉心态不同，高适对于这些困难抱持的是一种高亢昂扬的姿态，他不把岭外的城池视为蛮荒，而称为"雄镇"；他称南海太守刘巨鳞为"月卿"，称柴司户为"星使"，很是阳光；写那里的景色并不恐怖，而是山高水阔，气象非凡；写那里的瘴雾波涛，也都是被驱散或被踩在脚下。后四句，唐汝询解曰："然恨别无已，交情莫申，唯有解佩刀以相赠耳。已后勉之曰：君既有才，何往不可，岭外虽远，亦应树勋，勿虚此行也。"② 高适以壮阔之笔写南海风物，以洒脱态度送别友人，并鼓励友人要战胜遇到的重重风险，是一种精神上的豪迈洒脱。

中唐诗人张籍，虽然未曾经历开天盛世，但其精神世界里尚有盛唐余音，有些涉及驿路边域诗歌的作品能够体现这一特征，如《送防秋将》：

> 白首征西将，犹能射戟支。
> 元戎选部曲，军吏换旌旗。

---

① ［唐］高适著，刘开扬：《高适诗集编年笺注》，中华书局，1981 年，第 344 页。
② ［唐］高适著，刘开扬：《高适诗集编年笺注》，中华书局，1981 年，第 345 页。

逐虏招降远，开边旧垒移。

重收陇外地，应似汉家时。①

这是一首送别诗，赞美一位征西老将，虽白发苍苍，但雄心不减，以崭新的姿态出现在防秋的战场上，驱逐敌虏，招降远人，开拓边塞，收复失地，恢复大汉雄风。整首诗面对国家曾经失去陇外之地的情况，毫无气骨顿衰面目，反而有一种"老骥伏枥，志在千里"的慷慨激昂，恢复国家盛世边界的豪迈精神渗透在字里行间。

晚唐诗人李频，在送别一位庾姓将军时，写有《赠长城庾将军》，虽是唐王朝已经日渐夕阳之时，言辞之间，仍然气干云天：

初年三十拜将军，近代英雄独未闻。

向国报恩心比石，辞天作镇气凌云。

逆风走马貂裘卷，望塞悬弧雁阵分。

定拥节旄从此去，安西大破犬戎群。②

李频诗中的这位庾将军，三十岁拜将，可谓青春得意，英雄了得，故用"近代英雄独未闻"写其经历上的不同寻常，表达崇敬和赞美。颔联则写其肝胆忠心、凌云气势，再现其内心的刚烈和气质的豪迈。颈联刻画庾将军在边塞走马如风、射箭雁散的高超技巧，似乎让人看到了一个冲入敌群有风卷残云之势、能够吓退敌军的勇士！结尾是驿路送别的壮行之语，对庾将军大破犬戎充满了无限

①［唐］张籍：《送防秋将》，《全唐诗》卷三八四，中华书局，1960年，第4308页。

②［唐］李频：《赠长城庾将军》，《全唐诗》卷五八七，中华书局，1960年，第6810页。

期待！

以上唐诗，并不仅仅靠语言上使用阔大到极致之语，也不靠包揽上下左右、天地四方的结体方式形成笼盖四野的气势，而靠一种精神品质，一种阅读后令人精神提振、倍受激励的诗歌气质。这种气质，压倒了一切敌人，战胜了大自然的狞厉，为大自然和人的精神赋予了壮阔雄伟、纵恣豪放的特色，描绘出如泼墨般的酣畅淋漓的境界。在阅读该类作品时，常有一种"由道返气""真体内充""真力弥满""积健为雄"（借用司空图《诗品》语）的阅读效果，能够感受到由刚强人格构成的诗歌骨力、豪迈精神构成的遒劲力量，形成一种震慑人心的雄浑之美。

第二节　书剑精神的阳刚劲健之美

在中国古代社会里，有两种东西是被人们尊崇的，一是书，所谓"万般皆下品，唯有读书高"，书是博学有识、积极进取、努力向上的象征；一是剑，被称为"百兵之君"的剑，不仅是防身的武器、阳刚之气的象征，更是身份的象征。据《隋书·礼仪志》记载，不同身份的人还要带不同装饰的剑：

> 一品，玉具剑，佩山玄玉。二品，金装剑，佩水苍玉。三品及开国子男、五等散品名号侯，虽四、五品，并银装剑，佩水苍玉。侍中已下，通直郎已上，陪位则像剑。带真剑者，入宗庙及升殿，若在仗内，皆解剑。一品及散郡公、开国公侯伯，皆双佩。二品、三品及开国子男、五等散品名号侯，皆双佩。绶亦如之。①

---

① [唐]魏征等：《隋书》卷一一《礼仪六》，中华书局，1973年，第242页。

由此可见古人对佩剑的重视，对身份的重视。据说，孔夫子周游列国时就佩戴紫薇剑出行。剑又是防身的利器，一剑在手，胆量亦上身。

　　对古代人而言，书是文人的标志，剑也是众多文人不肯离手的佩饰。很多人在电视剧里看到文人带剑或舞剑，颇为不解，说："文人拿的哪门子剑啊？"其实这是对古代社会的不了解。到了隋唐时期，拥有"少年精神"的文人更是把剑作为随身饰物，当然也会舞上几下，只是"剑术一般"与"精于剑术"的区别而已。所以我们可以在唐代文人的诗歌里看到很多书剑并称的诗歌，他们所做的事都是书剑事业："顾忆徇书剑，未尝安枕席"（张九龄《南阳道中作》）、"平生闻高义，书剑百夫雄"（陈子昂《送别出塞》）、"年发已从书剑老，戎衣更逐霍将军"（李益《上黄堆烽》）、"书剑伴身离泗上，雪风吹面立船中"（薛能《送李倍秀才》）、"书剑催人不暂闲，洛阳羁旅复秦关"（杜俨《客中作》），就连我们的大诗人杜甫也是书剑常伴："检书烧烛短，看剑引杯长。"（《夜宴左氏庄》）那时的人夸人、自荐、荐人、劝人，都把读书学剑放在重要位置，似乎没有书剑就拿不出手，如："书剑同三友，蓬蒿外四邻"（杜荀鹤《郊居即事投李给事》）、"文章报主非无意，书剑还家素有期"（许浑《送陆拾遗东归》）、"远作受恩身不易，莫抛书剑近笙歌"（朱庆余《送刘思复南河从军》）、"早携书剑离岩谷，莫待蒲轮辗白云"（汪遵《招隐》）、"初携书剑别湘潭，金榜标名第十三。昔日声名喧洛下，近来诗价满江南"（李昉《寄孟宾于》）等。即使人生不适意，也可以通过书剑传达："君负鸿鹄志，蹉跎书剑年"（孟浩然《送陈七赴西军》）、"皇皇三十载，书剑两无成"（孟浩然《自洛之越》）、"一生孤负龙泉剑，羞把诗书问故人"（杨凌《北行留别》）、"一卧东山三十春，岂知书剑老风尘"（高适《人日寄杜二拾遗》）、"壮年学书剑，他日委泥沙"（杜甫《暮春

题瀼西新赁草屋五首》之四）、"书剑身同废,烟霞吏共闲"（刘长卿
《偶然作》）、"管弦愁里老,书剑梦中忙"（许浑《洛东兰若夜归》）、
"久别羁孤成潦倒,回看书剑更苍黄"（罗邺《冬夕江上言事五首》）、
"烟霞旧想长相阻,书剑投人久不归"（杜牧《中途寄友人》）、"落拓
书剑晚,清秋鹰正笼"（陈陶《涂山怀古》）等。

　　在唐人的世界里,"书剑"是事业的象征、身份的象征,也是一
种积极的人生态度的象征。书剑精神,就是积极进取、昂扬向上、
勇闯天下、救世济人,故而,在书剑精神影响下的唐代驿路诗歌的
边域书写,呈现出一种阳刚劲健之美。

一、功业理想的激情之美

　　在中国这个儒家思想占绝对统治地位的国度,儒家用于垂名
教化的"三不朽"是士人理想人格的重要组成部分,身处士人群体
的唐代诗人绝大多数都有建功立业、报效国家的思想,事实上,唐
代从中原到边域的驿路上奔波的人们,既是出于积极入世的热情,
为了国家的安宁,也同样少不了为了功业。比如高适既说过"常怀
感激心,愿效纵横谟",也说过"功名万里外,心事一杯中""万里不
惜死,一朝得成功。画图麒麟阁,入朝明光宫"。岑参既说过"小来
思报国,不是爱封侯""万里奉王事,一身无所求",也说过"功业须
及时,立身有行藏""功名祗向马上取,真是英雄一丈夫"。这二者
并不矛盾,且都能激发远赴边域的人们奋斗的激情。驿路唐诗边
域书写中涉及此类内容的作品,多激情荡漾、奋发向上,充满着建
功立业的热望,充满着保家卫国的自豪。如骆宾王的《宿温城望军
营》写了"烟疏疑卷帻,尘灭似销氛。投笔怀班业,临戎想霍勋"[1],

---

[1]　[唐]骆宾王著,[清]陈熙晋笺注：《骆临海集笺注》卷五《宿温城望军营》,
　　上海古籍出版社,1985年,第176页。

"烟疏"两句,在诗人笔下,自然景物的描写也带有功业已成的激情。"卷祲"即卷走不祥之气;"销氛"即消灭妖氛。"投笔怀班业,临戎想霍勋"则以班超伟业、霍去病功勋,表达诗人投笔从戎后,希望干一番事业,像班、霍一样为国建功、名垂青史。最后两句"还应雪汉耻,持此报明君"直接抒发诗人要为国家"雪耻",要报效国家、报效君王的决心。可以想见,从军西域时的骆宾王完全与大唐王朝心心相印,时时准备为大唐王朝贡献自己的才华和智慧,是书生慷慨从戎、勇赴国难的激情,与其《从军行》中"不求生入塞,唯当死报君"的精神完全一致。

　　文人身上的书剑精神往往通过从军出塞体现。在这一精神行为领域,陈子昂发挥得酣畅淋漓。如其《送别出塞》:

> 平生闻高义,书剑百夫雄。
> 言登青云去,非此白头翁。
> 胡兵屯塞下,汉骑属云中。
> 君为白马将,腰佩骍角弓。
> 单于不敢射,天子伫深功。
> 蜀山余方隐,良会何时同。①

从诗歌尾句可知,此诗写于诗人回归梓州期间。至于哪次回归梓州,所送别之人为何人,都很难断定,罗庸《唐陈子昂先生伯玉年谱》未见此诗编年。诗歌称赞所送之人"高义",而且"书剑百夫雄",应是文武全能之人。诗人赞美对方文武全能、风度翩翩,敌虏

---

① [唐]陈子昂著,徐鹏校点:《陈子昂集》卷一《送别出塞》,中华书局,1962年,第29页。

闻之不敢进犯,天子京都等待捷报,都是对书剑精神得以实现的无限向往。他的《送魏大从军》更是此方面的杰出代表。诗歌以匈奴未灭为己任,又暗含"匈奴未灭,何以家为"之志。三河点明送别地点,"六郡雄"指在六郡建立边功的汉人赵充国,以此激励魏大建功立业。燕山、狐塞,指从军之所,在北部边地。结语以反激之法鼓励魏大要建立堪比燕然山勒名的不朽功业。全诗充满了奋发向上的精神,感情豪放激扬,语气慷慨悲壮,虽然是在激励魏大,却将诗人"感时思报国,拔剑起蒿莱"(《感遇诗》之三十五)的英风豪气展现在读者面前。《网师园唐诗笺》云:"末四句勉以立功,义正词雄。"①刘克庄《后村诗话》中说:"唐初王、杨、沈、宋擅名,然不脱齐梁之体。独陈拾遗首唱高雅冲淡之音,一扫六代纤弱,趋于黄初、建安矣。"②

以一首《黄鹤楼》闻名文学史的崔颢,初出茅庐时曾因"十五嫁王昌"遭李邕否决,但其涉及出塞的作品也很有激情,如其《送单于裴都护赴西河》(原文见本书第233—234页)。诗中的裴都护显然是一位能征惯战的将领,"征马去翩翩"写其骑术高超,也是征战本领高超的写照。"单于莫近塞"是对敌军的吓阻,而敢于这样吓阻敌军,是因为"都护欲临边"。看来,崔颢心目中的这位裴都护也是一位像汉之飞将军李广那样能够吓阻敌军的英雄将领。结尾的"功成须献捷,未必去经年"是说裴都护临边,一定会很快功成身退。"献捷"是功业成功的标志。未必经年,通过写征战能够快去快回,展现裴都护的本领高强。此处的"西河"应指甘肃西部

---

① 陈伯海主编:《唐诗汇评》,上海古籍出版社,2015年,第1册第281页。
② [宋]刘克庄:《后村诗话》卷一,国家图书馆藏明刻本,1368—1644年间刻本,善本书号13404,第11面。

的西河郡,按驿路行程,来去约需三个多月,若献捷"未必去经年",也就是说,仅仅需要七八个月即可解决边患问题。这显然是对裴都护本领的赞美,也是对取胜的期望,从中透露出诗人对裴都护处理边患能力的认同,充溢着对大唐边疆将领功业唾手可得的必胜信念!

以布衣终老的孟浩然,其实雄心亦壮,不仅自己努力寻找机会,也以书剑精神鼓励朋友,其《送陈七赴西军》云:

> 吾观非常者,碌碌在目前。
> 君负鸿鹄志,蹉跎书剑年。
> 一闻边烽动,万里忽争先。
> 余亦赴京国,何当献凯还。①

此诗有"余亦赴京国"一句,当是孟浩然入京之前作。徐鹏定于开元十五年(727)冬。据徐鹏考证:"是年九月,吐蕃大将悉诺逻陷瓜州,进攻玉门军,闰九月,吐蕃赞普与突骑施苏禄围安西城。十二月,征陇右道、河西道及关中、朔方兵十余万人集会州防秋。此'西军'当指西方防守之军。"②陈七,未知其名,当是孟浩然故乡朋友。在孟浩然看来,陈七有鸿鹄之志,却书剑蹉跎,未有所成。边烽一起,激起了陈七万里争先的报国雄心,准备奔赴疆场实现自己的理想,而孟浩然亦很支持陈七的决定,并盼望他早日奏凯而还。在孟浩然看来,人生就应该这样积极奋进,不放弃任何施展报

---

① 徐鹏校注:《孟浩然集校注》卷一《送陈七赴西军》,人民文学出版社,1989年,第72页。

② 徐鹏校注:《孟浩然集校注》卷一《送陈七赴西军》,人民文学出版社1989年,第72页。

负的机会。

　　王维其实是一位性格懦弱的诗人，无论是在面对李林甫专权时还是面对安禄山、史思明叛军时，都可以看出他性格上的这些弱点。但他在早年也有豪气干云的激情，如《送刘司直赴安西》中的"当令外国惧，不敢觅和亲"、《送平澹然判官》中的"须令外国使，知饮月支头"。《送刘司直赴安西》中的结尾，"和亲"二字，既是用典也是写实。用典指汉朝的和亲。汉朝自汉高祖时期为维护汉朝来之不易的和平，也因为没有能力再抵御外来侵掠，因而采取休养生息的国策，并对匈奴等少数民族使用和亲政策以稳定边防，但这实在是汉王朝不得已的策略，汉武帝就很不认同这种做法。汉武帝之后大汉国力下降，又使用和亲政策与周边民族进行外交联系。汉代历史上最有名的就是昭君出塞。唐王朝国力不弱，但为了搞好与周边民族的关系，也多次使用和亲政策，如唐太宗时期的文成公主、唐中宗时期的金城公主，对巩固吐蕃与大唐王朝的"甥舅关系"都起到了相当重要的作用。但这些做法在唐朝很多人看来是很失体面的策略，如宋之问说过"当闻汉雪耻，羞共虏和亲"（《赠严侍御》）、孙逖说过"西戎虽献款，上策耻和亲"（《送李补阙摄御史充河西节度判官》）、高适说过"转斗岂长策，和亲非远图"（《塞上》）、杜甫说过"和亲知计拙，公主漫无归"（《警急》）等，王维在送别去安西的朋友时，说希望刘司直收获让外国人"不敢觅和亲"的功效，那是对刘司直寄予了多大的期望！《送平澹然判官》中的尾联也是同样的功效。"月氏头"是指《史记·大宛列传》记载的小月氏首领被杀的事件，而让外国人了解大汉曾经有过的这段历史，显然是王维希望平澹然有威仪恐吓之本领，为大唐王朝赚尽国威！这是压倒一切的气势，是不容置疑的威严，是充满自信的外交气派，当然也是王维对大唐王朝拥有这种震慑力量的不可置疑的信心和自豪！

　　盛唐诗人高适的功业成就在唐代诗人中最令人羡慕，作为唐代诗人中唯一的封侯者，他"五十岁始留意于诗什"，甚至嘲笑文人："大笑向文士，一经何足穷！古人昧此道，往往成老翁。"[1]他很看不上"雕虫篆刻"之事，而更主张文人向武，在《送李侍御赴安西》中抒发了"功名万里外，心事一怀中""离魂莫惆怅，看取宝刀雄"的激情。李侍御赴安西，显然是文官奔赴军营。在高适笔下，这位侍御大人一路奔波，"金鞭指铁骢"，正是为了万里之外有建树功名的机会。所以面对分别，绝无任何惜别之意，而是劝慰对方"离魂莫惆怅"，并热情鼓励对方通过宝刀建立不朽功勋。这是高适将自己的理想寄托给将赴安西的李侍御，同时也是用自己的热情感染李侍御为国建功的激情。

　　大历时期虽是唐王朝开始走下坡路的起点，但当时的诗人多是受过盛唐精神洗礼的，虽然他们身上已经缺少了盛唐时期的昂扬气质，但也仍然保留着些许的阳刚气质，有些诗人心目中仍存建功立业的理想，这在驿路边域诗歌写作中颇有表现，如李益的《上黄堆烽》：

　　　　心期紫阁山中月，身过黄堆烽上云。
　　　　年发已从书剑老，戎衣更逐霍将军。[2]

"紫阁"，在这里代指仙人、隐士所在地，表明诗人曾有逍遥之梦。

---

① [唐]高适著，刘开扬：《高适诗集编年笺注》，中华书局，1981年，第269页。
② [唐]李益：《上黄堆烽》，《全唐诗》卷二八三，中华书局，1960年，第3231页。

但现实却让他从军边塞，来到黄堆烽。诗人写作此诗时，感慨自己"年发已从书剑老"，在读书练剑的生活中消磨了岁月，但只要穿上戎装，就要追逐霍去病那样的英雄伟业。从中可见，诗人虽已年老，而雄心不退，壮志更高。这是回荡在诗人内心深处的激情。

　　大历诗人李端，虽基本生活于安史之乱后，但书生报国的情怀并不逊色于盛唐时人，其《度关山》是一首不错的边塞诗，虽不一定属于驿路诗歌，但却可以证明他的身上流淌着积极进取的理想精神，一句"谁知系虏者，贾谊是书生"可见其对书生报国的崇尚和赞美。而其《都亭驿送郭判官之幽州幕府》明确了其驿路诗歌对这种精神的弘扬：

> 幕府参戎事，承明伏奏归。
> 都亭使者出，杯酒故人违。
> 细雨沾官骑，轻风拂客衣。
> 还从大夫后，吾党亦光辉。①

都亭驿是唐时设置于京都长安附近的馆驿，由于历史记载不详，具体位置已经很难确定，但可确证送别的地点在驿馆。判官，《资治通鉴》天宝六载胡三省注："唐诸使之属，判官位次副使，尽总府事。"②可见判官职位之高。大夫，应指幽州幕府府主。在李端看来，参与幕府军事管理，那是脸上带光的事，所以都亭送别，颇有细雨沾衣、清风送客的潇洒与欣慰，而郭判官既然跟随的是幕府府

---

①［唐］李端：《都亭驿送郭判官之幽州幕府》，《全唐诗》卷二八五，中华书局，1960年，第3266页。

②［宋］司马光编著：《资治通鉴》卷二一六，中华书局，1956年，第7007页。

主,且位次仅居副使之后,作为朋友,确实值得为郭判官高兴。他在"吾党亦光辉"的热情洋溢中,似乎已经看到了郭判官"承明伏奏归"的光辉前景,这是对郭判官书生报国、成就辉煌的无比信任。

中唐时期的张籍,也在《送远使》中表达了对所送之人有班超功业的期望:

> 扬旌过陇头,陇水向西流。
> 塞路依山远,戍城逢笛秋。
> 寒沙阴漫漫,疲马去悠悠。
> 为问征行将,谁封定远侯。①

诗歌前六句都是在想象中描写所送之人征途上的地理、人文,表达对远行者的理解,最后以问句结尾,在追问中激励对方建功立业的激情。结尾所用典故指定远侯班超,《后汉书·西域传》记载班超的功劳:"时军司马班超留于寘,绥集诸国。和帝永元元年,大将军窦宪大破匈奴。二年,宪因遣副校尉阎槃将二千余骑掩击伊吾,破之。三年,班超遂定西域,因以超为都护,居龟兹。复置戊己校尉,领兵五百人,居车师前部高昌壁。又置戊部候,居车师后部候城,相去五百里。六年,班超复击破焉耆,于是五十余国悉纳质内属。其条支、安息诸国至于海濒四万里外,皆重译贡献。九年,班超遣掾甘英穷临西海而还。皆前世所不至,《山经》所未详,莫不备其风土、传其珍怪焉。于是远国蒙奇、兜勒皆来归服,遣使贡献。"② 班超

① [唐]张籍:《送远使》,《全唐诗》三八四,中华书局,1960年,第4306页。
② [南朝宋]范晔撰,[唐]李贤等注:《后汉书》卷八八《西域传》,中华书局,1965年,第2910页。

因收服西域诸国而被封为定远侯，后人皆以班超之业绩表达对外交和开疆拓土功业的期望。张籍虽处生中唐，但仍不失功业理想，故而用"谁封定远侯"的疑问引发对方的遐想，激励对方创建像班超那样的业绩。

大历诗人刘长卿的《赠别于群投笔赴安西》更是将书剑精神发挥到淋漓尽致：

风流一才子，经史仍满腹。
心镜万象生，文锋众人服。
顷游灵台下，频弃荆山玉。
蹭蹬空数年，裴回冀微禄。
揭来投笔砚，长揖谢亲族。
且欲图变通，安能守拘束。
本持乡曲誉，肯料泥涂辱。
谁谓命迍邅，还令计反覆。
西戎今未弭，胡骑屯山谷。
坐恃龙豹韬，全轻蜂虿毒。
拂衣从此去，拥传一何速。
元帅许提携，他人伫瞻瞩。
出门寡俦侣，矧乃无僮仆。
黠虏时相逢，黄沙暮愁宿。
萧条远回首，万里如在目。
汉境天西穷，胡山海边绿。
想闻羌笛处，泪尽关山曲。
地阔鸟飞迟，风寒马毛缩。
边愁殊浩荡，离思空断续。

　　　　　塞上归限赊，尊前别期促。

　　　　　知君志不小，一举凌鸿鹄。

　　　　　且愿乐从军，功名在殊俗。①

此诗以中唐诗人于群的人生境遇为关注点，诠释了唐代文人身上的书剑精神。从诗中所透露的情况看，于群尽管文锋犀利、才高于众，但却荆玉被弃，蹭蹬数年，没有办法，转而寻求军旅功业。值得注意的是，于群寻求军旅功业并不是现买现卖，而是"坐恃龙豹韬，全轻蜂虿毒"，是本身就拥有龙豹般的韬略，对西戎胡骑等如蜂虿的敌人根本不放在眼里。在刘长卿笔下，于群也非常了解边地环境艰苦的情况，也知道要忍受亲人长久分离的痛苦，但他志向远大，要怀揣鸿鹄之志，立下军中功名。刘长卿笔下的于群，颇有不服输的唐人精神，"书"这条路不通，就走"剑"那条路，总而言之，要坚韧前行、努力奋斗，为自己争取一个好的人生归宿。

　　大历诗人李端的《送古之奇赴安西幕》以追问的语气，鼓励古之奇建功立业：

　　　　　畴昔十年兄，相逢五校营。

　　　　　今宵举杯酒，陇月见军城。

　　　　　堠火经阴绝，边人接晓行。

　　　　　殷勤送书记，强虏几时平。②

---

① ［唐］刘长卿：《赠别于群投笔赴安西》，《全唐诗》卷一五〇，中华书局，1960年，第 1552 页。

② ［唐］李端：《送古之奇赴安西幕》，《全唐诗》卷二八五，中华书局，1960年，第 3252 页。

送别相交十年的兄弟，李端感慨万千。好在两人军中相识，都有军人的血性，分别并没有多少伤感，诗人只用"今宵举杯酒，陇月见军城"表达了对古之奇将赴安西的关切。"堠火经阴绝"可能指因受到时局影响，通往安西的烽堠已经断绝，但戍边之人还要继续自己的巡边工作。尾联以"殷勤"送别、殷勤嘱托、殷勤询问，表达对边疆局势的关切，问对方"强虏几时平"就是问对方何时能够取得平虏安边的功业。这是以询问的方式，激励对方把国家的安边大业放在心上，真正取得成功。

晚唐时期的曹唐，在送别康洽时所写《送康祭酒赴轮台》，表达了"不破楼兰终不还"的慷慨报国的激情：

> 灞水桥边酒一杯，送君千里赴轮台。
> 霜粘海眼旗声冻，风射犀文甲缝开。
> 断碛簇烟山似米，野营轩地鼓如雷。
> 分明会得将军意，不斩楼兰不拟回。①

这首诗更加典型地告诉我们，送别诗产生在驿路上。在灞水桥边送别康洽赴轮台从军，也知轮台的霜雪能冻掣红旗，也知轮台的寒风能吹裂犀甲，也知山远路遥，也知苦战颇多，但却相信康洽能够理解将军行为的深刻用意："不斩楼兰不拟回。"即：下定决心，置之死地而后生，以最坚决的行为表达为国征战不胜不还的决心，其中蕴含着必胜的信念。

唐人驿路诗歌边域书写中谈及功业的诗歌，多出现在西域书

---

① [唐]曹唐：《送康祭酒赴轮台》，《全唐诗》卷六四〇，中华书局，1960 年，第7343 页。

写中,最能代表唐人的青春气息。文人心目中的边域建功,最能引发他们对事功的积极追求,最能激起他们报效国家的激情。在这一类的边域书写中,最常见的就是对卫青、霍去病、李广、窦宪、班超、苏武、傅介子等功业卓著、不辱使命的历史人物的赞美,而且大多是以汉代的著名人物为摹写对象,在这些人物身上寄托民族自尊心、自豪感,表达对英勇无畏、奋勇建功的英雄主义精神的崇仰,激励自己或友人成为仁人志士中的一员。记述的激情美、抒情的激情美、议论的激情美,使得这一类诗歌拥有无比动人的艺术魅力。

二、边域生活的雄率之美

唐代的边域极为辽阔,而唐人是用双脚丈量着脚下的土地。遥远的边域,听不到帝王的金鞭玉辇,感受不到中原腹地的热闹繁华,远离了生养自己而又难以回归的热土,而且不知多少年都不能与亲人团聚,边域生活特有的那种令人难以忍受的生活,都被走向边域的大唐人民接受了。他们在时代的感召下培养的豪迈激情使得他们走向边域而无所畏惧,面对苦难而英勇无畏。他们带着功业的情怀昂首走向边域,向死而生,奏响了唐人生命的最强音。但他们也是人,也有常人情感,也知生命珍贵,也更热爱生活,只是唐人的英雄气质,不允许他们哀哀怨怨、悲悲切切,他们以一种特殊表现形式表达对生活的珍视,那就是恣意生活:大碗吃肉、大口喝酒、行为豪放、率意而行,王翰在《凉州词》中所写的"葡萄美酒夜光杯,欲饮琵琶马上催。醉卧沙场君莫笑,古来征战几人回"式的生活,是很多人所追求的生活,也是很多人珍视现实人生的典型体现。如高适的《睢阳酬别畅大判官》:

吾友遇知己，策名逢圣朝。

高才擅白雪，逸翰怀青霄。

承诏选嘉宾，慨然即驰轺。

清昼下公馆，尺书忽相邀。

留欢惜别离，毕景驻行镳。

言及沙漠事，益令胡马骄。

丈夫拔东蕃，声冠霍嫖姚。

兜鍪冲矢石，铁甲生风飙。

诸将出冷陉，连营济石桥。

酋豪尽俘馘，子弟输征徭。

边庭绝刁斗，战地成渔樵。

榆关夜不扃，塞口长萧萧。

降胡满蓟门，一一能射雕。

军中多宴乐，马上何轻趫。

戎狄本无厌，羁縻非一朝。

饥附诚足用，饱飞安可招。

李牧制儋蓝，遗风岂寂寥。

君还谢幕府，慎勿轻刍荛。①

此诗中被送别的人是高适心目中颇有文才的畅璀（畅当父，依刘开扬说）。"言及沙漠事，益令胡马骄"，《唐诗选》残卷作"言及沙塞事，益令人马骄"。"塞""漠"均可。"胡""人"相较，"人"较妥当。从后文反映出的边塞将士征战生活的豪气干云看，"胡马骄"，不可解，而"人马骄"，指被送别之人言及塞外征战之事，人马都意

①［唐］高适著，刘开扬：《高适诗集编年笺注》，中华书局，1981年，第93—94页。

气昂扬，正是盛唐士人书剑精神的体现。在从军士人心中，男子汉大丈夫，就应该建立攻城拔寨、功比冠军侯的功业。他们的生活，就是戴着头盔迎接飞沙走石，穿着铠甲两肋生风，出奇径偷袭敌营，摆战阵碾压敌军，将敌军大小将领一应俱擒，令其子弟成为为大唐交租服役的黎民，将整个边疆变成渔樵之地，呈现出一派和谐安宁。这就是书生的功业理想，也是张扬的书剑精神。此诗刘开扬定在开元二十二年至二十三年（734—735）张守硅大败契丹可突于、斩首其王屈烈这一时间段，所写军营生活大气磅礴，将士们迎艰难战困苦飒飒英气、俘馘后夜不启关的粗豪气势不可阻挡，确能鼓舞士人从军报国之激情。

岑参作为唐代诗人中最能典型体现书剑精神的诗人，从军边塞，入参幕府，写下了多首激情洋溢的作品，如岑参的《武威送刘单判官赴安西行营便呈高开府》（节选）：

> 都护新出师，五月发军装。
> 甲兵二百万，错落黄金光。
> 扬旗拂昆仑，伐鼓震蒲昌。
> 太白引官军，天威临大荒。
> 西望云似蛇，戎夷知丧亡。
> 浑驱大宛马，系取楼兰王。
> 曾到交河城，风土断人肠。
> 寒驿远如点，边烽互相望。
> 赤亭多飘风，鼓怒不可当。
> 有时无人行，沙石乱飘扬。
> 夜静天萧条，鬼哭夹道傍。
> 地上多髑髅，皆是古战场。

> 置酒高馆夕,边城月苍苍。
>
> 军中宰肥牛,堂上罗羽觞。
>
> 红泪金烛盘,娇歌艳新妆。
>
> 望君仰青冥,短翮难可翔。
>
> 苍然西郊道,握手何慨慷。[①]

这首诗写于甘肃武威馆驿里。在节选的这部分诗句里,出征的都护和他手下的戍卒面对着残酷的战争和艰苦的环境,尤其是面对古战场上骷髅遍野的惨况,没有悲悲切切、怨怨艾艾,而是以乐观开朗的心态对待军旅生活。他们高馆置酒、宰牛罗觞,面对红烛金盏,品赏红妆歌舞。这种场景,一定是酒酣耳热、热闹非凡,完全忘却了被送行者将要去往的是"鬼哭夹道傍""地上多髑髅"的边域古战场。没有人会相信他们对古战场的悲惨无感无知,没有人会把他们当成没心没肺的傻瓜,而只能理解他们是面对苦难的无所畏惧,他们是以豪放潇洒的姿态苦中作乐,充分展现了大唐军人特有的豪放精神。

岑参的《过酒泉忆杜陵别业》没有《武威送刘单判官赴安西行营便呈高开府》那样豪放,但却是东奔西走、马不停蹄:

> 昨夜宿祁连,今朝过酒泉。
>
> 黄沙西际海,白草北连天。
>
> 愁里难消日,归期尚隔年。
>
> 阳关万里梦,知处杜陵田。[②]

---

① [唐]岑参撰,廖立笺注:《岑嘉州诗笺注》卷一《武威送刘单判官赴安西行营便呈高开府》,中华书局,2004年,第23—24页。

② [唐]岑参撰,廖立笺注:《岑嘉州诗笺注》卷三《过酒泉忆杜陵别业》,中华书局,2004年,第482页。

诗歌首联即展现出西北边域军旅生活的大气豪迈,用昨夜与今朝
将祁连山和酒泉连接,遥远的路途,短暂的时间,可以见出军旅生
涯的奔波劳碌。颔联写黄沙、白草,却用"西际海""北连天"把所
经历的天遥地阔的地理连接起来,更可见出军旅生活中边域景色
的莽苍之美。即使是思家,归期也要"隔年",即使是做梦,家乡也
在万里之遥。这是在"小桥流水人家"的江南士人心中,简直豪放
至极!

　　岑参在驿路送别诗《送刘郎将归河东》中,为了鼓励被送别的
友人,描写了友人曾经的戎马倥偬的生活:

> 借问虎贲将,从军凡几年。
> 杀人宝刀缺,走马貂裘穿。
> 山雨醒别酒,关云迎渡船。
> 谢君贤主将,岂忘轮台边。①

诗中来自"轮台边"的虎贲将曾经的生活,就是整日杀敌征战,宝
刀因杀人而受损,貂裘因骑马而破烂,但他有机会伴着山雨与友人
喝酒话别,看着戍关飞掠的云彩踏上归程。从军生活的意气风发、
大刀阔斧,分别时的醉酒当歌、风雨无阻,都展示着边将为国建功
的英雄气概。

　　再如生卒年比岑参早三年的李华有一首《奉使朔方,赠郭
都护》:

---

① [唐]岑参撰,廖立笺注:《岑嘉州诗笺注》卷三《送刘郎将归河东》,中华书
　　局,2004年,第528页。

> 绝塞临光禄，孤营佐贰师。
> 铁衣山月冷，金鼓朔风悲。
> 都护征兵日，将军破虏时。
> 扬鞭玉关道，回首望旌旗。①

朔方郡的郭姓都护有两位，一是曾任副大使的郭子仪，一是曾任副大使的郭幼贤（郭子仪之弟）。诗中所提到的郭都护，是指时任朔方节度副使的郭子仪。因为郭幼贤任朔方郡职时间是天宝十五载到上元二年（756—761），而李华是天宝十五载也即至德元载（756）安史叛军攻陷长安时未能及时出逃，被迫担任伪官，"安史之乱"平定后即被贬为杭州司户，未得再近朝廷，故而其奉使朔方，只能是郭子仪任朔方副节度大使之时。诗中所言铁衣逐山月、金鼓伴悲风的日子，正是朔方军人所面对的风餐露宿的生活，但都护与他的军队无所畏惧，仍然跃马扬鞭、奋勇向前，而且对征兵充满信心，相信"都护征兵日"即是"将军破虏时"，昂扬着一种战之即胜的英风豪气。

中唐时期，由于经历了"安史之乱"，很多诗人失去了盛唐时期积极进取的昂扬精神，在作品中出现了很多无奈、失落、伤感甚至颓废的情调，正如袁行霈《中国文学史》谈及这一时期的诗歌创作时所说："安史之乱是唐王朝由极盛走向衰落的标志，它像一股突起的凛烈寒风，霎时就把人们刮进了万木凋零的萧瑟秋季，在士人心里投下了浓云密布的巨大阴影。在此之前，生活于和平环境中的士人，存有强烈的由文事（士？）立致卿相的功名愿望。可战争

---

① ［唐］李华：《奉使朔方，赠郭都护》，《全唐诗》卷一五三，中华书局，1960 年，第 1590 页。

爆发后,武将有了用武之地,而文士被排挤到社会边缘,再也看不
到锦绣前程了。追忆往昔,恍如隔世,目睹现实,颇多生不逢时之
感,热切的仕进欲望为消极避世的隐逸情怀所取代,诗中颇多无奈
的叹息和冷落寂寞的情调。战乱毁掉了这代士人青年时期意气风
发的生活,带来希望幻灭的黯淡现实。盛唐那种昂扬奋发的精神、
乐观情绪和慷慨气势,已成为遥远而不绝如缕的余响;而平心静
气的孤寂、冷漠和散淡,弥漫于整个诗坛。"① 这是时代氛围带给诗
人的巨大变化,也是营造大历诗风的主基调。尽管如此,大历及其
以后时期的诗人言及边域之事,还是屡屡重现盛唐精神,尤其反映
粗犷豪放的边域生活之时更是不减豪迈。如韦应物的《送孙征赴
云中》:

> 黄骢少年舞双戟,目视旁人皆辟易。
> 百战曾夸陇上儿,一身复作云中客。
> 寒风动地气苍芒,横吹先悲出塞长。
> 敲石军中传夜火,斧冰河畔汲朝浆。
> 前锋直指阴山外,虏骑纷纷颡应碎。
> 匈奴破尽看君归,金印酬功如斗大。②

诗中的孙征,被韦应物称为"黄骢少年",可见是一位惯于马上生活
的青年人。诗中所写孙征在与安北仅隔沙碛的云中郡,其军中生
活夜不得宁,一声军令,夜间起火做饭,挥动大斧凿开河水冻冰,以

---

① 袁行霈主编:《中国文学史》卷二,高教出版社,1999 年,第 246 页。
② [唐]韦应物:《送孙征赴云中》,《全唐诗》卷一八九,中华书局,1960 年,第
　1941 页。

之为浆水,可以说是饮冰卧雪,但仍然昂扬着一种斩尽顽敌凯旋归的豪迈之气。

再如耿沣的《送王将军出塞》,鼓励王将军边塞建功:

> 汉家边事重,窦宪出临戎。
> 绝漠秋山在,阳关旧路通。
> 列营依茂草,吹角向高风。
> 更就燕然石,行看奏虏功。[1]

作为书生的耿沣,在送别王将军时,没有送别的丝毫感伤,相反,诗人似乎为丝绸之路上的阳关道再次打通而感到欣慰,他想象着王将军的军旅生涯,一定是在水草丰美处安营扎寨,一定会鼓角声声激励士卒,而王将军自己,也一定能踏上燕然山,奏凯而还。这种生活,正是耿沣心目中军人的本来样子,可见在耿沣的心中,激荡着一股保边卫国、建功立业的豪迈激情。

王建的《塞上逢故人》写出了征战者在艰难困苦的生活中用听歌寻醉麻醉自己的境况,也是一种大男人自寻解脱的雄率之美:

> 百战一身在,相逢白发生。
> 何时得乡信,每日算归程。
> 走马登寒垒,驱羊入废城。
> 羌笳三两曲,人醉海西营。[2]

---

[1]［唐］耿沣:《送王将军出塞》,《全唐诗》卷二六八,中华书局,1960年,第2977页。

[2]［唐］王建:《塞上逢故人》,《全唐诗》卷二九九,中华书局,1960年,第3390页。

王建与老朋友塞上相逢,书写了共有的从军边塞的艰苦生活:"百战一身在",是九死一生;"相逢白发生"可见故人从军时间之久;"何时得乡信"见出与家乡亲人难得一通书信的情况;"每日算归程"是塞上故人对家乡不绝如缕、时时惦念的情怀;"走马登寒垄,驱羊入废城"是人在荒寒破败之地的马上生活。尽管如此艰难困苦,但"塞上故人"并没有叫苦连天,而是"羌笛三两曲,人醉海西营",在羌笛、胡笳的歌声中,军营饮醉,颇类王翰"醉卧沙场"之粗豪洒脱。

　　这种摒弃了风花雪月、小桥流水,而代之以舞枪弄刀、顶风冒雪的生活,在唐人触及边域的驿路诗歌作品里还是比较常见的,再举几例:"关山瞻汉月,戈剑宿胡霜"(张说《送赵都护赴安西》)、"绣衣貂裘明积雪,飞书走檄如飘风"(李白《送程、刘二侍郎兼独孤判官赴安西幕府》)、"抗手凛相顾,寒风生铁衣"(李白《送白利从金吾董将军西征》)、"野次依泉宿,沙中望火行"(雍陶《送于中丞使北蕃》)。哪怕是"戎装非好武,书记本多才"的李侍御,也要经历"移帐依泉宿,迎人带雪来"(朱庆余《送李侍御入蕃》)的生活。此一类作品,写诗的虽是文人,反映的却是边域粗犷雄豪、大气率意的生活特质,不做小儿女状,不写细事琐事,大笔勾勒风沙雨雪,豪情歌唱操刀舞剑,坚强勇敢,快意人生。

　　这种风格的形成与边域从军、出使边塞的生活密切相关,与边域特有的地理风貌有关,也受少数民族的生活习性的影响。比如在唐代诗人世界里边域百姓的生活,就与内地养蚕纺纱、织布缝衣、簪花绣画的生活完全不同。中唐后期诗人朱庆余曾经游边,并将其所见所闻记之于诗,他就真切地感受到了边域百姓的生活与内地的不同,如《望萧关》:

渐见风沙暗,萧关欲到时。

儿童能探火,妇女解缝旗。

川绝衔鱼鹭,林多带箭麋。

暂来戎马地,不敢苦吟诗。①

进入萧关(今宁夏固原东南),就意味着踏上边域土地,而就在这里,诗人感受到的生活已经与中原完全不同,就像抗日战争时期我们的儿童团员也懂得站岗放哨、发送敌情一样,这里的儿童懂得各种烽火信号的含义,这里的女性也懂得各式战旗的缝制方案。因为沙漠广袤,这里很难见到衔鱼的鹭鸟;因为人人精于射箭,这里的麋鹿常常为箭所伤;就连游边的诗人,也不好意思总是浅吟低唱了。可见这里的生活充溢着金戈铁马,诗书吟唱反而显得格格不入。他的另一首《自萧关望临洮》亦属此类:

玉关西路出临洮,风卷边沙入马毛。

寺寺院中无竹树,家家壁上有弓刀。

惟怜战士垂金甲,不尚游人着白袍。

日暮独吟秋色里,平原一望戍楼高。②

临洮(甘肃省定西市)是西北名镇,丝绸之路的要道,也是历代戎狄交侵、屡有征战之地。这里地近沙漠,没有一丝江南竹树绕屋的优美景色。竹树,是南方景色的典型特征。翠竹绕水,营造小桥流水

---

① [唐]朱庆余:《望萧关》,《全唐诗》卷五一四,中华书局,1960年,第5870页。

② [唐]朱庆余:《自萧关望临洮》,《全唐诗》卷五一四,中华书局,1960年,第5876页。

的氛围,优雅而温馨。但自萧关望向临洮,竹树绕墙、小桥流水的环境踪迹皆无,而映入眼帘的却是"家家壁上有弓刀",透露着随时应敌的紧张气氛。这里的习俗也是欣赏金甲不脱的征战之士,不欣赏穿着白袍游边的文士诗人。白袍,是文人特有的装束,指准备参加进士科考试的文人。诗中所写的风沙卷地、不见竹树、人习弓刀、不尚读书的生活,是粗犷、不细致、豪迈、不雅静的生活,却正是边域生活的雄率之美。

边域百姓在屡遭侵袭的环境中生活,见惯了金戈铁马,也学会了自我防卫,深知这里的生活需要的是阳刚将士,而不需要手无缚鸡之力的文人,同时他们也养成了顶风冒雪、饮刀嗜血的生活习性。而来到这里的人们,哪怕是文人秀士,也不能不被这样的生活激起一种勇毅的激情!

三、自然风光的劲健之美

唐代从中原到边域的驿路上奔波的人们,除了贬谪群体,绝大多数都是为了功业。因为胸中激荡着建功立业的豪情,他们并不把边域生活的艰难困苦作为痛苦生活的象征,而是以战胜艰难困苦生活的勇气乐观面对。在激情荡漾、充满着保家卫国的自豪之感的文人眼里,虽然困难无时不在,风不再轻柔,草不再微弱,雪不再轻盈,山不再柔媚,但也只是处处充溢着狂野之气的自然罢了,它们压不垮唐人积极面对一切的精神,因而很多文人笔下的边域自然风光描写虽将艰苦的环境尽情渲染,却仍然能体现出战胜困难的劲健之美。

盛唐诗人王维早年的诗歌不乏阳刚劲健之作,他的《少年行四首》中多有"相逢意气为君饮,系马高楼垂柳边""孰知不向边庭苦,纵死犹闻侠骨香""偏坐金鞍调白羽,纷纷射杀五单于"这样充溢着英风侠骨的诗歌，也有《观猎》那样意气昂扬的作品，到得边塞，则留下了驿路诗歌的千古名作《使至塞上》，其中的"大漠孤烟直，长河落日圆"呈现出平安壮阔的劲健之美。孤烟，指一柱烽烟，是平安的标志。故而长河落日，辽远壮阔；大漠孤烟，平静安宁。这是通过边塞雄浑壮阔的景色描写赞美大唐王朝不仅边界延伸辽远、而且平静安宁，是令诗人心情激荡之所在。汪玉杓曰："前半气势莽苍，倒排山海。五、六写景如生，然亦是其自然本色中最景亮者。"①

　　在这方面，最典型的代表就是岑参。岑参的诗歌以写景为主，其边塞诗中的景物描写多大气磅礴之作，边塞从军时的驿路送别诗也是如此，如《白雪歌送武判官归京》《热海行，送崔侍御还京》《天山雪歌，送萧治归京》《火山云歌，送别》《送李副使赴碛西官军》等。我们先谈谈其最著名的诗作《白雪歌送武判官归京》。在诗人的笔下，轮台的北风卷地而起，八月——中原最炎热的时间——这里却漫天飞雪。大雪带来的寒冷令人感到狐裘不暖、锦衾凉薄、角弓难控、铠甲难着、砚水结冰、红旗冻硬。除"忽如一夜春风来，千树万树梨花开"两句，以花喻雪，绮丽绚烂，似将寒风塞北变为锦绣江南，颇有"细秀袅娜"之味。其余数种景象，均以峻利挺拔之语营造壮丽冬景，而毫无惧怕担心之意，可见见惯风雪而勇气可嘉，是为武判官壮行之意。诗歌写景"纵横跌荡，大气盘旋，读之使人自生感慨""看他如此杂健，其中起伏转折一丝不乱，可谓刚健含婀娜"②。其《火山云歌送别》基本也是以写景为主，将景物挥洒得氤氲万象：

---

① 陈增杰：《唐人律诗笺注集评》，浙江古籍出版社，2003年，第200页。
② 陈伯海主编：《唐诗汇评》，上海古籍出版社，2015年，第2册第1212页。

　　　　　　火山突兀赤亭口，火山五月火云厚。

　　　　　　火云满山凝未开，飞鸟千里不敢来。

　　　　　　平明乍逐胡风断，薄暮浑随塞雨回。

　　　　　　缭绕斜吞铁关树，氛氲半掩交河戍。

　　　　　　迢迢征路火山东，山上孤云随马去。①

此诗写迢迢征路上的送别，但没有太多离别意绪，反而风云火电，大笔挥洒，气势磅礴。火山突兀而立，就在送别的赤亭口。五月的火山云厚到遮山盖顶，鸟不敢飞，胡风吹断又折回，吞没了铁关树木，遮掩了交河古城。诗歌前四句大笔勾勒火山云的总体印象，次四句描写火山云变化万千的动态，用"侵""吞"传递火山的巨大威力，用"吞""掩"展现火山威猛的气势。诗歌在酣畅淋漓的描写中展现所送之人路途上的艰难险阻，却没有丝毫畏惧退缩之情，充分展现了身居边塞的军人们无所畏惧的精神境界。

　　岑参诗写景的劲健之美惊天动地，清人徐增评岑参："岑嘉州诗豁达醒快，如听河朔豪杰说话，耳边朗朗。"②明人毛先舒《诗辨坻》也说："嘉州《轮台》诸作，奇姿杰出，而风骨浑劲，琢句用意，俱极精思，殆非子美、达夫所及。"③马茂元更赞其"是一位富有幻想的好奇的诗人，一切新的事物对他来说，有着特殊强烈的吸引力，因而冰天雪地、火山热海的异域风光，白草黄沙、金戈铁马的战地景象，呈现在他的笔底，缤纷绮彩，光怪陆离，变幻无端，惊心动

---

① [唐]岑参撰，廖立笺注：《岑嘉州诗笺注》卷二《火山云歌送别》，中华书局，
　　2004年，第343页。

② [清]徐增：《而庵说唐诗》卷一六，清康熙初年（1662）九诰堂刻本，卷一六。

③ 陈伯海主编：《唐诗评论类编》，上海古籍出版社，2015年，第2册第1087页。

魄"①。前用岑参诗例甚多,不再举例。

还可以举一些中晚唐诗人的诗例说明这一点。比如陈羽的《冬晚送友人使西蕃》：

> 驿使向天西,巡羌复入氐。
> 玉关晴有雪,砂碛雨无泥。
> 落泪军中笛,惊眠塞上鸡。
> 逢春乡思苦,万里草萋萋。②

写到玉门关,诗人首先想到的是那里气候的不同寻常。晴天有雪,可见那里天气的寒冷和不正常(诗人认为的),下雨无泥,显出那里沙路漫漫,无处沾染泥土。军中思乡的笛声,也能惊起塞上睡眠的野鸡。而这种思乡情绪的绵长,用"万里草萋萋"见其绵延无尽。思乡情怀,原是思绪纷繁、愁肠百结,诗人却将雄关、沙漠与万里乡情结合,可以说是用劲健写哀愁。再如钱起的《送张将军征西》：

> 长安少年唯好武,金殿承恩争破虏。
> 沙场烽火隔天山,铁骑征西几岁还。
> 战处黑云霾瀚海,愁中明月度阳关。
> 玉笛声悲离酌晚,金方路极行人远。
> 计日霜戈尽敌归,回首戎城空落晖。

---

① 韩兆琦编：《唐诗选注集评》,商务印书馆,2003年,第237页。
② [唐]陈羽：《冬晚送友人使西蕃》,《全唐诗》卷三四八,中华书局,1960年,第3890页。

始笑子卿心计失，徒看海上节旄稀。①

此诗一作《西征》，在送别张将军时为其鼓劲。诗歌虽然也有"铁骑
征西几岁还"的疑惑和感伤，对战场的描写也有些许悲怆，但"黑
云霾瀚海"的沉重力量、"明月度阳关"的万里乡愁、踏霜荷戈的杀
敌气魄、戎城只余落晖的胜利场景，都透出一股豪迈气概，张将军
的勇武有情、战之能胜的形象如在眼前。再如耿沣的《送杨将军》：

> 一身良将后，万里讨乌孙。
> 落日边陲静，秋风鼓角喧。
> 远山当碛路，茂草向营门。
> 生死酬恩宠，功名岂敢论。②

在杨将军"万里讨乌孙"的地方，边陲遥远、落日宁静，是想象边塞
的绝好美景，风声呼叫、鼓角宣鸣，是设想杨将军所在的军队士气
高昂。尽管远山成为障碍，挡住沙碛前行之路，尽管茂草一直长到
营门跟前（路难行），但杨将军却"生死酬恩宠"，以必死之心报效朝
廷，而蔑视一切困难，不计功名若何。"远山""茂草"，在这里成为
困难的代名词，成为勇于面对困难者勇力的象征。

　　晚唐时的吴商浩屡试不第，人生不幸，但其游边至塞上，有一
首《塞上即事》，笔力依然在悲伤中含有劲健之美，诗云：

> 身似星流迹似蓬，玉关孤望杳溟濛。

---

① ［唐］钱起：《送张将军征西》，《全唐诗》卷二三六，中华书局，1960 年，第
　　2603 页。
② ［唐］耿沣：《送杨将军》，《全唐诗》卷二六八，中华书局，1960 年，第 2977 页。

寒沙万里平铺月，晓角一声高卷风。

战士殁边魂尚哭，单于猎处火犹红。

分明更想残宵梦，故国依然在甬东。①

诗歌首联交代自己游边的情况，像蓬草一样不知飞往何处，看着远在天边都看不清楚的玉关方向，孤独的诗人似乎有点绝望。但他笔下的大漠景色是寒沙万里、明月平铺，晓角一声，震响高风，依然阔大豪迈；所见边塞征战余迹似乎仍有鬼魂在哭泣，但跟单于征战的地方依然战火照天，争斗不息，士卒精神依然昂扬无畏。尽管尾联流露出诗人思乡恋家的意绪，但整首诗依然笔力浑厚，有衰飒劲健之力。

　　大体而言，无论是驿路送别诗还是驿路途程诗，言及敌情，关涉报国，无论初、盛、中、晚，唐人写及边域，都笔力不弱，如"云疑上苑叶，雪似御沟花"（骆宾王《晚度天山有怀京邑》）、"峡口大漠南，横绝界中国。丛石何纷纠，赤山复翕赩"（陈子昂《度峡口山赠乔补阙知之王二无竞》）、"雪中凌天山，冰上渡交河"（陶翰《燕歌行》）、"雁行缘古塞，马鬣起长风。遮虏关山静，防秋鼓角雄"（皇甫冉《送王相公之幽州》）、"塞草连天暮，边风动地愁"（张继《奉送王相公赴幽州》）、"路沿葱岭去，河背玉关流"（李士元《登单于台》）等，基本以雄健浑厚、雄壮浩瀚为主，即使有悲情蕴含其中，也是悲中有壮，不堕孱弱。

　　这样一种边域写景的劲健之美，应该与唐人的总体精神气质有关，与唐朝的时代氛围有关，与唐代文人的英雄意识有关。唐朝

①［唐］吴商浩：《塞上即事》，《全唐诗》卷七七四，中华书局，1960年，第8772页。

开明的统治政策对唐代诗人形成了强烈的感召力，促使他们大多都形成了经邦济世、建功立业的英雄意识，文学作品中多洋溢着趁时建功的豪迈情怀，体现在驿路边域诗歌的描写中就是，不管多少艰难困苦，无论多么思乡恋家，景色描写的笔力始终不弱，潜在的英雄意识促使诗歌中自然而然生发出了刚强劲健之美，使人备受激励。即使有苍凉之感的作品，也不会令人产生低沉情绪。记述的激情美，借以完成的抒情的激情美和议论的激情美，使得唐人驿路诗歌对边域自然的书写形成了健伟、雄浑、壮丽、阔大的境界，是唐人这类诗歌在美学风格上的重要贡献。

第三节　生命感受的悲壮苍凉之美

生命感受特指对个体生命的理性思索和情感体验，是作为人对生命本身的存在价值的思考，其中包括个体生命的长度、个体与亲人朋友之间的关系、个体与国家君王之间的关系。在这一层面上，唐代驿路诗歌的边域书写中收获的是悲壮苍凉之美。

边域相对中原，路途遥远，驿程漫漫，凡去往边域之人，势必要远离故乡，远离中土，远离亲人。而中原的农业文明所形成的故土亲情观念，早已在这些人的内心深处生根。边域所必须面对的族群交战，也不会缺少牺牲。这是去往边域的人们在感受生命时体味最深刻的两个方面，"古来征战几人回""一夜征人尽望乡""春风不度玉门关"最能触动人内心深处的悲悯和伤痛，虽然书剑精神支撑着他们不会放弃为不朽的人生奋斗努力，但一样的血肉之躯，也有一样懂得的生命逝去难再回的悲哀，也会从心底深处流淌出思乡恋家的伤情，也需要被关注、被关心和被关爱，但又有多少人能够感受到他们的这一份内心需求呢？

一、醉卧沙场君莫笑，古来征战几人回

走向边域，更多的人是沙场征战，但沙场就是杀场，是让无数生命消逝的地方。李白《关山月》对沙场的认识是："由来征战地，不见有人还。"这是对战争残酷的高度概括，是诗人的历史性审视：战场就是杀人之场，它不会对生命有任何眷顾，它会用它的无情吞噬鲜活的生命，而无论战争是胜是负，"戍客"是永远的输家，他们的生命、青春、对生活的热望，都在这"不见有人还"中彻底葬送。但从驿路走向边关，更多铁血男儿！虽然如鲁迅所说，"无情未必真豪杰，怜子如何不丈夫"，虽然走向沙场的人们也有他们的人间情怀，但他们深深地知道，在扛起家国重任的那一刻起，生命就不完全属于自己，就会随时为国家贡献自己的血肉之躯，尽管他们有自己对家乡、对亲人的思念，有对生命的珍重，两方面的思想情怀搅扰在一起，表现在诗歌里常常是建功立业的激昂情怀和不惜为国捐躯的悲壮意绪。

一般人的认识世界里，初盛唐是唐代社会上升时期，即使有"年年岁岁花相似，岁岁年年人不同"的生命感伤，有"节物风光不相待，桑田碧海须臾改"的万千感慨，有"江畔何人初见月，江月何年初照人"的哲理追问，也应该永远是积极昂扬，似乎不该有对战争使生命逝去的悲哀，但事实上，初盛唐人一样珍惜生命，对战争吞噬生命也往往心生悲叹。

初唐时期的褚亮，一生的经历可谓传奇，他历经隋朝、唐高祖时期，在秦王李世民府文学馆任学士，很受太宗重视，"凡分三番递宿于阁下，悉给珍膳。每暇日，访以政事，讨论坟籍，榷略前载，无常礼之间"①。他经常跟随唐太宗出征："太宗每有征伐，亮常侍从，

---

① ［宋］欧阳修、宋祁：《新唐书》卷一〇二《褚亮传》，中华书局，1975 年，第 3977 页。

军中宴筵,必预欢赏,从容讽议,多所裨益。"①他还是唐太宗弘文馆
学士,晚年进爵为阳翟县侯,人生荣宠至极。但这样一位见惯沙场
征战的名臣,也有面对生命逝去的悲哀,其写于驿路的《在陇头哭
潘学士》中言:

> 陇底嗟长别,流襟一恸君。
> 何言幽咽所,更作死生分。
> 转蓬飞不息,悲松断更闻。
> 谁能驻征马,回首望孤坟。②

诗歌中对潘学士的逝去表达了特别的悲痛之情,将满襟的泪水和
死生分别的哀伤留给了自己的同道好友,并以停住征马、回望孤坟
表达对友人逝去的不舍与留恋,传达出因生命易逝而在内心产生
的悲壮和苍凉。

　　来济,一位当过宰相,后在西突厥进攻庭州时力战而亡的刺
史,在赴庭州(今新疆吉木萨尔一带)任时,行至玉门关,留下了
《出玉关》一诗,诗云:

> 敛辔遵龙汉,衔凄渡玉关。
> 今日流沙外,垂涕念生还。③

被贬庭州,从繁华富庶的京都走向沙海茫茫的边域,从权力的中心

---

①［后晋］刘昫等:《旧唐书》卷七二《褚亮传》,中华书局,1975年,第2582页。
②［唐］褚亮:《在陇头哭潘学士》,《全唐诗》卷三二,中华书局,1960年,第447页。
③［唐］来济:《出玉关》,《全唐诗》卷三九,中华书局,1960年,第501页。

被驱离到遥远的边塞，曾经的宰相感受到了人生的悲凉，来济内心世界肯定凄凄惶惶。此次被排挤出朝廷，也知道很难再生度玉门关，但人都对生命有无尽的眷恋，故而在诗歌的结尾，诗人在"垂涕"中还是期望有生还的机会，从中可以感受到，诗人似乎已经嗅到了生命行将终结的信息，但仍有很多不甘。令人感动的是，来济虽然留恋生命，但并不惧怕死亡，也许正是内心的苍凉导致了行事的悲壮，当西突厥入侵时，他誓死报国，不穿铠甲，与敌奋战，力尽而亡，将他的生命终结在为国拼杀的战场上。

王瀚《凉州词》其一，是一首军旅作品，用军人特有的豪爽和悲壮回答了这一问题。面对残酷的征战生活，王瀚用"醉卧沙场君莫笑，古来征战几人回"传达了戍卒最潇洒最豪放最悲壮的生活态度。虽然所言确实是战争对生命的摧残，但绝不是抱怨和痛恨，而是面对残酷环境毫无畏惧的潇洒和狂放。"古来征战几人回？"戍卒们早就清楚这一点，也早已将生死置之度外了，所以"醉卧沙场"不是抱怨，不是痛恨，而是洒脱生活、快意人生，将每一分每一秒过得充实、自在、快乐，以不负此生。这种生命感受的苍凉悲壮之美，在很多驿路诗歌中得到了充分体现。比如李希仲的《蓟北行二首》：

> 旄头有精芒，胡骑猎秋草。
> 羽檄南渡河，边庭用兵早。
> 汉家爱征战，宿将今已老。
> 辛苦羽林儿，从戎榆关道。
>
> 一身救边速，烽火通蓟门。
> 前军飞鸟断，格斗尘沙昏。
> 寒日鼓声急，单于夜将奔。

当须徇忠义,身死报国恩。①

此诗写征战蓟北的战士"从戎榆关道"的经历,是征战者在路途上急于奔波的辛苦写照。榆关、蓟门,是河北道上的重要关隘,也是边塞的代称。当戍卒在征战的道路上疲于奔命的时候,他们想到的是"一身救边速",期望的是"单于夜将奔",而义无反顾,虽然也知道战争残酷,却宁肯在征战中殉其忠义,身死报国。

杜甫是一个关注苍生、关注黎庶的仁者,他在天宝年间的征战中就非常关注远赴边塞的戍卒,其《兵车行》完成于一次驿路采访之后,在"长者虽有问,役夫敢伸恨"的犹疑中,"役夫"还是向杜甫倾吐了征战之苦,其中"君不见青海头,古来白骨无人收",就是对边域战争吞没生命的血泪控诉。尽管"役夫"们明知"古来白骨无人收",还是义无反顾地走向了"青海头",其内心的苍凉可见可感,令人动容。又如其《前出塞九首》其二也有对远赴边塞生命无虞的感慨:

出门日已远,不受徒旅欺。
骨肉恩岂断,男儿死无时。
走马脱辔头,手中挑青丝。
捷下万仞冈,俯身试搴旗。②

诗中"出门日已远"是对不得不离开的家乡的无限依恋,"骨肉恩

① [唐]李希仲:《蓟北行二首》,《全唐诗》卷一五八,中华书局,1960年,第1616页。
② [唐]杜甫著,[清]仇兆鳌注:《杜诗详注》卷二《前出塞九首》其二,中华书局,1979年,第119页。

岂断"是说自己不愿从此就与亲人断绝了关系,但让他无奈的是"男儿死无时",他不能掌控自己的生命。诗中颇有生人作死别的悲怆,是诗人替士卒悲剧命运生发的对生命无虞的感慨。仇兆鳌说此诗"叙在道时,轻生自奋之语"①,恐非杜诗本意,从下文的"捷下万仞冈,俯身试搴旗"看,诗中的主人公应该是知道战场的残酷,但他却想:与其委曲求全而未必全,不如拼死一战,或者能有斩将搴旗之功,拼出一个未来。这也是面对悲剧生命的一种不屈的态度。王嗣奭曰:"前章云'弃绝父母恩',而此又云'骨肉恩岂断',徘徊展转,曲尽情事。死既无时,而后作壮语,所谓'知其不可如何而安之若命'者也,愈壮愈悲。"②

盛唐诗人常建,虽与王昌龄同科进士,却仕途乖蹇,游边时写下《塞下曲四首》,其二曰:

> 北海阴风动地来,明君祠上望龙堆。
> 髑髅皆是长城卒,日暮沙场飞作灰。③

据任文京《唐代边塞诗的文化阐释》中的研究,常建有游边经历④。诗人站在昭君祠旁,望向西域沙丘龙堆,视域里看到的全是古战场和长城上的髑髅累累,战场和长城留给这个世界的,除了悲凉的死亡,就是死亡的悲凉。

---

① [唐]杜甫著,[清]仇兆鳌注:《杜诗详注》卷二,中华书局,1979年,第119页。

② [明]王嗣奭:《杜臆》卷三,上海古籍出版社,1983年,第100页。

③ [唐]常建:《塞下曲四首》其二,《全唐诗》卷一四四,中华书局,1961年,第1463页。

④ 任文京:《唐代边塞诗的文化阐释》,人民出版社,2005年,第114页。

有一首《陇头水》，是游边诗人写于边塞的作品，可以看到战争的残酷：

> 行人何彷徨，陇头水呜咽。
> 寒沙战鬼愁，白骨风霜切。
> 薄日朦胧秋，怨气阴云结。
> 杀成边将名，名著生灵灭。①

此诗在《全唐诗》中，既系于渍名下，又系于李咸用名下，据任文京《唐代边塞诗的文化阐释》，两人都有游边经历，很难确认究竟是谁所作。好在我们并不将考证作为关注点，不需辨析。诗中的"行人"，指征戍者。"行人何彷徨"写征戍者面对残酷的战争结局而产生的犹疑彷徨的心理反应，是对战争带来的灾难性后果恐惧或悲怨的外在表现。"陇头水呜咽"，用外在环境烘托悲凉氛围。"战鬼""白骨"，将战场对生命的吞噬具化，"薄日"两句，再绘悲剧氛围。结句以"一将功成万骨枯"指出残酷战争的实质。诗中的"彷徨""呜咽""寒沙""战鬼""白骨""风霜""怨气""阴云"等，虽无一词是"苍凉"和"悲壮"，却又无一词不是描写苍凉和悲壮！

晚唐时期的冯道，出使北地边塞，写有《北使还京作》五章，今仅存其一，诗曰：

> 去年今日奉皇华，只为朝廷不为家。
> 殿上一杯天子泣，门前双节国人嗟。
> 龙荒冬往时时雪，兔苑春归处处花。

———————————

① ［唐］于渍：《陇头水》，《全唐诗》卷五九九，中华书局，1960 年，第 6932 页。

上下一行如骨肉，几人身死掩风沙。①

诗歌上半部分交待了诗人奉命出使、天子及国人为之送行的情况，颈联以一去一返完全不同的时令和物候展现出使地的荒凉和返归故国的温暖，尾联以沉痛之语写出使一行人如同骨肉相亲的同行情（类同战友情），感慨在这样的出使生活中也有不幸发生，使诗人感受到如同失去亲人般的痛苦。而出使是外交斗争，不是沙场，却事同沙场，也一样会付出生命的代价。

在驿路诗歌反映边域战争残酷方面，李山甫的《兵后寻边三首》是相对较全面的，它以组诗的形式出现：

千里烟沙尽日昏，战余烧罢闭重门。
新成剑戟皆农器，旧着衣裳尽血痕。
卷地朔风吹白骨，柱天青气泣幽魂。
自怜长策无人问，羞戴儒冠傍塞垣。

旗头指处见黄埃，万马横驰鹘翅回。
剑戟远腥凝血在，山河先暗阵云来。
角声恶杀悲于哭，鼓势争强怒若雷。
日暮却登寒垒望，饱鸱清啸伏尸堆。

风怒边沙进铁衣，胡儿胡马正骄肥。
将军对阵谁教入，战士辞营不道归。

---

① ［唐］冯道：《北使还京作》其一，《全唐诗》卷七三七，中华书局，1960 年，第8405 页。

新血溅红粘蔓草,旧骸堆白映寒晖。
胸中纵有销兵术,欲向何门说是非。①

　　寻边,就是代表朝廷到边地走一走,视察一下,了解了解相关情况。这三首诗,诗人一路走一路看一路叹!组诗首句"千里烟沙尽日昏"便直接将读者带进一个暗无天日、既空旷又恐怖的世界。诗中描述,这里是一个铸犁为剑、剑戟凝血的世界,是一个风吹白骨、冤魂悲泣的世界,是一个"旧骸堆白""新血溅红"的世界,是一个鸱鸦不用捕猎便可饱餐伏尸的世界。诗人巡边,看到的是一个悲惨的人间地狱。组诗铺陈"兵后"场面的悲惨,极大地衬托了战时"角声恶杀悲于哭,鼓势争强怒若雷""战士辞营不道归"的向死而战、拼死向前的悲壮。诗人认为,上述的悲惨、悲壮,本是可以避免的,诗中的"自怜长策无人问,羞戴儒冠傍塞垣""胸中纵有销兵术,欲向何门说是非",既点出了边域不能长治久安的原因,又道尽了诗人有"策"无人问、有"术"无人用的内心的无奈和悲凉。三首诗寒风萧萧、白骨累累,惊心动魄,悲怆凄凉。

　　战争是残酷的,对战争的残酷性,参战士卒有清醒的认识,诗人们也有清醒的认识,"去时三十万,独自还长安"(王昌龄《代扶风主人答》)、"由来征战地,不见有人还"(李白《关山月》)、"万国尽征戍,烽火被冈峦。积尸草木腥,流血川原丹"(杜甫《垂老别》),正是因为对沙场残酷的清晰认知,走向沙场的人们,虽然有很多人是带着建功立业的慷慨激昂,但更多人是带着一去不复还的悲壮。他们并不回避战场的残酷,有时也会感受到生命随时逝去的悲凉,

---

① [唐]李山甫:《兵后寻边三首》,《全唐诗》卷六四三,中华书局,1960年,第7373页。

但面对战场上可能的悲剧，大多数人都并不是整日哭天抹泪，而是用一种正确的、潇洒悲壮的态度去面对，将"醉卧沙场君莫笑，古来征战几人回"的生活哲理以最深刻的方式演绎得淋漓尽致。

二、不知何处吹芦管，一夜征人尽望乡

"露从今夜白，月是故乡明"，杜甫用简短的十个字，概括了中华民族对故乡的深情。中国人，无论走到哪里，永远牵挂的是故乡；无论遇到什么样的事情，能够想到的还是故乡；有了成就，愿意衣锦还乡；遇到伤痛和灾难，家乡是疗伤的港湾。故乡是中国人扯不断的牵挂，故乡是忘不了的记忆，故乡是深入骨髓的印痕。而在唐朝地域辽阔的国度，从军也罢，出使边塞也罢，游边也罢，只要去往边域，往往都是路途遥远，日久难归，产生浓郁的思乡之情是难以避免的。这无需回避，也不必害羞，正如韦庄在《旅中感遇寄呈李秘书昆仲》中所说："怀乡不怕严陵笑，只待秋风别钓矶。"在疆场征战，久戍不归，为的是国家的安宁、黎民的幸福，但豁出去的是人生只有一次的生命，耗费的是个人最美好的青春岁月，拥有的是与家人生死离别的痛苦，因此很多反映边塞征战的诗歌都萦绕着浓郁的乡愁，走向边域的驿路诗歌也颇多这类作品，非常感人。有些作品尽管在后世流传中没有成为传播热点，但品读其中的一些诗作，依然能动人心扉，引人泪下，令人感慨。如骆宾王的《晚度天山有怀京邑》：

忽上天山路，依然想物华。
云疑上苑叶，雪似御沟花。
行叹戎麾远，坐怜衣带赊。
交河浮绝塞，弱水浸流沙。
旅思徒漂梗，归期未及瓜。

宁知心断绝,夜夜泣胡笳。①

骆宾王是带着"不求生入塞,唯当死报君"的壮烈情怀走向边塞的,但他依然怀恋京都,看塞外的云,也疑心是上苑所飘来,观天山雪花,也以为是御沟流来,想着离家越来越远,归期难以确定,那种"宁知心断绝,夜夜泣胡笳"的伤情溢于言表。

　　唐朝人由于不同的原因去往边域,内心对故乡的感受也不完全一样。但作为活生生的人,远离家乡和京都,都是离开熟悉的人、熟悉的氛围、熟悉的场域,尤其是离开亲人。也正因为如此,才更加思念故乡、思念亲人、思念朋友。由于内心对故乡的依恋情结,使得远在边域的人"越是得不到越希望得到"的内心世界更容易被激发,因而涉及边域的驿路思乡诗也就分外多起来。

　　这一类诗歌,最有代表性的是宋之问的《度大庾岭》,堪称思乡恋家诗中的名作,甚至成为唐诗中的经典之作:

度岭方辞国,停轺一望家。
魂随南翥鸟,泪尽北枝花。
山雨初含霁,江云欲变霞。
但令归有日,不敢恨长沙。②

这首诗感情色彩非常强烈,把自己度大庾岭时"辞国"的情感凸显出来,可见对家乡的深情。"越鸟巢南枝"的典故,深沉地幻化出洒

_____

① [唐]骆宾王著,[清]陈熙晋笺注:《骆临海集笺注》卷四《晚度天山有怀京邑》,上海古籍出版社,1985年,第120—121页。
② [唐]宋之问:《度大庾岭》,《全唐诗》卷五二,中华书局,1960年,第641页。

泪北枝、魂向北飞、翘首北望、珠泪满襟、楚楚可怜的诗人形象。所以后来他偷偷潜回故乡，还写下了《渡汉江》那样引发国人共情的思乡恋家的名诗："岭外音书断，经冬复历春。近乡情更怯，不敢问来人。"《度大庾岭》诗由于其强大的共情能力而在贬谪文学中占有重要地位，引发后世评论者的认同，如钟惺评曰："三、四沉痛，情至之音，不关典色。第六亦是异句，结怨而不怒，得诗人温厚之旨。"①陈度远曰："辞苦思深，不堪多读。"②今人评之："这首诗感情真挚，情景交融；章法严谨，对仗工整，音韵和谐，是一首成熟的五言律诗，堪称'示后进以准'的佳作。"③

宋之问因趋附张易之兄弟被贬泷州参军时，不仅一路上写下了数首有思乡情怀的作品，如《早发韶州》《早入清远峡》《途中寒食题黄梅临江驿寄崔融》《题大庾岭北驿》等颇有怀乡之思的作品，甚至还偷偷逃回故乡，写下了著名的《渡汉江》诗，留下了"近乡情更怯，不敢问来人"的著名诗句，可见其对故乡的牵挂。其写在边域的《早发韶州》中有"炎徼行应尽，回瞻乡路遥""故园长在目，魂去不须招"的思乡诗句，似乎乡路是他永远遥望的目的地，而他的魂灵也早已飞回乡国。其《早入清远峡》，又名《下桂江龙目滩》，面对峡山好风景、樵女夷童歌的环境，诗人完全不为所动，竟然还是"谁言望乡国，流涕失芳菲"，可见其伤感。

盛唐最浪漫的边塞诗人岑参，怀着"小来思报国，不是爱封侯"的心态赴往边域，但还没有到达边域，就在半路上唱响了令人伤情

---

① 卢粦：《闻鹤轩初盛唐近体读本》，张明非主编《唐诗宋词专题作品选》，高等教育出版社，2003年，第14页。

② 卢粦：《闻鹤轩初盛唐近体读本》，张明非主编《唐诗宋词专题作品选》，高等教育出版社，2003年，第14页。

③ 林力、肖剑主编：《唐诗鉴赏大典》，长征出版社，1999年，第94页。

的思乡曲：

> 故园东望路漫漫,双袖龙钟泪不干。
>
> 马上相逢无纸笔,凭君传语报平安。①

这是天宝八载(749)岑参第一次远赴安西充任高仙芝幕府书记时旅途上所写。一想到此行离家越来越远,那么豪气的诗人也忍不住泪下满襟,路途上遇到东行去往京都的旅客,虽然无纸无笔,就是捎一句"平安",那也是对家人的一种安慰啊! 这种情感,其实是自己思念家乡情感的另一种表达,殷殷的思乡之情令人悯惜。李攀龙《唐诗训解》评曰:"思家方迫,适逢此人,无纸笔以作书,而传语以通音息,叙事真切,自是客中绝唱。"② 吴昌棋《删订唐诗解》评:"其情惨矣,乃不报客况而报平安,含蓄有味。"③ 这一类的思乡曲在岑参的旅途诗中还有很多,如《过燕支寄杜位》:

> 燕支山西酒泉道,北风吹沙卷白草。
>
> 长安遥在日光边,忆君不见令人老。④

诗歌在燕支山、酒泉道的阔大背景下,在北风劲吹、草色变白的深

---

① [唐]岑参撰,廖立笺注:《岑嘉州诗笺注》卷七《逢入京使》,中华书局,2004年,第764页。

② [唐]岑参撰,廖立笺注:《岑嘉州诗笺注》卷七《逢入京使》,中华书局,2004年,第766页。

③ [清]吴昌棋:《删订唐诗解》卷一四,清早期刻本。

④ [唐]岑参撰,廖立笺注:《岑嘉州诗笺注》卷七《过燕支寄杜位》,中华书局,2004年,第788页。

秋氛围里，想念遥在日边的长安，想到岁月在遥乡中流失，不禁悲从中来。再如《题苜蓿峰寄家人》：

> 苜蓿峰边逢立春，胡芦河上泪沾巾。
> 闺中只是空相忆，不见沙场愁杀人。①

闺中相忆，是征人设想闺中人思念自己，其实正是自己思念闺中人。对于来自湖北江陵的诗人岑参而言，"立春"，本是一个令人想到草长莺飞、春暖花开、树木葱茏、轻衣飘举的时节，但在瓜州苜蓿峰边的景色全然不同。依我们今天的理解，瓜州的纬度比江陵要高多了，气温自然也就会冷很多，立春时节，自然也还是冰封雪冻。胡芦河（在今新疆乌什、阿合奇县境。《新唐书·地理志》："至小石城，又二十里至于阗境之胡芦河。"）边的征人念起了家乡，想到了闺中人对边域的牵挂。遥远的家乡、艰苦的环境、杀人的战场、征人的泪水，构成了一幅辽远、空旷、伤情的画面，抒发了绵软悠长的思乡之情。再如其《玉关寄长安李主簿》：

> 东去长安万里余，故人何惜一行书。
> 玉关西望堪肠断，况复明朝是岁除。②

想念朋友，想念京都，也是思乡情怀中的一种。诗人把长安与玉门关连接在一起，构成了辽远的书写背景，在这样的图景下，诗人嗔

---

① ［唐］岑参撰，廖立笺注：《岑嘉州诗笺注》卷七《题苜蓿峰寄家人》，中华书局，2004年，第757页。
② ［唐］岑参撰，廖立笺注：《岑嘉州诗笺注》卷七《玉关寄长安李主簿》，中华书局，2004年，第758页。

怪朋友没有给自己寄一封书信、写几行牵挂之语,这是真的嗔怪朋友吗? 显然不是,因为这是诗人寂寞的另一种表现形式,是用京都的朋友圈衬托此时自己的寂寞,尤其是在岁末年尾,他处的团圆、忙碌是可以想见的,而远在边关的岑参竟然盼望的只是一封书信而已!

大历时期的王建写有《古从军》,是军人露宿道旁、衣衫褴褛的艰苦生活的写照:

> 汉家逐单于,日没处河曲。
> 浮云道旁起,行子车下宿。
> 枪城围鼓角,毡帐依山谷。
> 马上悬壶浆,刀头分颊肉。
> 来时高堂上,父母亲结束。
> 回面不见家,风吹破衣服。
> 金疮在肢节,相与拔箭镞。
> 闻道西凉州,家家妇女哭。①

打仗是军人的天职,露宿道旁、以天为屋、以车为被、醉卧沙场,这就是他们的生活,但多么紧张激烈的战斗也抹不掉他们对家乡亲人的思念。望乡,是家乡有人牵挂自己征衣的破烂,是有人担心自己的伤势如何,是有人牵挂自己生命的存在与否。为征人"亲结束"的父母,应该是一声声嘱托;家家哭泣的妇女,也痛彻着征人的肝肠! 再如其《远征归》写归乡驿路上的士卒满心的对家乡的渴盼:

---

① [唐] 王建:《古从军》,《全唐诗》卷二九七,中华书局,1960 年,第 3363 页。

万里发辽阳，处处问家乡。

回车不淹辙，雨雪满衣裳。

行见日月疾，坐思道路长。

但令不征戍，暗镜生重光。①

东北边域，是唐朝苦战最多的地方，能够"万里发辽阳"向家乡回归，这是诗中主人公的幸运。他在路上最关心的是家乡如今究竟怎样了，这不由引发读者对以往征战戍卒归乡情境的联想："我徂东山，慆慆不归。我来自东，零雨其濛。果臝之实，亦施于宇。伊威在室，蟏蛸在户。町畽鹿场，熠耀宵行。"（《诗经·豳风·东山》）"十五从军征，八十始得归。道逢乡里人，家中有阿谁？遥看是君家，松柏冢累累。"（汉乐府民歌《十五从军征》）因为出征者不知家乡变化如何，所谓"近乡情更怯，不敢问来人"，是又想问又怕问。颔联写一路上因思乡而致一路匆匆、雨雪满身。颈联以抱怨日月太快反衬感觉中的归乡路途很慢和休息时细想家乡依然遥远。诗人用这种奇特的思维，表达浓郁的思乡之情。因为日月行走快，自己一天赶路时间就短；道路长，自己就会耗费更多时间在路上，就会晚到家乡。尾联"但令不征戍，暗镜生重光"表达了对远征的不满和对和宁生活的留恋和向往，也说明了"一夜征人尽望乡"的原因。

大历诗人张籍在蓟北边游之时送别友人，设身处地为友人着想，将理解友人的乡国之思作为细心的抚慰之语，这就是其《蓟北旅思》：

①［唐］王建：《远征归》，《全唐诗》卷二九七，中华书局，1960 年，第 3363 页。

　　　日日望乡国，空歌白苎词。

　　　长因送人处，忆得别家时。

　　　失意还独语，多愁只自知。

　　　客亭门外柳，折尽向南枝。①

此诗又名《送远人》，应该是张籍贞元十四年（798）边游时的作品。
他自己也是远在他乡的游子，所以最理解游子的伤情。诗歌以"日
日望乡国"抒写内心伤感，用空歌"白苎"表达失落，接着就是"送
人""别家""失意""多愁"等充满伤感的字眼，尾联用折柳送别
的意象，用"折尽向南枝"的总览式表达，写尽游子思乡的悲凉。

　　韩愈因谏迎佛骨事件被贬潮州，经过龙宫滩时写下了《宿龙宫
滩》一诗：

　　　浩浩复汤汤，滩声抑更扬。

　　　奔流疑激电，惊浪似浮霜。

　　　梦觉灯生晕，宵残雨送凉。

　　　如何连晓语，一半是思乡。②

诗人被贬潮州，是经历了惊涛巨浪般的政治风波后的悲剧命运的
延续。北人之南，多会因气候不适而令身体出现问题，更何况贬
谪，故在蓝关他就留有著名的《左迁至蓝关示侄孙湘》，其尾联的
"知汝远来应有意，好收吾骨瘴江边"尤其令人悲慨。而写这首诗

─────────

① ［唐］张籍：《蓟北旅思》，《全唐诗》卷三八四，中华书局，1960 年，第 4303 页。
② ［唐］韩愈著，钱仲联集释：《韩昌黎诗系年集释》卷二，上海古籍出版社，
　　1984 年，第 248 页。

时诗人已身在连州，但尚未到达贬所。住宿在龙宫滩，听海水激荡、惊浪滔天，觉人生亦如海浪奔涌，感生命有似残雨送凉，一阵阵寒意摧残着诗人的内心。诗人竟然一夜未眠，而未眠的原因有一半是思念故乡。不用说，诗人在感受贬谪带来的人生磨难时，更期望家人的温暖。在大自然海浪滔天与诗人连晓夜语的对比中，书写着韩愈对生命理解的悲壮与苍凉。

　　张乔游边时，寻不到出路，又难以归乡，困顿的生命里感受着人生无所成的尴尬，他在《游边感怀二首》写道：

> 贫游缭绕困边沙，却被辽阳战士嗟。
> 不是无家归不得，有家归去似无家。
>
> 兄弟江南身塞北，雁飞犹自半年余。
> 夜来因得思乡梦，重读前秋转海书。①

在诗人的理解里，自己的游边竟然混到连辽阳战士都为之叹嗟的地步，实在是人生的悲哀。诗歌传递了浓烈的人生失意的悲哀，尤其是"有家归去似无家"，令人哀怜。第二首中，兄弟南北相隔，遥遥到连大雁也要飞翔半年有余，这是极言双方渴望相见而又遥不可及。人的特点是越不在眼前越万分想念，越想念越对不得相见感觉遗憾，而能慰藉心中这份情怀的只有来自对方的点点滴滴，于是诗人把几年前兄弟的来信翻出来，反复阅读，视若珍宝，似乎在这封几年前的书信里也能够感受到亲人相聚的温馨。这是用温暖

---

① ［唐］张乔：《游边感怀二首》，《全唐诗》卷六三九，中华书局，1960 年，第7325 页。

衬托思乡伤情。

　　大约生活在唐懿宗大通年间的于邺，也是一位一生无成的诗人，他谋求生路到边域，夜宿萧关，写有《秋夜达萧关》：

> 扰扰浮梁路，人忙月自闲。
> 去年为塞客，今夜宿萧关。
> 辞国几经岁，望乡空见山。
> 不知江叶下，又作布衣还。①

于邺大中年间曾参加科举考试，不中，相关资料里知其曾携琴书往来于商洛、巴蜀间，没有获得任何官职，而这首诗证明其还曾经到过西北边塞，且在边塞几经岁月。因为没有资料，不能说明他究竟干什么去了，但从此诗的"又作布衣还"，知其亦如其他边游者，是为人生前途而来，但结果依然是失意而归。他写自己的边游，用了"辞国几经岁，望乡空见山"，意即多年在外经营，家乡是自己心中的牵挂，但边游的生活里远望家乡也只是望见一座座山峰而已。家在哪里，亲人又在何方？那是完全感受不到的。尤其是自己虽费心经营多年，但最终仍然是一无所得，又如何去见家乡父老？字里行间，渗透着对生活的无奈和辛酸。

　　一生困顿的蒋吉，大部分时间都在游历奔波中，他曾经边游岭南，由于常年在外，思乡之情愈重，其《大庾驿有怀》写道：

> 一囊书重百余斤，邮吏宁知去计贫。

---

①［唐］于邺：《秋夜达萧关》，《全唐诗》卷七二五，中华书局，1960 年，第8315 页。

莫讶偏吟望乡句，明朝便见岭南人。[1]

身背一囊书，行李过百斤，行走在驿路的诗人向碰到的邮吏谈及归乡之愿，诉说无以归家的困窘，感到思乡的心情胜于百斤的行囊，诗人所背负的，竟然多是思乡恋家的句子，而拥有这样的心态，偏偏还要行远行更远。这是诗人不能承受却又必须承受的心理折磨。

储嗣宗的《随边使过五原》是作者亲自感受到极边地区令人恐惧的空旷而害怕不能归乡的情绪的流露：

> 偶逐星车犯房尘，故乡常恐到无因。
> 五原西去阳关废，日漫平沙不见人。[2]

诗人虽然不是长久征战之人，但因出使来到边关，也已经感受到了边关令人窒息的恐怖：从五原（今内蒙古巴彦淖尔市）向西，很多驿站关卡都被废置了，一片荒凉，路途漫漫，平沙万里，绝少人烟。在这样的环境中行走，半路若身体出现问题，连个照应的人都没有，回归家乡？似乎是很难想象的事情。诗中的景色描写中所流露的情绪，是对极边无人的恐惧；诗中的情感抒发是离家乡越来越远的惶恐。这样令人倍感苍凉的途程，诗人只用了二十八个字便传达了内心深处无尽的伤感。

其实，对于中国这样一个注重家国乡情的国度，文化中对乡

---

① ［唐］蒋吉：《大庾驿有怀》，《全唐诗》卷七七一，中华书局，1960年，第8754页。
② ［唐］储嗣宗：《随边使过五原》，《全唐诗》卷五九四，中华书局，1960年，第6687页。

国的执念是无处不在的,更何况旅途劳顿,身心没有安置之所,故
而只要走向特别遥远的地方,往来时间的漫长和路途上的各种无
法预料,也会让人倍感对生命的珍重和对乡国的依恋,如李昌符的
《送人入新罗使》:

> 鸡林君欲去,立册付星轺。
> 越海程难计,征帆影自飘。
> 望乡当落日,怀阙羡回潮。
> 宿雾蒙青嶂,惊波荡碧霄。
> 春生阳气早,天接祖州遥。
> 愁约三年外,相迎上石桥。①

李昌符不是自己出使,但他很理解出使新罗的感受,"越海程难计,
征帆影自飘",海上漂荡的日子,不知风浪如何、风向如何,而又孤
帆入海,当其思乡恋国之时,只能看着日落的方向,只能羡慕着潮
水向母国的方向回流,自己却把生命托付给海雾茫茫、惊涛骇浪。
这是李昌符设身处地体味到的出使新罗的悲壮,感受到的出使新
罗的使者内心世界的苍凉。

人的一生,需要功名事业,但绝不仅仅是功名事业,更需要亲
人、朋友,需要温情、关心,但远赴边域之人,除了未可知的功业,似
乎就与故乡、亲人、关心、温情等没有关系,而血肉之躯的内心渴求
是压抑不住的,也就会不自觉地涌上诗歌的语言表达,传递人生所
不得不面对的许多悲壮与苍凉。稍有区别的是,游子思乡往往是

---

① [唐]李昌符:《送人入新罗使》,《全唐诗》卷六〇一,中华书局,1960年,第
6951页。

纯粹地想家人、想家乡熟悉的人文环境、想家乡的自然山水,虽然忧愁,但思念的痛苦也是一份慰藉心灵的苦情;戍卒的思乡多少掺杂着些许厌战情绪,有时掺杂着对生命的珍视,有时还有能否归乡的恐惧。这一类诗歌,都是远在边域之人感受到活着的人对生命和生活的理解,在无数悲壮苍凉的吟唱中,传达出他们内心对家国的思念和对美好生活的向往。

三、羌笛何须怨杨柳,春风不度玉门关

疆场征战,有的是远离家乡的缕缕乡愁,有的是与家人生死离别的痛苦,耗费的是美好的青春岁月,豁出去的是只有一次的生命,为的是国家的安宁、百姓的幸福。军人的职业就是牺牲,但牺牲也需要尊重,也需要关怀,而在大唐四处出击的时代,边关戍卒的艰苦征战并没有完全得到尊重和理解,以致不少人内心深处有些许盼望、些许幽怨,难免生出"羌笛何须怨杨柳,春风不度玉门关"的叹息。杨慎《升庵诗话》谈及这两句诗时,认为是"言恩泽不及边塞,所谓君恩远于万里也"[1]。君恩不及,就是对戍边将士的漠不关心——漠视他们的乡关之思、漠视他们的艰难困苦、漠视他们随时可能丧失的生命。

初唐最早的边塞诗人骆宾王有《边夜有怀》,诗云:

> 汉地行逾远,燕山去不穷。
> 城荒犹筑怨,碣毁尚铭功。
> 古戍烟尘满,边庭人事空。
> 夜关明陇月,秋塞急胡风。

① 陈伯海主编:《唐诗汇评》,上海古籍出版社,2015 年,第 3 册第 2076 页。

　　　　　倚伏良难定，荣枯岂易通。

　　　　　旅魂劳泛梗，离恨断征蓬。

　　　　　苏武封犹薄，崔骃宦不工。

　　　　　惟余北叟意，欲寄南飞鸿。①

从诗中流露的情绪看，骆宾王对开拓边塞并不十分满意，城池荒芜、碑刻断裂、满目烟尘、缺少人迹的地方，却需要"旅魂劳泛梗，离恨断征蓬"，但忍受了一切痛苦的远赴边域之人，并不是所有人都获得朝廷的封赏，就连像苏武那样出使匈奴被扣留十九年而忠心不改的人，也只不过给了一个典属国的名号而已，而像汉和帝时的崔骃曾跟随车骑大将军窦宪作属吏，那么有名的文学家，官职却不显，以至于让这些征戍之人，除了想家外便再无奢望。这难道不是征戍者的悲哀？这难道不是统治者只知役使戍卒而不关心戍卒的证据吗？而想透了这些问题的征戍者，内心深处该是多么地苍凉和无奈？！

　　杜甫是一位经常飘泊在驿路上的诗人，他将一些驿路所见，熔铸成沉郁顿挫之佳篇，反映一个时代的悲哀。如《前出塞九首》的前四首，都是反映出塞士兵驿路生活的艰难困苦：

　　　　　戚戚去故里，悠悠赴交河。

　　　　　公家有程期，亡命婴祸罗。

　　　　　君已富土境，开边一何多。

　　　　　弃绝父母恩，吞声行负戈。

────────────

① ［唐］骆宾王著，［清］陈熙晋笺注：《骆临海集笺注》卷五《边夜有怀》，上海古籍出版社，1985年，第177页。

出门日已远，不受徒旅欺。

骨肉恩岂断，男儿死无时。

走马脱辔头，手中挑青丝。

捷下万仞冈，俯身试搴旗。

磨刀呜咽水，水赤刃伤手。

欲轻肠断声，心绪乱已久。

丈夫誓许国，愤惋复何有。

功名图骐驎，战骨当速朽。

送徒既有长，远戍亦有身。

生死向前去，不劳吏怒嗔。

路逢相识人，附书与六亲。

哀哉两决绝，不复同苦辛。[①]

《前出塞九首》属于边塞诗系列，前四首都是驿路生活。第一首写被公家"程期"逼迫着远离故土，奔向交河边塞，为国家的开边拓土弃绝亲人团聚之乐，可见统治者只考虑自己的功业，而不顾及参战士卒的生活。第二首写在途程中不愿受尽屈辱，因而表示豁出生命也要建立斩将搴旗之功。第三首写途程中的艰难，以"呜咽水"展现士卒内心的伤感，以"水赤刃伤手"代表旅途的苦况，并写出了被离别之声搞得心绪不宁，但又表达了身许国家的内心世界，因此他不再空发牢骚和哀怨，希望到了战场，或立战功，或速死

---

① [唐]杜甫著，[清]仇兆鳌注：《杜诗详注》卷二《前出塞九首》，中华书局，1979年，第118—121页。

而已。第四首能够见出士卒路途中被官长欺凌的情况和思乡的痛苦,透过书信中"两决绝"的词语可以感受到士卒对走向边塞不抱生还之心的绝望情怀。四首诗都没有直接抱怨皇恩不顾远行人的词语,但不愿弃绝父母恩情的乡心乡愿以及对统治者不断地开疆拓土的不理解以及旅途上非人的待遇,都可以想见春风不度、君恩不及的现实。

《兵车行》写于观察驿路送别征战戍卒的场面之后,所描写的走向南诏的士卒,对征战生活的认识十分深刻,对君恩不及更是深有怨责:"道旁过者问行人,行人但云点行频。或从十五北防河,便至四十西营田。去时里正与裹头,归来头白还戍边。""况复秦兵耐苦战,被驱不异犬与鸡。""君不见青海头,古来白骨无人收。新鬼烦冤旧鬼哭,天阴雨湿声啾啾。"[1] 这首与南诏有关的驿路场景诗,写尽了从征戍卒对无休止征战生活的无奈,对参战士卒被当作动物驱赶的怨怼,对沙场丧命不得善终的伤情。诗歌的内容深刻丰厚,论者颇多,无需多言,此处仅从统治者对待士卒态度上看问题。透过驿路"行者"的控诉,可以看到驿路行走的戍卒的悲惨遭遇和最终的悲剧命运。但如鸡犬一样被驱赶的悲惨命运和死无葬身之地的悲惨结局却得不到高层的任何关注。

张籍的《凉州词三首》其二,在边关戍卒对驿路使者的盼望中传达出无尽的失望:

> 古镇城门白碛开,胡兵往往傍沙堆。

---

① [唐]杜甫著,[清]仇兆鳌注:《杜诗详注》卷二《兵车行》,中华书局,1979年,第113—116页。

巡边使客行应早,欲问平安无使来。[①]

此诗,有解释者认为写边关不宁,笔者以为并不全面。城门,是驿路使者必经之地。首句写古镇城门外白沙莽莽,第二句描写在沙堆上驻守的是胡人的军队,可见城池被围的危险状态,这确实写出了边关不宁。而后两句,则是从另一个角度抒写古镇戍卒内心的伤感。"巡边使客行应早"是猜测语气,意谓:巡边的使者不是早就应该出发了吗?为什么我们想通过使者问一问家人的平安,却见不到使者的到来?由此可见,对这些戍边者,很少有人牵挂他们,他们断绝了与故土家乡的联系,他们没有想过能否回归家乡,但他们竟然连问候一声家人平安的机会都没有。这种情况应该属实。据历史记载,敦煌陷蕃六十年,唐朝统治者因为内部的争斗无暇顾及,而戍守敦煌之外其他未被占领之地的唐朝将领和戍卒,依然坚守自己的职责若干年,希望并等待唐王朝收复敦煌。敦煌曲子词里《菩萨蛮·敦煌古往出神将》有"效节望龙庭,麟台早有名。只恨隔蕃部,情恳难申吐。早晚灭狼蕃,一齐拜圣颜"的词句。根据张籍诗歌的第三首,他可能确实写的是敦煌陷蕃时唐军将士盼望驿路使者到来的景况。诗中猜测性的语言、自问自答的绝望结果,无不透露出隔绝中的将士盼望君恩的急切心情,是春风不度的悲凉意绪。对比张籍的另一首《横吹曲辞·望行人》,在闺中思妇遥望驿路的深情里又一次看到了"春风不度"的悲哀:

秋风窗下起,旅雁向南飞。

---

①［唐］张籍:《凉州词三首》其二,《全唐诗》卷三八六,中华书局,1960 年,第4357 页。

日日出门望，家家行客归。

无因见边使，空待寄寒衣。

独闭青楼暮，烟深鸟雀稀。①

这是张籍替闺中人代言的诗句，写闺中人遥望征人走去的驿路，天天盼望征人的回归。诗中以"旅雁"比征人，写到秋风里旅雁在征途上飞向温暖的南方，并用"家家行客归"对比旅雁，可见无论是大雁还是远行人，在秋风吹起的日子，都在奔向自己期望的目的地，但驿路上连边使的踪影都很难见到，更何况征人的身影？而更可悲的是，不仅见不到征人，见不到边使，甚至连"寄寒衣"的热望都被彻底打消，只能在烟云深处看着不多的鸟雀，独自发愁！驿路带给闺中人的，只有无数的失望甚至绝望。

李益从军边塞，经常行进在旅途之中，深刻了解军中苦乐，对于军旅中人所思所想体会深刻，也对"春风不度"抒发了无奈的悲情。其《度破讷沙二首》（一作《塞北行次度破讷沙》）云：

眼见风来沙旋移，经年不省草生时。

莫言塞北无春到，总有春来何处知。

破讷沙头雁正飞，鸊鹈泉上战初归。

平明日出东南地，满碛寒光生铁衣。②

---

① [唐]张籍：《横吹曲辞·望行人》，《全唐诗》卷一八，中华书局，1960年，第192页。

② [唐]李益：《度破讷沙二首》，《全唐诗》卷二八三，中华书局，1960年，第3224页。

关于此诗，明代顾璘《批点唐音》说："不见此景，安得此言？"清代宋顾乐《唐人万首绝句选评》说："诚非身亲其景，不能为此言。"①这是诗人亲身经历的边塞驿路行军。以往评价此两诗，总认为是写塞北的寒冷和征战的艰苦，笔者亦认同，但笔者以为还应该对这两首诗有更深入的解读。高建新在《李益边塞诗及其对唐代中国北疆的书写》一文中说："李益的边塞诗充满感伤气氛，有浓重的乡愁和较为鲜明的厌战情绪。"笔者认同此观点，但他在同一篇文章中认为李益这两首诗是"诗人坚定地相信塞北的春天终将会到来"②，这一观点笔者不敢苟同。笔者认为，李益这两首诗正是对意象意义里"春风不度"境况的写照。第一首诗歌第二句"经年不省草生时"就不是写实，因为有泉水的沙漠上不可能终年不见草生时，故此诗第一首第二句既是写自然地理，又是写人文关怀，表面意思是告诉人们"莫言塞北无春到"，似乎坚信着什么，但第四句收于"总有春来何处知"。"总"，同"纵"，纵使春天到来，又有哪个地方感受到了春意盎然？可见还是没有感受到。这一理解联系下一首的"满碛寒光生铁衣"可以获得更加准确的理解。一般而言，战争结束归来，夹道欢迎或给予奖赏才可以让征战戍卒感受到千里征战的价值，但日出东南，戍卒看到的却是满目寒光、霜雪侵衣，那心中的寒冷就可以想见了。李益这两首诗，确乎"写征戍之情，览关塞之胜，极辛苦之状。当朔风驱雁，荒月拜狐，抗声读之，恍见士卒踏冰而鞍瘃，介马停株而悲鸣"（张澍《李尚书诗集序》)③，令人叹惋。

---

① 陈伯海主编：《唐诗汇评》，上海古籍出版社，2015 年，第 4 册第 2259 页。
② 高建新：《李益边塞诗及其对唐代中国北疆的书写》，《中文学术前沿》第 9 辑，第 40、33 页。
③ 陈伯海主编：《唐诗汇评》，上海古籍出版社，2015 年，第 4 册第 2247 页。

还有一些诗歌,只写征战将士内心的思乡情怀和对书信的盼望,虽然没有责怨"春风不度",但因为统治者不关注边关将士,不能很好地实施轮换制度,不能较好地处理书信往来的问题,以至边关将士时有伤感。如武元衡有两首写于征途的作品,虽然没有任何抱怨,但也可以看到诗人对长久征伐的厌倦。其《秋晚途次坊州界寄崔玉员外》诗云:

> 崎岖崖谷迷,寒雨暮成泥。
> 征路出山顶,乱云生马蹄。
> 望乡程杳杳,怀远思凄凄。
> 欲识分麾重,孤城万壑西。①

武元衡的这首诗,诗题明示写于"途次坊州界",即写于今陕西延安黄陵县西北一带。坊州是唐高祖李渊武德二年(619)从鄜州分置的一个州,这里是出征西路的要道。诗歌是路途休息时向朋友倾诉心怀的作品。虽然没有任何抱怨情绪,但征途的艰难、思乡的愁苦、怀远的情切,都是常人情感,也只能在诗中书写一下而已,对他而言,更重要的是在"孤城万壑西"的国家责任。其《度东径岭》诗云:

> 又过雁门北,不胜南客悲。
> 三边上岩见,双泪望乡垂。
> 暮角云中戍,残阳天际旗。

---

① [唐]武元衡:《秋晚途次坊州界寄崔玉员外》,《全唐诗》卷三一六,中华书局,1960年,第3556页。

更看飞白羽，胡马在封陲。①

此诗为北征途中所作，看诗题和诗中所写之经过地可知。武元衡曾被赞为唐王朝的铁血宰相，对藩镇势力从不手软，但在东征西杀的生涯中，屡见柔情。“雁门北”，是唐王朝北部边防重地，“南客”只是相对于雁门而言，其实武元衡是缑氏（今河南偃师）人，就大唐王朝的边界而言，实在不算太远，但心若在乡，四处皆远，武元衡所表达的正是这样一种心态。一位未来的铁血宰相，行进在三边的土地上，竟然望乡垂泪。诗歌在这样的心境下写暮色中的戍守、边防上的旌旗、边战中的箭羽纷飞和胡马窥边的紧急情况，呈现出元戎之责任，更衬托出武元衡“无情未必真豪杰，怜子如何不丈夫”的铁血柔情。但对于他内心深处的丰富复杂的情感，又有谁去真正关注过呢？

卢殷的《遇边使》属于同类作品：

累年无的信，每夜梦边城。
袖掩千行泪，书封一尺情。②

卢殷此诗，与上面提到的张籍的《望行人》内容非常接近，都是盼望驿路上能够传来自己期望的消息，只不过诗中所写的闺中人经历了长久的等待，终于在一个很幸运的时间点遇到了边使，所以迫不及待地将自己对远戍者的思念尽情传达，表达的方式，一是外在

①［唐］武元衡：《度东径岭》，《全唐诗》卷三一六，中华书局，1960年，第3556页。

②［唐］卢殷：《遇边使》，《全唐诗》卷四七〇，中华书局，1960年，第5342页。

形象的珠泪滚滚,二是实实在在的相思书信。但对于远去边域之人和闺中思妇而言,他们内心深处的需求、企盼,又有谁真正关心过呢?!

晚唐时于濆的《边游录戍卒言》更是将"春风不度"的残忍现实揭露得淋漓尽致:

> 二十属卢龙,三十防沙漠。
> 平生爱功业,不觉从军恶。
> 今来客鬓改,知学弯弓错。
> 赤肉痛金疮,他人成卫霍。
> 目断望君门,君门苦寥廓。①

此诗从内容上分为前后两部分,前四句写戍卒年轻时,后六句写戍卒年老时。诗歌前四句揭示戍卒从军的早期心理和精神状态,说年轻时从军卢龙、防秋沙漠,是因为对功业有着强烈的理想和热诚的追求,从来不觉得从军是什么不好的事情。这是盛唐精神的体现,也是唐人喜爱追逐功业的总体写照。但接下来的六句风向大变。"今来客鬓改,知学弯弓错",承上启下,"客鬓改",说明从军时间很长,这显然不符合唐人律例所规定的从军规律,可见府兵制度的彻底败落。"知学弯弓错"用以启下。那么,错在哪里呢? 从下文看,是因为戍卒感觉自己似乎被欺骗了,"赤肉痛金疮",是说戍卒在战场上曾经奋力拼搏,力尽关山,伤痕累累,病痛满身。但他成就的不是自己,而是成就了别人的功业。自己也期望能够明堂

①［唐］于濆:《边游录戍卒言》,《全唐诗》卷五九九,中华书局,1960 年,第6928 页。

见天子、画图麒麟阁，但望断君门，君门也从不曾为自己而开。奋斗、努力的结果，就是"春风不度"，只给自己留下一身伤病！

对征人的不知顾及，是唐朝征战生活中常见的现象，这种情形，即使在盛唐也屡见不鲜，而常年征战的士卒，在无数的盼望与失望中，将自己的青春和生命抛荒置野，抱怨几声无人顾及自己，也是可以理解、值得同情的。在这一类诗作中，往往激荡着一股惶惑、悲凉、感伤的生命情怀，引发读者的同理心、关切感，使诗歌颇具苍凉之美。

生命感受是文学艺术活动中特有的对生命自身的思索、对人生关系的体悟、对个体价值的审视，它是一种情感体验，也是一种理性思索，更是一种哲学审美。对于走向边域和思考边域的诗人们而言，生命本身的遭际和价值、本身生命与其他生命的关联、生命与社会阶层尤其是统治者的关系，都会从不同方面激发出浓烈的、深刻的、沉重的生命意识，而生命逝去的悲哀是其中关注的重中之重，也是驿路唐诗营造生命感受的悲凉意绪的主体。在生命随时会失去的悲哀里、在远离乡土和亲人的孤独中、在被忘记甚至被抛弃的可悲处境中，还要坚强地走向残贼涌来的地方，走向荒无人烟的深处，走向鲜血迸溅的战场，这就是唐人描写边域的驿路诗歌的悲凉之美。

第四节　逐臣内心的哀婉感伤之美

走向边域，在唐人的世界里有两种情形，一种是希望到边域建功立业，将人生价值发挥到极致，让生命的历程更加丰富多彩，这类诗歌多洋溢着豪迈雄浑的精神气质，形成健康爽朗的风格。另一种则是迫不得已走向边域，有的是谪罚军中效命，有的是因命运不济被迫边游寻求出路,还有的是因罪被贬谪至遥边。描写后一类人的贬谪之旅的作品,往往颇多哀婉与感伤,成为向被视为"青春唐朝"的唐诗审美中的一种异调,逐臣诗歌尤其如此。

逐臣不是唐朝的特殊现象,逐臣诗却是唐诗中非常值得关注的现象。终唐一朝的逐臣,尚永亮先生将之划分为初唐神龙逐臣群体、盛唐荆湘逐臣群体、中唐元和逐臣群体、晚唐乱离逐臣群体,其中被贬谪至遥边最多的就是神龙逐臣群体,晚唐也有一些,而盛唐和中唐相对较少。我们这一节主要关注贬谪南荒的逐臣并兼及其他逐臣。

逐臣因为被贬谪的政治命运而被抛荒置远,远离了繁华都市、政治中心,内心世界往往会发生极大的变化。尚永亮先生在谈及逐臣心态时说:"这是生命的沉沦。所谓沉沦,大致包括两个层面:一个层面是指生命由高到低的跌落过程,一个层面是指生命在此一过程中所遭受的磨难。唐代贬谪文人的人生遭际,无不鲜明地体现了这两个特点:他们从身在京城担任朝官骤然变成南方荒远之地的逐臣,这是其生命从高到低的跌落;他们到达贬所后,大都在州县一级担任司马、参军一类有职无权的小官,英雄失去了用武之地,整日在寂寞、苦闷中讨生活。且不说恶劣的自然环境给他们的肉体带来了何等样的折磨,也勿论在此折磨的同时,他们还要遭受多少来自社会的非议、打击和世俗的冷眼、歧视,仅以其大好生命被闲置或废弃一点而论,就足以使他们在精神上痛苦异常了。"[①]这种精神上的痛苦在远贬南荒的逐臣中表现尤甚,反映到诗歌作品中,就形成了哀婉与伤感的情调,成为南荒逐臣诗歌审美的重要特征。贬谪到遥边,是较一般迁谪严重得多的惩罚,很多人都清楚

---

① 尚永亮:《逐臣与唐诗》,《中华活页文选》2015 年第 11 期。

自己的命运最可能是"一去一万里,千知千不还""十人去,九不还"的结果,而其内心深处的情结却无限眷恋京都的繁华和乡土的温馨,往往有"宁作长安草,胜为边地花"的心态,在这样的心态下,诗歌风格便会愈加哀婉与伤感。

一、对命运无常的幽怨

幽怨,是郁结并隐藏于心中的怨恨,它不是直接抒发出来,而是潜藏在内心世界,通过含蓄曲折的方式传达出来。幽怨,是唐代逐臣诗歌的重要底色,而形成这种幽怨风格的原因,在于逐臣对自己命运的认知。

逐臣,是被统治者认定犯有重要错误的官员。关于逐臣被逐的原因或理由,尚永亮先生在《元和五大诗人与贬谪文学考述》中说:"大凡政有乖枉、怀奸挟情、贪黩乱法、心怀不轨而又不够五刑之量刑标准者,皆在贬谪之列。"① 又在《唐五代逐臣与贬谪文学研究》中说:"贬谪又是一种强制性措施,通过对负罪者减秩降职、出之外地等手段,使其'思过自效'。"② 但绝大部分逐臣并不认同自己确实犯有错误,更多的是带有"忠而被贬、信而见疑"的心态。但统治者已经认定自己是罪人,是逐臣,自己虽心有不甘却不敢强力抗争,只能听任命运的摆布。

初唐时期的神龙逐臣,很多人是因为谄附张易之兄弟而获罪,但他们并不认为自己是犯罪,很多人在内心深处其实只是认为是自己的站队问题,是命运乖舛的问题。他们大部分被远贬南荒,甚至远贬至安南都护府的峰州、驩州、交趾等地,九死一生。他们曾

---

① 尚永亮:《元和五大诗人与贬谪文学考述》,文津出版社,1993年,第1页。
② 尚永亮:《唐五代逐臣与贬谪文学研究》,武汉大学出版社,2007年,第3页。

经在京都叱咤风云、风光无限,却因为站队问题而被抛荒置远,但他们大多不认为自己犯下了不可饶恕的滔天罪行,因而对命运无常的感触尤其深刻。事实也如此,并不是所有逐臣真的都犯有不可饶恕的过错,"有些所谓京职不称者",确实只是因为站队问题,比如元和逐臣刘禹锡、柳宗元,都是一心想为国家做事,只是因为参与了永贞革新,便被归为"二王八司马"集团,成为屡被打击的对象,但他们个人品格没有问题。神龙逐臣不一样,他们自降身份,谄附宠臣,放弃原则,甚至有的做出了一些卑鄙的事情,他们被贬,并不冤枉。但他们自己并不这样认为,反而觉得自己是蒙冤受屈。

宋之问神龙年间因谄附武则天男宠张易之兄弟被贬泷州,但他并没有认识到自己行为的偏差,更不认为自己有罪,对遭受的贬谪有真实强烈而痛苦的情感,写出了一些颇含幽怨的诗篇,在信而见疑、无辜被弃的心态下,抒发内心的悲凉。神龙元年(705),宋之问被贬泷州的驿路行走路线,据尚永亮的《唐五代逐臣与贬谪文学研究》考证,他"自洛阳南行,经黄梅(今湖北黄梅)、洪府(今江西南昌)溯赣水,度大庾岭、经始兴(今属广东韶关)、端州(今广东肇庆),沿泷州江到达泷州(今广东罗定)"[①]。宋之问在被贬途中有几篇纪行诗,借途中所见抒发了自己被贬的幽怨,其《度大庾岭》《登粤王台》《早发始兴江口至虚氏村作》等,是表达他自己认为的"无辜被贬"的典型代表作。其《度大庾岭》结尾说"但令归有日,不敢恨长沙",居然把自己与贾谊进行对比,确实有点自视太高了。但他用贾谊典故的内涵,就是忠而被贬,借此表达自己心中的幽怨。

---

① 尚永亮:《唐五代逐臣与贬谪文学研究》,武汉大学出版社,2007年,第135页。

其《登粤王台》用"迹类虞翻枉,人非贾谊才"将自己比作有才被贬的虞翻和贾谊,用"归心不可见,白发重相催"表达期望回归而老之将至的悲伤。其《发藤州》自认为"丹心江北死",因而在描写自己"朝夕苦遄征,孤魂长自惊。泛舟依雁渚,投馆听猿鸣"的生活中抒发"白发岭南生"的悲凉。又如他的《早发始兴江口至虚氏村作》:

> 候晓逾闽嶠,乘春望越台。
> 宿云鹏际落,残月蚌中开。
> 薜荔摇青气,桄榔翳碧苔。
> 桂香多露裛,石响细泉回。
> 抱叶玄猿啸,衔花翡翠来。
> 南中虽可悦,北思日悠哉。
> 鬒发俄成素,丹心已作灰。
> 何当首归路,行剪故园莱。①

始兴江,在今广东韶关市,称北江,《水经注·溱水注》:"东溪亦名东江,又曰始兴水……东汉又西注于北江,谓之东江口。溱水至此,有始兴大江之名。"《元和郡县图志》卷三四浈阳县:"溱水,一名始兴大江,北自韶州曲江县界流入,东去县一百一十步。"② 可知是被逐时经过。诗歌前十句写岭南景色,并没有带着反感的心态,相反,他带着欣赏的心态进行了细致的铺写,但这一切被"南中虽可悦,北思日悠哉"截住了,之后就开始转写头白心死的悲催心态,

---

① [唐]宋之问:《早发始兴江口至虚氏村作》,《全唐诗》卷五三,中华书局,1960年,第651—652页。

② [唐]李吉甫撰,贺次君点校:《元和郡县图志》卷三四《岭南道一》,中华书局,1983年,第891页。

写自己盼望回归故乡过剪莱的田园生活，从中透露出他对此次遭贬的无可奈何的幽怨心态。

据《旧唐书》本传记载，宋之问在京都"弱冠知名，尤善五言诗，当时无能出其右者"①。他是修文馆学士，还与韦凑（韦见素之父）号称"户部二妙"："时员外郎宋之问工于诗，时人以为户部有二妙。"②后至唐玄宗时宰相张说都对其称赞不已："李峤、崔融、薛稷、宋之问之文，如良金美玉，无施不可。"③京都还有武则天因其诗作优秀而夺赏于东方虬之锦袍赠宋之问的佳话。可现在，当年京都传诵的名望和佳话都付之东流、无人知晓了。从云端跌落谷底，诗人的情绪低落可以想见，关键是他认为自己不应该有这样的结果，他觉得自己忠心耿耿，"斯罪懵所得"，自己是接受不了的。但这种情绪，也只能借"廷议日纷惑"传达，而不敢指向君主不明。

当他再次被贬南荒时，已是唐玄宗的时代，这一次被贬钦州，写有《晚泊湘江》《过蛮洞》《下桂江县黎壁》《经梧州》等驿路诗歌，后三首写在安南都护府管辖范围内，后两首幽怨色彩较重。如《下桂江县黎壁》：

> 放溜觌前淢，连山分上干。
> 江回云壁转，天小雾峰攒。
> 吼沫跳急浪，合流环峻滩。

---

①　[后晋]刘昫等：《旧唐书》卷一九〇中《宋之问传》，中华书局，1975 年，第5025 页。

②　[后晋]刘昫等：《旧唐书》卷一〇一《韦凑传》，中华书局，1975 年，第3147 页。

③　[后晋]刘昫等：《旧唐书》卷一九〇上《杨炯传》，中华书局，1975 年，第5004 页。

敬离出漩划，缭绕避涡盘。

舟子怯桂水，最言斯路难。

吾生抱忠信，吟啸自安闲。

旦别已千岁，夜愁劳万端。

企予见夜月，委曲破林峦。

潭旷竹烟尽，洲香橘露团。

岂傲夙所好，对之与俱欢。

思君罢琴酌，泣此夜漫漫。①

桂江，指发源于广西第一高峰猫儿山的珠江南流水系之一，与漓江为上下游关系，过漓江继续南流经灵川县、桂林市、阳朔县至平乐县，与荔浦河、恭城河汇合后称桂江。此诗前十句极力描写水行之艰难，第十一句"吾生抱忠信"透露出诗人心中的不甘，他依然认为自己是忠心于主上的忠臣，故虽表面上说"吟啸自安闲"，似乎潇洒，但"夜愁劳万端"说明他并不甘心，经常彻夜难眠，对自己的人生思虑万端。"企予见夜月，委曲破林峦"，表达自己并不希望长夜暗慢之意，之所以这样长夜难眠是认为自己所受委曲能够冲破林峦，可见心中委曲之大。最后一句用自己面对桂江县黎壁长夜哭泣，表达了对自认为不公平的命运的无限委屈，哀哀切切，颇为感伤。其《经梧州》也如《度大庾岭》一般，用了贾谊的典故，只不过这一首是"以乐景衬哀景"，在美好景色的衬托下，引出了"会自泣长沙"的诗人自己，同样说明诗人自以为如贾谊一般忠而被贬，哭贾谊，即是哭自己。

---

① ［唐］宋之问：《下桂江县黎壁》，《全唐诗》卷五一，中华书局，1960 年，第624 页。

与宋之问同时因谄附张易之兄弟被贬驩州的沈佺期,同样不认为自己有罪,其《从驩州廨宅移住山间水亭赠苏使君》云:

> 遇坎即乘流,西南到火洲。
> 鬼门应苦夜,瘴浦不宜秋。
> 岁贷胸穿老,朝飞鼻饮头。
> 死生离骨肉,荣辱间朋游。
> 弃置一身在,平生万事休。
> 鹰鹯遭误逐,豺虎怯真投。
> 忆昨京华子,伤今边地囚。
> 愿陪鹦鹉乐,希并鹧鸪留。
> 日月渝乡思,烟花换客愁。
> 幸逢苏伯玉,回借水亭幽。
> 山柏张青盖,江蕉卷绿油。
> 乘闲无火宅,因放有渔舟。
> 适越心当是,居夷迹可求。
> 古来尧禅舜,何必罪驩兜。①

这是一首排律,用了很多铺排手法。前六句叙述自己安南之行的驿路行程,都是诗人不想看不愿经的,这是心中的不甘通过对陌生事物的描绘进行传达。“死生离骨肉”四句,直接抒发自己对人生如此巨变的伤痛。自“鹰鹯遭误逐”以下八句,写内心的幽怨。鹰鹯,雄鹰和猛鹯,两种凶猛的鸟,用典,语出《左传·文公十八年》:

---

① [唐]沈佺期:《从驩州廨宅移住山间水亭赠苏使君》,《全唐诗》卷九六,中华书局,1960 年,第 1051 页。

"见无礼于其君者,诛之,如鹰鹯之逐鸟雀也。"①用以比喻忠勇之人,即沈佺期自视为忠勇之人。"误逐"两字,点明了自己对朝廷处理的不满,认为对自己的处理是错误的,不公平的。接着通过"京华子""边地囚"的对比展示了自己人生的跌落,可见心中的伤感。又用"愿陪鹦鹉乐"表达愿意陪同皇上宴饮之意。鹦鹉,用典,指鹦鹉杯,梁简文帝萧纲《答张缵谢示集书》:"车渠屡酌,鹦鹉骤倾"中的鹦鹉指的就是鹦鹉杯。"希并鹧鸪留"也是用典,用蜀帝杜宇化为杜鹃啼叫"不如归去",表达自己希望回归朝廷的心愿。这八句的最后两句"日月渝乡思,烟花换客愁"抒发思乡羁旅之愁,日月、烟花等美景,都消解不了自己内心的愁烦。全诗的最后两句仍然在为自己叫屈:"古来尧禅舜,何必罪驩兜"。传说尧帝时,驩兜曾与共工、鲧一起作乱,舜帮助平息了叛乱。尧帝让位于舜帝,舜帝便将驩兜流放到崇山。但在沈佺期看来,尧舜禅让,是权力的交接方式而已,干嘛要找出驩兜这个替罪羊,非得要说因驩兜等作乱、舜有功,尧才让位于舜呢? 这里暗含的意思就是,唐朝政权的交接和变换,是你们统治者自身的矛盾,跟我沈佺期又有何干? 而我却被无辜牵连,岂不冤哉! 从中可见沈佺期对被贬的不满。其《度安海入龙编》将这种被命运抛荒置远的委曲写到了极致,其后八句曰:

> 别离频破月,容鬓骤催年。
> 昆弟推由命,妻孥割付缘。
> 梦来魂尚扰,愁委疾空缠。

①《春秋三传》卷一五,《新刊四书五经》本,中国书店,1994 年,上册第312 页。

虚道崩城泪,明心不应天。①

所谓"昆弟推由命"是说自己的事情可能牵连到兄弟,他们究竟怎样也只能听天由命,因为自己左右不了。"妻孥割付缘",用一"割"字表达了不舍,虽然不舍,但也必须切割、分割,这是被迫不得已分别而心如刀割的痛楚。"梦来魂尚扰,愁委疾空缠"写自己被贬之后心惊肉跳、日夜不安的心理状态。最后说自己"虚道崩城泪,明心不应天",满腹的委曲,如崩城一样滚滚的泪水,都是白白流淌,"明心"是自己的公心,是自己的干净之心,也是自己的无罪之心,可是,"天"也即皇上,是看不到的,这是最令自己伤心的。诗歌的后六句,都是在书写委曲。

　　如果说神龙逐臣心含幽怨确实属于他们自己的不自知,初盛中晚唐的有些逐臣则确实有些是真正的忠而被贬、信而见疑或无辜获罪了。初唐时期,张说曾在武后朝参与编修《三教珠英》,由于其不肯阿附张易之兄弟诬陷魏元忠谋反,被武则天认为是反复小人,流放钦州,写有《南中送北使二首》《岭南送使》《岭南送使二首》等诗。其中《岭南送使》《岭南送使二首》主要是去国怀乡的伤感,《南中送北使二首》却颇多离京之后有才不得施展的悲哀,也有得罪高层的遗憾:

传闻合浦叶,曾向洛阳飞。
何日南风至,还随北使归。
红颜渡岭歇,白首对秋衰。

---

① [唐]沈佺期:《度安海入龙编》,《全唐诗》卷九七,中华书局,1960年,第1052页。

高歌何由见,层堂不可违。

谁怜炎海曲,泪尽血沾衣。

待罪居重译,穷愁暮雨秋。

山临鬼门路,城绕瘴江流。

人事今如此,生涯尚可求。

逢君入乡县,传我念京周。

别恨归途远,离言暮景遒。

夷歌翻下泪,芦酒未消愁。

闻有胡兵急,深怀汉国羞。

和亲先是诈,款塞果为雠。

释系应分爵,蠲徒几复侯。

廉颇诚未老,孙叔且无谋。

若道冯唐事,皇恩尚可收。①

第一首中,"合浦叶"为用典。此典原是说有红色的合浦叶飞到洛阳,在皇宫中飘荡,当时的皇帝令空灵道长查验为何物,知为灵杉,内涵王气,可能对皇权有威胁。于是派空灵道长带人到岭南,将灵杉毁掉。这里用此典,张说抛却了合浦叶飞的所谓王气说,只用合浦叶飞向洛阳表达心中对京都的向往,并希望南风起,随风飞向洛阳。他说"高歌何由见",是指自己心向朝廷的这支高歌谁能理解? 这是对则天皇帝是否真正了解自己心存疑问。他又说"层堂不可违","层堂"指层叠而出的各种屋宇,暗指皇宫。此句指张说

---

① [唐]张说:《南中送北使二首》,《全唐诗》卷八八,中华书局,1960年,第972页。

没有按照武则天的意思揭发魏元忠事,可见诗人并不认可武后贬谪自己。她贬谪的理由不是对错是非,而是没有依照武后本人之意,可见这贬谪没有道理,暗含着自己蒙冤受屈。第一首最后结语"谁怜炎海曲,泪尽血沾衣",以怜惜、血泪等触目惊心的字眼表达了期盼同情和理解的满腹心酸。第二首,重译,用典,代指诗人所贬谪之地。重译,即辗转翻译。据《尚书大传》卷四:"成王之时,越裳重译而来朝,曰道路悠远,山川阻深,恐使之不通,故重三译而朝也。"① 接着诗人写自己送别的地方"山临鬼门路,城绕瘴江流"的艰险和恐怖,表达"人事今如此,生涯尚可求"的期盼,他希望所送别的使者向京都传递自己想念"京周"也即武周京都洛阳的心愿,并尽情书写自己"夷歌翻下泪,芦酒未消愁"的可怜状态,以引发同情。最后分析国家面临的形式,表达对朝政的关心,称自己是廉颇未老,比孙叔敖计策高超,并期盼自己能像魏尚得到汉文帝派冯唐启用那样的际遇。可见张说对自己被贬南中的不甘。

　　晚唐时贯休有《送谏官南迁》,为因性格耿直而被贬谪遥边的朋友遗憾,对统治者不分好坏的贬谪深感不满:

> 危行危言者,从天落海涯。
> 如斯为远客,始是好男儿。
> 瘴杂交州雨,犀揩马援碑。
> 不知千万里,谁复识辛毗。②

---

① 《尚书大传》,朱维铮主编《中国经学史基本丛书》,上海书店出版社,2012年,第35页。
② [唐]贯休:《送谏官南迁》,《全唐诗》卷八二九,中华书局,1960年,第9338页。

诗歌首句的"危行危言"都是指敢于对皇上进行批评的言语行为，谏君劝君，本是谏官的责任，有的人因不敢得罪最高统治者而胆战心惊，宁愿平庸无为，但诗中的谏官却不肯做好好先生，因为自己的"危行危言"而从天上跌落，流寓海涯。但贯休眼里的这位谏官，因为他无私不畏，才称得上是真正的好男儿。尽管被贬谪到有瘴雾、雨水稠的交州，甚至到了马援立碑之地（铜柱所在之地），他也依然是直言敢谏的英雄。而令人伤感的是：在这遥边之地，谁又能够识得这样的真英雄呢！辛毗，三国时人物，曾经力劝曹操立嫡长子为太子，又曾经劝魏文帝灾年迁移十万户百姓，"辛毗引裾"的典故便出自劝谏魏文帝这一次。可见贯休所送之人曾经力劝并惹怒了当时皇帝而遭贬谪。贯休既赞赏朋友的勇气，又为朋友埋没南荒而感到伤感。

晚唐时栖蟾的《送迁客》，与贯休诗异曲同工：

> 谏频甘得罪，一骑入南深。
> 若顺吾皇意，即无臣子心。
> 织花蛮市布，捣月象州砧。
> 蒙雪知何日，凭楼望北吟。①

诗歌首联写被贬原因，"谏频"两字，刻画了被送的迁客曾经努力劝谏君王，"甘得罪"，可见迁客从不计较自己的命运，也正因为如此，所以才被贬谪到南荒。颔联刻画迁客的内心世界：他深知顺遂皇帝心意即可让自己春风得意，但却认为那样做就不是忠心为主的臣子，这是迁客尽忠报国的写照，也间接刻画了迁客无辜被贬的悲

---

① ［唐］栖蟾：《送迁客》，《全唐诗》卷八四八，中华书局，1960年，第9609页。

剧命运。颈联想象迁客南迁后的生活：在蛮荒之地过起了卖布捣砧的寻常百姓式的生活，沦为平常人。尾联既为迁客叫屈，又写迁客凭楼北望盼望昭雪的形象。

类似于以上这些逐臣的诗歌，可以让读者感受到逐臣对突如其来的命运变化的不适。罢黜终结了他们软红佳丽的奢华和意气风发的潇洒，生活的巨变与磨难改变了他们的人生轨迹，让他们在远贬遥边的生活中感受着命运的不公。他们不再歌功颂德、阿谀逢迎，而在离别京城、远赴遥边的路途上，借物传情、借典传情，把自己的委曲和不如意传达出来。既抒发心中的幽伤，也期望朝廷理解。这些诗歌从宫廷走向边域，从应制酬唱走向地理山水，从无病呻吟走向抒发幽怨情怀，让边域的文化地理成为唐诗的重要组成部分，既有历史文化的意义，也有丰富唐诗风格的意义。

二、对失朋离亲的伤感

文人到边域，不管什么原因，也不管有无建功立业的理想，有一点是一样的：抛荒置远，远离曾经熟悉的环境，致使个人与周边的自然环境和人文环境都发生错位。自然环境一般是有心理准备的，故而即使有排斥，也不会特别强烈。人文环境的变化虽然也会有心理准备，就像王维说的"西出阳关无故人"，但这种心理准备往往是不足的，当面对陌生的人文环境和错位的各种关系时，产生难以适应的情感是常见的和可以理解的，尤其是对于从京都走向边域的文人而言更是如此。京都，不仅仅是繁华的所在，是帝王的所在，更是文人施展才华、发挥作用、大显身手的地方。他们往往都是"自谓颇挺出，立登要路津"（杜甫语），而离开京都，等于放弃了帝王随时任命的机会，走向边域，更是有一种被剔除中心的感受。这种感受常常令他们心情郁闷，莫名悲伤，生出疏离中心的情绪，涌出被剔除的烦恼。

我们都知道，人在受伤的时候，最容易也最愿意到家乡到亲人那里寻求安慰。中国农业文明的特点之一就是，人是土地的附庸，土地是人的依靠，而家乡的土地是自己生长的热土，是自己的根之所在，是自己熟悉的文化环境之所在。受伤了，家乡有永远不会抛弃自己的祖坟和父母，有愿意与自己同甘共苦的妻子儿女，甚至有无论贫穷和富有都认可自己的朋友。那种家的温馨会减轻人的伤痛，会渐渐抚平伤口，让自己恢复生活的本真。但贬谪诗人连这点资格也没有。当他们贬谪荒远的时候，既疏离了中心，失去了才华施展之所，也远离了亲朋，得不到任何慰藉。这种情绪弥漫在他们的贬谪诗中，使贬谪诗的思乡恋家之情也拥有了伤感之美。

宋之问写于南贬路上的思乡诗《途中寒食题黄梅临江驿寄崔融》感受到了远离洛阳亲朋的痛苦：

> 马上逢寒食，愁中属暮春。
> 可怜江浦望，不见洛阳人。
> 北极怀明主，南溟作逐臣。
> 故园肠断处，日夜柳条新。①

此诗写于《度大庾岭》之前。暮春时节，寒食之日，在中原是很重要的节日，祭祀祖先，缅怀先人，但诗人身在旅途，离洛阳越来越远，当然离亲朋也越来越远。诗人倾诉说，自己明明有向北之心，心怀明主，满腹忠心，却未曾想到成为逐臣。对比令自己柔肠寸断

---

① ［唐］宋之问：《途中寒食题黄梅临江驿寄崔融》，《全唐诗》卷五二，中华书局，1960年，第640页。

的故乡日夜都有柳条在萌生新的生机，自己却走向死路，真是天壤之别。此诗所用的衬托手法很典型，用故乡崭新的柳条的清新可爱表达对故乡的思念，颇有"来日绮窗前，寒梅著花未"的情深意长。

　　同时期因同样原因被贬的沈佺期，写有《三日独坐驩州思忆旧游》《驩州南亭夜望》表达浓郁的思乡恋京情绪。其中《三日独坐驩州思忆旧游》是一首排律，共34句，其中有22句都是京华风物和人物，可见对失离亲朋的失落，中有"谁念招魂节，翻为御魅囚。朋从天外尽，心赏日南求"四句，点出了命运的反复无常和朋友的渐行渐远，令人幽伤。但此诗是否写于驿亭很难判断，故不用此诗。而《驩州南亭夜望》是一首可以肯定写在驿亭的诗歌：

> 昨夜南亭望，分明梦洛中。
> 室家谁道别，儿女案尝同。
> 忽觉犹言是，沉思始悟空。
> 肝肠余几寸，拭泪坐春风。[1]

此诗是诗人来驩州后住处糟糕，苏姓使君将水驿驿亭借给自己暂住时写下的怀乡诗。首联写诗人在南亭北望，眼睛和心灵都似乎已经飞到了洛阳。颔联回想自己被贬谪时，跟自己的家人都未曾来得及道别，但想想旧时与儿女同案读书、教子课业的温馨生活，如今却都成了幻影，使人肠断，令人心酸。颈联写诗人经历了大起大落的人生后的所谓彻悟，表面上说一切都是空，但内心又实在放

---

① [唐]沈佺期:《驩州南亭夜望》,《全唐诗》卷九六,中华书局,1960年,第1039页。

不下。尾联还是写回归，写放不下，写自己思乡恋家时肝肠寸断、泪眼婆娑的形象，传达内心深处的伤感。

张说早年因不肯阿附张易之兄弟被贬钦州时，有《岭南送使》表达去国怀乡之情：

> 秋雁逢春返，流人何日归。
> 将余去国泪，洒子入乡衣。
> 饥狄啼相聚，愁猿喘更飞。
> 南中不可问，书此示京畿。①

诗歌首联以自然物象起兴，通过大雁北飞的物象引发诗人归乡的情感。颔联透过一个细节传达浓郁的思乡之情：将自己的去国离乡的泪水洒在对方还乡的衣襟上，意即让自己的泪水跟随使者返回家乡。颈联用"饥狄""愁猿"的聚集和高飞，比喻自己无论怎样都要同类聚集，即使愁烦也要在空中蹦来跳去。尾联的"南中不可问"，写诗人在岭南有多少不舒心多少不满意，并要把自己的一切告诉家乡的亲人，告诉京中的友朋。此诗最动人处是"将余去国泪，洒子入乡衣"的细节使用。张说的家乡在当时的京都洛阳，让泪水返乡亦是让泪水归国。人走不了，让使者将自己的泪水带走，这样一个小小的细节，一下子就触动了读者心中的柔软，就会调动无数的怜悯心，为其打抱不平，为其伤心落泪。

张籍曾经送别被流放北边的朋友，其《送流人》曰：

> 独向长城北，黄云暗塞天。

---

① ［唐］张说：《岭南送使》，《全唐诗》卷八七，中华书局，1960 年，第 952 页。

流名属边将,旧业作公田。

拥雪添军垒,收冰当井泉。

知君住应老,须记别乡年。①

诗歌用想象之笔,为所送流人描绘了一幅北方流放的生活图景。
首联写流人独自一人踽踽前行,能够看到的只有黄云弥漫长天。
颔联交代流人被贬边域,交由边将管理,而他原先拥有的一切都已
经被没收。颔联再绘边疆苦况:大雪茫茫也要修筑军垒(战壕之
类),而生活只能收冰当水。收冰当饮用水的细节,既是当时生活
现象的传达,也是蛮荒生活的写照,从中透出张籍对友人此去生活
的关心。张籍也知道,流人此去应是难以回返,希望他记住离别家
乡的日子,当然也要记住分别时的自己。这似乎没有从流人本身
写家乡,但恰恰是没有写,而更给人留下想象的余地:内里含有流
人对难回家乡的绝望。

　　不幸的是,诗人也曾南游,情同贬谪,其《岭表逢故人》传达了
"老乡见老乡,两眼泪汪汪"的乡情:

过岭万余里,旅游经此稀。

相逢去家远,共说几时归。

海上见花发,瘴中唯鸟飞。

炎州望乡伴,自识北人衣。②

诗歌首联点出所在之地和现在的境况,离家既远,又少见行人,暗

---

① [唐]张籍:《送流人》,《全唐诗》卷三八四,中华书局,1960 年,第 4307 页。
② [唐]张籍:《岭表逢故人》,《全唐诗》卷三八四,中华书局,1960 年,第 4309 页。

含孤独和寂寞。颈联点出相逢之人共同探讨和关心的话题：远离家乡，何时才能回归。颈联写在南中的生活："见花发"以示时间之长，"唯鸟飞"可见人烟稀，"瘴中"可见环境既艰苦又危险且难适应。尾联写身在炎州，却天天希望见到乡人，因而对北方人所穿的衣服都特别敏感。诗中没有泪，却将泪水掩藏在寻找北人衣服的眼睛里，是不哭之哭。

与亲人朋友分别，总是痛心的事，即便不是逐臣，也会伤感异常。南朝时赋作家江淹在《别赋》中写及各种各样的离别，用了很多触目惊心的字样，如"割慈忍爱，离邦去里，沥泣共诀，抆血相视""金石震而色变，骨肉悲而心死""至如一赴绝国，讵相见期？视乔木兮故里，决北梁兮永辞。左右兮魂动，亲宾兮泪滋""是以别方不定，别理千名。有别必怨，有怨必盈。使人意夺神骇，心折骨惊"①等，唐朝时也有很多亲朋离别诗令人伤情，如李白的"仍怜故乡水，万里送行舟""挥手自兹去，萧萧班马鸣""孤帆远影碧空尽，唯见长江天际流""我寄愁心与明月，随君直到夜郎西"，王维的"劝君更尽一杯酒，西出阳关无故人"，杜甫的"何时一樽酒，重与细论文""露从今夜白，月是故乡明""远送从此别，青山空复情。几时杯重把，昨夜月同行""不分桃花红似锦，生憎柳絮白于棉"，岑参的"马上相逢无纸笔，凭君传语报平安""山回路转不见君，雪上空留马行处"，白居易的"又送王孙去，萋萋满别情""每到驿亭先下马，循墙绕柱觅君诗"，元稹的"垂死病中惊坐起，暗风吹雨入寒窗"，柳宗元的"共来百越文身地，犹自音书滞一乡"等等，其中很多都是驿路送别诗的名作，也是文学经典。但这些作品，只有极

① ［南朝］江淹：《别赋》，萧统编《文选》卷一六，上海古籍出版社，1986年，第752、752、753、756页。

少数属于逐臣诗,像李白的《闻王昌龄左迁龙标遥有此寄》、元稹的《闻乐天授江州司马》。我们此一部分所分析的基本都是贬谪遥边的诗人所写的思亲念友的驿路诗歌,他们的情感又与一般分别不同。逐臣的命运,完全不掌握在自己手中,发配何处、发配多久、何时上路、路上行止、能见何人,都不由自己掌握,而所去往之遥边,往往人地两生,环境、生活都难适应,再加上心情糟糕,死生由天亦由人而惟独不由己,一旦与亲朋相别,就可能是死生异路、天人两分,那种对世事和人生的绝望,就一定会反映到他们的诗作中,也就自然给诗歌带来浓郁的感伤情绪。

三、对未知未来的凄惶

对于逐臣而言,被驱逐出朝廷,就等同于被抛弃,这本身就是极其悲惨之事。尚永亮先生把《诗经·小雅·四月》作为逐臣文学的早期文本,而此诗中所申述的一个重要意思就是:"尽瘁以仕,宁莫我有""我日构祸,曷云能穀""君子作歌,维以告哀"①。在绝大多数逐臣的心里,他们都认为自己是尽忠于国、尽心于事,但他们却被朝廷抛弃到偏僻、遥远、蛮荒的地方,如同弃妇一般,可能永远没有人记起,从此人生飘零,苟延残喘,就像王僧孺《何生姬人有怨》诗所说:"逐臣与弃妾,零落心可知。"② 他们的未来完全不在自己的掌控中,不知道自己有没有机会遇赦放还重新启用,不知道自己能否有机会再见家乡和亲人,不知道自己生命是否终老于被贬之地不得埋骨乡梓。而这每一种情况,都是他们最关注、最关心、

---

① ［宋］朱熹注:《诗经集传》卷五,《新刊四书五经》本,中国书店,1994年,第156页。
② 逯钦立辑校:《先秦汉魏晋南北朝诗》梁诗卷一二,中华书局,1983年,第1764页。

最担忧也最在乎的，但他们又没有任何办法解决其中的任何一个问题，只能徒唤奈何。这种对于未来的不知所以，容易给人造成极大的心理恐慌，而反映在诗作中就是一种凄凄惶惶的伤感。

一是对是否赦还和重新被用的关切和迷茫。尚永亮先生在谈及逐臣的生存状态时说过："贬谪意味着个体生命的沉沦，意味着被抛弃、被囚拘以及生命的荒废。在被贬前后，逐臣们的生存状态大都存在明显的落差：被贬之前，他们身居高位，雍容暇逸，曾拥有和体验过较优裕的生活；而被贬之后，置身荒远，与虫蛇瘴气为邻，'邑无吏，市无货，百姓茹草木，刺史以下计粒而食。'（元稹《叙寄乐天书》）'食无肉，病无药，居无室，出无友，冬无炭……大率皆无尔'（苏轼《答程天侔三首》）。这样两种迥然相异的生活环境和生存状态，不能不使他们对失去的东西耿耿于怀，力图重新拥有，并由此产生持久而强烈的回归渴望。"① 这是他们对朝廷的期冀，但事实上他们又不敢寄太多期望，更多的时候是茫然。如沈佺期的《初达驩州·流子一十八》，自认为命运不济，被流放到最遥远的地方，生活在遥远的儋耳国，行走在到处能看见"雕题"的水国，就像是走进了鬼门关，随时准备葬身大海的惊涛之中和鲸鱼之口，所以会时时想念家乡的亲人和朋友，"搔首向南荒，拭泪看北斗"，在一南一北中写尽了对家乡和京城的渴盼，而对未来不敢有任何奢望，"何年赦书来，重饮洛阳酒"，尽显心中悲酸。今人周晓薇、王锋《唐宋诗咏北部湾》说："这首诗的格调凄切哀婉、情致蕴长，语言生动，对偶工整。诗人述说自己命运不济，而被流放到最远的岭外，历经千辛万苦，在鬼门关和鲸鱼口徘徊，忍饥抱病，痛苦不堪。吟读此

① 尚永亮：《唐五代逐臣与贬谪文学研究》，武汉大学出版社，2007年，第321页。

诗,令人潸然泪下。最有特色之处乃是使用一系列的排偶句来烘托渲染凄惨的行程,将人们的思绪引入跌宕起伏的愁苦之中。"①

杜审言(前文已有考证)《早发大庾岭》中的"适蛮悲疾首,怀巩泪沾臆。感谢鹓鹭朝,勤修魑魅职。生还倘非远,誓拟酬恩德",通过誓酬恩德的方式期冀回归鹓鹭朝的行列;《下桂江县黎壁》中的"思君罢琴酌,泣此夜漫漫"表达思君的苦愁;沈佺期《赦到不得归题江上石》中的"坟垄无由谒,京华岂重蹑",通过疑问的方式表达自己对家乡、对京华的向往;刘长卿《重推后却赴岭外待进止,寄元侍郎》中"却访巴人路,难期国士恩"表达等待国士恩的艰难,但又有"大造功何薄,长年气尚冤。空令数行泪,来往落湘沅"的担忧;卢纶《逢南中使因寄岭外故人》中"炎方难久客,为尔一沾襟"中充满对久居南荒的友人的同情和怜悯;耿沨《送友贬岭南》中"梦成湘浦夜,泪尽桂阳春。岁月茫茫意,何时雨露新"的怀疑,都是这种欲归朝廷而不得、不知何日是归程的情感的抒发,大部分作品都是曲折传情,哀婉缠绵。我们以张说的《卢巴驿闻张御史张判官欲到不得待留赠之》《南中赠高六戬》为例,说明逐臣的这种心态。

张说的《卢巴驿闻张御史张判官欲到不得待留赠之》诗曰:

> 旅窜南方远,传闻北使来。
> 旧庭知玉树,合浦识珠胎。
> 白发因愁改,丹心托梦回。
> 皇恩若再造,为忆不然灰。②

① 周晓薇、王锋主编:《唐宋诗咏北部湾》,广西人民出版社,2010年,第26页。
② [唐]张说:《卢巴驿闻张御史张判官欲到不得待留赠之》,《全唐诗》卷八七,中华书局,1960年,第953页。

诗中称自己"旅窜南方远"，是把自己目前所在地与京都洛阳进行对比，"旅窜"点明自己逐臣的身份，表明客居他乡、惊惶不安的心态。"旧庭"句指过往曾经一起为官时共同的宫廷生活中人，说我了解你也是不俗的人。玉树，指美男子，典出刘义庆《世说新语·言语》："谢太傅问诸子侄：'子弟亦何预人事，而正欲使其佳？'诸人莫有言者。车骑答曰：'譬如芝兰玉树，欲使其生于阶庭耳。'"[1] 合浦，是诗人现在被发配所在的地方。珠胎，指合浦珠，此中蕴含合浦珠还的典故，比喻物归原主或人去复归。这里应是张说对张御史所说，意思是你应该理解我希望复归之意。颈联的"丹心托梦回"恰恰表达的也正是合浦珠还的含义。尾联明确点出"皇恩若再造"，就将此诗回归朝廷的指向表达得更加明晰。皇恩再造，就是重新给逐臣新的政治生命。"不然灰"，原意是死灰不能复燃，表达了张说来到南荒之后心如死灰的心理状态。尾联之意即是：期望皇帝能够让死灰复燃。其《南中赠高六戬》曰：

> 北极辞明代，南溟宅放臣。
> 丹诚由义尽，白发带愁新。
> 鸟坠炎洲气，花飞洛水春。
> 平生歌舞席，谁忆不归人？ [2]

首联写自己辞别京都来到南方蛮荒之地；颔联表白自己此次被贬纯是丹心一片义气使然，但也让自己付出了愁白头发的代价；颈联

---

① ［南朝宋］刘义庆：《世说新语》卷上之上，《汉魏六朝笔记大观》，上海古籍出版社，1999 年，第 792 页。
② ［唐］张说：《南中赠高六戬》，《全唐诗》卷八七，中华书局，1960 年，第953 页。

对举炎州与洛水,在炎州能热死鸟儿和洛水花满春园的环境对比中衬托了自己的不易和对京中的向往,并引出下联;尾联以"平生歌舞席,谁忆不归人"的询问,希望引发京中歌舞席上的人们对自己的关注和提携。"谁忆"二字,问得心酸,是对自己被京都文化圈、仕人圈忘却的担忧。

张说的诗,我们可以做这样的解说,是因为张说曾经明确表达过对京中的向往,比如其《广州萧都督入朝过岳州宴饯得冬字》就有过"窃羡能言鸟,衔恩向九重"的诗句。张说被贬岭南时,只有37岁,他不可能不期冀还朝。而后来的事实证明,他不仅返朝,还曾经两度入相,是逐臣中最成功的回归。

二是对能否回归乡梓重见亲朋的担忧和烦恼。中国传统的农耕文明培养了中国人强烈的土地依附感,故土、家乡,深深地扎根在中国人的心中,离开故土,如果不是飞黄腾达,就会给人带来背井离乡的伤痛。中国还是一个儒家思想浓重的国家,传统儒家思想中注重孝道,讲究"父母在,不远游,游必有方"①,又提倡斑彩承孝,讲究儿孙绕膝,在天伦之乐中颐养天年、寿终正寝,而家庭支离破碎是人生失败的象征。因此,一旦离乡离家,固有的文化思维就会将自己引向思乡恋家的强烈氛围中,走得越远越久,这种情绪就会越强越浓,也越期望回归,但若回归无望,必会让悲哀情绪萦绕心怀。发配遥边的逐臣,尤其如此。宋之问《题大庾岭北驿》中的"我行殊未已,何日复归来""明朝望乡处,应见陇头梅"、《度大庾岭》中的"度岭方辞国,停轺一望家""但令归有日,不敢恨长沙"、沈佺期《赦到不得归题江上石》的"坟垄无由谒,京华岂重跻"、卢

---

① [宋]朱熹注:《四书集注》卷二,《新刊四书五经》,中国书店,1994年,第66页。

肇《被谪连州》的"连州万里无亲戚,旧识唯应有荔枝"、张楚金《谪南海过始兴广胜寺果上人房》的"谁令乡国梦,终此学分身"、张籍《岭表逢故人》的"相逢去家远,共说几时归"、戎昱《宿桂州江亭呈康端公》的"龙钟万里客,正合故人哀",都是对能否回归故乡的担忧情绪的流露。萦绕的思念故乡、亲人的情绪,让他们在走向遥边的路途上步步回望,徘徊彷徨,心如蝎噬,寸断柔肠。

三是对生命本身的珍惜和恐惧。生命是人的一生中最值得珍贵的东西。生命本身很短暂,在历史的长河中不过是白驹过隙,在宇宙万物中不过是沧海一粟,但对每一个人而言,它是唯一的一次,也正因为如此,每一个日落都弥足珍贵,每一缕晨光都值得纪念,每一个痕迹都值得珍惜,更何况生命本身。唐朝之前,已经有很多人传达对人生短促的感慨,如汉乐府中的"人生不满百,常怀千岁忧"(《西门行》),东汉文人诗中的"人生譬朝露,居世多屯蹇"(秦嘉《赠妇诗》),"人生寄一世,奄忽若飚尘"(《古诗十九首》之四),曹操的"对酒当歌,人生几何。譬如朝露,去日苦多"(《短歌行》),曹植的"人生忽若寓。悲风来入怀"(《浮萍篇》)、"人生处一世。去若朝露晞"(《赠白马王彪诗》),徐幹的"人生一世间,忽若暮春草"(《室思诗》),郭遐叔的"天地悠长,人生若忽。苟非知命,安保旦夕"(《赠嵇康诗二首》之二),阮籍的"人生若尘露,天道邈悠悠"(《八十二首咏怀诗》之三一)、"人生世间如电过,乐时每少苦日多"(《白纻舞歌诗三首》之二),杨苕华的"人生一世间,飘若风过牖"(《赠竺度诗》),等等,尽管其中有些诗人有其积极的人生态度,比如曹操在人生短促下唱出了积极进取的最强音,表达了"山不厌高,海不厌深。周公吐哺,天下归心"的宽广胸怀,但更多的诗歌中所压抑不住的仍是对生命短暂的恐惧。唯其短暂,以致有人说出"昼短苦夜长,何不秉烛游"之类尽情享乐的颓废之音。唐朝的逐臣诗人群体,虽然很少颓废之音,但对生命的短促一样感慨深沉。抛荒置远的悲剧命运、心理落差的巨大变化、环境反应的极度不适、身体变化的渐渐衰老,都让他们对能否活着还京和还乡产生了疑虑,而听说的和见到的逐臣埋骨遥边、葬尸荒野的情况,更令他们心生悲凉。故而逐臣诗人群体多吟咏对生命的珍惜,表达对生命可能不保的恐惧。在这一方面,被贬遥边的诗人尤甚,如宋之问的"处处山川同瘴疠,自怜能得几人归"(《至端州驿见杜五审言沈三佺期阎五朝隐王二无竞题壁慨然成咏》),张说的"秋雁逢春返,流人何日归"(《岭南送使》)、"古来相送处,凡得几人还"(《岭南送使二首》之一)、"往来皆此路,生死不同归"(《还至端州驿前与高六别处》))。我们分析几首诗感受一下这种凄惶情绪。先看张均的《流合浦岭外作》:

> 瘴江西去火为山,炎徼南穷鬼作关。
> 从此更投人境外,生涯应在有无间。①

张均担任伪职,被长流合浦。他不是什么真正的诗人,气节尤其令人不耻,但这首《流合浦岭外作》的诗歌,还是很有感情色彩。首句强调了要去之地有瘴江、有火山,除了毒气就是炎蒸。第二句强调了所到为南方穷极之地,"鬼作关",一指鬼门关,二指这里就是小鬼把守的地方,随时将你投入到鬼蜮世界。这是以夸张手法强调这里非人所居之地。第三句用了一个"人境外",但这不是仙境,也不是桃花源。因为有前两句的铺垫,这里的"人境外"就是没有

---

① [唐]张均:《流合浦岭外作》,《全唐诗》卷八七,中华书局,1960 年,第985 页。

人生存的地方,或者是不适合人生存的地方。也正因为如此,他也就对自己的人生有了大致的猜测。"有无间",即随时可能就失去了生命,可见自己对生命的无由驾驭,对生命随时逝去的担忧。这就是流放合浦带给诗人对生命的最真切的感受,令人动容。注意,他没有写自己为何被流放,而这正是这首诗高明的地方。单纯阅读此诗,我们可以不去联想他的人格问题,只与他一起感受对生命飘忽不定的恐惧。再看杨炎的《流崖州至鬼门关作》:

> 一去一万里,千知千不还。
> 崖州何处在,生度鬼门关。①

诗歌更短,五言绝句,只有二十字,却把对生命逝去的恐惧发挥到极点。"一去一万里",用了两个"一",却写出了发配之地的极其遥远。"千知千不还"用了两个"千",极尽夸张之能事,抒发心中对生命可能抛留南荒的绝望。"千知"是千万遍的反复思虑,而获得的结果却是完全的相同,那就是"不还",没有归路,看不见希望,看到的只是绝望的尽头。后两句交代这样绝望的心理状态来自何处。崖州,在海南三亚,也是海南岛的最南端,那肯定是天涯海角了。"生度鬼门关"是说自己从鬼门关闯过去了,到达了贬所,但此种暗含的意思却是:鬼门关过来了,还回得去吗? 到了这样的地界,"千知千不还"是最可能的结果,难道还会有别的结果吗? 一种对生命的忧惧和绝望油然而生,回荡在脑海里,久久难以抹去。

　　当然,并不是所有的逐臣诗都绝望无边,悲情笼罩,也有一些

---

① [唐]杨炎:《流崖州至鬼门关作》,《全唐诗》卷一二一,中华书局,1960年,第1213页。

远谪遥边的诗歌对未来充满着渴望,坚信一定有机会回归,如张祜《寄迁客》:"万里南迁客,辛勤岭路遥。溪行防水弩,野店避山魈。瘴海须求药,贪泉莫举瓢。但能坚志义,白日甚昭昭。"① 虚中《送迁客》:"倏忽堕鹓行,天南去路长。片言曾不诮,获罪亦何伤。象恋藏牙浦,人贪卖子乡。此心终合雪,去已莫思量。"② 但在逐臣诗歌里,这种有些高昂基调的诗歌,毕竟是极少数,大多数作品仍然以哀婉感伤为主。

贬谪文学是组成中国古代文学的一个重要部分,官员流放的作品最早可以追溯到《诗经》,《小雅·四月》"乱离瘼矣,爰其适归"、《小雅·菀柳》"俾予靖之,后予迈焉",可以称为贬谪文学的始祖。战国时期,屈原将逐臣文学发挥到很高的水平,其《离骚》《九章》《九歌》等,都因为其逐臣命运和爱国情怀,而成为文学史上的经典。汉代逐臣的典型代表是贾谊,其《吊屈原赋》《鹏鸟赋》。也因为为逐臣打抱不平和自怨自艾而成为汉赋中的杰作。魏晋南北朝时期,也有一些逐臣的作品成为经典,如谢灵运的《登池上楼》、谢朓的《晚登三山还望京邑》等,但贬谪文学真正成为文学史上的一种题材类型则是从唐代开始的。宋之问和沈佺期的贬谪诗创作为此揭开了序幕,其他贬谪诗人的共同创作为贬谪文学的成熟奠定了基础。宋之问度大庾岭时,写下了《题大庾岭北驿》《度大庾岭》,与宋之问因同一事件被贬驩州的沈佺期度过大庾岭时,写下了《遥同杜员外审言过岭》,沈佺期过鬼门关时写有《入鬼门关》,杨炎写有《流崖州至鬼门关作》,张说南贬时写有《南中送北

---

① [唐]张祜:《寄迁客》,《全唐诗》卷五一〇,中华书局,1960 年,第 5803 页。
② [唐]虚中:《送迁客》,《全唐诗》卷八四八,中华书局,1960 年,第 9606 页。

使二首》《岭南送使》《岭南送使二首》，其子张均写有《流合浦岭
外作》，贾至写有《送南给事贬崖州》《重别南给事》，张籍写有《送
南迁客》，贯休写有《送谏官南迁》等等。这些作品都情真意切，感
情变化跌宕起伏，既表达了作者被贬的悲痛，又传达了思乡恋家的
愁怀，还将其重回朝堂的渴望和盘托出，深婉沉挚，内容丰富。其
中很多作品从诗歌传情达意和艺术的精巧而言，都达到了相当的
高度，甚至凭借强大的共情能力营造了逐臣诗歌的哀婉感伤之美，
建构出了贬谪文学中的一些经典意象，为唐代文学开拓了广阔的
写作空间，也为文学史留下了意象丰富的诗歌。

第五章　驿路唐诗边域书写的意义

唐以前的诗歌,边域书写相对较少,而且由于受疆域、眼界、胸怀、技巧等方面的限制,唐以前的边域书写关注面狭窄,诗歌深度不够,优秀作品不多。而唐朝,恰在这些方面有明显的进步。

第一节　超越前代的边域书写

唐以前的中国,诗歌作品产出量不足,加之受疆域、眼界、胸怀、技巧等方面的限制,边域书写关注面狭窄,艺术成就也不足以震撼人心,只有极少数边域书写作品能够超越时代,影响后世,比如《诗经·小雅·采薇》、曹操《观沧海》、陈琳《饮马长城窟行》、鲍照《代出自蓟北门行》、庾信《寄王琳》等,但还有一些很有震撼力量的作品,由于保存和传播的原因,流传不广,知者不众,未能成为中国古典诗歌的经典之作,如《汉书》中保存有一首诗言及边陲:"四牡翼翼,以征不服。亲省边陲,用事所极。"①诗歌借用《诗经·小雅·采薇》起兴,写亲省边陲的魄力和善听人言的做法,很有气魄。又如刘宋时陆凯的《赠范晔诗》写对陇头友人的牵挂,一

---

① [汉]班固撰,[唐]颜师古注:《汉书》卷六《武帝纪》,中华书局,1962年,第185页。

句"江南无所有,聊赠一枝春",不知能感动多少远离家乡的人。还有梁朝吴均的《入关·羽檄起边庭》《从军行·男儿亦可怜》写参加征战者舍身报君恩却君恩不度的可怜,揭露统治者刻薄寡恩。但这些作品很少得到人们的特别关注。总体来看,先秦两汉魏晋南北朝的边域书写,没有唐朝的边域书写成就。本节从关注视角、描写细节、书写情感三个角度谈唐诗边域书写的成就。由于本书"边域"二字的关注范围限制,又由于先秦两汉魏晋南北朝诗相关作品较少,所以,先秦两汉魏晋南北朝诗我们不限驿路诗歌,唐诗边域书写则尽量使用驿路诗歌。

一、边域关注视角的扩大

无论何朝何代,只要有国家存在,就会有边域关注。但就诗歌而言,先秦两汉魏晋南北朝的边域关注视角确实没有唐代边域诗歌关注视野宽广。笔者对先秦两汉魏晋南北朝所有有关边域的诗歌进行了全面调查,结合任文京《中国古代边塞诗史》①等研究资料认为,隋唐之前的边塞诗主要有以下几种类型:

一是炫耀武功、歌功颂德之作。如汉诗中有《西极天马歌》《远夷慕德歌》《霍将军歌》、曹操《步出夏门行·观沧海》、鲍照《建除诗》,梁虞羲《咏霍将军北伐诗》、梁乐府诗《战城南·前有浊樽酒》《战城南·忽值胡关静》、王褒《从军行二首》、刘孝威《陇头水》等,都是对朝廷的边塞功业或将士的边塞功业进行赞美。

二是表达卫国戍边的忠心或侠气。如鲍照《代出自蓟北门行》、梁乐府诗《战城南·陌上何喧喧》《入关·羽檄起边庭》《胡无人行》、王褒《关山篇·从军出陇坂》等,都表达了"时危见臣节,

① 参见任文京:《中国古代边塞诗史》,人民出版社,2010年,第8—113页。

世乱识忠良"的忠心和为国家不惜身家性命的决心。

　　三是描写征战之苦,主要是环境之苦。晋张华《清晨登陇首》、谢朓《从戎曲》、刘义隆《元嘉七年以滑台战守弥时遂至陷没乃作诗》、鲍照《拟古八首·幽并重骑射》、徐陵《关山月二首》、萧子显《从军行·左角明王侵汉边》等,都属于这一类。因为基本都是未曾临边之人所作,所写征战之苦主要是年限长、边地苦、环境差,缺少亲临现场感。

　　四是书写思乡恋家之苦。这一主题在每朝每代都不会少,这一时期亦是,比如左延年《从军行·苦哉边地人》、王赞《杂诗·朔风动秋草》、石崇《王明君辞》、柳恽《赠吴均诗三首》、宋陆凯《赠范晔诗》、梁吴均《和萧洗马子显古意诗六首》之六《匈奴数欲尽》、梁元帝萧绎《陇头水》、庾信《送周尚书弘正诗》《重别周尚书诗二首》、庾信《寄王琳》等,或传达边地征戍者对家乡的思恋,或传达家乡亲朋对边域征戍者的牵挂。

　　当然,也有部分揭露边塞生活问题的作品,如梁乐府诗《从军行·男儿亦可怜》写道:

　　　　　男儿亦可怜,立功在北边。
　　　　　阵头横却月,马腹带连钱。
　　　　　怀戈发陇坻,乘冻至辽川。
　　　　　微诚君不爱,终自直如弦。①

诗歌写在北部边塞立功的男子,披星戴月、风餐露宿、驰骋东西、不

① 逯钦立辑校:《先秦汉魏晋南北朝诗》梁诗卷一〇,中华书局,1983 年,第1721 页。

惧艰苦,但因为所立之功"微",竟至君王看不上眼,使得男子一生的努力付之东流,岂不可怜! 而这样的结果,自是统治者刻薄寡恩之所致。

以上诗歌类型,唐诗全部拥有,而且内容更加丰富和深入,同时还出现了很多优秀作品。除此以外,唐诗的写作范围还有很多拓展。

一是对边域风物的广泛描写。唐代由于驿路的发达,通往边域的驿路很少出现"玉关道路远,金陵信使疏"般的情况,除敦煌陷蕃的七十余年,绝大多数时间都畅通无阻,走向边域的诗人非常多。据任文京《唐代边塞诗的文化阐释》统计,唐朝走向边塞的诗人就有 172 人 [1]。但这一数字并不完全准确,像戴叔伦、于群、李溟(晚唐秀才,与贾岛、薛能同时)都是有边游经历的,但并没有被统计进来。由此可见唐代诗人有边域经历的人数之多。这种亲身经历,使得他们对边域的风物体会更深,描写更真切,是一种人在场域的写作。本书在前四章提到的很多边域风物书写的诗作就向我们充分展示了大唐帝国的边域风貌,如骆宾王的《夕次蒲类津》、杜审言的《南海乱石山作》、宋之问的《早发韶州》《下桂江县黎壁》、沈佺期的《度安海入龙编》《从崇山向越常》、陶翰的《出萧关怀古》、岑参的《初过陇山途中呈宇文判官》《发临洮将赴北庭留别》《武威送刘单判官赴安西行营便呈高开府》《白雪歌送武判官归京》《走马川行奉送出师西征》《天山雪歌送萧治归京》《经火山》《火山云歌送别》、张籍的《凉州行》《陇头行》、项斯的《蛮家》《寄流人》等等,让我们如在目前般见识了唐朝四向边域世界的各类风景。尚永亮先生评价神龙逐臣对岭南的描写时说:"检索《先

---

① 参看任文京:《唐代边塞诗的文化阐释》,人民出版社,2005 年,第 119 页。

秦汉魏晋南北朝诗》可以发现:初唐以前,涉及岭南的诗作很少,少数送别诗作提及,也多出自想象,而非身临其境。南朝陈代诗人江总、苏子卿、阴铿虽对岭南风光有所涉及,但仅只言片语,且流于一般化,难以给人深刻印象。"①其实,这种情况,对西北边塞也同样适用。检索《先秦汉魏晋南北朝诗》中涉及西北边塞的作品,也基本是未到过西北边塞的人提及一些与西北边塞相关的地名,如大宛、祁连、凉州、张掖、玉关、阳关、轮台等,但根本没有对这些地方有展开性描写。这些地名,只是理念中的边关之所、征战之地。而唐诗世界里的这些地方,都充分展开了地理风物的描写,尤其是岑参的诗,以南方人观北方景,将大西北的神奇尽现读者面前,令人叹为观止。为此,岑参获得了历来评论家无数的赞誉。这些对边域世界地理、物候、景物的充分展开,是唐诗给我们带来的视觉盛宴。

二是边域风情的描写。风情关系到人,关系到风俗。人的穿着打扮、行为特点、吃穿用度、生活习惯、宗教习俗等,都属于风情一类。由于先秦两汉魏晋南北朝诗人极少走到边域,自然感受不到边域风情独具特色的魅力,也就无法将这些内容纳入诗歌领域。而唐代诗人的脚步走得很远很远。唐代统治者采用的羁縻州府的管理方式,给了羁縻州府极大的自由,使得他们除了在行政上隶属大唐管理,其他都依然遵循自己的民族习惯,故而唐朝将版图内的边域民族的民族风情保留得非常完整,而走向遥边的诗人们由于受中原文化的熏陶,常以中原人视野观察边域风情,看到那里的人们长得不完全一样,穿着很不一样,生活也不一样。于是,诗歌里就出现了很多以前诗歌中不曾见到的异域生活。南部边域的居住

———————

① 尚永亮:《唐五代逐臣与贬谪文学研究》,武汉大学出版社,2007年,第141—142页。

条件是竹搭茅棚或山洞穴居,服饰特点是整日光着脚板、穿花花绿绿的衣服,市场是白天消逝晚上出现的鬼市,骑行工具竟然是大象;西北方向的人则人人持弓刀、个个识战旗、胡腾儿胡旋舞、沙漠上驼铃声声、胡僧胡商随处可见。这在本书第二章有展开分析,不再多说。

三是逐臣诗歌成为唐诗里的一个重要分支。逐臣诗歌在《诗经》中就已经出现,而可称之为逐臣文学的早期代表当属屈原,其著名诗篇《离骚》《九章》《九歌》都是被逐时期的重要作品。但屈原时代的逐臣诗人只有屈原。汉朝时的贾谊也有逐臣作品,但贾谊的作品都是赋作,《吊屈原赋》《鵩鸟赋》,都是汉代骚体赋的典型代表作品。建安文人曹植算不算逐臣? 很难说。如果从由京都到外地这一角度看,应该算是,但逐臣是贬谪,而曹植是分封,是封为陈思王。曹植的很多作品颇有贬谪之意,如《赠白马王彪并序》,但因其封王身份,难入贬谪之群。谢灵运、谢朓属于贬谪,但他们的作品缺少贬谪情怀,所以也难称贬谪文人。但唐朝不一样。唐朝的逐臣或因直言被贬,比如张说早年贬谪岭南;白居易因上言逮捕刺杀武元衡的凶手而被贬江州;或因阿附谄媚遭贬,如神龙逐臣群体;或因政见抵牾遭贬,如盛唐荆湘逐臣群体;或因政治改革失败被贬,如元和逐臣群体。一群一群地被贬谪,其中很多都是能文能诗的文人,而且绝大多数是“忠而被贬,信而见疑”。即使不是这种情况,他们也往往怀有这种心态(如神龙逐臣群体)。他们的不甘心、他们的要表白、他们的盼回归,就在这样一个诗的国度的诗人笔下充分展开了,于是,唐代的逐臣诗成为一个比较大的写作方向,成为唐诗中的一个重要分支。而在这些逐臣中,有很多人走向遥边,比如张说被流放钦州、杜审言被贬峰州、沈佺期被贬驩州、宋之问被贬泷州、杨炎被贬崖州、李德裕被贬崖州、韩愈被贬潮州、柳宗元被贬柳州、刘禹锡被贬连州等等,当这样一批人用他们的诗笔写他们的逐臣心态的时候,逐臣诗歌的内容就丰富多彩了,而且艺术的上乘也给他们的诗歌带来了极大的艺术感染力,比如张说的《岭南送使二首》,杜审言的《旅寓安南》,宋之问的《度大庾岭》《早发大庾岭》(当为杜审言)、《遥同杜员外审言过岭》,杨炎的《流崖州至鬼门关作》,柳宗元的《登柳州城楼寄漳汀封连四州》等。这些优秀作品的存在,为逐臣诗歌代言,成为唐诗不能被忽视的存在,故尚永亮先生专门写有《唐五代逐臣与贬谪文学研究》,可见其不可忽视。

除此以外,唐人的科考、出使、与域外的文化交往,在唐代边域诗歌的书写中都有不少反映,这也是以前诗歌中少见的现象。可见唐诗写作领域确实超越之前,为唐诗在题材的突破上做出了重要贡献。

二、边域描写细节的加强

先秦两汉魏晋南北朝的边域书写在景物描写、边域风情描写方面,总体一句话就是:简单粗糙。由于不在场的因素,也由于有些时代边域位置的原因(比如南北朝时期各自版图的空前缩减),那时的边域书写在写作内容方面明显单薄,没有详细的描写,很难见到异域风情。唐朝的边域书写在这方面获得了广阔的空间。唐朝版图空前扩大,加之驿路的四通八达,给予了唐人打开眼界的机会,也给了唐代诗人书写边域世界的机会。在唐代诗人笔下的边域世界比先秦两汉魏晋南北朝时要更加丰富多彩,更加细腻生动,更加真实可靠,这其中最有价值的书写方式就是增加了细节描写。本书在第三章《驿路唐诗边域的书写方式》中进行了详细阐释,分为四个部分,第一节《写实与想象的同在》,第二节《历史与现实的交融》,第三节《内域与边地的对比》,第四节《对边域风物的陌生化书写》。这是驿路唐诗边域书写对以往边域书写的突破,也是驿路唐诗边域书写取得的成就。在这四个层次里大多都能体现唐诗边域书写在细节描写方面对前代的超越,其中第四节《对边域风情的陌生化书写》尤为突出。第四节里面的很多诗作充分体现了唐诗在描写方面的成绩,分为"铺叙描写扑面而来的陌生化事物""以中原中心视角进行异域书写""以同理心为向度进行异域书写"。本书在写作中使用了很多诗例,明显比先秦两汉魏晋南北朝的边域书写细节丰富、细腻传神。这里可以进行对比探讨。

比如对边域物品人物的描述。先秦两汉魏晋南北朝的诗歌写边域物品与人,都极简单,缺少刻画因素,如汉诗有一首《西极天马歌》写太初四年(前101)汉朝斩首大宛王,获汗血马事,只有四句：

> 天马徕从西极,经万里兮归有德。
> 承灵威兮降外国,涉流沙兮四夷服。①

汉武帝为获取汗血宝马,不惜一次次发动对大宛的战争,终于在太初四年获得成功,所以写此诗记之。但费尽九牛二虎之力获得的汗血宝马,在这首诗里没有任何形象描写,只有汗血宝马所来之地和汉武帝对自己武功的认同。但同样写西域名马的唐诗就完全不同,如杜甫《李鄠县丈人胡马行》：

---

① 逯钦立辑校：《先秦汉魏晋南北朝诗》汉诗卷一,中华书局,1983年,第95页。

丈人骏马名胡骝，前年避胡过金牛。

回鞭却走见天子，朝饮汉水暮灵州。

自矜胡骝奇绝代，乘出千人万人爱。

一闻说尽急难才，转益愁向驽骀辈。

头上锐耳批秋竹，脚下高蹄削寒玉。

始知神龙别有种，不比俗马空多肉。

洛阳大道时再清，累日喜得俱东行。

凤臆龙鬐未易识，侧身注目长风生。①

这首诗是杜甫到鄠县（今户县）时见到一匹胡马后所写。诗歌用歌行体形式，尽情书写，把这匹叫作"胡骝"的马夸得跟花似的。先写胡马的经历，再夸它受人爱戴，接着写它耳朵像劈开的秋竹一样锋利，蹄子白净得像玉一样，身上瘦削精干（不比俗马空多肉），鬣鬃在风中飘飘洒洒，真是太精神了。经历、长相、神态、精神，都展现在读者面前。

　　李白的《幽州胡马客歌》写在幽州所见来自北地的胡马客和妇女，是李白边游幽州时的作品。诗歌描写道：

幽州胡马客，绿眼虎皮冠。

笑拂两只箭，万人不可干。

弯弓若转月，白雁落云端。

双双掉鞭行，游猎向楼兰。

出门不顾后，报国死何难。

①［唐］杜甫著，［清］仇兆鳌注：《杜诗详注》卷六《李鄠县丈人胡马行》，中华书局，1979 年，第 506—507 页。

天骄五单于，狼戾好凶残。

牛马散北海，割鲜若虎餐。

虽居燕支山，不道朔雪寒。

妇女马上笑，颜如赪玉盘。

翻飞射鸟兽，花月醉雕鞍。

旄头四光芒，争战若蜂攒。

白刃洒赤血，流沙为之丹。

名将古谁是，疲兵良可叹。

何时天狼灭，父子得闲安。①

这位胡马客，长着一双绿眼睛，戴着一顶虎皮冠，能够弯弓搭箭，有万夫不挡之勇，拥有报国雄心，狼戾凶残、放牧北海、饮毛茹血、居住燕支、不惧雪寒。又写那些妇女：马上纵笑、脸如赪玉（红色）、马上射猎、枕鞍醉眠、敢于征战、见惯鲜血。这些描写，不由人不想起"李波小妹字雍容，褰裙逐马如卷蓬。左射右射必叠双。妇女尚如此，男子那可逢"②的北朝民歌，但《李波小妹歌》没有面部、头饰的描写，可见唐诗中的书写已经非常细致。当然，《李波小妹歌》突出了李波小妹的英风飒气。

　　类似的作品，像在第三章所举的例子中，杜审言的《南海乱石山作》写南海中大大小小无序排列的各种山峰，宋之问《早发韶州》写韶州一带的炎热、大风和各种各样的野生生物，《下桂江县黎壁》山行的种种艰难，沈佺期《度安海入龙编》描绘的各种各样的安南

---

① ［唐］李白著，［清］王琦注：《李太白全集》卷四《幽州胡马客歌》，中华书局，2011年，第235页。
② 逯钦立辑校：《先秦汉魏晋南北朝诗》北魏诗卷三，中华书局，1983年，第2234页。

物产、《从崇山向越常》所见的奇峰异景；岑参《白雪歌送武判官归京》描绘的轮台奇雪和奇冷、《火山云歌送别》所写的扑面而来的火山景象、《优钵罗花歌》中写到的奇特的花朵和幽冷怪异的生存环境等等，都是讲究铺叙、用笔细腻，可以充分展示事物、人物的多方面特点，能够给人清晰完整的印象。

又比如对边域功业的描写。先秦两汉魏晋南北朝诗作往往比较干枯，缺少细节，也就缺少动感，缺少精神。比如《霍将军歌》赞美霍去病在边域建树的功业，用的是楚辞体：

> 四夷既获诸夏康兮，国家安宁乐无央兮。
> 载戢干戈弓矢藏兮，麒麟来臻凤皇翔兮。
> 与天相保永无疆兮，亲亲百年各延长兮。①

当年霍去病北扫匈奴，誓言"匈奴未灭，何以家为"，何其意气！纵横几千里，将匈奴赶到漠北，何其了得！但诗歌除了第一句"四夷既获"写战争已经胜利结束，其余皆软绵绵地歌唱国家安宁、弓矢入库、麒麟来臻，一点也没有体现少年将军的英风飒气，尽管后文确实是霍去病功业的结果。梁虞羲的《咏霍将军北伐诗》也是歌颂霍去病功业的，但艺术水平更差，就不列原诗了。再比如梁吴均的乐府诗《战城南·忽值胡关静》：

> 忽值胡关静，匈奴遂两分。
> 天山已半出，龙城无片云。

---

① 逯钦立辑校：《先秦汉魏晋南北朝诗》汉诗卷一一，中华书局，1983 年，第 314—315 页。

> 汉世平如此，何用李将军。①

胡关静，安静了，和平了，匈奴不再与汉人交叉相处了，各归各所。天山半出，龙城无云，用比喻手法，表现世事安宁。既然汉世安宁，李将军自然没有用武之地。此诗或者是吴均对无用武之地的感慨，也确实有几分风骨，但还是没有看到人的活动，没有人在其中展现出来的精神。唐朝歌颂功业的诗歌，则是完全不同的风骨，如王维的《使至塞上》：

> 单车欲问边，属国过居延。
> 征蓬出汉塞，归雁入胡天。
> 大漠孤烟直，长河落日圆。
> 萧关逢候骑，都护在燕然。②

此诗细致地介绍了诗人单车犒边的身份、经历的地方、看到的景致、遇到的人和说过的话，而精神境界存在于描写中。诗人出汉塞是说自己的行程已经超越了汉朝的边塞，这又是一层自豪。"归雁入胡天"，是自己出塞看到的景色。能看到这样的景色，自然是踏上了胡人的土地，这又是一层自豪。而尤其自豪的是，这些传统的征战之地竟然是大漠孤烟，异常安静，一派和平之象。而更令人激动的是，当在萧关遇到候骑，诗人与候骑有一番问答。诗人问："我要犒赏的军队首领在哪里呢？"候骑骄傲地回答："我们的都护，正

---

① 逯钦立辑校：《先秦汉魏晋南北朝诗》梁诗卷一，中华书局，1983 年，第 1720 页。
② ［唐］王维撰，陈铁民校注：《王维集校注》卷二《使至塞上》，中华书局，1997 年，第 133 页。

在燕然山勒名纪功呢！"诗人以平安的狼烟写边塞将士给国家带来的安宁，用"都护在燕然"既写战争的遥远，更写边将在匈奴腹地为国建立奇功的英雄业绩。整首诗，辽阔的大漠、无尽的长河、平安的风烟、都护的功业，构成一幅壮阔的英雄功业图，使整首诗充溢着豪迈激昂的气概。

再如高适的《送李侍御赴安西》，行子的形象、内心的渴望、告别的地点、鼓励的语言，都清晰可见，而且激情洋溢：

> 行子对飞蓬，金鞭指铁骢。
> 功名万里外，心事一杯中。
> 虏障燕支北，秦城太白东。
> 离魂莫惆怅，看取宝刀雄。[①]

李侍御赴安西，显然是文官奔赴军营，但在高适笔下，这位侍御大人却是行路匆匆，其金鞭所指之处，正是铁骑奔驰之所，而李侍御则是内心激荡着"功名万里外"的雄心壮志。目的地在"虏障燕支北"，告别地在"秦城太白东"，但高适没有因为分别就伤痛淋漓，他鼓励李侍御是激情满怀的："离魂莫惆怅，看取宝刀雄！"这是在文人心中激荡的武将精神，是建功立业的激情。

唐人这类诗很多，如骆宾王的《宿温城望军营》的"投笔怀班业，临戎想霍勋。还应雪汉耻，持此报明君"、陈子昂《送魏大从军》中的"怅别三河道，言追六郡雄""勿使燕然上，惟留汉将功"、崔颢《送单于裴都护赴西河》中的"功成须献捷，未必去经年"、王维《送刘司直赴安西》中的"当令外国惧，不敢觅和亲"《送平澹然判官》

---

① ［唐］高适著，刘开扬：《高适诗集编年笺注》，中华书局，1981年，第341页。

中的"须令外国使,知饮月支头"、张籍《送远使》中的"为问征行将,谁封定远侯"、李端《送古之奇赴安西幕》中的"殷勤送书记,强虏几时平"等等,都是通过送行时激励的话语和追问的话语,表达对功业的渴盼,非常具体而真实,既再现了当时人送别的场景,也展现出唐人的精神风采。

三、边域写作向内心世界的拓展

先秦两汉魏晋南北朝诗写及边域,总有一种"隔"的感觉,说不透,点不明,进不去,尤其缺少对内心世界的挖掘。

比如写边域戍守生活的艰难,往往比较简单,只写景物本身,而很少言及环境中的人。如《饮马长城窟》:

> 介马渡龙堆,途萦马屡回。
> 前访昌海驿,杂种寇轮台。
> 旌幕卷烟雨,徒御犯冰埃。①

龙堆,即白龙堆,应为罗布泊内烽堆之类,今罗布泊有白龙堆雅丹地貌景区,或是。昌海,西域古国名,也在罗布泊附近。介马,给马喂草料。除了这一句写人的活动,"途萦"写迷路后转圈子,并没有言及将士们的精神状态和心理状态。又如晋人张华《诗·清晨登陇首》:

> 清晨登陇首,坎壈行山难。

---

① 逯钦立辑校:《先秦汉魏晋南北朝诗》梁诗卷六,中华书局,1983 年,第1617 页。

　　　　　岭阪峻阻曲，羊肠独盘桓。①

"陇首"对晋人来说，已是遥边。这里就写了山路险峻弯曲难行，一个"独"字展现了自我的孤独，别的没有。

　　又比如写人，先秦两汉魏晋南北朝诗多平面化描写，缺少立体的多层次的向内心深处的描写。比如鲍照写到幽并游侠之时，也是更多地写其表象：

　　　　　幽并重骑射，少年好驰逐。
　　　　　毡带佩双鞬，象弧插雕服。
　　　　　兽肥春草短，飞鞚越平陆。
　　　　　朝游雁门上，暮还楼烦宿。
　　　　　石梁有余劲，惊雀无全目。
　　　　　汉虏方未和，边城屡翻覆。
　　　　　留我一白羽，将以分虎竹。②

此诗前十句都是在写幽并少年的穿戴和习射，确实是一位技能超群的少年英雄。而且这首诗交代了少年边游见到汉虏未和、战事反复的情况，主动要求"留我一白羽，将以分虎竹"，颇有报国之心，可还是没有类似对功业的渴望，没有建功立业的雄心壮志，感觉还是缺一口气。

　　但唐人边域诗歌里的行路艰难里却带着内心，带着人生，带着

---

① 逯钦立辑校：《先秦汉魏晋南北朝诗》晋诗卷三，中华书局，1983 年，第622 页。
② 逯钦立辑校：《先秦汉魏晋南北朝诗》宋诗卷九，中华书局，1983 年，第1295—1296 页。

人物的精神状态。比如陈子昂的《和陆明府赠将军重出塞》，诗题
虽然没有送别，其实仍是一首驿路送别诗：

> 忽闻天上将，关塞重横行。
> 始返楼兰国，还向朔方城。
> 黄金装战马，白羽集神兵。
> 星月开天阵，山川列地营。
> 晚风吹画角，春色耀飞旌。
> 宁知班定远，犹是一书生。①

"天上将""重横行"，刻画的是边将的本质。他刚从楼兰返回，又向
朔方进发，而且在战场上"开天阵""列地营"，大气磅礴，一股男子
汉气概直冲云霄。整首诗中昂扬的是驰骋沙场、跃马横枪、指挥天
地、开疆拓土的积极进取精神。而结尾的"宁知班定远，犹是一书
生"，则把唐人书生重报国、更能书剑两成的精神气质展示出来。

又比如岑参的《走马川行奉送出师西征》写路上行军的将士：

> 君不见走马川行雪海边，平沙莽莽黄入天。
> 轮台九月风夜吼，一川碎石大如斗，随风满地石乱走。
> 匈奴草黄马正肥，金山西见烟尘飞，汉家大将西出师。
> 将军金甲夜不脱，半夜军行戈相拨，风头如刀面如割。
> 马毛带雪汗气蒸，五花连钱旋作冰，幕中草檄砚水凝。

---

① ［唐］陈子昂著，徐鹏校点：《陈子昂集》卷一《和陆明府赠将军重出塞》，中
华书局，1962 年，第 30 页。

虏骑闻之应胆慑,料知短兵不敢接,车师西门伫献捷。①

轮台之地,夜风如狮吼,石头满地走,汗水能结冻,砚水可凝冰,那是真冷啊!可将士们却是金甲不脱,顶风前进,戈矛相碰,热气腾腾。激情在将士们身上腾涌,信心也在诗人的笔下展现:见此情景,敌人应当胆战心惊不敢交战,而我就在车师西门等待胜利的捷报!

又比如李白的《送白利从金吾董将军西征》所写的友人白利:

> 西羌延国讨,白起佐军威。
> 剑决浮云气,弓弯明月辉。
> 马行边草绿,旌卷曙霜飞。
> 抗手凛相顾,寒风生铁衣。②

"西羌",大约指鄯善、车师一带。也就是说,在李白看来,董将军这次出征,是反击敌人的正义战争,跟随董将军出征的白利将军,也是一位像白起一样了不起的战将,他的武器上浮动着边塞的云和月,旌旗上带着边塞的寒霜,在送别的起点,白利将军拱手告别,凛然前行,见出意志坚定和必胜的信心。那拱手相顾的形象里,没有儿女情长,没有犹豫感伤,那风声呼啸的铁衣里,是一位虎虎生威、勇敢坚强的战士!

又比如,写边地的艰苦,尤其写征战戍卒及其家人的痛苦,先

---

① [唐]岑参撰,廖立笺注:《岑嘉州诗笺注》卷三《走马川行奉送出师西征》,中华书局,2004年,第323页。

② [唐]李白著,[清]王琦注:《李太白全集》卷一七《送白利从金吾董将军西征》,中华书局,2011年,第698页。

秦两汉魏晋南北朝诗往往写不到痛处，有隔靴搔痒之感，很难引发读者的共鸣。如左延年《从军行》：

> 苦哉边地人，一岁三从军。
> 三子到敦煌，二子诣陇西。
> 五子远斗去，五妇皆怀身。①

此诗再现战争的残酷，写边地征戍者的苦，实际是想写征人或思妇内心的苦，但只陈述了一个事实："三子到敦煌，二子诣陇西。"而他们的妻子都已经有孕在身。夫妻分离，是苦；不知能否见到孩子，是苦。可征夫思妇究竟有没有想念对方，这首诗并没有展现。而沈佺期《古意呈补阙乔知之》中却是："九月寒砧催木叶，十年征戍忆辽阳。白狼河北音书断，丹凤城南秋夜长。"高适《燕歌行》中是："铁衣远戍辛勤久，玉箸应啼别离后。少妇城南欲断肠，征人蓟北空回首。"那种想念的真实和形象的具体，都是能够引发共鸣的，是将思念具象化，以形象代思想，因而具有引发同情的力量。

晋皇太子会《杂诗》倒是一首写得不错的思归诗，诗歌动用了一些诗的手法和形象：

> 朔风动秋草，边马有归心。
> 胡宁久分析，靡靡忽至今。
> 王事离我志，殊隔过商参。
> 昔往鸧鹒鸣，今来蟋蟀吟。

---

① 逯钦立辑校：《先秦汉魏晋南北朝诗》魏诗卷五，中华书局，1983年，第411页。

人情怀旧乡,客鸟思故林。

师涓久不奏,谁能宣我心。①

诗歌借马写人,马是动物,尚有归心,何况人是感情动物?"胡宁"
四句,对被长久阻隔表达了不满情绪,其中用"参商"典故比喻长
久不相见。"鸧鹒"用"仓庚于飞"典,既指春天,又喻美好;"蟋蟀"
也是用典,《诗经·豳风·七月》有"十月蟋蟀,来我床下",既指深
秋,又喻凄凉。接着点出"人情怀旧乡,客鸟思故林",最后用师涓
典,叹息没有人能够替自己抒发这种情感。细读此诗,还是很感人
的,其中"人情怀旧乡,客鸟思故林"的对举也很有情思,但就是感
觉怎样怀乡没有说透。读唐诗,这种情感往往抒发得非常到位。
我们举一首并不特别知名的诗人的并不特别知名的诗歌,就可以
感受到这种区别。如赵嘏的《昔昔盐二十首·一去无还意》:

良人征绝域,一去不言还。

百战攻胡虏,三冬阻玉关。

萧萧边马思,猎猎戍旗闲。

独抱千重恨,连年未解颜。②

诗歌只有八句,以闺中思妇口吻写成,借对方的苦写自己的苦。首
联描述良人远征绝域"一去不言还"的壮烈,颇有"风萧萧兮易水
寒"的味道。颔联两句,概括征人功业,"百战"见征战之多,"三

---

① 逯钦立辑校:《先秦汉魏晋南北朝诗》晋诗卷八,中华书局,1983 年,第
761 页。

② [唐]赵嘏:《昔昔盐二十首·一去无还意》,《全唐诗》卷五四九,中华书局,
1960 年,第 6343 页。

冬"见征战之苦。颈联上句借物写人,替征人表达乡关之思,下句
设想征战成果,"戍旗闲"说明战事已定,功业无边。最后抒情:"独
抱千重恨,连年未解颜。"一个"独",可见内心深处的孤独和寂寞。
"千重恨",极言内心深处对良人远征不能欢聚的遗憾。"连年",既
写征战者疆场生涯时间之久,也是写征人思乡之苦太久。而"未解
颜"就让我们看到了一个孤独寂寞、愁容满面、因征战长久而不快
乐的征人形象。

　　唐代驿路边域诗歌中还有一些思乡诗,很短小,很精干,也能
直抵人内心深处,引发读者感动。比如岑参去往安西都护府的路
途上遇到归京的使者,一下子激发了他无尽的思乡之情,他在《逢
入京使》中写道:

> 故园东望路漫漫,双袖龙钟泪不干。
> 马上相逢无纸笔,凭君传语报平安。①

诗歌前两句写形象,一步一回头地回望家乡,一想到离家越来越远
内心就越难过,以致大男人也一泪两行涕泣连连。恰在此时遇到
了入京的使者,那种与家人联系的欲望一下子冲到脑海,虽然驿路
上没有纸笔,但就是口信,也要让入京使者捎给家人。"双袖龙钟"
的形象和"凭君传语"的细节,击打着读者的怜悯心,不禁也为这
远行人感到可悲可叹。吴昌棋《删订唐诗解》评此诗:"其情惨矣,
乃不报客况而报平安,含蓄有味。"沈德潜《唐诗别裁集》评此诗:
"人人胸臆中语,却成绝唱。"②

---

① [唐]岑参撰,廖立笺注:《岑嘉州诗笺注》卷七《逢入京使》,中华书局,2004
　年,第764页。
② [清]沈德潜编:《唐诗别裁集》卷一九,中华书局,1975年,第263页。

又比如李益《军次阳城烽舍北流泉》,是一首五言绝句,只有二十个字:

何地可潸然,阳城烽树边。
今朝望乡客,不饮北流泉。①

诗歌以问答形式起句。先问什么地方可以哭,引发关注。回答是阳城烽火台的树下。为什么这里是哭泣的地方? 因为在这里有泉水北流。北流的泉水,越流越远,都不流向乡关方向,所以思乡的人感觉这泉水不通人情,不懂客心,不为他们抒发思乡之情,所以以"不饮北流泉"的行为表达对北流泉水的不满,以此传递无尽的思乡之情。这是用恨花厌草的心态对待自然地理,却生动形象地传达了乡思的浓郁情感。

　　唐代驿路边域诗歌中太多的思乡诗都颇有情怀,能够打动人心,甚至贬谪诗人的很多作品并不因为其人格问题影响其思乡情怀的抒发,如张说的《南中别蒋五岑向青州》《岭南送使》、宋之问的《度大庾岭》《途中寒食题黄梅临江驿寄崔融》《渡汉江》、沈佺期的《初达驩州》《驩州南亭夜望》、岑参的《宿铁关西馆》、李德裕的《登崖州城作》、裴夷直的《忆家》、张籍的《岭表逢故人》,等等,都能把人内心深处的思乡之情传达得非常到位。当然,我们并不否认先秦两汉魏晋南北朝时期也有一些边域作品的思乡之情传达得比较到位,比如庾信的《寄王琳》:

①［唐］李益:《军次阳城烽舍北流泉》,《全唐诗》卷二八三,中华书局,1960年,第3223页。

> 玉关道路远,金陵信使疏。
> 独下千行泪,开君万里书。①

诗歌很短,却能传达被扣留的诗人不能南归的思乡之情。"信使疏",可见盼望之殷切。"独下千行泪,开君万里书",可见诗人在北国不敢暴露思乡之真情,不敢让人看见自己还与南朝有联系,其情可悯。只不过,这样感动人心的边域思乡诗,在先秦两汉魏晋南北朝诗歌里相对比较少而已。

第二节　唐代驿路诗歌题材类型的拓展和成长

从文学史发展的视角看,唐诗展开了对世界的全方位描述,各类题材无不入诗,唐诗因而极具包容性,而因为唐诗边域书写的注入,尤其是奇风异俗的注入,使唐诗拥有了异域风情,写作范围进一步拓宽,一些题材也在唐人手中得到更大的发展。

一、唐代边塞诗的成长

唐代边塞诗是唐代诗歌中浓墨重彩的存在,其成就之辉煌,会使任何关注唐代文学的人都不能不为之赞叹。关于唐代边塞诗的成就,任文京指出:"唐代边塞诗具有以下三个方面的特点:第一,唐代写作边塞题材的诗人众多,诗歌数量浩繁,是边塞诗创作和发展的高峰期;第二,唐朝诗人创作边塞诗大多以亲身体验为基础,

---

① 逯钦立辑校:《先秦汉魏晋南北朝诗》北周诗卷四,中华书局,1983年,第2401页。

诗中展示的边塞风光和诗人情感都非常真实；第三，唐代边塞诗反映的内容丰富，艺术性高，佳作频出。"①唐代边塞诗不仅数量很大，而且形成了边塞诗人群体，有著名的代表诗人，比如高适、岑参、李颀、王昌龄等。在数量浩繁的唐代边塞诗中，驿路边域书写的作品占有相当大的比重。这里需要说明一下：有些边塞诗，并不是驿路诗歌，比如有些直接描写战场场面的作品，本书并没有计入驿路诗歌。尽管如此，驿路诗歌的边域书写中言及边塞生活的依然很多，并在极大程度上助益了唐代边塞诗的成长。在本章第一节我们谈及先秦两汉魏晋南北朝诗歌的边域书写，认为那时的作品还是比较单纯、平面化，很少作品触动人心，而唐朝却达到了很高的程度，这就是边塞诗的成长。关于唐代边塞诗的成就，研究的人很多，比较不错的成果有黄刚《边塞诗论稿》（黄山书社，1996 年），李炳海、于雪棠《唐代边塞诗传》（吉林人民出版社，2000 年），苏珊玉《盛唐边塞诗的审美特质》（浙江文艺出版社，2000 年），马兰州《唐代边塞诗研究》（天津古籍出版社，2003 年），任文京《唐代边塞诗的文化阐释》（人民出版社，2005 年），任文京《中国古代边塞诗史》（人民出版社，2010 年），阎福玲《汉唐边塞诗研究》（中华书局，2014 年），王永莉《唐代边塞诗与西北地域文化》（西北工业大学出版社，2016 年）等著作，还有一些岑参、高适的研究著作，就不一一列举了。总而言之，成果丰富，其中所举诗例有不少都是驿路诗歌，读者可参看，笔者不再作重复研究和重复论述。

二、唐代送别诗的摇篮

送别诗作为唐诗中的重要题材类别，写作数量很大。笔者在

---

① 任文京：《中国古代边塞诗史》，人民出版社，2010 年，第 131 页。

《唐代驿传与唐诗发展之关系》中有过一个简单的调查：

> 　　《全唐诗》中，以《送×××之某地》《奉送×××》
> 《×××送别》《送别×××》《别×××》《饯别×××》
> 《留别×××》《饯×××》《宴别×××》之类的诗题，几占
> 十分之一，一些重要的诗人，如王勃存诗102首，有送别诗17
> 首；杨炯存诗33首，有送别诗9首；骆宾王存诗131首，有送
> 别诗18首；卢照邻存诗116首，有送别诗8首；李白，存诗不
> 足千首，而送别诗就有一百多首；杜甫存诗一千四百首左右，
> 送别诗也有一百多首（103）；晚唐诗人杜牧存诗六百余首，有
> 送别诗40余首。①

　　这一比例和数字是惊人的。之所以产生如此之多的送别诗，
与中国古人安土重迁的心理有关，与中国人重视血缘亲情、乡情友
情有关。这一问题笔者也在《唐代驿传与唐诗发展之关系》中进
行过探讨：

> 　　祖饯活动的形成，据东汉崔寔记载，与黄帝之子有关。
> 《文选》李善注："崔寔《四民月令》曰：祖，道神也。黄帝之子，
> 好远游，死道路，故祀以为道神，以求道路之福。"所谓"祖"或
> "道"，是古代人为出行者祭祀路神而进行的祭祀活动……
> 　　祭祀路神的仪式是比较复杂的，第一步是"委土为山"，第
> 二步"伏牲其上"，第三步"酒脯祈告"，最后"乘车躐之"。这
> 四步的意思分别是：面对障碍、供奉牲醴、祷告平安、毁掉障

---

① 吴淑玲：《唐代驿传与唐诗发展之关系》，人民出版社，2014年，第96页。

碍。祭祀的目的在于对前行路途上的障碍进行清扫,祈求行人的平安。从这个意义上说,古代社会最初的送行侧重于"祖道",也就是祭祀路神。在这一活动中,供奉牲醴也即"酒脯祈告"是必备的重要形式,"酒脯祈告"活动之后,释酒祭路,饮酒壮行,《聘礼》记云:"出祖释軷,祭酒脯,乃饮于其侧。"在这一活动中,出行者成为在祖道活动中的重要角色,而对出行者的关切也就成为祖道活动中的重要内容,由此,引发了祖道活动中的另一功能:饯送。《诗经·大雅·韩奕》:"韩侯出祖,出宿于屠。显父饯之,清酒百壶。"是对"供奉牲醴"活动兼有饯送之意的描述……

虽然重在"祖",但确实也含有浓重的"饯"意。"显父饯之",饯的是韩侯,"处者于是饯之",饯的是行者,都是为出行者的平安。在这样的活动中,酒精的力量会给人的情绪带来一定反应,而出行又是如此重要的活动,对于未来的未卜就可能在酒精的力量下引发激动情绪,渐渐地,话别、伤离、不舍、激励等等的情绪逐渐注入祖道活动中,于是,祖道的内容渐渐丰富起来……

古代人对出行的重视决定了饯送活动必然很多,用以饯送的诗歌也有不少。但由于饯送活动是以祭祀路神为主要目的,"公卿大夫故人邑子设祖道,供张东都门外","临发,众人为之祖道,先供设于城南"是相对主要的形式,故而饯送诗在魏晋南北朝之前,普遍表现为宗教色彩比较浓厚,仪式性描写较多,即多写颜延年《应诏宴曲水作诗一首》所谓的"郊饯有坛,君举有礼"之类的内容,故而遣词造句雍容典雅,感情色彩相对较淡——尽管也出现了《楚辞·九歌·河伯》描写的"子交手兮东行,送美人兮南浦"的动人送别情景和千古饯送杰作

《易水歌》。①

　　唐代的政治生态非常宽松，唐代的士人求仕之路也很宽广，选官、科举、入幕、从军，为唐代士人提供了相对广阔的人生之路，他们普遍存有一种积极的、健康的、明朗的生活基调，积极参与社会政治，努力实现几千年知识分子希望实现的"治国平天下"的理想。由此，唐代士人大部分都要离开自己的故乡或惯常生活的环境，而奔走于选官、科举、入幕、从军、升迁、贬谪的路途之上。在中国特别注重出行的古代，唐人的送别活动也就显得分外多了起来。

　　送别最容易激发离情别绪，引发感伤之情，故而在唐代这个诗歌的国度里，产生了大量的驿路送别诗。尽管驿路诗歌有即兴而发的特点，有些诗歌比较粗糙，有些诗歌有委曲迎合之意，但在优秀的诗人与情感深厚的朋友之间，就容易产生感人至深、传之永远的优秀作品，比如骆宾王的《于易水送人》、王勃的《送杜少府之任蜀川》（当为"川"，蜀州是在武则天垂拱二年即王勃死十年后析益州置）、陈子昂的《送魏大从军》、王维的《送元二使安西》、高适的《别董大》、岑参的《白雪歌送武判官归京》《天山雪歌送萧治归京》《火山云歌送别》、王昌龄的《芙蓉楼送辛渐》、张说的《岭南送使》、李白的《送友人》《送别·斗酒渭城边》《送友人入蜀》《黄鹤楼送孟浩然之广陵》《劳劳亭》、杜甫的《送高三十五书记》《送人从军》《奉济驿重送严公四韵》《送路六侍御入朝》、白居易的《赋得古原草送别》《送元八归凤翔》、李益的《送客还幽州》《柳杨送客》、张籍的《送和蕃公主》《送蛮客》《送海南客归旧岛》《送新罗使》、许

---

① 吴淑玲：《诗与送别》，詹福瑞《古代诗歌与文化》，河北大学出版社，2012年，第88—101页。

浑的《谢亭送别》等等。

请注意,我们这里所举驿路送别诗的优秀作品,有很多与边域有关。为什么涉及边域的驿路送别诗容易产生优秀作品? 笔者认为主要有以下原因:

其一,边域出行更加遥远,前途陌路,更加令人牵挂。走向遥边的分别,与内地分别有很大不同。虽然都很痛苦,都很伤感,但内地分别尚可彼此通过书信联系,尚可及时找机会相见,正如沈约《襄阳蹋铜蹄歌三首》其一所说:"分手桃林岸,送别岘山头。若欲寄音信,汉水向东流。"又如沈约《别范安成诗》所说:"生平少年日,分手易前期。"而且,内地的分别,毕竟是在人文环境、地理环境大致相近的地方,相对而言,不至于产生特别强烈的疏离感和陌生感。走向遥边就完全不同,自然环境、风土人情、生存人群的巨大变化,容易使人产生更大的生活不适和心理波动,因而更加能够调动人们的离情别绪。

其二,边域之行途程更加艰险,生死难测,珍重之情更浓。友人闫福玲在《汉唐边塞诗研究》中引用了很多资料谈及中国西部和北部边疆两个重要的特点:"一是形势险要,易守难攻的高山大川、险关要隘成为边塞防卫的天然屏障。""二是环境恶劣,不是瀚海沙漠,就是冰天雪地。人烟稀少、偏远荒僻为其基本特征,其荒寒酷戾的自然环境与内地的中原和南方的自然景观形成强烈的对比,造成巨大的反差。这两点构成汉唐边塞诗苦寒特色赖以生存的自然地理基础。"[①] 这是考验人在极限环境里的生存能力。其实当时南方的环境并不比北方边塞好到哪里,淫雨、荒江、毒蛊、蛇虫、野兽、沼泽、烟瘴,都是中原人适应不了的生存障碍,"岭南天

---

① 闫福玲:《汉唐边塞诗研究》,中华书局,2014年,第132页。

气炎热,雨水淫多,四季转变、风俗物产都与诗人们熟悉的中原相去甚远,在贬谪生活中,这些迥异于此前经验的物色既吸引了逐臣的目光,也加深了他们内心的焦虑,并成为其诗歌反复吟咏的对象"①。所以,无论走向哪个方向的遥边,都会有无数的困难和不适,虽然并不是所有人都有"千知千不还"的悲剧心里,但绝大多数人内心还是对前路颇多忧心的,所以送别诗中的珍重之情往往非常浓郁。唐人又特别善于传情,往往通过微小的细节、细心的劝慰、嘱托的话语就能感动得读者心中戚戚,更何况被送行者!

唐人的送别诗,往往从理解对方入手,所以写出来的诗歌就特别容易感人。比如王维的《送元二使安西》、高适的《送李侍御赴安西》、岑参的《白雪歌送武判官归京》、张籍的《送安西将》等。

王维的《送元二使安西》(《渭城曲》)是一首大家非常熟悉的诗歌,这首诗最感动人心之处就是诗人对元二的牵挂,并将这种牵挂置入一杯酒中。一句"无故人",暗传出自己与友人亲密无间的关系和深厚无比的情感,一句"劝君更进",将千言万语无法说尽的情感倾泻到酒杯之中,表明要尽享此时此刻"故人"相聚的快乐,珍惜此时的每一分每一秒,真正是语近情深。明陆时雍《唐诗镜》评此诗:"语老情深,遂为千古绝调。"②明周珽《唐诗选脉会通评林》引蒋一梅评语:"片言之悲,令人魂断。"③

高适的《送李侍御赴安西》中有几句诗,人们谈及高适的功名心时必引"功名万里外,心事一杯中""离魂莫惆怅,看取宝刀雄",可见这几句诗在谈及高适边塞诗时的重要性。这首诗,是送别李侍

---

① 尚永亮:《唐五代逐臣与贬谪文学研究》,武汉大学出版社,2007年,第142页。
② 陈伯海主编:《唐诗汇评》,上海古籍出版社,2015年,第1册第541页。
③ 陈伯海主编:《唐诗汇评》,上海古籍出版社,2015年,第1册第541页。

御,又何尝不是高适对自己所说? 他以自己之心度他人之心,鼓励
对方的功名心,也就是事业心。他也理解离别之苦,但却以激昂的
笔调劝慰对方不要惆怅伤感,要在宝刀的雄风中展示人生的力量和
价值。在这种鼓励的语境下,就是多少惆怅也会被赶到九霄云外。
而对高适自己而言,鼓励他人,其实也是鼓励自己。明代高棅《增
定评注唐诗正声》评曰:"语语陡健,却又浅深,所以为盛唐。"[1]

　　岑参的《白雪歌送武判官归京》也是大家熟悉的作品。尽管
诗中漫天飞舞的雪花把寒冷的冬天打扮出了春天般的美丽,"瀚海
阑干百丈冰"也颇为奇特,但从送别的角度说,最动人的还是最后
那两句:"山回路转不见君,雪上空留马行处。"白雪满天的世界里,
只有驿路上马匹留下的脚印记载着归京人的一步一行,同时也记
载着深情的送别者注目远望、不忍离去的身影,而且,送别者的心
似乎也跟着归京人走向京都的身影一步步顶风冒雪而去。

　　张籍的《送安西将》也是一首颇为情意绵绵的送别诗:

> 万里海西路,茫茫边草秋。
> 计程沙塞口,望伴驿峰头。
> 雪暗非时宿,沙深独去愁。
> 塞乡人易老,莫住近蕃州。[2]

诗人知道被送别的安西将要去往的地方远在万里之遥,也能想象
到那里秋天的茫茫边草,仿佛一颗心已经跟随安西将走向了万里

---

① 陈伯海主编:《唐诗汇评》,上海古籍出版社,2015 年,第 2 册第 1343 页。
② [唐] 张籍:《送安西将》,《全唐诗》卷三八四,中华书局,1960 年,第
　　4319 页。

之遥。他为安西将行走在这万里征途上，一天天计算途程，想象安西将一人独行驿路，连个旅伴都没有，那一份盼望旅伴的寂寞，真是令人心疼！所以在分别之际，他殷勤地嘱咐安西将："塞乡人易老，莫住近蕃州。"在特别陌生的地方容易让人变老，要尽可能远离异族人生活的地方。这种贴心的嘱咐，给行人多少温暖！这首诗，陈伯海《唐诗汇评》竟然没有它评论的踪影，可见前人对其关注之少，令笔者深有遗珠之憾。

走向遥边，是人心中的痛点，需要安抚和慰藉，而理解，是贴心的慰藉，是治愈的良药，是动人的灵丹。唐人很多遥边送别诗歌在体贴他人方面极其到位，故而能够让送别诗歌动人心扉，千古流传。

三、唐代羁旅诗的温床

关于羁旅诗的产生和唐代拥有数量众多的羁旅诗的情况，笔者在《唐代驿传与唐诗发展之关系》中也有过探讨：

> 旅和居，这是人生的两种相对对立的人生形态。旅的外在形态是"行"，居的外在形态是"住"，故有"旅行"和"居住"之说。
>
> 中国自远古之时就形成了安土重迁的文化心理，故而很注重"居"，因为"居"是安稳的象征……
>
> 而"旅"则是不得安居的象征，《易经》里有"旅"卦，象辞："旅于处，未得位也。得其资斧，心未快也。"意即，相对于居处而言，"旅"的状态是"未得位"，所谓"穷大者必失其居，故受之以《旅》。"朱熹对"旅"的解释："旅，羁旅也。山止于下，火炎于上，为去其所而不处之象，故为旅。"

由上而知,我们的民族是不愿处于"旅"的状态的。

但唐朝的社会生活环境,又使得不少人为了追求自我的人生价值,而心甘情愿地、或不得不如之地处于行旅状态,处于变动不居中。自愿也罢,不甘也罢,羁旅的滋味总是不好受的,故而,羁旅行愁成为唐人驿路诗歌的重要内容之一。[①]

羁旅诗也是唐代诗歌的重要类型,其中走向边域的驿路羁旅诗歌数量最多,也最具代表性。为什么这么说呢?

其一,内地的驿路诗歌大多时候不属于羁旅诗,而只是途程诗。在上面所引笔者《唐代驿传与唐诗发展之关系》的文字中可以看到,"旅"的外在形态是行,生存状态是未得位。而"羁"的本义马笼头,引申为受束缚,再引申就是使停留。所以,羁旅的含义是不得已停留寄居在他乡。我们说,唐人的驿路诗歌大部分是途程诗,就是因为很多驿路诗歌只是短暂的驿路行程,时间并不长久。笔者在绪论中引用了《唐律疏议》中的一条资料,即"驿使稽程",只要耽误了行程就要受到严厉处罚,所以不可以随意迁延驿路行驶的时间。而一般情况下,唐人每天的乘驿行程并不特别长远,乘马每天70里,步行和骑驴每天50里,乘车每天三十里。乘船,重载逆流,河30里,江40里;空舟逆流,河40里,江50里等。这样明确的规定,主要是对驿路财产的爱护,即不能让驴马、舟子太过劳顿。所以乘驿之人可以在驴马、舟子歇息的时间放松自己,比如在驿站宴聚、附近游览、访问朋友等。所以有诗人描写驿路行程非常轻松,如李白写孟浩然去广陵的神仙之旅是"烟花三月下扬州";

[①] 吴淑玲:《唐代驿传与唐诗发展之关系》,人民出版社,2014年,第122—123页。

白居易写自己从西京长安到东京洛阳的旅行是"北阙至东京,风光十六程";贾岛送别李余及第归蜀是"津渡逢清夜,途程尽翠微";许棠送李频到南陵任主簿是"赴县是还乡,途程岂觉长";方干送剡县陈永秩满归越是"俸禄三年后,程途一月间。舟中非客路,镜里是家山"。这样的驿路行程,十天半月,一月两月,赏心悦目,情绪极佳,当然不是羁旅诗。当然,内地也有很多羁旅诗,比如杜甫就是羁旅诗既多又好的大诗人,他的"万里悲秋常作客,百年多病独登台"概括了人生羁旅的惨况;白居易《自河南经乱关内阻饥兄弟离散各在一处因望月有感聊书所怀寄上浮梁大兄于潜七兄乌江十五兄兼示符离及下邽弟妹》写了:"时难年饥世业空,弟兄羁旅各西东。田园寥落干戈后,骨肉流离道路中。"但在内地的途程诗里,毕竟还有鲜花和芳草。

其二,赴往边域的途程诗绝大部分都是羁旅诗。赴往遥边途程远,行路难,动辄几千里、近万里,耗费时间少则三五个月,长则半年一年,甚至更长。长时间处在行旅的状态,容易让人身心疲劳,产生生活不安定的感觉,必有羁旅之感。尤其是,有些诗人是迫不得已走向遥边,比如贬谪诗人、因仕途不得意而边游寻求出路的诗人、因避难等各种原因被迫长久羁留他乡的诗人。南北朝时期长期寓居北方的庾信曾把羁旅生活比喻为树木移植而成枯树,并刻画羁旅之人的内心世界是:

　　若乃山河阻绝,飘零离别。拔本垂泪,伤根沥血。火入空心,膏流断节。横洞口而敧卧,顿山腰而半折。文斜者百围冰碎,理正者千寻瓦裂。[1]

---

[1][北周]庾信撰,[清]倪璠注,许逸民校点:《庾子山集注》卷一《枯树赋》,中华书局,2006年,第51页。

这样拔本伤根的羁旅生活,在中国这样一个重乡土、重亲情的国度,确实能够令羁旅之人柔肠寸断、伤情连绵,而反映这种情感的诗歌,内容多是生活的困顿、痛苦的思乡、无尽的感伤。种种情绪,都是羁旅诗引发人们同情心的元素,从而让羁旅诗在感伤情绪中获得诸多欣赏价值。

　　这里举几首并非特别知名的诗歌,谈一谈遥边羁旅诗的伤感情怀。比如初唐时期的乔知之,并不以诗著称,但其《苦寒行》中有几句诗写及羁旅情:

> 路有从役倦,卧死黄沙场。
> 羁旅因相依,恸之泪沾裳。
> 由来从军行,赏存不赏亡。
> 亡者诚已矣,徒令存者伤。①

乔知之是初唐人,陈子昂的朋友,以右补阙身份(从七品上)从军。他在军中真切感受到从役的艰难,那种随时"卧死黄沙场"的悲剧时时袭击着每一个从役之人的心灵,令他们彼此痛惜,互相迁顾。因为在军中很久,军中人对从军死亡之人的命运更加清晰,一句"赏存不赏亡",可见从军者对人生的绝望,而边域从军这种白白葬送生命的事情,随时都可能会发生在每一个活着的人身上。对亡者的不尊重,其实就是对存者的不尊重,所以整首诗都透露着对生命逝去的悲凉和久旅不归的感伤。

　　又比如郭震的《塞上》写连年奔波在驱逐外虏的道路上应对敌人的无可奈何:

---

① [唐]乔知之:《苦寒行》,《全唐诗》卷八一,中华书局,1960年,第874页。

　　　　　　　　塞外虏尘飞，频年出武威。

　　　　　　　　死生随玉剑，辛苦向金微。

　　　　　　　　久戍人将老，长征马不肥。

　　　　　　　　仍闻酒泉郡，已合数重围。①

郭震是唐朝在西域非常有作为的一位将军，也是治理地方的能手，他曾出任凉州都督、陇右诸军大使，有过北却突厥、西走吐蕃、拓境一千五百里的拓边功业，又在凉州大兴屯田，安定地方，促进凉州经济迅速发展，使凉州繁荣如内地。因成就突出，迁左骁卫将军、安西大都护。就是这样一位颇有作为的大人物，也对久戍不归颇有微词。"频年"，就是一年又一年。死生交给身上的佩剑，有本事活着，没本事就送命。"金微"，是阿尔泰山，到如此遥远之地征战，只有两个字"辛苦"！颈联写久戍对人的生命的摧残，对举"长征马不肥"，以长久征战马匹会逐渐羸弱，使人想象征战太久对生命的消耗。已经如此艰难，又听说酒泉郡被敌军数重围困，又一场大仗已经摆在眼前。可见对无休止的征战的无可奈何。

　　再比如晚唐张蠙的《边游别友人》写被生活所迫不得不羁留边塞的悲凉心态：

　　　　　　　　欲别不止泪，当杯难强歌。

　　　　　　　　家贫随日长，身病涉寒多。

　　　　　　　　雨雪迷燕路，田园隔楚波。

　　　　　　　　良时未自致，归去欲如何。②

_____

① ［唐］郭震：《塞上》，《全唐诗》卷六六，中华书局，1960年，第756页。
② ［唐］张蠙：《边游别友人》，《全唐诗》卷七〇二，中华书局，1960年，第8071页。

张蝘边游，被生活所迫，不能回归家乡，已经很难。可在"燕山雪花大如席"的地方，他偏偏又有病又受冷。回乡之路雨雪迷蒙隔山隔水，怎样回归家乡自己难以知晓。所谓"良时未自致"，就是没有合适的机会。而且即使归去，又能有什么好的结果吗？疑问之中满是悲凉。

以上所举诗歌，并不知名，想找一些评论引导或印证笔者的理解都很难。但细细品读每一首诗，都有其打动人心的地方，只是唐代比这些诗歌好得多的作品都数不胜数，这些诗歌就沉埋在唐诗的角落里，成为遗珠。但他们却真实地反映了唐人在边塞的生存状态和心理状态。而这一水平的诗歌，在驿路唐诗的边域书写中触目皆是，比如骆宾王《久戍边城有怀京邑》："陇坂肝肠绝，阳关亭候迁。迷魂惊落雁，离恨断飞鸢。春去荣华尽，年来岁月芜。边愁伤郢调，乡思绕吴歈。"岑参《宿铁关西馆》："马污踏成泥，朝驰几万蹄。雪中行地角，火处宿天倪。塞迥心常怯，乡遥梦亦迷。那知故园月，也到铁关西。"《发临洮将赴北庭留别（得飞字）》："闻说轮台路，连年见雪飞。春风曾不到，汉使亦应稀。白草通疏勒，青山过武威。勤王敢道远，私向梦中归。"《赴北庭度陇思家》："西向轮台万里余，也知乡信日应疏。陇山鹦鹉能言语，为报家人数寄书。"张籍《蓟北旅思》（一作《送远人》）："日日望乡国，空歌白苎词。长因送人处，忆得别家时。失意还独语，多愁只自知。客亭门外柳，折尽向南枝。"戎昱《逢陇西故人忆关中舍弟》："莫话边庭事，心摧不欲闻。数年家陇地，舍弟殁胡军。每念支离苦，常嗟骨肉分。急难何日见，遥哭陇西云。"薛能的《送李溟出塞》："边城官尚恶，况乃是羁游。别路应相忆，离亭更少留。黄沙人外阔，飞雪马前稠。甚险穿庐宿，无为过代州。"唐乐府杂曲歌辞《回纥》："曾闻瀚海使难通，幽闺少妇罢裁缝。缅想边庭征战苦，谁能对镜治愁容。久成人将老，须臾变作白头翁。"这些，都是反映遥边羁旅伤感的优秀作品。可见，涉及遥边，太容易产生羁旅之情了，故而说唐代驿路诗歌的边域书写是羁旅诗的温床。

四、唐诗边域经典的诞生

这一题目似乎与本节的标题多少有点出入，因为上面三个小标题是从诗歌题材类型上说，"边域经典诗作"也会有那三类中的作品。而且，边域经典作品也不一定就是驿路诗歌。但还是决定放在这里，姑且给这个内容一个存在空间。

驿路边域经典，是指写于驿馆、驿路或与驿路有关的著名诗作。

在驿路唐诗的边域书写中，经典诗作层出不穷，无论驿路送别、乡思乡愁、羁旅伤感、功业豪情、爱国激情等层面，都有很多经典。这些诗作，无论边域之行的态度如何，无论引发的风格多么不同，都有一个共同特点：诗歌感情真挚、艺术高妙、打动人心，穿越千年。举几个诗例：

王维《送元二使安西》，宋刘辰翁《王孟诗评》评之："更万首绝句，亦无复近，古今第一矣。"明敖英《唐诗绝句类选》评之："唐人别诗，此为绝唱。"明周珽《唐诗选脉会通评林》引谢枋得评语："意味悠长。"清唐汝洵《唐诗解》评之："信手拈出，乃为送别绝唱。作意者正不能佳。"清吴瑞荣《唐诗笺要》评之："不作深语，声情沁骨。"①

高适的《送李侍御赴安西》，明高棅《增定评注唐诗正声》评之："语语陡健，却又浅深，所以为盛唐。"明周珽《唐诗选脉会通评

---

① 陈伯海主编：《唐诗汇评》，上海古籍出版社，2015年，第1册第540—541页。

林》评之：“不事刻画，精悍奇特。”①

　　岑参的《逢入京使》，谭元春《唐诗归》卷一三评之：“人人有此事，从来不曾写出，后人蹈袭不得。所以可久。”清唐汝洵《唐诗解》评之：“叙事真切，自是客中绝唱。”清沈德潜《唐诗别裁集》卷一九评之：“人人胸臆中语，却成绝唱。”②

　　岑参的《白雪歌送武判官归京》，邢昉《唐风定》评之：“细秀袅娜，绝不一味纵笔，乃见烟波。”宋宗元《网师园唐诗笺》评之：“入手飘逸，迥不犹人。”张文荪《唐贤清雅集》评之：“嘉州七古，纵横跌荡，大气盘旋，读之使人自生感慨。有志者，诚宜留心此种。看他如此杂健，其中起伏转折一丝不乱，可谓刚健含婀娜，后人竞学盛唐，能有此否？”范大士《历代诗发》评之：“洒笔酣歌，才锋驰突。”③

　　张籍的《蓟北旅思》，周珽《唐诗选脉会通评林》评之：“此诗妙于用虚，生情生力，语极幽细含蓄，不落浅调。”清初宋宗元《网师园唐诗笺》评之：“人人意中语，自合传诵（‘长因’二句下）。”清唐汝询《唐诗解》评之：“若失意多愁，则无亲知可语者，故但折柳自适，久而南枝几尽，非南向之情深乎？此皆描写客中之无聊，令读者宛然在目。”《瀛奎律髓汇评》引清纪昀云：“诗自好，未必遽为第一。”④

　　哪怕是人品颇受质疑的逐臣宋之问的《度大庾岭》，也因诗歌

① 陈伯海主编：《唐诗汇评》，上海古籍出版社，2015 年，第 2 册第 1343—1344 页。

② 陈伯海主编：《唐诗汇评》，上海古籍出版社，2015 年，第 2 册第 1266 页。

③ 陈伯海主编：《唐诗汇评》，上海古籍出版社，2015 年，第 2 册第 1211—1212 页。

④ 陈伯海主编：《唐诗汇评》，上海古籍出版社，2015 年，第 4 册第 2895—2896 页。

中所写思乡之情的共情能力屡屡被人们称赞,如卢粹《闻鹤轩初盛唐近体读本》引陈度远语评之:"辞苦思深,不堪多读。"① 周啸天《唐诗鉴赏辞典补编》评之曰:"这首诗是初唐五律的名作,感情浓厚深沉。以景衬情,情景交融达到一个较高的境界。颔联渲染出孤单寂寞的气氛,突出了悲哀苦闷的心理状态。颈联创造出一个雨后初晴的明朗境界,喻示着诗人对未来的美好希望。这首五律对仗运用很成功。颔联和颈联对仗都非常工整,节奏感强,表现出一种自然而又流动的整齐美。"②"此诗起势不凡,有如醍醐灌顶,在读者心上激起冲击浪,浪一重,愁一重,水一曲,肠一曲,几经曲折,最后以绵绵无尽的情意作结,给人以余味无穷之感。"③

　　杜审言也是在武则天男宠事上栽了跟头的,但其《旅寓安南》因其故乡之情重而受到称赏,如清代许学夷《诗源辩体》卷一三评之:"初唐五言律,杜如《共有樽中好》《交趾殊风候》……数篇,体就浑圆,语就活泼,乃渐入化境矣。"④

　　总而言之,在驿路唐诗的边域书写中,很多诗作都有化不开的浓情,都拥有很高超的艺术水平,可以作为经典来读。它们以其强大的共情能力感染着阅读者,成为唐诗中的佳篇。只是由于唐代优秀诗人摩肩继踵,优秀诗作俯拾即是,我们在文学史上无法顾及它们的存在,以致它们受到冷落。其实,它们也是唐代文学中值得留意的佳篇丽章,是等待我们发掘的文学史上值得骄傲的优秀之作。

---

① [清]卢粹:《闻鹤轩初盛唐近体读本》,转引自张明非主编《唐诗宋词专题作品选》,高等教育出版社,2003年,第14页。

② 周啸天主编:《唐诗鉴赏辞典补编》,四川文艺出版社,1990年,第51页。

③ 翟民主编:《诗中情》,阳光出版社,2016年,第46页。

④ [明]许学夷:《诗源辩体》,《明诗话全编》,凤凰出版社,1997年,第6148页。

第三节　边域文学地理坐标的形成

地球地理坐标是指地球表面用纬度、经度交叉表示的地面某一位置的球面坐标,简单地说,就是地球表面横纬竖经的交叉点。文学地理坐标当然也包含这样的含义,但更主要的是文学书写中对某个地球表面交叉点的关注,并由此引发阅读者对这一交叉点的兴趣,进而引发对这一交叉点的地理感觉关注和文化游览方位关注。

相对于内地的重要地理坐标主要依靠政治中心、经济中心等而言,边域地理坐标的形成主要依靠文学书写。文学作品传播速度快,阅读人群广泛,如果诗歌中书写多了,留在人们印象中的印记就多,积少成多,就慢慢形成一种地理标记,成为人们心目中某些地方的代称。

这些地理坐标拥有三个特点:一是文化承载力方面拥有地域文化特色且有文化价值,可以从中透视地域发展的历史,并为唐及以后某地域文化传播做出贡献;二是含有一定的意蕴,内涵丰富且被反复书写、反复感知;三是拥有一定的感情承载力,在传递人们认知边域的情感方面比较突出,并直接或间接为表意服务。

这是一个很大的课题,鉴于本书体量目前已经超出原来课题设定体量的将近一倍,就不再展开论述"唐诗边域书写地理坐标的形成"这一问题(将在另一部书稿展开讨论,而且已经拥有约15万字文稿,估计体量在40万字),只在这里做一简要概述。

一、驿路唐诗边域书写中重要西北地理坐标的形成

唐诗中的西北边防,是从凉州(武威)开始的,祁连山是唐人边

防的重要界限。这是来自汉代的固有边域地理和文化地理的认知。
凉州在《禹贡》中属于雍州西界,《元和郡县图志》陇右道下：

> 禹贡雍州之西界。自六国至秦,戎狄及月氏居焉。后匈
> 奴破月氏,杀其王,以其头为饮器,月氏乃远过大宛,西击大夏
> 而臣之。匈奴使休屠王及浑邪王居其地。汉武帝之讨北边,休
> 屠、浑邪数见侵掠,单于怒,遣使责让之,二王恐见诛,乃降汉。
> 汉得其地,遂置张掖、酒泉、敦煌、武威四郡,昭帝又置金城一
> 郡,谓之河西五郡,改州之雍州为凉州,五郡皆属焉。地势西
> 北邪出,在南山之间,隔绝西羌、西域,于时号为断匈奴右臂。
>
> 武德二年讨平李轨,改为凉州,置河西节度使(都管兵
> 七万三千人,马万八千八百匹)。备羌胡。统赤水军(在凉州
> 城内。管兵三万三千,马万三千匹)。①

《元和郡县图志》陇右道包含凉州、甘州、肃州、沙州、瓜州、伊州、西
州、庭州。这些地方都驻有边防军,如凉州西二百里有大斗军,甘
州东北十余里有宁寇军,肃州西二百余里有玉门军,瓜州西北一千
里有墨离军,会州西北二百里有新泉军,沙州城内有豆卢军,凉州
西二百里有交城守捉,凉州西北三千里有白亭军等。西州治下高
昌,即贞观年间成立安西都护府时府治所在地。西州治下交河,即
后来安西都护府移居府治所在地。庭州即从安西都护府分出去的
北庭都护府所在地。顺带说一下,今人研究唐朝西北边塞,有扩大
化倾向,比如王永莉《唐代边塞诗与西北地域文化》就将安北都护

---

① [唐]李吉甫撰,贺次君点校:《元和郡县图志》卷四〇《陇右道下》,中华书
　局,1983 年,第 1017—1018 页。

府方向也纳入进来。如果从今人视野看,没有问题。但《元和郡县图志》是放在正北方向的《关内道四》,正北的防御是从灵州、夏州、云州、朔州开始的。本书遵循《元和郡县图志》的分区。

唐朝西北边塞的诗歌,主要是三个方向:一是西北边塞是唐朝人骄傲的所在,追求军功的人向往的地方,在这种情境下的作品多歌咏建功立业,展示边塞雄风。二是西行路上绝域沙碛、大漠驼铃的西域风情。三是久戍也会有思家之苦、离乡之愁。在诗人们的反复吟咏中,形成了西北边域的地理坐标。

其一,山水地理坐标。在唐代文人心中,遥远的西北有其山水地理的标记,提及陇山、祁连山、天山、居延海、瀚海、青海湾、交河,都是唐人心目中西北的象征,这里有征战之所,有功业所在,也有生命的逝去和对故乡的思恋。我们举几个例子简单述说一下。

陇山是西部边塞的分界线,"西流入羌郡,东下向秦川"(沈佺期《陇头水》),故步入陇山,就是走向边塞的象征,也是远离京都和故乡的象征。《元和郡县图志》记载:

> 小陇山,一名陇坻,又名分水岭。隗嚣时,来歙袭得略阳,嚣使王元拒之。陇坂九回,不知高几里,每山东人西役,升此瞻望,莫不悲思。陇上有水,东西分流,因号驿为分水驿,行人歌曰:"陇头流水,鸣声幽咽,遥望秦川,肝肠断绝。"①

山东人,即陇山之东的人,也就是中原人。中原人步入陇山,行至分水驿,都难免感伤。《全唐诗》中,用到"陇头"102 次,陇山 26

---

① [唐]李吉甫撰,贺次君点校:《元和郡县图志》卷三九《陇右道上》,中华书局,1983 年,第 982 页。

次，陇水39次，陇坂10次，可见陇山、陇水的地理分界意义，其中也有思乡、征战、功名。沈佺期《陇头水》（见上）、员半千《陇头水》"路出金河道，山连玉塞门"都是纯粹的地理分界。卢照邻《陇头水》"陇阪高无极，征人一望乡。关河别去水，沙塞断归肠"是思乡，储光羲《陇头水送别》"相送陇山头，东西陇水流。从来心胆盛，今日为君愁"是忧友，罗隐《陇头水》"借问陇头水，年年恨何事。全疑呜咽声，中有征人泪。自古无长策，况我非深智。何计谢潺湲，一宵空不寐"是征战，岑参《送人赴安西》"上马带胡钩，翩翩度陇头。小来思报国，不是爱封侯"是爱国，羊士谔《送张郎中副使自南省赴凤翔府幕》"亚夫高垒静，充国大田秋。当奋燕然笔，铭功向陇头"是鼓励建功立业。

天山，在唐时属伊州境，是新疆南北疆的分界线。这座山，是匈奴人心目中的神山，据说匈奴人过天山都要大礼参拜："天山，一名白山，一名折罗漫山，在州北一百二十里。春夏有雪。出好木及金铁。匈奴谓之天山，过之皆下马拜。"[1] 天山在唐代诗人那里是征戍遥远、道路难行的象征，是雪景奇美的记忆，也是功业可成的象征。岑参笔下"千树万树梨花开"的天山雪景是人所共知的，不需多说。表征戍遥远路途艰难的，如虞世南《出塞》"雪暗天山道，冰塞交河源"、苑咸《送大理正摄御史判凉州别驾》"雪下天山白，泉枯塞草黄"、陶翰《燕歌行》"雪中凌天山，冰上渡交河"、岑参《北庭贻宗学士道别》"四月犹自寒，天山雪濛濛"、李白《独不见》中的"白马谁家子，黄龙边塞儿。天山三丈雪，岂是远行时"等。写征战难归的，如钱起《送张将军征西》"沙场烽火隔天山，铁骑征西几岁

---

① ［唐］李吉甫撰，贺次君点校：《元和郡县图志》卷四〇《陇右道下》，中华书局，1983年，第1029页。

还"、李益《从军北征》"天山雪后海风寒，横笛偏吹行路难。碛里征人三十万，一时回向月明看"等。表对功业的肯定、对功名的向往的，如杜甫《投赠哥舒开府二十韵》中的"青海无传箭，天山早挂弓。廉颇仍走敌，魏绛已和戎"、顾况《从军行》中的"丑虏何足清，天山坐宁谧"、李商隐《少将》中的"青海闻传箭，天山报合围"、高骈《赴安南却寄台司》中的"曾驱万马上天山，风去云回顷刻间"、胡曾《玉门关》中的"西戎不敢过天山，定远功成白马闲"、胡宿《塞上》中的"汉家神箭定天山，烟火相望万里间。契利请盟金匕酒，将军归卧玉门关"等。薛仁贵三箭定天山的故事也基于对功名事业的肯定。

其二，关隘戍地坐标。唐朝经营西北，尤重防务，大约北方少数民族乃游牧民族，更加能征惯战，不易征服，且常反复，劫掠之事亦经常发生，故不能不用心经营。西北边域又地广人稀，极难守卫，故而建设驿路和驻守军队的各种关卡也是形势和地理所必须。唐人继承了汉人防卫的很多工事（如汉长城），又建设了一些新的戍守军事基地，重新修建了阳关和玉门关等关隘，形成了比较细密的防卫系统。唐代诗人在走向西部边域的途程中，写下了很多诗歌，使得一些关卡成为文学地理上的著名坐标。如阳关、玉门关。《文献通考》记载西域与两关：

> 西域以汉孝武时始通，本三十六国，皆在匈奴之西，乌孙之南。南北有大山，中央有河，东西六千余里，东则接汉，扼以玉门、阳关（三关并在敦煌郡），西则限以葱岭。诸国大率土著，有城郭田畜，与匈奴、乌孙异，故皆役属匈奴。西边日逐王领西域，赋税取足焉。其南山，东出金城（今金城、会宁、安乡、西平等，即汉金城郡也），与汉南山属焉（属，联也）。自

玉门、阳关出西域，有两道。西逾葱岭，则出大宛、康居、奄蔡焉。①

阳关和玉门关，是汉唐人西域戍守的极边之界，是唐代文人内心深处最遥远的记忆，他们承载着汉代张骞、班超等人的历史故事，内含着送友、征战、出使、功业、怨君、壮烈等多重内涵，将人们的视野带向遥远的西域，尤其是一些著名的诗作，把这两关唱响在大唐，歌声穿越一千多年仍响彻在我们耳畔，而且必定传诵至永远。

玉门关。《全唐诗》用到"玉门"二字并不太多，只有30余次，但都很出彩，虽不能说首首经典，亦几矣！《元和郡县图志》记载玉门关位置时将班超事迹同时载录，可见玉门关历史悠久，又承载着思乡报国的情怀：

> 玉门故关，在县（寿昌县）西北一百一十七里。谓之北道，西趣车师前庭及疏勒。此西域之门户也，班超在西域上疏曰："臣幸得护西域，如自以寿终屯部，诚无所恨，恐后代谓臣没西域，臣能无依风首丘之思哉！臣不敢望酒泉郡，但愿生入玉门关。"即此是也。②

由于玉门关重要的地理位置和承载的历史文化因素，唐代诗人言及玉门关，都很动情，留下了很多名句、名诗。如骆宾王《在军中赠先还知己》中的"魂迷金阙路，望断玉门关"，李白《关山月》中

---

① ［元］马端临：《文献通考》卷三三六《四裔考》，中华书局，1986年，第2635页上。
② ［唐］李吉甫撰，贺次君点校：《元和郡县图志》卷四〇《陇右道下》，中华书局，1983年，第1027页。

的"长风几万里,吹度玉门关",高适《和王七玉门关听吹笛》中的"借问落梅凡几曲,从风一夜满关山",王昌龄《从军行》其四的"青海长云暗雪山,孤城遥望玉门关。黄沙百战穿金甲,不破楼兰终不还"、其七的"玉门山嶂几千重,山北山南总是烽。人依远戍须看火,马踏深山不见踪",王之涣《凉州词》其一的"羌笛何须怨杨柳,春风不度玉门关",戴叔伦《塞上曲二首》其二中的"愿得此身长报国,何须生入玉门关",武元衡《元和癸巳余领蜀之七年奉诏征还二月二十八日清明途经百牢关因题石门洞》中的"何惭班定远,辛苦玉门关",胡曾《玉门关》中的"半夜帐中停烛坐,唯思生入玉门关",胡宿《塞上》中的"契利请盟金匕酒,将军归卧玉门关",赵嘏《送从翁中丞奉使黠戛斯六首》之四中的"谁见鲁儒持汉节,玉关降尽可汗军"等,或感动人心,或振奋人心,都很值得品味。

阳关,是出敦煌通西域的南道,汉朝时是防御匈奴的重要关隘,唐朝时则是通往西域的重要孔道。阳关遗址在今敦煌西南七十公里的古董摊上。《元和郡县图志》记载:

> 阳关,在县西六里。以居玉门关之南,故曰阳关。本汉置也,谓之南道,西趣鄯善、莎车。后魏尝于此置阳关县,周废。[①]

阳关在玉门关的南面,故称阳关。阳关地处沙漠之中,站在阳关旧址四处眺望,四周远处皆是一望无际的沙漠,曾经疑心为什么有人说这里是敦煌西出西域的重要关隘,并且还说有"一夫当关万夫莫开"之势,后来在阳关的葡萄园、杨树林中终于想通:水。阳关有

---

① [唐]李吉甫撰,贺次君点校:《元和郡县图志》卷四〇《陇右道下》,中华书局,1983年,第1027页。

水,路上行人补充水和给养的必经之路。阳关西出,是绝域茫茫,必须补充足够的水和食物。写阳关最著名的诗歌莫过于王维的《送元二使安西》,其中"劝君更尽一杯酒,西出阳关无故人"的动情劝慰,感动了天下多少人! 需要说明的是,王维诗歌涉及阳关的,几乎首首绝唱。此首之外,另有《送平澹然判官》《送刘司直赴安西》两首,分列于下以供评鉴:

> 不识阳关路,新从定远侯。
> 黄云断春色,画角起边愁。
> 瀚海经年到,交河出塞流。
> 须令外国使,知饮月支头。①

> 绝域阳关道,胡沙与塞尘。
> 三春时有雁,万里少行人。
> 苜蓿随天马,蒲桃逐汉臣。
> 当令外国惧,不敢觅和亲。②

此两首诗,在本书前面已经分析过,这里不再重复分析,只强调一两句:《送平澹然判官》中"不识阳关路"似乎有点悲凉,但"新从定远侯"就转向了信心十足,结尾对外国使者颇有几分指挥山河、划定方案的味道,很有气势。《送刘司直赴安西》的结尾亦是同样意趣。由此可见王维早期诗作中浓郁的爱国情怀和昂扬的精神气

---

① [唐]王维撰,陈铁民校注:《王维集校注》卷四《送平澹然判官》,中华书局,1997年,第407页。

② [唐]王维撰,陈铁民校注:《王维集校注》卷四《送刘司直赴安西》,中华书局,1997年,第405—406页。

质。此类诗作中,耿沣的《送王将军出塞》堪与比肩:

> 汉家边事重,窦宪出临戎。
> 绝漠秋山在,阳关旧路通。
> 列营依茂草,吹角向高风。
> 更就燕然石,行看奏虏功。①

此诗,在本书第四章第二节第二部分"边域生活的雄率之美"中也已经分析过,不再细述。"燕然山"勒名,高奏破虏凯歌,确实很有气魄。

　　但是,写及阳关,也有很多伤感,比如颇有激情的岑参,在《寄宇文判官》中有"二年领公事,两度过阳关。相忆不可见,别来头已斑"的岁月易逝的伤感;杜甫《送人从军》中描写"弱水应无地,阳关已近天。今君渡沙碛,累月断人烟"的荒凉;耿沣《陇西行》中有"雪下阳关路,人稀陇戍头。封狐犹未翦,边将岂无羞"的悲情和责问;储嗣宗《随边使过五原》中有"五原西去阳关废,日漫平沙不见人"的感伤;谭用之《江馆秋夕》中有"谁人更唱阳关曲,牢落烟霞梦不成"的责怪(是责怪,更是阳关曲唤醒了自己的知音难觅之情)等。尤其是一些涉及闺情的诗歌,提及阳关,颇多断肠之句,比如冯延巳《蝶恋花》中的"醉里不辞金爵满,阳关一曲肠千断"等。因闺情词多不属于驿路诗歌,不再多举例。

　　其三,城市地名坐标。西域地区地处偏远、地域广阔,且在汉代的开疆拓土中就已经打开了这里的门户,唐代又有大面积扩张,

---

① [唐]耿沣:《送王将军出塞》,《全唐诗》卷二六八,中华书局,1960年,第2977页。

在长久的发展中,有些地域文化在历史的积淀中慢慢固定下来,形成人们对西域特有的认识。一些以人文汇聚的城市,因其历史和文化的存在被唐诗反复书写,形成了唐诗书写中的西域城市地名坐标,比如凉州、楼兰、轮台(属龟兹)、疏勒等。其中凉州和楼兰在唐诗中最为知名。

凉州(武威)是唐朝西部边域防卫的真正开始(本章开头引用了《元和郡县图志》中凉州作为边域防卫城市及驻军的相关资料,可参看),也是唐朝通往西域的著名繁华城市。在唐代的西北地区,它是仅次于长安的最大城市,是中外商人云集的大都会。凉州在《全唐诗》中出现60余次,仅以凉州命名诗题的就有《凉州行》《凉州词》《凉州曲》,共计20余首。赴武威、出武威、在武威送别的诗歌又有若干。著名之作有王翰《凉州词二首》、王之涣《凉州词二首》、王建《凉州行》、张籍《陇头行》《凉州词三首》等。这些诗作引发了后人的共鸣,后人书写凉州的诗词数不胜数。笔者曾经到武威考察,武威文化广场的地面上镌刻了很多描写武威的诗歌,形成一个文化长廊,令人叹为观止。而这其中,唐诗抒写的传播力量不可小觑。王翰的《凉州词二首》、王建《凉州行》、张籍《陇头行》《凉州词三首》在前面章节里都有过分析,此处不再赘述。王之涣《凉州词二首》为其游边之时的作品,前文未曾引用,只是二首诗尤其第一首诗名气极大,古今分析者数不胜数,笔者亦不费笔墨,只引几条古人和今人评价,可见此两诗在文学史上之价值。高棅《唐诗正声》引吴逸一评之："神气内敛,骨力全融,意沉而调响。满目征人苦情,妙在含蓄不露。"①《诗境浅说续编》评之："此诗前二句之壮

---

① [明]高棅:《唐诗正声》,吴逸一刻本,转引自刘拜山、富寿荪选注《千首唐人绝句》,上海古籍出版社,1998年,第57页。

采,后二句之深情,宜其传遍旗亭,推为绝唱也。"①《唐人绝句精华》
评其一:"此诗各本皆作'黄河远上',惟计有功《唐诗纪事》作'黄
沙直上'。按玉门关在敦煌,离黄河流域甚远,作'河'非也。且首
句写关外之景,但见无际黄沙直与白云相连,已令人生荒远之感。
再加第二句写其空旷寥廓,愈觉难堪。乃于此等境界之中忽闻羌笛
吹《折杨柳》曲,不能不有'春风不度玉门关'之怨词。"②第二首诗
反映了唐朝与北方少数民族政权之间的关系,诗中牵涉到唐玄宗
对待突厥问题的一些历史事件。开元年间,突厥首领小杀曾乞与玄
宗为子,玄宗许之。又欲娶公主,但玄宗只厚赐财物却不许和亲。
后来小杀问唐使袁振原因,得到的答复是:可汗已经与皇帝约为父
子,父子之间怎能约为婚姻?后来小杀派遣其手下颉利发入唐朝贡
献,颉利发与玄宗一起射猎,时有兔起于御马前,玄宗引弓傍射,一
发获之。颉利发下马捧兔蹈舞曰:"圣人神武超绝,人间无也。"后
来玄宗为其设宴,厚赐而遣之,最终不许和亲。邓诗萍主编《唐诗
鉴赏大典》朱立春评价此诗:诗歌前两句写:"突厥首领来到中原求
和亲,北望自己的领土,看到了边界以北的拂云堆神祠,回想昔日
曾经多次在此杀马登台祭祀,然后兴兵犯唐,颇有几分踌躇满志。"
诗歌后两句"通过突厥首领心理活动的微妙变化赞颂了唐玄宗的
文治武功,说明其威势足以震慑周边少数民族,对于他们的无理要
求坚决按原则办事,绝不肯对之妥协以求苟安","这首诗,从侧面
赞颂了唐朝在处理少数民族关系上的有理有节,借突厥首领求和亲
的失望而回反映了盛唐的强大,充满了民族自豪感"③。

① 俞陛云:《诗境浅说续编》,学林出版社,2017年,第199页。
② 刘永济选释:《唐人绝句精华》,人民文学出版社,1981年,第114页。
③ 邓诗萍主编:《唐诗鉴赏大典》第一卷,吉林大学出版社,2009年,第133—
　　134页。

唐人的西域书写，虽然也有思乡恋家、战争伤人等怨词，但主要以阔大、雄奇、壮观、激昂著称，其中有些边域描写，多有夸张意味。程千帆说："唐人边塞诗之所以出现这种情况，乃是为了唤起人们对历史的复杂的回忆，激发人们对于地理上的辽阔的想象。"①所以，西域的这些地理坐标最容易引发人们对唐诗世界无限阔大的想象。

二、驿路唐诗边域书写中重要直北地理坐标的形成

"直北"一词，来源于杜甫《秋兴八首》的"直北关山金鼓振"，指唐代都城长安正北方向。

唐代正北方向的防务，在云州、朔州、夏州、忻州、代州等地就有边防军，继续向北，则门户大开。《元和郡县图志》关内道三的泾州、宁州，关内道四的灵州、会州、夏州都在通往回纥驿路的重要关节点，单于都护府、瀚海都护府、燕然都护府、东西中三受降城、振武军、天德军等著名都护府或著名山关、驻军，都曾在关内道存在。从这里走出去，向西通回纥牙帐，向北是阴山、燕然山，向东北可抵薛延陀、铁勒（在今内蒙古最东部）。

唐代的北部边域，主要是跟东西突厥的战争和薛延陀的战争，其他则故事不多。唐代的诗人，去往北部边域的不是很多，但相关的诗歌并不少。比如《全唐诗》写到雁门关的有60余次，写到阴山的80余次，写到云中少说也近百次，写到燕然的有50余次，写到受降城的20余次。宋之问有一首《送朔方何侍郎》诗，把北部边域的很多地名都容纳到一起：

---

① 程千帆：《古诗考索》，上海古籍出版社，1984年，第71页。

闻道云中使，乘骢往复还。

河兵守阳月，塞虏失阴山。

拜职尝随骠，铭功不让班。

旋闻受降日，歌舞入萧关。①

此诗，诗题为"朔方"，首句有"云中"，颔联下句有"阴山"，尾句有"萧关"，可见北使是怎样的路线。诗中还用到了骠骑将军霍去病和定远侯班超的典故，颇有气魄。

其一，山水地理地标。从关内道北部继续向北，主要是草原和沙碛。塞北地理坐标以阴山、燕然山为代表。

阴山，内蒙古师范大学高然 2016 年硕士论文《唐代阴山诗研究》界定："唐诗中出现的'阴山'，一是指内蒙古中部的阴山山脉，其从内蒙古自治区向东部延伸至河北省西部，自西向东包括狼山、乌拉山、大青山、辉腾梁山和大马群山。最高峰为呼和巴什格山，在狼山西面。二是指天山山脉北支的博客大山脉，元以后阴山多指天山。"②本书所指，即高然论文所说的内蒙古中部的阴山山脉。

阴山，原是匈奴人生活的地方，匈奴人对阴山感情极深。匈奴汉朝时被卫青、霍去病赶向绝域，从此，阴山以南不再是少数民族的生活之所。但匈奴人忘不了阴山，每过阴山，便异常伤感，《汉书》中记载："边长老言匈奴失阴山之后，过之未尝不哭也。"③但自从被卫青、霍去病征服以后，这里就成为汉、匈的重要分界线，也是

---

① [唐]宋之问：《送朔方何侍郎》，《全唐诗》卷五二，中华书局，1960 年，第636—637 页。

② 高然：《唐代阴山诗研究》，内蒙古师范大学 2016 年硕士论文。

③ [汉]班固撰，[唐]颜师古注：《汉书》卷九四下《匈奴传》，中华书局，1962年，第 3803 页。

双方反复争夺的地方。唐诗中书写阴山的作品很多，直接写阴山的，据高然依《全唐诗》《全唐诗补编》统计，就有60首，涉及阴山或以阴山意象为表意支撑的就更多了。从驿路诗歌角度讲，写及阴山的诗歌有期冀建功立业的，如崔禹锡《奉和圣制送张说巡边》中的"非惟按车甲，兼以正封疆。叱咤阴山道，澄清瀚海阳"、王昌龄《出塞二首》之一中的"但使龙城飞将在，不教胡马度阴山"、韦应物《送孙征赴云中》（韩翃《送孙泼赴云中》）中的"前锋直指阴山外，虏骑纷纷翦应碎"、戴叔伦《塞上曲二首》之二中的"汉家旌帜满阴山，不遣胡儿匹马还"、李益《塞下曲》之四中的"请书塞北阴山石，愿比燕然车骑功"、刘商《观猎三首》之一的"传道单于闻校猎，相期不敢过阴山"；有谈及和、战的，如郎士元《送李将军赴定州》中的"莫断阴山路，天骄已请和"、孟匡明《饯王将军赴云中》中的"伫听阴山静，谁争万里功"；有写到匈奴人丢失阴山后的痛苦的，如李益《拂云堆》中的"单于每近沙场猎，南望阴山哭始回"、武元衡《单于罢战却归题善阳馆》中的"曾是五年莲府客，每闻胡虏哭阴山"；有讽刺朝廷对回纥以缣易马政策的，如白居易《阴山道》中的"阴山道，阴山道，纥逻敦肥水泉好。每至戎人送马时，道旁千里无纤草。草尽泉枯马病羸，飞龙但印骨与皮。五十匹缣易一匹，缣去马来无了日。养无所用去非宜，每岁死伤十六七。缣丝不足女工苦，疏织短截充匹数。藕丝蛛网三丈余，回纥诉称无用处"、元稹《阴山道》中的"年年买马阴山道，马死阴山帛空耗"；有纯写自然环境的，如马戴《送和北虏使》中的"路始阴山北，迢迢雨雪天"、赵延寿《塞上》中的"黄沙风卷半空抛，云动阴山雪满郊"。当然也有写唐朝在阴山附近吃亏的，如无名氏《胡笳曲》"月明星稀霜满野，毡车夜宿阴山下。汉家自失李将军，单于公然来牧马"，等等。

唐代阴山诗内涵丰富,高然在其硕士论文中总结阴山诗的内涵,只有苦寒之地的象征、偏远之地的象征、国家兴盛的象征三层意思,其实还有功业理想、失地愁思(包括匈奴人和汉人)、艰苦征战、外交失策等。限于篇幅,本书不再展开论述。

燕然山,即今蒙古国境内的杭爱山,唐朝时实实在在的版图内名山。"燕然山勒名"指汉和帝刘肇永元元年(89)夏,大将军窦宪奉命出击匈奴,三路大军分别从朔方郡鸡鹿塞、满夷谷(内蒙古准格尔旗西北)、稠阳塞(内蒙古自治区固阳附近)出发,会师于涿邪山(一名涿涂山,在今蒙古国境内满达勒戈壁附近一带),与北单于在稽洛山(在今蒙古国南杭爱省阿尔古音河南阿尔察博克多山附近)开战,大败之,并追赶北匈奴各部三千多里,直达和渠北醍海,杀敌一万三千余,俘虏不计其数。窦宪登燕然山封山,令中护军班固撰写《封燕然山铭》文,刻石记功。窦宪北击匈奴,彻底解决了汉、匈之间的纷争,因而成为建功立业的典范。正是在此意义上,窦宪引发了后世无数歌颂,燕然山勒名也成为了建功立业的代称。在唐诗边域书写中,燕然山除了极北标识的意义,更是功业的标识。崔融《塞垣行》中的"岂要黄河誓,须勒燕然石"、李峤《饯薛大夫护边》中的"伫见燕然上,抽毫颂武功"、陈子昂《送魏大从军》的"勿使燕然上,惟留汉将功"、徐知仁《奉和圣制送张说巡边》中的"由来词翰手,今见勒燕然"、耿沛《送王将军出塞》中的"更就燕然石,行看奏虏功"、戎昱《泾州观元戎出师》中的"燕然如可勒,万里愿从公"、李益《塞下曲》之四的"请书塞北阴山石,愿比燕然车骑功"、杨巨《送张相公出征》中的"愿将班固笔,书颂勒燕然"等,都是对功业的歌颂或对功业理想的向往。

在对燕然山的书写中,最有名的诗作当属初唐时期陈子昂的《送魏大从军》和盛唐时期王维的《使至塞上》。本书前面已经从不同角度对二诗进行过分析，此不赘述。

当然也有极少数的伤感作品，比如晚唐于濆游边时在其《塞下曲》中写道："燕然山上云，半是离乡魂。"但这只是极少数，并不影响燕然山作为功业象征的意象意义。

其二，关隘名称地标。唐朝从关内道向北的关隘，因入诗人之笔而著名的，以雁门关、萧关为代表。

雁门关，在代州。雁门郡，本属古并州之域，秦置三十六郡，雁门郡是其中之一。隋开皇五年（585）改肆州为代州，大业三年（607）改为雁门郡，唐朝沿用。唐朝因突厥屡犯边境，遂在雁门山驻军扼守要道，遂有雁门关，后被尊称为"九塞尊崇第一关"。"雁门"一词出现在唐诗中有60余次，多数指雁门郡，也有不少指雁门关。雁门郡也好，雁门关也罢，其实这里还是发生过不少故事，比如汉之飞将军李广曾经镇守雁门。但奇怪的是，唐诗里，这里只是北出的险关隘道，内涵遥边萧条、胡夏界别、烽火难息、功业向往等，并没有更加特别的意义。但因为"雁门"特殊的地理位置和诗人诗歌里屡屡出现，所以就成为人们心理上北部边地的代称。

萧关，唐时县名，在今宁夏固原东南，"本隋他楼县，大业元年置，神龙三年废。别立萧关县，以去州阔远，御史中丞侯全德奏于故白草军城置，因取萧关为名"①。萧关地理位置非常重要，东南方可直达中原大片沃土，北过黄河直至大草原，向西可以走向唐代丝绸之路凉州、甘州、肃州、沙洲和安西都护府、北庭都护府。唐代诗人经过萧关的人很多，写及萧关的诗作50余首。萧关也是一个有历史的地方，汉武帝曾两出萧关，但萧关也没有真正形成萧条意象

①［唐］李吉甫撰，贺次君点校：《元和郡县图志》卷三《关内道三》，中华书局，1983年，第60页。

萧关之名称,并没有人说与"萧条"有关,但萧关确实不发达,即使在唐朝它具有三通的道路价值。唐诗人言及萧关,一般与北部边防、萧条、寒冷有关,也没有特别特殊的意义,哪怕是陶翰以《出萧关怀古》为诗题,除了提及秦汉时就有,也没有写出萧关古在何处。当然,最有名的就是王维《使至塞上》的"萧关逢候骑,都护在燕然"。在王维与候骑的对答中,展示了都护的功业、候骑的骄傲、王维激昂的情怀。

其三,城池地名地标。北地边域,自汉代以来,知名州郡甚多,朔州、云州、代州、灵州、夏州,都是汉匈屡屡征战之地,最著名者当属云州(云中)、灵州(灵武)、受降城。

云中,今山西大同市与朔州怀仁一带,古称云州,唐代天宝年间由云州改称云中,辖境相同,乾元年间又改称云州。虽然指向同一地,但云州和云中承载的内涵并不一样。云州,在唐诗边域书写中,很多时候只是边地地名,卢纶《送彭开府往云中觐使君兄》中的"雁塞逢兄弟,云州发管弦"、许棠《送友人北游》中的"雁塞虽多雁,云州却少云"、郑谷《送人游边》中的"别离逢雨夜,道路向云州"等。但因为云州在边地,有些诗歌也与征战相连,如王贞白《度关山》中的"云州多警急,雪夜度关山"、李洞《蕃寇侵逼,南归道中》中的"云州三万骑,南走疾飞鹰"等。而云中的内涵要丰富很多。

"云中"一词在《全唐诗》中出现的次数很多,约180次,但大部分与云中郡无关,与云中郡有关的大约40首,除了云州内涵的边地和征战的意义,云中尚有使者和功业之内涵,如宋之问《送朔方何侍郎》中的"闻道云中使,乘骢往复还"、常建《塞上曲》中的"翩翩云中使,来问太原卒"等,指出使,而陈子昂《送魏大从军》中"雁山横代北,狐塞接云中。勿使燕然上,惟留汉将功"、王丘《奉和圣制送张尚书巡边》中的"建牙之塞表,鸣鼓接云中"、韩翃《送孙泼赴云中》中的"百战能夸陇上儿,一身复作云中客"、李益《送柳判官赴振武》中的"边庭汉仪重,旌甲似云中"、孟匡明《饯王将军赴云中》中的"关山横代北,旌节壮河东"等,都与边塞功业相关。云中因边郡太守魏尚的军功和冯唐作为使节重新启用魏尚,获得了深厚的文化内涵,由此,作为边地和使者两种内涵的云中得到后人认同,比如苏轼"持节云中,何日遣冯唐",成为云中传名的重要词句。

受降城,是唐时张仁愿在黄河北所筑的三座城池,用以接受匈奴降卒。三城距离很远,新宥州有东受降城,东受降城距离中受降城 300 里。丰州有中受降城和西受降城。中受降城曾是安北都护府的所在地,西受降城曾是燕然都护府和安北都护府短时期府治。西受降城"正东微南至天德军一百八十里。东南渡河至丰州八十里。西南至定远城七百里。北至碛口三百里。碛口西至回鹘衙帐一千五百里"[①]。受降城原本是为接受匈奴降卒所筑,后来成为唐朝的边防前线,有突出的军事防御性质。

《全唐诗》中写受降城的诗歌并不多,只有 16 首。由于受降城筑城后的性质发生了重大变化,主要是军事防卫的性质,所以,受降城并不完全像其名称那么有气势,有居高临下之感,有胜利者的骄傲,反倒是因其军事防卫的作用,使得长期驻守在这里的人们思乡恋家、厌倦战争。尤其是李益的《夜上受降城闻笛》五言律诗和七言绝句,令受降城带着伤感的情绪传遍天下。

三、驿路唐诗边域书写中重要东北文学地理坐标的形成

唐代的东北边域,是苦战的代称。这主要基于前代的征战遗

---

① [唐]李吉甫撰,贺次君点校:《元和郡县图志》卷四《关内道四》,中华书局,1983 年,第 116 页。

留在人们心中的阴影,也来自唐代东北边塞并不辉煌的征战生活。

唐代继承的是隋代的政权成果,而隋代的东北边域是包含汉代故地高句丽等极边地区的。为了能够稳定隋朝的东北边域,隋朝在东北几次征战,但都以失败而告终,死伤甚重,给中原人留下了很深的阴影。如开皇十八年(598),隋文帝命汉王杨谅、上柱国王世积为行军元帅,周罗喉为水军总管,率大军30万分水陆两路进攻高句丽。杨谅率隋军陆路取道渝关(即今山海关),遭逢雨季,道路难行,粮草不继,又遭遇疫病。周罗喉率军取道东莱(今山东掖县)出海,直趋平壤城,但在海上遇大风,船多沉没。最后水陆两路都被迫退还,隋军损失十分之八九。大业八年(612),隋炀帝集合113万大军渡辽作战,高丽用诈降方式反复抵抗,最终以隋军惨败而告终。大业九年(613),隋炀帝再次亲征高丽,因内部有叛乱,迅速撤军,尾部被高丽劫掠甚重。大业十年(614),隋炀帝再次命令攻打高丽,此次,隋朝内部已乱,路上军卒逃亡甚众,好在高句丽内部也已大乱,以高句丽请降撤军,但隋朝已经名存实亡。

唐朝承袭隋朝政权,自然认为高句丽是治下区域。唐朝与新罗交好,新罗取道陆路入唐,必须经过高句丽,但高句丽断绝新罗入唐的陆路交通,逼得新罗入唐告状。贞观十八年(644),唐太宗亲征高句丽,以张亮为平壤道行军大总管,取道海路向高句丽进发。又以李世勣(李勣)为辽东道行军大总管从陆路进发。两路大军均取得了重大胜利,到贞观十九年(645)九月班师回朝。后来主要是袭扰。唐高宗时也取得了对高句丽的重大胜利,并建立了安东都护府。但到武则天时期,由于武则天着重于解决内部矛盾,无暇东顾,安东都护府内撤。再后来,安史之乱起,安东基本失去控制。

唐朝对高句丽的战争,动员人员没有隋朝多,死伤也没那么惨重，但由于隋朝留下的阴影，加之张守珪任幽州节度使后期累次苦战突厥并虚报军功，再加之安史之乱的爆发，使得唐代诗人笔下的唐代东北边域除了战争还是战争。比如王贞白《出自蓟北门行》中说这里"蓟北连极塞，塞色昼冥冥。战地骸骨满，长时风雨腥"、郑锡《出塞》诗说这里"关山落叶秋，掩泪望营州。辽海云沙暮，幽燕旌旆愁"。苦战、思乡，是唐代东北边域诗歌的主题，书写较多的城池、关塞、山河也成为这里著名的地理坐标。

一是山水地理坐标。东北山水最著名的就是燕山、辽水，唐诗边域书写中写及燕山和辽水（含辽水两侧的辽东、辽西）。

燕山不算极边，但作为北部较高山脉，承担着东北和寒冷的代称，同时由于燕山与燕然的近音，一些诗人也把功业理想与燕山联系，融入人生理想和爱国激情，如徐坚《奉和圣制送张说巡边》中的"燕山应勒颂，麟阁伫名扬"、崔湜（一作崔融）《塞垣行》中的"岂要黄河誓，须勒燕山石"、刘长卿《平蕃曲三首》之三中的"空留一片石，万古在燕山"、王建《田侍郎归镇》中的"笳声万里动燕山，草白天清塞马闲"、秦韬玉《边将》中的"自指燕山最高石，不知谁为勒殊功"等。燕山又在古燕国，古燕国曾经有黄金台故事，故也有人将燕山与思贤才联系到一起，如贾至《燕歌行》中的"昔时燕山重贤士，黄金筑台从隗始"。这是唐诗给燕山带来的文化内涵。

辽水、辽西、辽东、辽阳，都是征战不已的象征。《全唐诗》用到"辽水"30 余次、"辽阳"近 40 次、"辽东"40 余次、辽西 14 次，除了少数写辽水附近景色的，基本上与苦战、思乡有关，如张九龄《饯王尚书出边》中的"夏云登陇首，秋露泫辽阳"、王建《远征归》中的"万里发辽阳，处处问家乡"、《辽东行》中的"辽东万里辽水曲，古戍无城复无屋"、司马扎《边卒思归》中的"有田不得耕，身卧辽阳城。梦中稻花香，觉后战血腥"、刘驾《塞下曲》中的"勒兵辽水边,风急卷旌旆"、郑锡《度关山》中的"晓幕胡沙惨,危烽汉月低。仍闻数骑将,更欲出辽西"等。辽地由此成为苦战的代称,以致一些闺情诗提及辽地,就把思念征人之情写到令人心碎,比如《春怨》中的"打起黄莺儿,莫教枝上啼。啼时惊妾梦,不得到辽西"、张籍《杂曲歌辞·别离曲》中的"忆昔君初纳彩时,不言身属辽阳戍……不如逐君征战死,谁能独老空闺里"、白居易《闺妇》中的"辽阳春尽无消息,夜合花前日又西"等。后人每当读到辽地闺情诗的思念和愁怨时,特别容易对征戍者的家人产生巨大的同情和怜悯,这是辽水诗的意象意义和情感特质带来的阅读效应。

　　二是关塞地理坐标。唐代东北边域最著名的关塞就是榆关和卢龙塞。

　　榆关,又称渝关,即今之山海关。渝关是本名,因关建在源自燕山东麓的渝水上而名。古代渝水河水量充沛,水流湍急,设立关隘,易守难攻。后均写成榆关。唐诗中写榆关最著名的诗句当推高适《燕歌行》中的"天子非常赐颜色。摐金伐鼓下榆关",这首诗也是写到了驿路行军,但主要还是战场,所以没有列入驿路诗歌范围考察。涉及榆关的诗歌,基本与从戎、征战有关,比如高适《睢阳酬别畅大判官》中的"边庭绝刁斗,战地成渔樵。榆关夜不扃,塞口长萧萧"、李仲希《蓟门行》中的"辛苦羽林儿,从戎榆关道"、王昌龄《从军行》中的"大将军出战,白日暗榆关"、刘长卿《疲兵篇》中的"朔风萧萧动枯草,旌旗猎猎榆关道"、薛能《送友人出塞》中的"榆关到不可,何况出榆关。春草临岐断,边楼带日闲。人归穹帐外,鸟乱废营间。此地堪愁想,霜前作意还"、温庭筠《塞寒行》中的"晚出榆关逐征北,惊沙飞进冲貂袍"、《伤边将》中的"昔年戎虏犯榆关,一败龙城匹马还。侯印不闻封李广,他人丘垄似天山"、韦庄《赠边将》中的"昔因征远向金微,马出榆关一鸟飞。万里只携孤剑去,十年空逐塞鸿归"、蒋吉《出塞》所写"瘦马羸童行背秦,暮鸦撩乱入残云。北风吹起寒营角,直至榆关人尽闻"等,均是从戎、征战的内容,很少有他指,可见榆关作为东北边防关塞的重要意义。

卢龙塞,在卢龙。《元和郡县图志》引碑刻资料说:"盖北方之险,有卢龙、飞狐,句注(山)为之首,天下之阻,所以分别内外也。"① 这里有龙城飞将的典故,最著名的诗句就是王昌龄《出塞》二首中的"但使龙城飞将在,不教胡马度阴山"。这是汉之飞将军李广驻守右北平时留下的典故,"飞将"是匈奴人给李广起的外号,是一种尊崇的称呼。而右北平是将卢龙包含进去的。卢龙有卢龙府、卢龙军、卢龙塞,是唐朝边防的前哨。

唐人写卢龙,主要与军事行动、唐王朝荣辱等联系在一起,如李世民《于北平作》中的"翠野驻戎轩,卢龙转征旆"、高适《塞上》中的"东出卢龙塞,浩然客思孤。亭堠列万里,汉兵犹备胡"、储光羲《次天元十载华阴发兵,作时有郎官点发》中的"鬼方生猃狁,时寇卢龙营。帝念霍嫖姚,诏发咸林兵"、钱起《卢龙塞行送韦掌记》中的"雨雪纷纷黑山外,行人共指卢龙塞。万里飞沙咽鼓鼙,三军杀气凝旌旆"、戎昱《塞下曲》中的"铁衣霜露重,战马岁年深。自有卢龙塞,烟尘飞至今"等,都是写征战的,使得卢龙这一边塞重地突出了其军防性质。而陈子昂《送著作佐郎崔融等从梁王东征》中的"莫卖卢龙塞,归邀麟阁名"、钱起《送王使君赴太原行营》中的"不卖卢龙塞,能消瀚海波",则是把国家荣辱的重担交付于被送行的人。

---

① [唐]李吉甫撰,贺次君点校:《元和郡县图志》卷一四《河东道三》,中华书局,1983 年,第 402 页。

　　三是地名坐标。唐代的东北,极其寒冷,极不发达,常被视为鸡肋。这里的城池并不发达,但由于有大方向的防卫重任,也建设了一些重要的以军事用途为主的城池,比如唐诗中常见的有关东北边域的地名有幽州、渔阳、蓟北(蓟门)、营州等。这些地名,都是征战不休、思乡恋家之地。仅以蓟北、渔阳为例说明。

　　渔阳,是一个很古老的地名,燕昭王时期就设立了渔阳郡。隋大业末年,改无终县(今天津蓟州区)为渔阳县,唐时蓟州府治即在这里。这里本就是征战频繁的地方,是杀人之场,如王维"出身仕汉羽林郎,初随骠骑战渔阳"、崔颢"杀人辽水上,走马渔阳归"等。"安史之乱"从这里起兵后,渔阳成为征战的代称。提及渔阳,就是满眼硝烟、四处战火。由于"安史之乱"给唐代带来的巨大破坏,使唐王朝从此以后再难有恢复盛世之机会,故成为诗人们反复吟咏的对象,并赋予了浓郁的意象意义,"渔阳鼙鼓"既是历史的印记,也是文人心理上对渔阳的认知。

　　蓟北(蓟门):关于蓟州的情况,《元和郡县图志》阙。《新唐书》记载,蓟州设有静塞军、雄武军,有卢龙塞。卢龙塞地理位置比较重要,"自古卢龙北经九荆岭、受米城、张洪隘度石岭至奚王帐六百里;又东北行傍吐护真河五百里至奚、契丹衙帐;又北百里至室韦帐"①。这里自古是征战之所,鲍照就写有《代出自蓟北门行》。唐代驿路诗歌写及蓟北(蓟门)的,比如钱起《送崔校书从军》中的"燕南春草伤心色,蓟北黄云满眼愁。闻道轻生能击虏,何嗟少壮不封侯"、王贞白《出自蓟北门行》中的"蓟北连极塞,塞色昼冥冥。战地骸骨满,长时风雨腥"、曹邺《蓟北门行》中的"长河冻如石,征

────────────

① [宋]欧阳修、宋祁:《新唐书》卷三九《地理志三》,中华书局,1975 年,第1022 页。

人夜中戍"、吴融《题湖城县西道中槐树》中的"一自烟尘生蓟北，更无消息幸关东"、贯休《蓟北寒月作》中的"蓟门寒到骨，战碛雁相悲"等，都与悲苦征战相关。只有极少数诗歌借送人出征鼓励出征者有所作为的。蓟北由于长久征战造成士卒久戍不归，也就成为士卒思乡作品的温床，如卢照邻《送幽州陈参军赴任寄呈乡曲父老》中的"蓟北三千里，关西二十年。冯唐犹在汉，乐毅不归燕。人同黄鹤远，乡共白云连。郭隗池台处，昭王尊酒前。故人当已老，旧壑几成田"、高适《燕歌行》中的"铁衣远戍辛勤久，玉箸应啼别离后。少妇城南欲断肠，征人蓟北空回首"等。此类作品以张籍《蓟北旅思》为胜，诗中"日日望乡国"的可怜形象，"客亭门外柳，折尽向南枝"的动作，写尽了在蓟北行旅之人迫切的思乡情。《蓟北旅思》前文已有分析，不再多言。

唐代东北的地理坐标当然并不是单一的征战和思乡，也有写蓟北极寒天气状况的，鼓励到蓟北建树功业的，还有写幽州黄金台招贤纳士的，内容也是比较丰富的，但相比于写征战之苦、相思之苦，就显得太少了。

四、驿路唐诗边域书写中重要岭南文学地理坐标的形成

唐代的岭南，虽然也在边域，也有过战争，但在唐人心目中，岭南只是蛮荒之地、烟瘴之地，是不适合人类生存的地方，故而成为惩罚罪犯时贬谪或流放的地方，也因此成为贬谪的代称。唐朝人不愿往南方去，哪怕是做官，去往岭南似乎也不光彩，正如杜荀鹤诗中所说："南行无罪似流人。"（《赠友人罢举赴交趾辟命》）唐诗中南方屡屡被书写的地理坐标，大多与遥远感和贬谪感紧密相连。

其一，地理分界坐标。在唐代文人心中，南方真正远离乡国的心理地标是五岭。岭南承载着唐代文人对京都、对故乡的思恋，文

人到这里,看到的景色已经与中原截然两分,心理的真正变化也是从这里始。五岭中走向遥边的驿路上,有一些反复被书写的点,如大庾岭、清远峡、桂岭等,往往因其象征意义而成为南行文人心中的痛点而被反复书写。

大庾岭,走向岭南的重要通道,张说贬钦州、宋之问贬泷州、杜审言贬峰州、沈佺期贬驩州、杨炎贬崖州、李德裕贬崖州,都要从这里经过,宋之问"阳月南飞雁,传闻至此回。我行殊未已,何日复归来"(《题大庾岭北驿》)、"度岭方辞国,停轺一望家。魂随南翥鸟,泪尽北枝花"(《度大庾岭》)、杨衡"逐客指天涯,人间此路赊。地图经大庾,水驿过长沙"、许浑"楼船旌旆极天涯,一剑从军两鬓华"(《南海府罢归京口经大庾岭赠张明府》)、李群玉"谁念火云千嶂里,低身犹傍鹧鸪飞"(《大庾山岭别友人》)、蒋吉"莫讶偏吟望乡句,明朝便见岭南人"(《大庾驿有怀》)都是书写大庾岭的动人诗句。

桂岭,是艰难、荒芜、遥远、难归之象征,如戎昱"虽之桂岭北,终是阙庭南"(《送张秀才之长沙》)、柳宗元"远迁逾桂岭,中徙滞余杭"(《弘农公以硕德伟材屈于诬枉左官三岁复为大僚天监昭明人心感悦宗元窜伏湘浦拜贺末由谨献诗五十韵以毕微志》)、"一身去国六千里,万死投荒十二年。桂岭瘴来云似墨,洞庭春尽水如天"(《别舍弟宗一》)、刘禹锡"桂阳岭,下下复高高。人稀鸟兽骇,地远草木豪。寄言迁金子,知余歌者劳"(《度桂岭歌》)、杨衡"逐客指天涯,人间此路赊。地图经大庾,水驿过长沙。腊月雷州雨,秋风桂岭花。不知荒徼外,何处有人家"(《送人流雷州》)、许浑"泷分桂岭鱼难过,瘴近衡峰雁却回"(《冬日登越王台怀归》)等,都是那么情深意浓,感人肺腑,似乎过了桂岭,就离开了人间。

其二,心理感觉坐标。南方遥边的心理感觉坐标主要有鬼门关、清远峡、瘴江、日南、铜柱等。这些驿路上的重要地理标记，在其名称上有一定的象喻意义，当诗人们经过或到达这些地方的时候，地名本身的象喻性内涵就会敲打诗人的内心，触发他们对社会人生的感受。如鬼门关与魂游之所相关，经过此地，就如同进入中国人心理中死亡必经的鬼门关，过了此关，就是人鬼两分隔、死生难再见了，所以张说有"山临鬼门路，城绕瘴江流。人事今如此，生涯尚可求"（《南中送北使二首》）之感、沈佺期有"魂魄游鬼门，骸骨遗鲸口"（《初达驩州》）之惊、杨炎有"一去一万里，千知千不还"（《流崖州至鬼门关作》）之叹、王建有"阴云鬼门夜，寒雨瘴江秋"（《送流人》）之忧。

瘴江，一般指岭南有毒瘴的江河，也专指海雾弥漫的北部湾海域。有毒瘴的地方，北方人难以适应，容易发生生命危险，是北方人心理上难以逾越的自然艰险，故北人面对瘴江时常常怀有生命消逝的恐惧，如宋之问《早发韶州》"身经大火热，颜入瘴江消"、张均《流合浦岭外作》"瘴江西去火为山，炎徼南穷鬼作关"、沈佺期《入鬼门关》"昔传瘴江路，今到鬼门关"、韩愈《左迁至蓝关示侄孙湘》"知汝远来应有意，好收吾骨瘴江边"等，都是以畏惧心态面对瘴江瘴雾。

日南，指日南郡，是汉朝灭南越国后设立的一个郡，归交趾刺史管辖（当时交趾刺史管辖南海、苍梧、郁林、合浦、交趾、九真、日南、珠崖、儋耳九郡）。其地名得来，是因为该郡位于九郡最南面，地理位置在北回归线以南，一年中约有近两个月的时间太阳从北面照射，日影在南面，故称"日南"。隋唐时期，驩州亦称日南。因为地名故，成为唐代文人心理世界上的最南端的代称。在唐人心目中，没有比这更遥远的地方了，所以以日南指向南方极限，与孤独、愁苦、难归等相联系，如宋之问"谁怜散花萼，独赴日南春"

(《留别之望舍弟》)、沈佺期"思君无限泪,堪作日南泉"(《初达驩州》)、李白"相逢问愁苦,泪尽日南珠"(《见京兆韦参军量移东阳二首》)、张籍"海国战骑象,蛮州市用银。一家分几处,谁见日南春"(《送南迁客》)、项斯"家人秦地老,泣对日南图"(《寄流人》)、张蜕"南游曾去海南涯,此去游人不易归"(《喜友人日南回》)等,似乎日南与泪水结下了不解之缘。

铜柱,是东汉马援达到百越之地后所立的"汉之极界"的标志,与日南紧密相关,也是极远标志,同时还是功业象征,如宋之问"珠厓天外郡,铜柱海南标"(《早发韶州》)、李峤"境遥铜柱出,山险石门开"(《安辑岭表事平罢归》)、沈佺期"自昔闻铜柱,行来向一年"(《初达驩州》)、张籍"夜市连铜柱,巢居属象州"(《送南客》)、李绅"南标铜柱限荒徼,五岭从兹穷险艰"(《逾岭峤止荒陬抵高要》)、曹松"君恩过铜柱,戎节限交州"(《南游》)等,把唐人心目中的"汉之极界"写成了遥远、蛮荒、艰难、功业的指代。

其三,城市地名坐标。岭南地区虽地处偏远、临近南海,但也是大唐王朝的领地,也有其丰厚底蕴的岭南历史,在长久的发展中,有些地域文化在历史的积淀中慢慢固定下来,形成人们对岭南固有的认识,当然也是岭南地域特色的认识。这些历史和文化在被反复书写的过程中具有了丰富的内涵,形成了一些有意象意义的城市地名坐标,比如合浦、苍梧、象郡、交趾等。

合浦是北部湾海域的一个港口,汉朝时是海上丝绸之路的重要起点港口,唐朝也是重要港口。合浦出产的珍珠非常珍贵,"合浦还珠"常用来比喻圣德贤明,"合浦识珠"常用来比喻人才能得到赏识。

苍梧,汉代初年,真定人赵佗并桂林、象郡,称南越国,并封其宗人赵光为苍梧王,因地之遥远而被作为遥边的象征之一,又因为

"苍梧"二字与《山海经·海内经》所记舜帝死葬苍梧中的字完全一致,而成为遥边、明君政治、湘妃遗恨的代称。

交趾,历秦汉而来,均属中原政权管理,名称来源于《礼记·王制》:"南方曰蛮,雕题交趾。"①"雕题"是纹身的一种,纹印在脸部。"交趾",注曰"足相向",就是交腿之意,可能是指其坐姿与中原不同,故"交趾"就成为遥远和异类的代称,成为中原士人不愿涉足的地方。如杜审言《旅寓安南》中的"交趾殊风候,寒迟暖复催"、沈佺期《赦到不得归题江上石》中的"周乘安交趾,王恭辑画题。少宽穷涸鲋,犹慭触藩羝"、白居易《送客春游岭南二十韵》中的"迢递天南面,苍茫海北滂。诃陵国分界,交趾郡为邻"、杜荀鹤《赠友人罢举赴交趾辟命》中的"舶载海奴镮硾耳,象驼蛮女彩缠身"等,都是把交趾、雕题作为奇风异俗来描写,而交趾也就成了遥远、异类的代称。

总而言之,唐代驿路诗歌的边域书写,对唐代边域地理坐标的形成起到了非常重要的作用,它不仅给人们空间上的认识、风物上的见识,还给人们营造了一定的文化认知。因此,这些地理坐标不再是一个个单纯的名称,而是因为具体的书写变得丰满、真实并且富有内涵。它增加了人们对边域地理的具体真实的感觉,形成了人们思维意识里的汉唐边界,建构了中华民族边域地理的地名认知空间,形成了中华民族的边域地理心理空间,成为中华民族谈及边域的共识,也就成为中国人民族团结的地理支点。这是唐诗边域书写地理坐标形成的重要民族意义。

---

① 《礼记·王制第五》,孔颖达《十三经注疏》,中华书局,1983年影印本,第1338页。

结　语

在唐代以前的文学世界里,较少关于四域地理的文学体验,这一点在唐代获得突破。近些年,地域文学研究突飞猛进,四域地域文学研究也有很大进展,但从驿路诗歌的视角研究唐诗的边域书写还缺乏成果,尤其是从中原视角进行的边域书写研究更是成果寥寥。从中原走向边域的唐代诗人确实很多。在参与边域战争和边域管理的队伍中,有一批人是不能忽略的,那就是从军、入幕、出使的文人,如骆宾王、苏味道、王维、高适、岑参、崔颢、李益等,还有一批是贬谪边域、边游的文人,如杜审言、宋之问、沈佺期、王之涣、李白、李颀、张籍、李端、钱起、于濆等。他们用自己的生花妙笔记录了他们驿路从军、入幕、边游、贬谪的历程,反映了人在路途的生存状态和心理状态,为我们留下了唐人边域交通和边域诉求的真实资料。中原视角与四域本土诗人的观察点很不相同,故本书以驿路诗歌为突破点,研究了唐代驿路诗歌在边域书写内容、书写方式、书写风格及取得的成就,并在此基础上研究唐代驿路诗歌边域书写的意义和价值。

本书在绪论和第一章利用更多的已有研究成果介绍了唐朝的边域管理与驿路建设情况,并界定了边域书写四个方向的大致范围,正文从四个视角展开了对驿路唐诗边域书写的研究。

首先是驿路唐诗边域书写的内容,分别从安西方向、安北方向、安东方向和安南方向展开论述。对安西方向，主要从五个方面展开：一是安西自然地理的绝域风光，如"沙碛""阴风""白雪""瀚海""悬冰"等；二是边塞功业，西北边域是唐代文人表达功业的重要书写内容，被派往边域的战将或跟随战将出征的文士、出使的文士，把从军报国作为重要主题，虽关山重重，却有勒名记功、马革裹尸的情怀，给驿路唐诗增添了几分雄壮和慷慨；三是丝路风情描写，将这里商队络绎、驿使往来、驿馆聚会的场景，描绘成丝绸之路上的一道亮丽的风景；四是驿路送别，对去往安西极地者表示安慰，或以张骞、班超等人的历史功业鼓励出行者为国建立奇功。对安北方向主要从三个方面展开：一是在唐朝以前的边域书写中，极少见到塞外风光，最多止于"北难猃狁，西患昆夷"的概念性描写，缺少真实的地域风物气候的描写，而安北方向的驿路唐诗里，"白草""黄云""黄雾""北风""胡马""胡帐""荒陇""朔雪"等，充分展现了北地风光。其中包含与安西驿路极为相似的驿路送别，主要是对去往安北极地的艰辛、绝少行人、强盗出没进行了充分估计，安慰被送行者的心灵，或以苏武等人的业绩鼓励对方有所作为；二是安北方向的战争内容，由于汉民族与匈奴之间的关系在战与和之间反复，匈奴的南侵和后撤、唐人的反击和笼络，使得"战与和"的主题成为安北驿路唐诗反复书写的内容，"彤庭生献五单于""汉家逐单于""单于骄爱猎，放火到军城"等成为反复出现的主题，当然还有行人内心深处对征战、乡国的复杂情感。其中，远人来归的主题凸显唐人的功业意识，这主要是由于大唐王朝的军事实力特别强大和"天可汗道"的打通，北方少数民族远人来归，使得"单于拜玉玺，天子按雕戈"得以实现；三是行人旅情，因驿路往来以使者、从军、边游者为主，故多传宣使命和家国乡土之思、羁旅之叹。对安东方向的书写内容主要从四个方面展开：一是苦战主题突出,主要由于隋代征战留下的阴影和唐朝张守硅等谎报战果及安史之乱的发生,使得人们对这一方向的认识停留在对艰苦征战的记忆里,蓟北、蓟门、渔阳、辽西、辽东等,总是飘荡着苦战的幽灵;二是由于唐东北边域受唐文化影响很深,送别诗中多双方使者往还的文化交流内容;三是对此方向渤海、高丽、新罗科考往来者路途上的乡关记忆、唐朝人送别他们时的海东想象等进行了分析;四是注意到了来自渤海、高丽、新罗的文人融入唐朝社会后对故乡的思念。对安南方向的书写主要从四个方面展开:一是考察了安南方向奇异的物候和风俗,展现了去往安南方向交通闭塞、环境恶劣、蚊蝇蛇蛊、瘴疠笼盖的"蛮荒"情况;二是考察了在社会浓厚的"尊汉"意识影响下,安南士人融入唐朝科举考试的情况;三是考察了去往安南方向的官员任职如同被贬的情况;四是贬谪岭南官员通过不一样的环境物候书写着自己压抑的人生,如宋之问《过大庾岭》、沈佺期《入鬼门关》之类。

其次,探讨了驿路唐诗的边域书写方式。主要从四个方面展开:一是从写实与想象同在的视角探讨去往边地的诗人的书写和内地送别诗书写的区别,主要是内地送别诗作者没有边域经历,但却经常根据常识进行边域描写,故而想象因素多、虚空成分多,而内地去往边域的诗人,因亲历其域,往往通过具体的物象描写展现所历之地的特点,或风沙刺面,或冰雪奇冷,或瘴疠恐怖,或湿热难耐,都感同身受。二是从历史与现实交融的视角探索唐人怎样与曾经的历史紧密相连,比如博望侯张骞、大将军卫青、冠军侯霍去病、冠军侯窦宪、定远侯班超、伏波将军马援等历史上知名的定远将军或出使名臣苏武、远嫁的王昭君,甚或投降匈奴的李陵,都成为驿路唐诗反复书写的内容,诗人们将历史人物与现实人物比照,或传达对开疆拓土的功业的向往,或传达对世界友好的情怀,或表述对大唐王朝的信心和热爱。三是从内地与边域对比的视角探索去往边域的诗人在描写沿途所见所感之时采用的与内地直接对比或间接对比的写法,以呈现边域风物与内地的不同,使诗歌出现浓郁的异域风情。四是唐人面对边域风物风情的陌生化书写给诗歌带来的全新面貌,主要是中国地域辽阔、纬度差异大导致的中原与边域风物风情的大不相同被驿路诗人用充满好奇的心态进行超越前代的细致描写,形成了驿路唐诗的陌生化书写,丰富了唐诗的写作手法。

第三,探讨了驿路唐诗的边域书写审美。主要从三个方面展开:一是风物描写的磅礴雄浑之美。这一层主要从描写方式进行探讨。相对于内地的物阜人稠而边域地广人稀,尤其是边域地理环境和物候条件与内地有很大不同,所以开启了唐诗边域书写的新的自然场景,大漠风沙、茫茫戈壁、辽阔草原、海阔天高、毒雾瘴疬等,语言多选择大气磅礴的词汇、结体讲究包罗万象、风格豪迈雄浑,苍凉悲壮;二是探讨唐代文人身上拥有的书剑精神给诗歌带来的阳刚劲健之美。唐人注重功业理想,当他们表达为勇于奔赴边域、期冀有所作为的时候,理想精神高扬的文人的作品风貌就富有激情之美;也正因为他们对功业理想充满激情,而又深刻理解疆场的残酷,所以他们选择了既不回避疆场残酷也要向死而生的醉卧沙场式的边域生活,给作品带来雄率自然之美;由于边地自然的地广人稀、风大沙黄、张雾弥漫、海阔天空,写到边地自然风光的作品也就自然充满着劲健之美;三是探讨诗歌中纠结于功业与思乡的激昂与悲凉。主要内容是,虽然唐代从中原到边域的驿路上奔波的人们,绝大多数确实是为了功业理想,但边域相对中原,毕竟路途遥远,驿程漫漫,就势必远离故乡,远离中土,远离亲人,而中原儒家思想立德立功立言思想的陶冶和农业文明所形成的故土亲情观念的熏染，早已在这些人的内心深处生根，两方面的思想情怀搅扰在一起，表现在诗歌里就是建功立业的激昂情怀和思乡恋家的悲凉情绪。

第四，探讨了驿路唐诗的边域书写意义。主要从三个方面展开：首先肯定了驿路唐诗超越前代的边域书写，因为前代诗歌中，边域书写相对较少，回顾前代同类诗歌的发展路径，唐代的驿路诗歌边域描写关注视角扩大，增加了真实的细节描写，写作笔触也向内心世界拓展，这是驿路唐诗边域书写的文学史价值。其次，唐代驿路诗歌题材类型的拓展和成长。主要指相对于唐前的边域书写而言，驿路唐诗边域书写的注入，使得唐诗的题材类型进一步拓宽和成长。除继续写作边塞诗、送别诗、羁旅诗并使之成长为成熟体式之外，还拥有了边域风情、逐臣诗歌，展现了大唐文化的包容力，并且产生了诸多边域描写的经典之作。第三，非常值得骄傲的是，驿路唐诗边域书写形成了很多边域文学地理坐标。比如西北山水地理坐标有陇山、祁连山、天山、居延海、瀚海、青海湾、交河等，关隘戍地坐标有阳关、玉门关等，城市地名坐标有凉州、楼兰、轮台、疏勒等。直北山水地理坐标主要有阴山、燕然山，关隘戍地地标主要有雁门关、萧关，城池地名地标主要有朔州、云州、代州、灵州、夏州等，最著名者当属云州、受降城。东北山水地理坐标主要有燕山、辽水等，关塞戍地坐标最著名的就是榆关和卢龙塞，地名坐标主要有幽州、渔阳、蓟北、营州等。岭南山水地理坐标主要有大庾岭、清远峡、桂岭等，心理感觉地理坐标主要有鬼门关、清远峡、瘴江、日南、铜柱等，城市地名坐标主要有合浦、苍梧、象郡、交趾等。这些地理坐标的形成，不仅有其历史价值，更有其文学空间记忆价值。它们不仅增加了人们对唐代边域地理的具体真实的感觉，形成了人们思维意识里的唐代边域范围，同时也建树了中华民族边域地理的地名认知空间,形成了中华民族的边域地理心理感知空间,成为中华民族谈及边域的共识,也就成为中华民族团结的地理支点。这是唐诗边域书写地理坐标形成的重要民族意义。

最后再说一句,因受眼界限制和参考资料收集限制,本书中的许多作品为本人第一次解读,不足之处,敬请方家指正。

参考文献

一、古籍（按图书出版年）

1. 王溥：《唐会要》，中华书局 1955 年。

2. 司马光编著：《资治通鉴》，中华书局 1956 年。

3. 司马迁撰，裴骃集解，司马贞索隐，张守节正义：《史记》，中华书局 1959 年。

4. 彭定求等编：《全唐诗》，中华书局 1960 年。

5. 李昉等编：《太平广记》，中华书局 1961 年。

6. 班固撰，颜师古注：《汉书》，中华书局 1962 年。

7. 陈子昂著，徐鹏校点：《陈子昂集》，中华书局 1962 年。

8. 李重华：《贞一斋诗说》，《清诗话》，上海古籍出版社 1963 年。

9. 范晔撰，李贤等注：《后汉书》，中华书局 1965 年。

10. 李昉等编：《文苑英华》，中华书局 1966 年。

11. 刘昫等：《旧唐书》，中华书局 1975 年。

12. 欧阳修、宋祁：《新唐书》，中华书局 1975 年。

13. 沈德潜编：《唐诗别裁集》，中华书局 1975 年。

14. 白居易著，顾学颉校点：《白居易集》，中华书局 1979 年。

15. 杜甫著，仇兆鳌注：《杜诗详注》，中华书局 1979 年。

16. 李商隐著，冯浩笺注：《玉溪生诗集笺注》，上海古籍出版社

1979 年。

17.《柳宗元集》,中华书局 1979 年。

18. 胡震亨 :《唐音癸签》,上海古籍出版社 1981 年。

19. 刘开扬 :《高适诗集编年笺注》,中华书局 1981 年。

20. 许慎撰,段玉裁注 :《说文解字注》,上海古籍出版社 1981 年。

21. 周珽辑定 :《唐诗选脉会通评林》,《四库全书存目丛书补编》第 26 册,齐鲁书社 1982 年。

22. 董诰等编 :《全唐文》,中华书局 1983 年影印本。

23. 贾岛著,李嘉言新校 :《长江集新校》,上海古籍出版社 1983 年。

24. 李吉甫撰,贺次君点校 :《元和郡县图志》,中华书局 1983 年。

25. 刘恂撰,鲁迅校勘 :《岭表录异》,广东人民出版社 1983 年。

26. 陆心源辑 :《唐文续拾》,中华书局 1983 年影印本。

27. 逯钦立辑校 :《先秦汉魏晋南北朝诗》,中华书局 1983 年。

28. 长孙无忌撰,刘俊文点校 :《唐律疏议》,中华书局 1983 年。

29. 韩愈著,钱仲联集释 :《韩昌黎诗系年集释》,上海古籍出版社 1984 年。

30. 刘勰著,向长清释 :《文心雕龙浅释》,吉林人民出版社 1984 年。

31. 钱仲联 :《韩昌黎诗系年集释》,上海古籍出版社 1984 年。

32. 王存撰,王文楚、魏嵩山点校 :《元丰九域志》,中华书局 1984 年。

33. 徐松撰,赵守俨点校 :《登科记考》,中华书局 1984 年。

34. [日]陈荆和编校 :《大越史记全书》,有限会社兴生社东京都杉并区南荻窪 2-23-9,昭和五十九年(1984)。

35. 陈大德 :《奉使高丽记》,金毓黻主编《辽海丛书》本,辽沈书社 1985 年影印本。

36. 骆宾王著,陈熙晋笺注 :《骆临海集笺注》,上海古籍出版社 1985 年。

37. 方回选评,李庆甲集评校点:《瀛奎律髓汇评》,上海古籍出版社 1986 年。

38. 马端临:《文献通考》,中华书局 1986 年。

39. 乐史:《太平寰宇记》,文渊阁《四库全书》影印本,上海古籍出版社 1987 年。

40. 王谠撰,周勋初校证:《唐语林校证》,《唐宋史料笔记丛刊》本,中华书局 1987 年。

41. 杜佑撰,王文锦等点校:《通典》,中华书局 1988 年。

42. 刘禹锡著,瞿蜕园笺证:《刘禹锡集笺证》,上海古籍出版社 1989 年。

43. 无名氏撰,郦道元注,杨守敬、熊会贞疏:《水经注疏》,江苏古籍出版社 1989 年。

44. 刘向整理,何建章注:《战国策注释》,中华书局 1990 年。

45. 王充撰,黄晖校释:《论衡校释》,中华书局 1990 年。

46. 李林甫等撰,陈仲夫点校:《唐六典》,中华书局 1992 年。

47. 黄生撰,徐定祥校点:《杜诗说》,黄山书社 1994 年。

48. 《新刊四书五经》,中国书店 1994 年。

49. 郑樵撰,王树民点校:《通志二十略》,中华书局 1995 年。

50. 王维撰,陈铁民校注:《王维集校注》,中华书局 1997 年。

51. 卢照邻著,李云逸校注:《卢照邻集校注》,中华书局 1998 年。

52. 刘义庆撰,刘孝标注:《世说新语》,《汉魏六朝笔记小说大观》,上海古籍出版社 1999 年。

53. 佚名撰,王根林校点:《汉武故事》,《汉魏六朝笔记小说大观》,上海古籍出版社 1999 年。

54. 李肇撰,曹中孚点校:《唐国史补》,《唐五代笔记小说大观》,上海古籍出版社 2000 年。

55. 王定保撰，阳羡生校点：《唐摭言》，《唐五代笔记小说大观》，上海古籍出版社 2000 年。

56. 唐汝询著，王振汉点校：《唐诗解》，河北大学出版社 2001 年。

57. 岑参撰，廖立笺注：《岑嘉州诗笺注》，中华书局 2004 年。

58. 顾祖禹撰，贺次君、施和金点校：《读史方舆纪要》，中华书局 2005 年。

59. 吕思勉：《隋唐五代史》，上海古籍出版社 2005 年。

60. 王象之原著，李勇先校点：《舆地纪胜》，四川大学出版社 2005 年。

61. 王钦若等编纂，周勋初等校订：《册府元龟》，凤凰出版社 2006 年。

62. 计有功撰，王仲镛校笺：《唐诗纪事》，中华书局 2007 年。

63. 宋敏求编：《唐大诏令集》，中华书局 2008 年。

64. 吴兢撰，姜涛点校：《贞观政要》，齐鲁书社 2010 年。

65. 白居易著，谢思炜校注：《白居易文集校注》，中华书局 2011 年。

66. 李白著，王琦注：《李太白全集》，中华书局 2011 年。

67. 高步瀛编纂：《唐诗品汇》，中华书局 2015 年。

68. 冒春荣：《葚园诗说》卷一，郭绍虞《清诗话续编》本，上海古籍出版社 2016 年。

69. 王士禛编，周兴陆辑：《唐贤三昧集汇评》，凤凰出版社 2016 年。

70. ［日］羽田亨：《西域文化史》，华文出版社 2017 年。

二、现代研究著作（按出版时间）

1. 楼祖诒：《中国邮驿发达史》，上海中华书局 1940 年。

2. 罗香林：《唐代文化史研究》，重庆商务印书馆 1944 年。

3. 王重民：《敦煌古籍叙录》，商务印书馆 1958 年。

4. 傅璇琮：《唐代诗人丛考》，中华书局 1980 年。

5. 吴庭燮：《唐方镇年表》，中华书局 1980 年。

6. 谭优学 :《唐代诗人行年考》,四川人民出版社 1981 年。

7. 高崇 :《敦煌唐人诗集残卷考释》,宁夏人民出版社 1982 年。

8. 谭其骧 :《中国历史地图集》,中国地图出版社 1982 年。

9. 罗宗强 :《隋唐五代思想史》,上海古籍出版社 1986 年。

10. 傅璇琮主编 :《唐才子传校笺》,中华书局 1987 年。

11. 孙琴安 :《唐诗选本六百种提要》,陕西人民教育出版社 1987 年。

12. 郑炳林 :《敦煌地理文书汇辑校注》,甘肃教育出版社 1989 年。

13. 陈尚君 :《全唐诗补编》,中华书局 1992 年。

14. 李珍华、傅璇琮 :《河岳英灵集研究》,中华书局 1992 年。

15. 赵文润主编 :《隋唐文化史》,陕西师范大学出版社 1992 年。

16. 王运熙、杨明 :《隋唐五代文学批评史》,上海古籍出版社 1994 年。

17. 傅璇琮 :《唐代科举与文学》,陕西人民出版社 1995 年。

18. 乔象钟、陈铁民主编 :《唐代文学史》,人民文学出版社 1995 年。

19. 王颖楼主编 :《隋唐官制》,四川大学出版社 1995 年。

20. 傅璇琮主编 :《唐五代文学编年史》,辽海出版社 1998 年。

21. 韩兆琦编 :《唐诗选注汇评》,北岳文艺出版社 1998 年。

22. 李斌城等 :《隋唐五代社会生活史》,中国社会科学出版社 1998 年。

23. 宋大川 :《唐代教育体制研究》,山西教育出版社 1998 年。

24. 李彬 :《唐代文明与新闻传播》,新华出版社 1999 年。

25. 刘广生、赵梅庄 :《中国古代邮驿史》,人民邮电出版社 1999 年。

26. 徐俊纂辑 :《敦煌诗集残卷辑考》,中华书局 2000 年。

27. 王勋成 :《唐代铨选与文学》,中华书局 2001 年。

28. 胡戟 :《二十世纪唐研究》,中国社会科学出版社 2002 年。

29. 李浩 :《唐代三大地域文学士族研究》,中华书局 2002 年。

30. [日]如崛敏一 :《隋唐帝国与东亚》,云南人民出版社 2002 年。

31. 韩兆琦编 :《唐人律诗笺注集评》,浙江古籍出版社 2003 年。

32. 李德辉：《唐代交通与文学》，湖南人民出版社 2003 年。

33. 陈寅恪：《隋唐制度源略论稿》，三联书店 2004 年。

34. 陈寅恪：《唐代政治史述论稿》，三联书店 2004 年。

35. 刘洪生：《唐代题壁诗》，中国社会科学出版社 2004 年。

36. 尚永亮：《贬谪文化与贬谪文学》，兰州大学 2004 年。

37. 任文京：《唐代边塞诗的文化阐释》，人民出版社 2005 年。

38. 戴伟华：《地域文化与唐代诗歌》，中华书局 2006 年。

39. 戴伟华：《唐代使府与文学研究》，中华书局 2007 年。

40. 尚永亮：《唐五代逐臣与贬谪文学研究》，武汉大学出版社 2007 年。

41. 严耕望：《唐代交通图考》，上海古籍出版社 2007 年。

42. 李德辉：《唐宋时期馆驿制度及其与文学之关系研究》，人民文学出版社 2008 年。

43. 周晓薇、王铎主编：《唐宋诗咏北部湾》，广西人民出版社 2010 年。

44. 贺灵主编：《西域历史文化大词典》，新疆人民出版社 2012 年。

45. 钟乃元：《唐宋粤西地域文化与诗歌研究》，民族出版社 2012 年。

46. 吴淑玲：《唐诗传播与唐诗发展之关系》，中华书局 2013 年。

47. 李德辉：《唐宋馆驿与文学资料汇编》，凤凰出版社 2014 年。

48. 吴淑玲：《唐代驿传与唐诗发展之关系》，人民出版社 2014 年。

49. 阎福玲：《汉唐边塞诗研究》，中华书局 2014 年。

50. 左鹏：《唐代岭南社会经济与文学地理》，河南人民出版社 2014 年。

51. 陈伯海主编：《唐诗汇评》，上海古籍出版社 2015 年。

52. 向达：《唐代长安与西域文明》，商务印书馆 2015 年。

53. 王永莉：《唐代边塞诗与西北地域文化》，西北工业大学出版社 2016 年。

54. 尹铉哲主编：《高句丽渤海国史研究文献目录》，延边大学出版社 2016 年。

55. 夏坚勇：《唐朝的驿站》，长江文艺出版社 2018 年。

56. 霍志军：《陇右地方文献与中国文学地图的重绘》，人民出版社 2019 年。

三、论文（按发表时间）

1. 孔祥星：《唐代"丝绸之路"上的纺织品贸易中心西州——吐鲁番文书研究》，《文物》1982 年第 4 期。

2. 佘正松：《单刀入燕赵　栖迟愧宝刀——论高适两次赴蓟北的边塞诗》，《南充师院学报》1982 年第 4 期。

3. 方国瑜：《唐代前期南宁州都督府与安南都护府的边界》，《云南社会科学》1982 年第 5 期。

4. 鲁人勇：《宁夏境内的"丝绸之路"——兼论唐长安、凉州北道的驿程及走向》，《宁夏社会科学》1983 年第 2 期。

5. 张广达：《论隋唐时期中原与西域文化交流的几个特点》，《北京大学学报》1985 年第 4 期。

6. 胡大浚：《边塞诗之涵义与唐代边塞诗的繁荣》，《西北师大学报（社会科学版）》1986 年第 2 期。

7. 李正宇：《唐宋时代的敦煌学校》，《敦煌研究》1986 年。

8. 王冀青：《唐前期西北地区用于交通的驿马、传马和长行马——敦煌、吐鲁番发现的馆驿文书考察之二》，《敦煌学辑刊》1986 年。

9. 粟美玲：《略论唐代安南都护府的设置及历史作用》，《广西民族学院学报（哲学社会科学版）》1987 年第 4 期。

10. 葛培岭：《雄奇壮美的唐代边塞诗》，《文史知识》1988 年第 3 期。

11. 张炼：《唐与回纥民族关系及唐王朝的民族政策》，《西北民族大学学报（哲学社会科学版）》1989 年第 4 期。

12. 崔明德：《唐与回纥和亲公主考述》，《文史哲》1991 年第 2 期。

13. 王有德：《论唐与回纥的关系》，《新疆师范大学学报（哲学社会科学版）》1991 年第 4 期。

14. 王小甫：《论安西四镇焉耆与碎叶的交替》，《北京大学学报（哲学社会科学版）》1991 年第 6 期。

15. 樊文礼：《唐代单于都护府考论》，《民族研究》1993 年第 1 期。

16. 马国荣：《回纥汗国与唐朝的关系》，《新疆社科论坛》1993 年第 1 期。

17. 王新民：《麴氏高昌与铁勒突厥的商业贸易》，《新疆大学学报（哲学社会科学版）》1993 年第 3 期。

18. 侯灿：《高昌都城址——兼及历史与文化》，《中国古都研究（第十一辑）——中国古都学会第十一届年会论文集》，1993 年。

19. 郑炳林：《唐五代敦煌新开道考》，《敦煌学辑刊》1994 年第 1 期。

20. 李德龙：《敦煌遗书 S8444 号研究——兼论唐末回鹘与唐的朝贡贸易》，《中央民族大学学报》1994 年第 3 期。

21. 李大龙：《回纥派往唐朝使者述论》，《西域研究》1995 年第 4 期。

22. 李冬梅：《唐五代敦煌学校部分教学档案简介》，《敦煌学辑刊》1995 年第 4 期。

23. 葛晓音：《论唐前期文明华化的主导倾向——从各族文化的交流对初盛唐诗的影响谈起》，《中国社会科学》1997 年第 3 期。

24. 古永继：《唐代岭南地区的贬流之人》，《学术研究》1998 年第 8 期。

25. 毛汉光：《中晚唐南疆安南羁縻之研究》，《严耕望先生纪念论文集》，稻香出版社 1998 年。

26. 王嵘：《中原文化在西域的传播》，《新疆师范大学学报（哲学社会科学版）》1999 年第 1 期。

27. 陈戈：《新疆古代交通路线综述》，《新疆文物》1999 年第 3 期。

28. 陈国灿：《唐西州蒲昌府防区内的镇戍与馆驿》，《魏晋南北朝隋唐史资料》第 17 辑，2000 年。

29. 马一虹：《唐封大祚荣"渤海郡王"号考——兼及唐朝对渤海与高句丽关系的认识》，《北方文物》2002 年第 2 期。

30. 贺灵：《西域地名的文化意义》，《西域研究》2003 年第 1 期。

31. 景兆玺：《唐代的回纥与中外文化交流》《西北第二民族学院学报（哲学社会科学版）》2003 年第 1 期。

32. 李蓉：《唐初两蕃与唐的东北策略》，《四川师范大学学报（社会科学版）》2003 年第 2 期。

33. 孟凡人：《高昌的地理、历史和文化》，《中国历史文物》2003 年第 2 期。

34. 李竞成：《丝绸之路与西域文化特质》，《新疆艺术学院学报》2004 年第 4 期。

35. 杜娟、曹萌：《唐与回纥和亲的原因及意义》，《南都学坛》2005 年第 3 期。

36. 李小凤：《从中唐诗歌看唐公主和亲回纥》，《伊犁师范学院学报》2005 年第 4 期。

37. 昌庆志：《从文学对商业的反映看唐代岭南文化》，《广州大学学报（社会科学版）》2005 年第 5 期。

38. 李树辉：《博采众长、兼容并蓄的高昌回鹘文化》，《丝绸之路民族古文字与文化学术讨论会会议论文集》，2005 年。

39. 潘照东、刘俊宝：《草原丝绸之路探析》，《"中国历史上的西部开发"国际学术讨论会论文》，2005 年。

40. 陈绍凡：《回纥与唐朝关系述论》，《新疆大学学报（哲学社会科学版）》2006 年第 2 期。

41. 高人雄：《唐代文学中的西北民族文化》，《西北民族大学学报

（哲学社会科学版）》2007 年第 1 期。

42. 海滨：《"唐诗与西域文化"研究范式的转型呼唤》,《上海大学学报（社会科学版）》2007 年第 3 期。

43. 张建春：《论晋唐时期西域龟兹文化与中原文化的交融》,《新疆师范大学学报（哲学社会科学版）》2007 年第 3 期。

44. 王斌：《浅谈岑参边塞诗的西域文化风格》,《新疆地方志》2007 年第 4 期。

45. 赵芳：《文章南渡越　书奏北归朝——浅谈沈佺期和宋之问的贬谪诗》,《齐齐哈尔师范高等专科学校学报》2008 年第 1 期。

46. 韩涛：《略论唐代中原文化在西域的传播》,《新疆大学学报（哲学社会科学版）》2008 年第 4 期。

47. 刘跃进：《河西四郡的建置与西北文学的繁荣》,《文学评论》2008 年第 5 期。

48. 王辉斌：《王维的边塞之行及其边塞诗》,《唐代文学研究》第 13 辑,2008 年。

49. 高建新：《"胡地"与岑参边塞诗之奇峭美》,《内蒙古大学学报（哲学社会科学版）》2009 年第 1 期。

50. 杨洁：《高昌王国贸易史研究综述》,《敦煌学辑刊》2009 年第 1 期。

51. 邹吉忠：《边疆·边界·边域——关于跨国民族研究的视角问题》,《中央民族大学学报（哲学社会科学版）》2010 年第 1 期。

52. 侯世新：《西域粟特胡人的社会生活与文化风尚》,《西域研究》2010 年第 2 期。

53. 陈国保：《安南都护府与唐代边疆防御体系的构建与影响》,《中国边疆史地研究》2010 年第 3 期。

54. 刘丽：《唐宋海南贬谪文人心态之比较》,《北方论丛》2010 年第 5 期。

55. 于沙沙、张安福 :《唐朝西域治理下的文化认同研究》,《新疆社科论坛》2010 年第 5 期。

56. 郑亮 :《想象的他者——李白诗中西域意象的文化透析》,《石河子大学学报(哲学社会科学版)》2010 年第 6 期。

57. 王炳华 :《唐置轮台县与丝绸之路北道交通》,《唐研究》第 16 卷,北京大学出版社 2010 年。

58. 王旭送 :《论唐代西域烽铺屯田》,《石河子大学学报(哲学社会科学版)》2011 年第 3 期。

59. 崔红霞 :《唐代参天可汗道设立时间考》,《阴山学刊》2011 年第 4 期。

60. 刘庆华 :《神龙元年正向贬谪文人依附人格及贬谪心态研究》,《广州大学学报(社会科学版)》2011 年第 5 期。

61. 拜根兴、侯振兵 :《论唐人对高句丽及高句丽遗民的认识》,《唐史论丛》第 13 辑(会议论文),2011 年。

62. 刘琴丽 :《碑志所见唐初士人对唐与高句丽之间战争起因的认识》,《东北史地》2012 年第 2 期。

63. 刘儒、戴伟华 :《地域·岭南·唐代诗歌》,《古典文学知识》2012 年第 2 期。

64. 刘淑萍 :《唐代流人的岭南诗文考》,《古籍整理学刊》2012 年第 3 期。

65. 荣新江、文欣 :《"西域"概念的变化与唐朝"边境"的西移——兼谈安西都护府在唐政治体系中的地位》,《北京大学学报(哲学社会科学版)》2012 年第 4 期。

66. 姜清波 :《高句丽末代王族在唐汉化过程考述》,《东北史地》2012 年第 6 期。

67. 马建斌 :《唐与高丽之战背景下李世民边塞诗研究》,《快乐阅读》2012 年第 30 期。

68. 海滨:《唐代亲历西域诗人诗歌考述》,《吉昌学院学报》2013 年第 3 期。

69. 侯艳:《岭南意象视角下唐宋贬谪诗的归情》,《广西社会科学》2013 年第 5 期。

70. 王国健、周斌:《唐代文人的旅游生活与新自然景观的发现——以西域、岭南两地为中心》,《湖南师范大学社会科学学报》2013 年第 5 期。

71. 杨健敏:《论中唐贬谪文学的生态环境》,《文艺评论》2013 年第 6 期。

72. 封立:《唐末五代宋初时期的敦煌教育》,《甘肃教育》2013 年第 11 期。

73. 尚永亮:《逐臣南迁与"惟以告哀"——〈小雅·四月〉本义考述》,《社会科学》2013 年第 11 期。

74. 李华清:《唐朝与回纥的关系》,《黑龙江史志》2013 年第 15 期。

75. 张爽:《5—7 世纪高昌地区的马匹与丝绸贸易——以吐鲁番出土文书为中心》,《北方论丛》2014 年第 3 期。

76. 陈国保:《安南都护府与唐代南疆羁縻州管理研究》,《广西师范大学学报(哲学社会科学版)》2014 年第 4 期。

77. 冯立君:《从国王到囚徒——论高句丽王高藏"政不由己"及其入唐轨迹》,《暨南史学》2015 年第 2 期。

78. 李青青等:《试析草原丝绸之路的重要意义——以唐代参天可汗道为例》,《前沿》2015 年第 5 期。

79. 周斌:《唐代文人宦游视域下的岭南饮食题材诗歌文化表达》,《广西民族研究》2016 年第 3 期。

80. 池内宏、冯立君:《高句丽灭亡后遗民的叛乱及唐与新罗关系》,

《中国边疆民族研究》2016 年第 9 辑。

81. 傅飞岚、梁斯韵:《高骈南征战役及唐朝安南都护府之终结》,《海洋史研究》2017 年第 1 期。

82. 石磊、刘海霞:《唐朝封授新罗王金春秋、金法敏父子考》,《江西社会科学》2017 年第 1 期。

83. 王春蕾:《论唐代边塞诗中的边疆表达》,《塔里木大学学报》2017 年第 1 期。

84. 王文光、孙雪萍:《唐朝北部边疆安北都护府辖境内外回纥系统民族研究述论》,《中国边疆史地研究》2017 年第 1 期。

85. 任艳艳:《试论唐代河东道之交通——以敦煌文书和圆仁〈入唐求法巡礼行记〉中关、驿、店为中心的考察》,《安徽史学》2017 年第 4 期。

86. 米彦青:《清代草原丝绸之路诗歌文学的特质》,《民族文学研究》2017 年第 5 期。

87. 郑永振:《高句丽的疆域及其变化》,《通化师范学院学报》2017 年第 7 期。

88. 郑永振:《最近朝鲜境内的高句丽、渤海遗迹调查发掘成果》,《通化师范学院学报》2017 年第 7 期。

89. 李军:《敦煌本〈唐佚名诗集〉与晚唐河西历史》,《魏晋南北朝隋唐史资料》2018 年第 1 期。

90. 赵智滨:《唐开天之际安东都护府迁治新考》,《唐史论丛》2018 年第 2 期。

91. 李忠洋:《唐代中原与西域文化交流的意义——以吐鲁番出土文书为中心》,《江苏第二师范学院学报》2019 年第 1 期。

92. 张静:《唐筑三受降城述略》,《集宁师范学院学报》2019 年第 1 期。

93. 刘齐:《简述高句丽历史及隋唐连征高句丽的原因》,《散文百家》2019 年第 3 期。

94. 胡可先：《唐诗与交河》，《古典文学知识》2020 年第 1 期。

95. 杨军：《安东都护府别议》，《陕西师范大学学报（哲学社会科学版）》2020 年第 6 期。

96. 米彦青：《北方关镇建置与唐代边塞诗的演进》，《内蒙古社会科学》2021 年第 1 期。

97. 王玉平：《天宝十三载封常清在交河郡的行程》，《中国地理历史论丛》2021 年第 1 期。

98. 陈国保：《安南都护府与唐代南疆经制州县的国家管控及治理》，《社会科学战线》2021 年第 10 期。

99. 米彦青：《唐代北部边境地带诗歌意象的生成与表征》，《民族文学研究》2022 年第 4 期。

100. 高建新：《"天寒万里北，地豁九州西"——高适笔下的河西》，《内蒙古大学学报（哲学社会科学版）》2022 年第 5 期。

四、硕博论文

1. 王世丽：《安北单于都护府与唐代北部边疆民族问题研究》，云南大学 2002 年博士论文。

2. 钟良：《杜审言、沈佺期和宋之问岭南贬谪诗述论》，华南师范大学 2004 年硕士论文。

3. 海滨：《唐诗与西域文化》，华东师范大学 2007 年博士论文。

4. 李亚琦：《贬谪与沈佺期宋之问的诗歌创作》，安徽大学 2007 年硕士论文。

5. 师海军：《唐代朔方地区的文化与文学活动考论》，西北大学 2007 年硕士论文。

6. 宋迎春：《唐代汉文化西传西域与东传日本的比较研究》，北京语言大学 2007 年硕士论文。

7. 郑海博:《崔致远与唐罗文化教育交流》,陕西师范大学 2009 年硕士论文。

8. 刘海霞:《金春秋史事所见唐罗关系考论》,延边大学 2010 年硕士论文。

9. 张建:《安史之乱前后唐与新罗诗歌交往研究》,内蒙古大学 2010年硕士论文。

10. 钟乃元:《唐宋粤西地域文化与诗歌研究》,广西师范大学 2010年博士论文。

11. 刘红伟:《盛唐诗歌与西域文化研究》,陕西师范大学 2011 年硕士论文。

12. 高烈:《唐代安南文学研究》,浙江大学 2013 年硕士论文。

13. 史文丽:《中唐岭南谪宦及其文学研究》,河北师范大学 2013 年硕士论文。

14. 张敏:《唐五代宋初敦煌地区商业贸易管理研究》,西北师范大学 2014 年硕士论文。

15. 关贺:《入唐新罗留学生研究》,延边大学 2015 年硕士论文。

16. 王娜:《唐代受降城诗研究》,内蒙古师范大学 2015 年硕士论文。

17. 蔡然:《唐代阴山诗研究》,内蒙古师范大学 2016 年硕士论文。

18. 黄雷:《唐代敦煌的教育研究》,兰州大学 2016 年博士论文。

19. 吕媛:《唐代赴岭南送别诗研究》,福建师范大学 2016 年硕士论文。

20. 赵元山:《唐代敦煌及西州儒学教育研究》,青海师范大学 2016年硕士论文。

21. 蔡勇:《唐代岭南贬谪诗研究》,广西师范大学 2017 年硕士论文。

22. 刘冬：《唐代后期唐朝与回纥军事关系研究（755—840）》，陕西师范大学 2017 年硕士论文。

23. 周宇浩：《新罗入唐质子汉语学习的现代借鉴与传承》，四川师范大学 2017 年硕士论文。

24. 刘祈：《七世纪上半叶唐朝、高句丽、日本的道教交流》，延边大学 2018 年硕士论文。

25. 宋伟：《〈三国史记·高句丽本纪〉史料辑论》，东北师范大学 2018 年博士论文。

26. 宋心雨：《渤海、新罗与唐关系比较研究》，吉林大学 2018 年硕士论文。

27. 杨璐：《从宫廷乐舞看隋唐与高句丽、百济的文化交融》，延边大学 2018 年硕士论文。

28. 杨杨：《中韩两国历史认识差异初探——以高句丽历史归属问题为中心》，上海外国语大学 2018 年硕士论文。

29. 陈家愉：《唐代瘴疠诗研究》，贵州师范大学 2019 年硕士论文。

30. 苏胜豪：《岑参边塞诗的"奇"美研究》，湖北民族大学 2019 年硕士论文。

31. 杨辰宇：《唐代边疆与诗歌》，吉林大学 2019 年博士论文。

32. 张小静：《盛唐、中唐贬谪诗研究》，延边大学 2019 年硕士论文。

33. 赵杨：《草原丝路与回纥汗国》，内蒙古师范大学 2019 年硕士论文。

34. 丁忱：《试论唐朝的安南都护府》，华东师范大学 2020 年硕士论文。

35. 吴李诚：《唐代岭南流贬官研究》，福建师范大学 2020 年硕士论文。

结实恩难忘，无言恨岂知（代后记）

当书稿最后一个字符敲落的时候，我长长地出了一口气：总算截稿了，整整五年，这是我第一次没有在三年内完成项目结项，也是第一次在国家要求的最后期限完成项目任务。但是，真的是没有办法。

2017年6月拿到这一项目时，我还信心满满地认为自己三年内一定能够完成，但突然的变故令我手足无措。一向健康的父亲在这一年的冬天因吃凉砂糖橘引发了不停的呕吐而住院，却查不出任何原因。在医生建议下做全身CT，意外查出他全身骨头上大面积如棉絮状阴影，原来，他的骨头早已被癌症侵袭得几乎没有好的地方。我们姐弟几个都吓傻了。秋天的时候，他还爬上很高的枣树给我摘菱枣，上下如年轻人一般矫健，怎么就会突然成了这个样子？我们姐弟几个都接受不了这样的现实，刚强的父亲又怎能接受这样的现实？父亲自己是医生，但他不是国家公职人员，而是乡村医生，他一向感觉身体很好，曾经跟我说过，按他的身体状况，活到九十应该不成问题，所以他从来也没有进行过体检，如今一发现，就已经是大面积扩散。是告诉他还是不告诉他？我们姐弟几个反复商量，最后没敢告诉他。一则治疗会让他的身体承受巨大的痛苦，而他绝不会接受那种痛苦，他议论过不知多少回别人重病被伺候腻歪人；二则我们实在担心他接受不了这样的现实而走极端，这主要基于他过往对人生的态度：他曾经因煤气中毒后的些小不适差一点走极端。记得当年他煤气中毒进医院抢救，其实效果挺好，就是第二天第三天他非要下地走，我说："你得休养休养，等好些再下地。"他却不肯，说："我没事，我现在就能跑步，打篮球也没问题。"硬是坚持下地，结果，一下子栽到了我身上。我赶紧扶他上床躺下，然后，他的情绪就从云端跌到了地底，悲观地长叹："完了！完了！"任我们怎么劝，他都没法控制这种极端情绪。待出院后，恢复得还可以，只是听力受到了损伤，需要跟他大声说话，做了很多次高压氧舱治疗，也没怎么见效，但并不影响他与别人的交流。可是，他的情绪却很难调整。再加上一些其他的小小不如意，他就整天说：不定哪一天我带上钱就走，把钱花完了，找个地方了结了就算了。所以后来带他去旅游，遇到危险的地方，我和妹妹都是紧紧挽着他的手臂，生怕他做出危险的举动——父亲接受不了自己的不完美。所以，身患这样的重病，我们真的不敢告诉他。但是，不敢告诉他，就没法住院治疗，就很难用药。买的各种各样的药，包括妹妹给他配的中草药，他都不肯好好吃，只有哪里出现某些其他症状了，才借机会给他吃几天，可症状稍好，他就又什么药也不吃，很多时候，他把我们买的药堆到一边理也不理，或者提着妹妹熬的中药扔出去。他总是说："我又没毛病，吃什么药！"我们一点办法也没有。

　　我们知道父亲已经是有时间可计的人了，只能用各种能够做得到的方式奉养父亲的晚年。父亲嘴头比较高，我们就带他去保定各种大小饭店，吃遍保定名吃。父亲喜欢旅游，我们就找机会带他走走能够去的山山水水。保定的大小公园、名胜古迹就不用说了，百里之外的白洋淀去过几次，北京的香山、易县的易水湖、满城新打造的古镇，最远的是我带他去看洛阳古城和牡丹，去龙门看石窟，去少林寺看李连杰拍电影的地方。他从洛阳回来，兴奋地见人就说，洛阳的牡丹真好，比人的脸都大！又说，洛阳的古街道真好看，有味道！

父亲的病，不仅仅是癌症，还有脑血管疾病。在这几年里，还因为脑血管的问题几次住院。在他住院的时候，为了尽量不影响弟弟妹妹们的收入，除了我上课时、下午和晚上由弟弟们陪护，我会尽一切时间待在医院陪着他。

父亲发现重疾时，我们这一辈都还没有隔辈人，弟弟家最大的儿子也还没有成家。农村里的观念，都愿意见到四世同堂，都愿意让老人见到重孙辈，所以，侄子结婚、生子，我家出生第三代，都在这几年。我家小孙女出生后，我也不想完全缺席她的成长，在月嫂走后，也就和亲家母轮流带小孙女，基本上每周也要拿出四到五个半天带孩子。周六日，儿子、儿媳有时间带孩子了，我们就去看望父亲，或者去看婆婆。

忙！真的是很忙！就像陀螺在不停地转！有时觉得时间完全不属于自己，有时觉得怎么总是在奔波！可转念想想，你能奔波，说明你还有能力，说明你还有用，也就释然。但做课题的时间真的就很少了，只能忙里抽闲，稍有点功夫，赶紧坐在电脑桌前。但却不一定在做自己的课题。这五年间，我还完成了学科的一项任务，独立标点了直隶总督张树声的文集，约19万字。完成了与博士导师合作的曾在我名下的省社科课题（后转为导师名下的国家后期资助项目《杜诗诗体学研究》），独立承担了18万字左右的写作任务。其间断断续续对自己这个课题进行一点点，再进行一点点。就这样，到2020年底的时候，书稿已经有19万字。但却总也收不了口。因为我把问题搞复杂了，原来准备写五六万字的"内容"部分，竟然写到了12万字。可是，似乎不这样，就觉得有些问题没有说清。就这样，一点点扩张，到2021年中秋节的时候，已将原计划的 25 万字写到 29 万字，但似乎还有意犹未尽之感，所以就没法交稿，也不想就那样交稿。

2020 年春节，疫情严峻，保定也有了病例，封闭管理隔绝了我和父亲见面的机会。父亲的病有些加重，身形开始消瘦，我们只在大年初二见了他一下，就被封到小区里不能出去。直到 4 月初，可能是隔绝得太久，他太想念我们了，给我打电话，说："我还能不能见到你啊？"这一句话问得我很心酸。我说能，一定能，我现在就让你见到。马上跟他视频，说了几句安慰和鼓励的话，并说一定想办法去看他。那时，城区开始可以走动，但农村的路还封挡着。我不顾一切后果地开车到了他住的地方，在远远的公路上停了车，步行一里多地，绕田间路走进村庄看望他。后来解封了，就每周去看望他。

到了 2021 年元月 1 日那天，我看父亲状态还行，还能出来进去看看这看看那，长出一口气，心里说：谢天谢地，我的父亲见到 2021 年了。因为跟他同病的病人有的已经在一两年前就走了。就这样，每周到父亲那里，成了我的例事，基本雷打不动。

2021 年冬天来了，父亲病情加重，我想多守护他，可他既希望多见我，又叮嘱我别耽误了自己的工作。我口里应着，但心里却想：先别管项目到什么程度，父亲这里，必须该来就来，这是必须的。到 2021 年 11 月的时候，父亲还能下床，还能自己坐在桌边吃饭，只是不再与大家一起在餐桌吃饭了，移到了他的床前。那时，我还期盼着，期盼着，再有一个月，只要再有一个月，父亲就能见到 2022 年了。但没有想到，非常不幸的是，父亲还是在 2021 年 11 月 16 日（农历十月十二）永远地离开了我们。

虽然早有心理准备，而且这个心理准备跨越了五个年头，但我仍然无法接受父亲离去的现实。每每想到父亲的不容易，我真的感觉痛断肝肠。

　　记得大约我七八岁的时候，因为叔叔姑姑们都长大了，需要成家立业，父亲就和爷爷奶奶他们分开来单过，但我们姐弟五人，只有一个劳动力，家中的艰难是可想而知的，父亲为养活儿女，常常骑单车去百里外的高阳、河间等地赶集趸猪崽或半大猪回家养，过年卖掉，换得钱财补贴家用。过去农村记工分结算，我家姐弟多，劳力少，是缺粮户，卖猪钱就用来还缺粮款和过年用。为了能够让日子稍微好点，父亲白天在生产队上工，晚上常常去高保路口偷偷卖点花生、瓜子之类。因为属于"资本主义尾巴"，若被工商局发现，就会没收东西，所以不敢把所有东西都带在身边，而是将大袋货品藏在现中国地质大学长城学院一带。那里那时还是一大片苹果园，我则藏在树下看袋子。后来父亲谈起当年的艰难，也曾感慨，那时怎么就敢黑天半夜地把一个十来岁的女孩子放到那么大一片果园里呢？想想都后怕，要是找不到了怎么办呢?！应是生活的艰难已经让孩子不怕黑夜，让大人也不怕孩子被拐卖了。

　　改革开放以后，父亲是最早走出去闯荡的一批人。当时称农民工搞运输为"拉脚"，父亲作为业务员和队员，带着一些人一起搞运输，成为村里第一批富起来的农民。那时农民的房子都很破旧，我家的房子干脆是自家烧制的红砖垛起来的小矮房。富起来以后，父亲用拉脚挣来的钱盖上了村里的第一批红砖大瓦房，房子有前拔梁，五间房梁下有四根大水泥圆柱支撑，宽阔、体面、凉爽、方便，在当时很令人羡慕。那时我们村里只有两栋这样的房子。房子如今还在，若是在没有楼房的家庭，这房子还是很好的，只是后来弟弟在前面一米多远的地方起了楼房，将它遮住了。

　　父亲跑运输见多了世面，就又开办了炼铁厂，带着较近的几个亲属和好朋友一起炼铁，不仅自己挣了钱，也让跟着他干的人都有了比较体面的生活。再后来，又开了螺丝钉厂。螺丝钉厂本来很赚钱,开始运行得也很好,可突然赶上钢铁大涨价,原材料由原来的不足千数元一下子涨到三千多,最后涨到四千二、四千五。原材料成本上升,再加上铝合金门窗开始走俏,螺丝钉厂就不行了。父亲也属于那种做好了计划,却输给了时代的人。螺丝钉厂后来基本不赚多少钱,可贷款却压在了父亲的肩上。父亲最困难时身上只有5元钱。

记得那是1995年的一天,侄子刚1周岁左右时,我当时住在两居室的房子。父亲来家里,午饭后要离开,我问父亲:"还有钱吗?"他说:"有。"但语气明显底气不足。我又问:"还有多少?"他说:"还有5元。"我的眼泪差一点掉下来,他连给自己唯一的大孙子买点好吃的都没有足够的额度了! 父亲从来没有这样窘迫过,即使家里缺吃少喝时,他的口袋里也没有到过这种情形。我当时刚好收到96元稿费,赶紧拿出50元给他。老人家很刚强,说什么也不要。我只好哄他:"这是我的稿费,跟工资没关系,您也一起享受一下女儿额外收入的快乐!"他这才接了过去。

好在皇天不负辛苦人,在父亲最困难时,邻村需要医生,父亲才有了自己的诊所。父亲原本是县医院的大夫。当时父亲还很年轻,但赶上两派争斗,医院某领导找到父亲,让父亲为其批斗对立面冲锋陷阵,允诺给副院长职务,父亲不肯,后来赶上下放,父亲就被下放回农村。再后来,我和妹妹上初中时,村里割麦子,要以割麦子的"畦"计算工分,我和妹妹放假,父亲就承包了很多畦麦地,让我和妹妹跟着割麦。妹妹累极了时,就坐在地上耍赖:"爸爸呀,你为什么要从医院回来呢? 你要是不回来,我就是院长的千金呀! 那我该多享福啊! 看看现在,都快累死我了!"父亲虽然回村,也不是村里的赤脚医生,但医术一直没有丢。根治海河时,他是以医生的身份去工地的;在家时,也时常有人去找他看病。犹记小时我不喜欢来苏水味儿，但父亲为了病毒不传给家人，经常在屋里洒来苏水，家里经常飘荡的药水味道，令我十分不快。九十年代后期，邻村缺医生，父亲的好友及当年父亲曾经救治过的人都鼓动他去邻村继续行医，父亲这才重操旧业，从我这里筹集了3600元，带上自己的乡村医生证，重新收拾起一直也未完全放弃的医术。父亲治病很有一套，常有很远的外地病号来他这里看病，甚至有的在大医院没有治好，却被父亲治好。他用自己的医术，又把这个家带上正轨。

但他却治不了自己的病。他的病，属于迟钝反应类型，发现时已经很重，却从没有严重症状表现，所以我们根本不知道他的身体里早就危机暗伏。他也从不相信自己有病，当然也就拒绝吃药。可我们又实在不敢告诉他实情。就这样，迁延了五个年头，他还是撒手人寰，八十二岁，没有活到他曾经期望的鲐背之年。我曾经把这一切浓缩在《哭老父》三首律诗中：

老父生前心力忙，为儿为女走遥乡。
河间百里趸猪崽，苹果根边藏橐囊。
拉脚挣来红瓦户，炼炉换得郁金堂。
杏林妙手传天下，不救自身癌毒疮。

父亲壮岁美姿仪，玉立如松骨相奇。
相影方离馆洗处，寸片已挂展窗楣。
曾经高校探长女，又被学生呼美颐。
临老形销如骨立，腮无眼突体难支。

行医租住邻村院，七六尚将高树攀。
摘杏登临绝高处，踢球追跑越栏杆。

曾期鲐背更高岁，哪晓杖朝当盖棺。

五度春秋乘鹤走，儿肠寸断似刀剜！

　　父亲走后，我不愿意见人，甚至见到父母健在的人就感觉低人一等。我不去参加任何活动，包括二十多年来已经形成习惯的周三、周六下午打羽毛球。常常在家里一个人发愣，有时会不由自主地痛哭一场，有时会后悔没有将父亲送往医院进行更好的治疗。尽管邻居高大夫一直劝我，就是进医院治疗，插满管子的生活，肯定不如他现在的结果，但我还是不能不纠结。直到有一天，因为与我的博士导师韩成武先生合作的书稿校对稿寄了回来，需要他校对一部分，他来我家楼下拿稿子（以往是我送过去）。他见了我，很是吃惊，说："你怎么成这样了？你这可不行！你可不能总这样啊！"他让我尽快走出来。后来又发微信劝慰、批评、激励，甚至有点恨铁不成钢的意思，还说："你已经尽了很大的努力，做得非常不错了，我都羡慕你父亲有你这么孝顺的女儿！""你父亲会因为有你这样的女儿感到欣慰的，他绝不会希望你这样过下去！你赶紧走出来！"我才渐渐从迷蒙中惊醒。可是，有什么办法能够让自己集中精力呢？想想还是科研，那就以工作卸解心理压力吧，直到这时我才全身心投入这个项目的书稿收口工作。

　　书稿最后的成果是 2022 年 2 月 28 日完成并提交，总字数 38 万字。以自己大体认可的程度交稿，我才不觉得特别遗憾。我终于没有耽误自己的工作，也算完成了父亲最后的嘱托。在今天这个祭祖的传统节日里，仅以此文告慰父亲：我终于完成了自己分内的工作，请老人家地下放心！

写于 2022 年清明节